Joyce Carol Oates

Mudwoman

r o m a n

Traduit de l'anglais (États-Unis)
par Claude Seban

D0914776

Philippe Rey

Titre original : *Mudwoman*
© 2012 by The Ontario Review.
Published by arrangement with Ecco,
an imprint of HarperCollins Publishers.
All rights reserved.

Pour la traduction française
© 2013, Éditions Philippe Rey
7, rue Rougemont – 75009 Paris

www.philippe-rey.fr

Mudwoman

Pour Charlie Gross, mon mari et premier lecteur

Qu'est cet homme ? Une grappe de serpents.

Friedrich Nietzsche,
Ainsi parlait Zarathoustra[1]

Ici les plus frêles des feuilles miennes et toutefois mes plus vivaces.
Ici j'ombrage et cache mes pensées, je ne les expose pas en moi-même,
Et voici qu'elles m'exposent plus que tous mes autres poèmes.

Walt Whitman,
Ici, les plus frêles des feuilles miennes[2]

Le temps terrestre est une façon d'empêcher que tout n'arrive en
même temps.

Andre Litovik, *L'Univers en évolution :*
origine, âge et destin

Mudgirl sur la terre de Moriah.

Avril 1965

Tu dois être préparée, dit la femme.

Préparée n'était pas un mot que l'enfant comprenait. Prononcé par la femme, *préparée* était un mot calme et lisse comme l'eau miroitante des marais de la Black Snake que l'enfant prendrait pour les écailles d'un serpent géant quand on est tellement près du serpent qu'on ne peut pas vraiment le voir.

Car c'était ici la terre de Moriah, disait la femme. Cet endroit où elles étaient arrivées dans la nuit, cet endroit qui leur avait été promis, où leurs ennemis n'avaient pas d'empire sur elles et où personne ne les connaissait ni ne les avait même jamais aperçues.

La femme parlait de sa voix d'eau miroitante, calme et lisse, et ses mots étaient prononcés uniment comme si elle traduisait aveuglément à mesure qu'elle parlait, des mots d'une forme étrange qui se logeaient au petit bonheur dans son larynx : ils la feraient souffrir, mais elle était habituée à la douleur et elle avait appris à y trouver un bonheur secret, trop merveilleux pour être mis en péril par son aveu.

11

Il nous dit d'avoir foi en Lui. Dans tout ce qui se fait, d'avoir foi en Lui.

Du sac de toile où, durant ces jours et ces nuits sur la route sinueuse au nord de Star Lake, elle avait transporté ce qu'il leur fallait pour atteindre sans encombre la terre de Moriah, la femme sortit les ciseaux.

Dans son sommeil épuisé l'enfant entendait le cri des corbeaux cisaillant l'air comme des ciseaux dans les marais de la Black Snake River.

Dans son sommeil respirant une odeur âcre saumâtre d'eau stagnante, de terre noire et de débris pourrissant dans la terre.

Un jour et une nuit sur la route le long du vieux canal et un autre jour et cette nuit-ci qui n'était pas encore l'aube en lisière des marais.

Aie foi en Lui. Ceci est entre Ses mains.

Et la voix de la femme qui n'était pas sa voix rauque et tendue habituelle mais cette voix de détachement et d'émerveillement devant quelque chose qui s'est bien passé alors qu'on ne s'y attendait pas, ou pas tout à fait aussi tôt.

S'il est mal que cela soit fait, Il enverra un ange du Seigneur comme il en a envoyé à Abraham pour que soit épargné son fils Isaac et aussi à Agar pour que soit rendue la vie à son fils dans le désert de Bersabée.

Dans ses doigts courtauds irrités et prompts à saigner après trois mois de ce savon de soude granuleux qui était le seul à disposition dans le centre de détention du comté, la femme brandit les grands ciseaux de couturière ternis pour couper les cheveux emmêlés de l'enfant. Avec ces doigts courtauds tirant sur les cheveux, l'amas de touffes et de nœuds poisseux des fins cheveux sable de l'enfant, devenus «sales», «puants» et «grouillant de vermine».

Ne bouge pas ! Sois sage ! Tu es préparée pour le Seigneur.
Car nos ennemis t'enlèveront à moi, si tu n'es pas préparée.
Car Dieu nous a guidées jusqu'à la terre de Moriah. Sa promesse est que nul n'enlèvera un enfant à sa mère légitime en
ce lieu.

Et les ciseaux géants cliquetèrent et claquèrent gaiement.
On sentait que les ciseaux géants étaient fiers de couper les cheveux souillés de l'enfant qui offensaient la vue de Dieu. Tout
près des oreilles tendres de l'enfant passaient les ciseaux géants,
et l'enfant tremblait et se tortillait, pleurnichait et pleurait ; et
la femme ne put faire autrement que de gifler le visage de l'enfant, pas fort, mais assez fort pour la calmer, comme souvent la
femme avait coutume de le faire ; assez fort pour que l'enfant
s'immobilise à la façon dont même un bébé lapin s'immobilise
avec la ruse de la terreur ; et puis, quand les cheveux de l'enfant
reposèrent en boucles pâles sur le sol taché de boue, la femme
passa une lame de rasoir sur la tête de l'enfant – une lame serrée étroitement entre ses doigts – raclant le crâne tondu de
l'enfant et cette fois l'enfant se rebiffa et pleurnicha plus fort et
se débattit – et avec un juron la femme lâcha la lame de rasoir
ternie et couverte de cheveux et la femme l'écarta d'un coup de
pied avec un rire âpre et surpris comme si en souhaitant débarrasser l'enfant de ses cheveux emmêlés et souillés qui étaient
une honte aux yeux de Dieu la femme était allée trop loin, et
que son erreur lui eût été manifestée.

Car il était mal de sa part de jurer – *Bon Dieu !*
De prendre le nom du Seigneur en vain – *Bon Dieu !*
Car dans le centre de détention du comté de Herkimer la
femme avait fait vœu de silence pour défier ses ennemis et elle
avait fait vœu d'obéissance totale au Seigneur Dieu et pendant
les semaines qui avaient suivi sa libération jamais avant cet instant elle n'avait trahi son vœu.

13

Pas même devant le tribunal des affaires familiales du comté de Herkimer. Pas même quand le juge lui avait parlé avec dureté, exigeant qu'elle parle – qu'elle plaide *coupable, non coupable.* Pas même quand la menace était que les enfants lui seraient retirés de force. Que les enfants – les sœurs – qui avaient cinq et trois ans – seraient confiés au comté et placées dans une famille d'accueil et même alors la femme n'avait pas parlé car Dieu lui insufflait Sa force face à ses ennemis.

Et donc la femme prit des ciseaux plus petits dans le sac de toile pour couper les ongles de l'enfant, si court que la chair tendre sous les ongles se mit à saigner. Bien qu'effrayée et tremblante, l'enfant réussit à rester immobile, comme le bébé lapin reste immobile dans l'espoir désespéré, cet espoir si puissant chez les êtres vivants, notre attente la plus profonde face à toutes les preuves contraires, que le terrible danger passe.

Car – peut-être – était-ce un *jeu*? Ce que l'homme aux cheveux hérissés appelait un *jeu*? En cachette de la femme il y avait la petite tarte aux cerises – une tarte aux cerises sucrées enveloppée de papier paraffiné assez petite pour tenir dans la paume de l'homme aux cheveux hérissés – si délicieuse que l'enfant la dévorait goulûment avant qu'elle puisse être partagée avec quelqu'un d'autre. Et il y avait *plaf-plouf* qui était le bain donné à l'enfant dans la baignoire aux pieds griffus pendant que la femme dormait sur le matelas à même le sol dans la pièce d'à côté les membres répandus comme si elle était tombée de haut sur le dos gémissant dans son sommeil et se réveillant dans une quinte de toux comme si elle toussait ses poumons. Le bain de l'enfant qui n'avait pas été baignée depuis bien des jours et en même temps que le bain il y avait le *jeu des chatouilles*. Doucement! – comme si elle était une poupée cassable en porcelaine et pas une poupée en caoutchouc coriace comme

Dolly qu'on pouvait brinquebaler, laisser tomber et faire valser d'un coup de pied si elle était dans vos jambes – et en silence ! – l'homme aux cheveux hérissés porta l'enfant jusqu'à la salle de bains et jusqu'à la baignoire aux pieds griffus qui était grande comme une auge où boivent les animaux et dans la salle de bains une fois la porte fermée – en forçant – parce que le bois gondolait et que le verrou ne marchait plus – l'homme aux cheveux hérissés enleva son pyjama sale à l'enfant et la déposa – doucement ! – un index pressé sur ses lèvres pour indiquer qu'il ne fallait pas faire de bruit – il la déposa dans la baignoire – dans l'eau qui jaillissait du robinet teintée de rouille et à peine tiède et il n'y avait pas beaucoup de bulles de savon sauf quand l'homme frotta vigoureusement entre ses paumes le savon Ivory qui sentait bon et frictionna de mousse le petit corps pâle de l'enfant qui se tortillait comme quelque chose de mou extrait de sa coquille parce que c'était le *jeu des chatouilles – le jeu secret des chatouilles*; et avec toutes ces éclaboussures l'eau refroidit si vite qu'il fallut en rajouter avec le robinet – mais le robinet gronda comme s'il n'était pas content et l'homme aux cheveux hérissés appuya l'index sur ses lèvres plissées comme les lèvres d'un clown de télévision et ses sourcils ébouriffés se soulevèrent pour faire rire l'enfant – ou en tout cas pour qu'elle cesse de se tortiller et de se démener – parce que le *jeu des chatouilles* chatouillait ! – l'homme aux cheveux hérissés rit d'un rire sifflant presque silencieux et puis très vite il s'endormit la bouche ouverte ayant perdu l'énergie qui crépitait en lui comme de l'électricité et l'enfant attendit qu'il se mette à ronfler mi-assis mi-couché sur le sol éclaboussé de la salle de bains, le dos contre le mur et des gouttelettes d'eau brillantes dans les épais poils couleur d'acier de sa poitrine et sur les plis flasques de son ventre et de son bas-ventre et quand finalement en début de soirée l'homme aux cheveux hérissés se réveilla

– et quand la femme vautrée sur le matelas dans la pièce d'à côté se réveilla – l'enfant était sortie de la baignoire toute nue et grelottante et la peau blanche et ridée comme la peau d'un poulet plumé et la femme et l'homme aux cheveux hérissés la cherchèrent pendant longtemps avant de la découvrir cramponnée à sa vilaine poupée chauve et recroquevillée comme un petit ver de terre écrasé dans un tas de toiles d'araignée et de moutons de poussière sous l'escalier de la cave.

Cache-cache! Cache-cache et c'est l'homme aux cheveux hérissés qui l'avait trouvée!

Car qu'étaient les actes des adultes sinon des *jeux* et des variantes de *jeux*? L'enfant avait appris qu'un *jeu* prenait fin à la différence d'autres actes qui n'étaient *pas des jeux* et ne se terminaient pas mais s'étiraient à l'infini comme une route ou une voie ferrée ou la rivière qui coulait sous les planches mal jointes du pont à côté de la maison où la femme et elle avaient habité avec l'homme aux cheveux hérissés avant les *ennuis*.

Ça ne te fait pas mal! Tu vas offenser Dieu si tu fais autant d'histoires.

La voix de la femme n'était plus aussi calme maintenant, mais à vif comme quelque chose qui a été cassé et fait souffrir. Et les doigts de la femme étaient plus durs, les ongles cassés et inégaux s'enfonçaient acérés comme des griffes de chat dans la chair de l'enfant.

Le crâne tendre de l'enfant saignait. Dans le chaume des cheveux restants, dans les mèches poisseuses coupées au petit bonheur et en partie rasées grouillaient de minuscules poux. À ce moment-là les habits souillés de l'enfant avaient été retirés, mis en boule et jetés de côté. C'était une cabane de papier goudronné que la femme avait découverte dans les broussailles entre la route et le chemin de halage. Le signe de Dieu qui l'avait dirigée vers cet endroit abandonné était une vieille croix renversée au bord de la route qui était en fait un poteau indicateur si effacé qu'on ne pouvait distinguer les noms ni les chiffres mais la femme avait lu MORIAH.

Dans cet endroit infect où elles avaient dormi enveloppées dans le manteau froissé et taché de la femme, il était impossible de baigner l'enfant. Et de toute façon le temps aurait manqué, car Dieu s'impatientait maintenant que l'aube était là et c'était pour cela que les mains de la femme tâtonnaient et que ses lèvres formaient des prières. Le ciel s'éclaircissait comme un grand œil qui s'ouvre et presque tout ce qu'on en voyait était encombré de gros nuages denses comme des blocs de béton.

Sauf au sommet des arbres à l'autre bout des marais où le soleil se levait.

Sauf qu'en regardant bien on voyait que les nuages de béton fondaient et que le ciel était strié de nuages rouge pâle translucides pareils aux veines d'un grand cœur translucide ce qui était le réveil de Dieu à l'aube nouvelle de la terre de Moriah.

Dans la voiture la femme avait dit *Je saurai quand je verrai. Je mets ma foi dans le Seigneur.*

La femme dit *En dehors du Seigneur, tout est fini.*

La femme ne parlait pas à l'enfant car il n'était pas dans son habitude de parler à l'enfant même quand elles étaient seules. Et quand elles étaient en présence d'autres gens, la femme avait entièrement cessé de parler de sorte que ceux qui ne l'avaient pas connue en retiraient l'impression qu'elle était à la fois sourde et muette et sans doute née ainsi.

En présence des autres la femme avait appris à se recroqueviller à l'intérieur de ses vêtements qui flottaient sur elle parce que au temps de sa grossesse elle avait eu honte et peur des regards des inconnus braqués sur elle tels des rayons X et avait donc acquis des vêtements d'homme qui dissimulaient son corps – quoiqu'elle porte lâchement noué autour du cou, parce qu'elle avait souvent la gorge douloureuse et craignait les angines, un foulard d'un tissu violet brillant et froncé qu'elle avait ramassé quelque part. L'enfant était nue sous la chemise de nuit en papier. Le crâne de l'enfant écorché par le rasoir saignait d'une dizaine de petites coupures et elle était nue et grelottante dans la chemise de nuit en papier vert pâle estampillée DÉTENTION COMTÉ HERKIMER que les ciseaux géants avaient coupée pour en diminuer la longueur sinon la largeur de sorte qu'elle arrive juste à la hauteur des chevilles maigres de l'enfant.

Une chemise en papier provenant du service médical du comté de Herkimer rattaché au centre de détention pour femmes.

Sur le siège arrière de la Plymouth rouillée et bringuebalante qui était le seul legs de l'homme aux cheveux hérissés se trouvait la poupée en caoutchouc de l'enfant. *Dolly* était le nom de cette poupée qui avait été celle de sa sœur et était maintenant la sienne. Le visage de Dolly était sale et ses yeux avaient cessé de voir. La petite bouche de Dolly grimaçait dans la vilaine chair en caoutchouc. Et Dolly était presque chauve, elle aussi, il ne lui restait que quelques plaques de fins cheveux bouclés couleur sable et on voyait que ces pauvres cheveux avaient été collés sur le crâne en caoutchouc.

À cent dix kilomètres au nord de Star Lake, un lieu aussi reculé pour la femme et l'enfant que la face cachée de la lune, les marais sombres au bord de la rivière.

Sur les routes de montagne sinueuses et tortueuses, ce trajet d'à peine cent dix kilomètres avait pris des jours, car la femme craignait de conduire l'automobile bringuebalante à plus de cinquante à l'heure. Indispensable aussi pour elle que son obéissance à Dieu soit manifestée par cette lenteur et par cette délibération comme quelqu'un qui ne sait lire qu'en suivant de l'index chaque lettre de chaque mot devant être prononcé à haute voix.

L'enfant ne pleurnichait pas. Mais la femme pensait qu'au fond d'elle-même elle pleurnichait malgré tout, car les deux enfants étaient rebelles. Aucun peigne ne pouvait venir à bout de cheveux aussi emmêlés.

De leurs cris durs et railleurs les corbeaux blasphémaient Dieu.

Railleurs exigeant de savoir comme le juge (une femme, entre deux âges) avait exigé de savoir pourquoi on avait trouvé ces enfants sales et demi-nues derrière le Shop-Rite fouillant dans une benne à ordures à la recherche de nourriture tels des chiens errants ou des bêtes sauvages terrifiées par le faisceau d'une torche. Et l'aînée des sœurs étreignant la main de la cadette et refusant de lâcher.

Et comment la mère explique-t-elle et comment la mère plaide-t-elle.

Fièrement la femme avait fait face, le menton levé et les yeux fermés contre la Prostituée de Babylone vêtue de noir mais la bouche tapageusement peinte et les sourcils épilés en arcs comme des ailes d'insecte. La femme ne s'abaisserait pas davantage à *plaider* qu'à tomber à genoux devant cette image du vice.

Les enfants lui avaient été retirés et remis temporairement à la garde du comté. Mais la volonté de Dieu avait fait que tout ce qui appartenait légitimement à la femme lui avait été rendu, en temps voulu.

Pendant toutes ces semaines, ces mois..., jamais la femme n'avait faibli dans sa conviction que tout ce qui était sien lui serait rendu.

Et maintenant le ciel de l'aube à l'est ne cessait de changer, de se dilater. Le ciel de béton gris qui est le monde-sans-Dieu battait en retraite. On pouvait presque voir des anges de colère dans ces nuages brisés. Des miroitements de lumière sanglante dans les bras d'eau stagnante des marais. À moins de cinq cents mètres de la Black Snake dans une région désolée du nord-est du comté de Beechum au pied des Adirondacks, où la main de Dieu l'avait guidée. Il y avait là les restes d'une fabrique abandonnée, un chemin de terre et des débris pourris au milieu de grandes herbes serpentines qui frissonnaient et murmuraient dans le vent. Des racines d'arbres dénudées et des troncs d'arbres effondrés et pourrissants portant le visage convulsé et épouvanté des damnés. Et une beauté dans ces lieux désolés, que Mudgirl chérirait toute sa vie. Car nous chérissons plus que tout ces lieux où nous avons été conduits pour mourir mais où nous ne sommes pas morts. Pas d'odeur plus prenante que l'âcre odeur de boue des marais où l'eau saumâtre de la rivière s'infiltre et demeure prisonnière et stagnante sous des algues d'un vert cru de Crayola. D'immenses hectares impénétrables de marais semés de massettes, de daturas et de déchets – vieux pneus, bottes, vêtements déchirés, parapluies brisés et journaux pourris, cuisinières abandonnées, réfrigérateurs aux portes ouvertes comme des bras vides. Voyant un petit réfrigérateur trapu couché sur le côté dans la boue, l'enfant pensa *Elle va nous mettre dans celui-là.*

Mais quelque chose n'allait pas. La pensée revint une seconde fois, pour corriger : *Elle nous a mises dans celui-là. Elle a fermé la porte.*

Il y eut soudain un tourbillon de corbeaux, de carouges, d'étourneaux, comme si l'enfant avait parlé tout haut et prononcé quelque chose d'interdit.

La femme cria en agitant le poing, Dieu vous maudira !

Les cris rauques accusateurs s'enflèrent encore. D'autres oiseaux au plumage noir apparurent, déployant leurs grandes ailes. Ils se posèrent sur les arbres squelettiques, farouches et caquetants. La femme cria, jura et cracha mais les cris d'oiseaux continuèrent et l'enfant sut alors que les oiseaux étaient venus pour *elle*.

Ceux-là étaient envoyés par Satan, dit la femme.

Il était temps, dit la femme. Un jour et une nuit et un autre jour et à présent la nuit était devenue l'aube du nouveau jour et il était temps et donc malgré les oiseaux hurleurs mi-traînant mi-portant l'enfant dans sa robe de papier déchirée la femme se dirigea vers la fabrique en ruine. Tirant si fort sur le petit bras maigre de l'enfant qu'elle semblait devoir l'arracher de son articulation.

La femme dépassa la fabrique en ruine qui sentait fort une odeur fermentée et douceâtre et s'avança dans un espace de briques cassées et de bois pourri couchés dans une terre noire boueuse au milieu d'herbes épineuses de la hauteur d'un enfant. Dans sa précipitation elle dérangea un long serpent noir qui dormait dans le bois pourri et au lieu de fuir aussitôt le serpent s'éloigna d'un lent mouvement sinueux semblant défier l'intruse. La femme s'immobilisa – la femme regarda – car la femme attendait qu'un ange de Dieu lui apparaisse – mais le serpent noir scintillant n'était pas un ange de Dieu et dans un transport de douleur furieuse, de déception et de détermination la femme cria Retourne d'où tu viens Satan mais déjà insolent et triomphant le serpent avait disparu dans les buissons.

L'enfant avait cessé de pleurnicher car la femme le lui avait interdit. L'enfant déchaussée et nue dans la chemise de papier vert pâle chiffonnée et déchirée estampillée DÉTENTION COMTÉ HERKIMER. Les jambes de l'enfant étaient très maigres et piquetées de morsures d'insectes dont beaucoup saignaient, ou n'avaient cessé de saigner que depuis peu. La tête quasi chauve de l'enfant, semée de chaume et de coupures sanglantes et les yeux hébétés, désorientés. Au bout d'un sentier menant au chemin de halage s'allongeait une langue de terre où lui-sait une boue couleur caca de bébé, teintée de jaune soufre : et l'odeur était celle du caca de bébé car il y avait là beaucoup de choses pourries et englouties. Des brumes légères montaient des marais comme des souffles agonisants. L'enfant se mit à pleurer avec désespoir. Quand la femme l'entraîna sur la langue de terre, l'enfant se débattit mais ne put triompher. L'enfant était faible à force de malnutrition mais néanmoins elle n'aurait pu triompher car la femme était forte et la force de Dieu courait en elle comme un feu ardent à l'éclat aveuglant. Le visage de la femme flamboyait, jamais elle n'avait été aussi certaine d'elle-même ni éprouvé autant de joie dans sa certitude. Car elle savait à présent que l'ange de Dieu ne lui apparaîtrait pas comme il était apparu à Abraham et à Agar qui avait porté l'enfant d'Abraham et été chassée dans le désert par Abraham avec l'enfant pour qu'ils y meurent de soif.

Et ce n'était pas la première fois que l'ange de Dieu lui était refusé. Mais ce serait la dernière.

Avec un rire amer la femme dit : Tiens, je Te la rends. Comme Tu me l'as ordonné, je Te la rends.

D'abord, Dolly : la femme arracha Dolly aux doigts de l'enfant et jeta Dolly dans la boue.

Tiens! Voici la première.

La femme parlait gaiement, durement. La poupée en caoutchouc gisait dans la boue l'air stupéfait.

Ensuite, l'enfant : la femme enserra l'enfant dans ses bras pour la précipiter au bas de la langue de terre et dans la boue – l'enfant s'accrocha à elle n'osant crier que maintenant *Maman! Maman!* – la femme détacha les doigts de l'enfant et la poussant à coups de poing et de pied la fit rouler dans la boue luisante au bas de la pente abrupte tout près de la vilaine poupée de caoutchouc, et là l'enfant battit l'air de ses bras maigres et nus, à plat ventre maintenant, son petit visage stupéfait enfoncé dans la boue qui étouffait ses *Maman !* et sur la berge au-dessus la femme chercha frénétiquement quelque chose – une branche d'arbre brisée – pour en frapper l'enfant car Dieu est un Dieu miséricordieux qui n'aurait pas voulu que l'enfant souffre mais la femme ne put atteindre l'enfant et de dépit jeta la branche sur l'enfant car tout son calme l'avait quittée et elle était maintenant haletante, hors d'haleine et sanglotante et à présent bien que la vilaine poupée de caoutchouc restât là où elle était tombée à la surface de la boue, l'enfant agitée était aspirée par la boue, une boue froide bouillonneuse que le soleil ne réchaufferait guère, une boue qui pénétrait dans la bouche de l'enfant, et qui pénétrait dans les yeux de l'enfant, et qui pénétrait dans les oreilles de l'enfant, jusqu'à ce que finalement il n'y eût plus personne sur la langue de terre au-dessus du marais pour la regarder se débattre et pas d'autre bruit que le cri des corbeaux outragés.

Le voyage de Mudgirl. Le café Black River.

Octobre 2002

Préparée. Elle pensait que oui, elle l'était.
Elle n'était pas de celles qu'on prend par surprise.

« Arrêtez-vous, Carlos ! S'il vous plaît. Je voudrais descendre. »
Dans le rétroviseur, le regard surpris du chauffeur.
« Ici, madame ?
– En fait… j'aimerais m'arrêter un instant, Carlos. Me dégourdir les jambes. »
C'était si maladroitement formulé, si manifestement mensonger – *me dégourdir les jambes !*
Poliment, le chauffeur protesta : « Nous sommes à moins d'une heure d'Ithaca, madame. »
Il l'observait dans le rétroviseur avec une expression un peu alarmée. Elle détestait être regardée dans ce rétroviseur.
« Je vous en prie, garez-vous sur le bas-côté, Carlos. J'en ai pour une minute. »
Cette fois, elle avait parlé d'un ton brusque.

Sans cesse de sourire, bien sûr. Car il était inévitable que dans cette nouvelle phase de sa vie elle fût observée.

Le pont ! Elle n'avait encore jamais vu ce pont, elle en était sûre. Et pourtant... il lui paraissait familier.

Il n'avait rien d'extraordinaire ni même d'inhabituel : un vieux pont en treillis à travée unique des années 1930, des poutres de fer forgé où la rouille traçait des hiéroglyphes antiques et indéchiffrables. M.R. savait déjà, sans avoir besoin de le voir, que son tablier était de planches brutes et qu'il tremblerait au passage des véhicules ; tout le pont vibrerait à la façon d'un grand diapason.

Comme les ponts de ses souvenirs, celui-ci avait été construit haut au-dessus du cours d'eau, une petite rivière ou un ruisseau qui débordait de son lit à chaque grosse pluie. Pour le traverser, il fallait monter une rampe pavée abrupte. Le pont et la rampe étaient nettement plus étroits que la route à deux voies qui y menait, si bien qu'à l'approche du pont la chaussée se rétrécissait visiblement, de même que les bas-côtés. Tout cela, sans panneau avertisseur – il fallait connaître le pont pour ne pas s'y engager malencontreusement au moment où un gros véhicule, une camionnette ou un camion le traversait.

Il était impossible de se garer sans risque sur le bas-côté, du moins pour un véhicule de la taille de la Lincoln Town Car, mais le rusé Carlos avait repéré au pied de la rampe d'accès une voie de service non asphaltée, qui conduisait au bord du cours d'eau. C'était un chemin boueux, creusé d'ornières. La limousine s'arrêta dans un soubresaut, à quelques mètres seulement de l'eau tumultueuse.

La façon indéfinissable dont le chauffeur obéissait aux coups de tête de sa patronne tout en lui résistant contrariait M.R.

25

Manifestement, Carlos trouvait malavisée cette halte à moins d'une heure de leur destination ; l'empressement même qu'il avait mis à quitter la route pour engager la rutilante limousine noire dans ce chemin broussailleux était une manière de lui reprocher de lui avoir donné un ordre.

« Merci, Carlos. J'en ai pour une… une minute… »

Une minute. De même que *se dégourdir les jambes* cette phrase sonnait faux et artificiel à ses oreilles, comme si quelqu'un d'autre parlait par sa bouche et qu'elle fût la marionnette du ventriloque.

Vite, avant que Carlos pût descendre de la voiture et lui ouvrir la portière, M.R. l'ouvrit elle-même. Elle n'arrivait manifestement pas à s'habituer à être traitée avec autant de déférence et de cérémonie ! Ce n'était pas dans sa nature.

M.R., que les attentions excessives et les flatteries, même modérées, embarrassaient terriblement ; comme si, d'instinct, elle comprenait ce que les cérémonies ont de parodique.

« Je reviens tout de suite ! Promis. »

Son ton était gai, enjoué. M.R. ne pouvait supporter qu'un seul de ses employés – un seul des membres de son personnel – se sente mal à l'aise en sa présence.

De la même façon, enseignante, quand en approchant de la porte d'une salle de TP elle entendait les étudiants parler et rire à l'intérieur, elle hésitait à entrer – à provoquer un silence soudain et trop respectueux.

Son pouvoir sur les autres venait de ce qu'ils l'*aimaient.* Cet *amour* ne pouvait être que volontaire, librement décidé.

Elle se faisait ses réflexions alors qu'elle marchait le long de la rive. Peu à peu le vacarme de l'eau noya ses pensées – hypnotiques, légèrement anxieuses. L'eau, l'eau qui court, exerce toujours une attraction. On est attiré *de l'avant,* on est attiré *dedans.*

Maintenant. Ici. Viens. Il est temps…
Elle sourit en entendant des voix dans l'eau. L'illusion de voix dans l'eau.

Mais voici qu'un obstacle se dressait devant elle : la rive disparaissait sous un fouillis tourmenté de ronces et de plantes rampantes évoquant un enchevêtrement d'entrailles. Marcher là avec son pantalon de laine gris anthracite et ses chaussures italiennes trop neuves n'était pas une très bonne idée.

Si l'on regardait bien, cependant, avec un œil d'enfant, on discernait une vague trace de sentier dans les broussailles. Des enfants, des pêcheurs. Manifestement, des gens circulaient parfois le long de la rivière.

Un cours d'eau sans nom – ruisseau ou rivière. Peu profond en apparence, mais large. Un chaos de rochers, des pierres plates schisteuses. Une écume de la teinte et de la consistance de la *haute cuisine** [1] la plus « tendance » – des mets réduits à l'état de mousse, de purée, de jus, privés de toute consistance, horribles ! Insipides et insatisfaisants, et pourtant M.R. avait souvent été obligée d'exprimer son admiration, invitée à Manhattan chez certains membres fortunés du conseil d'administration, qui employaient à temps plein des chefs cuisiniers.

Le ruisseau ou la rivière était beaucoup plus petite que la Black River, qui coulait au sud-ouest des Adirondacks, traversant en diagonale le comté de Beechum – la rivière de l'enfance de M.R. Et pourtant… son odeur était la même. Il suffisait à M.R. de fermer les yeux et d'inspirer profondément pour se retrouver *là-bas*.

Une odeur saumâtre et très légèrement aigre – entre rance et pourriture – des feuilles en décomposition – une terre humide,

---

1. Les expressions en italiques suivies d'un astérisque sont en français dans le texte.

grasse et noire, qui cédait sous ses talons tandis qu'elle avançait le long de la rive, se protégeant les yeux contre l'éclat de l'eau, scintillante comme du papier d'aluminium.

Mêlée à l'odeur de rivière, une odeur de brûlé, de caoutchouc. Des ordures, des pneus en train de se consumer. Une odeur de plumes mouillées. Mais assez légère pour ne pas être désagréable.

Tout ce que M.R. voyait – sur l'autre rive du cours d'eau – était un mur de bâtiments en brique sombre n'ayant que quelques fenêtres à chaque étage ; et derrière ces fenêtres, rien de visible. En hauteur sur les côtés des bâtiments, des publicités – des noms de produits et des images de... visages, de silhouettes humaines ? – érodés par le temps et devenus indéchiffrables, privés de toute signification.

« Viandes et volailles Mohawk. »

Ces mots lui vinrent à l'esprit. Le souvenir était fortuit et fugitif.

« Ganterie et bonneterie Boudreau. »

Mais cela, c'était à Carthage, il y avait bien longtemps. Ces panneaux fantomatiques, M.R. ne pouvait les lire.

Carlos avait sûrement raison, ils n'étaient pas loin de la petite ville d'Ithaca – c'est-à-dire de l'immense campus spectaculaire de l'université Cornell où M.R. avait étudié et obtenu son diplôme avec mention très honorable vingt ans auparavant, dans une autre vie. Pourtant elle n'avait aucune idée du nom de ce bourg ni de son emplacement exact sinon qu'il se trouvait quelque part au sud-ouest d'Ithaca dans la région rabotée par les glaciers du comté de Tompkins.

C'était une belle journée froide d'octobre. Une journée éclaboussée du rouge flamboyant des sumacs.

Ce bourg peu prospère aux façades de brique fanée et aux trottoirs fissurés rappelait à M.R. la petite ville du comté de

Beechum, dans les avant-monts des Adirondacks, où elle avait grandi. Elle pensait vaguement *J'aurais dû prévoir de leur rendre visite. Cela fait si longtemps.* Son père vivait toujours là-bas, à Carthage.

Elle n'avait pas dit à Konrad Neukirchen qu'elle passerait trois nuits à moins de cent cinquante kilomètres de Carthage parce que chaque minute ou presque du congrès serait occupée par des rendez-vous, des tables rondes, des entretiens – et que d'autres personnes encore souhaiteraient s'entretenir avec M.R. quand le congrès débuterait. Elle n'avait pas voulu décevoir son père, qui avait toujours été si fier d'elle.

Son père, et sa mère aussi, bien sûr. Les deux Neukirchen : Konrad et Agatha.

Qu'il était pénible à M.R. de décevoir les autres ! Ses aînés, qui avaient tant investi en elle. Leur amour pesait sur ses épaules comme un lourd manteau, comme l'une de ces protections en plomb contre les rayons X dont on vous revêt chez le dentiste – vous étiez content de cette protection, mais encore plus content d'en être débarrassé.

M.R. préférait de loin être déçue par les autres qu'être elle-même cause de déception. Car M.R. pardonnait – volontiers ; elle était très douée pour le pardon.

Elle était aussi très douée pour l'oubli. L'oubli est le principe même du pardon.

C'était peut-être – ou cela aurait dû être – un principe quaker qu'elle avait hérité de ses parents : *oublier, pardonner.*

Hardiment maintenant elle avançait le long de la rivière sans nom. Quelqu'un qui l'aurait observée du pont, un peu plus loin, aurait été étonné de la voir : une femme bien habillée, seule, dans cet endroit impraticable, entre jungle et terrain vague. De grande taille, M.R. avait un dos droit, une tête haut levée qui la faisaient paraître plus grande encore – c'était une femme d'une quarantaine d'années au visage séduisant de jeune fille – la joue rose et pleine. Son regard était à la fois timide et vif, scrutateur. Un regard de faucon dans un visage de jeune fille.

Quelle impression étrange lui faisait cet endroit! La lumière – les lumières scintillantes qui dansaient à la surface de l'eau semblaient pénétrer son cœur. Elle se sentait à la fois euphorique et pleine d'appréhension, comme si un danger la menaçait. Un danger invisible, peut-être. Et cependant il lui fallait aller de l'avant.

C'était un sentiment banal, bien sûr. Banal chez tous ceux qui habitent un rôle « public ». Elle allait s'adresser à un auditoire qui accueillerait sûrement avec une certaine hostilité les mots qu'elle prononcerait.

Son discours inaugural, auquel elle travaillait par intermittence depuis des semaines, ne ferait pas plus de vingt minutes : « Le rôle de l'université en des temps de "patriotisme". » C'était la première fois que M.R. Neukirchen était invitée à prendre la parole devant le Congrès national de la prestigieuse Association américaine des sociétés savantes. Des questions agressives lui seraient sans doute posées à la fin de son intervention. Même dans sa propre université, où le corps enseignant approuvait largement ses positions progressistes, quelques voix dissonantes de droite se faisaient entendre. Dans son écrasante majorité, toutefois, son auditoire de la soirée l'approuverait, elle en était sûre.

Ce serait excitant – de parler à ce groupe de gens éminents et de les impressionner. On ne sait comment, la timide écolière qu'elle avait été s'était muée, en un temps relativement court, en une oratrice passionnée et efficace – une sorte de Walkyrie – ardente, farouchement éloquente. On voyait qu'elle prenait les choses *à cœur* – au point, parfois, de vibrer d'émotion, de sembler sur le point de bégayer.

Elle fascinait son public, dans le monde universitaire étroit et fermé où elle demeurait.

Je mets mon âme à nu devant vous. Je prends les choses tellement à cœur!

Elle se sentait souvent mal avant un discours. Des remous dans l'estomac comme si elle allait être physiquement malade. Ce que devait éprouver un acteur avant d'interpréter un rôle capital. Ce que devait éprouver un sportif à l'orée d'un grand triomphe… ou d'une grande défaite.

Son amant (secret) lui avait un jour déclaré *Ce n'est pas de la panique que tu ressens, Meredith. Ce n'est même pas de la peur. C'est de l'excitation, par anticipation.*

Son amant (secret) était un homme brillant, mais sur qui on ne pouvait entièrement compter, un astronome/cosmologiste qui n'était jamais plus heureux que dans les profondeurs de l'Univers. Les voyages d'Andre Litovik l'emmenaient dans l'espace extragalactique, loin de M.R., et cependant il était fier d'elle, lui aussi, et l'aimait à sa manière. Du moins souhaitait-elle le croire.

Ils se voyaient peu fréquemment. Ils ne communiquaient même pas souvent, car Andre négligeait de répondre aux courriels. Ils pensaient cependant continuellement l'un à l'autre – du moins M.R. souhaitait-elle le croire.

Imprudemment peut-être, étant donné l'épaisseur des broussailles, M.R. s'approchait du dessous du pont. Comme elle l'avait supposé, le tablier était en planches – les rayons du soleil filtraient à travers les fentes – quand des véhicules passaient, le tablier vibrait. Un pick-up, plusieurs voitures – le pont était si étroit qu'ils ne dépassaient pas le dix à l'heure.

Elle avait appris à franchir ce genre de pont en voiture. Bien longtemps auparavant.

Elle éprouva le frisson d'appréhension de jadis – un malaise viscéral qu'elle ne ressentait plus maintenant qu'en avion, dans les zones de turbulences – *Veuillez regagner votre siège et attacher vos ceintures, le commandant de bord vous demande de bien vouloir regagner votre siège.*

Dans ces moments-là elle avait cette pensée terrible : *Mourir au milieu d'inconnus! Mourir dans une épave en flammes.*

Ces pensées curieuses, inhabituelles chez elle, M.R. Neukirchen les cachait à ceux qu'elle connaissait intimement. Mais en fait personne ne connaissait M.R. intimement.

D'une certaine manière elle trouvait étrange, ce fait curieux : elle n'était pas (encore) morte.

De même que les Présocratiques se demandaient *Pourquoi y a-t-il quelque chose plutôt que rien?* M.R. se demandait *Pourquoi suis-je ici plutôt que... nulle part?*

Une spéculation purement philosophique. La philosophie professionnelle de M.R. n'était pas contaminée par ce qui ne relevait que de l'individuel.

Ces questions étaient pourtant étranges et merveilleuses. Pas une heure de sa vie où elle ne rendît grâce.

M.R. avait été un *enfant unique.* Toute une psychologie avait été élaborée à propos de l'*enfant unique,* une variante du *premier né.*

L'*enfant unique* n'est pas inévitablement le *premier né,* cela dit. L'*enfant unique* peut être le survivant.

L'*enfant unique* a plus de chances d'être doué qu'un enfant qui a de nombreux frères et sœurs. De toute évidence, l'*enfant unique* est généralement solitaire.

Autonome, autosuffisant. «Créatif».

M.R. croyait-elle à ces théories ? Ou croyait-elle, car cela se rapprochait davantage de son expérience personnelle, que les personnalités sont distinctes, individuelles et uniques, impénétrables – en termes d'influence et de causalité, inexplicables ? Elle avait fait des études de philosophie, obtenu un doctorat en philosophie européenne dans l'un des grands départements de philosophie du monde anglophone. Elle avait néanmoins suivi des cours de troisième cycle en psychologie cognitive, neurosciences, droit international. Elle avait participé à des colloques de bioéthique. Elle avait publié un essai, fréquemment repris dans des anthologies : « Comment sait-on ce que l'on "sait" : du scepticisme comme impératif moral.» En sa qualité de présidente d'une université de recherche prestigieuse, où étaient conçues, débattues, argumentées et défendues des théories de toutes sortes – un foisonnement de champ printanier florissant et bourdonnant de vie – M.R. n'était pas obligée de croire, mais elle était obligée de prendre au sérieux, de respecter.

Mon rêve est de... servir ! Je veux bien faire.

Elle était parfaitement sérieuse. Elle était totalement dépourvue d'ironie.

Le pont de Convent Street, à Carthage. Voilà le pont dont elle cherchait à se souvenir.

Et d'autres ponts, canaux, cours d'eau – qu'elle ne parvenait pas à se rappeler tout à fait.

Dans une sorte d'état second, elle regardait, souriait. Enfant, elle avait appris vite. De tous les réflexes humains, le plus précieux.

La rivière était rapide, peu profonde ; des rochers émergeaient de l'eau, pareils à des os blanchis. Sur des branches d'arbres, immergées et pourries, des tortues bourbeuses se prélassaient au soleil d'octobre, aussi immobiles que des sculptures de pierre. M.R. savait par son enfance rurale que, dès qu'on s'en approchait, elles sortaient de leur torpeur, se réveillaient et se coulaient dans l'eau ; apparemment endormies, d'une immobilité reptilienne, elles étaient néanmoins sur le qui-vive, vigilantes.

Un souvenir lui revint soudain : des jeunes garçons qui, après avoir attrapé l'une de ces tortues, hurlaient, la jetaient contre des rochers, la frappaient à coups de pierres, brisant sa carapace...

Pourquoi faire une chose pareille ? Pourquoi tuer... ?

C'était une question que personne ne posait. On ne se risquait pas à la poser, sous peine d'être tourné en ridicule.

Elle n'avait pas su défendre cette pauvre tortue contre les garçons. Elle était trop jeune... très jeune. Les garçons étaient plus âgés. Ils étaient trop nombreux, toujours... l'ennemi.

Ces petits échecs d'autrefois. Personne ne les connaissait aujourd'hui. Personne de ceux qui la connaissaient. Si elle avait essayé de leur en parler, ils l'auraient dévisagée sans comprendre. *Vous ne parlez pas sérieusement ?*

Bien sûr qu'elle était sérieuse : une femme sérieuse. La première femme présidente de l'Université.

Non que son sexe fût un problème, ce n'était pas le cas. Sans hésitation M.R. était prête à affirmer, détails à l'appui si on l'interviewait, que pas une seule fois dans sa carrière professionnelle, non plus que dans ses années d'études, elle n'avait été l'objet de discrimination du fait de son sexe.

C'était la vérité, telle qu'elle la connaissait. Elle n'était pas du genre à se plaindre, ni à parler avec dédain, amertume ou reproche.

Qu'était-ce donc... un mouvement dans l'eau en amont ? Un enfant ? Mais l'air était trop froid pour la baignade et la silhouette trop blanche : une aigrette neigeuse.

Un bel oiseau aux longues pattes cherchant du poisson dans le cours rapide de la rivière. M.R. la contempla un long moment… quelle immobilité! Quelle patience! Finalement, comme gênée par la présence de M.R., l'aigrette sembla se secouer, déploya ses larges ailes et s'envola.

Tout proches mais invisibles, des oiseaux… geais, corbeaux. Des cris rauques de corbeaux.

Aussitôt M.R. se détourna. Le son de ces cris, âpre, rugueux, la troublait.

«Oh!» – dans sa hâte de s'éloigner, elle s'était tordu la cheville, ou presque.

Elle n'aurait pas dû venir là, Carlos avait eu raison de désapprouver. À présent ses talons s'enfonçaient dans la terre molle et boueuse. Qu'elle était donc empotée!

Jeune sportive, M.R. avait été rapide pour une fille de sa taille et de sa conformation (le type «Amazone»), mais peu après son adolescence elle avait perdu cette vitesse réflexe, la coordination œil-main qu'un sportif tient pour naturelle jusqu'à ce qu'elle l'abandonne.

«Madame? Laissez-moi vous aider.»

Madame. Un reproche à sa sottise!

Carlos se tenait à quelques mètres de là. M.R. préférait ne pas penser que son chauffeur n'avait cessé de veiller sur elle.

«Tout va bien, Carlos, merci. Je crois…»

Mais M.R. boitait, la cheville douloureuse. Une douleur aiguë, lancinante, qui s'atténuerait vite, espérait-elle, mais en attendant elle fut bien obligée de s'appuyer au bras de Carlos pour suivre le sentier envahi de broussailles jusqu'à la voiture.

Son cœur battait vite, bizarrement. Les cris des oiseaux – les cris des corbeaux – étaient à la fois railleurs et beaux : des cris étranges et sauvages de désir, d'appel.

Mais qu'était-ce donc?... quelque chose collait à la semelle d'une de ses chaussures. Ces chaussures italiennes en cuir noir qu'elle s'était sentie obligée d'acheter, bien plus chères que toutes celles que M.R. avait jamais eues en sa possession. Et sur les revers de son pantalon... des épines, des gratterons. Et qu'avait-elle dans les cheveux? Elle espérait que ce n'était pas des fientes d'oiseaux, récoltées sous ce fichu pont.

« Pardon, madame...

– Merci, Carlos! Tout va bien.

– Attendez... »

Le galant Carlos se baissa pour détacher ce qui était collé à la chaussure de M.R. Elle avait essayé de s'en débarrasser sans voir tout à fait ce que c'était, et sans le laisser voir à Carlos; mais naturellement, Carlos avait vu. Que c'était donc ridicule! Elle était contrariée, embarrassée. Avoir son chauffeur hispanique à ses pieds était bien la dernière chose qu'elle souhaitait, mais bien entendu Carlos insista, détacha adroitement ce qui collait à sa semelle et l'expédia d'une pichenette dans les buissons, et quand M.R. demanda ce que c'était, il répondit doucement sans la regarder dans les yeux :

« Rien, madame. C'est parti. »

On était en octobre 2002. Dans la capitale des États-Unis, la guerre se préparait.

Si des objets passent dans l'espace «négligé» après une lésion cérébrale, ils disparaissent. Si le cerveau droit est lésé, le déficit se manifestera dans le champ visuel gauche.

Le paradoxe est le suivant : comment savons-nous ce que nous ne pouvons pas savoir quand cela ne nous apparaît pas?

Comment savons-nous ce que nous n'avons pas vu parce que incapable de voir, et que nous ne pouvons donc pas savoir ne pas avoir vu.

À moins que... nous puissions voir l'ombre de ce-qui-n'est-pas-vu. L'ombre d'une aile immense passant sur la surface de la Terre.

Tard dans la nuit – le cerveau trop surexcité pour trouver le sommeil – elle avait travaillé à un essai de philosophie – un problème d'épistémologie. *Comment savons-nous ce que nous ne pouvons savoir : quels sont les périmètres de la « connaissance »...*

En qualité de présidente d'université, elle s'était juré de *rester à niveau* dans son domaine – après cette première année inaugurale dans ses fonctions de présidente, elle reprendrait la direction d'un séminaire de philosophie/éthique chaque semestre. Tous les problèmes philosophiques lui semblaient être essentiellement des problèmes d'épistémologie. Mais bien entendu il y avait les problèmes de perception : la neuropsychologie.

Sauter d'un problème d'épistémologie/neuropsychologie à la politique... voilà qui était risqué.

Nietzsche n'avait-il pas dit : *La folie est rare chez les individus – mais c'est la règle dans les nations.*

Elle ferait néanmoins ce saut, pensait-elle – car cette soirée était sa grande occasion. Son auditoire du congrès compterait environ mille cinq cents personnes – professeurs titulaires, lettrés, archivistes, chercheurs, administrateurs d'universités et de *colleges*, journalistes, éditeurs de revues savantes et de presses universitaires. Un collaborateur de la *Chronicle of Higher Education* devait interviewer M.R. Neukirchen le lendemain matin, et un journaliste du *New York Times Education Supplement* tenait absolument à la rencontrer. Une version abrégée du « Rôle de l'université en des temps de "patriotisme" » serait publiée dans la tribune libre du *New York Times*. M.R. Neukirchen était la nouvelle présidente d'une université «historique» qui n'avait admis les femmes que dans les années 1970 et donc dans son discours inaugural elle dirait hardiment l'indicible : le complot cynique ourdi dans la capitale américaine afin de permettre au président d'employer la «force militaire» contre un pays du Proche-Orient diabolisé et présenté comme un «ennemi de la démocratie». Elle trouverait un moyen d'aborder la question dans sa présentation – ce ne serait pas difficile – elle parlerait du Patriot Act, de la vigilance qui s'imposait face à la surveillance étatique, à la détention des «suspects terroristes» – du terrible exemple du Vietnam.

Peut-être était-ce trop passionnel? Mais elle ne pouvait pas parler avec froideur, n'osait pas parler avec ironie. À son personnage de Walkyrie rayonnante, l'ironie était impossible.

Elle appellerait son amant à Cambridge dans le Massachusetts... elle lui demanderait *Dois-je? Dois-je oser? Ou est-ce une erreur?*

Car elle n'avait encore commis aucune erreur. Elle n'avait commis aucune erreur d'importance dans son rôle de *grand acteur de l'éducation.*

Il fallait qu'elle l'appelle, ou un autre ami peut-être – bien qu'il fût difficile à M.R. de révéler des faiblesses à des amis qui attendaient d'elle... édification, encouragement, bonne humeur, optimisme...

Elle ne devait pas agir imprudemment, ne devait pas donner l'impression d'être *politisée, partisane.* Son intention de départ avait été d'examiner l'actualité du traité classique de John Dewey, *Démocratie et éducation,* au xxie siècle.

Elle était idéaliste. Elle ne pouvait prendre au sérieux aucun principe de conduite morale qui ne fût pas valable pour tous – universel. Elle ne pouvait croire que le «relativisme» fût une morale quelconque sinon la morale de l'opportunisme. Mais bien entendu, en tant qu'éducateur, elle était parfois obligée de se montrer pragmatique : opportuniste.

L'éducation repose sur l'économie et sur la bonne volonté des gens.

Même les institutions privées sont les otages de l'économie et de la bonne volonté – éclairée – des gens.

Elle appellerait son amant (secret) quand elle arriverait à l'hôtel du congrès. Juste pour lui demander *Que me conseilles-tu ? Penses-tu que je prenne trop de risques ?*

Juste pour lui demander *Est-ce que tu m'aimes ? Penses-tu seulement à moi ? Te souviens-tu de moi… quand je ne suis pas près de toi ?*

M.R. avait pour habitude de se mettre de bonne heure à un projet – dans le cas présent, des mois à l'avance – dès qu'elle avait été invitée à prononcer le discours d'ouverture de la conférence, au mois d'avril – et d'écrire, réécrire, corriger et réécrire une succession de brouillons jusqu'à ce que les mots en soient affûtés et étincelants – aussi invincibles qu'un bouclier. Une présentation de vingt minutes, éblouissante de concision et de fougue, serait beaucoup plus efficace qu'une présentation de cinquante minutes. Et M.R. aurait également pour stratégie de finir en avance – très légèrement en avance. Elle se donnerait dix-huit minutes. Pour prendre son public par surprise, pour terminer sur une note dramatique…

La folie est rare chez les individus – mais c'est la règle dans les nations.

Mais peut-être était-ce trop sinistre, trop complaisamment « prophétique » ? Peut-être serait-ce une fausse note ?

« Carlos ! Vous voulez bien allumer la radio ? Je crois qu'elle est réglée sur la bonne station : NPR. »

Il était midi : les nouvelles. Mais de mauvaises nouvelles.

À l'arrière de la limousine M.R. écouta. Les médias étaient devenus si crédules depuis les attaques terroristes du 11-Septembre, si dépourvus d'esprit critique – à vous rendre malade, à vous donner envie de pleurer de frustration et de colère, la voix inexercée du secrétaire à la Défense déclarant que l'on soupçonnait *le dictateur irakien Saddam Hussein de stocker des armes de destruction massive en prévision d'une attaque… guerre biologique, guerre nucléaire, menace pour la démocratie américaine, catastrophe mondiale.*

« Qu'en pensez-vous, Carlos ? Est-ce ridicule ? "Jeter de l'huile sur le feu"… ?

– Je ne sais pas, madame. C'est moche. »

Carlos répondait avec prudence. Son sentiment profond, il se garderait bien de le révéler.

« Vous m'avez dit, je crois… que vous aviez servi au Vietnam… »

Jeter de l'huile sur le feu. Servi au Vietnam. Des clichés maladroits, telles des prothèses boiteuses.

Ce n'était pas Carlos, mais l'un de ses assistants qui avait mentionné à M.R. que son chauffeur avait fait la guerre du Vietnam et reçu un « genre de médaille… la "Purple Heart" » – dont il ne parlait jamais. Et à présent, Carlos répondait à contrecœur :

« Oui, madame. »

Dans le rétroviseur elle vit son front se plisser. C'était, ou cela avait été un homme séduisant – le teint basané, une mèche de cheveux argent sur le front. Ses lèvres remuaient, mais *madame* fut le seul mot qu'elle entendit vraiment.

Elle se sentait nerveuse, agitée. Ils approchaient d'Ithaca… enfin.

« Si vous pouviez ne pas m'appeler "madame", Carlos ! J'ai l'impression d'être… une vieille fille d'un autre âge. »

Son intention avait été de changer de sujet et de changer le ton de leur conversation, mais comme souvent quand elle parlait à Carlos, et à d'autres membres de son personnel, son humour, bien connu des collègues de M.R. Neukirchen, tomba à plat.

« Désolée, madame. »

Carlos se raidit en se rendant compte de ce qu'il avait dit. Son visage devait avoir rougi.

Elle savait, pourtant ! Il n'était pas raisonnable de sa part d'attendre de son chauffeur qu'il l'appelle autrement : *Présidente Neukirchen*, par exemple. S'il le faisait, il trébuchait sur ce nom malcommode : *Présidente New-kirtch-n*.

Elle avait demandé à Carlos de l'appeler « M.R. », comme le faisaient la plupart de ses collègues... mais il ne l'avait jamais fait. Ni lui ni aucun autre membre de son personnel. M.R. trouvait cela étrange, déconcertant, car elle se flattait d'être sans prétention, *amicale*.

Son prédécesseur avait insisté pour que tout le monde l'appelle par son prénom, « Leander ». Il avait été un président très populaire, quoique assez peu productif et même assez peu présent dans les dernières années de son mandat ; une horloge de parquet à bout de souffle, avait pensé M.R. Il avait passé l'essentiel de son temps loin du campus, en compagnie de riches donateurs – en qualité d'invité, de compagnon de voyage ou de conférencier pour des groupes d'anciens étudiants. Éminent historien à une époque, il avait vu son domaine d'élection – la guerre de Sécession et la Reconstruction de l'Union – transformé par les avancées des études féministes, afro-américaines et par l'érudition marxiste au point de lui devenir étranger et inaccessible, comme si une porte avait claqué derrière lui. Un homme dont la vanité était si absolue qu'il souhaitait être perçu comme parfaitement dépourvu de vanité – un « homme ordinaire». Et ce, alors que Leander Huddle avait amassé une petite fortune – une dizaine de millions de dollars, disait-on – grâce à son salaire universitaire et à ses à-côtés, et à des investissements dans les entreprises de ses amis du conseil d'administration.

La présidence de M.R. serait très différente!

Naturellement M.R. n'investirait pas un sou dans les entreprises des administrateurs. Elle ne se constituerait pas une petite fortune grâce à ses relations universitaires. M.R. créerait une bourse financée – (secrètement) – sur son propre salaire...

Le changement – un changement radical! – interviendra par mon entremise.

Neukirchen n'en sera que l'instrument. Invisible!

Elle avait des idées radicales pour l'Université. Elle souhaitait réformer sa structure «historique» (c'est-à-dire blanche-patriarcale/hiérarchique), elle souhaitait recruter davantage d'enseignants féminins et issus des minorités et, surtout, elle voulait mettre en place une nouvelle politique de frais de scolarité/bourses qui transformerait la population étudiante en l'espace de quelques années. À l'heure actuelle, l'Université comptait un pourcentage bien trop élevé d'étudiants issus de la classe économique la plus fortunée, et de «legs» (à savoir les enfants d'anciens élèves); grâce aux bourses, il y avait un petit pourcentage d'étudiants «pauvres»; mais les enfants de parents à revenus moyens ne constituaient que cinq pour cent des admissions... M.R. comptait augmenter considérablement leur nombre.

Car M.R. Neukirchen était elle-même la fille de parents aux «revenus moyens», qui n'auraient jamais pu l'envoyer dans cette université prestigieuse de l'Ivy League.

Naturellement, M.R. Neukirchen ne s'afficherait pas comme *radicale*, mais comme *raisonnable, pragmatique et de son temps*.

Elle s'était entourée d'une excellente équipe d'assistants. Et d'un personnel excellent. Dès qu'elle avait été nommée présidente, elle avait entrepris de recruter les meilleurs candidats possible ; elle n'avait conservé que quelques membres clés de l'équipe de Leander.

Dans toutes les réunions publiques, dans toutes ses déclarations publiques, M.R. Neukirchen soulignait que la présidence de l'Université était un « travail d'équipe » – elle remerciait publiquement son équipe, et elle remerciait les individus.

Elle était la plus généreuse des présidentes – elle assumerait la responsabilité des erreurs, mais partagerait le mérite des réussites. (Naturellement, aucune erreur d'importance n'avait encore été commise depuis son entrée en fonctions.) À tous ceux qu'elle rencontrait dans un cadre officiel, elle s'adressait avec cette ardeur enthousiaste et un peu haletante qui dissimulait son intelligence – et sa volonté ; il était arrivé que, dans un débordement d'émotion, la nouvelle présidente presse des mains dans les deux siennes, qui étaient extrêmement grandes, chaudes et fortes.

C'était l'influence de sa mère, Agatha. Qui lui avait également appris à *toujours garder la gaieté au cœur et à toujours trouver à s'employer.*

Comme Agatha et Konrad le disaient souvent, en bons quakers : *J'espère.*

Car c'était l'habitude des quakers de ne pas dire *Je pense* ou *Je sais* ou *C'est ainsi que cela doit être* mais plus provisoirement, et plus tendrement : *J'espère.*

« Oui. J'espère. »

À l'avant de la voiture le son de la radio était réglé assez fort pour couvrir ce que M.R. avait pu dire. Et Carlos était un peu dur d'oreille.

« Vous pouvez éteindre maintenant, Carlos. Merci. »

Depuis l'incident du pont, il y avait une gêne palpable entre eux. Personne n'a plus le sens des convenances qu'un vieux membre du personnel ou un domestique – quelqu'un qui a été au service d'un prédécesseur et ne peut s'empêcher de comparer son nouvel employeur à l'ancien. Et M.R. commençait tout juste à trouver une façon de parler à ses subordonnés qui ne soit ni cérémonieuse ni d'une familiarité déplacée ; une façon de *donner des ordres* qui ne soit pas agressive, coercitive. Même le mot *s'il vous plaît* lui paraissait coercitif. Quand on dit *s'il vous plaît* à quelqu'un qui, comme Carlos, n'a d'autre choix que d'obéir, que dit-on au juste ?

Et elle se demandait si Carlos pensait *Ce n'est pas pareil, être le chauffeur d'une femme. De cette femme-là.*

Elle se demandait s'il pensait *Elle est trop seule. On finit par se conduire bizarrement quand on est trop longtemps seul... le cerveau ne débranche jamais.*

Le réceptionniste regarda son écran en fronçant les sourcils. « "M.R. Neukirchen" » – dans sa bouche, ce nom paraissait légèrement improbable, comique – « oui... nous avons votre réservation, madame Neukirchen... pour deux nuits. Mais malheureusement... votre suite n'est pas tout à fait prête. La femme de chambre est en train... »

Même après son arrêt imprévu, elle arrivait en avance !

Elle n'avait même pas demandé à Carlos de passer devant Balch Hall, son ancienne résidence universitaire... dont elle se souvenait avec un brin de nostalgie.

Pas pour la jeune fille naïve qu'elle était alors, ni même pour les camarades de chambre sympathiques qu'elle y avait eues – (des boursières, comme elle) – mais parce qu'elle y avait fait la découverte électrisante de ce que pouvait avoir de *vivant* l'activité intellectuelle, qui, jusque-là, avait été pour elle essentiellement livresque.

M.R. affirma au réceptionniste que ce n'était pas grave. Elle attendrait. Bien entendu. Aucun problème. « ... Dix, quinze minutes tout au plus, madame Neukirchen. Vous pouvez remplir votre fiche et attendre dans notre salon-bibliothèque. Je vous appellerai.

– Merci, c'est parfait. »

Souris! On ne prend pas les mouches avec du vinaigre disait Agatha, bien que ce ne fût pas pour cette raison qu'elle-même souriait aussi souvent et aussi sincèrement. Et Konrad ripostait, pince-sans-rire, adressant un clin d'œil à sa jeune fille impressionnable.

Ça, c'est sûr! Si c'est des mouches que tu veux.

Le salon-bibliothèque était une belle pièce lambrissée où M.R. allait pouvoir étaler ses affaires sur une table en chêne et continuer à travailler.

C'est toujours une bonne chose : arriver en avance.

Son arrêt impulsif dans la petite ville sans nom au bord de la petite rivière sans nom n'avait pas été une bêtise, en fin de compte – juste un épisode curieux, et promis à l'oubli, dans la vie (privée) de M.R.

Arrive en avance. Apporte du travail.

Elle commençait à avoir la réputation d'être un extraordinaire bourreau de travail.

On savait M.R. très brillante – très sérieuse, idéaliste – mais on n'avait pas tout à fait pris la mesure de sa capacité de *travail.*

Pour ce court voyage, elle avait apporté assez de travail pour plusieurs jours. Et, bien sûr, elle serait en communication constante avec Salvager Hall – l'équipe d'assistants, le secrétariat de la présidente. Un flot ininterrompu de courriels lui parvenait, auxquels elle répondait rapidement et avec un plaisir d'écolière, si bien que l'on savait, et que l'on saurait de plus en plus largement, que M.R. ne manquait jamais d'inclure des remarques et des questions personnelles dans ses messages, qu'elle était d'une amabilité irrépressible.

Car nous aimons notre travail. Pas de narcotique plus puissant que le travail !

Et le travail administratif de M.R. était très différent de son travail d'écrivain/philosophe – l'administration consiste à organiser les autres avec habileté, son centre de gravité est *extérieur* ; tout ce qui compte, tout ce qui est important, urgent – profond – est *extérieur*.

« Je veux "servir". Je ne veux pas être "servie". »

Cela aussi était un héritage des Neukirchen. Chez les quakers le bien public prime sur l'intérêt purement personnel.

D'un œil critique M.R. réexaminait à présent son discours – « Le rôle de l'université en des temps de "patriotisme" » – quoique distraite par le souvenir du pont et des odeurs prenantes de la rivière – les lettres mystérieuses, effacées par le temps, sur le bâtiment de brique sombre de la rive opposée.

Dans le hall, des voix fortes. Les autres congressistes arrivaient.

Elle éprouva un frisson d'appréhension, d'excitation. Car c'en serait bientôt fini de son anonymat.

Le réceptionniste n'avait eu aucune idée de qui elle était – (un soulagement !) – mais d'autres la connaîtraient, la reconnaîtraient. Depuis sa nomination M.R. Neukirchen était devenue célèbre dans les milieux universitaires. Elle ne pouvait s'empêcher de trouver cette ascension très déstabilisante, et très étrange : un pur hasard, en fait.

Dieu t'a choisie, chère Merry ! Dieu est le principe du bien dans l'univers, et Dieu t'a choisie pour accomplir Son œuvre.

46

Dans les moments d'émotion, sa mère parlait ainsi – avec chaleur, conviction. M.R. s'était rendu compte avec une certaine stupéfaction qu'Agatha croyait sans doute réellement à une telle destinée personnelle pour sa fille.

Une fois encore, elle feuilleta le programme du congrès – pour y chercher son nom, s'assurer qu'il était vraiment là.

Le programme était une grande plaquette sur papier glacé, dont la couverture annonçait en lettres dorées : *Cinquantième Congrès national de l'Association américaine des sociétés savantes. 11-13 octobre 2002.* Le congrès débuterait à 17 h 30 par une réception en l'honneur de M.R. et d'autres orateurs. Suivraient le dîner à 19 heures et, à 20 heures, la conférence inaugurale de *M.R. Neukirchen.*

Elle avait souvent parlé en public, bien sûr. Conférences, discours – exposés –, mais généralement dans son domaine universitaire, la philosophie. C'était un honneur pour elle d'avoir été invitée par cette organisation, la plus distinguée des associations intellectuelles/universitaires américaines, bien qu'elle ne fût pas la plus importante, le nombre de ses membres étant limité et le recrutement sélectif.

M.R. elle-même y avait été admise jeune – à moins de trente ans – alors qu'elle était professeur assistant de philosophie à l'Université.

«Oh! zut.»

Elle venait de découvrir de la boue sur les revers de son pantalon et dans les pliures de ses chaussures. Avec irritation, elle frotta les taches, encore humides.

Portant la main à ses cheveux, elle y sentit quelque chose d'arachnéen et de collant – qu'elle avait dû récolter sous le pont de fer forgé.

Par chance, elle avait apporté d'autres vêtements pour le congrès. Elle se laverait le visage – jetterait un coup d'œil à ses cheveux – se changerait rapidement dès qu'on lui donnerait sa chambre. Elle avait une tenue habillée pour cette première soirée. Depuis que M.R. était devenue présidente, les femmes de son équipe veillaient à son « élégance » – son assistante Audrey Myles avait insisté pour l'emmener faire des courses à New York et elles en étaient revenues avec un tailleur en laine chic – façon Chanel, couleur champagne – signé d'un grand couturier américain. Audrey avait également convaincu M.R. d'acheter de belles chaussures qui, avec leurs talons de deux centimètres et demi, lui faisaient atteindre la taille vertigineuse d'un mètre quatre-vingts.

Impossible de se cacher quand on a cette taille-là. Mieux vaut s'imaginer en figure de proue à l'avant d'un navire – en brave Amazone guerrière, poitrine cuirassée d'un plastron, main droite armée d'une lance.

Son amant astronome, après l'avoir vue pour la première fois dans une rue de Cambridge, Massachusetts, des années auparavant, l'avait décrite ainsi. Il avait prétendu être tombé amoureux d'elle dès cette première rencontre. Elle avait alors les cheveux tressés en une natte qui tombait entre ses omoplates tel un serpent scintillant aux reflets de bronze. Depuis qu'elle s'était élevée dans l'administration universitaire, M.R. s'était débarrassée de cette natte d'écolière. Tout comme elle s'était efforcée de se débarrasser d'une sentimentalité naïve sur l'amour que son amant astronome pouvait lui porter. À présent ses cheveux étaient coupés courts, entretenus et coiffés par un coiffeur de New York, toujours sur les recommandations d'Audrey : épais et frisés, ils n'étaient plus brun doré, mais de la teinte incertaine d'un champ hivernal, semés de cheveux d'un gris métallique qui étincelaient comme des filaments.

Selon les biographies officielles, M.R. Neukirchen était âgée de quarante et un ans en septembre 2002. Et paraissait beaucoup plus jeune.

Petite fille, elle avait vu son acte de naissance. Ses parents le lui avaient montré. Un document timbré du sceau doré emblématique de l'État de New York qui portait sa date de naissance, son nom... ses noms.

Notre secret, tu n'es pas obligée d'en parler à quiconque.

Notre secret, Dieu a béni notre famille.

Elle s'appelait « Merry[1] », en ce temps-là — « Meredith Ruth Neukirchen ». La date de son anniversaire était le 21 septembre. Un moment très agréable de l'année, selon les Neukirchen : l'entrée dans la belle saison de l'automne. Raison pour laquelle ils avaient fait ce choix pour elle.

Raison pour laquelle elle oubliait souvent son anniversaire et s'étonnait que d'autres le lui rappellent.

Adolescente, à Carthage, elle n'avait pas souffert de ne pas être belle. Elle avait appris à être objective dans ce domaine. Il y avait ceux à qui elle plaisait — qui l'aimaient, d'une certaine manière — pour son grand sourire farouche qui ressemblait à une grimace de douleur, pour son stoïcisme face à la douleur ou aux désagréments ; elle avait ri en voyant sa photo dans les journaux de la région, cette expression d'attente et ce visage si ingénument quelconque qu'il aurait pu être celui d'un garçon et non d'une jeune femme de dix-huit ans :

MEREDITH RUTH NEUKIRCHEN, MAJOR DE LA PROMOTION 1979, LYCÉE DE CARTHAGE.

Cela avait été le genre de petit lycée de province où aboutissaient, comme des résidus au fond d'une cuve, les professeurs

---

1. Merry signifie « joyeux » en anglais, et est souvent prononcé de la même façon que « Mary » aux États-Unis.

les moins qualifiés, résignés et stoïques; plusieurs d'entre eux avaient vu en Meredith quelque chose de prometteur, voire d'excitant – mais un seul l'avait inspirée, sans toutefois qu'elle souhaite l'imiter personnellement. Et quand la pauvre Meredith – «Merry» –, qui était non seulement major mais vice-présidente de sa promotion, n'avait même pas été invitée au bal de fin d'année des terminales, l'une de ses professeurs l'avait consolée – «Vous allez devoir faire votre chemin autrement, Meredith» – avec une brutalité aussi maladroite que bien intentionnée.

Pas comme femme et pas sexuellement.

Autrement.

Peu après le bal des terminales auquel M.R. n'avait pas été invitée, ses plus jolies camarades de classe étaient mariées et enceintes; enceintes et mariées. Certaines avaient rapidement divorcé et étaient devenues «mères célibataires» – un destin domestique fort différent de celui qu'elles avaient imaginé.

Très peu de ses camarades, filles ou garçons, étaient allés à l'université. Très peu avaient eu ce qu'on pourrait appeler une carrière. Sur les cent dix-huit élèves de sa promotion, très peu avaient quitté Carthage, le comté de Beechum ou le sud des Adirondacks, en récession économique depuis des dizaines d'années.

L'une de ces régions des États-Unis, avait dit M.R., tentant de décrire ses origines à son amant astronome, qui se rendait plus souvent en Europe que dans les campagnes américaines, où la pauvreté est devenue une ressource naturelle : aide sociale, centres médicaux, assistance judiciaire, prisons et hôpitaux psychiatriques, tribunaux des affaires familiales – autant d'activités florissantes sur ce sol stérile. M.R. n'avait envisagé que fugitivement de revenir y enseigner – une fois partie, elle n'avait plus regardé en arrière.

Ne nous oublie pas, Meredith! Reviens nous voir, passer un peu de temps avec nous...
Nous aimons notre Merry.

M.R. avait repoussé son ordinateur et examinait des cartes routières, disposées sur une table du salon-bibliothèque pour les clients de l'hôtel.

Une carte détaillée du comté de Tompkins retenait particulièrement son attention. Elle espérait retrouver l'endroit où elle avait demandé à Carlos de s'arrêter. Au sud-ouest d'Ithaca, il y avait de petites villes – Edensville, Burnt Ridge, Shedd – mais aucune ne semblait être celle qu'elle cherchait. De l'index M.R. suivit la mince courbe bleue d'un cours d'eau – ce devait être la rivière ou le ruisseau – au sud d'Ithaca; mais il n'y avait qu'un minuscule point sur ce cours d'eau, un hameau trop minuscule pour être nommé, ou abandonné.

«Pourquoi est-ce important? Ce n'est pas important.»

Elle murmurait tout haut. Sa déception l'intriguait.

La carte s'interrompait brutalement à la limite nord du comté de Tompkins, mais il y avait des cartes des comtés voisins; il y avait une carte routière de l'État de New York, que M.R. déplia avec impatience, sans espérer parvenir à la replier correctement. Un composant génétique capital lui faisait défaut, elle n'arrivait jamais à replier correctement une carte qu'elle avait dépliée...

Chez les Neukirchen, c'était Konrad qui repliait soigneusement, méticuleusement les cartes. Agatha, contrariée et anxieuse, en avait été incapable.

On dirait un tour de magie. C'est infaisable!

M.R. constata qu'au nord et à l'est du comté de Tompkins s'étendait le comté de Cortland – et au-delà celui de Madison – puis celui de Herkimer, d'une forme curieusement allongée au milieu d'autres, plus trapus; au-delà de Herkimer, dans les Adirondacks, le comté le plus grand et le moins peuplé de l'État de New York, celui de Beechum.

À l'extrémité nord-ouest du comté de Beechum, la ville de Carthage.

Combien de kilomètres cela représentait-il ? Jusqu'où pouvait-elle aller en voiture, si l'envie l'en prenait ? Il semblait y avoir moins de trois cents kilomètres jusqu'à la courbe la plus méridionale de la Black Snake dans le comté de Beechum. Ce qui représentait à peu près trois heures de route si elle roulait à quatre-vingt-dix à l'heure. Naturellement, elle n'était pas obligée d'aller jusqu'à Carthage ; elle pouvait simplement rouler sans se fixer de but, voir où elle serait au bout de deux heures… puis faire demi-tour et rentrer.

Comme son cœur battait vite !

M.R. calcula : il était 13 h 08. Cela faisait près de vingt minutes qu'elle attendait. Le réceptionniste allait sûrement l'appeler d'un instant à l'autre, et elle pourrait monter dans sa chambre.

La réception était prévue à 17 h 30 – mais personne ne serait à l'heure. Et puis, vers 18 heures, tout le monde arriverait en même temps, la pièce serait bondée et, si M.R. était en retard, personne ne s'en apercevrait. Le dîner était plus important, bien entendu, car elle serait assise à la table des orateurs… mais cela, ce n'était pas avant 19 heures. Et bien sûr, la *conférence inaugurale* à 20 heures…

Avait-elle le temps… ou pas ? Son cerveau butait sur les calculs comme une machine défectueuse.

«Absurde. Non. *Arrête.*»

Le charme fut rompu par la sonnerie de son portable, à côté de son coude. Les premières notes émouvantes de la *Petite musique de nuit* de Mozart.

UNIVERSITÉ, lut-elle sur le cadran – autrement dit, le bureau du président. On y attendait de ses nouvelles, évidemment. « Oui, je suis arrivée. Tout va bien. Dans quelques minutes j'aurai ma chambre. Et Carlos est reparti chez lui. » Carlos était parti, en effet. M.R. l'avait remercié et libéré. Le troisième jour du congrès, en fin d'après-midi, il reviendrait la chercher pour la reconduire à l'Université.

Naturellement, M.R. avait proposé à Carlos de passer la nuit à l'hôtel – aux frais de l'Université – pour éviter la fatigue de cinq nouvelles heures de route dans la même journée. Mais Carlos avait poliment refusé : Carlos n'avait pas paru séduit par cette proposition bien intentionnée.

Son départ avait été un soulagement pour M.R. Le chauffeur s'était attardé un moment dans le hall, comme s'il hésitait à quitter son éminente passagère avant qu'elle ait sa chambre ; il avait insisté pour porter sa valise jusqu'à l'hôtel – cette valise à roulettes, légère, dont M.R. se débrouillait très bien, qu'elle préférait en fait tirer elle-même, car elle pouvait alors y poser son lourd sac à main ; mais Carlos ne supportait pas qu'on puisse le voir – d'autres chauffeurs ? – manquer au moindre de ses devoirs.

« Faut-il que j'attende avec vous, madame ?

– Merci, Carlos ! Mais non. Bien sûr que non.

– Mais si vous avez besoin...

– Voyons, Carlos ! Ma chambre est manifestement réservée. C'est une question de minutes, j'en suis certaine. »

Malgré tout, il avait hésité. M.R. ne pouvait déterminer si c'était de la courtoisie professionnelle, ou si ce digne gentleman d'une soixantaine d'années se faisait réellement du souci pour elle – peut-être y avait-il des deux ; il lui avait dit de l'appeler sur son portable en cas de besoin, qu'il reviendrait à Ithaca le plus rapidement possible. Mais il avait fini par partir.

Naturellement, pensa M.R. *Sa vie est ailleurs. Sa vie ne consiste pas à me servir de chauffeur.*

Interrogé par la suite, Carlos Lopes dirait *Je lui ai demandé si je devais rester — sa chambre n'était pas encore prête — elle a répondu que non — elle travaillait dans une pièce donnant dans le hall — j'ai dit qu'elle aurait peut-être besoin de moi pour la conduire dans un autre hôtel au cas où il n'y aurait pas de chambre pour elle et elle a répondu en riant Non Carlos! C'est très gentil à vous mais non — bien sûr qu'il y aura une chambre.*

Et le réceptionniste dirait *Sa chambre a été prête vers 13 h 15. Elle a attendu de bonne grâce en disant que cela ne la dérangeait pas. Mais quelques minutes plus tard elle a appelé la réception — c'est moi qui lui ai parlé — elle voulait qu'on lui recommande un loueur de voitures. Un peu plus tard elle a dû quitter l'hôtel. Le hall était si bondé que personne ne l'a remarquée. Sa chambre était vide à 20 h 30 quand des gens du congrès nous ont demandé d'ouvrir sa porte. La pancarte NE PAS DÉRANGER était mise. Les lumières étaient éteintes. Sa valise était posée sur le lit, ouverte mais pas défaite, son ordinateur était là aussi, fermé. Il n'y avait aucun signe d'effraction ni de désordre, et pas de mot d'explication.*

À 14 heures elle quittait Ithaca en direction du nord dans une voiture de location.

La poitrine gonflée de... soulagement? D'exultation?

Elle n'avait dit à personne où elle allait ni même... qu'elle allait quelque part.

Naturellement, M.R. payait la petite Toyota avec sa carte de crédit personnelle.

Naturellement, M.R. savait que sa conduite était impulsive, mais se disait que puisqu'elle était arrivée en avance, plusieurs heures avant le début officiel de la conférence, cet interlude

– avant 18 heures ou 18 h 30 – était une sorte de chute libre, d'espace en apesanteur.

Un jour elle avait demandé à son amant (secret) comment un astronome pouvait supporter le silence et l'immensité d'un ciel ininterrompu/infini/insondable où il n'y a rien d'*humain*, où l'*humain* paraît en fait dérisoire, et il avait répondu *mais chérie! C'est précisément ce qui attire l'astronome : le silence, l'immensité.* Roulant en direction du comté de Beechum, elle avait l'impression de s'enfoncer dans le silence. Car elle n'avait pas allumé la radio, et le vent qui gémissait et sifflait à toutes les vitres vidait l'habitacle de tout autre bruit, et son cerveau de toute pensée.

Un temps ancien disait son amant du ciel infini *précédant toutes les civilisations de la Terre qui se sont crues l'alpha et l'oméga de la Terre.*

Elle avait décidé de rouler une heure et demie dans une direction. Trois heures d'absence la ramèneraient à l'hôtel vers 17 heures, largement à temps pour se changer et se préparer avant la réception.

Mais le vent chahutait sa voiture de location.

Elle l'avait choisie petite, ce qui n'était pas très pratique pour rouler à une vitesse relativement élevée, côtoyée et doublée par des semi-remorques.

Dans ses cours de conduite du lycée, M.R. avait été une élève exemplaire. À seize ans, elle faisait ses créneaux avec une telle adresse que son professeur la donnait en exemple. *Meredith conduit comme un homme,* avait-il dit d'un ton approbateur.

Elle se rappelait la griserie, le bonheur qu'elle avait éprouvés quand elle avait commencé à conduire. Ce sentiment exaltant de puissance pure que donne un véhicule qui bondit quand vous appuyez sur l'accélérateur, tourne quand vous tournez le volant, ralentit et s'arrête quand vous *freinez*.

Se rappelait avoir pensé *Voilà quelque chose que les hommes connaissent. Qu'une fille doit découvrir.*

« "Pour me dégourdir les jambes". Rien de plus. »

Elle rit. Un rire optimiste. La rosée de rêves fiévreux sur son front, huileuse et irritante au creux de ses aisselles. Et des nœuds dans ses cheveux. Comme si pendant la nuit elle avait rêvé... de quelque chose de ce genre.

Elle aurait le temps de se doucher avant la réception... non ? D'enfiler ses élégants vêtements présidentiels.

Jeune fille – une jeune fille robuste – sportive – M.R. avait transpiré comme n'importe quel garçon, des ruisselets de sueur sur ses flancs, un supplice sur la nuque sous sa tignasse frisée. Et sur son bas-ventre – un fourré de poils encore plus drus, exerçant une sorte de fascination horrifiée sur leur propriétaire – qui était « Meredith » – terrifiée à l'idée que d'autres puissent avoir connaissance de ce fourré ; de même que pendant des années – collège, lycée – elle avait vécu dans l'angoisse de *sentir* au point que les autres s'en rendent compte.

Ce qui avait été le cas, évidemment. Et sans doute plus d'une fois. Car que pouvait *faire* une fille robuste ? Dans l'air chaud et confiné des salles de cours, vos cuisses solides collaient/frottaient l'une contre l'autre si vous ne faisiez pas très attention.

Et certains jours du mois, l'angoisse montait comme la colonne rouge du mercure dans les thermomètres.

Elle a ses règles. Pauvre Meredith !

Son visage est transparent. Amusant !

Tôt ce matin-là avant l'arrivée de Carlos – car M.R. n'avait dormi que par intermittence – elle s'était douchée, bien entendu, s'était shampouiné les cheveux. C'était si loin que cela semblait dater d'un autre jour.

Et donc une nouvelle douche. À son retour à l'hôtel. Sur l'Interstate M.R. faisait une bonne moyenne dans sa petite voiture. Une allure régulière, juste un peu plus de quatre-vingt-quinze à l'heure, ce qui était une vitesse raisonnable et même prudente au milieu de ces véhicules plus imposants qui la doublaient dans un rugissement railleur.

Mais… la beauté de ce paysage! Il fallait partir, et revenir, pour la voir véritablement.

Des champs, des collines. D'immenses étendues de champs vallonnés – maïs, blé – maintenant moissonnés – ondulant à perte de vue. Elle retint son souffle – l'éclair des sumacs, ces flammes rouge foncé, orange feu, au bord de la route – au milieu de conifères plus sombres, de caducs dont les feuilles n'avaient pas – encore – commencé à mourir.

Elle avait laissé derrière elle Bone Plain Road, Frozen Ocean State Park, dépassait maintenant des panneaux indiquant Boontown, Forestport, Poland et Cold Brook – des noms qui n'étaient pas encore ceux de son enfance dans le comté de Beechum.

Ces heures précieuses! Si ses parents avaient su, ils auraient souhaité la voir – ils auraient été prêts à faire le trajet jusqu'à Ithaca.

Ils auraient souhaité écouter son *discours inaugural.* Ils étaient si fiers d'elle. Et ils l'aimaient. Depuis qu'elle avait quitté Carthage grâce à cette bourse remarquable de l'université Cornell, ils la voyaient si peu que cela devait les dérouter.

«J'aurais dû. Pourquoi ne l'ai-je pas fait!»

Apparemment cette possibilité ne lui avait même pas traversé l'esprit. Comme si une partie de son cerveau avait cessé de fonctionner.

Cette forme étrange de cécité/amnésie où les objets disparaissent purement et simplement quand ils passent dans la zone contrôlée par le cerveau lésé. Il ne s'agit pas d'oubli, la perception elle-même est neutralisée.

Maintenant que M.R. avait des assistants, cela n'aurait pas été compliqué à organiser. Une chambre dans son hôtel, par exemple. Ou, s'il était archicomplet en raison du congrès, dans un autre hôtel des environs. Audrey aurait été ravie de s'en occuper pour les parents de M.R.

L'amant de M.R. l'avait entendue plusieurs fois parler en public. Il avait été étonné – impressionné – par son aisance devant un auditoire, alors qu'elle était si souvent mal à l'aise en sa compagnie.

Pas mal à l'aise, en fait... excitée. M.R. était fréquemment très *excitée* en sa compagnie.

Elle n'avait pas osé lui avouer que leurs moments d'intimité lui étaient si précieux qu'ils étaient source de tension. Elle avait répondu avec un sourire *Aucun orateur ne regarde son public. Plus le public est nombreux, plus c'est facile. Voilà le secret.*

Son amant l'imaginait beaucoup plus posée et plus indépendante qu'elle ne l'était. C'était une fiction bien établie entre eux que M.R. n'avait pas «besoin» d'homme dans sa vie; elle était d'une *autre génération, plus libérée* – car son amant avait quatorze ans de plus qu'elle, un fait sur lequel il insistait souvent comme pour s'absoudre de la candidature à la main d'une fille «aussi jeune». Il était d'ailleurs empêtré dans un mariage douloureux qu'il aimait comparer aux terribles anneaux des serpents de mer étouffant Laocoon et ses fils.

M.R. rit tout haut. Car Andre Litovik était si amusant qu'on pouvait oublier que son humour masquait fréquemment une vérité ou une intention beaucoup moins amusantes.

«Oh... mon Dieu...»

Doublée en trombe par un semi-remorque, la petite voiture de M.R. trépidait dans un violent appel d'air. Le chauffeur faisait au moins du cent trente. M.R. freina, alarmée et effrayée. Elle avait rêvé les yeux ouverts au lieu de se concentrer sur sa conduite. Elle avait laissé ses pensées *dériver.* Mieux valait quitter l'Interstate pour la route. Ce serait plus lent, mais plus sûr. Traversant des hectares de terres cultivées, un paysage de collines abruptes, elle passa dans le comté de Cortland, puis dans celui de Madison, puis dans celui de Herkimer et dans les avant-monts des Adirondacks, et pénétra enfin dans le comté de Beechum, où des pics montagneux couverts de conifères se succédaient, dentelés et brumeux, jusqu'à l'horizon, comme s'estompent et s'évanouissent les rêves.

M.R. avait prévu de ne rouler vers le nord qu'une heure et demie avant de faire demi-tour, mais elle décida que continuer quelques minutes – quelques kilomètres – de plus ne changerait pas grand-chose.

Où qu'elle se trouve à... 16 h 30 ?... elle s'arrêterait, ferait demi-tour et rentrerait à Ithaca.

C'était probablement la première fois depuis des mois que personne ne savait où elle se trouvait un jour de semaine et à cette heure-là. Aucun ami ne savait, aucun collègue. M.R. était passée du côté aveugle du cerveau, elle était devenue invisible.

Était-ce une bonne chose ou... pas si bonne que cela ? Ses deux parents avaient loué sa maturité, son sens des « responsabilités » quand elle était jeune. Mais là, c'était différent, un simple interlude.

Elle avait éteint son portable. Plus pratique de répondre aux messages en une seule fois.

Et quel soulagement d'être libérée de son ordinateur, abandonné sur le lit de sa chambre ! Elle était attachée à cet appareil comme à une poche de colostomie. La panique la prenait s'il donnait des signes de défaillance ne fût-ce que quelques minutes. Une nuée de courriels bourdonnaient dans son sillage comme des abeilles furieuses.

M.R. se rappela avec retard… qu'elle était censée rencontrer un éminent enseignant, président d'un comité national de bioéthique et chargé d'inviter M.R. à en devenir membre. Elle souhaitait faire partie de ce comité – rien ne lui semblait plus important que de définir des lignes de conduite dans ce domaine – et cependant elle avait oublié. Dans sa hâte de louer une voiture et de se rendre dans le comté de Beechum, elle avait oublié. C'était pourtant elle qui avait fixé l'heure de leur rendez-vous : 17 heures, juste avant la réception.

Elle aurait pu appeler cet homme pour remettre le rendez-vous au lendemain, mais elle n'avait pas son numéro de portable. Et elle ne voulait pas demander à son assistante de téléphoner à sa place, car Audrey voudrait naturellement savoir où elle se trouvait, et M.R. ne pouvait décemment lui répondre : «Dans le comté de Beechum, je viens de traverser la Black Snake.»

Audrey en serait restée sans voix. Audrey aurait cru qu'elle plaisantait.

M.R. alluma la radio. Elle espérait capter une station de Watertown, WWTX, affiliée naguère au réseau de la NPR, mais ne parvint à trouver que des publicités et des éclats de musique rock assourdissants – les détritus de l'Amérique.

Sur une station de la bande FM il y avait apparemment des informations – *en direct de Washington* – mais noyées sous des explosions de parasites aux accents égrillards.

En direct de Washington – le Congrès ne pouvait pas déjà s'être prononcé sur la guerre, si? C'était trop tôt. Cela donnerait sûrement lieu à de longues journées de débat.

M.R. ne parvenait pas à croire que les législateurs de Washington autoriseraient le belliqueux président républicain à entrer en guerre contre l'Irak – ce serait de la folie ! Les États-Unis n'étaient pas encore entièrement remis de la débâcle du Vietnam, une guerre qui de l'avis presque général avait été une terrible erreur. Pourtant, dans les médias – même aussi progressistes que le *New York Times* – les rumeurs guerrières enflaient et couraient comme un feu de broussailles. La possibilité d'une guerre avait quelque chose de terriblement *émoustillant*.

Avec un succès stupéfiant, l'Administration avait menti pour convaincre la majorité des Américains de l'existence d'un lien direct entre l'Irak et les attaques du 11-Septembre. Depuis cette catastrophe, un nuage toxique presque palpable se formait au-dessus du pays, un obscurcissement progressif de la logique – un rejet impatient de la logique.

De la folie ! M.R. ne pouvait y penser sans trembler.

Elle était philosophe, éthicienne, de profession. Il était criminel, il était autodestructeur, cruel, stupide, irréaliste… immoral, de déclarer une guerre sous des prétextes aussi minces.

Quel est l'attrait de la guerre – l'attrait d'un paroxysme de violence continue et collective se répétant sans fin, de l'aube de la préhistoire à nos jours ? Il ne suffisait pas de dire *Les hommes ont la guerre dans le sang, les hommes sont des guerriers – les hommes doivent remplir leur rôle de guerriers*. Il ne suffisait pas de dire *L'humanité est autodestructrice, damnée. Entre toutes les espèces, damnée.*

En tant que progressiste, en tant qu'enseignante, M.R. ne croyait pas à un déterminisme aussi primitif. Elle croyait encore moins à un *déterminisme génétique*.

Elle avait très vraisemblablement, éparpillés dans le comté de Beechum, de jeunes parents engagés dans la Garde nationale ou dans les forces armées. Certains étaient peut-être même déjà au Proche-Orient en prévision des combats à venir, comme à l'époque de la guerre du Golfe, quelques années auparavant. De même que la région des Appalaches, un peu plus au sud, le comté de Beechum faisait partie de ces zones rurales économiquement défavorisées qui fournissaient de la chair à canon. Les père et mère de M.R. – Agatha et Konrad – étaient quakers, quoique n'étant pas des membres «actifs» de la Société des Amis la plus proche, située à une certaine distance de Carthage. («Trop paresseux pour faire le trajet, disait Konrad. Un Trembleur peut "trembler" quand et où il veut.») Aucun des autres Neukirchen n'était quaker et aucun, surtout, n'était pacifiste comme Konrad, qui avait obtenu le statut d'objecteur de conscience pendant la guerre de Corée et qui, au lieu d'être incarcéré dans une prison fédérale, avait été autorisé à travailler dans un hôpital d'anciens combattants de Baltimore.

Konrad était un homme bon, petit et trapu comme une borne d'incendie, véhément quand il déclarait que s'il s'était retrouvé dans l'armée – au combat – il n'aurait jamais pu tirer sur «l'ennemi». Il était incapable de tenir une arme, de la braquer sur qui que ce fût.

M.R. sourit au souvenir de son père. Elle ne se le rappelait pas tel qu'il était aujourd'hui – vieillissant et malade – mais tel qu'il avait été dans ses tout premiers souvenirs, dans les années 1965.

La seule chose qu'on ne peut pas t'obliger à faire, c'est à tuer quelqu'un. On ne peut même pas t'obliger à haïr quelqu'un.

Un panneau indiquait : CARTHAGE 78 MILES. Mais M.R. ne pouvait aller à Carthage ce jour-là.

Elle se demandait avec inquiétude… s'il était temps de faire demi-tour. Un instinct l'empêchait de regarder sa montre…

Elle éprouvait une sensation étrange ! La même que lorsque, petite fille, elle s'avançait centimètre par centimètre – avec d'autres enfants plus âgés – sur la rivière gelée ; une rivière si sombre et si rapide, tel un serpent noir aux écailles miroitantes, que l'eau ne gelait que près du bord et continuait à filer au milieu.

À n'en pas douter, c'était excitant. Audacieux et téméraires, les garçons plus âgés se risquaient pas à pas vers l'eau libre. Les plus jeunes, craintifs, restaient en arrière.

Il ne faut pas te laisser entraîner, Meredith ! S'il t'arrive quelque chose, ils s'enfuiront et t'abandonneront car ils sont faits ainsi – ils sont cruels, c'est plus fort qu'eux, parce que leur Dieu est un Dieu de conquête et de courroux et non un Dieu d'amour.

Il y avait un peu d'antipathie, de rancune contre les parents de Meredith – qui ne s'exprimait pas devant eux, mais derrière leur dos – en raison du pacifisme peu viril de Konrad. Car dans le comté de Beechum on avait le culte du fusil. C'était un comté de chasseurs, de guerriers.

M.R. sentait monter une légère migraine. Elle n'avait rien mangé depuis le matin et encore, rapidement, à son bureau, en répondant à son courrier.

Les repas solitaires ne sont guère agréables. Les repas solitaires sont à éviter.

Le défaut de la philosophie est de n'avoir ni estomac ni entrailles. Dans toute la philosophie classique, pas un seul frémissement de *sensation*.

Ah ! pourquoi n'avait-elle pas invité Agatha et Konrad à Ithaca ! Cela aurait été si facile, cela leur aurait fait tellement plaisir !

M.R. aimait ses parents mais semblait souvent les oublier. Ils ressemblaient à des nuages voguant dans le ciel – des nuages d'une blancheur neigeuse, d'une beauté sublime, céleste, que personne ne pense à regarder.

« Je ferai mieux. J'espère qu'ils m'oublieront. »

Elle voulait dire *pardonner* bien sûr. Pas *oublier.*

En fait – à cet instant précis – elle franchissait la Black Snake. Le pont en treillis vibra sous la légère Toyota. La rivière coulait dix bons mètres plus bas, rapide et furieuse. Des girandoles – des spirales – de lumière – comme des défauts de vision. On pouvait imaginer un serpent géant dans ce liquide en fusion – dressant la tête, yeux fauve et mâchoires crochues.

Un second regard, et le serpent avait disparu sous la surface de l'eau.

Plus loin à l'ouest, à Carthage, dans des couches de schiste, il y avait des fossiles que M.R. avait cherchés autrefois. D'antiques crustacés, des poissons depuis longtemps disparus. Son professeur de biologie l'avait envoyée à leur recherche : il avait identifié les fossiles. M.R. les avait dessinés dans son cahier avec un soin particulier.

Un chapelet de A+ attaché à *Meredith Neukirchen* comme la longue queue d'une comète.

Ici, les bords de la rivière étaient moins rocheux, plus marécageux. La rivière ne ressemblait pas à celle de son enfance, et pourtant... elle lui était étrangement familière, comme la tête du serpent.

Au bas de la rampe du pont, un panneau indiquait : RAPIDS : 5 MILES. SLABTOWN : 11 MILES. RIVIÈRE-DU-LOUP : 18 MILES. Au loin, le mont Moriah – l'un des plus hauts sommets des Adirondacks du Sud – et au-delà, des pics brumeux dont M.R. ne se rappelait pas le nom avec certitude : Mont Provenance, mont Hammer ? Mont Marcy ? C'était la géologie – la géologie du XIXe siècle – qui avait ébranlé le mythe chrétien de la création, si profondément enraciné en Europe, et dans son sol imbibé de sang, qu'on n'aurait jamais imaginé qu'il puisse en être extirpé comme une racine pourrie ; des éruptions de certitude humaine pareilles à des éruptions de lave nettoyant tout sur leur passage. Car qu'était la terre, sinon une masse de lave bouillonnante... et non quelque chose de « créé ». En quelques décennies, l'ancienne croyance avait été ébranlée jusqu'au tréfonds. Tout était dévastation. À ceci près, comme Nietzsche l'avait si finement observé, que cette dévastation était ignorée. Niée. La connaissance de la position de la Terre dans l'univers était passée dans le champ aveugle de la négligence visuelle. *Elle* ne serait pas complice de ce déni, de cet aveuglement.

Elle, avec l'autorité que lui conférait sa position de première présidente d'une grande université, dirait la vérité telle qu'elle la concevait.

Car dans sa vanité elle souhaitait se ranger du côté des grands diseurs de vérité – et non de ceux qui tenaient des propos lénifiants.

Au lycée M.R. avait été attirée par la géologie et par d'autres sciences, mais, dans les années qui avaient suivi, sa passion pour l'abstraction – pour la philosophie – l'«éthique» – avait chassé ces mots durs et concrets comme des minerais irréductibles – *igné, sédimentaire, métamorphique.*

La science est une autre façon de chercher Dieu, lui avaient assuré les Neukirchen. Leur foi de quaker était si large, si vaste, qu'elle embrassait tout – une mer des Sargasses sans limites et sans Sauveur.

M.R. n'osait pas regarder l'horloge du tableau de bord. Il était temps de faire demi-tour, elle le savait.

Elle dépassait des villages de caravanes, de petites maisons à bardeaux d'asphalte, des fermes et des granges à demi abandonnées. Elle dépassait Old Dutch Road – un nom familier ? – et Sandusky Road. L'étroite route de la Black River sinuait dangereusement près de la rivière. Sur la rive où elle se trouvait, le bas-côté s'était effondré, rongé par l'érosion. De l'autre côté se dressait une étrange colline ou une petite montagne en forme d'escabeau, presque entièrement dépouillée de végétation, dont de gigantesques rochers s'étaient apparemment détachés pour basculer dans la rivière. Un paysage antédiluvien, bouleversé, tourmenté. Et pourtant, quelle beauté puissante dans ces formes tourmentées !

Une douleur aiguë entre ses omoplates comme si un insecte l'avait piquée, car elle était tendue, conduisait courbée en avant, les mains crispées sur le volant comme si elle craignait qu'il ne lui échappe.

Il lui avait dit – son amant (secret) – *L'éternité n'a strictement rien à voir avec le temps* – mais c'était une plaisanterie, il n'avait pas eu l'intention d'être cruel ni moqueur et elle avait embrassé sa bouche, osé embrasser cette bouche qu'il lui appartenait à peine d'embrasser.

Plus mystérieusement il avait dit *Le temps terrestre est une façon d'empêcher que tout n'arrive en même temps.*

Que voulait-il dire ? M.R. ne le savait pas trop.

Lorsque vous racontez une histoire, vous devez exposer les «événements» dans un ordre chronologique. Ou plutôt vous devez établir un ordre chronologique pour savoir quelle est votre histoire et pouvoir la «raconter».

Il n'y a que dans le temps, le temps calendaire, le temps d'horloge, qu'il existe une chronologie. Sinon… une vie entière n'est qu'une nanoseconde, achevée aussi tôt que commencée, et tout arrive en même temps.

Peut-être était-ce ce qu'Andre voulait dire. Il étudiait l'évolution des galaxies et la formation des étoiles – enfant, il avait rêvé de «dresser la carte» de l'univers.

M.R. avait eu peu d'amants – très peu. Car les hommes, supposait-elle, n'étaient pas naturellement, *sexuellement* attirés par elle. Elle avait un faible pour les hommes d'une intelligence exceptionnelle – ou, du moins, d'une intelligence supérieure à la sienne. Pour ne pas avoir à dissimuler la sienne.

L'ennui était que, dans sa vie, ces hommes-là semblaient avoir été invariablement plus âgés qu'elle. Parfois cyniques. Parfois usés comme de vieux gants, des bottes éculées. La plupart étaient mariés, et certains pour la deuxième ou troisième fois.

Elle voulait se marier! Un jour.

Elle voulait épouser Andre Litovik.

Il avait tenté de la dissuader d'accepter la présidence de l'Université. Elle avait eu le sentiment qu'il craignait que son Amazone ne s'éloigne de lui, en fin de compte.

S'il l'avait vraiment aimée… il aurait été plein d'espoir pour elle, fier d'elle.

Mais peut-être un homme, même exceptionnel, a-t-il du mal à être fier d'une femme exceptionnelle.

M.R. tâcha de déterminer où elle se trouvait. Elle avait une conscience de plus en plus aiguë du temps qui passait.

Préparée, tu dois être préparée. Il est temps.

Un panneau indiquant SPRAGG 7 MILES. SLABTOWN 13 MILES. Un panneau indiquant Star Lake dans la direction opposée : 66 MILES.

Spragg, Slabtown, Star Lake. M.R. avait entendu parler de Star Lake, pensait-elle – mais pas des autres localités, si bizarrement nommées.

Et puis, brusquement, une barrière se dressa en travers de la route

DÉVIATION
ROUTE IMPRATICABLE SUR 3 MILES

67

De l'autre côté de la barrière, un bout de route s'était effondré dans la Black Snake. M.R. freina, s'arrêta – ce glissement de terrain choquait la vue, comme une difformité physique.

« Oh ! Zut. »

Elle était déçue… cela allait la ralentir.

Elle pensait à la rapidité avec laquelle cela avait dû se produire : la route s'affaissant sous un véhicule en mouvement, une voiture, un camion – un car scolaire ? –, les passagers plongeant dans la rivière, pris au piège, terrifiés, et personne pour assister à cette horreur. Il était peu probable que la route se soit effondrée sous son propre poids.

Mourir par (pur) accident. Sûrement la plus miséricordieuse des morts !

Mourir de la main d'un autre : la plus cruelle.

Mourir de la main d'un autre *qui vous est proche, intime comme un battement de cœur :* la plus cruelle de toutes.

À en juger par les ronces et les plantes poussant dans les fissures du bitume, un enchevêtrement de sumacs et d'arbustes rabougris, l'effondrement de la route ne datait pas de la veille. Le comté de Beechum n'avait pas assez d'argent pour remettre en état une route aussi reculée : la déviation était devenue perpétuelle.

Comme un enfant curieux – car on est toujours attiré par DÉVIATION comme par ENTRÉE INTERDITE : DANGER – M.R. s'engagea sur une étroite route latérale : Mill Run. La décision raisonnable, bien entendu, aurait été de faire demi-tour.

Mill Run Road était-elle seulement asphaltée ? Ou recouverte de gravillons, qui avaient depuis longtemps disparu ? Elle semblait traverser des terres plus basses, marécageuses ; plus de champs cultivés, ici, mais une sorte de no man's land inhabité.

M.R. roula prudemment sur la chaussée défoncée. Elle était bonne conductrice – attentive à éviter les nids de poule. Elle savait qu'une brusque déclivité peut déchirer un pneu; elle ne pouvait risquer une crevaison.

M.R. avait appris à changer un pneu de voiture, dans sa jeunesse. Le sentiment général était qu'il valait mieux qu'elle apprenne à se débrouiller toute seule.

En fait il y avait eu des habitants le long de Mill Run Road, et jusque assez récemment – une maison abandonnée, plantée dans un champ comme un sureau étiolé; une station-service Sunoco, apparemment désertée, au milieu d'un cimetière d'épaves et, à côté, un café dont l'enseigne pâlie grinçait dans le vent – BLACK RIVER CAFÉ.

La station Sunoco et le café étaient fermés par des planches clouées. Juste devant le café, un pick-up sans roues reposait sur ses jantes. M.R. aurait pu faire demi-tour dans le parking, mais – bizarrement – elle continua à rouler, comme entraînée par un élan irrésistible.

Elle souriait… non? Son esprit, d'ordinaire si actif, aussi hyperactif qu'un essaim de frelons dérangés, était vide, tout entier attente.

Dans un paysage accidenté d'avant-monts et de montagnes densément boisées, on ne voit que le ciel que par pans – M.R. apercevait par instants un peu de bleu brouillé, des volutes de nuage aux allures de bandages souillés. Elle conduisait avec d'étranges à-coups, appuyant sur l'accélérateur puis le relâchant – elle espérait ne pas être prise de court par un obstacle imprévu, et cependant elle le fut, et brutalement : «Oh! mon Dieu!»

Car il y avait un enfant allongé au bord de la route – une petite silhouette au bord de la route, brisée, abandonnée. La Toyota fit une embardée, quitta la route.

Sans réfléchir M.R. braqua pour éviter l'enfant. Un choc sourd sinistre, la secousse du véhicule plongeant dans le fossé – les roues avant et arrière gauches.

C'était arrivé si vite ! Le cœur de M.R. cognait dans sa poitrine. À tâtons elle s'efforça d'ouvrir la porte, de se dépêtrer de sa ceinture. Le moteur tournait toujours – un piaulement aigu s'était déclenché. Elle avait cru voir un enfant sur le bas-côté mais naturellement – elle s'en rendait compte maintenant – c'était une poupée.

Mill Run Road. Autrefois, il y avait sans doute eu un genre de fabrique dans les environs. À présent, l'endroit était sauvage. Ou retourné à l'état sauvage. La route était une sorte de décharge à ciel ouvert – dans le fossé il y avait un matelas éventré et crasseux, un réfrigérateur dont la porte béait comme une bouche, des jouets en plastique brisés, une botte d'homme.

Grognant sous l'effort, M.R. parvint à sortir – à s'extraire – de la Toyota. Puis il lui fallut se pencher de nouveau à l'intérieur pour couper le contact – l'idée folle lui vint que la voiture risquait d'exploser. Les clés lui échappèrent des doigts – elles tombèrent sur le plancher.

Elle vit… ce n'était pas non plus une poupée sur le bas-côté, juste un vêtement d'enfant, raide de crasse. Un pull saumon fané, brodé de minuscules roses sur le devant.

Et une basket d'enfant. Si petite !

Entortillé au pull, quelque chose de blanc, en coton – des sous-vêtements ? – raides de boue, tachés. Et des chaussettes, des chaussettes de coton blanc. Et dans les broussailles avoisinantes, une vieille table de cuisine en Formica imitation érable. L'Amérique rurale, se remplissant d'ordures.

Le contenu entier d'une maison déversé dans Mill Run Road ! Pas une histoire heureuse.

M.R. se pencha pour examiner le réfrigérateur. Il était vide, naturellement – ses étagères étaient rouillées, tordues. Il sentait. Elle fut saisie d'un tel sentiment de malaise, d'oppression, qu'elle dut se détourner.

« Et maintenant… quoi ? »

Elle pouvait appeler l'AAA – son portable était dans la voiture. Mais le fossé n'était pas très profond, elle parviendrait sans doute à en extraire la Toyota par elle-même.

Sauf que… quelle heure était-il ?

Regardant fixement sa montre. Tâchant de calculer. Était-il déjà 4 h 30 passées, près de 5 heures ? Si tard ! Mi-octobre et le soleil baissait dans le ciel, le crépuscule tombait.

De ce côté-ci de la Black Snake s'étendaient des terres marécageuses, des marais. L'odeur qu'elle avait sentie était celle de la boue. Manifestement, ici, la rivière sortait souvent de son lit. Il flottait une odeur saumâtre d'eau croupie et de pourriture.

Elle regarda sa montre, qui était une élégante petite montre en or, gravée du nom et de l'emblème d'un *college* de lettres et sciences pour femmes de Nouvelle-Angleterre. Elle avait été offerte à M.R. en souvenir du doctorat *honoris causa* reçu de ce *college*, suivi peu après d'une invitation à postuler sa présidence. À l'époque, elle avait trente-six ans. Elle était doyenne du corps enseignant de l'Université. Courtoisement elle avait décliné. Elle n'avait pas dit *Je vous suis très reconnaissante mais non… il n'est pas question que j'accepte un poste dans un collège pour femmes.*

Ni : *Il n'est pas question que j'accepte un poste ailleurs que dans une grande université de recherche. M.R. Neukirchen a d'autres projets.*

Parmi les objets jetés il y avait une bande de toile goudronnée. M.R. la dégagea, la traîna jusqu'à la Toyota pour la placer sous les roues gauches, enfoncées dans la boue. C'était parfait !

C'était un coup de chance ! Tant bien que mal, elle se coula dans la voiture inclinée sur le côté, récupéra les clés sur le tapis et parvint à démarrer – fit avancer doucement la voiture de quelques centimètres, puis la laissa retomber en arrière ; recommença la manœuvre ; dans un premier temps, les roues patinèrent, puis elles commencèrent à adhérer. La voiture bougea, avança par saccades ; un instant de plus et M.R. aurait regagné la chaussée mais… la toile goudronnée dut céder, les roues tournèrent à vide.

« Merde. »

M.R. chercha son portable, tombé sur le plancher. Essaya d'appeler l'AAA, mais rien ne se passa.

Si seulement elle avait pensé à appeler son assistante une demi-heure plus tôt – son portable aurait peut-être fonctionné à ce moment-là. Simplement pour informer la jeune femme (inquiète ?) qu'elle serait peut-être en retard à la réception. *Quelques minutes de retard. Mais je ne serai pas en retard au dîner. Je ne serai pas en retard pour mon discours, bien entendu.*

Elle aurait parlé à Audrey de son ton énergique et enjoué habituel qui ne prêtait pas aux interruptions. Un ton énergique et enjoué qui ne prêtait pas aux murmures de commisération. Elle aurait dit, si Audrey avait exprimé la moindre inquiétude : *Bien sûr que je vais bien ! À plus tard.*

Elle marchait le long de la route, son portable à la main. À plusieurs reprises elle tenta de l'activer mais ce fichu engin ne voulait rien savoir.

Un bout de plastique inutile, mort !

Si elle montait sur une hauteur ? Le téléphone aurait-il plus de chances de marcher ? Ou… était-ce une idée ridicule, désespérée ?

« Je ne suis pas désespérée. Pas encore. »

Dans les marais il y avait une sorte de péninsule, une langue de terre surélevée d'environ un mètre, très vraisemblablement artificielle, un genre de digue ; M.R. y grimpa. Elle était robuste, ses jambes et ses cuisses étaient musclées sous la chair féminine molle, légèrement flasque ; elle s'efforçait de nager, marcher, courir – elle « travaillait » ses muscles dans le gymnase de l'Université ; malgré tout, elle eut vite le souffle court, la respiration haletante. Car cet endroit avait quelque chose de très oppressant – ces hectares de marais, cette odeur. Même sur la hauteur où elle se trouvait, elle marchait dans la boue – ses belles chaussures, éclaboussées de boue. Ses pieds étaient mouillés.

Elle pensa *Il faut que je fasse demi-tour. Dès que possible.*

Elle pensa *Je saurai quoi faire... cela peut s'arranger.*

Le regard fixé sur sa montre, tâchant de calculer, mais son esprit ne fonctionnait pas avec son efficacité habituelle. Et sa vue – avait-elle quelque chose aux yeux ?

La réception commencerait à... 18 heures, c'était bien ça ? Mais il n'était pas indispensable qu'elle soit là à 18 heures précises. Ces cérémonies n'avaient rien de vraiment important. Et le dîner... le dîner était-il prévu à 19 h 30 ? Elle se glisserait à sa table, la table d'honneur, dans l'immense salle de banquet... elle murmurerait une excuse – elle pourrait expliquer qu'elle avait eu une obligation – que sa voiture était tombée en panne sur le chemin du retour.

Stress, surmenage, avait dit le médecin. Des heures devant son écran et quand elle levait la tête sa vision se déformait, elle devait plisser et cligner les yeux pour que le monde redevienne plus ou moins net.

Comme il était loin ce monde – aucune route directe entre Mill Run Road et ce monde.

Une silhouette accroupie. Visage barbu, regard stupéfait. Sur son épaule, une demi-douzaine de pièges. D'une main gantée tâtant... quelque chose dans la boue.

« Bonjour ? Il y a quelqu'un... »

Elle avançait le long d'une digue improvisée. Une digue faite de rochers et de pierres, auxquels s'étaient peu à peu agrégés des branches brisées et pourries et même des carcasses, des squelettes d'animaux. À perte de vue, les marais. Une profusion de quenouilles et de joncs. Des arbres étouffés par des plantes grimpantes. Des arbres morts, des troncs creux. Une eau recouverte d'algues vert néon qui semblaient frissonner d'une vie microscopique et, là où elle était limpide, les reflets du ciel gris silex comme des yeux mobiles. Elle regardait la rive opposée où elle avait vu quelque chose bouger – cru voir quelque chose bouger. Un volettement de libellules, l'éclair d'une aile d'oiseau. Des éclaboussures de feuillage automnal pareilles à des touches de peinture et des arbres persistants plats comme des découpages. Elle attendit et ne vit rien. Dans les marais qui s'étendaient de tous côtés, rien que les quenouilles, les joncs agités par le vent.

Elle pensait à ce que son amant (secret) lui avait dit un jour : *Il n'y a de vérité que perspective. Il n'y a de vérités que dans les relations.* Elle avait cru comprendre ce qu'il voulait dire à l'époque : quelque chose de concret et cependant d'intime, voire de sexuel ; elle acquiesçait vite à tout ce que son amant disait dans l'espoir qu'un jour ou l'autre elle en comprendrait l'évidence et l'importance qu'il y avait eu pour elle d'acquiescer.

Pensait *Il y a une position, une perspective ici. Cette langue de terre où je peux marcher, me tenir ; d'où je peux voir que je suis déjà revenue à mon autre vie, qu'il ne m'a pas été fait de mal et que j'aurai commencé à oublier.*

Pensait *Tout ceci est du passé, dans un temps à venir. Je regarderai en arrière, j'en serai sortie. J'aurai commencé à oublier.* La langue de terre – une sorte de péninsule surélevée – les ruines d'une vieille fabrique. Dans les hautes herbes épineuses, des restes de charpente. Des blocs de béton brisés. Elle boitait… elle s'était tordu la cheville. Elle était très fatiguée. Elle n'avait pas dormi depuis très longtemps. Dans la maison du président elle était si seule! Son amant (secret) n'était pas venu la voir. Son amant (secret) n'était pas venu la voir depuis qu'elle s'était installée dans la maison du président, et il n'était pas prévu qu'il vienne… pour le moment.

Dans la maison du président qui était un monument historique datant de la période coloniale, M.R. avait son appartement privé au premier étage. Le lit dans lequel elle dormait était néanmoins un meuble ancien des années 1870, un lit à colonnes sur lequel elle n'aurait pas porté son choix, bien qu'il ne fût pas inconfortable au point qu'elle souhaite s'en débarrasser pour en faire installer un autre.

Pour son dos, il fallait à Andre un matelas dur. Celui du lit de M.R. avait au moins cette qualité-là.

Au bout de la péninsule il y avait… rien. Des marais, des arbres desséchés. Dans les Adirondacks, des pluies acides tombaient depuis des années – des pans de l'immense forêt se mouraient.

«Ohé?»

Étrange d'appeler alors qu'il n'y avait manifestement personne pour entendre. La main de M.R. levée pour un salut fantôme.

C'était un trappeur… l'homme barbu. Trimballant des pièges aux mâchoires cruelles sur son épaule. Rats musqués, lapins. Écureuils. Ses proies étaient de petits animaux à fourrure. Une mort hideuse dans ces pièges d'acier, on ne voulait pas y penser.

Hé! Petite fille...?

Elle fit demi-tour. Cela ne menait nulle part.

Elle revint sur ses pas. Ses empreintes dans la boue. Comme ivre, la démarche mal assurée. Elle se sentait bizarrement surexcitée. En dépit de sa fatigue, surexcitée.

Elle revint sur la route jonchée de déchets... là, le vêtement d'enfant qu'elle avait stupidement pris pour une poupée, ou un enfant. Là, la Toyota à demi versée dans le fossé. En quelques minutes une dépanneuse la sortirait de là, si elle parvenait à joindre un garage – pour autant qu'elle pouvait en juger le véhicule n'était pas très endommagé.

M.R. n'aurait peut-être pas à signaler l'accident à l'agence de location. Car il ne s'agissait pas véritablement d'un «accident» – aucun autre véhicule n'était impliqué.

Elle continua à marcher, sans vraiment savoir où elle allait. Le ciel s'assombrissait. Des ombres montaient de la terre. Elle vit des lumières devant elle – des lumières? – la station-service, le café – à son étonnement et à son soulagement ils semblaient ouverts.

Un crissement de gravier. Un véhicule s'en allait dans l'autre direction. D'autres véhicules étaient garés sur le parking. Dans le café, il y avait des lumières, des voix.

M.R. n'en croyait pas sa chance! Elle aurait aimé en pleurer de soulagement. Mais une partie de son cerveau pensait avec calme *Bien sûr. C'est déjà arrivé. Tu sauras quoi faire.*

À côté d'une pompe à essence un employé vêtu d'une salopette tachée, sans chemise, la regardait approcher. Un gros homme aux cheveux broussailleux, au visage rusé de renard, la regardant approcher. Mal à l'aise, M.R. se demanda si le pompiste lui parlerait ou si c'était elle qui le ferait en premier? Elle tâchait de ne pas boiter. Ses chaussures de cuir lui blessaient les pieds. Elle ne voulait pas de la compassion d'un inconnu, et encore moins de sa curiosité.

« Un pépin avec votre voiture, m'ame ? »

Une sympathie narquoise dans cette question. M.R. sentit le sang lui monter au visage.

Elle expliqua que sa voiture était tombée en panne à un peu plus d'un kilomètre de là. Ou plutôt… que sa voiture était à moitié dans le fossé. D'un ton d'excuse, elle dit : « J'aurais presque pu l'en sortir toute seule… le fossé n'est pas profond. Mais… »

Que c'était pitoyable ! Pas étonnant que le pompiste la dévisage avec grossièreté.

« Je vous connais de quelque part, m'ame. Vous êtes de par ici ?

– Non. Pas du tout.

– Sûr que je vous connais, m'ame. Votre figure. »

M.R. rit avec contrariété. « Je ne pense pas. Non. »

Un sourire rusé de renard. « Vous êtes de par ici, m'ame, hein ? Je vous connais, c'est sûr.

– Vous me connaissez ? Que voulez-vous dire ? Mon nom ?

– Kraeck. C'est pas votre nom ?

– "Kraeck". Je ne pense pas.

– Vous lui ressemblez. »

Cette conversation ne plaisait guère à M.R. Le pompiste était un gros homme robuste d'une soixantaine d'années. Son attitude était à la fois familière et menaçante. Il s'approchait de M.R. comme pour mieux la voir, et M.R. recula instinctivement avec un sentiment d'alarme, d'excitation… se préparant à ce qu'il la touche… saisisse son visage entre ses mains rudes pour mieux l'examiner.

« Sûr que vous ressemblez à quelqu'un que je connais. Que je connaissais… plutôt. »

M.R. sourit. M.R. était contrariée, mais M.R. savait sourire. D'un ton raisonnable elle dit : « Je ne pense vraiment pas. J'habite à des centaines de kilomètres d'ici.

– Elle s'appelait Kraeck. Vous lui… vous leur ressemblez.

– Oui, c'est ce que vous avez dit. Mais… »

Kraeck. Elle n'avait jamais entendu ce nom. Un nom particulièrement laid !

M.R. aurait pu dire au pompiste qu'elle était née à Carthage, en fait – qu'il l'avait peut-être rencontrée ou vue à Carthage. C'était peut-être l'explication. Il y avait une différence considérable entre la petite ville de Carthage et ce coin perdu des Adirondacks. Mais M.R. n'avait pas envie de parler plus que nécessaire à cet homme désagréable, car elle se rendait compte qu'il l'écoutait avec attention, qu'il avait décelé dans sa voix cet accent du New York rural dont elle croyait s'être débarrassée et qui ressemblait beaucoup au sien.

« Excusez-moi… »

M.R. avait une envie pressante. Quittant le pompiste qui la dévisageait grossièrement, elle monta les marches du café.

C'était merveilleux que cette enseigne tout à l'heure si fanée, si délabrée, soit maintenant éclairée : BLACK RIVER CAFÉ.

À l'intérieur, un long comptoir ou un bar – plusieurs hommes y étaient accoudés – des tables dont moins de la moitié étaient occupées – des lumières clignotantes : les néons de publicités de bières. Un air embrumé par la fumée des cigarettes. Une télé au-dessus du bar, des images filant comme des poissons. M.R. s'essuya les yeux parce que l'intérieur du Black River Café avait quelque chose de flou, comme s'il avait été assemblé à la hâte. Des fenêtres dont les vitres semblaient opaques. Sur les murs, des photos, découpées dans des magazines, qui en fait étaient vierges. La télé émettait une musique aiguë percutante évoquant des carillons éoliens. M.R. respirait une odeur de levure, riche, délicieuse – du pain au four ? Des tartes ? Des tartes maison ? Un flot de salive lui monta à la bouche, elle mourait de faim.

« Venez donc par ici, m'ame. Vous m'avez l'air d'avoir froid. Et faim. »

Une forte femme, au visage rond comme un muffin et tout plissé de sourire, était sortie de la cuisine. Elle portait une chemise d'homme en écossais rouge, un pantalon de velours marron et, par-dessus, un tablier sale en vichy. Elle tenait la porte de la cuisine ouverte.

« Sauf votre respect, m'ame, vous m'avez l'air d'avoir été secouée. Vous feriez mieux de venir ici. »

M.R. eut un sourire hésitant. D'un léger contact de sa main chaude, la femme fit avancer M.R., que les hommes du bar dévisageaient ouvertement.

Peut-être... aimaient-ils ce qu'ils voyaient. Peut-être l'Amazone, avec ses habits citadins en désordre, leur faisait-elle bon effet.

La femme était aussi grande que M.R. – plus grande, en fait. Ses cheveux étaient attachés et enroulés autour de sa tête – couleur d'or pâle fané, tel un soleil déclinant. Ses yeux écartés brillaient comme des pièces de monnaie. Et ce large sourire mouillé.

« Une chance que vous soyez arrivée ici, m'ame. À la nuit, on se perd vite sur cette route.

– Oh oui ! Merci. »

M.R. était hébétée de gratitude. Elle se faisait l'effet d'une noyée, ramenée in extremis sur le rivage.

Dans la cuisine, on lui apporta une chaise. Une chaise familière, ce qui était réconfortant. La peinture usée à certains endroits sur le dossier – le siège d'osier un peu affaissé. Et juste à temps, parce que ses jambes ne la soutenaient plus.

Réconfortante aussi, l'odeur de boulange. Un plat qui mijotait, un genre de ragoût, sur la cuisinière. Comme une flamme soudaine, une faim frénétique s'éveilla chez M.R.

« Bon-jour! Bien-venue!

– Bien-venue, m'ame!»

Il y avait d'autres femmes dans la cuisine, qui saluaient M.R. avec chaleur. Elle ne voyait pas nettement leurs visages mais pensait que ce devait être des parentes de la première.

Un bol de soupe sombre fumant fut posé devant M.R. Elle supposa que c'était une sorte de soupe au bœuf ou à l'agneau – au mouton? – des yeux de graisse à la surface, mais M.R. avait trop faim pour que cela l'écœure. Ses lèvres furent bientôt luisantes de graisse, elle n'avait pas de serviette sur laquelle s'essuyer. Elle était devenue si policée que manger sans serviette sur les genoux l'embarrassait – mais il n'y avait pas de serviette ici.

« C'est bon, hein? Encore?»

Oui, c'était bon. Oui, M.R. en voulait encore.

Elle était assise à une table familière – plateau de Formica imitation érable, pieds abîmés. Il faisait chaud dans la cuisine, un air confiné, humide. Sur la cuisinière, quantité de marmites et de casseroles. Sur une autre table, des muffins sortant du four, du pain complet, des tartes. Des tartes à la croûte épaisse et au contenu poisseux-sucré. Tartes aux pommes, aux cerises.

Une bouteille de bière. Des bouteilles de bière. Une main souleva la bouteille, versa le liquide sombre mousseux dans un verre. M.R. but.

Elle avait si soif! Si faim! Des larmes de gratitude enfantine lui montaient aux yeux.

La femme forte la servait. La femme forte avait d'énormes seins qui lui tombaient à la taille. La femme forte avait une vilaine peau rougeaude et des yeux compatissants. Sa couronne de cheveux tressés lui donnait un air royal, et cependant on savait... qu'elle ne s'en laissait pas imposer.

Lorsque d'autres personnes – des hommes, des jeunes gens – tentaient d'entrer dans la cuisine pour jeter un coup d'œil à M.R. dans ses habits froissés et tachés de boue, la femme les chassait en riant. Oust! disait-elle, débarrassez le plancher z'avez rien à fiche ici.

M.R. mangeait si voracement que de la soupe coula sur le devant de sa veste.

Ses mains tremblaient. La bière lui remontait par le nez, la faisant tousser, s'étrangler.

Elle avait trop bu, trop mangé. Trop vite. Son rire se mua en toux, sa toux en suffocation, et la femme forte lui envoya de grands coups de poing entre les omoplates.

C'était la télé – ou un juke-box – une musique percutante. Elle n'entendait pas la musique tellement elle jouait fort. Quelque chose la transperçait – des lumières? – comme des lames étincelantes. Elle n'était pas ivre mais soulevée par une euphorie grisante, pleine de reconnaissance elle essayait d'expliquer à la femme forte qu'elle n'avait jamais rien mangé d'aussi délicieux.

Elle pensait *Je n'ai jamais été aussi heureuse.*

Car il lui était révélé qu'il y avait des lieux comme celui-ci – des lieux (secrets) – où elle pouvait se réfugier. Des lieux (secrets) inconnus y compris d'elle-même où elle trouverait un réconfort dans les moments de danger. Un élargissement soudain de l'être comme si quelque chose s'était glissé dans les enroulements compacts de son cerveau pour y injecter air et lumière – feu, vent – rires – musique.

Bon-jour. Bon-jour. Bon-jour!

Je vous connais, non?

Bien sûr... bien sûr que oui! Et vous me connaissez.

Quel soulagement elle éprouvait! Quel bonheur! Une chaleur au cœur. Gauchement M.R. chercha à se lever, à se couler dans les bras de la femme – pour presser son visage contre ses gros seins chauds et spongieux, se cacher dans ses bras chauds et spongieux.

Tu sais... que tu es en sécurité ici.

Que tu es attendue... ici.

Jewell! – *Jedina*. Vous êtes attendues... ici.

Quelque chose n'allait pas, pourtant, car la femme forte n'avait pas étreint M.R. comme elle s'y attendait – non, au contraire, elle la repoussa comme on repousserait un enfant importun, pas avec colère ni contrariété, ni même avec impatience, simplement parce qu'il est importun à ce moment-là. Il y avait là une réprimande que M.R. ne voulait pas approfondir. Elle se disait *Il faut que je paie. Que je laisse un pourboire. Rien de tout cela ne peut être gratuit.* Elle se débattait avec son portefeuille – elle avait égaré son sac en cuir, mais curieusement elle avait son portefeuille. Et elle essayait de regarder sa montre. Les chiffres étaient brouillés. En fait, il n'y avait pas d'aiguilles sur le cadran pour indiquer l'heure. Faites-moi voir ça, m'ame. Adroitement la montre lui fut retirée du poignet – elle voulut protester mais ne le put pas. Et son portefeuille – son portefeuille lui fut enlevé. En échange on lui donna à boire quelque chose de brûlant. Du whisky? Pas de la bière mais du whisky? La gorge lui brûlait, des larmes lui piquaient les yeux. Ça, ça a de la conversation, ma petite dame, pas vrai? – une voix d'homme, amusée. On entendait des rires dans le café – des rires d'hommes, de garçons – pas des rires moqueurs (voulait-elle penser) mais des rires cordiaux – car ils s'étaient introduits dans la cuisine, en fin de compte. D'où vous êtes, m'ame? – car sa voix ressemble étrangement à la leur. Où vous allez? – car en dépit de ses vêtements elle est des leurs, leurs yeux le voient.

Sa tête lourde repose sur ses bras croisés. Et le côté de son visage contre la table poisseuse. Si étrange que ses seins soient libres, écrasés contre le rebord de la table. Les rires grossiers se sont éteints. Si fatiguée! Les yeux fermés, elle sombre, tombe. Les pieds d'une chaise raclent désagréablement le sol. Une main, ou un poing, lui tapote l'épaule.

«M'ame. On va fermer maintenant.»

Mudgirl sauvée par le Roi des corbeaux.

Avril 1965

Dans le comté de Beechum on raconterait – encore et encore – le sauvetage de Mudgirl par le Roi des corbeaux. Dans les immenses marais de la Black Snake dans cette région désolée du sud des Adirondacks il y avait mille corbeaux et parmi ces mille corbeaux le plus gros et le plus farouche, celui qui avait le plumage le plus noir et le plus lustré, était le Roi des corbeaux.

Le Roi des corbeaux avait observé la conduite cruelle de la femme mi-portant mi-traînant une enfant en larmes à travers les marais pour la jeter dans une boue molle et mouvante comme des sables et l'abandonner à la mort dans ce terrible endroit.

Et le Roi des corbeaux vola au-dessus d'elle protestant avec véhémence, il fit claquer ses larges ailes et cria après la femme qui se protégeait maintenant le visage de ses bras contre le courroux du Roi des corbeaux la poursuivant comme un monstre ailé des temps anciens au service d'un dieu sauvage.

Dans les brumes de l'aube à moins de deux kilomètres de l'endroit où l'enfant avait été abandonnée à la mort se trouvait un trappeur qui faisait la tournée de ses pièges le long de la Black Snake et ce fut ce trappeur à qui le Roi des corbeaux fit appel pour sauver l'enfant qui, choqué et respirant à peine, gisait dans les marais comme un objet de rebut.

S'ttisss! Viens!

Suttis Coldham faisait la tournée des pièges des Coldham le plus tôt possible après l'aube de peur que les prédateurs – coyotes, ours noirs, chats sauvages – n'arrachent leurs proies aux mâchoires des pièges et ne les dévorent vivantes, affaiblies et incapables de se défendre.

Castors, rats musqués, visons, renards, lynx et ratons laveurs étaient les animaux que les Coldham piégeaient en toutes saisons. Ce qui était *légal* ou *illégal* – ce qui était listé comme *protégé* – ne comptait guère pour les Coldham. Car dans cette région désolée du comté de Beechum dans les avant-monts escarpés des Adirondacks il y avait généralement moins d'êtres humains à l'hectare que de chats sauvages – le chat sauvage étant la plus farouche et la plus solitaire des créatures des Adirondacks.

Les Coldham étaient une vieille famille du comté de Beechum, installés dans la région de Rockfield dès avant la guerre d'Indépendance, mais éparpillés maintenant jusqu'à Star Lake et au-delà. Les parents de Suttis avaient cinq fils et parmi ces fils Suttis était le plus jeune, le moins chanceux de la famille de pas-de-chance qu'étaient les Coldham, et celui pour qui son père Amos avait le moins d'espoir. Comme si le temps que ce pauvre Suttis arrive au monde, il n'y avait plus eu d'intelligence de reste pour lui.

Le vieux disait d'un air revêche – Mettons que vous secouez une fichue bouteille – une bouteille de Ketchup – pour en faire sortir de la cervelle – le temps que le tour de Suttis arrive, y en avait plus de reste dans la bouteille.

Il disait : Taper sur le cul de cette foutue bouteille, ça avance à rien : y a plus de cervelle dedans.

On raconterait donc que le trappeur solitaire qui avait sauvé Mudgirl d'une mort imminente dans les marais de la Black Snake avait le cerveau d'un enfant de onze ou douze ans et non celui d'un adulte de vingt-neuf ans, âge qui était celui de Suttis en ce matin d'avril 1965.

On raconterait donc que, alors qu'un autre trappeur aurait ignoré les cris du Roi des corbeaux ou pis encore tiré sur l'oiseau avec sa carabine .22, Suttis Coldham avait tout de suite compris que le Roi des corbeaux l'appelait pour une raison particulière.

Car à plusieurs reprises dans sa vie, quand il était seul et loin du regard des autres, il était arrivé que des animaux le choisissent pour s'adresser à lui.

La première fois – une chouette effraie au fond du pré de derrière quand il était petit garçon. Elle avait prononcé son nom *SSSuttisss* en faisant siffler si fort les syllabes que ses cheveux s'étaient dressés sur sa nuque et quand il avait levé les yeux, haut, très haut, tout en haut du vieux chêne mort où la chouette était perchée parfaitement immobile à part ses plumes ébouriffées par le vent et ses yeux flamboyants comme des flammes de gaz, il avait vu que la chouette le *connaissait* – un gamin tout en bras et en jambes six mètres plus bas bouche bée et éberlué entendant *SSSuttisss* et voyant dans les yeux de la chouette ce regard intense, impossible à définir mais qui vous faisait savoir : *Tu es Suttis, et tu es connu.*

Ce n'est que des années plus tard qu'un autre animal s'adressa à Suttis, un cerf cette fois – une biche – alors que Suttis chassait avec son père et ses frères et que Suttis était à la traîne, perdu et trébuchant, et brusquement dans le bois de pins la biche était apparue à une quinzaine de mètres – une biche avec deux faons nouveau-nés – et elle s'était arrêtée pour regarder Suttis les yeux écarquillés, mais pas effrayée, comme étonnée de le reconnaître, et juste au moment où Suttis levait son fusil pour tirer, le cœur battant et la bouche sèche – *Suttis! SuttisSuttisSuttis!* – des mots dans sa tête comme quand on allume une radio et Suttis avait su que c'étaient les pensées de la biche qui lui étaient envoyées un peu comme des vibrations dans l'eau et il avait compris qu'il ne devait pas tirer, et il n'avait pas tiré.

Et la dernière fois en janvier 1965 pendant qu'il faisait sa tournée des pièges au petit matin, ses bon Dieu de frères l'envoyaient dehors alors qu'aucun d'eux ne serait sorti se geler les fesses et Suttis était donc en train de crapahuter de la neige jusqu'aux cuisses, grelottant dans ce putain de vent glacial et la moitié des pièges étaient couverts de neige et inaccessibles et finalement il en avait repéré un – un seul ! – à plus d'un kilomètre de la maison – pas ce à quoi il s'attendait dans ces marais gelés à savoir un rat musqué ou un castor ou peut-être un raton laveur mais un chat sauvage – un petit sifflement entre les dents écartées de Suttis car il n'avait jamais pris de chat sauvage de sa vie, ils sont insaisissables – trop rusés – et voilà maintenant qu'il y en avait un, là, un jeune qui devait avoir six ou huit mois, la patte arrière gauche prise dans un long piège à ressort, affolé et haletant, léchant le sang sur sa patte prisonnière à grands coups de langue rose et il s'arrête pour regarder Suttis d'un air à la fois suppliant et plein de reproche – c'était une chatte, Suttis le savait – de beaux yeux fauve avec une fente noire verticale au milieu, fixant Suttis Coldham qui s'émerveille de n'avoir encore jamais vu un animal pareil, une fourrure argentée au bout, des raies et des taches couleur d'acajou poli, des oreilles poilues, de longues moustaches frissonnantes, et ces yeux fauve posés sur lui, accroupi à quelques mètres, qui entend dans la respiration haletante du chat sauvage quelque chose comme *Suttis! Suttis tu ne sais donc pas qui je suis* et attiré plus près à portée des griffes acérées du chat il découvre avec stupéfaction que ces yeux sont ceux de sa grand-mère Coldham morte à Noël dans sa quatre-vingt-neuvième année mais maintenant sa grand-mère est une jeune fille telle que Suttis ne l'a jamais connue et on ne sait comment – Suttis n'en a aucune idée – elle le regarde par les yeux du chat sauvage et bien que le chat gronde d'affolement en découvrant les dents Suttis entend clairement la voix grondeuse de sa grand-mère jeune fille *Suttis! O Suttis tu sais qui je suis… bien sûr que tu le sais.*

Pas un instant Suttis n'avait douté que le chat sauvage était sa grand-mère Coldham, ou que sa grand-mère Coldham était devenue le chat sauvage – ou se servait du chat pour communiquer avec Suttis sachant qu'il devait passer par là – Suttis n'aurait pas davantage pu expliquer ces faits bizarres et improbables que les «équations algébriques» que l'instituteur écrivait à la craie sur le tableau de l'école à classe unique qu'il avait fréquentée par intermittence pendant huit ans bien que n'ayant pas le moindre doute que ces «équations algébriques» étaient bien réelles, ou en tout cas réelles d'une façon qui excluait Suttis Coldham; et donc Suttis se baissa aussitôt pour écarter le piège à ressort, tâcher de libérer la patte gauche blessée du chaton sauvage en murmurant pour apaiser l'esprit de sa grand-mère jeune fille qui était et n'était pas la vieille femme qu'il avait connue et appelée *Granma* et le chat sauvage montra les dents, gronda et cracha et tournailla et griffa les gants de cuir de Suttis les mettant en lambeaux mais sans presque blesser ses mains et ne lui faisant qu'une fine égratignure sur la joue droite et l'instant d'après le jeune chat courait – boitait, mais courait sur trois pattes rapides – et disparaissait dans le bois de mélèzes neigeux sans plus de bruit qu'un souffle qu'on retient et ne laissant derrière lui que quelques excréments de félin, une ou deux touffes de fourrure piquetées d'argent et tachées de sang dans les terribles mâchoires d'acier du piège et un murmure sibilant *S'ttus! Dieu te bénisse.* Et maintenant c'était le Roi des corbeaux qui appelait Suttis Coldham – *SSS'ttisss! SSS'ttisss!* Suttis s'immobilisa. Suttis se figea comme transpercé par un pal. Suttis ne pouvait détourner le regard et refuser de voir. Suttis ne pouvait se boucher les oreilles et refuser d'entendre. *SSS'ttisss viens ici! Ici!* Le Roi des corbeaux était le plus gros corbeau que Suttis eût jamais vu. Ses plumes étaient très lustrées et très noires, son envergure égale à celle d'un rapace, et ses yeux jaunes flambaient d'impatience et d'indignation. Comme une créature traquée Suttis avança le long de la rivière tandis que le Roi des corbeaux criait dans son sillage, volant d'arbre en arbre derrière lui comme s'il le poursuivait. Car il n'était pas vrai, ainsi que Suttis le prétendrait, qu'il avait suivi le Roi des corbeaux jusqu'à l'enfant abandonné dans les marais, c'était le Roi des corbeaux qui avait mené Suttis pareil à un chien menant un troupeau. Suttis ne pouvait se cacher, ne pouvait échapper au Roi des corbeaux car il savait que, s'il lui désobéissait, il le poursuivrait jusqu'à la ferme des Coldham et ne cesserait plus jamais de le harceler et de le houspiller.

Suttis trébucha et vacilla le long d'une chaussée haute d'un mètre qui avançait dans l'immense marais. Les dernières neiges de l'hiver venaient de fondre, le marais était semé de flaques, et la Black Snake, grosse et boueuse et impétueuse au débouché des montagnes. Partout un bourdonnement, un grouillement de vie neuve, neuve et rapace : mouches noires, guêpes, brûlots. Suttis battait l'air à l'entour de sa tête pour chasser un nuage de moustiques nouveau-nés. Sous ses pieds les vestiges d'une route. Devant lui, les ruines d'une fabrique. Suttis connaissait les marais – les Coldham y chassaient et y posaient des pièges – mais Suttis ne savait pas vraiment à quoi avait servi la fabrique autrefois ni à qui elle avait appartenu. Son grand-père devait le savoir, ou son père. Peut-être aussi ses frères aînés. Les mœurs des adultes lui semblaient étranges et inaccessibles de sorte que leurs noms s'embrouillaient, aussi insignifiants pour lui que pour un enfant.

Viens ici! Viens ici S'ttis viens ici!

SSS'ttisss! Ici!

Sur la chaussée qui allait diminuant Suttis avançait avec précaution. Le Roi des corbeaux l'avait tellement tourneboulé qu'il avait oublié son équipement de trappeur – le sac de toile contenant les cadavres inertes et ensanglantés de quelques animaux – mais il avait tout de même son couteau, glissé dans sa veste qui était celle d'Amos Coldham, une veste militaire datant d'une guerre lointaine, criblée de taches et effrangée aux manches. Sur la tête, il avait un bonnet de laine, enfoncé sur son front étroit; pour le bas du corps, un pantalon kaki; aux pieds, des bottes en caoutchouc de chez Sears, Roebuck. Il dépassait maintenant la fabrique effondrée et son toit moussu avec un sentiment de malaise... n'importe quel bâtiment, même complètement en ruine, Suttis Coldham avait tendance à penser que quelque chose pouvait être caché à l'intérieur, en train de l'observer.

Dans les montagnes, on pouvait être observé de loin par un homme armé. On ne se doutait pas qu'on était dans la mire du fusil d'un inconnu avant que cet inconnu presse la détente et pour quelle raison? – comme aimaient le dire les Coldham *Histoire de se marrer!*

Suttis se recroquevilla, craignant d'être observé, et pas seulement par le Roi des corbeaux. Pénétrant maintenant dans le champ de forces d'une autre conscience qui l'attirait irrésistiblement.

Des débris dans les herbes roussies par l'hiver, planches pourries, blocs de béton, une botte d'homme. Un pneu de tracteur en lambeaux, des bouts de plastique. Dans les marais des pistes partaient dans toutes les directions avec un air de détermination forcenée – pistes d'animaux, d'oiseaux – et sur la chaussée, des traces dans lesquelles Suttis reconnut l'*empreinte de pieds humains*.

L'œil de Suttis qui regardait tant de choses sans les déchiffrer et sans s'y intéresser, les caractères d'imprimerie par exemple, repéra immédiatement ces *empreintes de pieds humains* sur la chaussée et sut, sans prendre le temps de réfléchir, qu'elles n'avaient pas été laissées par ses frères ni par un autre trappeur ou un chasseur mais par une *femme*.

Suttis savait, tout simplement : *une femme*. Pas même des empreintes de bottes de jeune garçon. Non, des empreintes de bottes de *femme*.

Il y avait d'autres empreintes – mêlées à celles de la *femme*. Peut-être un enfant. Suttis savait sans avoir à supputer, rien qu'en voyant.

Non que ces traces soient nettes… elles ne l'étaient pas. Mais Suttis se rendait compte qu'elles étaient récentes parce que aucune autre ne les recouvrait.

Qu'était-ce donc! Suttis siffla entre ses dents écartées.

Un bout d'étoffe – un foulard – gaufré et violet, que Suttis ramassa et fourra vite dans sa poche.

SSS'ttisss! Ici!

Au sommet d'un mélèze squelettique le Roi des corbeaux déployait ses ailes. Le Roi des corbeaux n'était pas content que

Suttis se fût arrêté pour ramasser le foulard violet. Car le Roi des corbeaux avait précédé Suttis pour lui ordonner de se hâter jusqu'à cet endroit, et de voir.

Et Suttis vit – à environ trois mètres cinquante de la base de la chaussée, dans un enchevêtrement de joncs – une poupée ? Une poupée d'enfant en caoutchouc, très abîmée, sans cheveux, sans vêtements, écaillée – trop légère pour s'enfoncer dans la boue, de sorte qu'elle flottait à la surface de cette façon qui avait donné à Suttis un coup au cœur à l'instant même où il se disait *C'est qu'une fichue poupée.*

Se moquait-on de lui ? Le Roi des corbeaux l'avait-il conduit jusque-là juste pour sauver une *poupée* ?

Suttis s'approcha plus près et alors… il vit la seconde silhouette, à quelques mètres de la première. Celle-là aussi devait être une poupée… bien que plus grande qu'une poupée ordinaire… jetée comme un déchet dans cet endroit désert.

Le sang battait dans sa tête comme un concert de cuillères contre un récipient en bois. Une poupée ! Une poupée ! C'était forcément une poupée, comme l'autre.

On jetait tant de choses dans les marais de la Black Snake qui était une mer intérieure de rebuts en tous genres. On y trouvait des vêtements, des bottes et des chaussures, de la vaisselle cassée, des jouets en plastique, et même des rideaux de douche opaques et tachés pareils à des linceuls de polyuréthane. Un jour Suttis avait trouvé une paire de mâchoires dans la boue – des dents en plastique – qu'il avait prises pour un dentier mais qui devaient être des dents de Halloween, et une autre fois un cadre de poussette d'enfant rempli de boue pareil à une bouche béante. Le plus souvent ces rebuts s'accumulaient au bord des marais où, apportés par les crues, ils se prenaient dans les racines dénudées en même temps que les débris des tempêtes d'hiver, des squelettes de petits animaux noyés et des restes de fourrure momifiés aux yeux aveugles et crevés telles des gargouilles tombées de cathédrales inconnues et innommées. Plus avant dans les marais ces objets s'enfonçaient généralement dans la boue et s'y engloutissaient.

On racontait d'horribles histoires dans le comté de Beechum sur tout ce qui était «perdu» – jeté, brûlé et oublié – dans les marais. Les corps des maudits et des honnis. Les corps d'«ennemis». Le dos bombé d'arbres morts dans les marais, tels des crocodiles somnolents.

Des cris d'oiseaux réduits au silence par les croassements furieux des corbeaux.

Est-ce que *c'était* une poupée? Elle avait l'air de la taille d'un petit enfant – Suttis ne savait pas trop bien de quel âge... deux ans? Trois?

Les jambes flageolantes il s'approcha tout près du bord.

Le Roi des corbeaux agita ses ailes, railleur, impatient.

SSS'ttisss! Ici!

Le Roi des corbeaux était tout près de parler, maintenant. Le grand oiseau était capable de prononcer des mots humains contre lesquels Suttis ne pouvait se boucher les oreilles.

Dans le vent des grandes ailes noires du Roi des corbeaux des ombres passaient sur les yeux papillotants de Suttis.

«Mon Dieu!»

Une petite fille, pensa Suttis, mais – morte?

Le crâne nu comme s'il avait été rasé – si petit! Si triste!

Rien de plus triste que le crâne nu d'un enfant quand on l'a tondu contre les poux ou que les pauvres cheveux sont tombés à cause d'une maladie et Suttis avait l'impression que cela lui était arrivé, à lui aussi. Il y avait longtemps, quand il était tout petit.

Des poux, avaient-ils dit. Ils avaient rasé et coupé son crâne avec le rasoir en l'injuriant comme si les poux étaient sa faute et puis ils avaient nettoyé les coupures avec du pétrole lampant, une brûlure si atroce qu'on ne pouvait l'analyser, la mesurer ni même se la rappeler, sauf comme maintenant, indirectement, vaguement.

Pauvre petite fille! Suttis était certain qu'elle était morte.

C'était peut-être à cause des poux qu'on l'avait punie. Ça, Suttis pouvait le comprendre. Le petit visage était meurtri, la bouche et les yeux étaient gonflés et sombres. Des taches de sang pareilles à des larmes sur son visage et ce qu'on voyait de noir dessus, un bourdonnement noir, c'étaient des mouches.

Seuls la tête et le torse étaient nettement visibles, le bas du corps était enfoncé dans la boue, les jambes aussi. L'un des bras était presque visible. Suttis regardait de tous ses yeux et Suttis remuait les lèvres récitant une prière machinale et terrifiée sans savoir ce qu'il disait mais juste comme on le lui avait appris *Notre père qui es aux cieux que Ton nom soit sanctifié bénis-nous Seigneur pour ces dons qui sont Tiens et guide-nous chaque jour de notre vie O Seigneur que Ta volonté soit faite sur la terre comme au ciel! Amen.*

Suttis avait vu beaucoup de choses mortes et ça ne le dérangeait pas parce qu'on sait alors qu'elles sont mortes et ne peuvent vous faire de mal. Il n'y a qu'un idiot qui toucherait de sa main nue un raton laveur ou un opossum «morts» et cet idiot-là aurait toutes les chances d'avoir la main tailladée par un coup de griffes acérées ou de dents aiguisées.

Une chose morte est sans danger et mauvaise seulement quand elle a commencé à pourrir.

La pauvre petite fille dans le marais avait commencé à pourrir… non? Car quelque chose sentait si mauvais que les narines de Suttis se fermèrent tout de bon.

C'était une prière folle et extravagante que Suttis Coldham ne se serait jamais cru capable de prononcer :

Mon Dieu fais qu'elle ne soit pas morte. Mon Dieu aide-la à être en vie.

Car le rusé Suttis savait : un enfant mort pouvait être source d'ennuis pour Suttis. Adolescent il avait été battu parce qu'il regardait des enfants d'un air bizarre, ou que les autres jugeaient bizarre, les mères de ces enfants par exemple qui étaient en général de sa famille – sœurs, cousines, jeunes tantes. Regardant ses petites nièces et neveux quand leur jeune mère leur donnait leur bain et une telle expression sur le visage de Suttis, tendresse et désir brut mêlés, qu'apparemment Suttis avait fait quelque chose de mal en toute innocence et été giflé et frappé et s'était enfui de la maison poursuivi par ce cri *Sale type! Pré-vert! Fiche le camp d'ici sale pré-vert honte à toi Sut-tis!*

Et donc si cette petite fille-là est nue, Suttis tournera les talons et s'enfuira – mais d'après ce qu'il voit du petit corps elle porte une chemise de nuit – déchirée et crasseuse mais une chemise de nuit – non? – et Suttis en est drôlement content.

Le Roi des corbeaux lui hurle depuis un moment de ramener la petite fille sur la berge. Accroupi les yeux mi-clos Suttis cherche quelque chose – un grand bâton, une perche – un morceau de bois – avec quoi dégager le corps de la boue.

Il a trouvé! – une planche à moitié pourrie d'un mètre cinquante de long. Quand il se penche pour atteindre la poupée dans la boue, il voit – croit voir – l'une des paupières gonflées frissonner – la petite bouche de poisson chercher à happer l'air – et il se fige, paralysé – *la petite fille est vivante!*

Un spectacle terrifiant, une enfant vivante – à demi engloutie dans la boue, un miroitement d'insectes irisés autour du visage – des mouches, sûrement – et soudain Suttis est pris de panique, il détale à quatre pattes pour fuir cette terrible vision, gémit, bafouille tandis que le Roi des corbeaux l'injurie du haut de son perchoir et comme un veau affolé Suttis s'empêtre dans un fouillis de plantes, un nœud coulant de tiges s'enroule autour de son cou l'étranglant presque et sous le choc il reprend ses esprits et honteux comme un veau cinglé d'un coup de corde il fait demi-tour et retourne au bas de la chaussée. Impossible d'y échapper, Suttis va devoir patauger dans le marais pour sauver la fille comme il lui a été ordonné.

Du moins la puanteur âcre de la boue s'est-elle atténuée – à ses narines. Pas de sens plus adaptable que l'odorat : le temps qu'il dégage l'enfant de la boue, la soulève dans ses bras et la ramène sur la berge, Suttis en sera presque à trouver l'odeur agréable.

Suttis se laisse glisser au bas de la pente, dans la boue. S'avance vers l'enfant en levant ses pieds aussi haut qu'il le peut tandis que *slurp, slurp* la boue suce ses bottes avec un bruit de gros baisers mouillés. Au-dessus de l'enfant flotte un nuage, une brume d'insectes – mouches, moustiques. Suttis les chasse en jurant. Il hésite d'abord à toucher l'enfant. Il tire sur son bras. Son épaule, son bras gauche. C'est une toute petite fille – de l'âge de sa plus jeune nièce, pense Suttis, sauf que ses nièces et ses neveux grandissent si vite qu'il a du mal à ne pas s'embrouiller, à ne pas embrouiller leurs noms. Sortir celle-ci de la boue demande de la force.

Courbé sur elle, grognant sous l'effort. Il a de la boue presque jusqu'aux genoux – et continue de s'enfoncer. Des joncs lui fouettent le visage, lui égratignant légèrement les joues. Des moustiques vrombissent à ses oreilles. Une sorte d'exultation sauvage monte en lui – *Tu es au bon endroit au bon moment comme jamais plus tu ne le seras dans aucun autre endroit ni à aucun autre moment de ta vie.*

« Hé ! Je te tiens maintenant. Ça va aller. »

La voix de Suttis est rauque comme une voix qui n'a pas servi depuis longtemps. De même qu'il est rare qu'on s'adresse à Suttis autrement qu'avec impatience, mépris ou colère, il est rare que Suttis parle, et encore plus rare qu'il parle avec cette excitation.

L'enfant à demi consciente essaie d'ouvrir les yeux. Son œil droit est tuméfié, fermé, mais l'œil gauche s'ouvre – à peine – les cils palpitent – et la petite bouche de poisson se plisse pour respirer, respirer et gémir comme si elle s'éveillait à la vie tandis que titubant et grognant Suttis la porte jusqu'à la rive où il la dépose délicatement, sort de la boue et enlève sa veste kaki pour l'en envelopper gauchement ; parce qu'elle est presque nue, couverte seulement des lambeaux d'une sorte de chemise de nuit en papier, toute plâtrée de boue, poissée et luisante de boue, et il y a de la boue séchée sur le crâne rasé de l'enfant et des blessures, des croûtes, des meurtrissures et si peu de traces de cheveux que personne n'aurait pu dire de quelle couleur ils étaient.

« Hé ! Ça va aller. S'ttis's s'occupe de toi maintenant. »

Un sentiment intense de pitié mêlée d'espoir chez Suttis, tel qu'il en a rarement éprouvé dans sa vie. Il porte l'enfant de la boue enveloppée dans sa veste, il la porte dans ses bras le long de la chaussée et jusqu'à la route, et puis pendant cinq kilomètres jusqu'au petit village appelé Rapids et il parle en murmurant à l'enfant grelottante avec l'intonation de l'une de ses sœurs ou de ses cousines nouvellement mère – pas vraiment des mots parce que Suttis ne s'en souvient pas, mais l'intonation – apaisante, réconfortante – car au fond de son cœur il aura la certitude que le Roi des corbeaux avait choisi Suttis Coldham pour sauver l'enfant de la boue non parce que Suttis Coldham se trouvait être dans le coin, mais parce que, entre tous les hommes, Suttis Coldham avait été distingué pour cette tâche.

Il était l'élu. Suttis Coldham dont personne ne souciait jusquelà. Sans lui, l'enfant n'aurait pas été sauvée.

Quelque part entre les marais et le petit village appelé Rapids, le Roi des corbeaux disparut.

Le panneau indique RAPIDS POP. 370. Chaque fois que Suttis le voit, il se dit qu'il y a trop de gens ici qu'il ne serait pas capable de compter par leur nom. Ni aucun Coldham non plus. Loin de là.

Le premier qui le voit, c'est un paysan qui arrête net son pick-up et dans la remorque un chien qui aboie fort. Et devant la station-service Gulf, plusieurs hommes – dont il pense qu'il connaît peut-être ou devrait connaître le visage ou le nom – accourent vers lui stupéfaits et effarés.

Suttis Coldham, le fils d'Amos Coldham. Qui n'a jamais eu toute sa tête, le pauvre bougre.

De plus en plus nombreux des gens accourent vers Suttis sur la route. Suttis qui porte la petite fille de la boue dans ses bras, enveloppée dans une veste boueuse.

Une petite fille qui leur est totalement inconnue, l'enfant d'inconnus… si jeune!… *couverte de boue?*

Devant cet émoi Suttis recule, hébété et perdu. Il essaie d'expliquer – bégaie – le Roi des corbeaux qui l'a appelé pendant qu'il relevait ses pièges au bord de la rivière… D'abord il avait vu une poupée, une vieille poupée en caoutchouc dans le marais – et puis il avait levé les yeux et vu…

Vite l'enfant, qui respire à peine, est retirée à Suttis. Il y a des femmes maintenant – des voix de femme aiguës et indignées. L'enfant est emportée dans la maison la plus proche pour être déshabillée, examinée, lavée avec douceur et habillée de vêtements propres et au milieu de la route Suttis éprouve un sentiment de perte – l'enfant de la boue était *à lui*. Et maintenant… on l'a lui a enlevée.

Avec dureté on demande à Suttis où il a trouvé l'enfant. Qui elle est. Où sont ses parents, sa mère. Ce qui lui est arrivé. Suttis essaie si fort de parler que les mots sortent étranglés et bafouillants.

Bientôt, un véhicule du shérif du comté de Beechum arrive. Au milieu de la route Suttis Coldham grelotte en manches de chemise, le pantalon crotté de boue jusqu'aux cuisses et des éclaboussures de boue sur les bras, sur le visage. Suttis a un visage étroit de fouine comme pincé dans un étau et un menton fuyant qui fait ressortir ses dents de devant et une brèche entre ces dents presque assez large pour être une dent manquante et Suttis est hébété et surexcité, il tremble et parle – jamais de sa vie Suttis n'a été aussi *important* – jamais il n'a attiré autant d'*attention* – comme quelqu'un à la télé. Tant de gens l'entourent, brusquement!… et toutes ces questions…

Il est rare que Suttis prononce plus de quelques mots, et des mots avalés, marmonnés, toujours adressés à quelqu'un de sa famille, et Suttis ne sait donc pas mesurer ses paroles – une cascade de mots jaillit de ses lèvres – mais Suttis connaît si peu de mots qu'il est obligé de les répéter et Suttis ne sait pas non plus s'arrêter de parler quand il a commencé – comme une pente abrupte, une fois qu'on se met à la dévaler, on ne peut plus s'arrêter. Heureusement pour Suttis il y a parmi les curieux l'un de ses cousins Coldham qui l'identifie – assure que si Suttis dit qu'il a trouvé l'enfant dans les marais, c'est qu'il l'a bien trouvée là – car jamais Suttis n'enlèverait un enfant – Suttis est *aussi simple et candide qu'un enfant et ne ferait jamais, jamais de mal à quiconque – Suttis dit toujours la vérité.*

Dans un véhicule du shérif du comté de Beechum on emmène la petite fille sans nom à l'hôpital de Carthage distant de cent kilomètres où on constate qu'elle souffre de pneumonie, malnutrition, blessures et ecchymoses, commotion. Pendant plusieurs semaines la survie de la petite fille reste incertaine et pendant toutes ces semaines, et encore quelque temps après, la petite fille reste muette, comme si ses cordes vocales avaient été tranchées pour l'empêcher de parler.

Castors, rats musqués, visons, renards, lynx et ratons laveurs, tels étaient les animaux qu'il piégeait en toutes saisons. Tant de belles bêtes à fourrure, blessées, estropiées et tuées par les pièges des Coldham, vendues pour leurs peaux par le père de Suttis. Et c'est l'enfant des marais que Suttis Coldham se rappellera et chérira toute sa vie.

Dans son lit et son sommeil agité chérissant le foulard gaufré violet qu'il avait trouvé sur la chaussée, toujours taché d'un reste de saleté, bien qu'il l'eût lavé avec soin et lissé du tranchant de la main avant de le glisser sous l'oreiller plat trempé de sueur, en secret.

Mudwoman affronte un ennemi.
Le triomphe de Mudwoman.

Mars 2003

Tu dois te préparer. Vite!
Mais elle n'avait aucun moyen de se préparer à cela.

« Je ne veux accuser personne. »
Il s'appelait Alexander Stirk. Il avait vingt ans. Avec solennité et courage il parlait. Car sa petite bouche pincée d'enfant avait été frappée, déchirée et ensanglantée. Le bon œil qui lui restait – l'autre était poché, grotesquement meurtri comme un fruit pourri – fixait M.R. avec une intensité hypnotique comme pour la mettre au défi de détourner le regard.

« Bien que j'aie, comme vous le savez, madame la présidente, de nombreux ennemis sur le campus. »

Madame la présidente. C'était dit avec un respect si exagéré que M.R. éprouva une ombre de malaise – *Se moque-t-il de moi?*

M.R. décida que non, c'était impossible. Alexander Stirk ne pouvait voir autre chose que de la *compassion* dans l'attention que lui prêtait M.R.

Le bandage qui entourait une partie de sa tête avait des allures de turban penché. Ses lunettes à monture d'acier étaient de guingois, elles aussi, et une fine fêlure traversait le verre gauche. De la voix aiguë de qui reproche à un adulte un tort obscur, il parlait avec calme et mesure. Car il avait un authentique grief, il avait été martyrisé pour ses croyances. Il était entré en boitant dans le bureau de la présidente, s'aidant d'une unique béquille d'aluminium, appuyée maintenant contre un coin du bureau du président, avec une désinvolture affectée.

M.R. éprouvait une profonde sympathie pour Stirk... il était si *petit*.

«Plus exactement – madame la présidente – de nombreux étudiants, y compris de troisième cycle – ainsi que certains enseignants – se sont définis comme les «ennemis» particuliers d'Alexander Stirk et du mouvement conservateur sur ce campus. Vous connaissez ou devriez connaître leurs noms à l'heure qu'il est – le professeur Kroll y a veillé, je crois.»

Kroll. M.R. sourit plus fort, sentant le sang lui monter au visage.

«Parmi ces "ennemis" autodéclarés, je ne suis pas en mesure d'évaluer combien seraient prêts à s'en prendre physiquement à "Alexander Stirk" au lieu de s'en tenir aux injures verbales habituelles. Ni combien, parmi cette seconde catégorie, sont effectivement passés à l'acte.»

Stirk souriait avec une candeur désarmante. Ou apparente. Le sourire de M.R. était plus contraint.

Elle avait invité Stirk à venir lui parler en privé dans son bureau. Elle voulait qu'il sache qu'elle était préoccupée et indignée par ce qui lui était arrivé. Elle voulait qu'il sache que, en sa qualité de présidente de l'Université, elle était *de son côté*.

L'agression avait eu lieu sur le campus vers 23 h 40, deux soirs auparavant. Alors qu'il regagnait sa résidence de Harrow

Hall – seul – car Alexander Stirk était souvent seul –, il avait été pris à partie près de la chapelle, dans une allée mal éclairée, par plusieurs individus – apparemment des étudiants comme lui ; effaré et terrifié, il n'avait pas vu nettement leurs visages – pas assez nettement pour les identifier – mais il avait entendu des voix railleuses et grossières le traiter de «pédé», «pédé facho» tandis qu'il était malmené et plaqué contre le mur de brique de la chapelle – nez en sang, fêlure de l'orbite droite, déchirures à la bouche, et entorse à la cheville gauche quand on l'avait jeté à terre. On lui avait arraché son sac à dos avec tant de violence qu'il avait eu l'épaule presque disloquée et gravement contusionnée ; le contenu du sac avait été vidé sur le sol – des tracts portant l'aigle au regard féroce des États-Unis, emblème des YAF – (Jeunes Américains pour la liberté) – que le vent emporterait et éparpillerait sur la pelouse piquetée de neige de la chapelle.

Apparemment, la sécurité du campus n'avait pas entendu le vacarme. Personne ne semblait être venu au secours de Stirk, même après qu'il eut été laissé presque évanoui sur le sol. M.R. trouvait cela difficile à croire ou à comprendre... mais Stirk insistait. Et il était plus sage à ce stade de ne pas le contredire.

Car Stirk avait déjà été interviewé par le journal du campus dans un article de première page grandiloquent. Il s'y plaignait amèrement du «traitement inadmissible» qu'il avait subi – de ce que plusieurs témoins, aux abords de la chapelle, avaient ignoré ses appels à l'aide comme s'ils savaient que c'était lui la victime.

Alexander Stirk avait une certaine réputation à l'Université en raison de ses opinions conservatrices affichées. Il animait une émission hebdomadaire d'une demi-heure sur la station de radio universitaire – «Visez la tête» – et tenait une rubrique d'opinion bihebdomadaire dans le journal du campus – «Stirk attaque». Originaire de Jacksonville en Floride, il était en troisième année de sciences politiques et psychologie sociale, et figurait au nombre des meilleurs étudiants ; il était responsable de la section locale des YAF et membre actif du Conseil de la vie religieuse de l'Université. Invariablement, lorsque des conférenciers progressistes médiatisés tels que Noam Chomsky venaient parler à l'Université, Stirk et une bande tapageuse de complices manifestaient devant l'amphithéâtre avant la conférence et, pendant celle-ci, interrompaient l'orateur par des questions agressives. Curieusement pour un jeune homme, Stirk semblait particulièrement obsédé par l'avortement : il était résolument opposé à toute forme d'avortement, et à toute aide de l'État dans ce domaine.

Mais il était également contre les préservatifs gratuits, la contraception et l'«éducation sexuelle» dans les établissements publics.

Cela avait naturellement provoqué des réactions hostiles sur le campus, et notamment un déluge de courriels «menaçants», dont il avait transmis certains aux autorités. Selon ses dires, on l'avait «insulté», «traité de tous les noms», sommé de «fermer sa gueule» ; mais avant ce fameux soir il n'avait jamais eu à subir de violences physiques. À présent, disait-il, il «avait peur» pour sa vie.

Sa voix trembla en prononçant ces mots. Sous son arrogance affichée, sous sa pose d'étudiant brillant – sa maîtrise du langage était réellement impressionnante – il semblait bien y avoir un gamin effrayé.

M.R. lui assura avec chaleur qu'il n'avait rien à craindre !

Des surveillants avaient été affectés à son étage de la résidence Harrow Hall et l'escorteraient à ses cours s'il le souhaitait. Où qu'il veuille aller après la tombée de la nuit… un surveillant l'accompagnerait.

Et ceux qui l'avaient agressé seraient appréhendés et renvoyés de l'Université – «Je vous en fais la promesse.

– Merci, madame la présidente! J'aimerais vous croire.»

Stirk parlait avec un très léger sourire – peut-être narquois. M.R. avait la désagréable sensation que le jeune homme s'adressait à un auditoire invisible, comme un acteur de cinéma suprêmement conscient de sa personne. Ce sourire légèrement narquois allait et venait, trop fugitif pour être clairement interprété. Pour son rendez-vous avec la présidente Neukirchen, Stirk portait une veste de velours vert foncé à boutons de cuir, qui semblait avoir une ou deux tailles de trop; il portait une chemise de coton blanc boutonnée jusqu'au cou et un pantalon de flanelle au pli marqué. Mis à part sa bouche et son œil horriblement enflés, il avait l'air d'un enfant insolent, brillant et précoce, longtemps chouchouté par ses aînés. On avait presque l'impression que ses pieds – de petits pieds délicats, chaussées de baskets blanches – ne touchaient pas tout à fait le sol.

Stirk faisait une étrange impression à M.R. Moins en lui-même que par les sentiments intenses qu'il suscitait en elle, et qu'elle était certaine de ne jamais avoir éprouvés dans cet immense bureau, avec ses lambris de noyer foncé, son parquet austère, et son éclairage chiche, dispensé de mauvais gré par de hautes fenêtres étroites. Le bureau présidentiel, au rez-de-chaussée du bâtiment «historique» de Salvager Hall – vieux meubles en cuir noir à l'élégance massive, cheminée de travertin et chenets de cuivre étincelants, étagères encastrées chargées de livres – des livres rares – des livres que personne n'avait lus ni touchés depuis longtemps – derrière des portes vitrées étincelantes – avait tout d'une pièce-musée, parfaitement préservée. Les visiteurs étaient impressionnés comme il se doit, y compris les diplômés fortunés, les donateurs – le portrait accroché au-dessus du manteau de la cheminée, représentant un gentilhomme emperruqué du XVIIIe au visage austère quoique légèrement rubicond, ressemblait tant à Benjamin Franklin que les visiteurs posaient invariablement la question, et M.R. était alors obligée d'expliquer qu'Ezechiel Charters, le fondateur de l'Université – ou plus exactement le ministre presbytérien, fondateur en 1761 du séminaire qui deviendrait un jour l'Université – était en fait un contemporain de Franklin, quoique pas vraiment de ses amis.

Le révérend Ezechiel Charters avait été un genre de Tory dans les années tumultueuses qui avaient précédé la Révolution américaine. Une bande de patriotes locaux lui aurait fait subir un sort fatal sans une « intervention divine » – la corde destinée à le pendre avait cassé… et le révérend Charters avait donc survécu pour devenir un fédéraliste, comme tant de ses compatriotes tories.

Un fédéraliste et une manière de « progressiste » – du moins selon le récit fondateur de l'Université.

Mais Alexander Stirk n'avait pas été impressionné le moins du monde par toute cette histoire. Il était entré dans le bureau du président en faisant effrontément sonner son unique béquille sur le sol, s'était assis face à la présidente avec des précautions ostentatoires, avait regardé autour de lui, les yeux plissés, grimaçant comme si la lumière anémique tombant des hautes fenêtres blessait ses yeux meurtris, et murmuré :

« Ma foi, c'est un honneur inattendu, madame la présidente. » Si son ton avait été ironique, la présidente Neukirchen, à la façon des adultes entourés de jeunes gens très légèrement insolents, n'avait pas paru le remarquer.

Car M.R. était étrangement – fortement – impressionnée par ce garçon. Il y avait quelque chose de gourmé, de rabougri et pourtant d'émouvant chez lui, y compris dans son expression presque insolente, comme si, à son insu, il était porteur d'une maladie non diagnostiquée.

«La police m'a demandé si je pourrais identifier mes agresseurs, et je leur ai dit que je ne le pensais pas, on m'a sauté dessus par-derrière et je n'ai pas vu nettement leurs visages. J'ai entendu des voix… mais…»

M.R. avait des questions à poser à Stirk, mais elle le laissa continuer son récit sans l'interrompre. Elle se disait que la plupart des gens qui s'asseyaient face à elle dans ce lourd fauteuil de cuir noir venaient avec des attentes, des exigences, des plaintes ou des griefs adressés à la présidente de l'Université qu'elle était, et dans la plupart des cas, M.R. était plus ou moins amenée à les décevoir, mais jamais d'une manière qui puisse être interprétée comme de l'indifférence. De l'insensibilité. Car telle était la faiblesse (possible) de M.R. Neukirchen en tant qu'administratrice : elle compatissait.

Elle n'était pas quaker. Pas quaker pratiquante. Mais l'altruisme bienveillant des quakers – le souci de la «clarté» – et celui du bien commun – imprégnait son âme depuis longtemps.

Tout ce qui compte – ce qui compte vraiment – est d'aider les autres. À tout le moins, de ne pas leur nuire.

Par conséquent, M.R. ne souhaitait pas presser le jeune homme blessé de questions ni même l'interroger comme la police l'avait fait aux urgences. Dans cette phase critique, elle considérait n'avoir d'autre rôle que de le soutenir, le réconforter.

Dès que la nouvelle avait été rendue publique, dès que des communiqués avaient été envoyés par courriel à tous les enseignants et employés de l'Université, certains enseignants de gauche, sceptiques, avaient exprimé des doutes sur la sincérité de Stirk. Et parmi les étudiants qui le connaissaient, qui n'avaient pas de sympathie pour ses opinions politiques, il y avait eu plus que des doutes.

Mais M.R., connue sur le campus pour être l'*amie des étudiants,* ne s'était pas rangée de leur côté.

Et de fait, en voyant Stirk de près, en voyant ses blessures bien réelles et manifestement douloureuses, y compris une orbite fendue, M.R. n'était pas encline au scepticisme. Ou plutôt – elle avait appris cette technique dès ses premières années d'administratrice – son scepticisme était légèrement tenu à l'écart, en suspens, à la façon d'un ballon que l'on a éloigné d'une chiquenaude.

«Naturellement, l'Université va mener une enquête sur cette agression. J'ai nommé un comité d'urgence, dont je serai membre de droit. Ceux qui ont commis cet acte terrible seront appréhendés et renvoyés, je vous le promets.»

Stirk rit. Une grimace à la fois narquoise et polie tordit sa petite bouche blessée.

«Mieux encore, madame la présidente, la police municipale va enquêter. Ceux qui m'ont attaqué ont commis un *crime,* et non une simple "incivilité". Il y aura des *arrestations,* et non de simples *renvois.*» Sa voix grêle d'enfant redevint grave, vibra d'une sorte d'exaltation contenue. «Il y aura des *poursuites.*»

Poursuites fut prononcé d'un ton à faire frémir un administrateur. Mais la présidente Neukirchen ne réagit pas ouvertement.

M.R. avait vaguement entendu parler, avant l'agression, de cet étudiant contesté – ou, du moins, le nom de «Stirk» lui disait quelque chose. Depuis quelques mois, en effet, le mouvement conservateur faisait parler de lui sur le campus – il n'avait cessé de gagner en force et en influence, depuis les attaques terroristes du 11-Septembre, jusqu'à cette veille d'«action militaire» contre l'Irak, qui serait vraisemblablement ordonnée par le président des États-Unis dans les jours prochains.

Qu'Alexander Stirk se fût déclaré passionnément en faveur d'une guerre contre l'Irak et contre tous «les ennemis de la démocratie chrétienne» ne pouvait être un hasard. Assimiler cette guerre à une croisade religieuse faisait partie de la campagne des conservateurs en faveur d'une morale individuelle plus stricte.

Dans l'histoire des États-Unis, chaque guerre avait été précédée d'une campagne de presse similaire – souvent, des caricatures politiques diabolisant l'«ennemi» et le rabaissant au rang de sous-homme, de brute. La campagne contre Saddam Hussein était menée avec acharnement depuis le mois d'octobre, et s'exaspérait depuis quelques semaines dans les programmes câblés d'information en continu – Fox et CNN. Il était tragique et bouffon que la fureur meurtrière de l'administration républicaine, menée par Cheney et Rumsfeld, trouve son pendant idéal dans celle du dictateur irakien. À ceci près que des centaines de milliers d'innocents risquaient de mourir, ces adversaires déments se méritaient l'un l'autre.

Il était inquiétant de constater que le mouvement étudiant conservateur ne cessait de gagner du terrain sur les campus américains en ce début de XXIᵉ siècle. Même dans des universités privées anciennes et prestigieuses, traditionnellement progressistes.

Dans le vocabulaire agressif d'Alexander Stirk et de ses compatriotes : *gauchisantes.*

«J'ai dit aux agents municipaux, et je vous déclare officiellement, madame la présidente, que je n'ai pas l'intention de chercher à identifier mes agresseurs, même si j'ai une petite idée de l'identité de certains d'entre eux.» Stirk marqua une pause pour sortir un mouchoir de sa poche de veste, le déplier, et en tamponner son œil blessé, où montaient des larmes brillantes. Il choisissait ses mots avec un soin exagéré, comme s'il souhaitait éviter tout malentendu.

Il était évident pour M.R. – incontestable ! – que les propos de Stirk étaient imprégnés de sarcasme adolescent, peut-être dans l'espoir de la provoquer.

Rarement, dans sa carrière universitaire, des étudiants lui avaient manqué de respect. Peut-être même jamais – avant ce jour. Elle n'y était donc pas accoutumée, ne savait trop comment réagir – si, d'ailleurs, il fallait réagir. Elle sentit son cœur se contracter de… était-ce de la douleur ? de la déception ? de la contrariété ? Était-ce de la *colère* ? Parce que Alexander Stirk, avec qui elle avait espéré établir des rapports amicaux, ne tombait pas vraiment sous le charme de la présidente Neukirchen.

Avec encore plus d'audace – de provocation –, Stirk continuait : «En toute franchise, je peux vous dire – car je suis sûr que vous ne le répéterez pas – madame la présidente – que lors de cette agression, j'ai vaguement vu des visages – et que peut-être – l'un de ces visages – ou plusieurs – étaient ceux de "personnes de couleur" à la peau claire.» Stirk marqua une pause, la mine grave et accusatrice. Puis, comme si la présidente et lui étaient entièrement d'accord sur une question particulièrement délicate, il reprit, avec componction : «Mais… en ma qualité de chrétien… catholique… et de libertaire, j'estime par principe qu'il n'est pas juste – au sens de *justice* – de risquer d'accuser un innocent, même si cela signifie que les coupables restent impunis. C'est un principe dépourvu de sens pour les partisans de l'avortement – qui n'accordent aucune valeur à la vie humaine en gestation – mais c'est un principe que chérissent les membres des YAF.

Partisans de l'avortement ? Vie humaine en gestation ? Quel rapport cela avait-il avec l'agression dont Stirk avait été victime ? M.R. n'en savait trop rien, mais elle en savait assez pour ne pas mordre à l'hameçon.

«Donc, j'ai été jeté à terre, frappé, humilié et menacé – "Si tu l'ouvres, tu es mort, pédé!" – la voix enfantine de Stirk prit une intonation plus grave et plus grossière – et personne n'est venu à mon aide. Dès les premières secondes, tous les témoins ont fui – en riant – je les ai entendus rire – et le temps qu'un bon Samaritain alerte un vigile du service de sécurité dans le bureau qui se trouve derrière Salvager Hall, j'étais parvenu à me relever et à gagner la rue tant bien que mal – *à sortir du campus* – un automobiliste qui passait m'a vu et a eu pitié de moi.

Un automobiliste qui passait. La phrase parut bizarre à M.R.

Comme quelqu'un qui a souvent raconté son histoire, alors qu'en fait Stirk n'avait certainement pas eu l'occasion de la raconter souvent, l'étudiant meurtri et contusionné expliqua que *l'automobiliste de passage* l'avait conduit aux urgences de l'hôpital local – "Ce citoyen ne s'est pas inquiété du sang qui risquait de tacher ses sièges, Dieu merci" – où, après l'avoir soigné et radiographié, on avait averti la police de la ville – "puisqu'il ne s'agissait pas d'un accident, mais d'une agression brutale" – laquelle était venue l'interroger. Dès qu'il s'était senti un peu mieux, Stirk avait appelé Oliver Kroll, son conseiller académique en sciences politiques et le conseiller universitaire de la section locale des YAF, chez qui il se trouvait avant l'agression.

Étrange, pensa M.R., que Stirk n'ait pas appelé sa famille à Jacksonville. Il avait catégoriquement refusé que le doyen des étudiants les contacte sans son autorisation.

Alors qu'autrefois l'Université était légalement tenue d'agir *in loco parentis*, il lui était maintenant interdit d'assumer la moindre responsabilité parentale sans l'accord exprès de l'étudiant.

Alors qu'autrefois l'université risquait d'être poursuivie pour ne pas s'être conduite en parent protecteur, elle s'exposait maintenant à l'être si elle le faisait contre la volonté d'un étudiant, même âgé de dix-huit ans.

« Vous savez quels ont été les premiers mots du professeur Kroll, madame la présidente ?... "Elle a donc commencé. Notre guerre." »

Notre guerre ! Cela ressemblait bien à Oliver Kroll, cette politisation d'une affaire privée. Faire d'un événement particulier et douloureux quelque chose d'emblématique, d'impersonnel. Car, par *notre guerre,* il entendait la division et les affrontements sur le campus autant que *notre guerre* à venir en Irak.

Dans l'Université, avortement, promiscuité sexuelle et ivresse sur le campus étaient devenus des sujets politiques ; le patriotisme se mesurait à la ferveur avec laquelle on plaidait pour la « fermeture des frontières », la « guerre contre la terreur », l'urgence d'une « action militaire » au Proche-Orient. M.R. avait assez peu suivi ces débats, car d'autres affaires, apparemment plus pressantes, l'avaient accaparée.

Stirk disait avec fierté à la présidente Neukirchen que, bien qu'il l'eût appelé à plus de minuit, Oliver Kroll était venu sur-le-champ. L'état de son étudiant l'avait « stupéfait », « écœuré », « indigné ». Il avait tenu à informer personnellement les officiers de police des menaces que Stirk avaient reçues des « milieux de la gauche radicale » en raison de ses opinions tranchées en matière de politique et de morale. Plus précisément, la semaine précédant l'agression, Stirk avait dénoncé, et dans son émission de radio et dans sa rubrique de journal, un fait « véritablement ignoble, innommable » – « un secret de Polichinelle » –, l'avortement d'une étudiante de premier cycle au troisième trimestre de sa grossesse dans une clinique du planning familial de Philadelphie. Stirk avait été dangereusement près de « donner des noms, désigner des responsables» – ce qui lui avait valu un nouveau déluge de «courriels haineux» et de «menaces».

M.R. avait lu avec effarement le papier de Stirk, que lui avait signalé un membre de son équipe, un article rempli d'insinuations et d'accusations, digne d'un tabloïd. Bien que le journal étudiant fût plutôt une publication progressiste, ces rédacteurs croyaient à la «diversité d'expression» et à la «polémique». Personne n'avait jamais tenté de censurer ni même d'influencer les publications étudiantes depuis au moins cinquante ans – elles étaient entièrement gérées par les étudiants. M.R., comme la plupart des enseignants, n'avait qu'une vague idée de la coalition de conservateurs/chrétiens *born-again*, qui cherchait à faire des convertis sur le campus. Cette coalition ne regroupait qu'une minorité d'étudiants, moins de cinq pour cent probablement, mais c'était une minorité particulièrement active et passionnée, en conflit avec l'atmosphère progressiste prédominante, et que certains des étudiants chrétiens, comme Alexandre Stirk, semblent rechercher le martyre – ou du moins la publicité attachée au martyre – n'arrangeait pas les choses.

M.R. avait été particulièrement troublée par la brutalité de la rubrique «Stirk attaque», avec son titre provocateur *Le droit de choisir (pour qui?)* et, en caractères gras, ce couplet railleur :

PRÉTENDRE CHOISIR C'EST MENTIR!

AUCUN BÉBÉ NE VEUT MOURIR!

Malgré elle, M.R. avait pensé : *Ma mère voulait ma mort.*

Mais que c'était déplaisant, et dans le journal étudiant! Comment s'étonner que Stirk eût reçu ce qu'il qualifiait de courriels haineux. Comment s'étonner qu'il se fût attiré le ressentiment et les moqueries de certains étudiants. Si Stirk était gay – ce qui était apparemment le cas – cette homosexualité n'avait rien à voir avec ses convictions conservatrices, elle allait même à l'encontre du conservatisme traditionnel – ce qui faisait peut-être d'Alexander Stirk quelqu'un de singulier, voire de courageux. Mais ces sujets soulevaient l'émotion comme des tempêtes de poussière ; oubliées, les nuances et les subtilités ; oubliés, les paradoxes de la personnalité.

À la consternation de M.R. et de ses collègues (de sensibilité progressiste), les conservateurs de l'Université, à l'image de tous les conservateurs du pays depuis les années Reagan, tendaient à évacuer les subtilités. Leur stratégie consistait à chercher la polémique, la confrontation, à *frapper au vif*, selon leurs termes.

Quand M.R. avait fait la connaissance d'Oliver Kroll, quand elle avait commencé à enseigner la philosophie morale à l'Université, Kroll n'était pas aussi passionnément engagé dans le mouvement conservateur ; M.R. avait lu ses essais sur l'histoire du libertarianisme américain, publiés dans des revues prestigieuses telle que l'*American Political Philosophy*, et elle avait été impressionnée. Car si son point de vue était très différent du sien, il était exposé avec une intelligence persuasive. M.R. ne s'était jamais sentie à l'aise avec Kroll – pour des raisons à la fois politiques et personnelles – mais elle avait admiré son travail et, dans une certaine mesure – même si le souvenir lui en était pénible – ils avaient été amis – ou plus qu'amis – un court moment ; depuis, Kroll était devenu un conseiller (bien payé) de l'administration républicaine et s'était rapproché du porte-parole conservateur le plus (tristement ?) célèbre de l'Université, G. Leddy Heidemann, spécialiste de l'«islam fondamentaliste» que l'on disait très impliqué dans les préparatifs (secrets) de l'invasion irakienne, un confident du secrétaire à la Défense Donald Rumsfeld. Kroll comme Heidemann n'étaient guère aimés de la plupart de leurs collègues de l'Université, mais ils avaient leurs disciples parmi les étudiants, du premier cycle notamment.

M.R. trouvait tout cela troublant et désagréable – comme n'importe quel administrateur, elle craignait pour son autorité, bien que persuadée d'être le type même d'administrateur pour qui l'«autorité» compte peu – c'était la singularité de M.R. Neukirchen qui faisait d'elle un président efficace, son ouverture d'esprit et sa bienveillance envers tous.

Il était néanmoins perturbant de constater que, de plus en plus, dans les médias comme sur son campus, le mot *progressiste* devenait une sorte d'obscénité comique, qu'on ne murmurait plus sans un sourire narquois.

À l'instar de «tête d'œuf» – le qualificatif grossier, diffamatoire, qui avait été utilisé pour discréditer Adlai Stevenson lors de la malheureuse élection présidentielle de 1956. Comment se défendre contre une… accusation de cette sorte? Chercher à la réfuter ne pouvait qu'aggraver les choses, vous rendre ridicule.

«Donc, madame la présidente…»

De son ton plein de componction, entre reproche et accusation, Stirk continuait le récit de son agression et de ses suites. Il parlait presque sans discontinuer depuis vingt minutes, à croire qu'il déclamait ses griefs devant un vaste auditoire télévisuel dont M.R. n'était qu'un élément. Avec une insolence remarquable – comme s'il comprenait qu'il intimidait la présidente de l'Université – il s'interrompit, posa un index sur ses lèvres:

«Je me demande… avez-vous jamais écouté mon émission de radio, madame la présidente… "Visez la tête"?

– Je crains que non.

– Mais je pense – j'espère – que vous avez vu ma rubrique dans le journal du campus… "Stirk attaque"?

– Oui, en effet.

– Elle est disponible en ligne. Mon "royaume" n'est donc pas uniquement de ce campus.»

Stirk avait sa voix de radio, supposa M.R. – un baryton forcé en désaccord avec son corps fluet et apparemment dépourvu de muscles. *Si menu. Si facile à blesser.*

La tête bandée de Stirk – ce front étroit qui semblait serré dans un étau, et ce menton faible, avalé… Ce que Stirk avait de plus séduisant était ses yeux, tout pochés et meurtris qu'ils fussent, et M.R. y lisait à la fois de l'insolence et une supplique désespérée.

Aime-moi! Aime-moi et aide-moi mon Dieu je T'en prie.

Une prière qui ne serait jamais exprimée.

Sans son arrogance affectée, sans l'armure de ses vêtements, comme il aurait été vulnérable! Un petit être asexué, totalement sans défense. M.R. l'imaginait jeune adolescent, ou enfant, intimidé par les garçons plus âgés, se sentant inférieur, méprisable. Dans le monde où elle avait grandi, dans l'ouest du New York, au sud des Adirondacks, un garçon comme Alexander Stirk n'aurait pas eu une chance.

Elle trouvait touchant, un acte de pur courage, ou de bravade, qu'il se fût ouvertement proclamé «gay». Sauf que cela aussi semblait une sorte de déguisement ou de ruse; une provocation et un masque derrière lequel se dissimuler.

Stirk lui révélait maintenant avoir une liste de noms qu'il n'avait pas encore communiquée à la police – une liste que le professeur Kroll l'avait aidé à préparer – «Pas seulement des étudiants, des enseignants aussi. Quelques noms surprenants.» Il avait l'intention de donner cette liste à la commission universitaire enquêtant sur l'agression – mais n'était pas «encore» certain de la donner à la police.

Ce que cette agression avait de merveilleux – ironiquement! – c'était qu'il avait reçu des messages de soutien «de tout le pays» – qu'elle avait soulevé «une vague de sympathie et d'indignation». Depuis, des avocats «de réputation internationale» lui avaient proposé leurs services pour poursuivre en justice ses agresseurs, et l'Université qui ne l'avait pas protégé. Le *Washington Times*, la Young America Foundation – le mouvement des jeunes conservateurs – et Fox News lui avaient demandé des interviews...

M.R. fit une grimace. Naturellement, les médias conservateurs ne pouvaient que sauter sur l'occasion d'interviewer l'un des martyrs de leur cause.

Effarant, la vitesse avec laquelle un incident universitaire entrait dans la noosphère – le «cyberespace» – où il était reproduit – grossi – des milliers de fois! M.R. commençait à se sentir mal. Car cette affaire menaçait d'échapper à tout contrôle, comme une montée d'égouts provoquée par une crue subite, ce que M.R. savait devoir éviter; elle avait cru y parvenir en tablant sur la bonne volonté, le bon sens, l'effort et la *sincérité*. N'avait-elle pas cru que rencontrer Alexander Stirk, seule à seul, changerait les choses?

Leonard Lockhardt et d'autres membres de son équipe lui avaient fortement déconseillé cette rencontre – mais M.R. avait tenu bon: elle ne faisait pas partie des présidents d'université inaccessibles aux étudiants, elle était connue précisément pour l'intérêt qu'elle portait aux individus. Elle avait supposé qu'en parlant avec Stirk calmement, en privé, elle pourrait établir un contact avec lui, le comprendre; qu'elle pourrait – était-ce pure vanité? – naïveté? – *le convaincre de sa sincérité et gagner sa confiance.*

En faire son ami.

Le téléphone avait sonné tard, la veille – très tard – 2 heures du matin – alors que M.R. venait de se coucher et cherchait vainement le sommeil, le cerveau bourdonnant comme une ruche – seule dans le lit du président dans la chambre du président dans la maison du président qui était un bâtiment «historique» situé dans la partie «historique» du campus – elle venait à peine de quitter son bureau, d'éteindre son ordinateur pour la nuit, espérant dormir au moins quelques heures avant de se réveiller à 7 heures, au seuil d'une longue journée – toutes les journées de la semaine étaient longues – qu'il lui faudrait aborder avec entrain, optimisme et espoir – comme une descente de ski, une très longue descente, dont le terme n'est pas visible du haut de la piste.

Rien de plus beau et de plus exaltant que le ski de piste – quand on sait skier.

La sonnerie du téléphone à 2 heures du matin – 2 h 04 très exactement – et M.R. avait répondu avec appréhension, car on ne vous annonce que de mauvaises nouvelles à ces heures-là – un appel sur la ligne privée, sur liste rouge, de la présidente – un numéro que peu de gens connaissaient – la voix tendue du chef de la sécurité de l'Université lui annonçant la nouvelle choquante...

Oh! mon Dieu? Est-il... gravement blessé?

Sait-on qui l'a agressé? Était-ce des étudiants?

Il semblerait à M.R. qu'une lumière aveuglante avait illuminé la pièce, et le paysage nocturne de l'autre côté de la fenêtre. Aussitôt, elle avait été pleinement réveillée. Elle passerait des heures au téléphone, ou à proximité.

Quelle folie! Je ne suis pas préparée à cela.

Elle persévérerait, pourtant. Elle ferait ce qu'elle pouvait. Immensément soulagée d'apprendre que le jeune homme n'était pas dans un état critique, ni gravement blessé; décidant sur une impulsion d'aller le voir à l'hôpital, à 6 h 20, sous une neige fondue balayée par le vent.

L'hôpital était à un peu plus d'un kilomètre de la maison du président. La dernière fois que M.R. s'y était rendue, elle allait voir une collègue plus âgée, une femme qui avait été opérée d'un cancer du sein.

Avant cela, un collègue masculin, qui n'était pas âgé, opéré d'un cancer de la prostate.

L'un et l'autre avaient guéri, c'était du moins ce qu'on lui avait donné à entendre.

Elle ne parlerait à personne de cet acte irréfléchi du petit matin – à aucun membre de son équipe, à aucun confident ni ami. Certainement pas au conseiller juridique de l'Université, qui prônait la prudence dans tous les domaines pouvant éveiller l'attention des médias. Et certainement pas à son amant (secret), pour qui toute cette aventure présidentielle était une fantasmagorie improbable, teintée de folie, de vanité et de naïveté.

Pour quelle raison, M.R. ne le savait pas vraiment. Peut-être parce que la présidence, au-delà même de la carrière universitaire brillante de M.R., lui était si profondément étrangère qu'il se sentait exclu.

Dans une brume d'excitation, qu'accentuaient le manque de sommeil et la tension des heures précédentes, M.R. se rendit à l'hôpital, se gara devant l'entrée des urgences, violemment éclairée, et s'engouffra à l'intérieur, inquiète, le souffle court – une grande femme au regard anxieux demandant si un jeune étudiant du nom d'Alexander Stirk était encore là, et si elle pouvait le voir.

Stirk était déjà sorti. On lui dit qu'il avait quitté l'hôpital en compagnie d'un homme – sans doute Oliver Kroll.

«Ah, je vois! Et il est... comment va-t-il?»

Un jeune médecin indien la dévisageait avec perplexité. Qui était-elle? Quel lien avait-elle avec Stirk?

M.R. se présenta. Comprenant au regard étonné du médecin que, oui, c'était une sorte d'incident en soi, quelque chose qu'on commenterait, discuterait, que la présidente de l'Université se fût précipitée aux urgences avant l'aube pour voir l'étudiant tabassé.

Un sourire poli aux lèvres, le médecin déclara à M.R. qu'Alexander Stirk avait été jugé suffisamment remis pour quitter les urgences et qu'il lui dirait lui-même ce qu'il voulait qu'elle sache de son état médical… mieux valait s'adresser à lui.

M.R. était repartie, mouchée. M.R. était repartie *soulagée.* Car se rendre à l'hôpital avait été un acte irréfléchi de sa part. Elle se demandait si cela avait été un acte stupide.

Le conseiller juridique de l'Université, Leonard Lockhardt, aurait désapprouvé. Cet homme rusé que la présidente Neukirchen avait hérité de son rusé prédécesseur, et dont les conseils à la nouvelle présidente se résumaient en un mot : *prudence.*

N'oubliez pas que l'époque est procédurière! Et que cette université a la réputation d'être très riche.

Mais Leonard Lockhardt ne saurait jamais que M.R. était allée à l'hôpital avant l'aube. Personne ne saurait jamais, pas même Alexander Stirk.

Naturellement Lockhardt lui avait conseillé de ne pas rencontrer le jeune homme en particulier. M.R. avait tenu bon. Lockhardt avait conseillé à M.R. à ne pas «sembler prendre parti… prématurément», et M.R. avait répondu que, bien entendu, elle surveillerait ses paroles. Elle souhaitait surtout parler à ce garçon pour le consoler. Car il avait subi un choc terrible – que son récit fût entièrement véridique ou non, il avait été blessé. M.R. souhaitait le consoler et pensait qu'il était de son devoir de le faire – étudiant de l'Université, Stirk était *son étudiant.*

Et M.R. veillait donc à ne pas donner l'impression qu'elle ne croyait pas Stirk ou qu'elle souhaitait défendre l'Université qui, selon lui, n'avait pas su le protéger.

La mine sombre, Stirk disait que ses ennemis l'accuseraient d'avoir inventé jusqu'à l'agression dont il avait été victime. Ils l'avaient menacé de lui faire subir pire encore.

«... croient pouvoir m'intimider, me réduire au silence. Mais ils seront très étonnés quand...»

M.R. percevait une profonde souffrance chez le jeune homme – une sorte d'angoisse spirituelle. Car il avait été insulté, et l'insulte n'était pas récente.

Difficile de croire qu'elle avait devant elle un étudiant de vingt ans, et non un garçon de quinze ans ou moins ; vu de près, Stirk ressemblait davantage à une fille qu'à un garçon. Il ne dépassait pas le mètre cinquante-sept et ne pesait sans doute pas plus de cinquante kilos. Quelle épreuve avait dû être l'école pour un élève aussi brillant – agressivement brillant – et affligé d'un corps aussi malingre ; quelle épreuve avaient dû être ses premières années, l'école primaire et le collège. Même à l'Université, avec son niveau d'exigence élevé, le sport était une passion chez certains ; les *eating clubs*[1] et les «sociétés secrètes» d'antan dominaient toujours la vie sociale étudiante... Et il y avait la sexualité : un facteur déterminant à l'adolescence.

Bien que ce n'eût pas été le cas pour M.R. Neukirchen à cet âge-là ! Il se pouvait donc que cela ne le fût pas non plus pour ce garçon.

À l'adolescence, l'émoi sexuel – le «désir» – avait paru bien moins naturel à M.R. que d'autres formes de désir.

---

1. Clubs sociaux où les étudiants les plus fortunés se retrouvent pour prendre leurs repas.

Les griefs de Stirk contre l'Université étaient apparemment anciens – ils dataient de son arrivée. «Ce qui avait atteint son point culminant» ce fameux soir «mûrissait depuis longtemps, comme un abcès» – «l'hostilité, la haine» de ses ennemis, la «jalousie» suscitée par sa position sur le campus et la «rancœur des progressistes-gauchistes» envers la coalition conservatrice, dont les rangs ne cessaient de grossir. M.R. était résolue à écouter Stirk sans l'interrompre ni le contester, mais elle avait du mal à suivre son raisonnement, ou ses accusations – le lien entre la jeune étudiante qui avait (prétendument) pratiqué un avortement tardif, et d'autres (prétendus) incidents survenus à l'Université et à la section des YAF – et Alexander Stirk – n'était pas clair; selon toute vraisemblance, il y avait entre certains de ces étudiants des relations dont personne n'avait encore parlé, et qui ne se limitaient pas à leurs opinions politiques divergentes.

Stirk dit qu'il envisageait sérieusement d'«accorder» des interviews, et comptait naturellement parler de l'incident, non seulement dans le journal universitaire mais aussi sur l'Internet et ailleurs – malgré l'avis contraire du professeur Kroll. Il lui semblait capital – avant qu'il soit «trop tard» et que «pire» ne lui arrive – de «dénoncer aux médias l'atmosphère gauchiste et hostile» régnant à l'Université...

Cette fois M.R. l'interrompit. En s'efforçant toutefois de s'exprimer avec calme.

Elle ne pensait pas, dit-elle, que s'adresser aux médias aussi vite fût une très bonne idée, alors que la police et la commission universitaire enquêtaient sur l'incident.

«Menacez-vous de me censurer, madame la présidente? De me faire taire?... pour vous éviter des embarras?»

Stirk parlait avec feu, comme s'il avait espéré cette objection. Son bon œil brillait d'une sorte d'exultation malsaine, ses genoux oscillaient et tremblaient comme ceux d'un enfant hyperactif trop longtemps obligé de demeurer assis.

«Bien sûr que non, Alexander. Vous êtes libre d'écrire sur le sujet – sur n'importe quel sujet – évidemment – mais...

– Mais... quoi?»

Avec calme, M.R. poursuivit. Avec calme, quoique un peu crispée, elle sourit. Dans une réunion de quakers, l'idéal est la transparence – la *clarté* – la victoire de la *Lumière* sur la confusion et la dissension. Sans jamais avoir véritablement examiné ses croyances, M.R. semblait ou souhaitait y croire.

Pas sous sa personnalité de philosophe universitaire analytique/sceptique, mais sous celle de professeur/président, elle souhaitait croire à une humanité évoluant vers la lumière, la vérité, la compassion, à la façon dont s'ouvre une fleur gigantesque – autrement, votre compassion, comme votre naïveté, était un embarras.

«... pour le moment, pendant que les enquêtes sont en cours... n'est-il pas plus sage d'attendre? Écrire quelque chose prématurément n'est vraiment pas une bonne idée, comme vous le savez certainement. Surtout si vous ne voulez rien dire à vos parents... ils l'apprendraient sûrement et s'inquiéteraient...»

Stirk s'agita dans son fauteuil. Comme si M.R. avait jeté une allumette dans une matière inflammable, il se mit à bégayer avec excitation : «Voilà donc le but de cette réunion : la censure! Me censurer! Me menacer d'informer ma famille... d'inquiéter ma famille! On dirait... c'est... du chantage! Chercher à censurer la voix du mouvement conservateur sur ce campus! Les progressistes gauchistes contrôlent déjà les médias... Vous contrôlez déjà la majorité des universités... et maintenant vous tentez de réduire au silence – de censurer – une victime. Vous tentez de me censurer... sous le prétexte de me "venir en aide"...

– Je vous en prie, Alexander! Inutile d'élever la voix. Je vous faisais juste remarquer que…

– … que l'on tolère sur ce campus les conduites les plus immorales et les plus dépravées – promiscuité sexuelle, ivresse, infanticide – mais que révéler aux médias ce qui m'est arrivé – "n'est pas une bonne idée"?»

Stirk parlait fort, avec indignation. Stirk jubilait. Cette sortie subite stupéfia M.R.

«Êtes-vous en train… d'enregistrer ceci? Notre conversation? Est-ce ce que vous êtes en train de faire?» Brusquement, elle en était certaine.

Mais Stirk secoua aussitôt la tête. Comme si M.R. s'était penchée pour le toucher – avec des intentions inconvenantes – il se recroquevilla dans son siège avec un air coupable et insolent d'enfant. «Non. Non – je "n'enregistre pas"… notre conversation, madame la présidente. Vous aimeriez peut-être me… fouiller? Appeler vos agents de sécurité – une fouille au corps, peut-être?»

Stirk se leva en riant. Sa béquille en aluminium tomba avec fracas sur le sol, et il se hâta de la ramasser comme s'il craignait qu'on ne la lui prenne. Stupéfaite et mortifiée, M.R. comprit que, bien entendu, ce jeune homme retors avait enregistré leur conversation. Il devait avoir un appareil quelconque dans l'une des poches de sa volumineuse veste en velours.

Sans doute Oliver Kroll l'y avait-il encouragé. Car c'était *notre guerre*, une première escarmouche.

Le visage de M.R. s'empourpra. Elle espérait ne rien avoir dit d'imprudent – de compromettant – au cours de leur conversation. Avec un léger sentiment de panique, elle se demanda si ses remarques pouvaient être diffusées, postées sur la toile? Sans son autorisation? N'y avait-il pas des lois sur l'enregistrement non autorisé de conversations privées? S'agissait-il bien d'une conversation privée, d'ailleurs ? Un président d'université pouvait-il raisonnablement prétendre avoir une conversation privée avec un étudiant ? Son cœur battait douloureusement, elle avait le visage brûlant comme si on l'avait giflée.

Stirk dit, avec impudence : « Et même si elle était enregistrée, madame la présidente ? Je ne cherche qu'à me protéger – personne ne peut compter être traité avec "justice" par ses ennemis. Il me faut me défendre avec les armes à ma disposition. »

M.R. était debout derrière l'énorme bureau présidentiel. M.R. que l'on n'avait jamais vue élever la voix, manifester contrariété ou agitation, encore moins colère ou antipathie, dévisageait maintenant ce jeune homme narquois comme si elle l'eût volontiers frappé.

« Vous n'avez pas véritablement été "agressé", n'est-ce pas ? Vous avez tout inventé – vous vous êtes infligé vous-même vos blessures – vous avez fait une fausse déclaration à la police… »

Stirk protesta avec virulence : « Certainement pas ! Comment osez-vous – m'insulter – me calomnier ! Comment osez-vous m'accuser de… d'"invention"…

– Eh bien… est-ce vrai ? Oui, bien sûr ! »

Pas une seule fois dans ce bureau présidentiel austère – ni au cours de ses mois – de ses années à l'Université – M.R. Neukirchen n'avait parlé avec autant de laisser-aller et de véhémence. Pas une seule fois son visage n'avait trahi une émotion aussi vive que de la contrariété, sans parler d'antipathie, de répugnance. L'effet sur Stirk fut immédiat – la rage déforma son visage pincé de petit garçon et, dans un accès de colère enfantine, il renversa le fauteuil dans lequel il s'était assis.

« Arrêtez ! s'écria M.R. avec colère. Arrêtez immédiatement ! Vous n'êtes pas un enfant ! »

Elle se recula en voyant Stirk lever sa canne pour l'abattre sur le bureau, ou sur elle – il fit voler sur le sol une pile de documents – un petit pot de céramique contenant des stylos, des trombones – M.R. tenta de saisir la béquille, de l'arracher à Stirk – qui glapit comme si elle l'avait frappé – un glapissement d'étonnement et de douleur – « Hé ! Qu'est-ce que vous faites, bon Dieu, ça fait *mal*!» – au profit de l'appareil enregistreur dans sa veste de velours.

« Mais je n'ai... je n'ai...

– Vous n'avez pas quoi, madame la présidente ? Levé la main sur moi ? Vous ne m'avez pas... frappé ? »

Sous le regard stupéfait de M.R., le jeune homme lui tira la langue. La langue ! En l'espace de quelques secondes, cette conversation, que M.R. avait crue si franche, avait viré irrémédiablement à la farce, une farce dont la présidente Neukirchen était la victime. Frémissant de malice, Stirk plaça la béquille sous son aisselle et marcha vers la porte au moment précis où elle était ouverte par la secrétaire de la présidente, qu'il écarta de sa béquille, en riant – « Tiens, voici un témoin ! Encore une femme ! Attendez-vous à être citée à comparaître, madame !»

Boitant ostensiblement et bruyamment Alexander Stirk quitta le bâtiment historique de Salvager Hall comme une série de coups de maillet sur un parquet très légèrement résistant.

Voici donc de quoi M.R. Neukirchen serait bientôt accusée : non seulement elle avait tenté de « censurer » Alexander Stirk, mais, au cours d'une sorte de « bagarre » dans le bureau présidentiel, elle était allée jusqu'à le... frapper.

Dans certaines variantes de ce récit sensationnel, elle avait même utilisé pour ce faire la béquille de l'étudiant blessé.

Elle aurait dû s'en douter. On l'avait prévenue.
C'est une guerre. Il y a des ennemis.

Le sang lui battait aux oreilles. Tout juste si elle entendait l'homme qui lui parlait avec une exaspération à peine dissimulée.

Lockhardt était le conseiller juridique principal de l'Université depuis trente ans. Les présidents héritaient de lui comme ils héritaient du bureau présidentiel – meubles austères et livres reliés en cuir, portrait sévère du révérend Charters au-dessus de la cheminée. Lockhardt avait des manières résolument patriciennes – sa présence était quasiment ignorée du corps enseignant, mais elle était capitale aux yeux du conseil d'administration, qui le considérait comme le conseiller clé du président, au point que, à côté de lui, celui-ci pouvait sembler un simple sous-fifre, temporaire et commode.

Avant son entrée en fonctions, M.R. s'était imaginé pouvoir encourager Leonard Lockhardt à prendre sa retraite et engager à sa place un avocat de sa génération, partageant ses convictions progressistes, mais dès qu'elle était devenue présidente, elle avait compris que l'expérience de Lockhardt, son influence auprès du conseil d'administration et des «grands» donateurs lui étaient nécessaires. Après avoir obtenu un diplôme en lettres classiques à l'Université en 1955, Lockhardt avait étudié à la faculté de droit de Harvard et, comme la plupart des diplômés de sa génération, il s'était opposé à la nomination d'une femme à la présidence de l'Université – détail que M.R. n'était pas censée connaître.

Il était célibataire. Ses longues joues maigres étaient rasées de près, et il arborait en toutes saisons une bonne humeur hautaine et asexuée. Il portait des costumes taillés sur mesure à Bond Street, des chemises en lin et en coton à manches longues, des nœuds papillons. *Impossible de se fier à un homme qui porte un nœud papillon* disait le père de M.R., mais elle n'avait pas le choix, elle devait faire confiance à son conseiller, dont les cheveux argent clairsemés étaient coiffés en volutes sur un front haut. Au revers de son costume à rayures fines, Leonard Lockhardt portait un petit insigne d'or en forme de serpent lové, l'insigne du plus fermé des *eating clubs* de l'Université, auquel il avait appartenu pendant ses années d'études et qui avait blackboulé toutes les catégories d'êtres humains, à l'exception des chrétiens blancs hétérosexuels de « bonne » famille, jusqu'au milieu des années 1980.

M.R. avait espéré gagner suffisamment l'amitié de Lockhardt pour lui glisser avec désinvolture qu'il était malvenu de continuer à porter le badge de ce club particulier à l'Université, et que Lockhardt le comprendrait. Mais ils n'en étaient pas encore arrivés à ce degré d'intimité et, à la fin de l'hiver 2003, M.R. avait fini par comprendre que selon toute probabilité ils n'y arriveraient jamais.

Progressivement et à sa manière courtoise, Lockhardt s'était fait à la présidente. Il avait trop de sens civique pour nourrir des rancunes – dès l'instant où M.R. Neukirchen avait été choisie à la majorité par le conseil d'administration comme la plus exemplaire des candidates malgré son manque relatif d'expérience, Lockhardt s'était mis à son service. Il en était venu à l'apprécier en tant que personne – il l'appelait « Meredith », trouvant « M.R. » ridicule et prétentieux, incongru pour une femme – et à admirer son style de direction, qui, malheureusement, se résumait à peu près à l'expression incontrôlée de sa personnalité. Neukirchen était candide, zélée, beaucoup plus intelligente et sagace qu'il n'y paraissait. Il avait finement perçu en elle un bourreau de travail infatigable – dont on pouvait tirer profit. Que l'Université eût choisi sa première présidente au bout de près de deux cent cinquante ans d'existence était un étendard glorieux, déployé et brandi aux yeux de tous.

Leonard Lockhardt était donc préoccupé pour Neukirchen, et pour l'Université, qu'il aimait. Quand M.R. avait eu son « accident », au mois d'octobre – alors qu'elle devait prononcer à l'université Cornell le discours inaugural du congrès de l'Association américaine des sociétés savantes – quand on ne l'avait pas vue dans la salle de banquet et qu'elle n'était pas rentrée de la soirée, à la grande inquiétude de ses collègues et amis, et des organisateurs de la convention – c'était Leonard Lockhardt qui avait expliqué la situation aux membres du conseil d'administration en leur assurant que la conduite de M.R. n'avait rien d'irresponsable ni d'excentrique – quelle qu'ait été son opinion personnelle sur la question.

À M.R. elle-même, il avait témoigné une sollicitude polie. Il ne lui avait pas demandé – pas plus que les autres – ce qu'elle faisait – seule – dans une voiture de location – si loin d'Ithaca, dans le comté rural de Beechum – et pas même à proximité de Carthage, sa ville natale ; pourquoi elle avait quitté l'hôtel de Cornell sans prévenir personne, pas même son assistante, qui avait été bouleversée – folle d'inquiétude – pendant des heures. Il ne lui avait pas dit, comme il aurait peut-être pu le faire, que sa conduite n'avait pas seulement été irresponsable et excentrique, mais dangereuse. *Vous auriez pu mourir là-bas. Disparaître. Qui l'aurait su ?*

Lockhardt s'était contenté de dire à M.R. qu'elle avait eu beaucoup de « chance » de ne pas avoir été gravement blessée « dans un endroit aussi isolé » – et qu'à l'avenir, si elle décidait de partir seule quelque part, il serait préférable qu'elle en informe son équipe.

M.R. avait répondu qu'elle croyait l'avoir fait – par un coup de téléphone ou un courriel. Elle en était sûre.

De cet après-midi d'octobre dans le comté de Beechum M.R. n'avait qu'un souvenir confus. Elle se rappelait ce qui était arrivé avec une précision douloureuse, mais sans parvenir à réaliser que cela lui était arrivé *à elle*.

À moins qu'en fait... elle ne se rappelle rien. Elle s'était réveillée avec un violent mal de tête, le visage en sang, presque étouffée par l'airbag et presque étranglée par sa ceinture de sécurité – alors que, penché sur la voiture renversée dans le fossé, un inconnu criait *Hé? Bonjour? Bonjour? Vous êtes... vivante?*

Lockhardt n'avait pas insisté. Quoi qu'il pense de la conduite parfaitement inexplicable de M.R., quoi qu'en pensent le conseil d'administration de l'Université, l'équipe de M.R. et ceux des enseignants qui savaient qu'elle n'avait pu faire son discours inaugural au congrès d'Ithaca – cette période de quelque dix-huit heures pendant laquelle M.R. Neukirchen semblait avoir disparu – Leonard Lockhardt n'était pas entré dans les détails. Il était discret, diplomate; il ne jugeait pas les motivations ni même les comportements curieux, tant qu'ils ne menaçaient pas de projeter l'Université sur la scène médiatique.

En ce qui concernait l'agression prétendument subie par l'étudiant Alexander Stirk, Lockhardt redoutait par-dessus tout un procès ultramédiatisé dans lequel ses talents supérieurs n'auraient pas le dessus. Car c'était une ère nouvelle, cette ère de la «diversité» – ce n'était pas celle de Leonard Lockhardt. L'Université n'était plus son Université. Le procès menaçait, il le savait – ou un désastre du même ordre.

«Oui, vous m'aviez prévenue, Leonard. Mais... il fallait que j'essaie, vous le savez.

– Essayer! Essayer quoi?

– De communiquer avec Alexander Stirk. De lui montrer qu'il pouvait me faire confiance.

– Évidemment qu'il pouvait vous faire confiance. C'est vous qui ne pouviez pas vous fier à lui!»

De tous les membres de l'équipe de M.R., c'était Leonard Lockhardt qui pouvait lui parler le plus énergiquement, Leonard Lockhardt dont la bonne opinion lui importait. Car elle sentait qu'il aurait préféré son prédécesseur à sa place, un politique consommé au lieu d'une idéaliste assez naïve pour se laisser manipuler par un étudiant de premier cycle.

«Oh! Leonard. Croyez-vous que j'aie commis une erreur terrible... irrévocable?»

Et elle ne lui avait pas dit – elle ne le dirait à personne, sa fierté le lui interdisait – qu'en quittant son bureau, ce petit salopard suffisant lui avait tiré la langue.

Andre. Il faut que je te parle. Je sais que tu vis des moments difficiles – j'avais espéré avoir de tes nouvelles avant – mais – quelque chose s'est passé ici, à l'Université – je t'expliquerai... j'ai besoin de savoir – si j'ai fait une erreur – terrible – irrévocable... Veux-tu me rappeler Andre s'il te plaît.

Marquant une pause avant d'ajouter, avec un petit rire haletant *Je t'aime tant cher Andre!*

Car il était possible à M.R. de prononcer ce genre de mots dans ces conditions. À la toute fin d'un court message téléphonique, avec un ton exubérant de jeune fille – une sorte d'ivresse légère – ce qui ne pouvait être déclaré brutalement, sans équivoque.

Je t'aime tant Andre. Tu dois le savoir.

Et jamais le moindre soupçon de reproche, de chagrin – ou de désespoir – *Je t'aime tant Andre est-ce que tu m'aimes?*

Elle aurait encore moins osé laisser libre cours à son émotion, son désir – *Quand viendras-tu me voir Andre? Pourquoi ne téléphones-tu pas? Que se passe-t-il dans ta vie? Je me sens si loin de toi... je suis si totalement seule, ici...*

Entre eux, dès le début – M.R. avait alors vingt-trois ans, Andre Litovik trente-sept – tel avait été l'accord, le contrat (tacite). M.R. aimerait Andre Litovik plus qu'il ne l'aimait parce qu'elle avait une plus grande faculté d'aimer, comme elle avait une plus grande faculté de compassion, de patience, de générosité et de courtoisie. *Je peux aimer assez pour nous deux. Je le ferai !* avait pensé M.R. dans les premières années de leur relation (secrète), mais aujourd'hui elle n'était plus aussi certaine de pouvoir persévérer dans son ancienne fidélité.

Fidélité : naïveté.

Et pourtant : fidélité.

Mais dès qu'Alexander Stirk fut parti et que M.R. se retrouva seule dans son bureau, abasourdie, humiliée, blessée – la poussée d'adrénaline de la colère était rapidement retombée – elle appela son amant à Cambridge, Massachusetts, sur son téléphone portable.

Un appel (secret). Aucun membre du personnel de la présidente ne devait savoir.

La vie (secrète) de M.R. Neukirchen. La vie (inconnue) de M.R. Neukirchen.

Personne ne savait, dans son vaste cercle d'amis, de connaissances, de collègues, que M.R. avait une liaison avec un homme, un homme marié, depuis ses études de troisième cycle à Cambridge. Si longtemps ! Et si fidèle à cet homme qui, très vraisemblablement, ne l'avait pas été tout à fait autant.

Pourvu que je sache que je suis celle qu'il aime. Dans la mesure où il est capable d'amour.

Et personne ne savait combien M.R. se sentait seule. Dans l'affairement de sa vie professionnelle, telle une succession de lumières aveuglantes braquées brutalement sur son visage, cette solitude persistait.

Elle ne pouvait se confier à personne, bien entendu. Dans ce poste élevé que tant de ses collègues lui enviaient. Dans la maison du président où elle était une invitée perpétuelle. Dans ce lit de cuivre à colonnes où Andre Litovik n'était pas venu la rejoindre une seule fois depuis son entrée en fonctions.

En fait, Andre était venu à deux reprises à l'Université. Au moment de la prise de fonctions de M.R., au mois d'avril, puis en novembre, pour donner une conférence dans le département d'astronomie/astrophysique, et à cette occasion M.R. avait organisé un dîner en son honneur dans la maison du président. Mais il n'avait pas souhaité y passer la nuit, bien que tout le monde sût – semblait-il – que M.R. et Andre Litovik étaient de « vieux amis » de l'époque de Cambridge.

M.R. l'avait invité, bien entendu... mais elle n'avait pas insisté.

Il y a des chambres d'ami, ici. Nous avons au moins un invité par semaine, souvent davantage. Tu ne serais pas – on ne penserait pas...

Elle voulait dire que cela ne paraîtrait pas suspect.

Il avait décliné l'invitation. Le ton tranchant, assez peu courtois. Semblant presque la détester tant son refus avait été catégorique.

Ils étaient néanmoins parvenus à passer un peu de temps seuls ensemble – mais pas dans la maison présidentielle, et pas dans le lit présidentiel.

M.R. comprenait – naturellement. Éveiller les soupçons aurait été de la folie, le plus imprudent des impairs. Du moins tant que M.R. était présidente de l'Université et qu'Andre Litovik était – encore – marié.

Écoute, chérie : je suis si fier de toi. Ne mets pas ta réputation en danger. Un jour – bientôt – nous trouverons une solution. Mais pas… pas tout de suite.

Il avait serré ses mains dans les siennes, avec force. Il lui avait demandé de le croire, et elle l'avait donc cru.

Néanmoins, il avait été impatient de rentrer chez lui. Car toujours – chez lui – il y avait une crise familiale – qui nécessitait son intervention.

M.R. n'avait jamais connu un homme aussi *persuasif* qu'Andre Litovik – que ce fût en public ou en privé. Dès l'instant où il ouvrait les yeux, il était pleinement réveillé – chaleureux, débordant d'énergie, bourdonnant comme un essaim d'abeilles.

Et le gros poing de son cœur battant dans sa poitrine puissante, rapide et néanmoins calme, olympien, amusé.

Si un cœur peut être olympien et amusé, celui d'Andre Litovik l'était.

«Appelle-moi, s'il te plaît… j'ai besoin de te parler…»

Les plus pitoyables des supplications sont celles que nous faisons dans une totale solitude, sans personne pour nous entendre. Quand ceux que nous supplions sont loin, indifférents.

Il semblait en effet qu'Andre était fier d'elle, à présent. Il admirait les femmes qui réussissaient – notamment les intellectuelles et les universitaires – il avait épousé une jeune femme d'origine russe, brillante traductrice et post-doc en études slaves à Harvard, et il avait vraisemblablement eu nombre d'autres liaisons avant de rencontrer M.R. – (et après?).

Il n'avait pas voulu qu'elle devienne présidente de l'Université. Il avait été franchement étonné qu'on l'eût choisie de préférence à plusieurs candidats très sérieux.

M.R. ne lui avait pas dit *Tu pourrais me faire changer d'avis, si tu le voulais. Si tu le voulais assez fort.*

Car ce n'était peut-être pas vrai. Peut-être – M.R. envisageait cette possibilité – préférait-elle cette position publique, la possibilité de *servir, guider, trouver la Lumière en soi* – à une vie plus privée.

Quoi qu'il en soit, elle avait accepté la proposition du conseil d'administration de l'Université. Leonard Lockhardt avait établi son contrat. Le corps enseignant s'était déclaré en faveur de M.R. dans son écrasante majorité – ce qui avait été déterminant. Jamais elle ne s'était sentie aussi… confortée.

On pouvait presque dire… *aimée.*

Car c'était le point central de la vie de Mudwoman : être *admirée, aimée.*

Le téléphone sonna à 21 h 09.

Pas le téléphone de la présidente mais le portable de M.R. dont très peu de gens avaient le numéro.

Le nom qui s'affichait sur l'écran n'était pas LITOVIK.

Elle repoussa le petit téléphone, elle n'avait aucun désir de répondre.

Elle s'était endormie à son bureau. Un bureau massif en bois de cerisier aux tiroirs profonds. Elle avait posé sa tête sur ses bras croisés et glissé dans un sommeil épuisé. Car la journée – cette journée ignominieuse ! – avait commencé une éternité plus tôt, dans le crépuscule de l'aube.

PRÉTENDRE CHOISIR C'EST MENTIR !
AUCUN BÉBÉ NE VEUT MOURIR !

Salvager Hall était vide et obscur, exception faite du bureau de la présidente où brillait une unique lampe de bureau. Deux étages, déserts comme une scène de théâtre que les acteurs ont quittée. La nouvelle présidente avait un personnel dévoué et courageux qui travaillait en étroite collaboration avec elle et la défendait contre critiques et détracteurs, tout en conférant avec inquiétude entre eux *Qu'arrive-t-il à M.R.? Est-elle... malade? Elle semble commettre des fautes... des erreurs de jugement... Depuis cet accident au mois d'octobre...*

«Non. Je peux redresser la barre.»

Le portable avait cessé de sonner. Puis, au bout de quelques secondes, il sonna de nouveau – les premières mesures de *Eine Kleine Nachtmusik.*

L'amant (secret) de M.R. lui avait offert ce téléphone. Pour qu'elle puisse l'appeler, et qu'il puisse l'appeler. C'était bien des années auparavant, dans une phase antérieure et plus idyllique de leur amitié.

Ce n'était pas Andre. Sur le cadran s'affichait le nom de KROLL.

Elle était effarée qu'Oliver Kroll l'appelle à une heure pareille. Et sur son portable. Elle n'aurait pas imaginé qu'il ait son numéro, ni qu'il ose l'appeler après ce qui s'était passé cet après-midi-là.

Car elle était certaine qu'Oliver Kroll avait conspiré avec Stirk l'enregistrement de leur conversation. *C'est la guerre. Notre guerre a commencé.*

Ils en feraient des gorges chaudes ensemble. Ils écouteraient l'enregistrement et se moqueraient d'elle.

Et voici que Kroll l'appelait, elle!

Une nausée lui retourna l'estomac. Elle n'était pas aussi forte qu'on le pensait – même Leonard Lockhardt, qui commençait à la connaître mieux qu'elle n'aurait souhaité, la prenait pour plus forte qu'elle n'était.

Une femme remarquable. Quel enthousiasme! Un leader né.

Elle se cachait. Elle avait dîné à son bureau. Les restes du repas de M.R. sur une serviette en papier tachée de graisse : pain pita sec, confettis de laitue, légumes «grillés» secs et fades comme des copeaux de bois, boîte de Coca light.

Elle avait annulé son dîner de ce soir-là – par besoin d'être seule. En sa qualité de présidente d'université, M.R. Neukirchen avait des déjeuners, des réceptions et des dîners prévus quasiment tous les jours du semestre à venir.

Et si amicale, si accessible... Si compatissante, si informée... Quelle énergie!

Quel réconfort d'être seule... enfin. Personne pour observer le «leader» blessé.

Le petit téléphone cessa de sonner. Après avoir attendu un instant, M.R. interrogea le répondeur en espérant que Kroll n'avait pas laissé de message, mais que – par on ne sait quel miracle – Andre, lui, en aurait laissé un.

Se disant *L'amour est une maladie qui n'a que l'amour pour remède.*

Naturellement... ce fut la voix bien reconnaissable d'Oliver Kroll qu'elle entendit. Elle se raidissait déjà, s'attendant au ton ironique/moqueur qui caractérisait le professeur de sciences politiques, mais...

«Bonjour? Oliver... Kroll à l'appareil...» La voix hésitante, Kroll semblait ne pas savoir comment entrer en matière. M.R. entendait son souffle contre le microphone. «J'appelle pour dire – pour expliquer – j'espère que tu ne penses pas que j'aie quoi que ce soit à voir avec... je ne sais pas ce qu'Alexander a dit ou insinué mais – ce n'était pas – ce n'est pas... *Je n'ai rien à voir avec l'enregistrement qu'il a fait de votre conversation...* Si j'avais su qu'il en avait l'intention, j'aurais tâché de l'en dissuader.» Sa voix était tendue, insistante, surprenante venant de Kroll; M.R. écouta donc avec étonnement et fascination.

« C'est un… un… jeune homme excitable… Il est brillant mais… manifestement perturbé. Certains faits sont apparus, Meredith – il ne m'en a parlé que… ce soir… et ils devront être révélés demain à la police municipale, au bureau de la sécurité et à toi… Pourrais-tu m'appeler ? Quelle que soit l'heure, appelle-moi ? Il vaudrait mieux que nous puissions en discuter avant. … Appelle-moi au… » Rapidement Kroll donna son numéro, le répéta, alors qu'il devait savoir que le portable de M.R. l'avait déjà en mémoire. Il respirait – haletait – comme s'il s'apprêtait à en dire plus. Au lieu de quoi, il coupa la communication.

Il l'avait appelée *Meredith*. C'était à peu près tout ce que M.R. avait retenu.

Leur rencontre, M.R. ne se la rappelait pas nettement. Leur séparation, M.R. espérait l'oublier.

C'était à un moment où l'amant (secret) de M.R. l'avait abandonnée.

Où il l'avait envoyée en exil, avait-elle dit par plaisanterie. Une pauvre plaisanterie.

Quelque part dans le centre du New Jersey – dans cette prestigieuse université de l'Ivy League flottant telle une île d'excellence universitaire improbable au milieu de vestiges pittoresques du xviiie siècle américain et d'un paysage vallonné rural/suburbain ultrarésidentiel que, avant d'être invitée à un entretien de candidature pour un poste dans le département de philosophie, M.R. ne connaissait pas et n'imaginait pas. *Cela ne peut être réel ! C'est trop parfait,* avait-elle déclaré à son amant en revenant.

Elle n'avait pas souhaité penser qu'Andre Litovik voulait – espérait – la voir partir.

Pas *définitivement* – mais à une distance respectable de Cambridge, Massachusetts. De sa maison de Tremont Street. Et de sa famille.

Elle n'avait pas non plus souhaité penser que c'était en fait une bonne idée – une très bonne idée – de quitter le champ gravitationnel de son amant, à peu près aussi puissant que celui de la planète Jupiter. Avec sa propension à s'effacer, M.R. avait eu l'intention – pour rester près d'Andre – de chercher un poste d'enseignement dans un *college* ou une université bien moins réputés de la région de Boston – ce qui aurait été fatal à sa carrière ; son doctorat de Harvard et des publications très admirées en philosophie morale, éthique et esthétique faisaient de M.R. Neukirchen une candidate extrêmement séduisante, et *femme* de surcroît.

À une époque où les établissements d'enseignement supérieur se bousculaient pour engager *Noirs, minoritaires, femmes* afin de réparer (tardivement, partiellement) des milliers d'années de sectarisme.

M.R. avait donc accepté un poste à l'Université – celui de professeur assistant dans l'un des départements de philosophie les plus cotés des États-Unis. Alors que, dix ans auparavant, même avec ses remarquables qualifications, le handicap de son sexe lui aurait valu d'être sommairement écartée, dans les années 1980, ces mêmes qualifications, jointes à la qualité de femme, étaient irrésistibles. *Un prix de consolation* avait dit M.R. à son amant (secret). *Mais davantage un prix qu'une consolation.*

M.R. faisait-elle de l'esprit ? (Andre ne voyait pas son visage – ni M.R. le sien – ils se parlaient au téléphone.) Andre avait choisi de penser que oui, et il avait ri.

Chère Meredith ! Tu te détacheras de moi.

Un jour, d'humeur philosophique, Andre avait dit *Tu me survivras…* avant de s'interrompre. La mortalité était quelque chose de trop réel aux yeux d'Andre Litovik pour qu'il en plaisante avec sa jeune maîtresse.

(Maîtresse! Un mot si archaïque qu'il ne semblait guère pouvoir s'appliquer à M.R.)

Ainsi donc M.R. avait été exilée de Cambridge et était partie pour les collines du centre du New Jersey à la fin de l'été 1986. Une femme de vingt-cinq ans, très jeune et très «inexpérimentée» (sexuellement parlant), se demandant si sa vie était finie ou si elle ne faisait que commencer.

Elle avait vraiment eu l'impression d'un exil – d'une sorte de vie post-mortem surréaliste – dans cette université séparée du monde extérieur par un mur comme celle de Harvard – (en l'occurrence une enceinte de fer forgé, haute de trois mètres, et des grilles aux allures médiévales) – mais très différente à d'autres égards, plus essentiels – il y manquait l'agitation urbaine de Cambridge, et ce sentiment d'une vie vécue avec une intensité légèrement supérieure à la normale; d'une vie vécue, en dépit de ce qu'elle pouvait contenir de désespoir, à son *point d'incandescence.*

Tu n'étais pas heureuse ici, chérie. Tu n'étais pas heureuse avec moi.

Voilà ce que son amant lui avait dit.

Avec humour M.R. avait protesté *Mais le bonheur est si... ordinaire! S'empêche-t-on de rêver pour éviter le risque d'un cauchemar?*

Ils restaient en contact, bien sûr. Si M.R. appelait Andre et laissait un message, Andre rappelait une heure, un jour, deux jours plus tard... Il était moins fréquent qu'Andre appelle M.R.

Quoiqu'elle craignît d'être abandonnée, Andre ne l'abandonna pas, pas entièrement. Car il était le premier homme que M.R. eût jamais aimé et il avait promis de ne jamais cesser de *penser à elle.* À la façon d'une théorie d'un Dieu pure conscience imprégnant tous les êtres sensibles de la création et créant entre eux un lien inviolable.

Personne ne connaissait leur relation (secrète). Personne ne devait savoir !

(Mais à n'en pas douter… beaucoup savaient ? Au bout de tant d'années, à Cambridge, Massachusetts. Et à l'Université ? M.R. était mal à l'aise quand des amies laissaient entendre qu'elles s'inquiétaient pour elle – *Il faut que tu trouves quelqu'un qui soit libre de s'engager. Tu ne dois pas te laisser exploiter par cet homme…*)

Seule, M.R. habitait un logement universitaire au-dessus d'un petit lac où s'entraînaient les équipes d'aviron. Seule, elle se réveillait au son des ordres sonores filant sur l'eau lisse comme des lames d'acier. À distance – une distance qui lui donnait une inflexion âpre et impatiente – la voix des entraîneurs lui rappelait celle de son amant.

Seule, seule ! Il est indubitable que l'on entend avec plus d'acuité, que l'on voit et pense avec plus d'acuité quand on est seule.

Ces matins-là M.R. s'habillait rapidement et – plus seule encore – allait courir sur les allées de copeaux de bois du lac Echo dans un air humide sentant les aiguilles de pin. Seule, seule ! Mais on trouve du bonheur dans la solitude, si on croit l'avoir choisie.

Et chose étrange : même si la nuit précédente avait été misérable, troublée par des rêves railleurs, telle une boue jetée à la face d'un visage souriant – l'humiliation particulière d'une boue souillant cils et bouche – d'une boue respirée malgré soi, s'insinuant dans les narines – il y avait toujours pour le rêveur-sorti-du-sommeil l'aventure du jour neuf – de la semaine, du mois, du semestre neufs – à côté de quoi la sale ritournelle confuse du passé n'avait pas plus de consistance qu'une tabula rasa – une surface réfléchissante en mauvais métal ne reflétant rien.

Courir redonnait force et élasticité aux jambes de M.R. – ses pensées reprenaient de la vigueur et claquaient au vent comme des drapeaux de fête – au lieu de bourdonner de pensées indésirables, inutiles et désespérées, son cerveau élaborait habilement essais, conférences, cours magistraux – on lui avait confié deux cours, «Philosophie antique et médiévale» et «Introduction à la philosophie morale», qu'elle aurait pu traîner comme d'énormes boulets si elle n'avait relevé le défi, les réorganisant pour leur donner un contenu d'un intérêt si intrinsèque et si actuel que les inscriptions avaient augmenté de façon spectaculaire, notamment au cours de philosophie morale dont il avait fallu limiter l'effectif à trois cent cinquante étudiants. Et cela, deux ans à peine après son arrivée à l'Université.

Seule dans la maison d'Echo Lake, propriété de l'Université, M.R. vivait plus intensément que ses collègues mariés. Seule, M.R. vivait plus intensément que si elle avait vécu avec quelqu'un. Car la solitude est la grande fécondité de l'esprit, quand elle ne signe pas sa destruction.

M.R. publiait des articles philosophiques dans des revues réputées – M.R. lisait les articles de ses collègues dans des revues réputées. (S'ils publiaient des livres, M.R. les achetait!) La philosophie est une discipline de la pensée. Que quelqu'un puisse à la fois *penser* et *faire* – et *bien faire* – tient de l'anomalie, un peu comme une girafe qui, en plus de sa *giraferie*, labourerait un champ de ses sabots, ou un tracteur qui jouerait du Beethoven. M.R. manifestait la volonté naïve d'être une bonne citoyenne – chose rare dans le milieu universitaire, et aussi imprudent que de s'enduire le corps de miel dans un cadre champêtre; on lui demandait donc de présider des comités, d'aider à l'organisation de conférences, de conseiller les étudiants – une tâche sans fin puisque le nombre des étudiants est infini.

On lui demandait d'examiner les demandes d'admission en troisième cycle – des centaines de demandes pour moins de vingt places – et de les classer avant soumission à ses collègues. Elle devint vite un membre apprécié de la commission des thèses, car elle lisait celles de ses collègues aussi attentivement que celles de ses propres étudiants, et bien plus attentivement que ses collègues n'en avaient le temps; s'il y avait de petites erreurs, ou des erreurs monumentales, personne n'avait à se reprocher de les avoir laissées passer – car M.R. les débusquait. On pouvait compter sur elle pour corriger fautes d'orthographe et de grammaire. On pouvait compter sur elle pour consoler les étudiants au bord de la dépression nerveuse. On pouvait compter sur elle pour écrire des lettres de recommandation quand ses collègues manquaient de temps. Elle était une bête de somme, naturellement – mais consentante – avec son diplôme de Harvard et ses publications, un genre de pur-sang de la bête de somme.

Au bout de quelques années, M.R. fut promue au rang de professeur assistant titulaire; elle était alors assistante (non payée) du président du département de philosophie, elle en serait bientôt nommée présidente par intérim, puis finalement, huit ans après son arrivée, présidente. Elle collaborait au programme Études de la Renaissance, au programme Études féminines et d'études de genre, à l'Institut d'éthique et des valeurs humaines. Elle dirigeait le Conseil des Humanités. Elle était conseillère des cycles de films projetés à l'Université. Elle était l'une des conseillères de la section locale de l'Association pour la promotion des femmes dans les mathématiques, la philosophie et les sciences physiques. Elle était conseillère éditoriale du *Journal of Contemporary Philosophy,* du *Journal of Women in Philosophy,* des *Studies in Ethics.* Elle écrivait pour la *Chronicle of Higher Education* et la *New York Review of Books.* Elle présidait le plus puissant comité de l'Université – le comité consultatif des recrutements et promotions. Elle fut nommée «assistante particulière» du doyen du corps enseignant, et choisie pour le remplacer quand il prit sa retraite. Peu après, au printemps 2001, elle fut nommée au comité de recherche présidentielle – c'est-à-dire au comité chargé de chercher le président qui succéderait à Leander; après quelques réunions, les autres membres du comité se retrouvèrent en son absence et présentèrent «M.R. Neukirchen» comme leur candidate de prédilection au conseil d'administration.

Sa vie défilant comme un éclair devant ses yeux – tout cela semblait être arrivé si vite.

Parce que Andre ne voulait pas de moi.

Mill Run, tel était le nom de la route. Pas d'autre solution que de s'engager dans Mill Run.

Car la Black River Road s'était effondrée dans le lit de la rivière comme une bouche édentée et avec témérité, sans réfléchir, elle s'était engagée dans la déviation, une étroite route non asphaltée, bien que sachant – sachant parfaitement dans un coin de son esprit – qu'à moins de faire immédiatement demi-tour, elle serait en retard à la soirée prévue à Ithaca; elle serait en retard, très en retard, pour l'événement qui devait élever M.R. Neukirchen au-dessus d'une salle de banquet comble.

Préparée. Tu dois être préparée.

Et où est l'Ange du Seigneur qui doit te sauver?

Prenant un virage – un virage serré – imprudemment, sanglotant presque d'avance, comme si elle savait ce qui arriverait – savait ce qui n'arriverait pas : son discours, les applaudissements

– elle avait brusquement dérapé et puis versé dans le fossé en bord de route ligotée et à moitié étranglée par la ceinture de sécurité dans la Toyota trop hébétée pour pleurer ou appeler à l'aide elle avait vu sa vie défiler en un éclair aussi ténue et insignifiante qu'une mouche artificielle lancée dans un torrent scintillant mais peu profond. Se réveillant des heures plus tard – s'agissait-il bien d'un *réveil*? – un soleil froid, un goût de sang saumâtre dans la bouche, du sang et de la morve ensanglantée dans le nez et le visage d'un inconnu – les yeux écarquillés d'un inconnu – *B'jour! Hé! m'ame... vous êtes vivante?*

Voilà ce qui était arrivé.

Ce qui était arrivé, d'après ce que M.R. en savait.

Sa vie défilant comme un éclair devant elle. Se rembobinant, et la mouche lancée de nouveau dans le torrent étincelant.

À cette époque de sa vie, M.R. n'avait pas encore perdu confiance en elle-même en tant que femme.

Et cependant, dans ce nouvel endroit – si différent de Cambridge qu'elle en ressentait une nostalgie lancinante – pendant toute sa première année d'exil, et pendant la deuxième, et jusque dans la troisième – M.R. vit ou s'imagina souvent voir son amant dans la rue, dans un escalier ou parmi un groupe d'étudiants sur une allée du campus. Sa première réaction était une sorte de panique – *Il est ici! Mais pourquoi ne m'a-t-il rien dit...* Quand M.R. s'immobilisait, comme frappée par une balle – suscitant l'étonnement de ses compagnons – elle se ressaisissait, riait d'embarras, se gourmandait elle-même *Non. C'est de la folie.*

Il y avait plusieurs de ses collègues – entre deux âges, grisonnants, le cou épais et le torse puissant, se donnant une sorte de démarche crâne pour compenser des genoux, hanches ou dos douloureux – que M.R. apprit à reconnaître et à éviter. Elle ne parlait pas à Andre de ces visions : il se serait moqué d'elle. Il avait aussi peu d'indulgence pour les faiblesses des autres que pour les siennes.

Elle ne lui parla pas non plus d'Oliver Kroll, jugeant que l'amitié entre Kroll et elle – si « amitié » était le terme adéquat – n'avait pas assez d'importance pour justifier de la mentionner. Et pendant le court moment où elle s'était imaginé pouvoir éprouver pour Kroll des sentiments profonds, ou une émotion quelconque, elle n'avait pas voulu se confier à Andre, qui en aurait été contrarié, blessé ou, pire encore, amusé.

Si tu aimes un autre homme plus que moi – personne n'y peut rien. Et c'est peut-être une bonne chose, chérie – tu dois le savoir.

Elle ne pouvait courir ce risque ! Elle n'avait encore jamais rien dit à Andre Litovik qui ne se fût pas retourné contre elle en la jetant dans la perplexité. Car son amant (secret) était le seul être de sa vie (adulte) dont elle ne pouvait prédire les réactions.

C'était à l'occasion d'une conférence publique – « La république politisée » – que M.R. avait remarqué Kroll, assis devant elle de l'autre côté d'une allée ; apparemment impatienté par le conférencier, il secouait la tête, remuait les épaules avec irritation, soupirait bruyamment ; l'orateur s'exprimait en effet avec une lenteur, une gravité et une platitude éprouvantes ; aux remarques qu'il fit ensuite, lors de la séance des questions, M.R. comprit que son collègue mécontent était un « libertarien » – un « libertarien économique » – qui ne pensait guère de bien de la politique d'« aide sociale quasi utilitariste » du conférencier.

Cet homme était Oliver Kroll : professeur de sciences politiques. M.R. connaissait son nom – savait qu'il était un ami, voire un protégé de G. Leddy Heidemann, plus renommé – plus décrié –, qui avait été un conseiller des précédentes

146

administrations républicaines, un «ami personnel» de Ronald Reagan, comme il serait un jour un «ami personnel» du vice-président Cheney. Kroll, dont la spécialité était la théorie politique, passait pour avoir des liens avec l'Institut Cato, que l'on disait financé par la CIA – (ce n'était qu'une rumeur! M.R. souhaitait rester objective). Kroll avait des traits en lame de couteau, une barbe sombre en forme de pelle, un pli permanent entre les sourcils, et une tête qui paraissait élégamment rasée et non (simplement) chauve. Contrairement à l'amant de M.R. qui semblait toujours s'être habillé dans le noir, et n'avait que dédain pour le rituel vestimentaire comme pour celui de la toilette, Kroll était apparemment un homme qui prenait le temps de choisir ses vêtements, avec une prédilection pour les vestes sport, les pantalons à plis, les manteaux en poil de chameau et les cravates en soie. Son visage était rasé de près au-dessus de la barbe en pelle, et la barbe en pelle était méticuleusement taillée.

Au cours de la réception qui suivit la conférence, Kroll se dirigea vers M.R. et se présenta avec une familiarité curieusement engageante – comme s'ils s'étaient déjà rencontrés et qu'il y eût une sorte de relation complice entre eux. M.R. fut intimidée par la sévérité – la sauvagerie – avec laquelle il critiqua le conférencier, qu'il accusa d'«ignorance délibérée» en matière d'économie mondiale; elle fut impressionnée par la passion de ses propos, comme si ce sujet, si abstrait pour elle et pour d'autres dans l'assistance, le concernait personnellement. Elle fut encore plus impressionnée par la connaissance que Kroll semblait avoir de son travail, ou du moins de plusieurs de ses articles, récemment publiés dans des revues philosophiques, et de ses essais critiques parus dans la *New York Review* sur des sujets tels que Spinoza, John Stuart Mill, *Défense des droits de la femme* de Mary Wollstonecraft, *Frankenstein* de Shelley.

Dans le *Journal of Philosophical Inquiry*, M.R. avait publié un article au titre provocant : « *"J'ai perdu mon âme"* » : *possibles significations ontologiques*, pour lequel Oliver Kroll exprima une admiration particulière.

« Nous avons la même façon de penser… dans une certaine mesure. Notre mode d'investigation, j'entends… » Kroll contemplait M.R. avec une chaleur surprenante. Ses yeux étaient sombres, plutôt petits… et il les plissait souvent. Le pli vertical entre les sourcils mis à part, son visage en lame de couteau s'était très légèrement détendu.

« Naturellement, je ne suis pas un philosophe… "M.R." Je ne connais rien à la "théorie de l'esprit". Mais j'ai apprécié la subtilité de votre argumentation. Il me semble que vous avez parfaitement raison – il n'y a pas de "je" dans la conscience – il n'y a que la conscience. Par conséquent, aucun "je" ne peut avoir une "âme" – même si l'"âme" existait. » Kroll fronça les sourcils, l'air pensif. Il semblait bel et bien s'intéresser à M.R. et, prise au dépourvu, elle se sentait perdue, déstabilisée – il n'était pas fréquent qu'une homme la regarde ainsi. « Le concept même d'"âme" – entre dans une autre catégorie de… comment dites-vous… "être ontologique".

– "Actualité ontologique". »

Elle parlait d'un ton si solennel qu'ils éclatèrent de rire tous les deux.

Ces termes étaient ridicules, évidemment – M.R. le comprenait. Elle était formée à une certaine sous-espèce anglo-saxonne de philosophie contemporaine, ce qui signifiait qu'elle avait acquis un vocabulaire particulier, hautement spécialisé – comme on apprendrait une langue à laquelle quasiment personne d'autre n'a accès. Des professeurs spécialisés dans d'autres domaines, y compris des domaines plus traditionnels de la philosophie, ne pouvaient «comprendre» M.R. – le concept même était jugé ambigu.

«Je n'écris pas toujours de façon analytique, dit-elle. Je ne l'ai fait que pour le *Journal of Philosophical Inquiry*, en réalité.» Se rappeler ce qu'elle avait écrit lui demandait un effort. Dans chacun de ses essais, elle s'était forgé une voix distincte, adaptée à son sujet, ainsi qu'à la publication et à son public (supposé). À la façon d'un acteur qui s'exprime exclusivement par l'intermédiaire de textes – avec la «voix» des autres – M.R. n'avait pas de «voix» à elle – du moins le croyait-elle.

C'était la vérité philosophique qu'elle recherchait, et non une expression du moi – une «vérité» fuyante comme un papillon emporté et malmené par le vent.

Kroll disait, de ce ton d'autocritique qui dénote une complaisance enfantine à l'égard de ses défauts mêmes, que l'on reconnaissait sa patte dans tout ce qu'il écrivait. Il ne pouvait modifier ni sa manière d'écrire ni sa manière de parler. Il ne pouvait modifier ses *croyances* fondamentales, inébranlables et qui, pour lui, allaient de soi. Bien entendu, en sa qualité d'intellectuel, de professeur de théorie politique qui pouvait avoir à enseigner à quelques heures de distance les Lumières et les Anti-Lumières, ou des penseurs aussi disparates que Platon et Machiavel, Descartes et Hobbes, Malthus et Hume, Jeremy Bentham et John Stuart Mill – «Et même Heidegger, cet apologiste du nazisme» – il était habitué à présenter des points de vue divergents, mais il lui était impossible de les prendre au sérieux; parmi ses collègues et contemporains, notamment, il ne pouvait s'empêcher de penser que ceux dont les opinions différaient des siennes faisaient preuve de malhonnêteté et d'hypocrisie : «Ils *disent* pour le plaisir de *dire*, mais ils *font* ce qui les sert.» Kroll s'était rapproché du parti libertarien dans les années 1980, mais l'avait très vite quitté, écœuré par ce qu'il avait maintenant de fragmenté, querelleur, anarchique – lui-même se reconnaissait dans une forme particulière de libertarianisme économique et philosophique, opposée au «conservatisme».

Kroll prononça le mot «conservatisme» avec un tel dédain que cela fit sourire M.R. Elle lui demanda ce qu'était le libertarianisme – car, très vraisemblablement, ce mot avait pour Kroll une acception particulière dont elle n'avait aucune idée.

«"Libertarianisme" – "Liberté". C'est croire que la liberté est la plus haute des valeurs – le mieux que puisse faire l'État pour ses citoyens est d'assurer leur liberté. Tout le reste est... détritus.»

Kroll parlait avec passion. Sans doute avait-il prononcé ces mots, mordants, brefs, provocants, plus d'une fois.

Sans doute s'attendait-il à une réaction, à des protestations de la part de M.R. *Oh mais que faites-vous des pauvres, des malades, des gens démunis... que faites-vous des impôts pour l'éducation, les routes, l'épuration des eaux, la santé...*

Kroll se tenait tout près d'elle, et elle tâchait de se reculer discrètement.

Une légère odeur mi-soufre mi-menthol montait de la peau échauffée de Kroll. M.R. remarqua qu'ils attiraient les regards. Oliver Kroll avait une certaine réputation à l'Université – il était combatif, querelleur, admiré mais peu aimé. Dans tout groupe d'enseignants, il y a des épées affilées, des couteaux de cuisine, une majorité de couteaux à pain – émoussés, routiniers, enclins à l'envie. Kroll faisait partie des épées affilées auxquelles on pouvait se couper les doigts, si on n'y prenait garde.

Sauf que, curieusement, M.R. Neukirchen semblait plaire à Kroll. Et lui plaire beaucoup. «Ce que je trouve fascinant dans votre travail, "M.R.", du moins dans ce que j'ai pu en lire, c'est que personne ne devinerait que vous êtes une femme. Votre perspective est... totalement objective. »

M.R. répondit que c'était son intention, son espoir – « C'est pour cela que je ne signe que de mes initiales – "M.R." »

Avait-elle donné cette explication à quelqu'un d'autre qu'à Andre ? Ou... était-ce Andre qui l'avait suggérée, plus ou moins par plaisanterie ?

« Je ne vois pas le rapport qu'il peut y avoir entre le sexe – le genre – et l'écriture, ou l'enseignement, dit-elle.

– Bien sûr ! Vous avez tout à fait raison. »

Il parlait d'un ton catégorique, comme s'il accordait une bénédiction. M.R. comprenait qu'il puisse éblouir les étudiants, leur inspirer à la fois adoration et crainte.

« Dans l'idéal, nous devrions tous porter des masques. Ces grands masques des acteurs grecs. Nous devrions chausser des échasses... pour nous donner de la hauteur. »

M.R. rit. Il se moquait gentiment d'elle, sans doute... ce qui était une bonne chose, car elle se prenait trop au sérieux.

Quand on est seul, on se prend *trop au sérieux.* C'est le terrible danger de la solitude.

« Et à quoi correspondent les initiales "M.R." ?

– "Meredith Ruth", répondit-elle à contrecœur.

– "Meredith Ruth" Neukirchen, répéta Kroll, en détachant les syllabes. Et comment vous appelait-on, petite ?

– Meredith.

– Pas "Merry" ?

– En fait, si – ma mère m'appelait "Merry". Et certaines de mes amies de lycée. » M.R. parlait avec lenteur. Elle avait oublié « Merry » jusqu'à cet instant.

« "Merry" ! Un peu lourd à porter, j'imagine. Mais peut-être confondait-on avec "Mary"... ? »

M.R. ne sut que répondre. Y avait-il la moindre vérité dans tout cela? Ou cela semblait-il juste assez plausible pour être la vérité?

Elle avait du mal à respirer. Cet homme – dont elle avait temporairement oublié le nom – semblait lui ôter le souffle. Elle ne supporterait pas une autre intrusion dans sa vie. Un autre changement dans sa vie.

Elle transpirait, l'attention de Kroll lui faisait l'effet d'une lumière brûlante braquée sur son visage, sur sa peau nue. Ses aisselles la démangeaient horriblement.

Va-t'en. Laisse-moi tranquille je t'en prie.

M.R. trouvait cependant flatteur que le regard noir dont Kroll avait fusillé l'orateur un instant plus tôt se fût évanoui. Comme un chien belliqueux qui a cessé d'aboyer, Kroll semblait transformé, presque charmant.

Charismatique aux yeux de ses étudiants. Peut-être. La force de conviction de celui qui croit avec passion et qui condamne le point de vue des autres avec plus de passion encore.

Si Kroll percevait le malaise de M.R., il n'en montrait rien. C'était le propre d'un mâle agressif de ne pas voir, ou d'ignorer le malaise des autres. M.R. pensa aux questions trop fréquentes – aux quasi-interrogatoires – d'Andre. C'était le style professoral d'Andre Litovik – la méthode socratique. Mais c'était également son style personnel, car il soutenait que ses questions insistantes étaient une preuve de respect – il y avait peu de gens qu'il se souciait d'interroger ainsi. M.R. trouvait néanmoins cette sorte d'attention épuisante; elle ne pouvait s'empêcher d'y voir une touche de moquerie. La méthode des quakers était bien plus féconde : le silence – le silence entre les individus – jusqu'à ce qu'on éprouve le besoin de parler; mais Andre n'aurait pas eu cette patience.

Contre la pente de sa nature, M.R. était devenue une assez bonne oratrice. De façon inattendue, vers l'âge de vingt ans, elle s'était découvert un don inné pour l'enseignement – se retrouver devant une classe lui procurait à peu près le même bien-être que de se couler dans un bain chaud. Elle était encore plus à l'aise face à un amphithéâtre ou sur une estrade, à une légère distance de l'auditoire. Quand le regard est abstrait, anonyme! *Pas un seul d'entre vous ne sait qui je suis. Mais ce que je vous dirai, vous le croirez.*

«"Meredith" – ou faut-il dire "M.R."? – aimeriez-vous que nous dînions ensemble?

– Dîner? Je...

– Ce soir? Maintenant?

– Je ne crois pas... ce n'est pas...

– Demain soir? Ou... quand?»

Kroll avait suivi M.R. de la salle de réception jusqu'à un hall au plafond haut. Et du hall jusque dans l'escalier du bâtiment, qui était l'un des vieux bâtiments historiques de l'Université, construit à l'imitation d'un temple grec.

Elle avait eu l'intention de s'esquiver discrètement – de s'enfuir. Mais bien entendu, il l'avait suivie. Des paillettes de soleil et des mouchetures de lumière filtraient à travers le feuillage de ces grands arbres massifs à l'écorce écailleuse – sycomores, platanes? – on était au début de l'automne. Des cris fiévreux d'adolescents, des frisbees volant sur la pelouse. Comme la vie des autres paraît simple, vue à distance! Il n'y avait aucune raison que celle de M.R. ne puisse pas l'être aussi, vue à distance.

Bien qu'impatiente de fuir cet homme agressif à la barbe en pelle – impatiente de regagner son refuge au-dessus du lac transparent – elle pensait – reconnaissait – que la présence de Kroll avait quelque chose d'excitant; son attention, comme un pinceau de lumière braqué sur son visage dérouté, était à la fois déconcertante et flatteuse. Et elle se sentait seule – hors de la sphère protectrice de son travail : son travail qui était des mots ; des murs, des barrières, des cercles concentriques de mots pareils aux anneaux de Saturne.

Elle pensait – reconnaissait – qu'Andre ne lui téléphonerait probablement pas ce soir-là.

Il ne lui enverrait pas non plus de courriel : par crainte de *traces électroniques* que son épouse soupçonneuse pourrait découvrir.

Kroll l'avait appelée *Merry*. Personne ne l'avait appelée ainsi depuis bien longtemps. Elle sentait un frisson de… était-ce de l'espoir ? Un espoir inconsidéré ? Pensant *Je dois faire ma vie, indépendamment d'Andre. Je le sais.*

Kroll dit à M.R. qu'ils s'étaient déjà rencontrés à l'Université – et même plusieurs fois.

« Il est bien peu flatteur pour moi, "M.R."… que vous ne vous souveniez pas de moi. » Le sourire crispé, il avait une expression indéfinissable, et ses yeux étaient plissés comme si lui aussi regardait une lumière aveuglante.

M.R. fut donc obligée de dire que, bien entendu, elle se souvenait de lui. Et fut obligée de dire que oui, elle aimerait dîner avec Oliver Kroll, un soir.

« Demain ? »

C'était à l'automne 1990. Ils ne se verraient pas plus de six semaines, que M.R. vivrait dans une extrême tension. Au début, Kroll se montra chaleureux et amical, ou en donna l'impression – il emmena M.R. au restaurant, au cinéma, à des expositions – lorsque M.R. voulut payer son billet pour l'exposition Cézanne du musée d'art de Philadelphie, où Kroll les conduisit un dimanche après-midi d'octobre (dans un véhicule racé et bas sur roues, un coupé Jaguar XK, apprit M.R., bleu cobalt, équipé d'un compteur pouvant monter jusqu'à 400 km/h!) – Kroll écarta cette proposition d'un geste brusque de la main, avec un petit sourire crispé. Était-ce un reproche? L'avait-elle offensé? Ou son ton hésitant avait-il paru peu sincère? L'amant (secret) de M.R. était le genre d'homme qui jette billets et pièces – des billets de tous montants, des pièces et même des piécettes – sur tables et comptoirs avec une désinvolture royale; personne n'osait défier Andre Litovik en proposant de payer à sa place, ou même seulement sa part; personne parmi ses amis n'osait résister à la générosité d'Andre, que M.R. avait fini par considérer comme un trait fondamentalement masculin. Kroll prenait lui aussi un air combatif quand il sortait son portefeuille, des billets ou des cartes de crédit – entre ses sourcils, le pli en lame de couteau se creusait. Dans un restaurant proche de l'Université où ils avaient dîné en compagnie d'un autre couple, lorsque M.R. voulut payer son repas, Kroll lui dit à voix basse, d'un ton assez sec : «Une autre fois, merci.»

Elle se rendit compte qu'elle l'avait blessé devant ce couple, qui était de vieux amis à lui. Il ne lui avait pas accordé un regard, pas adressé la parole pendant plusieurs minutes, comme si, bien qu'assise à son côté sur une banquette, elle avait cessé d'exister.

Que Kroll fût orgueilleux, et vaniteux – si facilement blessé – paraissait touchant à M.R. Car Kroll était un homme séduisant, ou presque – exception faite de son visage anguleux qui semblait toujours au bord de se rembrunir, et de ce quasi-sourire fugitif qui semblait toujours au bord de l'ironie.

Et M.R. se rendit compte que, aux yeux des amis de Kroll, un couple entre deux âges portant le nom de Steigman, Kroll et elle formaient un couple de nature indéfinie – amis? Compagnons? *Amants?* Cette possibilité troublait M.R., comme la vue d'un objet roulant jusqu'au bord d'un précipice – et y basculant.

Dans une glace murale du restaurant éclairé aux chandelles, M.R. voyait leur box – deux couples, quatre visages d'une pâleur luminescente – à peine si on distinguait Kroll de son ami et collègue, à peine si on distinguait M.R. de l'autre femme. *Mais pourquoi pas ?* pensa-t-elle. *Un couple comme n'importe quel autre.*

À l'époque M.R. faisait encore très jeune – trente ans, les joues colorées d'une joueuse de hockey, quelque chose d'animé et de haletant, très séduisante ; ses cheveux étaient d'un beau châtain clair, méchés d'argent, une crinière épaisse qu'elle avait domptée et tressée en une natte unique, lui tombant entre les omoplates. Elle avait si peu conscience de son être physique – et de l'objet esthétique qu'elle pouvait être pour autrui – qu'elle fut profondément embarrassée lorsque Kroll lui dit avoir été attirée par elle, non seulement en raison de ses écrits « exemplaires », mais parce qu'elle lui rappelait un portrait de Joshua Reynolds – *« Jane, comtesse de Harrington...* Je l'ai vu dans une exposition du British Museum, je crois. Il y a des années de cela, quand j'étais post-doc à Oxford, mais je me rappelle encore – ce que j'ai ressenti – sa... » Les yeux plissés, Kroll souriait à M.R. d'une façon qui la mit mal à l'aise. Une rougeur lui monta au visage – elle rougissait si facilement !

Comme Andre Litovik aurait ri ! C'était à la fois drôle et absurde, à la façon de ces scènes tendrement mièvres des pièces de Tchekhov, qui se teintent d'ironie amère à mesure que se développe l'intrigue.

Bien entendu, M.R. chercha la reproduction du portrait de Reynolds à la bibliothèque de l'Université – elle fut stupéfaite de constater que la jeune femme si amoureusement peinte par *sir* Joshua Reynolds en 1755 ressemblait effectivement un peu à M.R. Neukirchen – à cela près que, avec son teint pur, sa peau d'une pâleur crémeuse, elle était bien plus belle que M.R. Le plus frappant dans le portrait de Jane, comtesse de Harrington, était l'air d'assurance qui se dégageait de la jeune aristocrate – sa silhouette magnifiquement composée, son visage mince présenté légèrement de profil pour mettre en valeur son long nez élégant donnaient le sentiment d'une légitimité ontologique, si éloigné de l'être au monde de M.R. que «Jane, comtesse de Harrington» et elle auraient pu appartenir à deux espèces distinctes.

Être au monde. Soit vous pensiez que vous en aviez le droit, soit vous ne l'aviez pas.

Entre un seul et aucun, il y a un infini. Friedrich Nietzsche avait dû être bien seul pour savoir cela !

M.R. rit : Oliver Kroll la voyait-il ainsi ? Ou était-ce un fantasme, projeté sur M.R. Neukirchen de Carthage, État de New York ?

Cette époque de sa vie où M.R. n'avait pas encore perdu confiance en elle en tant que femme.

Cette époque où M.R. s'était approchée du bord du précipice, avec une terreur fascinée.

Ils n'étaient pas amants – pas exactement. Mais ils devenaient rapidement plus que des amis.

Kroll avait – c'était inattendu ! – son côté romantique.

Il lui offrit des fleurs : un gros hortensia bleu pâle dans un pot en terre. Ensuite, à chacune de ses visites, il chercherait l'hortensia – tâterait la terre de l'index pour en vérifier l'humidité – c'est-à-dire si M.R. avait pensé à l'arroser.

«Qu'elles sont belles !» – M.R. contemplait les fleurs qui paraissaient étrangement artificielles, comme si elles étaient teintes ou découpées dans une sorte de papier crépon.

Il lui offrit une superbe reproduction du portrait de Joshua Reynolds, de la taille d'une affiche. Il s'attendait que M.R. la fasse encadrer et en décore un mur de sa maison et, au bout d'une semaine ou deux, M.R. ne l'ayant toujours pas fait, il s'emporta contre elle – « Si tu ne veux pas de ce portrait, rends-le-moi. Tu n'es pas obligée de le garder. » M.R. fut abasourdie par sa réaction et s'excusa aussitôt – son instinct quaker la poussait à s'excuser pour des fautes qui n'étaient pas les siennes afin d'atténuer les conflits ; elle fit encadrer l'affiche – à grands frais – et l'accrocha bien en vue sur un mur de sa petite salle de séjour, à la place d'œuvres d'art plus petites qu'elle préférait.

(Elle ne pouvait regarder souvent ce portrait – Jane, comtesse de Harrington, était d'une beauté si froide et vêtue avec tant d'extravagance que sa simple image sur le mur était un reproche adressé à M.R., terrestre, bien en chair et l'œil humide.) Et chaque fois que Kroll lui rendait visite, il contemplait ce portrait comme une vieille amie ; M.R. l'avait placé un peu haut, si bien qu'on levait les yeux vers le visage pâle de la comtesse.

« C'est une belle affiche, disait M.R. avec gaucherie. Un beau portrait, je veux dire. Reynolds a peint tant de… chefs-d'œuvre. »

Le regard fixé sur la comtesse, Kroll semblait à peine l'entendre.

Kroll allait nager plusieurs fois par semaine – de bonne heure – dans la piscine de l'Université.

Kroll invita M.R. à l'accompagner – il l'y invitait depuis des semaines – et M.R. finit par dire oui ; elle n'avait pas voulu dire oui et pourtant elle s'était entendue le dire, avait entendu son ton empressé, car lamentablement – honteusement – M.R. commençait à craindre la solitude depuis qu'Oliver Kroll avait fait intrusion dans son existence.

Elle ne voulait pas de cet homme dans sa vie, et pourtant elle l'y avait admis. Et voici que peu à peu elle ne supportait plus l'idée de perdre l'homme qu'elle avait admis dans sa vie. Elle ne souhaitait pas vraiment sa compagnie – elle était mal à l'aise avec lui, toujours angoissée, déstabilisée. Elle souhaitait encore moins nager dans la piscine de l'Université à cette heure impossible, 7 heures du matin, et voici pourtant qu'elle se glissait dans l'eau bleue clapotante, qui semblait anormalement douce, et tandis qu'elle faisait des longueurs – crawl australien, papillotement des paupières –, étourdie par l'odeur de chlore, des pensées bizarres l'assaillaient, tels des serpents de mer – *Allons-nous nous marier ? Est-ce ce qui va se produire ? Est-ce pour cela que je suis ici ?* Sur le plafond en mosaïque de la piscine et sur le haut des murs, des reflets ondulaient pareils à des nerfs frémissants. L'odeur de chlore et la chambre d'écho de la piscine lui rappelaient le lycée de Carthage et lui serraient le cœur, ce n'était pas un souvenir que M.R. souhaitait faire revivre dans sa nouvelle existence. Elle redoutait particulièrement l'isolement du nageur, car même dans le sillage et les éclaboussements des autres nageurs, elle était isolée, comme on l'est toujours dans l'eau où des pensées attendent à la surface telle une écume à l'odeur chimique. *Cela va arriver, alors. L'homme fait valoir ses droits.*

Il lui suffisait de ne pas résister. Elle éprouvait un frisson d'excitation, un sentiment enfantin de revanche, comme quelqu'un qui n'a cessé de resserrer un nœud coulant autour de son cou – si son amant (secret) se refusait à quitter sa femme, un autre homme ferait valoir ses droits ; M.R. ne pouvait résister, ne serait-ce que pour démontrer qu'elle était capable d'aimer un autre homme – n'en était-ce pas une preuve ?

M.R. n'avait jamais demandé à Andre Litovik de quitter sa femme pour elle. Pour *elle*… cela n'aurait pas semblé possible.

L'épouse, comme le fils, ne se portait pas bien. Bien qu'Andre n'usât pas de termes aussi cliniques – il ne parlait d'ailleurs quasiment pas de sa femme «difficile», «lunatique» –, Meredith supposait que l'épouse souffrait d'une sorte de désordre bipolaire.

Une maladie très à la mode dans les milieux intellectuels.

Pour le fils, Andre Litovik n'acceptait aucun diagnostic.

M.R. pensait, en frissonnant : *Si quelque chose arrivait au fils. À l'un des deux. Et qu'Andre soit... libre...*

Elle saurait alors : s'il l'aimait.

Ou plutôt : elle ne pourrait plus se faire d'illusions, dans ce cas-là.

Remuant ces pensées, perturbantes mais familières, semblables à ces nœuds qu'elle avait eus dans les cheveux, plus jeune, et dont aucun peigne ne parvenait à triompher très longtemps, M.R. nageait avec aisance – avec vigueur. En dépit de sa gaucherie, elle était assez bonne nageuse. Elle avait fait du sport au lycée – quoique jamais dans l'équipe de natation, trop gênée par son corps robuste et sa poitrine plate, moulés dans un maillot, exposés aux regards de tous – et elle avait encore la coordination d'une jeune sportive. À l'étonnement d'Oliver Kroll, elle faisait des longueurs presque aussi bien que lui – et Oliver avait mentionné que, lorsqu'il était étudiant à Yale, on lui avait dit qu'il aurait fait un bon candidat pour l'équipe de natation olympique s'il avait eu le temps de s'entraîner – «C'était il y a bien longtemps, naturellement.»

Jeux olympiques? Équipe de natation? M.R. se demandait si cela pouvait être vrai. Elle n'avait rien dit, bien entendu.

Kroll était impressionné par les talents de nageuse de M.R. Son regard sur elle – le une-pièce peu flatteur, dont le tissu en polyester évoquait une mince peau de serpent; les cuisses robustes creusées de fossettes qui semblaient faire exploser le maillot, les petits seins hauts et durs, les bras galbés – Kroll la contemplait en clignant les yeux. « Hé. "Meredith". Tu es belle. »

Même lorsqu'il se voulait flatteur, Kroll ne pouvait parler sans paraître ironique.

M.R. rit avec embarras et se détourna. Elle était parvenue à loger – fourrer – son épaisse chevelure dans un bonnet de bain, qui lui semblait distendu comme un cerveau atteint d'encéphalite. Elle n'était pas belle, et le compliment la mettait mal à l'aise – elle n'avait aucune envie de se montrer à la hauteur de ce compliment.

Quelle farce ! Mascarade…

Kroll ne nageait jamais moins de mille cinq cents mètres, avait-il dit. Pour son dos. Quand il sortit enfin du bassin, M.R. vit l'eau ruisseler sur ses jambes musclées ; les longs poils noirs de ses jambes plaqués contre la peau pâle, brillants d'humidité. Elle vit sa taille un peu empâtée, le renflement de son sexe et les poils qui descendaient sur ses cuisses… Elle éprouva une tendresse inattendue pour cet homme : sa virilité.

C'était à une distance de cinq ou six mètres que M.R. préférait Kroll. Son cœur battait alors d'une émotion qu'elle aurait été incapable de nommer – ni amour, ni désir, mais une envie de toucher, de protéger ; une envie de *consoler*. Il lui semblait qu'il ne pouvait rien y avoir de plus tendre entre un homme et une femme que cette envie de *consoler*.

Cela manquait dans sa relation avec Andre. Il ne pensait jamais à la *consoler*.

Il ne lui venait jamais à l'idée que M.R. fût autre qu'une *jeune Amazone vigoureuse* n'ayant nul besoin de telles câlineries.

Andre n'aurait d'ailleurs pas davantage souhaité être consolé par *elle*.

Kroll remarqua le regard de M.R. – (bien qu'elle ne pensât pas à lui, mais à son amant astronome) – et eut un sourire hésitant. Un éclair d'intérêt sexuel passa soudain entre eux. M.R. savait, avec son peu d'expérience des hommes, laquelle se limitait plus ou moins à son amant astronome marié, qu'il est très facile de flatter un homme, sexuellement ; de même qu'il est très facile de satisfaire un homme, sexuellement. Comme dans l'un de ces tableaux amusants mais inquiétants de Magritte, les yeux plissés de Kroll étaient imités – en miroir – par les petits mamelons ridés de sa poitrine d'homme, qu'elle éprouva soudain le désir de toucher – de caresser. D'embrasser ?

Il avait déjà été marié – « Trop jeune. »

Il avait divorcé – « Moins jeune. »

Il était divorcé depuis onze ans. Et pas d'enfant – « Par bonheur.

– Pourquoi "par bonheur" ?

– Parce que nous serions peut-être encore mariés. Et je ne t'aurais pas rencontrée. »

Le ton de Kroll était désinvolte. Il appartenait à la femme – à M.R. – de se demander s'il parlait sincèrement ou… juste avec désinvolture.

Il n'éprouvait plus rien pour son ex-femme, dit-il. Mais il ne voyait aucun intérêt à parler d'elle ou de l'« échec » de son mariage. Il ne chercha pas davantage à savoir si M.R. avait eu d'autres amants ni si elle avait été mariée.

Ce jour-là il avait fait une conférence sur Hobbes. Sur les théories considérant l'homme comme une machine dépourvue de libre arbitre, d'« âme ». Il aimait beaucoup le célèbre aphorisme de Hobbes : *La vie est méchante, grossière et brève.* On sentait que cet aphorisme lui plaisait, appliqué aux autres, et qu'il s'en exceptait.

«Si l'homme est une machine, il peut être manipulé, dit Kroll. Pour son bien, l'homme peut être manipulé. Tu m'as dit ne pas être pratiquante, Meredith ? Mais en quoi crois-tu ?

– Je... ne sais pas trop en quoi je crois.»

Elle dit à Kroll que ses parents étaient quakers, mais qu'elle-même ne l'était pas, quoiqu'elle respecte cette religion pour sa civilité et son bon sens.

«Les quakers font passer le bien commun avant le bien individuel – ce qui n'est pas très américain. Nous sommes une nation d'individus.»

Kroll, le libertaire, n'était pas d'accord : «Toutes les nations sont des nations d'individus... sinon ce sont des nations de fourmis.»

Il avait découvert dans la revue *Ethics,* un article de M.R. – *Impératif moral kantien et "droit à la vie"* – qu'il jugeait très intéressant, et il lui demanda pourquoi elle ne lui en avait pas parlé ni donné une copie.

M.R. répondit qu'elle en avait eu l'intention. Qu'elle comptait lui donner une copie.

M.R. dit qu'elle avait conçu l'article comme un exercice, ou une expérience – «J'explorais le problème tel qu'il pourrait être envisagé à partir de points de vue éthiques différents. Mais je ne "crois" pas nécessairement à la conclusion...

– Tu ne "crois" pas à la conclusion ? Pourquoi dans ce cas avoir écrit l'article ?

– Parce que j'explorais des questions d'éthique. Je ne plaidais pas en faveur d'un camp ou d'un autre.

– Et à quoi rime-t-elle, cette "exploration" ?

– C'est cela... la philosophie. Il y a une "philosophie de l'éthique" comme il y a une "philosophie de la physique" ou une "philosophie du droit".

– Mais il y a avant tout une "éthique", non ?

– "Avant tout" ? Je n'en suis pas certaine.

– En politique, il n'y a que cela : des camps. La quête du pouvoir, puis la lutte pour le conserver.

– Le pouvoir ! Non seulement, il "corrompt", mais il "aveugle". Si le but poursuivi est la vérité, le pouvoir est un handicap. »

M.R. protesta : la philosophie pouvait être abordée comme une série de problèmes sans réponses spécifiques. Des questions, et non des réponses. Beaucoup de ses collègues exploraient des problèmes de ce genre, certains d'entre eux exploraient des « contre-mondes » métaphysiques – à la recherche d'une vérité abstraite.

« Et qu'est-ce qu'un "contre-monde" ? Ce que je pense que c'est ? demanda Kroll, avec amusement.

– Un contre-monde est la possibilité de... d'un monde... Un univers...

– Foutaises, ma chérie. » Kroll éclata d'un rire grossier, comme quelqu'un qui tient à vous faire savoir qu'il n'est pas dupe. « Ce mouvement du "droit à la vie" – mettons aujourd'hui, en Amérique – on est soit pour, soit contre. On est pour ou contre l'avortement.

– Pas *pour* l'avortement, pour la possibilité de *choisir, pro-choice.*

– Ton article laisse entendre que tu n'es pas *pour* ce choix – si je le comprends bien. "L'impératif moral kantien" – on ne doit agir que si nos actes sont un principe pour tous les autres êtres humains – si tu considère cela comme un idéal, tu peux difficilement être *pro-choice*, car, en ce qui te concerne personnellement, tu aurais souhaité naître... et non être avortée. D'accord ?

– Je ne considère pas cela comme un "idéal", mais simplement comme une proposition philosophique.

– As-tu jamais été enceinte, Meredith ?»
La question fut si soudaine que M.R. n'eut pas le temps de
se sentir choquée ou insultée. Sans beaucoup de conviction,
elle bégaya : «N... non.

– Non ? Eh bien, alors, tu n'as pas de point de vue. C'est
peut-être pour cela que tu es irrésolue.

– La question n'est pas là. "Irrésolution" n'est pas le terme
exact...

– "Objectivité", alors ? Dans le domaine de l'éthique,
comme dans celui de la politique, il n'y a pas d'"objectivité".»
Kroll souriait toujours d'un air amusé. M.R. tenta d'expliquer que, dans une expérience, l'expérimentateur ne connaît
pas d'avance les résultats de son expérience. En philosophie,
quand on explore les possibilités d'une position... Kroll écarta
ses propos hésitants comme il l'aurait fait de moucherons.

«Foutaises, chérie. Et tu le sais.»

M.R. se disait qu'elle ne reverrait plus Kroll. Après chacune
de leurs rencontres, elle était perturbée, avait souvent du mal
à trouver le sommeil. Elle ne voulait pas de cette intimité. Et
cependant, quand il l'appelait, elle s'entendait dire *oui* avec
empressement.

L'hortensia bleu pâle dépérit et mourut. M.R. craignait
d'avoir oublié de l'arroser... ou peut-être de l'avoir trop arrosé.
Elle courut chez un fleuriste en acheter un autre de la même
teinte de bleu, se disant que Kroll ne verrait pas la différence,
même s'il était soupçonneux – ce qui ne fut pas le cas. Il continua à tâter la terre de son index.

Fin octobre, M.R. invita Kroll à dîner chez elle.

C'était la première fois qu'elle préparait à dîner pour un autre homme qu'Andre Litovik, et elle éprouva une sorte de plaisir subreptice à faire des courses dans les meilleurs magasins d'alimentation des environs, poussant son Caddie parmi d'autres femmes qui étaient vraisemblablement des épouses, des mères, des maîtresses – des *femmes* prises dans le drame de vies communes avec des *hommes*.

Ce qu'elle avait peut-être envié par le passé. Une vie entrelacée à celle d'un autre, si imprévisible qu'elle fût.

Car Kroll était imprévisible. Kroll était un homme à humeurs. Kroll était souvent impatient, obscurément mécontent. Plus ou moins consciemment il déviait les questions qu'elle lui posait – que se passait-il? – était-il contrarié? – et parfois, si elle lui touchait le bras, il semblait se rétracter. Souvent il semblait apporter avec lui – comme s'il l'étreignait les bras chargés d'objets hétéroclites qui tombaient, se brisaient – un mystérieux résidu d'irritation, de contrariété, une fureur à peine contenue n'ayant guère à voir avec elle.

À cela près, bien entendu, qu'elle était *la femme*.

Si elle avait envié le rôle de *femme*, cette envie avait maintenant cédé la place à une appréhension/anxiété excitée, car Oliver Kroll n'était pas facile à satisfaire, et les façons de lui déplaire ou de le décevoir étaient largement imprévisibles. Pour le dîner, ce soir-là, Kroll apporta une bouteille de vin français – un vin rouge que M.R. supposa coûteux, bien que s'y connaissant peu en vins; elle en but moins d'un demi-verre, et avec une distraction qui dut contrarier Kroll, car il s'enferma dans un silence boudeur. Lorsque M.R. lui demanda ce qui n'allait pas, il répondit, avec un sourire crispé : «Que veux-tu dire… "qu'est-ce qui ne va pas"? Tout va parfaitement bien, en ce qui me concerne.»

Il avait une façon de la regarder – froidement, sans paraître la reconnaître. Tandis que M.R. tâchait de sourire, une sourire tendu de collégienne, se demandant si cet effort, cet effort perpétuel, en valait la peine.

Avec Andre, tout était aussi une question d'humeurs. Mais les humeurs d'Andre étaient généralement amples, magnanimes – un vent soufflant dans une maison, ouvrant grand les fenêtres, faisant claquer les portes – un remue-ménage tapageur. Celles de Kroll faisaient penser à un homme ouvrant un parapluie dans un espace exigu.

Vers la fin d'une soirée, Kroll pouvait brusquement déclarer qu'il devait partir – qu'il avait du travail. Aussitôt, il était debout, ses clés de voiture à la main, impatient d'être dehors. Il lui arrivait de prendre la main de M.R., de lui caresser le bras – de l'embrasser. M.R. se laissait embrasser, et M.R. lui rendait son baiser, comme avec sentiment. En fait, *avec sentiment*. Car elle éprouvait de l'attirance pour Oliver Kroll – elle pensait en éprouver.

Elle lui permettrait de lui faire l'amour – non ? – si elle pouvait le supporter. Elle le permettrait, cela devait être fait. Car il n'y avait pas de relations normales entre deux adultes, homme et femme, sans rapports sexuels – ou quelque chose qui s'en rapproche.

L'adoration de M.R. pour son amant (secret) était absolue, elle adorait son âme. Comme cette âme habitait un corps, M.R. pouvait également adorer ce corps.

Il en allait différemment avec Kroll, très différemment. Elle n'avait aucune idée de l'âme de Kroll – elle avait peut-être la taille d'une cuiller à thé, ou la taille et la largeur d'un abaisse-langue. Si M.R. faisait l'amour avec lui, il ne se rendrait pas compte de sa *non-présence* dans ses bras ; il n'avait pas assez de perspicacité pour percevoir son détachement physique.

167

C'étaient les sensations de Kroll que Kroll auscultait – l'autre, la femme, existait à peine pour lui.

M.R. s'imaginait souvent qu'il cesserait tout bonnement de lui téléphoner – soudain, du jour au lendemain, quoi qu'il eût éprouvé pour elle, quel que fût le filet de fantasmes qu'il eût projeté sur elle, envoûté par la majestueuse *Jane, comtesse de Harrington* qui lui rappelait sa belle jeunesse en Angleterre – et qu'elle n'entendrait plus jamais parler de lui. Cela semblait parfaitement plausible, voire probable, car Kroll parlait avec désinvolture – avec dédain – d'anciens ex-amis, collègues et «protégés vieillissants» dont il s'était lassé. Dès qu'il se désintéressait de quelqu'un, ce quelqu'un cessait d'exister pour lui. M.R. était prévenue.

Et quand les soirées se passaient plus agréablement et qu'elle se sentait de l'attirance pour Oliver Kroll, ses sentiments pour son amant (secret) interféraient, comme les fréquences puissantes d'une station de radio noient les plus faibles. *Vais-je me marier? Est-ce possible?* – Cette idée étonnante faisait sourire M.R.

Une femme âgée, morte à l'époque où M.R. était lycéenne à Carthage. Son cadavre n'avait été découvert qu'au bout de plusieurs semaines. L'horreur d'une telle solitude – d'un tel isolement. À l'époque personne n'avait souhaité parler de cette femme ni lui donner un nom, à l'exception d'Agatha, la mère de M.R., qui avait été horrifiée, tourmentée par un sentiment de culpabilité, bien que cette femme eût habité à plusieurs rues de chez eux et qu'aucun des Neukirchen ne l'eût connue.

À plusieurs reprises Agatha avait dit à M.R. *Comme c'est terrible! Terrible… absolument terrible… Nous aurions pu aider cette pauvre femme. Nous aurions dû savoir.*

M.R., «Meredith», avait été bouleversée d'entendre sa mère, d'ordinaire si calme, parler ainsi; sa mère Agatha, qui veillait à ne rien dire de perturbant, notamment aux enfants. Sa mère qui, avec l'idéalisme des quakers, avait paru ne pas croire à la réalité du mal.

Si nous pouvions nous racheter! Oh comment... comment nous racheter...

Avec d'autres membres de la congrégation quaker, Agatha et Meredith avaient alors rendu visite à de vieilles personnes isolées de la région. Elles avaient acheté nourriture, couvertures, draps et vêtements. Elles avaient apporté des outils pour faire des réparations. Pour les réparations importantes, Konrad venait avec elles. M.R. avait oublié ces visites, bien intentionnées mais embarrassantes, qui s'étaient poursuivies à intervalles irréguliers pendant sa dernière année de lycée. Elle avait ressenti une immense compassion pour ces vieilles femmes – car il s'était trouvé qu'elles n'avaient vu que des femmes – mais chaque visite avait été un supplice pour elle, une épreuve épuisante. Elle avait eu le visage endolori à force de sourire, le nez agressé par les odeurs de rance. Si Agatha et les autres quakers avaient paru en retirer une sorte de force rayonnante, M.R. avait trouvé l'expérience profondément perturbante. Jamais l'horreur de la solitude ne lui avait été aussi réelle : nue comme un miroir reflétant son propre visage.

Je peux l'aimer. Je le ferai!

Cette dernière fois, Kroll vint dîner chez M.R.

C'était au début de l'hiver. Ils se voyaient plusieurs fois par semaine. M.R. avait appris à négocier les humeurs de Kroll comme un skieur les pièges d'une piste difficile. Il y avait eu des rapports intimes entre eux – muets, très légèrement maladroits – comme un véhicule incontrôlable dévalant une pente raide, sans personne au volant.

M.R. supposait que, comme elle-même, Kroll avait soif d'affection, d'une affirmation de son existence.

Et il y avait le problème de la *virilité* de l'homme – comme une scie tournoyante qu'on n'osait toucher, et qui néanmoins vous attirait, vous fascinait.

Ce soir là, M.R. attendait l'arrivée de Kroll avec appréhension. Elle avait préparé le repas avec soin, acheté le genre de vin que Kroll semblait préférer et un pain français à croûte dure; elle avait arrosé l'hortensia bleu pâle aux pétales gaufrés qui, comme son prédécesseur, commençait à dépérir en dépit de ses efforts. Elle n'était cependant pas préparée à un élan d'émotion quand Kroll entra et la salua avec chaleur, avidité – la prenant par les épaules et embrassant sa bouche, poussant sa langue contre ses dents d'une façon à la fois joueuse et passionnée. «Bonjour bonjour bonjour! Chérie!» – Kroll était d'humeur exubérante.

Bien que M.R. voulût rendre son baiser à Kroll – voulût l'embrasser avidement et le serrer dans ses bras – elle se raidit malgré elle, un mouvement à peine perceptible, comme si quelqu'un lui avait murmuré : *Non!*

Kroll lâcha ses épaules et se recula, le visage assombri. Un moment comme on trébuche dans un rêve – un faux pas au bord d'un trottoir ou dans un escalier – et pas de retour en arrière possible. M.R. s'entendit bégayer : «Oliver, je crains… il faut que je te dise…

– Me dire… quoi?

– J'ai beaucoup aimé – adoré – nos soirées passées ensemble. Surtout… ces derniers temps. Mais je ne veux pas t'induire en erreur, Oliver, je suis… il y a…»

Kroll la regardait avec froideur. Il ne lui faciliterait pas la tâche. Son visage prenait une teinte rouge betterave, les coins de sa bouche se crispaient.

«… quelqu'un dans ma vie. Avant que je vienne ici, je veux
dire… il y avait quelqu'un. Je ne peux pas vraiment prétendre
– M.R. rit, leva les mains dans un geste d'impuissance – que
cette personne fasse sérieusement, solidement, partie de ma
vie, du moins de son point de vue. Mais…

– Mais tu as une "liaison" avec lui… ou avec elle, peut-être?

– "Elle"?» M.R. eut un sourire incertain. «Non… "lui".

– "Lui".» Kroll souriait d'un air narquois.

Il ne lui pardonnerait jamais, elle le savait.

«Tu aurais pu m'en informer un peu plus tôt, non?»

Kroll eut un rire sans joie. Sa barbe en pelle semblait hérissée d'hostilité. Il était très en colère, manifestement. Lorsque
M.R. lui effleura le poignet, il repoussa sa main.

«Tu aurais pu m'en informer il y a des semaines. Par
exemple…»

À la stupéfaction de M.R., Kroll se mit à détailler tous les
endroits où il l'avait emmenée, dîners, promenades dans la
campagne – bien entendu, comment avait-elle pu ne pas comprendre! Quelle manque de sensibilité de sa part.

«Tu m'as laissé payer nos billets à chacune de nos sorties – et
certains d'entre eux n'étaient pas donnés. Tu m'as laissé payer
la plupart de nos dîners. Mon salaire universitaire est peut-être
plus élevé que le tien, mais tu es entièrement indépendante
financièrement, tu n'as apparemment personne à ta charge,
tandis que moi… j'ai des obligations.» Sa voix s'éteignit, il
commençait à se sentir gêné par la véhémence de ses paroles.

Des obligations? M.R. n'avait aucune idée de ce qu'il entendait par là. De nouveau elle tenta de toucher le bras de Kroll,
et de nouveau il la repoussa. «Je… je suis navrée, bégaya-t-elle.
Ma conduite est impardonnable. Je ne sais pas pourquoi – je
crois – je crois que – je ne cherche pas à me justifier, juste à
tenter de m'expliquer – je craignais de t'offenser en proposant

de payer – comme cette première fois où nous sommes sortis ensemble. Et quelques autres fois par la suite – en fait, je crois que j'ai payé – quelquefois. Je pensais – il y a des hommes qui…

– En effet, "il y a des hommes qui" – beaucoup d'hommes sont prêts à payer pour des femmes pour qui ils éprouvent des sentiments forts et qui les leur rendent. Mais nous ne sommes pas – n'étions pas dans ce cas, n'est-ce pas ? Et tu le savais depuis le début.

– Mais je ne… je ne savais pas… je veux dire… »

Elle avait trente ans, elle n'était plus une gamine. Et elle avait une liaison avec Andre Litovik depuis de longues années – au moins à distance. Elle en savait pourtant à peine plus sur les usages du monde qu'une fille de quinze ans, à l'époque où elle-même avait cet âge : elle ne pouvait s'imaginer en *agent actif* dans une relation avec un homme. Elle n'avait aucune *aisance* avec les hommes ; elle était incapable de deviner ce qu'ils pouvaient penser ou projeter ; dans une conversation, l'homme tendait en général à dominer, mais à la façon dont un gros navire flotte sur l'eau ; on pouvait discrètement diriger sa course en laissant croire à son propriétaire qu'il tenait la barre.

Devant le repentir sincère de M.R., Kroll se radoucit un peu, comme on retirerait lentement un poignard au lieu de le tourner dans la plaie. Il dit, avec froideur : « Je n'en aurais pas parlé, sauf que… C'est vraiment contrariant… Les femmes gagnent autant d'argent que les hommes, et malgré tout… elles attendent d'eux qu'ils paient pour elles…

– Mais je… je t'ai invité à dîner, Oliver… non ? Plusieurs fois ?

– Les dîners à la maison, c'est différent. Quand tu invites un ami à dîner chez toi, tu ne t'attends pas à être payée, j'espère ? »

M.R. se rendit compte que tout ce qu'elle disait était mal interprété par cet homme en colère, qui bourdonnait et vrombissait comme une guêpe. «C'est sans issue, alors. Si je t'invite à dîner chez moi, c'est tout à fait normal. Si tu m'invites au restaurant, je dois payer ma part.»

Perdue et blessée, elle bégayait. Elle ne s'était jamais heurtée, adulte, à autant d'hostilité, même lorsque Andre lui avait parlé avec dureté; elle était sans défense contre ce qui lui paraissait pure antipathie, pure répugnance.

Méchamment Kroll insistait, tel un pitbull qui a refermé les mâchoires sur une proie qu'il va secouer, encore et encore, jusqu'à ce que mort s'ensuive : «Et tu ne proposes jamais de conduire. Tu le pourrais, mais tu tiens pour acquis que c'est moi qui vais le faire. Ma voiture n'est pas plus faite pour... pour la conduite que la tienne.» Le visage de Kroll était rouge betterave d'indignation, il semblait à peine savoir ce qu'il disait. Quel dégoût dans son regard, et dire qu'elle n'en avait jamais rien soupçonné!

Kroll poursuivait, avec l'air de quelqu'un qui a été gravement maltraité. Il avait un ton de professeur, ou même de procureur – il dressait un réquisitoire dévastateur contre elle, qui l'avait blessée profondément. Car il se révélait maintenant que, lors de l'une de leurs dernières soirées, en faisant marche arrière pour quitter une place de parking étroite, Kroll avait éraflé l'aile droite de sa Jaguar – cela aussi était imputé à grief à M.R., qui écoutait, abasourdie et déroutée; elle n'avait jamais connu d'homme qui attende d'une femme qu'elle conduise à sa place – excepté peut-être à l'occasion de longs trajets; son père avait toujours pris le volant quand il était avec Agatha; pour autant que M.R. s'en souvienne, aucun homme adulte de Carthage n'aurait souhaité laisser le volant à une femme – il y aurait vu un signe d'incapacité, de maladie. Et naturellement, Andre Litovik n'aurait laissé personne conduire un véhicule où il se trouvait, une femme moins que quiconque.

M.R. protesta faiblement : «Tout ce que je peux dire… c'est que je ne savais pas. Toutes mes excuses. Tu avais l'air d'aimer… ta belle voiture. Tu aurais peut-être dû me suggérer…
– Je l'ai fait. Plus d'une fois.
– Ah…?»

M.R. était certaine du contraire. Kroll passait généralement la prendre chez elle, sauf quand il était plus pratique que M.R. se rende chez Kroll après son travail ou qu'ils se retrouvent en ville. Quand M.R. prenait sa voiture pour le rejoindre, elle était souvent en retard – comme si un charme l'avait ralentie, un narcotique coulant dans ses veines ; elle qui arrivait systématiquement en avance à la plupart de ses rendez-vous, partait à la dernière minute quand elle devait rejoindre Kroll, parfois même après la dernière minute.

Oliver Kroll était assez fier de sa Jaguar bleu cobalt, il n'aurait certainement pas souhaité aller où que ce fût dans la «Saturn» très ordinaire de M.R. – (un nom ridicule aux yeux de Kroll, qui plaisantait M.R. parce qu'elle avait été incapable de lui dire la marque de sa propre voiture, achetée «de deuxième main» quelques années auparavant) – ni a fortiori lui laisser le volant de sa Jaguar. Il était pourtant profondément affecté par ce nouveau grief, aussi grave que le premier et le confirmant.

Tandis que Kroll laissait libre cours à sa rage, M.R. tâchait de compter : combien devait-elle à cet homme en colère ? Car elle lui devait assurément quelque chose, elle s'en rendait compte à présent ; elle ne s'était pas conduite équitablement avec lui, sa conduite avait été honteuse et indélicate… Kroll habitait à plusieurs kilomètres de la petite maison de M.R. au bord du lac Echo : cinq kilomètres ? Multipliés par combien de trajets ? (Combien de fois étaient-ils sortis ensemble ? M.R. n'en avait aucune idée.) Essence, usure de la Jaguar, le temps précieux que Kroll avait perdu au volant ? M.R. était rouge de honte devant la répugnance peinte sur le visage de cet homme dont elle avait imaginé qu'il avait de l'affection pour elle.

Qu'il l'aimait! Quelle farce!

M.R. s'excusa et alla chercher son chéquier dans le tiroir de son bureau – combien? – quelle somme serait raisonnable? – elle avait l'impression qu'une cloche sonnait à la volée dans son cerveau... Se rendant compte que le nom qu'elle avait écrit à la hâte était mal orthographié, elle rédigea un nouveau chèque à l'ordre de *Kroll* et non de *Krull*; elle redoutait d'insulter Kroll, mais il était sans doute au-delà de cela : il la haïssait, il voulait être remboursé! Naïvement M.R. espérait qu'un lambeau de leur relation pourrait être sauvé, si elle réussissait à se conduire comme l'aurait fait un homme, raisonnablement et sans débordement d'émotion.

Elle alla rejoindre Kroll avec son chèque. Debout devant le portrait de Reynolds, il le regardait sans paraître le voir; son visage était très rouge. M.R. se répandit en excuses. «Oliver, je suis vraiment navrée! J'espère que tu me pardonneras. J'espère que tu ne m'en voudras pas. Je suis juste – j'étais juste – je crois que je suis juste» – elle allait dire *naïve*, mais devant l'expression méprisante de Kroll, elle se corrigea : «Stupide. Irréfléchie.»

M.R. lui tendit le chèque. Elle vit qu'il souhaitait le prendre tout en se sentant insulté par son geste – car Kroll souhaitait naturellement conserver la dignité d'un gentleman au-dessus de ces préoccupations sordides, tout en voulant la voir s'humilier devant lui, s'expliquer, s'excuser et le rembourser. Il prit le chèque, la mine renfrognée. «C'est trop.»

Elle avait fait un chèque de trois cent cinquante dollars. Elle avait calculé qu'elle devait peut-être la moitié de cette somme à Kroll, et prévu une marge d'erreur.

«S'il te plaît, Oliver. Prends-le.»

Elle s'efforçait de parler calmement. Elle se sentait nauséeuse, comme si elle avait reçu un coup de pied dans le ventre. Avec l'expression de quelqu'un qui respire une mauvaise odeur, Kroll plia le chèque et le fourra dans la poche de sa veste comme s'il lui faisait une faveur.

« Bon. Si nous passions à table. »

M.R. n'en crut pas ses oreilles. *À table?* Kroll voulait qu'elle lui serve à dîner après ce qui s'était passé, il voulait *manger*?

Il s'efforçait de sourire, les yeux plissés, méfiants. Il ne savait pas vraiment jusqu'où il était allé – ce qu'il pouvait avoir dit d'irrévocable.

« Je ne crois pas, Oliver. Après – ce qui s'est passé – je n'ai pas faim. Je ne me sens pas bien. Je pense que tu devrais partir.

– Partir? Maintenant que nous avons mis les choses au point? »

Kroll semblait sincèrement étonné. Il l'avait regardée comme s'il la haïssait, avait dressé contre elle un réquisitoire brillant et irrévocable, et il comptait maintenant se comporter comme si rien ne s'était passé?

« Oui, dit M.R. Je pense que tu devrais partir. »

Cette fois, Kroll parut plus profondément blessé encore. Cette fois, sa bouche se crispa, la barbe en pelle se hérissa de fureur. M.R. recula. Il lui faisait peur. Il risquait d'exploser à tout instant, de lever la main sur elle...

Elle voulut quitter la pièce, mais Kroll lui barra le passage. Son visage était livide de dégoût. Mais s'il la haïssait... pourquoi ne partait-il pas?

« Je crois que tu ferais mieux de partir, Oliver. Je t'ai dédommagé, je l'espère. Si ce n'est pas assez, dis-le-moi, je t'en prie... je suis toute disposée à payer davantage. »

Elle ne souhaitait rien tant qu'être débarrassée de lui. La fureur qu'elle lisait sur son visage était terrifiante.

Sans doute commit-elle l'erreur de lui tourner le dos – elle courut ouvrir la porte d'entrée et il l'attrapa par l'épaule, le bras – avec un petit cri de surprise et de douleur, elle se dégagea – «S'il te plaît. Va-t'en, s'il te plaît. Je veux être seule.» Elle était au bord de l'évanouissement, n'osait montrer à Kroll à quel point elle était agitée, affaiblie.

Il l'agrippa à nouveau – son bras, son poignet. Et de nouveau M.R. s'écarta.

Kroll tenta de sourire, protesta – il venait à peine d'arriver – il avait quelque chose à lui dire et il le lui avait dit – il ne voulait pas partir, pas tout de suite – mais M.R. était incapable de le regarder, ne désirait que son départ.

«S'il te plaît. Va-t'en, s'il te plaît.

– Je crois que tu commets une erreur, Meredith.»

Mais il était furieux, sa voix tremblait. M.R. sentait qu'il aurait aimé l'empoigner, la malmener jusqu'à la réduire à soumission.

Quelle honte! Elle s'était terriblement trompée sur les sentiments de cet homme – elle avait cru qu'il avait *de l'affection pour elle* – et, en un éclair, tout cela avait disparu. Il aurait pu taillader au couteau le portrait sur le mur, mettre en lambeaux la belle Jane, comtesse de Harrington.

Indigné, Kroll sortit. Il avait de nouveau le chèque à la main – une main qui tremblait. M.R. se dit *Il va le déchirer en morceaux, les éparpiller dans l'allée.*

Mais Kroll remit le chèque dans sa poche. Sans un regard en arrière, il gagna sa voiture à l'aile arrière droite éraflée, si basse sur roues qu'il fallait s'incliner, se courber pour y monter, et, par la fenêtre, osant à peine respirer, M.R. regarda la Jaguar démarrer dans un soubresaut et disparaître.

Comme ivre, elle se dirigea vers sa chambre à coucher et s'écroula sur son lit où elle passa les longues heures de la nuit, malade jusqu'au fond de l'âme, trop choquée pour comprendre pleinement ce qui s'était passé : la répugnance, la fureur que cet homme avait brutalement manifestées contre elle.

Un téléphone sonna, sonna – elle se boucha les oreilles de ses mains.

S'il revenait ! S'il pénétrait dans la maison !

Pas par amour pour elle – mais par fierté blessée. Il se vengerait d'elle, s'il le pouvait.

Elle avait l'épaule endolorie là où il l'avait agrippée, son bras garderait la marque de ses doigts durs et furieux. C'était la honte plus que la peur qui la paralysait. Une eau noire saumâtre s'amassait au fond de sa bouche. Elle redoutait d'être prise de nausées, de s'étouffer dans ses vomissements ; on la retrouverait alors, comme la vieille femme de Carthage, en partie décomposée, répandant une odeur fétide, seule.

Respirant à peine parce que ses côtes avaient été cassées, une boue puante dans les narines, dans la bouche, les cils mêmes de ses yeux collés ensemble.

Meurs qu'est-ce que tu attends. Mudgirl, fille de boue, rebut… *meurs.*

Avec le temps elle penserait, presque avec calme, avec ironie, qu'il n'était pas le premier homme à lui briser le cœur.

Il n'était pas l'homme le plus aimé à lui briser le cœur.

Il était *un homme* dans sa vie. Pas *l'homme.*

« Meredith ! »

Elle l'appela comme il le lui avait demandé, ce soir de mars 2003. Il décrocha dès la première sonnerie.

Sa voix avait un ton d'intimité troublant, malgré le passage des ans – « Meredith ! Merci d'avoir appelé. »

Il lui demanda s'il pouvait venir la voir, il avait quelque chose d'urgent à lui dire. M.R. hésita un instant – suffisamment pour que Kroll le remarque – avant d'accepter.

« Oui bien sûr. »

Il s'agissait d'Alexander Stirk, et ce n'étaient sûrement pas de bonnes nouvelles.

Oliver Kroll vint donc dans la maison du président, à minuit. Cette journée interminable, qui avait commencé si longtemps auparavant dans une sorte d'innocence ! M.R. lui ouvrit avant qu'il ne sonne. Leur ancienne intimité fit qu'ils ne purent ni l'un ni l'autre se résoudre tout à fait à se serrer la main.

Un observateur extérieur en aurait conclu qu'il y avait un lien mystérieux entre eux.

« Étrange d'être ici. À cette heure-ci. »

Kroll aurait pu ajouter *Et seul.*

Car très peu de gens venaient seuls dans la maison du président. Ce n'était pas le genre de lieu – le genre *d'atmosphère* – où l'on venait individuellement, en ami. En fait, Oliver Kroll avait été invité plus d'une fois à Charters House depuis la nomination de M.R., mais toujours avec d'autres : réceptions officielles, dîners en l'honneur de conférenciers de renom.

En compagnie de ces autres, M.R. et lui ne pouvaient avoir que des rapports formels, courtois.

Elle n'avait jamais pu oublier cette expression de haine sur le visage d'Oliver Kroll. Cette répulsion pour *la femme.* Dans sa personnalité d'homme de télévision, son humour sarcastique, pince-sans-rire, les remarques caustiques et le pli méprisant de ses lèvres, sa présentation de tout ce qui était *progressiste, « de gauche »* comme méprisable voire déloyal – elle la percevait avec encore plus de force, et cela lui était insupportable.

Ce soir-là, Kroll paraissait âgé, tendu – son assurance désinvolte l'avait quitté. Sa barbe était toujours taillée en forme de pelle pointue, mais elle était maintenant grisonnante, et des bosselures déformaient son crâne chauve. Était-ce cet homme qui l'avait intimidée, effrayée ? se demanda M.R. À l'Université, Oliver Kroll faisait partie de ses ennemis – un groupe d'enseignants conservateurs très actifs, qui votait en bloc contre beaucoup des propositions de M.R. Neukirchen. Ces enseignants étaient tous de sexe masculin, tous « blancs » – et tous d'un rang bien supérieur à celui de professeur assistant. (Non que cela eût une grande importance – les enseignants progressistes de l'Université l'emportaient largement sur les conservateurs en matière de vote.) M.R. avait tendance à penser que, si Kroll n'avait pas encouragé Stirk à enregistrer leur conversation, un autre de ses collègues l'avait fait.

Au cours des dix ans écoulés depuis que Kroll était sorti de sa vie, il était devenu un personnage encore plus controversé. Depuis l'arrivée au pouvoir de l'administration Bush et le triomphe de la politique conservatrice, Kroll faisait partie, comme son ancien collègue et mentor G. Leddy Heidemann, des conseillers à la Maison Blanche. Si, dans la presse, Heidemann était qualifié de conseiller pour le Proche-Orient du secrétariat à la Défense – d'« architecte » et de « conscience morale » des guerres d'Irak et d'Afghanistan – l'influence de Kroll était domestique et plus générale. En tant que théoricien politique, il était souvent invité à la télévision – émissions d'informations du dimanche matin, journaux de CNN et Fox News. Au cours des journées mouvementées qui avaient suivi les attaques terroristes contre le World Trade Center à l'automne 2001, et Kroll et Heidemann étaient fréquemment apparus à la télévision. Et maintenant, en mars 2003, à la veille de l'invasion de l'Irak, la propagande guerrière s'était intensifiée – *C'est une croisade. Ce n'est pas la « diplomatie par d'autres moyens ». L'heure de la diplomatie est passée. Il ne peut y avoir de « diplomatie » avec le mal.*

M.R. regardait rarement ces émissions politiques, qui la démoralisaient. Et quand elle entendait ses collègues de l'Université tenir de tels propos – bellicistes, pseudo-«patriotiques», écœurants – elle se hâtait d'éteindre.

Succédant à Heidemann, Oliver Kroll était devenu le conseiller de la section locale des Jeunes Américains pour la liberté. Il organisait des campagnes de levée de fonds pour faire venir sur le campus des orateurs et des activistes conservateurs controversés; lors d'un débat contradictoire sur le sujet d'une guerre potentielle au Proche-Orient, organisé par des enseignants progressistes, Kroll avait pris la tête de professeurs et d'étudiants conservateurs qui avaient protesté contre l'événement et chahuté les orateurs. Depuis octobre, date à laquelle le Congrès américain avait – dans son énorme majorité – autorisé le Président à employer la «force militaire» contre l'Irak, l'atmosphère politique n'avait cessé de s'enfiévrer sur le campus, comme dans tout le pays. Présidente de cette prestigieuse université, M.R. ne pouvait participer aux discussions politiques, qui étaient souvent aigres, furieuses et intolérantes; elle n'avait pas assisté au débat contradictoire et avait écrit dans le journal du campus un éditorial plaidant pour la civilité. Il lui avait été dit – Leonard Lockhardt l'avait mise en garde – qu'un éducateur de sa stature devait se tenir au-dessus de la «mêlée». Il y avait des conservateurs parmi les membres du conseil d'administration de l'Université et – naturellement – de nombreux conservateurs parmi les donateurs, lesquels suivaient de près les interventions médiatiques de la présidente de l'Université. Même dans les réunions en petit comité, M.R. avait appris à dissimuler ses sentiments personnels – sa prédilection de principe pour les causes progressistes; elle n'osait pas plaisanter, et évitait toute remarque ironique. Elle avait vite appris qu'une position publique fait de vous un otage: parler spontanément, du fond du cœur, est la première liberté à laquelle vous devez renoncer.

Au début, les admirateurs de M.R. avaient apprécié sa *franchise* – qui était une sorte de naïveté professionnelle. Mais à présent qu'elle occupait son poste depuis plusieurs mois, on attendait d'elle plus de circonspection.

Même avec ses amis les plus proches elle était maintenant sur ses gardes. Et avec Andre.

Même lui – son amant – pouvait répéter certaines de ses remarques, et les déformer.

C'était un pur coup de chance qu'elle n'ait pas eu l'occasion de prononcer le discours violemment antibelliciste qu'elle avait préparé pour le congrès de l'Association des sociétés savantes. Un pur coup de chance que sa voiture de location eût dérapé et fini dans un fossé du comté de Beechum.

Ce discours, auquel elle avait travaillé si longtemps, était tissée d'une ironie vénéneuse. L'ironie n'était pas le mode d'expression habituelle de M.R., et n'était guère recommandée à un président d'université qui dépendait du bon vouloir du milieu universitaire pour poursuivre sa tâche. Leonard Lockhardt, qui avait lu le texte de M.R. après coup, avait exprimé étonnement et désapprobation. (Et Lockhardt était lui-même un progressiste à l'ancienne, dont la prise de conscience politique datait de l'époque de Lyndon Johnson et de sa Grande Société.) Si elle avait prononcé ce discours et s'il avait été publié, ou diffusé sur l'Internet… quelle gaffe pour un président dans sa première année d'exercice !

Oui, mieux valait que M.R. ait eu ce mystérieux «accident» et qu'elle eût disparu pendant plus de douze heures – dans des circonstances qui n'avaient jamais été pleinement expliquées.

«Ton personnel est rentré chez lui? Cette maison est immense… Tu dois avoir l'impression de vivre dans un musée…»

Kroll parlait d'un ton léger, l'air distrait. Il était manifestement perturbé – ses petits yeux plissés parcouraient la pièce, un petit sourire figé crispait ses lèvres.

Quand M.R. proposa de prendre son manteau – en réalité, une veste en daim – où la neige fondait en laissant des traînées sombres – il ne parut pas entendre, et M.R. ne réitéra pas sa proposition.

«Non. Je n'habite pas ici. J'ai un appartement privé – on peut appeler ça un appartement – au premier.»

Juste pour mettre les points sur les *i*. *Privé.*

Elle avait précédé son visiteur dans le couloir mal éclairé menant à la bibliothèque lambrissée du fond. La majeure partie de la maison était plongée dans l'obscurité – dans les grandes pièces de réception ouvrant sur le couloir, meubles anciens, tapis, lustres étaient à peine visibles.

Dans la bibliothèque, dans la pâle lumière d'un clair de lune, le parquet sombre luisait d'un éclat froid. Derrière les fenêtres à croisillons qui, le jour, donnaient sur une terrasse dallée, un jardin à l'anglaise et une vaste pelouse, il n'y avait que la nuit, le néant. M.R. alluma la lumière – les lumières. Un lustre massif et des lampes murales plus petites. Fauteuils de cuir, canapés et petites tables apparurent, agencés comme les pièces géantes d'un jeu d'échecs attendant ses joueurs.

«Assieds-toi, je t'en prie. Ici.»

Elle ne l'avait pas appelé *Oliver*. Ce nom se refusait à sortir de sa gorge.

Ils s'assirent près d'une énorme cheminée de marbre pâle, ornée de cette inscription exaltante : MAGNA EST VERITAS ET PRAEVALET. Dans l'âtre, haut d'un mètre cinquante, large d'un mètre quatre-vingts, des chenets de cuivre, des bûches de bouleau parfaitement disposées, et pas une cendre. M.R. ne se rappelait pas avoir jamais vu de feu dans cette cheminée, et jamais non plus elle ne s'était assise ainsi, devant elle, avec un visiteur.

Comme tant d'autres choses à l'Université, la bibliothèque portait le nom d'un riche donateur, et ses murs étaient couverts de beaux livres reliés en cuir que personne ne feuilletait jamais, bien qu'il y eût parmi eux des éditions rares.

Une pensée – une pensée moqueuse – lui traversa l'esprit – *Si nous nous étions mariés. Où vivrions-nous? Ici?*

Étrangement – comme s'il avait lu dans ses pensées ou deviné leur cours – Kroll lui demanda si elle avait toujours son appartement au bord du lac.

L'espace d'un instant M.R. parut ne pas savoir de quoi il parlait, puis elle répondit que non, ce n'avait été qu'une location.

Il y avait d'autres explications à donner peut-être, mais M.R. ne souhaitait pas avoir une conversation personnelle avec Oliver Kroll.

«C'était – c'est – une maison très agréable.»

Il parlait d'une voix mélancolique, sourde. S'il escomptait que M.R. réponde à cette remarque, il se trompait.

M.R. pensait au portrait de Joshua Reynolds qu'elle avait retiré du mur et jeté à la poubelle. À l'hortensia bleu pâle qui était mort de mort naturelle.

Kroll l'avait appelée, il avait laissé des messages. M.R. n'avait pas répondu. Il lui avait envoyé des courriels, qu'elle avait détruits sans les lire. Fini! Elle n'était pas naïve au point de lui donner une nouvelle occasion de la faire souffrir.

Puis, brutalement, Kroll avait cessé de chercher à lui parler.

Par dépit, il avait encaissé le chèque de trois cent cinquante dollars et, par dépit – peut-être –, il avait embrassé publiquement la cause conservatrice pour laquelle il avait manifesté tant de mépris.

Il se pouvait aussi – c'était même plus probable – que M.R. n'eût rien à voir avec les déclarations politiques de son ancien amant, rien à voir avec sa vie de ces dix dernières années.

Comme à contrecœur – car il lui était impossible d'éviter le sujet qui l'avait amené là – Kroll demanda à M.R. si elle avait eu des nouvelles d'Alexander Stirk, et elle répondit avec précaution que non, pas depuis l'annonce de l'agression et le rendez-vous qu'elle avait eu avec lui dans son bureau.

« Alexander m'a demandé de ne pas le "rendre public" – il le fera lui-même. Mais je voulais t'en parler ce soir, j'ai pensé que tu devais le savoir.

– Savoir quoi ?

– Il se trouve qu'il avait déjà fait quelque chose de ce genre – à savoir accuser des camarades de classe de l'avoir agressé – dans son école privée du Connecticut. L'école Griffith – tu ne le savais pas ? »

M.R. bégaya que non. Évidemment que non.

« Alexander est un garçon très brillant. Mais il est manifestement perturbé. Il a connu une sorte de crise depuis que je le connais – depuis que je l'ai eu pour étudiant, il y a deux ans. Le fait qu'il soit "gay", qu'il soit "conservateur" dans cette université y est pour quelque chose, mais aussi sa famille, son père. On l'avait envoyé à l'école Griffith, que son père avait fréquentée, et il n'a pas réussi à s'intégrer – il dit avoir été "persécuté" par les autres élèves et peu soutenu par ses professeurs – bref – il s'est envoyé à lui-même des courriels menaçants, a écrit "Crève, pédé !" sur la porte de sa chambre, saccagé la pièce, déchiqueté ses livres. Il semble, d'après ses dires, qu'il ait fait une dépression nerveuse. Quoi qu'il en soit, on a découvert qu'il avait imaginé la "persécution" – ou du moins ses signes extérieurs. Griffith l'a exclu temporairement en subordonnant sa réadmission au suivi d'une psychothérapie, et quand il a posé sa candidature ici, toute l'affaire a été effacée de son dossier. Il était très ému en me faisant ces aveux, ce soir – il dit avoir "profondément honte" – ses anciens camarades de chambre font son "outing" sur Internet – ils le "dénoncent" aux médias depuis qu'ils ont entendu parler de cette nouvelle "agression". » Kroll parlait vite, d'un ton monocorde et détaché – s'il était troublé, il ne souhaitait pas le montrer.

« Mais… cela signifie-t-il qu'il a également inventé cette agression-ci ?

– Il affirme que non. Il affirme qu'elle a réellement eu lieu. »

M.R. l'avait écouté avec stupéfaction. Si l'agression avait été inventée – comme elle l'avait soupçonné – était-ce une bonne nouvelle ? Bonne pour l'Université, du moins ?

« Quand Alexander est entré dans mon bureau avec sa satanée béquille – il y a quelques heures à peine – il a dit, avec un air piteux : "J'ai quelque chose à vous confier, monsieur" et j'ai dit : "Vous avez inventé cette agression, c'est cela ?" Il m'a regardé comme si je l'avais giflé. "Non, je ne l'ai pas inventée. Ils ont essayé de me tuer… c'est bien arrivé. Mais j'ai inventé… quelque chose d'autre." Et c'est là qu'il m'a parlé de Griffith et des dénonciations en ligne de ses anciens camarades, il pleurait, il était presque hystérique, mais il m'a juré que l'agression de l'autre soir était "réelle" – il craignait que plus personne ne le croie. J'en suis presque tombé de ma chaise – j'étais assommé. Je n'ai naturellement pas dit à Alexander que la police avait déjà des doutes. Elle m'avait demandé assez carrément s'il n'avait pas déjà porté des "accusations mensongères", "si je le connaissais bien". Dès qu'il est question de "gays", les flics sont soupçonneux et peu enclins à la sympathie. Alexander a modifié son récit des faits, manifestement. Les flics pensent qu'il a pu

« s'infliger lui-même » ses blessures – cette histoire de témoins qui s'éclipsent leur paraît louche. Et quand Alexander m'a appelé de l'hôpital et que j'y suis allé, certains détails m'ont semblé incohérents – mais je ne voulais pas me montrer soupçonneux, il avait vraiment l'air mal en point et il était visiblement bouleversé. Maintenant, je ne sais plus quoi penser. Ou plutôt, je sais quoi penser – mais je ne veux pas le laisser tomber, il n'aurait plus personne. Son père est un homme d'affaires fortuné, lié à Jeb Bush, selon Alexander. Ses amis, ici, à l'université – il n'en a pas beaucoup – vont se sentir trahis. Les YAF le considéreront comme un traître. Ils n'auront aucune sympathie pour un gosse perturbé qui fait une dépression et qui se répand sur la toile. » Kroll eut un rire âpre. M.R. devina qu'il était profondément ému, et dégoûté ; c'était sa compassion pour Alexander Stirk, malheureux et maintenant honni, qui le dégoûtait.

D'un ton sarcastique, il dit que Stirk lui avait demandé des lettres de recommandation pour la faculté de droit – « Je les lui ai faites, bien entendu. Des lettres plus que "positives" ! Maintenant, je me fais l'effet d'un imbécile fini. Et il est foutu – ou il le sera s'il s'avère qu'il a menti – cette fois encore. »

M.R. se passa une main sur les yeux. Elle aurait dû se sentir soulagée, mais elle ne ressentait qu'un choc sourd, semblable à la détonation lointaine d'un canon. « Mais c'est terrible… il va mal. Il a besoin d'aide…

– Plus rien ne peut l'aider s'il a menti au sujet de cette "agression". On ne plaisante pas avec la police – elle l'accusera de déclaration mensongère », dit Kroll avec une sombre satisfaction.

M.R. comprit qu'il se souciait davantage de sa position, de sa réputation et de sa fierté que du bien-être de son étudiant.

«Maintenant, plus personne ne le croira – sur rien. N'importe qui pourrait s'en prendre à lui.» Étrange, cette remarque de M.R., à ce moment-là. Mais Kroll n'y prêta pas attention.

«J'ai posé la question à la police... s'il se révèle qu'il a menti. Toutes les affaires de "gays" – m'ont-ils dit – leur mettent "la puce à l'oreille".»

M.R. se dit que Kroll pouvait prendre congé, à présent : il aurait été naturel qu'il prenne congé.

À moins que, avec retard, elle ne lui propose de boire un verre, d'enlever sa veste en daim, qui devait être désagréablement humide, et lourde, chaude...

Kroll avait le regard fixé sur l'âtre obscur de l'immense cheminée de marbre pâle. Derrière les chenets de cuivre luisant, il y avait... le néant.

Kroll se mit à parler, d'une voix parfois entrecoupée, d'Alexander Stirk. Il avait été séduit par cet étudiant de deuxième année qui suivait son séminaire de théorie politique – il avait été impressionné par les essais passionnés du jeune homme et par le feu avec lequel il discutait. Un étudiant purement, précocement *intellectuel,* comme on en rencontrait rarement, même à l'Université, réputée pour l'exigence de ses critères d'admission. Qu'Alexander fasse preuve d'un tel enthousiasme adolescent, soit si (manifestement) asexué et en même temps si (apparemment) «gay» – (terme que Kroll trouvait particulièrement insultant) – n'était qu'un aspect de ce qu'il avait d'unique ; une facette de sa vulnérabilité et de sa souffrance, et de la manipulation virtuose qu'il en faisait. Kroll trouvait courageux de la part de Stirk de retourner son homosexualité comme un gant, pour ainsi dire – d'en faire une composante de son identité, et non quelque chose à cacher. Parmi les conservateurs, naturellement, l'«homosexualité» posait problème – et plus encore dans l'Eglise catholique, à laquelle Stirk appartenait. « On aurait dit qu'il avait décidé d'en faire une arme contre ses ennemis – ses ennemis « progressistes » – et aussi contre son père. Cela dit, il cherche également à impressionner son père. Il m'invitait sans cesse à lui rendre visite – pour faire sa connaissance. Le politique est toujours personnel, chez les adolescents. »

M.R. se disait *Dans un contre-monde, ce garçon est notre fils. Bâtard et rebelle parce que nous l'avons abandonné.*

Une pensée parfaitement absurde! Elle traversa l'esprit de M.R. comme un bout de fil le chas d'une aiguille, et s'évanouit.

« Y a-t-il la moindre vérité dans la rumeur – la vilaine rumeur – à laquelle Alexander a fait allusion dans son article de journal – cette étudiante qui aurait avorté à un stade très avancé?

– Oui, bien sûr. Dans tout ce qu'Alexander dit, il y a un fonds – un résidu – de vérité. »

Un silence gêné suivit. Pour éviter de se regarder, ils contemplaient la cheminée où il n'y avait pas de feu, ni même le souvenir d'un feu.

« Si je ne m'étais pas conduit aussi stupidement… »

Kroll ne poursuivit pas. M.R. n'avait aucune intention de finir la phrase à sa place.

Se disait-il… qu'ils seraient peut-être encore ensemble, aujourd'hui? Qu'ils auraient pu vivre ensemble, en couple, pendant ces dix ans écoulés? Était-ce possible? Et si oui, M.R. habiterait-elle cette maison-musée avec le professeur Kroll pour mari?

Très peu probable. C'était un *contre-monde* impossible à imaginer.

M.R. Neukirchen avait été une administratrice brillante – du moins, jusque récemment – précisément parce qu'elle n'était pas mariée, n'avait pas de famille ni de vie conjugale qui la distraient – la solitude l'avait galvanisée, ainsi qu'une volonté farouche d'*aller de l'avant* comme on avancerait sur une planche très étroite au-dessus d'un torrent furieux.

Peut-être était-elle tombée amoureuse d'Andre Litovik parce qu'il était inaccessible. Peut-être son amant (secret) était-il le principal moteur de sa vie adulte.

Elle se rappela que, lorsqu'elle avait retiré du mur le portrait de Jane, comtesse de Harrington, retiré l'affiche de son cadre coûteux, elle l'avait froissée et déchirée avec un sentiment de soulagement et d'euphorie – et puis, brusquement, de tristesse.

Quelque chose lui avait griffé la poitrine. Avait-elle aimé Kroll en dépit de sa résistance? Ou son sentiment pour lui avait-il été, dès le départ, pur désespoir?

«Naturellement, dans cette hypothèse... tu ne serais pas sans doute pas ici, Meredith.»

Il avait son ton ironique d'homme de télévision, un ton cultivé pour conserver une apparence d'autorité, de même que la barbe hérissée et pointue était un déguisement qui dissimulait et protégeait le visage vulnérable au-dessous.

Poussant un son entre grognement et soupir, il se leva. Il avait pris du poids, sa tête rasée semblait plus épaisse, plus massive. Comme s'il avait le dos ankylosé et douloureux, il s'étira et bâilla, assez grossièrement – dans une sorte de parodie de leur ancienne intimité.

«Enfin! Demain, tout cela sera sur la place publique, j'espère. Ou presque tout.»

M.R. était toujours assise, un peu assommée. Elle passerait une bonne partie de la nuit à repenser à ce que Kroll avait eu la bonté de lui dire.

Car il était venu la trouver, il l'avait mise au courant – il s'était soucié de son intérêt. Que le professeur Kroll fût son adversaire politique ne l'avait pas empêché de se conduire galamment avec elle.

«Merci, Oliver, vraiment! Cela n'a pas dû être facile pour toi.»

Elle avait sa voix cordiale et sérieuse de présidente. S'il y avait davantage à dire, cette voix-là ne le dirait pas.

M.R. raccompagna son visiteur nocturne. Ils parcoururent à nouveau le long couloir sombre, où la lumière peu flatteuse des plafonniers remplissait leurs orbites d'ombre et creusait des rides autour de leur bouche, transformant leur visage en masque. Dans le vestibule, un lustre spectaculaire en cristal irlandais brillait toujours, comme pour une fête qui avait mal tourné. Et la lumière extérieure, que M.R. s'était empressée d'allumer juste avant que Kroll s'engage dans l'allée circulaire et vienne se garer devant le perron.

«Eh bien... Meredith. Bonne nuit.

– Bonne nuit! Et encore tous mes remerciements.»

L'effort que M.R. dut faire pour ouvrir la porte lui évita d'avoir à regarder son visiteur en face. C'était une porte en chêne massif, ornée d'un heurtoir de fer forgé en forme d'aigle, qui suscitait l'admiration de tous ceux qui entraient dans Charters House, mais Kroll n'y fit pas attention. Il ne lui restait plus qu'à franchir le seuil, et M.R. pourrait fermer et verrouiller la porte derrière lui.

Il franchit le seuil. Quelques flocons de neige fondue tombaient. Elle respira une odeur âcre et fraîche, une odeur de moelle au sortir de l'os, étonnamment humide et purifiante, qui lui parut la senteur même de la nuit, solitude et rues désertes, grandes maisons de pierre vides de tout habitant à l'exception d'un seul.

M.R. ne regarda pas Kroll regagner sa voiture, démarrer. Elle avait éteint la lumière extérieure à l'instant même où il allumait ses phares.

Il pourrait encore revenir. Sous le prétexte d'avoir davantage à dire, ou...

Dans son appartement privé du premier, alors qu'elle s'apprêtait à se coucher – enfin –, M.R. se demanderait soudain... s'il avait toujours cette voiture racée, basse sur roues – de quelle marque déjà – *Jaguar*? Elle n'y avait pas fait attention.

Mudgirl réclamée. Mudgirl renommée.

Dans la campagne vallonnée des comtés de Herkimer et de Beechum, au sud-ouest des Adirondacks, la sinistre nouvelle se répandit vite : l'une des petites Kraeck avait été trouvée dans les marais de la Black Snake, abandonnée là par sa mère pour y mourir.

Non ça ne pouvait pas être un accident. Personne ne laisserait un enfant par hasard. Pas dans la boue des marais avec sa pauvre petite poupée à côté d'elle...

Car ils avaient vu aux informations télévisées une photo de *l'enfant non identifiée âgée d'environ trois ans* à l'hôpital de Carthage.

Malgré son crâne brutalement rasé, son visage meurtri, ses yeux enflés et douloureux, l'enfant fut reconnue par des habitants de Star Lake qui avaient connu sa mère, Marit Kraeck – sûrement la plus jeune, pensèrent-ils.

Ou alors l'aînée, celle de cinq ans, amaigrie, presque morte, et muette comme si la boue rapace lui avait avalé le souffle.

Il fallut qu'elle fût *retrouvée* pour qu'on se rende compte qu'elle avait *disparu*.

Des dizaines d'années plus tard, elle soumettrait ce casse-tête à un colloque de philosophie *Si les mots cessent d'exister, leur sens cesse-t-il d'exister lui aussi?*

Si les noms sont invalidés, les nommés sont-ils invalidés – ou renommés, reconstitués?

Le bureau du shérif du comté fut assailli de coups de téléphone excités. Des habitants de Star Lake signalèrent que Marit Kraeck n'avait pas été vue dans la ville ni aux environs depuis au moins une semaine et que la photo de la petite fille à la télé – celle qui avait été trouvée dans les marais – pouvait être l'une ou l'autre des petites Kraeck.

Et il y eut le jeune homme bègue – un trappeur des bords de la Black Snake – qui avait trouvé et sauvé l'enfant – interviewé à une dizaine de reprises par une chaîne locale, dont une fois sur la digue des marais où il avait conduit des adjoints du shérif pour leur montrer l'endroit précis où il avait trouvé la petite fille dans la boue – ainsi que la poupée en caoutchouc qu'il avait décrite, et qui était toujours là, au milieu d'un enchevêtrement de roseaux.

Et donc sur les écrans de télévision le spectacle choquant de cette poupée naufragée, nue et glabre, gisant là, dans les roseaux, comme une enfant abandonnée.

Les petites Kraeck s'appelaient Jewell et Jedina.

Il n'y avait pas de père ou pères connus. Il n'y eut personne pour venir réclamer la petite fille à l'hôpital de Carthage.

Ni l'une ni l'autre des petites filles n'étaient allées à l'école. Aucun acte de naissance, aucun document les concernant ne put être découvert dans les comtés de Herkimer et de Beechum, ni, plus tard, dans aucun des comtés de l'État de New York. Des voisins de Star Lake se portèrent caution de leur âge probable.

Quand après plusieurs semaines passées à l'hôpital la petite fille retrouverait finalement la faculté de parler – des murmures rauques d'abord, compréhensibles uniquement des infirmières qui lui étaient le plus attachées – elle dirait qu'elle était *Jewell*. Elle ne semblait pas connaître son nom de famille. Mais elle savait qu'elle n'était pas *Jedina*, mais *Jewell*.

De *Jedina*, elle ne parla pas. De *Jedina*, il fut impossible de la faire parler.

De sa mère non plus, on ne put la faire parler.

Si terriblement amaigrie, quasi morte. Et le crâne rasé, moucheté d'ecchymoses, de croûtes.

Soutenant cependant que oui elle était *Jewell*.

Ses yeux blessés clignaient dans son petit visage meurtri, apeurés mais pleins de résolution *Pas Jedina mais Jewell. Jewell. Jewell!*

De *Jedina* l'enfant ne semblait rien savoir. De *Jedina* l'enfant ne parlerait pas car les mots lui avaient été ôtés, et sa bouche avait été remplie de boue.

Et donc la petite fille survivante fut enregistrée sous le nom de *Jewell Kraeck*. On pensait que *Jewell Kraeck* était née en 1960 mais cela ne pouvait pas être officiel car aucun document officiel ne semblait exister.

Naturellement on se demanda ensuite où était l'autre sœur – celle qui s'appelait *Jedina*?

Et où était leur mère *Marit Kraeck*?

Les marais de la Black Snake furent fouillés par des secouristes. La campagne désolée du nord du comté de Beechum, collines de schiste disloqué, ruines rocheuses glaciaires, forêts de bouleaux aux arbres en partie effondrés, victimes d'on ne sait quel fléau mystérieux, exposant leurs racines difformes comme des doigts arthritiques – ces images apparaissaient fugitivement aux informations télévisées, parfois filmées d'un hélicoptère, dont l'ombre filait alors sur le sol comme celle d'un gigantesque oiseau prédateur.

Et il y avait *Suttis Coldham*, gauche, les bras en échalas, qui fixait la caméra en se léchant les lèvres tâchant de toutes ses forces de retenir un bégaiement comme s'il essayait de contenir un grand serpent onduleux logé dans son corps et disant – insistant – « Il y avait juste – cette seule petite fille dans la boue. Juste elle. S'il y en avait eu deux j'en aurais vu deux mais… *il n'y en avait qu'une.* »

Les habitants de Star Lake et des environs qui connaissaient Marit Kraeck – très vaguement, car Marit Kraeck évitait ses voisins et tous ceux qui lui posaient des questions, comme elle craignait et méprisait tous les gens associés au comté, à l'État ou à l'administration ou à un service de l'administration, qu'ils le soient oficiellement, réellement ou seulement dans son imagination – ces femmes – car c'étaient presque toutes des femmes – pensaient que le comté aurait dû faire davantage que de simples bons alimentaires pour cette pauvre mère et ses petites filles. À Sparta elle avait habité quelque temps à Lake Clear Junction et puis elle était arrivée à Star Lake avec un routier aux cheveux hérissés de dix ans plus âgé qui aimait rire et découvrait ses gencives humides quand il riait – un *ancien du Vietnam* à ce qu'il disait – *caporal* et il s'appelait *Toby* ou *Tyrell* – des « éclats d'obus » dans les jambes avait-il dit et une « plaque d'acier » dans la tête mais vu qu'il en faisait des plaisanteries on ne pouvait pas savoir si l'*ex-caporal* était sérieux ou pas et tous les deux buvaient sec et avaient habité une bicoque en dehors de la ville jusqu'à ce que l'*ex-caporal* disparaisse et alors Marit Kraeck était devenue excessivement religieuse – « dérangée » et « la tête qui ne tournait pas rond » – elle était d'abord allée dans plusieurs églises de la région et puis finalement seulement à l'église méthodiste – dimanche matin, service de prière du mercredi soir – et il y avait eu un incident dans cette église du fait de Marit Kraeck et le pasteur avait dû appeler le bureau du shérif pour s'occuper de cette femme qui le menaçait ou menaçait de se nuire en sa présence. Et puis Marit Kraeck avait été arrêtée pour conduite en état d'ébriété, ivresse sur la voie publique et résistance aux forces de l'ordre, condamnée à une peine de prison dans la maison de détention pour femmes et puis libérée en conditionnelle et ces quinze derniers mois elle avait habité une petite maison sordide à peine plus grande qu'une caisse d'emballage où une série d'hommes avait profité d'elle et finalement – de nouveau – l'*ex-caporal* Toby ou Tyrell le routier qui semblait s'être remis avec elle mais était vite reparti pour – la Floride? – et Marit Kraeck était partie avec lui.

Et les petites filles aussi, avait-on supposé. Parties avec les adultes en Floride.

Après la découverte de la petite fille censée être *Jewell*, et alors qu'on cherchait la petite fille censée être *Jedina*, on découvrit que dans le taudis où Marit Kraeck avait habité derrière la station d'essence Gulf presque chaque centimètre carré de mur était couvert d'images religieuses ou de crucifix – des crucifix en bois sculpté, en feuille d'or, en papier aluminium, en plastique scintillant, un crucifix de soixante-dix centimètres en dentelle blanche grossièrement crochetée – mais qu'il n'y avait pas de chauffage en dehors d'un poêle à bois bourré de cendres et de déchets et pas d'électricité et des bandes crasseuses de polyuréthane collées sur des fenêtres mal jointes, claquant au vent comme des lambeaux de peau.

Où que fût allée Marit Kraeck elle n'avait laissé aucune trace. Sa vieille Dodge cabossée avait également disparu. Et maintenant il y avait cet enfant à l'hôpital de Carthage et personne pour lui rendre visite ni s'occuper vraiment d'elle à part les Services familiaux du comté de Herkimer qui la placeraient dans une famille d'accueil de la région de Carthage.

Et donc la question qu'on se posait partout au printemps 1965 dans le sud-ouest des Adirondacks, État de New York était : *Où est passée la petite Jedina Kraeck ?*

Mudwoman tombée. Mudwoman relevée.
Mudwoman au temps de «Choc et Stupeur».

Mars 2003-avril 2003

Préparée! Elle l'était.
Dans son sommeil, encore en vie.

En silence, stupéfaite, elle tomba. Soudainement elle avait raté une marche. Si soudainement qu'elle n'eut pas le temps de prendre une inspiration, de crier. Non que crier – ou respirer – eût une quelconque utilité – car il n'y avait personne dans la grande maison obscure pour l'entendre.

Dans l'escalier elle tomba. Pas dans l'escalier principal mais dans celui du fond, un escalier en colimaçon aux marches abruptes qui avait été celui des domestiques à l'époque lointaine où des domestiques habitaient Charters House.

Se heurtant le côté de la tête contre les balustres de la rampe, et la bouche. Se heurtant l'épaule droite. Quelque chose de liquide et de brûlant lui éclaboussa les doigts, l'avant-bras droit tandis qu'elle tombait et continuait de tomber-glisser-rouler dans l'escalier qui était tapissé – mais d'un maigre tapis laissant à nu plusieurs centimètres de bois gris, hideux et dur – le côté de son crâne, ses deux coudes et le dessous de sa mâchoire heurtant les marches tour à tour *un-deux-trois* et un coup violent dans les côtes et malgré cela elle ne criait toujours pas, la respiration coupée par le choc jusqu'à ce que lui échappent enfin des grognements, des sanglots d'étonnement, de douleur, d'humiliation – *Seule – Seule – comme ça.*

Il était 1 h 06, le 22 mars 2003. Dans les premiers temps de l'invasion de l'Irak – les premiers temps de Choc et Stupeur.

Et après le suicide (manqué) d'Alexander Stirk.

Lors de ses apparitions publiques, la présidente de l'Université s'exprimait avec beaucoup de prudence, bien entendu. Elle ne discutait pas des affaires « sensibles » – (Stirk, par exemple) – et ne parlait pas ouvertement de politique. Quoiqu'on l'interrogeât sans cesse sur ces sujets, elle ne déclarait pas publiquement sa totale opposition au Président et à sa guerre. Depuis son entrée en fonctions, on l'avait mise en garde. Et elle avait appris. Un peu tard, elle avait appris : l'impulsivité/ impétuosité ne sont pas souhaitables chez un administrateur haut placé. L'emballement n'est pas souhaitable. Parler clairement, franchement – dire le fond de son cœur – n'est permis qu'à une personne privée, pas au représentant d'une institution. En conséquence, sa colère, son inquiétude, son désespoir face à la bêtise belliqueuse du gouvernement couvaient sous ses propos publics, optimistes et animés. Et sa fureur contre le cynisme avec lequel l'administration Bush exploitait la crainte d'« attaques terroristes » depuis le 11-Septembre – tout ce que ses parents quakers lui avaient appris à haïr et combattre. En conséquence, si elle faisait allusion à *Ces terribles nouvelles, cette nouvelle crise* c'était uniquement en privé, parmi des gens qui partageaient son point de vue.

Ou, avec plus d'audace, il lui arrivait de faire allusion à *Cette nouvelle guerre! Le glas de l'éducation...*

Peut-être – dans son discours devant l'Association des anciens élèves de Chicago, plus tôt ce jour-là – peut-être avait-elle prononcé ces mots. Mais pas du pupitre, seulement ensuite, en compagnie des gens qu'elle savait profondément *anti-guerre*.

Dans le pays, en ces premiers jours de l'invasion irakienne, l'hostilité entre *pro-guerre* et *anti-guerre* était farouche et irréconciliable.

Aussi farouche et irréconciliable qu'entre *pro-life* et *pro-choice*.

Sujet sur lequel il valait mieux que la présidente de l'Université ne s'exprime pas non plus ouvertement.

Et donc à Chicago, comme à Minneapolis – à Cleveland, à Colombus, à Milwaukee – à Seattle, à Portland – partout où il était du devoir de la présidente de s'adresser à des groupes d'anciens élèves de l'Université sur « L'université au XXIᵉ siècle : défis et perspectives » – comme elle le faisait souvent tout au long de l'année universitaire – M.R. parlait avec passion de tout ce qui avait trait à l'université et à l'éducation ; elle se montrait d'un optimisme inébranlable ; elle souriait souvent, bien entendu, peut-être même continuellement ; elle avait le visage douloureux à force de sourire ! – de même que, lors de la cérémonie de remise des diplômes, où elle serrait la main de chaque diplômé et de chaque parent de diplômé, elle avait la main douloureuse et gourde. *C'est mon rôle : apporter du bonheur à autrui. Si j'en ai la force !*

Elle se rappelait maintenant, avec une ombre de consternation – de honte – que sa voix avait tremblé au pupitre – mais elle avait continué à sourire et un observateur impartial n'aurait pu percevoir la moindre altération dans sa contenance. Personne ne lui avait posé de question d'ordre politique, toutes les questions concernaient l'Université et l'une d'entre elles – elle y était préparée, naturellement, elle savait devoir s'y attendre – avait porté sur Alexander Stirk : « L'Université est-elle responsable, selon vous ? »

La question n'était pas agressive, ni même provocatrice. C'était une question parfaitement naturelle, posée par un homme aimable d'un certain âge, un ancien élève et donateur de Chicago, qui avait fondé une chaire d'économie à l'Université, était en pourparlers avec le directeur des partenariats stratégiques et projetait de financer un programme complet d'économie statistique.

« Nous pensons qu'elle n'est pas responsable. »

M.R. parlait avec prudence. Sans sourire maintenant, parfaitement sérieuse, un pli vertical entre les sourcils.

« Leonard Lockhardt – notre conseiller juridique principal – pense que nous ne le sommes pas. Mais naturellement... c'est terrible, une... – M.R. s'interrompit, les mains crispées sur le bord inférieur du pupitre, invisibles au public, un grondement de glissement de terrain lointain dans les oreilles – ... une tragédie. »

Dans l'élégante salle à manger du Club universitaire, avec son haut plafond ornementé, son papier peint en soie et ses lustres de cristal (éteints, car sur les eaux moutonneuses du lac Michigan le ciel était d'un bleu si violent qu'aucun éclairage artificiel n'était nécessaire), dans un tintement de tasses de porcelaine et de cuillères à café, un remuement de vaisselle et de couverts emportés avec adresse par des serveurs en uniforme blanc formés à cette adresse – les syllabes *tragédie* résonnèrent étrangement, comme les syllabes d'un mot archaïque recouvert de toiles d'araignée.

Tragédie. Tra-gé-die.

« ... que personne n'aurait pu prévoir. »

En dépit de son air amical et de son affabilité, le gentleman se fit légèrement tranchant. Et ses traits, si caractéristiques du Midwest, évoquant les vieux gentlemen des peintures bucoliques de Norman Rockwell, prirent une soudaine dureté.

« Sauf que les journaux en parlent. Ces satanés médias – et le "cyberespace". Et dans cette espace-là, on ne publie pas de rectificatifs. »

Quelques rires coururent dans l'assemblée telles des ondes sur les eaux peu profondes d'un étang perdu. M.R. avait conscience de la crispation anormale de ses doigts sur le bord du pupitre et elle s'efforça de les détendre un par un.

Discrètement ensuite, la conversation fut détournée. Un autre invité leva la main pour poser une question à M.R., comme on lancerait une balle facile à un batteur handicapé.

Toujours terminer sur une note optimiste.

L'éducation est – (l'espoir, l'instrument ? la promesse ?) de l'avenir. L'éducation est – l'avenir.

Et l'éducation à l'Université – l'avant-garde de l'avenir.

Cette visite à Chicago, organisée par l'Association des anciens élèves du grand Chicago et le service de liaison de l'Université avait été un succès. Quatre-vingt-quatre anciens élèves d'âges très différents – promotion 1952 pour le plus âgé, 1998 pour le plus jeune – dont plus de deux tiers de donateurs fidèles – étaient venus au déjeuner du Club écouter la présidente Neukirchen et deux de ses associés – la vice-présidente de la vie étudiante, une jeune femme énergique aux cheveux flamboyants, et le vice-président au développement, qui avait l'air d'autorité et d'efficacité d'un chef scout de l'Ivy League. Lorsque M.R. regagna son siège à la table d'honneur, les bras croisés sur son cœur battant, elle cessa presque aussitôt d'écouter activement : son visage empourpré rayonnait encore, mais cet éclat s'éteignait.

J'ai tellement honte.

Je suis malade de honte.

Non… je suis triomphante. Je l'emporterai.

Il en était ainsi. En dépit d'Alexander Stirk, la présidente de l'Université avait triomphé. Plus ou moins.

L'Université était l'un de ces grands clippers d'antan, le *Cutty Stark* des universités – une création majestueuse d'une ère révolue, miraculeusement intacte, à qui des moteurs invisibles permettaient de traverser des tempêtes qui auraient fracassé des embarcations plus frêles.

Sur son emploi du temps, M.R. pouvait maintenant barrer *Chicago.*

Une flèche pointe en bas transperçant le cœur de *Chicago.*

Son assistante lui avait réservé un vol de retour à 15 h 40. Naturellement, le décalage et les retards aériens lui avaient fait perdre plus d'une heure.

De l'aéroport de Philadelphie à la demeure «historique» de la présidente, à la lisière du campus, une heure quarante de voiture.

Le chauffeur personnel de M.R. n'était plus Carlos, mais Evander, un jeune Noir d'une bonne humeur à toute épreuve. Il avait vingt-six ans et venait de «D.R.» – la République dominicaine – qu'il avait quittée tout enfant avec ses parents.

M.R. aimait beaucoup Evander qui bavardait comme un beau perroquet noir d'un mètre quatre-vingts sans attendre d'elle qu'elle l'écoute avec attention ni surtout qu'elle lui réponde. Bien sûr, Evander l'appelait «m'ame» – et de temps à autre, avec une gaucherie touchante, «m'dame Neukit'chen[1]» – mais M.R. était détendue en sa compagnie, car Evander n'avait

---

1. C'est-à-dire «Mme Nouvelle Cuisine», le nom *Neurkirchen* signifant, lui, «nouvelle église».

pas travaillé pour son prédécesseur et n'avait donc pas d'idée préconçue sur ce qu'un président d'université doit ou ne doit pas faire. Et elle aimait la coiffure d'Evander, ses épais cheveux noirs dont les étonnantes torsades serpentines se dressaient sur sa tête, comme graissés.

« Mon merveilleux chauffeur rasta. »

(Était-ce de la condescendance ? Était-ce raciste ?)

M.R. savait qu'Evander avait une femme jeune et des jumelles, Starr et Serena. Elle savait qu'Evander comptait suivre dans quelques années des études d'informatique à l'université de cycle court du comté de Hunterdon.

Si M.R. décidait de porter elle-même ses bagages ou de tirer sa valise à roulettes dans l'aéroport, Evander la regardait faire avec amusement et non, comme le sévère Carlos, avec désapprobation. C'était devenu une petite plaisanterie entre eux – Evander et ses longues jambes, son uniforme sombre de chauffeur, feignait d'être obligé de courir pour ne pas se laisser distancer par M.R. « Hé, m'ame, vous marchez *vite.* »

Il était rare à présent que M.R. voie Carlos Lopes. En semi-retraite, ne travaillant plus qu'à temps partiel, c'était le chauffeur de l'Université ayant le plus d'ancienneté et celui qu'on chargeait d'aller chercher les visiteurs importants à l'aéroport et de les voiturer durant leur séjour. Si Carlos était blessé d'avoir été remplacé par Evander, le Rasta – M.R. n'avait aucune raison de le savoir.

Oh ! mon Dieu ! Pourvu que je n'aie rien de cassé...

Et elle était seule dans la maison obscure : elle avait renvoyé son intendante de bonne heure.

Elle n'avait naturellement pas voulu que sa très sympathique intendante/cuisinière lui prépare un repas, alors qu'il lui était si facile de le faire elle-même si elle le souhaitait.

« Une soirée de solitude ! » La perspective était presque grisante. Elle était rentrée tard de Chicago, après la tombée de la nuit. Car lorsqu'on quitte le jour pour voler vers l'est, on vole vers la nuit. Et elle arrive vite, comme une éclipse.

Dès qu'elle avait quitté Chicago – dès qu'elle avait quitté le Club de l'université et ses hôtes merveilleux – dès qu'elle s'était affalée dans la limousine qui devait la conduire à l'aéroport, elle s'était sentie épuisée. Elle pouvait maintenant éteindre son sourire, comme une ampoule à haute intensité, relâcher son maintien de mannequin, comme on ôte sa main d'une marionnette chaussette. Elle pensa crûment – ou plutôt, cette pensée crue lui vint à l'esprit : *Combien d'argent avons-nous recueilli aujourd'hui à Chicago ?... Des millions ?*

Le courant était passé avec Machin Chose... Ainscott. Elle lui avait plu, elle l'avait constaté avec soulagement – des yeux bleus francs, les cheveux coupés ras comme ceux d'un marine et il passait pour peser plus de cent millions de dollars, qu'il avait gagnés grâce à... des *junk bonds* ? – des *hedge funds* ? – diplômé de l'université en 1959 – et s'il avait été opposé à la nomination d'une femme à la présidence, il avait été suffisamment gentleman pour soutenir M.R. Neukirchen dès qu'elle avait pris ses fonctions.

La revue des anciens élèves de l'Université avait reçu un flot de lettres de protestation dès que le nom de M.R. avait été annoncé par les médias. Et certaines de ces lettres étaient cruelles, tranchantes, ouvertement sexistes. M.R. avait tenu à les lire – toutes – et M.R. avait répondu personnellement à chacune d'elles – à la main.

Son équipe avait été stupéfaite. Jamais aucun président n'avait fait une chose pareille, mais M.R. avait conscience – (était-ce de la vanité ?) – de l'importance de sa présidence dans l'histoire de l'Université, et il était en son pouvoir de se définir à ses détracteurs, qu'elle ne supportait pas de considérer comme des *ennemis*.

C'était son instinct quaker. Silence, calme. Au cœur de la tempête, le calme. Frapper, même pour se défendre, c'est appeler un autre coup, et un autre encore. La folie de la guerre tient à ce qu'elle ne peut prendre fin naturellement que par l'annihilation d'un peuple entier. M.R. serait une Enfant de la Lumière, si elle était à la hauteur.

Mais en rentrant de Chicago, elle avait commis l'erreur de ne pas aller immédiatement se coucher. Ou, au moins, de se déshabiller, de s'étendre et de regarder la télévision – (il lui arrivait de regarder les émissions nocturnes – les parodies de journaux télévisés, qui avaient la faveur de ses étudiants, des rediffusions de documentaires PBS, de classiques du cinéma, de films étrangers – elle regardait jusqu'à ce que sa vue se brouille et que le sommeil arrive, rapide et délicieux comme une grande langue lapeuse). Au lieu de quoi, elle était allée à son bureau, et à son ordinateur – elle avait toujours une armée de courriels en souffrance, et maintenant, avec l'affaire Alexander Stirk...

À son intendante elle avait assuré ne pas avoir faim. Mais vers 1 heure du matin, elle avait été prise de fringale.

Depuis qu'elle était présidente, il était rare que M.R. dîne seule, plus rare encore qu'elle puisse se retirer dans son appartement privé de Charters House avant 21 heures. Elle aurait pu prévoir un rendez-vous pour ce soir-là – car la présidente avait de nombreuses obligations à venir – mais son assistante avait été catégorique – *Non !* Le déjeuner de Chicago suffisait amplement pour la journée.

Ils s'inquiétaient pour elle, elle le savait. Les membres de son équipe – ses fidèles partisans. Ils la protégeaient avec une loyauté farouche.

La pauvre M.R.! Elle prend les choses trop personnellement.
Que voulez-vous dire? Elle n'a encore fait aucun faux pas.
Ils la préservaient… c'était cela? Il devait y avoir eu quantité de coups de téléphone – de courriels adressés au Bureau du président de l'Université – que M.R. ne recevrait jamais. Et les «médias» – Internet, le cyberespace – le *cybercloaque* – où tournoyaient des informations sur Alexander Stirk.

À 0 h 50, à la fin d'une très longue journée, en jean et sweat-shirt, des chaussettes de laine aux pieds, M.R. avait descendu l'étroit escalier en spirale, devenu si familier au bout de neuf mois qu'elle aurait pu le descendre dans le noir. Et dans la haute cuisine lugubre, elle avait fouillé dans les placards pour trouver une boîte de soupe aux lentilles et au poulet qu'elle avait vidée dans un bol, mélangée à de l'eau et mise au micro-ondes. Et dans l'énorme réfrigérateur qui sentait légèrement le beurre rance, elle repéra plusieurs morceaux de fromage, les restes de fromages d'importation coûteux, servis lors d'une réception récente, et une miche de pain français légèrement rassis. Et dans un autre placard, un paquet de crackers légèrement rassis. Il y avait aussi une bouteille d'eau de Seltz, légèrement éventée. M.R. plaça l'ensemble sur un plateau pendant que la soupe tournait dans le micro-ondes. Elle aurait été incapable de dire pourquoi elle n'avait pas attendu cette fichue soupe, en fait elle l'avait peut-être – sûrement – oubliée; son cerveau bourdonnait sans trêve, comme une machine que son propriétaire a oublié d'éteindre en partant et qui chauffe inutilement; mais M.R. ne pensait pas à *ici et maintenant* mais à *là-bas et alors* : le souvenir vagabond d'une soirée passée avec son amant (secret) à Cambridge, des années auparavant, un jour où il était passée la voir – tard – et où ils avaient fait l'amour – plus exactement, étant donné l'énergie, l'enthousiasme et les prouesses physiques d'Andre Litovik dans ces occasions, où il avait fait l'amour à M.R. – et ensuite hébétés de faim ils s'étaient affairés dans la petite cuisine exiguë de M.R. et Andre avait improvisé un repas nocturne – œufs vaguement brouillés, pain pita – une bouteille de vin rouge – apportée par Andre, qui se risquait rarement chez M.R. sans se munir de son vin préféré...

M.R. sourit à ce souvenir. Et en se rappelant la façon dont Andre lui disait au revoir, et qui venait à bout de sa mélancolie

– *Hé. Je ne pars que pour pouvoir revenir.*

C'était vrai. Et puis, cela avait été moins vrai.

M.R. ne s'était pas tout à fait rendu compte du nombre de déplacements qu'elle aurait à faire en sa qualité de présidente. *Partir pour pouvoir revenir.*

Mais revenir à quoi... ici ? Une résidence temporaire – qui le resterait même si elle était présidente pendant dix ans ; son appartement privé, lui-même, avec son désordre confortable, n'était pas *à elle.*

À la fin de son mandat de présidente, alors. Elle se trouverait une résidence plus permanente. Avec Andre, peut-être.

Un court instant, il lui fallut réfléchir : où avait-elle été ce jour-là ? Bien sûr... Chicago. Décollage de Philadelphie de bon matin, et retour en début de soirée. La visite s'était « bien passée », mais l'avait tellement épuisée qu'elle semblait avoir eu lieu des jours plus tôt, de l'autre côté d'un abîme.

Sa prochaine rencontre avec des anciens élèves aurait lieu à Atlanta – elle prendrait l'avion lundi matin.

Ensuite, Gainesville et Miami.

Un pincement d'angoisse : la Floride était l'État natal de Stirk.

Jacksonville, la ville où habitaient ses parents.

« Oh ! pourquoi ne m'a-t-il pas trouvée... sympathique !

J'étais son amie. »

Dans la pièce qui était la chambre de M.R., elle avait posé le plateau sur une table. Il y avait des piles de livres sur cette table, des essais, des documents, son ordinateur portable. Pendant le trajet, la bouteille d'eau de Seltz s'était renversée, le contenu coulait sur le plateau, et maintenant sur la table, sur le sol ; avec maladresse M.R. épongea l'eau avec l'unique serviette en papier qu'elle avait apportée. Ces maladresses, ces incidents devenaient de plus en plus fréquents depuis quelque temps. Alors que, grande perche d'adolescente, elle avait été une sportive étonnamment bien coordonnée – basket, volley, hockey sur gazon – maintenant, à la quarantaine, elle semblait sans cesse renverser, laisser tomber ou se cogner à des objets – lors d'un dîner semi-officiel, l'année précédente, tendant le bras par-dessus la table avec son impulsivité habituelle pour serrer la main d'un invité, elle avait frôlé la flamme d'une bougie de si près que ses cheveux avaient failli s'enflammer – émoi général ! – un autre invité avait aussitôt tapoté ses cheveux de ses deux mains pour éteindre les étincelles ; ils avaient tout de même roussi en dégageant une odeur de brûlé ; un incident si ridicule et si embarrassant que M.R. avait ri ; mais certains invités s'étaient inquiétés pour elle – « Il n'y a pas vraiment de quoi rire, vous auriez pu être gravement brûlée » – comme pour un grand enfant qui s'est blessé sans le vouloir.

Un incident qui entrerait dans la légende, supposait M.R. Dans les milieux très fermés où on la connaissait.

Quand elle était seule, M.R. se réfugiait dans cette pièce. Y prendre ses repas n'était pas une très bonne idée – elle ne s'était pas résolue à y installer une table qui lui aurait permis de manger confortablement ou, en tout cas, correctement ; car tout lui paraissait *temporaire*, ici ; et tout ce qui était *purement personnel* semblait sans importance. Dans sa volonté de paraître

– d'être – altruiste, M.R. tirait une vanité un peu puérile du fait – car oui, c'était un fait – reflété dans le regard admiratif de son équipe – que non seulement son confort personnel lui importait peu, mais qu'elle en avait à peine conscience.

Quoique habitant l'une des plus belles demeures anciennes de tout le New Jersey, elle n'éprouvait pas la moindre envie de manger seule dans l'immense salle à manger ni dans la cuisine sépulcrale; moins fréquemment qu'elle ne l'avait envisagé, il lui arrivait cependant d'inviter des amis proches à dîner – en «début de soirée» – ce qui voulait dire que ses invités auraient à partir vers 21 h 30; si elle avait eu une imagination plus exubérante et si elle en avait eu davantage le goût, elle aurait pu faire du feu dans la cheminée de la bibliothèque et prendre ses repas dans cette pièce, même sur un simple plateau; elle aurait pu lire en mangeant; un de ses vieux plaisirs, auquel elle avait presque entièrement renoncé; son amant (secret) lisait toujours en mangeant, parfois même quand elle était avec lui; il avait prétendu que sa femme et lui ne partageaient plus que rarement leurs repas et que, quand cela leur arrivait, Erika allumait généralement la télévision; mais quand M.R. était seule, elle prenait souvent un repas hâtif, elle mangeait souvent – ou tentait de le faire – devant son ordinateur, en feuilletant des essais, en prenant des notes.

Cet accident terrible qui était arrivé Stirk. Qu'il s'était infligé à lui-même.

Il ne s'en remettrait jamais. Il était dans le coma, paralysé. Ce terme atroce : «mort cérébrale».

Il ne pouvait pas respirer par lui-même – une machine respirerait pour lui *à perpétuité*. Car ses parents étaient des catholiques dévots qui ne demanderaient jamais aux médecins d'Alexander Stirk l'arrêt des traitements.

Il faut s'en féliciter, avait dit Leonard Lockhardt, avec un sourire peiné. S'il meurt, nous passons de la «négligence criminelle» à l'«homicide délictuel».

À quoi bon penser à cela! M.R. défaillait, de faim, d'angoisse – «Il faut que je mange.»

Elle avait oublié quelque chose – en bas, dans la cuisine – quoi donc? – ah oui, dans le micro-ondes – un bol de soupe.

Rapidement elle descendit l'escalier, en chaussettes parce qu'elle avait retiré ses chaussures trop étroites dès qu'elle était rentrée pour enfiler ces chaussettes glissantes qui étaient en fait des chaussettes de randonnée qu'Andre lui avait achetées chez L.L. Bean à l'époque où ils randonnaient ensemble – pas souvent, mais de temps en temps. Et dans la cuisine – si déprimante! – purement fonctionnelle, une cuisine d'hôtel, une barre aimantée de grands couteaux acérés à l'aspect sinistre au-dessus du plan travail, un énorme réfrigérateur-congélateur, une cuisinière en acier à dix ou douze feux – un lieu équipé pour la préparation de grandes quantités de nourriture – et là, le micro-ondes, qui s'était éteint de lui-même. Une odeur de soupe chaude – de soupe chaude aux lentilles et au poulet – la fit défaillir de faim.

Sauf que : quelque chose n'allait pas... non?

M.R. remarqua avec contrariété qu'une fois de plus – au bout du couloir, au-delà de l'office – la porte du sous-sol semblait entrebâillée.

L'un des membres du personnel avait dû la laisser ouverte. M.R. alla la fermer, solidement.

Cette légère odeur d'humidité et de froid – si reconnaissable.

M.R. ne s'était aventurée qu'une fois dans le sous-sol de Charters House et n'avait aucune envie d'y retourner. Elle était descendue dans un labyrinthe souterrain d'odeurs humides, un béton granuleux, des meubles exilés et mélancoliques, drapés de linceuls, et au fond de la buanderie, un évier profond, antique, aux robinets corrodés, qui semblait sortir d'un abattoir et gardait, si imperceptiblement que ce fût, l'odeur de sa fonction première. Elle avait été submergée par un sentiment d'horreur – et de compassion pour le personnel de Charters House qui, au cours des siècles, telle une interminable procession de l'Hades, avait dû travailler dans de pareilles conditions, pour un salaire misérable.

Dans cette immense maison, il y avait des pièces au deuxième étage – des « chambres d'amis », disait-on vaguement – que M.R. n'avait pas encore visitées et n'était pas pressée de voir.

Enfant, peut-être – elle aurait eu cette curiosité. Rôder dans les habitations des adultes : la maison des Skedd – le « foyer d'accueil » – où la petite Jewell avait eu un lit, ou plutôt une couchette, dans une rangée de trois couchettes pour trois petites filles, au premier étage.

Mais Jewell n'était jamais descendue au sous-sol. À la « cave », disait-on.

Elle ne le pensait pas. Certains des autres enfants, les plus âgés, peut-être. Mais pas Jewell.

Des épines dans la gorge, que l'enfant avait dû avaler. Juste la pointe brisée des épines, qui égratignaient l'intérieur de sa gorge. Et la boue – la boue noire, qui l'avait étouffée. Cela empêcherait Jewell d'appeler à l'aide si elle avait jamais besoin d'appeler à l'aide, par conséquent il y avait peu de risques que Jewell s'aventure volontairement dans les parties interdites de la maison des Skedd.

Et ici, à Charters House, M.R. avait dit à Mildred n'avoir aucune envie de s'aventurer dans la cave – comme si elle n'y était pas déjà allée ; et l'intendante avait répondu doucement que l'endroit n'était pas si terrible, une fois qu'on s'y était habitué, on y faisait encore la lessive, le tri des vêtements et le repassage, mis à part les chaudières et les chauffe-eau, cela servait surtout de débarras – vieux meubles, porcelaines, cartons et caisses que personne n'avait ouverts depuis des dizaines d'années – ou davantage.

«Très peu pour moi... je déteste les sous-sols!» avait dit M.R., avec un frisson.

Elle avait si souvent un ton exclamatif, dans cette période de sa vie, elle accompagnait si souvent ses phrases d'un sourire! Lorsqu'elle n'était pas M.R. Neukirchen parlant avec sérieux et profondeur, elle ressemblait à une actrice de comédie musicale – de celles qui vous font sourire avec indulgence, Ethel Merman par exemple.

Mildred avait ri, comme si M.R. avait bel et bien dit quelque chose d'amusant.

«Ma foi... tout le monde ne peut pas éviter les sous-sols, madame.»

Si c'était un reproche, il était plein de tact.

Car M.R. ne vivait pas dans une maison, elle *résidait dans une demeure* – la différence aurait dû être claire.

Ce fut à ce moment-là que M.R. commit une erreur tactique. Distraite par ces pensées, M.R. commit une erreur presque fatale.

Après coup, elle serait incapable de comprendre pourquoi elle avait eu un comportement aussi irrationnel – pourquoi, en retirant le bol de soupe brûlant du micro-ondes, elle ne l'avait pas placé sur un autre plateau pour l'emporter au premier. Ce n'étaient pourtant pas les plateaux qui manquaient! Et personne n'était là pour la taxer de frivolité!

Et cependant – les mains tremblantes parce qu'elle mourait de faim – M.R. choisit d'emporter le bol tel quel, le prenant – fermement, pensait-elle – non avec les maniques les plus épaisses, qui lui avaient paru malcommodes – mais avec les plus fines ; bien que se rendant compte presque aussitôt que le bol était trop chaud, et les maniques trop fines pour lui éviter de se brûler les doigts, elle s'obstina, ne rebroussa pas chemin (elle n'était pas du genre à faire des histoires ! on pouvait compter sur elle pour ne pas faire d'histoires comme les autres enfants) – et dans l'escalier, tenant le bol de soupe brûlant entre ses mains (à peine protégées), elle poussa un petit cri de consternation, d'écœurement, d'étonnement et de douleur quand le bol lui échappa – elle se brûlait les doigts, elle ne pouvait faire autrement que de le lâcher – *Oh oh oh oh* – après ce cri, qui jaillit de sa gorge comme celui d'un petit oiseau qu'on met à mort, qui n'a qu'un instant pour crier avant d'être mis à mort, M.R. devint muette – sa gorge se ferma – en silence, stupéfaite, elle rata une marche, elle tomba, tomba durement, gauchement et bêtement, transpercée de douleurs violentes – car elle s'était cogné la tête contre les balustres de la rampe, et la bouche – le dessous de son menton et sa bouche ouverte heurtant les marches – plusieurs marches d'affilée – et voici maintenant qu'un liquide brûlant coulait sur ses doigts, ses poignets – un choc violent comme un coup de pied dans les côtes et ses jambes soudain inutiles se dérobant sous elle si bien qu'elle continua à tomber, à glisser de marche en marche et à tomber – inexorablement, absurdement – s'étalant dans l'escalier tire-bouchonné, incapable d'émettre un son, incapable de crier à l'aide – pensant avec désespoir *Ça va, je ne suis pas… gravement blessée.*

Quand quelque chose s'abat aussi soudainement sur vous, on a un sentiment d'incrédulité, presque une conviction.

Ce qui *est arrivé n'a pas pu arriver.*

L'enfant gisant dans la boue. Mudgirl, jetée dans la boue, comme la petite poupée de boue, nue et miteuse.

Ce qui *est arrivé ne pouvait pas ne pas arriver.*

En philosophie, des contre-mondes sont nés pour tenir compte des possibilités imaginées mais non vécues de ce monde-ci. Elle avait écrit sur ces mondes. Ses collègues avaient écrit sur ces mondes. Pas un seul d'entre eux ne croyait à ces mondes, «réels» mais pas «actuels» – ou «actuels» mais pas «réels»

Il y a des sujets que la philosophie ne peut aborder. Il y a des sujets si nus, si exposés – les battements fous du cœur, qu'aucun mot ne peut emprisonner.

Elle resta allongée sur les marches sans oser bouger. Chercha à reprendre son souffle. Son cœur était un cerf-volant accroché à la cime des arbres, battant et claquant au vent. Et ses os – ses jambes, ses bras – avait-elle des os cassés? Sa tête avait cogné – durement – contre les balustres de la rampe.

«Je n'ai pas "perdu connaissance". J'en suis sûre.»

Elle donnait des explications à quelqu'un : un médecin. Son visage était jeune et indistinct, comme incomplètement formé. Cet inconnu hautain allait décider de son état neurologique en braquant un mince pinceau de lumière sur ses yeux sans défense.

Il déciderait de son état spirituel en braquant un mince pinceau de lumière sur ses yeux.

Si la pupille de l'œil ne réagissait pas – cela indiquerait des lésions neurologiques.

Les lésions spirituelles seraient plus difficiles à déceler.

Elle était certaine de ne pas avoir été *commotionnée.* C'était capital.

Ce garçon – Stirk – avait été *commotionné.* C'est-à-dire qu'il avait perdu connaissance à la suite d'un ou de plusieurs coups à la tête. Et c'était capital.

Tu n'as rien, Meredith! Compte jusqu'à soixante et puis… lève-toi! Comme si rien ne s'était passé.

Voilà ce que conseillait Agatha. Agatha qui ne supportait pas l'apitoiement sur soi-même, les pleurnicheries, et le mal. M.R. commença à compter. Mais les chiffres se confondirent vite avec les battements affolés de son cœur, avec la pulsation du sang dans ses oreilles, qui lui faisait peur parce que c'était le signe d'une tension élevée, des coups de boutoir contre une fine membrane qui risquait d'éclater.

Il fallait qu'elle aille voir un médecin. Elle avait été si occupée qu'elle avait plusieurs fois reporté sa visite annuelle. L'ignominie et l'inconfort physique de l'examen gynécologique – pendant lequel M.R. tenait à soutenir une conversation animée et stoïque avec la très sympathique gynécologue.

Pas le temps! Pas le temps! Pas de temps à consacrer à son petit *moi*.

Personne n'aime les enfants faibles et demandeurs. Personne n'aime les enfants sans grâce, faibles et demandeurs.

Chez les Skedd, elle avait su : qui aurait bien pu aimer Mudgirl? Seul un Ange du Seigneur pouvait la sauver.

Autour d'elle, sur les marches, la soupe gouttait toujours! Ce qui avait eu une odeur délicieuse dans la cuisine ne sentait plus que... mauvais.

Sa faim, sa faim dévorante, s'était entièrement évanouie. L'adrénaline courait dans ses veines comme un courant électrique. Quelle bêtise d'avoir sorti un bol bouillant du micro-ondes en s'imaginant pouvoir le monter au premier sans protection adéquate – maintenant, Mildred allait découvrir les taches sur le tapis.

La rusée Mildred devinerait ce qui s'était passé pendant la nuit. Sans son personnel – domestique, administratif – M.R. Neukirchen était aussi démunie qu'un enfant.

Mais voilà qui était une nouvelle surprise, un choc : du sang. Elle... saignait?

Avec stupéfaction M.R. palpa son visage endolori et ses doigts se tachèrent de sang – ce que cela avait de si inattendu, elle n'aurait su le dire. Mais elle le ressentit comme un nouveau reproche, une menace pour son bien-être précaire. Car apparemment M.R. ne saignait pas seulement de la bouche, écorchée par ses dents, mais aussi d'une coupure au front.

Les blessures à la tête saignent parfois abondamment. Des capillaires juste sous la surface de la peau (mince, vulnérable). Oh! Mildred allait voir ces preuves!

Lève-toi! Debout! Une serviette pour arrêter les saignements – des serviettes en papier. Personne ne saura.

M.R. se gourmandait, car elle était furieuse contre elle-même.

Elle le gourmandait, lui!

Il avait tenté de se pendre, hein? Tenté et échoué.

Après sa fausse histoire d'agression, qui allait encore le croire?

Les mesures désespérées sont le fait de gens désespérés. *Elle* n'était pas désespérée, elle n'avait jamais souhaité se nuire.

Quand d'autres souhaitent nous nuire, nous n'avons guère besoin de le faire nous-mêmes.

Peut-être était-ce son intense sentiment de culpabilité qui l'avait finalement entraînée à se nuire. Car elle était responsable de ce garçon, ou l'avait été. Et elle n'avait pas été à la hauteur.

«Ce ne peut pas être ma faute. Il n'est pas… ma faute.»

Malgré tout, sa voix manquait d'assurance.

Il en était forcément ainsi: ce garçon avait des parents, un père. Il était apparu que ce père avait parlé durement à son fils, et à plusieurs reprises, après la prétendue agression. Car, dès le départ, M. Stirk n'avait guère cru aux accusations de harcèlement et d'agression portées par son fils.

M. Stirk avait été beaucoup moins compatissant que la présidente de l'Université, en fait.

À en croire les rumeurs, du moins. M.R. répugnait à les écouter. Vous en arriviez à souhaiter croire le pire pour vous décharger de votre responsabilité.

Tremblant sous l'effort, M.R. chercha à se relever – ce corps soudain lourd, aussi dépourvu de grâce qu'un sac de tourbe – et finit par y parvenir, haletante. Un avant-goût de la vieillesse – du grand âge – cette terrible pesanteur d'être.

« Oh! Oh, mon Dieu. »

Elle gémissait de douleur et de honte. Elle avait oublié que son visage saignait, et voici qu'un sang frais souillait à nouveau ses doigts. La porte de la cave y était pour quelque chose – elle avait été laissée entrouverte, une fois encore. Impossible de penser qu'on la laissait entrouverte pour la contrarier, c'était un raisonnement absurde.

Son sweatshirt, son jean et même ses chaussettes de laine sentaient la soupe – puaient la soupe. Quelle odeur écœurante! Jamais plus elle ne pourrait supporter l'odeur de la soupe aux lentilles et au poulet, l'idée seule lui donnait la nausée.

Étrange que son visage saigne encore. Plus sérieusement qu'elle n'avait souhaité le croire. Pas la blessure à la bouche, à l'intérieur de sa lèvre (qui enflait déjà), mais la blessure à la tête. Mon Dieu... si des points de suture étaient nécessaires!

Andre saurait quoi faire. Andre Litovik, maître des urgences.

Particulièrement doué pour affronter les urgences qu'il avait lui-même provoquées.

Dans la vie quotidienne, Andre tergiversait, dérivait comme dans un canoë dépourvu de pagaies. Dans les accélérations de la vie quotidienne, il devenait soudain énergique, capable.

Ce n'était pas la faute de la vie quotidienne, concédait-il, si elle n'était pas assez cohérente et prévisible pour un esprit scientifique comme le sien, mais malgré tout il avait fui cette quotidienneté dans le froid des espaces interstellaires.

Il consolerait M.R. : *Ne dramatise pas!*

Il avait consolé M.R. bien des fois. Souvent pour le mal qu'il lui avait fait, toujours par inadvertance.

Il insisterait sur l'avantage qu'il y a à vivre seul : personne ne sait quels êtres diminués et ridicules nous sommes quand nous sommes seuls.

Personne ne connaît notre désespoir. Quand nous sommes seuls.

À distance, nous paraissons tous équilibrés. Quand notre *apparence* a pris le pas sur notre *être*.

Et cependant : si M.R. avait été sérieusement blessée, une fracture au crâne par exemple, personne ne l'aurait su avant le matin.

Si elle s'était rompu le cou. Le dos. Si – simple supposition – elle était *morte*.

Et quel émoi, alors! Quel remue-ménage!

Si elle avait été gravement blessée, il lui aurait fallu ramper – se traîner – jusqu'au rez-de-chaussée, jusqu'à la cuisine, pour appeler le 911.

Dans la cuisine, décrocher le téléphone mural. Combien de secondes de douleur atroce avant d'atteindre le combiné de plastique sur le mur? Et si elle avait réussi à obtenir le 911 – une ambulance aurait fait irruption dans l'allée de Charters House, gyrophare tournoyant, et sa sirène hurlante aurait alerté tout le voisinage – quelle honte!

Elle est tombée dans l'escalier? Neukirchen? Ivre?

Non… pire.

Pire?

Elle perd la boule.

Debout, M.R. s'appuyait de tout son poids contre la rampe, qui lui semblait maintenant branlante, chancelante. Son front continuait à saigner, elle l'essuyait avec la manche de son sweatshirt. Ses côtes la faisaient souffrir, la douleur engourdissait sa cheville droite, sa tête, ses mâchoires, sa bouche – le sang cognait furieusement dans ses oreilles – son cœur battait toujours vite et irrégulièrement – le cerf-volant bousculé par le vent, pris dans les branches d'un arbre. Mais elle reprendrait le contrôle d'elle-même, comme on se ressaisit d'un volant qui vous échappe – *Tu as été épargnée cette fois-ci. Tu survivras !*

Au bas de l'escalier en spirale, agrippant toujours la rampe, M.R. prit une inspiration profonde – prudente – avant de retourner dans la cuisine, où elle presserait des serviettes en papier sur son visage en sang – tâcherait de se laver dans l'évier – l'eau froide arrêterait peut-être les saignements et combattrait la tuméfaction – car, déjà, sa bouche enflait comme si une vipère l'avait mordue. Aussi déterminée qu'Agatha, qui soutenait que si *on trouve la Lumière en soi*, on triomphe de la confusion, de l'ignorance et du mal. *Bien sûr que tu n'as rien. Sans cela tu n'aurais pas été épargnée* alors même que, comme pour la railler, une brume noire vertigineuse se formait devant ses yeux et elle vit avec horreur – aussi nettement que s'il se tenait devant elle, comme il s'était tenu devant elle, appuyé sur sa béquille, dans son bureau – le garçon aux yeux tragiques – le garçon à la langue rose visant le cœur de M.R.

Vous n'avez pas quoi…, madame la présidente ? Levé la main sur moi ?

Il n'était pas mort. Bien qu'il eût essayé de mourir.

D'une mort terrible.

Par désespoir, par honte – par rancune. De la rancune, ce désir de confondre ses ennemis. Et ses parents, peut-être.

Pendant la folle semaine qui avait suivi sa prétendue agression par une bande d'étudiants sur le campus de l'université, Alexander Stirk avait été interviewé par des chaînes d'informations câblées – l'«affaire Stirk» avait rayonné sur l'Internet comme une matière radioactive – dans chacun de ses numéros le journal universitaire avait consacré une bonne partie de sa une à l'«affaire Stirk», avec l'hystérie à peine contenue d'un tabloïd. Quand Stirk avait reconnu s'être mensongèrement prétendu victime de harcèlements dans son lycée privé, quelques années auparavant – un aveu fait à la police municipale trois jours après son agression supposée – ses partisans avaient été consternés, et ses détracteurs ravis ; la police s'était refusée à toute déclaration publique sur l'affaire, mais on avait vite su qu'elle enquêtait maintenant essentiellement sur Alexander Stirk lui-même.

La plupart des commentateurs conservateurs, qui le soutenaient afin de fustiger l'Université progressiste, le renièrent aussitôt publiquement ; dans le journal universitaire, ses amis étudiants des YAF dirent se sentir «trahis» et «écœurés» ; ses professeurs, dont Oliver Kroll, se refusèrent à tout commentaire ou se contentèrent de déclarer brièvement «réserver leur jugement» et attendre la conclusion de l'enquête.

Avec entêtement, Alexander Stirk n'en avait pas moins continué à affirmer qu'il avait été agressé exactement comme il l'avait décrit ; s'il était vrai qu'il avait menti concernant les harcèlements précédents, *il ne mentait pas cette fois-ci*. Comme M.R. l'avait appris par l'un de ses assistants, il prétendait en outre que les étudiants qui l'avaient agressé étaient au courant de cet incident et avaient agi en estimant cyniquement pouvoir lui faire «n'importe quoi» – «en toute impunité» – puisque personne ne le croirait.

Maintenant n'importe qui pourrait s'en prendre à lui. C'était une observation que M.R. s'était faite, elle aussi.

Cette allégation était cependant téméraire et provocante de la part d'Alexander Stirk. On en arrivait presque à admirer son toupet. Car ce garçon de vingt ans comprenait – ce que M.R. ne pouvait même se permettre d'envisager – qu'à l'ère de l'Internet, à une époque où l'emploi de la force brutale contre un quasi-«ennemi» était présenté à un public crédule comme un événement médiatique, baptisé *Choc et Stupeur* tel un blockbuster hollywoodien – l'important n'était pas ce qui s'était *réellement passé*, mais ce que l'on pouvait faire *croire s'être passé* à un nombre assez considérable de personnes.

Dans les sondages, les citoyens américains évaluaient les mérites de la nouvelle guerre excitante en Irak, et de la guerre plus ancienne et moins excitante en Afghanistan. Dans les sondages, il semblait établi que les États-Unis combattaient les forces terroristes – les individus mêmes – impliqués dans la catastrophe du 11-Septembre. Que ce fût ou non *un fait historique* importait peu, pourvu que la majorité des citoyens américains le croie.

Stirk lui avait menti – il l'avait regardée dans les yeux et avait menti. Et elle avait voulu le croire. Car c'était à son propre pouvoir de persuasion – à cette lumière intérieure qui était le moi le plus profond de M.R. – qu'elle voulait croire.

À l'Université, l'affaire Alexander Stirk était de la compétence du doyen des étudiants de premier cycle, du directeur de la sécurité du campus, du directeur des services d'orientation et de consultation psychologique et du conseiller juridique. Tous s'étaient dits fermement convaincus qu'il fallait écarter

Alexander Stirk de l'Université pour une période indéterminée dans l'attente des résultats de l'enquête – sa présence dans la résidence de Harrow Hall était une distraction pour les autres étudiants, et un poids pour l'Université, qui devait assurer sa « sécurité » quand il s'aventurait hors de sa chambre ; il avait cessé d'assister aux cours ; il ne semblait pas remis de ses blessures, mais refusait tout nouveau traitement. Il refusait aussi de « battre en retraite » – d'être « banni » – quand on l'interviewait, il déclarait rester dans le « bastion de l'ennemi pour faire triompher la justice ».

Après leur face à face embarrassant dans son bureau de Salvager Hall – (dont des détails choisis avaient été répandus dans le cyberspace comme des spores malins) – M.R. avait gardé une réserve digne. La présidente de l'Université était stoïque et impassible. Elle s'abstenait de tout commentaire, même en privé ; elle n'avait pas besoin des conseils du conseiller juridique pour se taire. Même avec Leonard Lockhardt, dans l'intimité de son bureau, elle se montrait réticente, prudente ; même à Leonard, qui pensait, comme presque tout le monde à présent, que l'agression était un canular, et Stirk un menteur éhonté, M.R. disait : « Oui, mais nous ne pouvons pas affirmer *savoir*. Même maintenant. Nous devons attendre la conclusion de l'enquête. »

Cela, c'était un mercredi soir. Le lendemain matin, Alexander Stirk reconnut brusquement, lors de l'un de ses nombreux entretiens avec la police municipale, que oui, il avait un peu « exagéré » l'agression.

En réalité, avoua-t-il, il avait été « agressé « verbalement, méchamment » par des étudiants à de nombreuses reprises au cours de l'année, et chaque fois de façon plus « menaçante » – jusqu'à ce fameux soir où des « ennemis homophobes des YAF » l'avaient coincé sur le campus en lui criant des injures telles que «Crève, pédé!». Il s'était enfui sous les quolibets et, une fois seul, «quelque chose avait cassé» – sans savoir ce qu'il faisait, il s'était mis à se frapper la tête contre un mur – il s'était blessé comme, au fond de leur cœur, ses ennemis avaient voulu le blesser... En même temps que cet aveu, Stirk retira sa plainte, mais en raison de cet aveu, il s'exposait à être arrêté par la police pour dépôt de plainte abusive; de plus, l'Université décida alors que son cas serait soumis à la commission disciplinaire et que, dans l'intervalle, il devait quitter le campus – dont il était maintenant «exclu». Ses parents firent le voyage, dans l'intention de le ramener chez lui à Jacksonville, car Stirk avait enfin consenti à libérer sa chambre, à quitter l'Université; mais quand, après avoir passé plusieurs heures avec leur fils dans sa résidence de Harrow Hall, ils avaient regagné l'hôtel où ils étaient descendus, Stirk avait tenté de se pendre, à la hâte et naïvement – il avait jeté une corde en nylon par-dessus la porte d'un placard, attaché une extrémité au bouton de porte et fait un nœud coulant à l'autre bout, mais il avait mal calculé la longueur de la corde; lorsqu'il avait renversé la chaise, il n'était tombé ni assez lourdement ni d'assez haut pour se briser le cou, ou même pour s'étrangler – le bout de ses orteils touchait le sol; on estimait que Stirk avait dû souffrir horriblement de longues minutes avant de perdre connaissance. Sur son lecteur de CD, l'*Hymne à la joie* extatique et strident de Beethoven était passé en boucle toute la nuit.

Le temps qu'on lui porte secours, de bonne heure le lendemain matin – ses parents, affolés de ne pas obtenir de réponse, avaient insisté pour que les agents de sécurité enfoncent la porte – le cerveau de Stirk avait été privé d'oxygène si longtemps qu'il avait subi des dommages irréparables.

Son dernier courriel, envoyé à un nombre considérable de destinataires, tenait en deux lignes :

À MOI LA VENGEANCE DIT LE SEIGNEUR
LA JUSTICE TRIOMPHERA

Elle n'avait rien, bien sûr. Elle, elle persévérerait.

Le garçon – Stirk – était sous assistance respiratoire à l'hôpital de la faculté de médecine de l'université de Pennsylvanie. Son état ne pouvait que se détériorer, lentement ou brutalement.

Il y aurait des poursuites judiciaires – inévitablement. L'Université avait été prévenue.

Des jours avaient passé depuis – près de deux semaines. Depuis que M.R. avait été informée de la tentative de suicide de Stirk par un appel matinal du directeur de la sécurité.

Il avait tenté de se suicider! De se pendre! Et ses parents l'avaient trouvé...

Elle avait été anéantie. Comme il devait être désespéré, sous ses airs bravaches! Et comme il avait dû souffrir!

Et maintenant, ses parents. La souffrance n'était pas près de prendre fin.

Peu après, Leonard Lockhardt était venu s'entretenir en privé avec M.R. dans son bureau. Déjà, le téléphone ne cessait de sonner, les médias exigeaient des interviews, l'équipe de la présidente, sombre et désemparée, était sur les dents. L'avocat de l'Université semblait s'être vêtu à la hâte – rasé à la hâte – une ombre de barbe luisait sous sa longue mâchoire. Lockhardt tremblait d'indignation, il vitupéra contre le dernier méfait de ce «misérable garçon» – le «tapage cauchemardesque» qui allait en résulter – «Dire qu'il a tenté de se suicider dans Harrow Hall! C'est la première fois qu'une chose pareille arrive à Harrow Hall.»

John Harrow, à qui la vieille résidence de pierre devait son nom, avait été un patriote et un conseiller de confiance du général George Washington pendant la guerre d'Indépendance. M.R. s'attendait que Lockhardt y fasse allusion – mais il poursuivit, l'air outré : « Le pire scandale qu'ait connu l'Université en plus de deux cents ans.

– Ce n'est pas un "scandale", Leonard… C'est une tragédie.

– Une tragédie pour qui ? Le garçon ? Ses parents ? *Nous* ? »

Il parlait avec dureté. Son visage patricien était crispé de dégoût – M.R. se demanda si c'était son antipathie pour elle que le courtois Lockhardt ne se donnait plus la peine de dissimuler.

« C'est la faute des Admissions ! Comment ce jeune homme perturbé, malade, manipulateur, a-t-il pu passer au travers ! C'est nous qui devrions porter plainte contre son lycée privé – ils ont effacé l'incident de son dossier. Et ses lettres de recommandation – des mensonges ! J'ai essayé de vous mettre en garde, Meredith – nous aurions dû nous arranger pour nous débarrasser de Stirk dès qu'il a avoué avoir inventé son histoire à la police. Nous aurions dû le renvoyer immédiatement, avant qu'il ne s'en prenne à lui-même ou à des innocents – en fait, il aurait pu vous agresser, dans ce bureau même. »

L'affaire Stirk avait épuisé Leonard Lockhardt, et semblait lui avoir épaissi l'esprit. Tandis qu'il tempêtait, M.R. pressait le bout de ses doigts contre ses tempes, détestant avoir à entendre ce qu'il disait. Il avait raison, naturellement – Leonard Lockhardt avait toujours raison. Ses conseils de bon sens, ses excellents avis juridiques, M.R. les avait délibérément ignorés – elle ne savait pas exactement pourquoi.

Pourquoi, étant donné l'insolence de Stirk – son irrespect.

Pourquoi, alors que Stirk la considérait si manifestement comme une ennemie.

Avant de quitter le bureau de M.R., Lockhardt dit, comme en passant, mais avec son air méprisant, qu'il envisageait de prendre sa retraite.

Pas immédiatement, se hâta-t-il d'ajouter. Il n'abandonnerait pas l'Université avant que l'affaire Stirk ne soit réglée – le procès – mais assez rapidement ensuite.

M.R. eut l'impression d'avoir été frappée – un coup de pied dans le ventre, moins douloureux qu'elle n'aurait pu s'y attendre.

« Prendre votre retraite ! Ce sera la fin d'une époque. »

Si Lockhardt s'était attendu à des protestations, il dut être déçu. Car M.R. avait pris un air résigné, une résignation surprise-stoïque-souriante – M.R. ne comptait absolument pas protester.

Ils se serrèrent la main. Un geste habituel entre eux. Mais la main de Lockhardt était bien froide, ce matin-là, elle manquait singulièrement de force ! D'ordinaire, on se raidissait avant de serrer la main de Leonard Lockhardt.

« Vous savez que j'ai de l'affection pour vous, Meredith – en tant que personne. Et en votre qualité d'administratrice… vous promettiez – promettez – beaucoup… »

Il n'acheva pas sa phrase. Quand la secrétaire de M.R. entra, l'air soucieux, il avait déjà tourné les talons.

Une tragédie, maquillée en farce. Et nous sommes tous des acteurs de cette farce.

Elle avait suivi le couloir mal éclairé du fond, était entrée dans la cuisine froide et fonctionnelle. Elle se sentait déjà mieux – plus forte. Elle lava son visage douloureux à l'eau froide. Elle rinça sa bouche en sang, et pressa des serviettes en papier contre la blessure sur son front. Elle remonta au premier avec une poche de glace, qu'elle appliquerait sur sa bouche tuméfiée.

Longuement ensuite, elle se doucha, sous une eau aussi chaude que supportable, jusqu'à être certaine d'avoir fait disparaître toute trace de... ce qu'elle avait dans les cheveux, et les jours suivants elle évita les miroirs car le visage qu'ils reflétaient était une insulte à la perception d'elle-même qu'elle devait à tout prix conserver en public.

Une farce! Mais nous ne devons pas montrer que nous le savons.

À plusieurs reprises, elle appela – tenta d'appeler – les parents de Stirk. Sur le papier présidentiel à en-tête elle écrivit aux Stirk – une lettre manuscrite – sans s'attendre à une réponse, qui effectivement ne vint pas. Elle avait beau savoir qu'elle désobéissait probablement à Leonard Lockhardt en cherchant à entrer en contact avec ceux-là mêmes qui allaient poursuivre l'Université et sa présidente pour «négligence criminelle», c'était pour elle une nécessité presque vitale.

Je regrette profondément. Veuillez accepter mes condoléances.

Cela revenait-il à reconnaître une «responsabilité pénale»? – elle n'osait y penser.

L'affaire se réglerait exclusivement entre avocats. Aucune intervention personnelle de la présidente de l'Université n'était nécessaire.

M.R. avait fait partie de la centaine de destinataires, naturellement.

Elle avait cru à un message personnel adressé à M.R. Neukirchen, mais ce n'était pas le cas.

Tel un court poème, la malédiction finale du jeune homme.

Un couplet non rimé, venimeux comme les crochets d'une vipère.

*À MOI LA VENGEANCE DIT LE SEIGNEUR
LA JUSTICE TRIOMPHERA*

Elle regarda fixement le dernier mot, dont le sens lui sembla se modifier.

Mudgirl « placée ».
Mudgirl reçoit un présent.

Juin 1965

« Tu as beaucoup de chance, Jew-ell. J'espère que tu t'en rends compte ! »

L'endroit où habitaient les Skedd, aux abords de Carthage, était très loin de la campagne où maman avait habité avec ses deux petites filles en se cachant de Satan (comme disait maman). Jamais Mudgirl n'aurait pu espérer refaire tous ces kilomètres dans ses souvenirs, elle ne se rappelait même pas le chemin compliqué qui l'avait amenée jusqu'à cette maison trapue à bardeaux d'asphalte entourée d'un champ jonché de gravats qui était *le foyer d'accueil des Skedd.*

M. et Mme Floyd Skedd.

Des inconnus comme ceux que maman avait injuriés, et à qui elle avait dit à ses filles de ne pas parler, mais maintenant maman n'était pas là pour voir que Mudgirl lui désobéissait.

Sauf que Mudgirl ne pouvait pas parler, au début. Dans sa gorge serrée, il y avait quelque chose comme un chardon ou une épine et il y avait quelque chose comme de la boue si la boue peut être collante et toute tassée et empêcher qu'aucun son, aucun souffle ne la traverse. Aucun mot ne pouvait sortir de la gorge de l'enfant ni de sa bouche serrée et de ses petites mâchoires crispées.

Seule, Mudgirl murmurait ce mot étrange – « Carr-th'ge.

Quelques pauvres syllabes qu'elle ne prononçait que lorsqu'elle croyait que personne ne l'entendait.

C'était un mot qu'elle trouvait excitant, mystérieux. Car ce n'était pas un mot que maman pouvait connaître. (Croyait-elle.) « Skedd » aussi était un nom nouveau et étrange que maman ne pouvait pas connaître.

Et le nom qui était maintenant le sien – « Jewell ». Maman serait bien étonnée !

Un peu comme une pièce sur le trottoir, ou un petit bouton brillant qui était peut-être une pièce, si vous le voyiez et qu'il n'y ait personne pour le réclamer, vous aviez le droit de vous baisser et de vite le ramasser.

« Jew-elle » – qui, maintenant, était *elle*.

À l'hôpital de Carthage où on l'avait gardée plus de jours qu'elle ne savait compter, des visiteurs – des hommes, une femme – étaient venus lui demander comment elle s'appelait et bien des fois elle avait murmuré *Jew-ell* avant qu'ils comprennent. Et ensuite ils lui avaient demandé où est ta mère ? Où est ta sœur Jedina ?

À ces questions, l'enfant ne savait pas répondre. Ou l'enfant ne voulait pas répondre. Bien qu'on les lui ait posées souvent. Où ? Où ? Ta mère a-t-elle emmené ta sœur quelque part… où ?

Quand ta mère t'a emmenée dans les marais, a-t-elle aussi emmené ta sœur ? Ta sœur était-elle dans la voiture avec vous ? Y avait-il un homme ?

Souvent on ne savait pas bien si l'enfant comprenait ces questions, car ses paupières meurtries étaient si lourdes qu'elle n'arrivait pas à rester réveillée plus de quelques minutes peu de temps après s'être réveillée. Sa peau était terreuse et malsaine comme le ventre d'un animal de vase, et son pauvre crâne rasé faisait pitié à voir avec ses fins cheveux noirs qui repoussaient au milieu d'un gribouillis d'égratignures, de croûtes, de plaques et d'écorchures.

Ses bras! – ses pauvres bras! – des allumettes, bleuies par d'innombrables piqûres. Car des liquides lui arrivaient à travers des tubes, pénétraient goutte à goutte dans ses veines pâles.

Le petit squelette pointait sous la peau terreuse comme la carcasse en fil de fer d'une poupée en papier mâché.

Petits os pointus des poignets, os des chevilles, du bassin, des épaules.

Petits yeux meurtris et enflés dont les pupilles étaient souvent dilatées.

On retirait du sang à l'enfant – souvent. Elle apprit que se rétracter ou résister à l'aiguille ne servait à rien. L'enfant fut soumise à des tests neurologiques, à des scanners. À des radios du cerveau et de la moelle épinière. Il n'y avait aucune raison décelable à son mutisme, et son ouïe n'était pas atteinte. Elle ne semblait pas arriérée ni autiste même si elle avait à réapprendre certaines compétences – la «coordination motrice» – marcher, courir – monter des escaliers – qui s'étaient effacées de son cerveau comme une brume s'évapore au soleil.

Au bout d'un certain temps, les visiteurs cessèrent de demander où est ta mère? où est ta sœur Jedina? Peut-être parce que les visiteurs du début ne venaient plus à l'hôpital et étaient remplacés par d'autres et que l'enfant ne faisait pas la différence, tous étant des adultes interchangeables, et des inconnus.

Il suffisait qu'aucun d'entre eux – aucune des femmes – ne fût maman. En dehors de cela, l'enfant ne se souciait pas de grand-chose.

C'est à ce moment-là que M. et Mme Skedd avaient dû venir voir *Jewell*. Car cela lui serait expliqué plus tard. Mais elle ne se souvenait pas d'eux, en fait. Vu que Mme Skedd n'était pas maman et que M. Skedd n'était pas l'un des amis de maman.

Les infirmières – les gentilles infirmières ! – qui lui apportaient de la nourriture et la cajolaient pour la faire manger – rien que des liquides, d'abord – de la soupe chaude, des jus de fruits – et puis de la nourriture écrasée comme pour les bébés – qui lavaient son petit corps malmené et meurtri, changeaient ses draps et ses chemises de nuit souillées – veillaient à ne jamais lui poser des questions qui la fassent se raidir et trembler. Elles ne lui posaient jamais de questions auxquelles elle ne pouvait pas répondre. Gaiement elles parlaient de *Jewell*, de la *gentille petite fille* qu'elle était, et qui *guérirait bientôt et s'en irait pour aller dans une nouvelle famille où personne ne lui ferait de mal*.

Au bout de la propriété des Skedd il y avait un ravin profond. La propriété des Skedd consistait en un hectare de hautes herbes mal entretenues, d'arbres rabougris et de carcasses rouillées de véhicules et de matériel agricole où les *enfants placés* avaient interdiction de jouer parce qu'ils risquaient de se blesser. Le ravin débordait les jours de grosses pluies. Dans son eau frissonnante des nuages couraient comme des bribes de pensée.

Et de l'autre côté du ravin s'étendaient des terres marécageuses où se rassemblaient de nombreux oiseaux et les plus tapageurs de tous étaient les corbeaux.

De bon matin on était réveillé par des cris perçants et éraillés qui pénétraient votre sommeil comme des griffes déchirant du papier ou un tissu gaufré.

Le premier matin où elle se réveilla dans la nouvelle maison – dans son petit lit qui était une couchette étroite au matelas mince et malodorant parmi d'autres couchettes alignées dans une pièce au plafond pentu appelée *chambre des filles* – avant même d'ouvrir les yeux, Jewell entendit... le Roi des corbeaux ! Il l'avait suivie jusque-là, des marais jusqu'à cet endroit éloigné au milieu d'inconnus. Il n'avait pas oublié Mudgirl.

Et donc dans le *foyer d'accueil des Skedd*, elle sut que le Roi des corbeaux veillerait sur elle, même si ce n'était que de loin.

Chez les Skedd, l'enfant était timide en présence des autres. L'enfant avait la parole lente et les mouvements lents comme si elle était sous un charme.

On remarquait que l'enfant écoutait quelqu'un – quelque chose – hors de la maison. On remarquait que souvent l'enfant n'entendait pas ce qui lui était dit de tout près.

« Jewell ! Réveille-toi. »

Mme Skedd – « Livvie » – était décidée à faire des efforts particuliers avec la petite Kraeck. Car Mme Skedd plaignait beaucoup la pauvre petite Mudgirl et avait juré aux Services du comté qu'elle protégerait l'enfant de tout nouveau malheur. « Tu as beaucoup de chance, Jewell », disait souvent Mme Skedd. Beaucoup de chance d'avoir été trouvée et sauvée et amenée dans *cette* maison. »

Mme Skedd était une brave femme mais qui « s'échauffait » vite – elle le reconnaissait, elle-même – car il y avait de l'agitation dans la maison des Skedd, dans la cuisine des Skedd surtout qui ressemblait à un nid de guêpes dans lequel Mme Skedd devait souvent élever la voix. Mme Skedd avait toujours un air incrédule et exaspéré, comme une mère de famille de série télévisée dont la patience chrétienne était mise à l'épreuve, poussée à bout par les décibels émis par les quatre petits Skedd – sept ans, le plus jeune ; quinze, le plus vieux – et par un nombre fluctuant d'*enfants placés* – trois ou quatre ans, le plus jeune, onze ou douze, le plus vieux. Et il y avait M. Skedd – « Floyd »

– un homme robuste aux vêtements tachés de cambouis – tee-shirt, pantalon de travail – toujours du lait sur le feu, toujours à crotter de boue ce satané lino que Livvie et les filles venaient de laver, toujours à chercher ses satanées clés qu'il avait laissées traîner quelque part – et il jetait sa veste n'importe où, enlevait ses baskets ou ses bottes et fonçait droit sur le réfrigérateur pour manger ce qui lui tombait sous la main, et vite fait ; Mme Skedd devait lui crier dessus pour qu'il l'écoute, et même comme ça M. Skedd n'écoutait pas tellement – et faisait un clin d'œil aux enfants qui se trouvaient là, et un sourire brèchedent. Mme Skedd avait la gorge à vif à force de crier après M. Skedd et de crier du bas de l'escalier après une galopade de pieds à l'étage au-dessus – parce que si vous parliez d'une voix «normale et gentille», se plaignait Mme Skedd, personne ne faisait attention à vous.

Avec tout ce remue-ménage, les filles les plus petites – et Jewell était la plus petite de toutes – se réfugiaient dans la cuisine. Car dans les interstices des cris échangés par les Skedd, il y avait des moments de calme soudain, et même de tendresse – Mme Skedd aimait surprendre ses filles préférées par de petits baisers chauds sur le sommet de la tête, des bonhommes en pain d'épices, une invitation à l'accompagner en pick-up à l'épicerie – «Rien que nous. Pas *eux*!»

Sur le réfrigérateur de la cuisine, il y avait une radio en plastique rouge que Mme Skedd faisait marcher fort toute la journée – musique, informations, ritournelles publicitaires. Maman aussi avait eu une radio – maman avait surtout écouté les émissions religieuses – et donc la radio de Mme Skedd rassurait Jewell parce que les voix n'étaient jamais rapides ni confuses ni en colère ni marmonnantes – les voix de la radio étaient masculines et féminines – claires et assurées et apparemment raisonnables – donc il était possible qu'on puisse aussi parler comme ça.

«Jewell! Qu'est-ce que tu écoutes si fort?»

Mme Skedd se rappellerait que la petite fille avait une expression – c'était difficile à décrire – une expression qu'on ne voit pas à un enfant de son âge, comme si elle *écoutait, réfléchissait.* Mme Skedd était contente que, dans sa maison, la petite Mudgirl se remette. Aux voisins et aux autres familles d'accueil qu'elle connaissait, et à tous ceux qui voulaient l'écouter, Mme Skedd disait souvent avec une fierté tranquille, en employant toujours la même formule : «Quand c'est cassé, mais pas trop, on sait y faire. Floyd et moi.»

Et il était vrai que la petite Jewell apprenait à parler, et apprenait à manger – pas très vite, mais petit à petit. Son visage terreux reprenait des couleurs, et de fins cheveux bouclés repoussaient sur sa tête ; elle apprenait à marcher sans vaciller ni détaler – «comme un petit crabe» ; elle était timide en présence des enfants plus âgés, mais détendue et apparemment heureuse quand elle était «la petite aide de maman» dans la cuisine – jamais plus heureuse que lorsque Mme Skedd lui confiait des tâches simples qu'elle savait bien faire.

Récurer une lourde poêle en fer avec un tampon métallique jusqu'à en avoir mal aux doigts. Essuyer avec des serviettes en papier mouillées les surfaces en Formica éternellement poisseuses.

Faire le tri dans le vieux réfrigérateur General Electric où les restes proliféraient comme des moisissures et confondaient leurs odeurs – tout ranger en ordre sur les clayettes – grandes bouteilles (lait, bière), produits laitiers et petites bouteilles, boîtes en plastique contenant les restes, produits frais dans les deux bacs jumeaux du bas. Mettre la table autour de laquelle douze personnes pouvaient tenir, assises sur des chaises de bric et de broc – aider à servir les plats apportés directement de la cuisinière dans des marmites et des poêles à frire – aider à débarrasser la table – aider à faire la vaisselle – emporter les ordures dans une grande passoire à la fin de la journée pour aller les jeter sur le «tas de compost» de Mme Skedd derrière la maison.

«Jewell! C'est vraiment gentil.»

Tous les journaux et les revues qui arrivaient dans la maison, depuis les prospectus publicitaires jusqu'à la revue de M. Skedd, *True : The Man's Magazine*, la petite Jewell les examinait avec son expression concentrée d'adulte – (Mudgirl savait-elle lire? avait-elle appris toute seule? si jeune?) – mais si vous disiez : «Jewell! Qu'est-ce que tu lis donc comme ça?» l'enfant reculait comme si on l'avait prise à faire quelque chose d'interdit.

Un jour, Mme Skedd lui retira un journal des mains – c'était le *Carthage Sun-Times*. Sur la première page il y avait la photo d'un jeune marine nommé Dewater Coldham, dix-neuf ans, originaire de Keene dans le New York, tombé «sous le feu de l'ennemi» au Vietnam. Devant le regard effrayé de l'enfant, Mme Skedd chiffonna aussitôt le journal : «Bon sang, en quoi ça nous regarde, la gamine?»

L'enfant fut incapable de le dire. Pour autant que Mme Skedd puisse le déterminer, elle ne connaissait pas ce pauvre «Dewater Coldham», et elle ne semblait pas non plus savoir ce qu'était le *Vietnam*.

«Il y a des gens de ma famille – un cousin ou deux – qui sont au Vit-nam, c'est sûr… mais on n'a vraiment pas le temps d'y penser, tu sais? dit Mme Skedd, d'un ton exaspéré. Quand tu auras mon âge, tu sauras que, question horreurs sur cette satanée planète, on a déjà tout ce qu'il faut à domicile – pas besoin d'aller chercher du supplément.»

Face à cette véhémence soudaine, l'enfant recula comme une souris terrifiée et Mme Skedd eut un mouvement involontaire, comme si elle allait la bousculer ou l'attraper ou lui toucher l'épaule – Jewell se recroquevilla et se protégea la tête, ce qui finit d'exaspérer Mme Skedd – « Bon sang de bon Dieu, personne ne va te *frapper*! Tu me prends pour qui? Pour ta cinglée de *mère*? »

Silencieusement – Mme Skedd se rappellerait ensuite que ce silence semblait anormal – l'enfant s'enfuit, hors de la cuisine et hors de la maison, pour aller se cacher quelque part dans le champ, peut-être dans l'une des vieilles épaves rouillées ou, bien que ce soit interdit aux jeunes enfants, dans ce fichu ravin puant.

Car elle savait : le Roi des corbeaux veillait sur elle.
Bientôt, le Roi des corbeaux viendrait la chercher.

Les Skedd – aussi bien Livvie que Floyd – n'hésitaient pas à crier – hurler – gifler – frapper – ou même à distribuer volées de coups de pied et de poing pour rétablir un semblant d'ordre dans la maisonnée. Surtout à l'heure des repas quand l'ordre précaire de la maison était le plus menacé. Car certains de leurs *enfants placés* avaient presque leur taille d'adulte à douze ans et la *force brute* était la seule façon d'en venir à bout.

Deux des frères de Floyd Skedd étaient surveillants à la prison de Watertown.

Demandez à n'importe quel surveillant de prison : pour maintenir le calme, c'est la *force brute* qui s'impose.

Sauf que si cela devenait sérieux, ni l'un ni l'autre des Skedd ne se donnait la peine d'intervenir quand les enfants se battaient entre eux, même quand leurs propres enfants étaient du lot. Lizbeth, leur fille de dix ans, boudeuse et maussade, aimait vous pincer si vous vous mettiez en travers de son chemin et, au premier étage de la maison des Skedd, il y avait toujours un jeune enfant en travers de votre chemin. Mme Skedd s'époumonait en bas de l'escalier à en avoir le visage tout rouge et puis, brusquement, elle laissait tomber, parce que, à quoi bon ? – « Il faut apprendre qu'on ne peut pas pleurnicher comme un bébé toute sa vie. »

Ça la mettait hors d'elle, mais elle ne pouvait pas exploser dix fois par jour quand les plus grands s'en prenaient aux plus petits sans motif. Par méchanceté ou par désœuvrement, de la même façon qu'ils tourmentaient une grenouille, un chat ou un chien. Deux des filles, par exemple – Ginny, qui avait onze ans ; Bobbie, qui en avait douze – se liguaient contre la petite Jewell, qu'elles appelaient *Mudgirl! Mudgirl!* comme si elles n'avaient jamais rien entendu d'aussi drôle.

Là, Mme Skedd intervenait quand elle était dans les parages.

« Sales gosses ! Fermez-la et ne l'ouvrez plus. Bon sang de Dieu, vous ne savez pas ce que vous racontez, saletés de gamines ! »

C'était vrai : Ginny et Bobbie ne savaient pas vraiment pourquoi Mudgirl était Mudgirl. Ni l'une ni l'autre n'auraient pu dire d'où venait ce vilain nom bizarre.

Chez les Skedd, personne n'avait de nom de famille, sauf Floyd et Livvie. Les enfants n'étaient que des prénoms – Lizbeth, Ginny, Bobbie, Arlen, Mickey, Darren, Steve, Cheryl Ann et Jewell. Et l'un d'eux – Darren – s'en alla quelques semaines après l'arrivée de Jewell, quand un parent (un homme entre deux âges) se mit d'accord avec les Services familiaux du comté de Beechum pour emmener Darren chez lui, à Nettle, en Alaska.

L'Alaska ! C'était si loin que le trajet en voiture prendrait des jours, peut-être des semaines.

Sur la véranda de la maison à bardeaux d'asphalte de Bear Mountain Road, toute la famille dit au revoir à Darren quand l'oncle et le neveu montèrent dans un monospace immatriculé en Alaska. Jewell agita la main comme on le lui avait demandé, sans bien savoir pourquoi les autres étaient aussi tapageurs et gais – car cela voulait dire quoi, au juste, être *emmené en Alaska*?

Les Skedd étaient tout contents que cet oncle ou je-ne-sais-qui soit apparu pour «adopter» Darren.

«Vous voyez, les gosses? Si vous vous conduisez bien, vous vous en trouverez bien.

– "Le bien appelle le bien." C'est sûr.»

Quel que fût celui des Skedd qui avait fait cette déclaration guillerette, il s'attira une raillerie guillerette : «*Sûr*, mes fesses! Des foutus *on-dit*, voilà ce que c'est.»

Fine mouche, Mme Skedd remarqua que lorsque des enfants plus âgés se glissaient derrière Jewell pour l'effrayer, pour la faire sursauter en frappant dans leurs mains tout près de sa tête, la petite fille apprenait à faire comme si leur cruauté était une simple taquinerie, ou une plaisanterie – Jewell apprenait à avoir la bonne réaction, c'est-à-dire à rire.

Ne pas s'enfuir, terrorisée, ni même se recroqueviller en protégeant sa tête, mais juste rire.

«Tu vois, mon petit chou? Ris, et tout le monde rira avec toi. Pleure, et tu pleureras seule.»

Mme Skedd prononçait ces mots comme si elle venait de les inventer. Pour ce qu'en savait Jewell, c'était le cas.

Ris, tu peux rire. Pourquoi pleurer si tu peux rire!
Ris, ris! Question visage, c'est du pareil au même.

Bien que la maison de Bear Mountain Road aux abords de Carthage soit très loin de Star Lake qui était le dernier endroit

241

où elles avaient habité, il y avait quand même des nuits où maman venait au pied de son lit et la regardait tellement fort que cela tirait Mudgirl de son sommeil. Et ses marmonnements de dégoût. *Dans tout ce qui est fait mets ta foi en Lui. Tu n'as pas eu foi en Lui.* Parfaitement immobile osant à peine respirer l'enfant se blottissait sous les couvertures jusqu'à ce qu'enfin à l'aube les corbeaux des marécages lancent leurs cris rauques railleurs dans leur étonnement ancestral devant la folie et la bêtise de l'humanité. Et Mudgirl guettait le Roi des corbeaux parmi les autres. *Ceux-là sont envoyés par Satan* disait la mère avec un mépris rageur mais l'enfant gardait les yeux fermés et entendait moins nettement les paroles de sa mère à mesure que montait la lumière du matin. *Satan t'emportera* avertissait la mère mais l'enfant rusée ne bougeait pas soulagée que la mère ne semble pas avoir le pouvoir de porter la main sur elle comme un jour elle en avait eu le pouvoir et puis à mesure que l'œil flamboyant du soleil s'ouvrait lentement on n'entendait plus que le son des corbeaux dans les marécages et parmi eux criant plus fort que tous les autres, plus strident et plus sauvagement triomphal, le Roi des corbeaux.

Un jour dans un futur lointain que Mudgirl n'aurait pu se figurer davantage qu'elle ne se figurait des galaxies, des constellations dans le ciel nocturne au-dessus des marécages, elle confierait à l'Astronome – *Je dois ma vie au Roi des corbeaux. Ne te moque pas de moi, je sais que j'ai de la chance. Je fais partie de ceux qui ont eu la chance de naître et de ne pas mourir après leur naissance.*

Devant la cuisine des Skedd on l'appelait.
Sur la véranda latérale Ginny et Bobbie hurlaient et riaient…
« Jew-ell ! JEW-ELL ! »

Jamais Jewell n'avait été appelée ainsi. Jamais son nom n'avait été hurlé avec autant de ferveur.

Elle pensait donc avec terreur que (on ne sait comment) sa mère était venue la chercher, finalement.

Mais, dans l'allée, elle ne vit qu'un grand échalas en veste kaki et pantalon de travail, les bottes tachées de boue, un bonnet de laine enfoncé bas sur un front sillonné de rides comme celui d'un vieil homme. Une barbe dépenaillée en aigrette de chardon lui couvrait une partie du menton.

Ginny et Bobbie passèrent une tête dans la cuisine en faisant semblant de parler à voix basse : «Il y a un homme des bois, là-dehors! Hé, Jewell... un trappeur veut te voir!»

On ne pouvait jamais savoir si ces filles parlaient sérieusement ou si elles vous taquinaient. Comme Lizbeth, elles avaient un rire aigu et sauvage et n'importe quoi pouvait les faire hurler de rire comme si on les chatouillait ou qu'on les égorge. Jewell s'approcha de la porte, profondément embarrassée parce que les filles parlaient si fort que le jeune homme devait forcément les entendre. Puis elles se mirent à siffloter et à bêler à tue-tête – «Oh là là, qu'est-ce qu'il est mignon!»

Jewell fut bien obligée de sortir. Un grondement dans les oreilles pareil à un tonnerre lointain.

«La voilà, m'sieur! "Jew-ell".»

En pouffant, Bobbie poussa Jewell vers le jeune homme, dont les yeux brun tendre se rivèrent sur elle, comme les yeux de Jewell sur lui.

Est-ce qu'elle le connaissait? Est-ce que lui la connaissait?

Le jeune homme ressemblait à un garçon grandi trop vite – sa peau abîmée par le soleil, le vent et le froid avait l'aspect du cuir. Il était menu, avec des bras maigres et des jambes trop courtes, des cheveux broussailleux qui lui arrivaient aux épaules. Ses traits paraissaient mal proportionnés, mais sans être laids ni inquiétants – son menton semblait avoir fondu sous la barbe en aigrette de chardon, et ses lèvres découvraient de petites dents tachées qui rappelaient celles d'un vison ou d'un renard.

« B'jour... »

Le jeune homme aux cheveux broussailleux et Jewell avaient la même timidité, on aurait dit deux créatures de la même portée malgré leur physique différent et leur gêne mutuelle. Bien que les deux petites pestes pouffent et gloussent toujours sur le perron, ni le jeune homme ni Jewell ne leur prêtaient attention.

« Tu d... dois pas te rappeler de moi... Je suis celui qui... »

Il regardait Jewell avec une sorte d'émerveillement, faisant un effort pour sourire avec ces petites dents tachées. Il dit son nom, que Jewell n'entendit pas, à la façon dont les enfants n'entendent pas les noms des adultes, de même que les visages adultes ont tendance à se brouiller, se mêler et se confondre dans leurs souvenirs. Et puis il y avait le grondement dans les oreilles de Jewell qui noyait tous les bruits sauf les cris percutants et vibrants des corbeaux de l'autre côté du ravin.

« Tu dois être "Jewell" – j'ai vu dans le journal... »

En nage, la langue nouée, le jeune homme fourra dans les bras de Jewell un objet dans un sac en papier.

Un sac ordinaire, en papier marron, comme ceux dans lesquels M. Skedd rapportait ses packs de bière, et Mme Skedd ses petits achats.

Jewell prit le sac en papier. Dès qu'elle l'eut accepté, le jeune homme se recula avec soulagement. « Ça va maintenant. Prends soin de toi. »

Quelques minutes à peine après être arrivé à la maison aux bardeaux d'asphalte de Bear Mountain Road, le jeune homme aux cheveux broussailleux était reparti.

Il était venu dans un pick-up cabossé. Très vite, il remonta dans la cabine, fit marche arrière dans l'allée et disparut dans Bear Mountain Road avant que Jewell ait eu le temps de regarder ce qu'il y avait dans le sac.

«Qu'est-ce que c'est? Une poupée? Pourquoi le trappeur t'a-t-il donné une *poupée*?

– Une *poupée*? Et Jew-ell est trop nunuche pour dire merci.»

Jewell regarda la poupée avec stupéfaction. Elle n'avait jamais eu de poupée – de jolie poupée. Celle-ci était blonde, en caoutchouc souple couleur chair, juste de la bonne taille pour qu'un enfant la tienne au creux de son bras.

Elle avait une bouche en cerise et des cercles roses sur les joues, des cils épais autour de grands yeux bleus en plastique qui se fermeraient si on la couchait pour la faire dormir.

Jewell se rappela avec netteté une poupée nue les bras et les jambes tournoyant comme une roue folle dans les airs et tombant dans une boue noire.

La poupée neuve n'était pas nue, elle avait une robe de soirée en satin rose avec des paillettes et un col de dentelle. Ses cheveux n'étaient pas du caoutchouc peint, mais doux et soyeux, d'une couleur blond pâle.

Ginny et Bobby étaient curieuses, envieuses. Elles tiraient sur la poupée que Jewell tenait dans ses mains.

«Pourquoi l'homme des bois t'a donné ça, à toi? Pourquoi quelqu'un te donnerait une poupée, à toi? Et c'est qui... ton papa?

– Mudgirl a un papa! Mudgirl a un papa!»

Jewell tenta d'échapper aux deux filles en serrant fort la poupée dans ses deux mains. Elle n'avait encore jamais eu de cadeau à part ceux de l'homme aux cheveux hérissés et elle n'avait jamais vraiment eu de poupée à elle – la poupée en caoutchouc jetée dans la boue n'était pas la sienne, mais celle de sa sœur aînée, Jewell.

Alertée par le vacarme, Mme Skedd sortit voir ce qui se passait.

« Jewell ? Qu'y a-t-il ? Et ça, c'est quoi ? Qui diable t'a donné ça ? »

Mme Skedd prit la poupée à Jewell pour l'examiner. Des semaines plus tôt, quand Jewell était venue vivre dans sa famille d'accueil, les Services du comté lui avaient donné un carton de vêtements usagés et quelques jouets, plus quelques objets de chez Goodwill, mais Mme Skedd voyait bien que cette belle poupée blonde ne venait pas d'une association caritative – elle n'avait pas la plus petite tache, elle avait l'air *toute neuve*.

Avec excitation Ginny et Bobbie racontèrent à Mme Skedd qu'un *homme des bois* bizarre s'était garé dans l'allée et avait demandé après Jewell pour lui donner quelque chose. « Pourquoi vous m'avez pas appelée ? demanda Mme Skedd, furieuse. C'est moi l'adulte, ici. »

Elle tournait et retournait la poupée d'un air soupçonneux. Pour un peu, elle l'aurait reniflée. Jewell attendit sans oser parler ni même respirer jusqu'à ce finalement Mme Skedd lui rende la poupée avec un petit ricanement mélancolique – « C'est quelqu'un qui a lu ton histoire dans le journal ou qui t'a vue à la télé. Quelqu'un qui te plaint et qui croit qu'on n'a pas assez de quoi, Floyd et moi. Dommage que ce connard ait pas laissé son nom, dès fois qu'il aurait voulu se débarrasser d'autre chose. »

Mudwoman fait une promesse.
Et Mudwoman fait une découverte.

Avril 2003

La cuvette du lavabo! Elle n'avait jamais vu une cuvette aussi... *encuvée.*

C'était une cavité en forme de coquille dans le vieux comptoir de marbre couleur saumon fané. Et ce comptoir était bien trop haut et trop profond – pour accéder à la cuvette, il fallait se mettre sur la pointe des pieds, s'appuyer sur les coudes et se soulever, s'arc-bouter, pour se pencher au-dessus du lavabo, le dos cassé; puis il fallait atteindre les robinets en cuivre, griffus, antiques, d'une taille grotesque, écartés d'au moins quinze centimètres de sorte que, lorsqu'on avait réussi à saisir celui de gauche – (qui dispensait l'eau chaude) – il n'était pas aisé de saisir celui de droite (qui dispensait l'eau froide) – car il vous fallait au moins le soutien d'un bras/coude pour conserver votre équilibre et ne pas glisser à bas du comptoir.

«Ce fichu lavabo.»

C'était la voix chargée de mépris et d'incrédulité de Livvie Skedd.

Il n'y avait apparemment aucune chaise, aucun tabouret que l'on puisse traîner dans la vieille salle de bains pour s'y agenouiller. Le sol était d'un marbre saumon plus terne, assombri par des décennies de crasse accumulée.

Était-ce le jour ou la nuit ? L'aube ou le crépuscule ? L'unique fenêtre était si étroite, les vitres poussiéreuses si opaques qu'elles n'admettaient aucune lumière, et il ne semblait pas non plus y avoir d'éclairage dans la salle de bains, au-dessus du lavabo par exemple, ou encastré dans le plafond.

Il y avait pourtant un genre de lumière dans la pièce. La lumière livide d'un journée sans soleil, cette lueur maussade, diffuse, qui semble ne pas avoir de source.

« Ce fichu *lavabo* ! »

Mme Skedd se serait moquée du lavabo « historique » de Charters House, avec un renâclement de mépris.

Mais Mme Skedd aurait été impressionnée, aussi – *Y a pas à dire, cette pauvre petite Mudgirl a fait un sacré chemin.*

M.R. réussit enfin à ouvrir le robinet de gauche. Elle haletait tant l'effort avait été rude. À demi couchée sur le comptoir de marbre, le ventre scié par le rebord. L'eau chaude tomba en cascade dans la cuve profonde du lavabo, mais presque aussitôt elle fut bouillante, bien trop chaude pour qu'elle puisse l'utiliser, et il lui fallut donc saisir le robinet de droite pour régler la température, ce qui ne fut pas une mince affaire, l'eau bouillante continuant à gicler dans le lavabo avec une fureur maniaque.

Elle était trop petite pour le lavabo... c'était ça ? Pieds nus, peinant à atteindre les robinets. Ses jambes étaient trop courtes. Les tendons de ses genoux douloureusement étirés. Et ses mains cherchant à saisir les robinets griffus, trop petites.

Venant de deux étages plus bas, du pied du grand escalier, ces mots terribles, qui lui glacèrent le cœur :

« Madame Neukirchen ? Vos invités arrivent… »

L'une des assistantes de confiance de la présidente. L'une de ces jeunes femmes qui adoraient M.R. Neukirchen, quoique commençant à avoir peur pour elle, et peur d'elle.

Elle leur avait demandé de l'appeler M.R. Pourquoi diable ne pouvaient-elles pas l'appeler M.R. !

Naturellement, elle savait : elle était en retard. Pour une raison inconnue, M.R. qui n'était jamais en retard, était en retard ce soir. Dans sa propre demeure, en retard ! Pour une soirée dont elle était l'hôtesse, en retard.

Rien de plus terrible – de plus désespérant ! – que d'être *en retard*.

De savoir que des gens vous attendent – vous cherchent.

Elle entendait la sonnette retentir au rez-de-chaussée. Horrible à entendre… la sonnette.

Elle entendait la porte s'ouvrir. Elle entendait des salutations assourdies. Comme M.R. n'était pas encore là, c'était probablement le doyen du corps enseignant qui la remplaçait dans son rôle d'hôtesse.

En l'absence de la présidente de l'Université, d'autres responsables administratifs la remplaçaient. Au dîner de ce soir-là, outre le doyen du corps enseignant, il y avait le principal adjoint à la recherche.

Tous deux occupaient des postes administratifs prestigieux. Tous deux étaient hautement compétents, tous deux étaient des hommes.

« Bon Dieu de bon sang ! »

L'exclamation de Mme Skedd, moitié juron et moitié prière.

Mudgirl ne pouvait pas descendre avant d'être prête à être vue. Mudgirl ne pouvait pas paraître en public avant d'être *préparée*.

Si difficile de se laver le visage dans ce fichu lavabo dont elle pouvait à peine atteindre les robinets!

Des relents d'égout montaient des toilettes en porcelaine jaunie, et de la baignoire griffue au rideau de douche crasseux, couleur d'urine. Pour une raison quelconque, sa salle de bains privée n'était pas utilisable, si bien qu'en désespoir de cause elle avait gagné le deuxième étage de Charters House par l'escalier en spirale du fond, une enfilade de chambres d'amis condamnées, d'alcôves et de placards vides où personne ne s'aventurait pendant des semaines ou même des mois d'affilée; alors que naguère, du temps où Charters House était habitée, où les présidents avaient de grandes familles et recevaient de nombreux parents, ces pièces étaient occupées.

Des enfants avaient vécu à Charters House jusqu'à une époque récente. À présent, les étages supérieurs n'étaient même plus hantés par des enfants fantômes. Les pleurs et les appels pitoyables n'étaient que les plaintes d'une plomberie antique, particulièrement audibles la nuit.

« Mon Dieu. »

M.R. contemplait son visage avec consternation. Il semblait y avoir un défaut dans la glace au-dessus du lavabo – le verre était si vieux qu'il déformait tout ce qu'il reflétait, comme la surface d'un étang. Les yeux de M.R. étaient injectés de sang, ses lèvres semblaient irritées, crevassées. Au-dessus de son sourcil droit, une petite blessure pincée semblait encore mal cicatrisée – une sanie rouge luisait sur ses bords. Et la vilaine ecchymose au-dessus du sourcil s'était déplacée depuis deux semaines : descendue le long du côté droit du visage de M.R., une petite poche de sang était maintenant logée au-dessous de l'œil.

Son visage se ressentait toujours de sa chute. Une douleur mortifiante lui vrillait encore les épaules, les côtes, la cheville, et la tempe droite.

«Pour une fois, fais quelque chose pour *moi*.»

La vapeur montant du lavabo lui avait mis le visage en feu. Elle parvint à fermer le robinet gauche, et ouvrit le robinet droit autant qu'elle le put – plus d'eau chaude du tout, rien que de l'eau froide – pour rafraîchir son visage brûlant.

Mais le mécanisme en cuivre qui fermait la bonde était cassé. L'eau qui coulait et rejaillissait dans le lavabo, extraordinairement grand et profond, s'évacuait aussitôt.

Avec la ruse du désespoir, M.R. improvisa un bouchon de mouchoirs entortillés et l'eau s'écoula ainsi beaucoup moins vite. Lentement, alors, le lavabo se remplit d'eau froide, et M.R. put enfin se pencher et y baigner son visage – quel soulagement!

Tout irait bien maintenant, se dit-elle. L'horrible rougeur disparaîtrait peu à peu de son visage. Ensuite, avec ses produits de beauté, elle tâcherait d'améliorer son apparence. Quelques minutes, c'était tout ce qu'il lui fallait.

Mais, en bas, la voix s'éleva, polie et néanmoins insistante :

«Madame Neukirchen? Vos invités arrivent...»

Mme Neukirchen! Elle était *Mme Neukirchen!*

Légèrement moqueur, ce nom, lui semblait-il, de même que ce titre : *Présidente.*

À la table de la cuisine des Skedd, une longue planche qui tanguait et vacillait dans la bousculade des repas, un éclat de d'hilarité moqueuse.

Présidente Neukirchen! Si Mudgirl croit nous la faire!

À l'aveuglette ses doigts cherchèrent le petit pot de maquillage sur l'étagère du lavabo. C'était un emplâtre coloré dont elle avait pensé qu'il dissimulerait sa peau terreuse et ses difformités – *fard Rosemiel.*

Malhabilement, hâtivement, M.R. étala l'emplâtre. Son désespoir avait quelque chose de si honteux qu'elle ne put se résoudre à observer l'opération de près, il lui fallait espérer que le maquillage était à peu près correctement étalé et qu'il ferait *naturel.*

Sa mère, Agatha Neukirchen – cette mère dont M.R. parlait avec facilité et fierté aux interviewers – sa mère quaker qui habitait toujours à Carthage, État de New York – ne s'était jamais maquillée, naturellement. Quant à son père, Konrad Neukirchen, il ne prenait pas la peine de se raser, y voyant une perte de temps colossale, et ne taillait que rarement sa barbe, une broussaille de poils métalliques qui, bizarrement, grisonnaient à partir du bout.

Pour les quakers, ce qui est sans fondement, sans substance, faux, est *simple hypothèse.*

Nettement plus poli que le *Conneries!* des Skedd.

Quand certains parlaient avec dogmatisme ou disaient *Je le sais!* le quaker disait, plus provisoirement, *Je l'espère.*

Dans son rôle de présidente d'université, M.R. était exceptionnellement douce et affable. Jamais elle n'affirmait *Je le sais* mais seulement – d'un ton ferme – *Je l'espère.*

En cet instant, cependant, les idées de M.R. n'étaient ni très claires, ni très optimistes. Son cœur battait d'angoisse, tandis qu'au rez-de-chaussée la voix s'élevait de nouveau, inquiète :

« Madame Neukirchen ! Vos invités… »

L'équipe de la présidente la protégerait. En fait, la présidente avait deux équipes – Charters House, Salvager Hall. Elles ne communiquaient guère entre elles, leurs tâches étant très différentes, mais toutes les deux se montraient de plus en plus soucieuses de protéger la présidente contre ses propres erreurs de jugement et bévues – éventuelles.

Elle était en retard pour le dîner organisé à Charters House – mais à quel point? Pas plus de dix minutes, sûrement?

Avec une hâte frénétique, ses doigts étalaient le fard, par mouvements concentriques du bas vers le haut. Il fallait parvenir à masquer la peau fine sous les yeux – les meurtrissures qu'elle y avait lui donnaient une apparence cadavérique.

À moins que ce ne fût un effet de l'éclairage dans cette vieille salle de bains, avec ses trois mètres cinquante de hauteur sous plafond et ses ampoules de faible puissance. M.R. ne voyait pas nettement le cadran de sa montre.

Sûrement pas plus de… vingt minutes de retard?

Une voix d'homme, cette fois, plus grave :

« M.R.? Tout va bien? La plupart des invités sont ici… »

C'était S*, le doyen du corps enseignant. M.R. avait nommé S* à son poste, S* n'avait pas le droit de lui parler avec brusquerie, alors que d'autres pouvaient entendre.

Et sa voix était terriblement distincte, comme s'il était monté au premier étage.

Allez-vous-en! Laissez-moi tranquille! Vous n'avez aucun droit de venir ici!

Dans la glace, le visage de M.R. semblait nettement plus acceptable. La petite poche de sang semblait invisible sous le maquillage. Et maintenant – M.R. allait appliquer un peu de poudre sur le fard avec une houppette d'une matière synthétique caoutchouteuse. Ses doigts tremblaient… d'attente? D'excitation?

Elle avait envie de passer la tête par la porte et de crier à S* qu'elle arrivait, qu'elle serait là dans trois minutes.

Envie de crier, assez fort pour être entendue de tous, de la voix gaie et assurée de M.R. : « Tout va bien! Merci. »

Elle leur dirait – elle mentirait avec conviction, comme seul un administrateur aguerri et apprécié peut mentir – qu'à la toute dernière minute elle avait reçu un coup de téléphone «urgent» – qui avait rendu son retard «inévitable».

Elle s'excuserait, naturellement – M.R. s'excusait toujours quand cela semblait nécessaire – mais modérément, sans donner l'impression qu'elle avait de bonnes raisons de le faire.

Elle leur dirait qu'elle avait été retardée de sorte que personne, pas même S*, qui était un ami ou une relation amicale de M.R. depuis son arrivée à l'Université, ne se sente autorisé à l'interroger sur cette affaire «urgente» ni sur ses suites.

Ses invités se montreraient compréhensifs, bien entendu, et respectueux – quoique la plupart d'entre eux fussent bien plus éminents dans leur domaine que M.R. Neukirchen dans le sien (à savoir la philosophie) aucun n'aurait pu être nommé président de cette éminente université, et aucun n'aurait été capable de faire le travail de M.R.

Elle en était sûre. Oui!

Elle scruta le cadran de sa montre, debout près de la fenêtre, cette fois – mais elle n'arrivait toujours pas à voir l'heure. Les cocktails devaient être servis à 18 heures, le dîner à 19 – elle redoutait qu'il ne fût bientôt 19 heures. Elle n'avait pas plus de vingt minutes de retard… sûrement?

M.R., qui n'était qu'à moitié habillée – sous-vêtements, robe de chambre de flanelle très légèrement douteuse, pieds nus –, allait regagner rapidement sa chambre à l'étage au-dessous. Son ensemble de cachemire gris pâle de chez Bloomingdale l'attendait sur son lit, frais revenu du pressing. Elle mettrait une chemise de soie blanche à gros boutons de nacre, boutonnée jusqu'au cou. Et un foulard de soie orange pâle, offert par un collègue qui l'avait acheté en Thaïlande – un de ces foulards en soie qui étaient la «marque» de M.R.

Elle avait de très jolies chaussures en cuir à talons bas. Des chaussures coûteuses que M.R. ne se serait jamais achetées autrement que pour ce rôle de présidente qui lui imposait de satisfaire à certaines normes de tenue, d'apparence et de conduite.

Quel réconfort ce serait, d'être enfin habillée! Le visage *maquillé* de façon à paraître à peu près normal.

Mais... ses cheveux. Elle avait oublié ses cheveux, mous, informes, piqués de blanc à la racine... *Seigneur! Un vrai tas de foin* raillait Mme Skedd en se regardant dans le miroir, passant une main brutale dans ses cheveux carotte.

Comme Mme Skedd, M.R. devrait se satisfaire d'un haussement d'épaules et d'un rire.

«Plus le temps. Pas le temps.»

M.R. tapota ses cheveux pour les aplatir, tenta de les brosser, de les arranger avec ses doigts. Elle avait eu l'intention de prendre rendez-vous pour se les faire couper – coiffer – mais n'en avait pas eu le temps ou avait oublié; comme elle avait oublié ou annulé des rendez-vous avec son dentiste, son ophtalmologue, son conseiller fiscal. Après avoir repoussé ses cheveux derrière ses oreilles de sorte que, en se regardant de face, elle les voyait relativement peu, M.R. se sentit moins déprimée. Quel que soit leur aspect, elle devrait faire avec.

La présidente Neukirchen n'était pas vraiment... *chic*. Pour certains, l'absence de *chic* était un gage de *sincérité, d'absence de vanité*.

Une fois encore, exaspérante – légèrement plus proche – cette voix :

«M.R.? Pardonnez-moi, mais...»

Ce satané S*! Ce doyen qu'elle avait nommé à son poste de pouvoir – qui se plaignait sûrement d'elle derrière son dos – si gentiment, si affectueusement que ce fût – n'avait pas le droit de monter une seule des marches conduisant à l'appartement privé de la présidente.

S'approchant de la porte (fermée), elle dit à travers le battant :

«Tout va bien! Tout va bien! Merci! Je suis au téléphone, une affaire urgente, je descends dans cinq minutes!»

Non que S* puisse l'entendre, deux étages plus bas.

Malgré tout, elle poursuivit : «Vous n'avez qu'à me remplacer! Cinq minutes, bon Dieu! Merci! Merci beaucoup! *Tout va bien.*»

Sauf que : la voix de S* toute proche, les voix dans le vestibule, le tintement de la sonnette, en retard à son propre dîner – M.R. était angoissée, une contraction – un élancement dans le bas du ventre – elle devait aller aux toilettes, vite.

«Oh! mon Dieu! S'il te plaît…»

Ces dernières semaines, elle avait eu une sorte de grippe intestinale ou de diarrhée – rien de grave ni de chronique – mais des spasmes terriblement douloureux qui lui embrasaient soudain l'intestin dans les moments d'angoisse aiguë.

Mais… maintenant? Pas de pire moment… que maintenant.

De tous les équipements antiques de la salle de bains du deuxième, aucun n'était plus vieux, moins «modernisé» que les toilettes, placées dans une alcôve, dissimulées à la vue; comme si le seul spectacle de ce siège, grossier, énorme, d'un blanc terne, risquait de heurter les sensibilités raffinées. Pourtant M.R. ne put faire autrement que de s'y précipiter, les mains crispées sur le bas du ventre. Une douleur terrible! Si brutalement! Le siège était aussi disproportionné que le lavabo si bien que, assise, M.R. avait les pieds qui touchaient à peine le sol; et le sol était poisseux, humide. Dans le gros réservoir taché de rouille, un ruisselis permanent, mélancolique comme un chagrin inavoué; la cuvette de porcelaine, jadis blanche, était terriblement entartrée, aucun récurage n'avait pu la débarrasser de décennies de crasse fécale. Sur ce siège, M.R. se sentit soudain paralysée ; bien qu'éprouvant un urgent besoin de se libérer de la terrible diarrhée qui lui brûlait le ventre, elle ne le pouvait pas ; ni uriner non plus ; elle avait la vessie douloureuse, mais ne pouvait pas uriner ; une terrible pression s'accumulait en elle, mais elle ne pouvait l'évacuer, car elle craignait qu'on ne frappe soudain à la porte – S*, monté non seulement au premier étage (privé), mais au deuxième (encore plus privé), osant maintenant frapper à la porte ; ou, plus abominable encore, tourner la poignée et ouvrir, car il n'y avait pas de verrou à cette vieille porte, tout comme, chez les Skedd, il n'y avait pas eu de verrou à la porte des toilettes des enfants parce que – comme l'expliquaient souvent les Skedd – on ne pouvait pas risquer que l'un de ces fichus gamins s'enferme à l'intérieur – M. Skedd serait obligé de défoncer cette fichue porte, si ça arrivait.

Avec excitation Mme Skedd parlait de cette possibilité – ou peut-être d'une histoire qui était arrivée – une fille s'était barricadée dans les toilettes, tranché les poignets – la suite, Jewell ne la sut jamais parce que M. Skedd interrompit sa femme en grondant : *Ferme-la, bon Dieu. Personne n'a besoin de connaître ces vieilles histoires.*

Recroquevillée sur l'horrible siège, M.R. grelottait. Ce que sa vie était devenue lui était incompréhensible, et cependant elle n'avait pas le choix, c'était la vie qu'elle devait vivre. Alors même que, du vestibule, au rez-de-chaussée, des voix s'élevaient, quasiment en chœur :

« Madame Neukirchen ? Il est presque 19 heures, la plupart de vos invités sont là... »

Ces voix n'étaient pas moqueuses. Elle le savait !

Une tragédie, disaient-ils.

Ces gens au visage grave. Car bien entendu leur sujet – le sujet de leur congrès de trois jours – était fondé sur la tragédie d'autrui, leur fournissant l'occasion de spéculations intellectuelles, de débats éthiques, de possibilité d'intervention.

« … dépasse nos prévisions les plus pessimistes. Et les données démographiques montrent que cela va empirer… à moins que nous puissions intervenir. »

Ce n'était donc pas d'Alexander Stirk qu'ils parlaient.

Dans la haute salle à manger de Charters House, M.R. était assise en tête de table, le dos à la porte battante de l'office qui s'ouvrait, se refermait ; s'ouvrait et se refermait chaque fois que les serveurs apportaient des plats aux invités éminents de M.R. Elle sourit à la pensée de ce qu'aurait dit Mme Skedd en voyant Mudgirl servie comme une reine ! Et la mère de Mudgirl, qui avait rempli sa bouche de boue pour la réduire au silence, définitivement.

M.R. Neukirchen en tête de table. M.R., présidente de l'Université.

Pourquoi, se demandait M.R., au fil des semaines, de plus en plus rapidement, comme un torrent qui s'engouffre dans une fissure de la roche et l'élargit pour couler encore plus vite, ces vieux – très vieux – souvenirs montaient-ils en elle, au risque de l'engloutir ?

Pourquoi, se demandait-elle, n'était-elle pas plus effrayée ?

« Intervenir n'est pas si facile. Les États-Unis doivent respecter les droits des pays souverains…

– "Des pays souverains" ! Le Liberia, le Zimbabwe…

– … rappelez-vous le Rwanda…

– … le Darfour sera le suivant. »

M.R. eut un petit frisson d'inquiétude : *Darfour ?* Elle était relativement bien informée sur ces pays africains, mais ne savait quasiment rien du *Darfour.*

Elle était relativement bien informée sur la plupart des sujets, ou en donnait l'impression. Comme tout bon administrateur, M.R. savait poser les questions permettant à ses interlocuteurs de faire montre de leur savoir.

Quel soulagement d'être *là* ! Au rez-de-chaussée, en compagnie de ses invités !

À sa place à la tête de la table. Comme si rien d'alarmant ne s'était produit, n'avait pu se produire, une heure auparavant.

À l'autre bout de la table se tenait S*, le doyen du corps enseignant. S*, qui jetait à M.R. des regards – préoccupés ? inquiets ? – qu'elle ne paraissait pas remarquer.

Je vais bien. Je vous l'ai dit – je vais bien ! Et maintenant je suis ici, et je suis l'hôtesse.

Le retard de M.R. n'avait pas vraiment été remarqué par ses invités, le rusé S* les ayant dirigés vers deux pièces différentes à leur arrivée – la grande salle de séjour et la bibliothèque ; une stratégie très habile, supposait M.R., puisque ceux qui se trouvaient dans une salle pouvait croire leur hôtesse dans l'autre et ne pas se rendre compte de son absence.

Ensuite, naturellement – M.R. était arrivée – bien avant l'heure prévue pour le dîner.

Essoufflée et confuse – « Un coup de téléphone ! Une affaire urgente, semblait-il, mais ensuite… tout est arrangé maintenant, ou quasiment… » Le regard direct, énergique, franc.

Ils l'avaient crue, bien entendu – comment auraient-ils pu ne pas croire M.R. Neukirchen.

Même S* l'avait crue. (Elle en était sûre !)

Tout ce qui s'était passé ou avait failli se passer au deuxième étage s'évanouissait maintenant, comme un mauvais rêve exposé à l'air.

Ce dîner! Quel plaisir d'être là, en compagnie d'invités aussi éminents! Leur conversation sérieuse tourbillonnait autour d'elle; avec un intérêt avide, sincère, elle écoutait.

« ... intervenir n'est pas facile, bien entendu. Voilà pourquoi il faut de l'audace. Notre diplomatie actuelle...

– ... oui, mais il faut tenir compte de certains principes religieux. Tout le monde ne désire pas être "sauvé" selon nos critères séculiers.

– "Sauvés" du Sida? Vous plaisantez? Évidemment que les malades désirent être "sauvés".

– ... pas toujours, et pas selon nos critères séculiers.

– ... pas séculiers, *scientifiques*. Ce n'est pas la même chose.»

En sa qualité de présidente, M.R. organisait ce dîner à Charters House dans le cadre du Congrès d'éthique et d'économie de l'Université – le thème de l'année était : «Pays industrialisés et relations avec le tiers-monde» – avec un symposium spécial sur le Sida en Afrique.

C'était le troisième et dernier soir de ce congrès prestigieux, créé en 1991 grâce à une dotation de plusieurs millions de dollars d'un ancien élève de l'Université qui avait fait une brillante carrière dans le service diplomatique, en plus d'avoir hérité d'une grande fortune. Au nombre des participants figuraient le président du Comité national de bioéthique, un Prix Nobel d'économie de la Banque mondiale, le directeur exécutif de l'Institut Rawling d'études supérieures de l'université de Chicago, et une réalisatrice, dont le documentaire, primé, sur la vie des jeunes filles et des femmes en Afrique de l'Ouest, avait été projeté pendant le congrès.

Vingt-six invités et M.R. Neukirchen autour de la longue table élégamment dressée où, tandis qu'ils conversaient avec animation – sida, famine, guerre, atrocités – responsabilité des pays industrialisés – devoir moral des universités américaines d'étudier questions morales, politiques, économiques et médicales – bien-fondé/absurdité de l'intervention militaire en Irak, qui avait aussitôt provoqué un soulèvement inattendu/inévitable contre la coalition dirigée par les Américains – comme en Afghanistan – et, oh! – l'horreur de l'excision des femmes en Afrique de l'Ouest, dont la jeune cinéaste parlait en termes particulièrement crus et brutaux – des serveurs (impassibles) apportaient des plats exquisément préparés. Bien que M.R. écoutât avec une profonde attention les conversations les plus proches, une partie d'elle-même – l'image d'un torrent tumultueux s'attaquant à une paroi rocheuse lui vint de nouveau à l'esprit – était à une tout autre table – la longue planche de la cuisine des Skedd où, dans le brouhaha général – quel brouhaha! –, la (petite) voix de Jewell n'était jamais entendue – se raidissant de tout son (petit) corps parce qu'elle craignait d'être bousculée, de voir son verre d'eau (en plastique, graisseux) renversé, de se faire sournoisement piquer des bouts de pain de viande imbibés de Ketchup par le grand échalas pubescent dont la chaise touchait la sienne; car toujours à l'heure des repas il y avait ce que Mme Skedd appelait un *sacré chambard* auxquels les deux Skedd répondaient par des rafales de pinçons, bourrades, gifles et jurons afin de maintenir un semblant d'ordre (temporaire); M.R. sourit au souvenir de la toile cirée poisseuse qu'il lui revenait de nettoyer entre les repas; une tâche aisée avec les éponges aux couleurs gaies de Mme Skedd, qui prenaient peu à peu une vilaine teinte brune; cette toile cirée dans laquelle, quand elle était nerveuse ou angoissée, elle faisait de petites marques avec les dents de sa fourchette;

de même que, plus tard, en classe, elle réprimerait l'énergie presque irrépressible qui la parcourait comme un courant électrique en restant parfaitement immobile, la tête et le dos droits, les yeux écarquillés, regardant avec une attention et un respect intenses le professeur – tout adulte présent – afin qu'il perçoive sa prière *Je suis celle qui écoute, je suis celle en qui vous pouvez avoir confiance, je suis celle qui excellera.*

Car ce sont les adultes de ce monde qui sont les anges du Seigneur.

Car ce sont les adultes de ce monde qui, si tel est leur bon vouloir, vous sauveront.

Alors que la conversation déviait vers l'exploitation des femmes en Afrique – le fait, disait avec passion la cinéaste, que l'initiative des relations sexuelles est prise par les hommes dans quasiment tout le sous-continent africain, y compris quand ils sont porteurs du Sida et que leur état est connu, y compris quand leur «partenaire» est une enfant – (et il parut soudain embarrassant que, sur les vingt-sept invités de M.R., il n'y eût que sept femmes, dont quatre étaient des épouses d'hommes éminents) –, M.R. se surprit à penser au premier étage de la maison des Skedd, où les filles dormaient dans un dortoir exigu et souvent malodorant, quoique moins exigu et moins malodorant que celui des garçons de l'autre côté de la maison ; à penser à certaines choses que les «grands» faisaient quand il n'y avait pas d'adultes à proximité, et surtout à ce qu'ils disaient, des jurons et des obscénités à ne pas répéter, du moins en présence d'adultes ; car il y a le *monde enfant,* et il y a *le monde adulte,* où l'on doit naviguer avec la plus grande prudence. *Et ce qui avait été fait à Jewell – avait-on «fait» quelque chose à Jewell? À côté des marais, aucune violence ultérieure ne pouvait avoir grande d'importance.*

Mortalité infantile, nourrissons contaminés par le virus du Sida, infanticide – «Surtout les filles, dont personne ne veut et dont on se débarrasse comme de détritus» – et M.R. assise en tête de la longue table, élégamment dressée, éclairée aux chandelles et qui, posée sur un immense tapis de Chine, semblait flotter sur une mer sombre et sans fond; pensant avec une curieuse tendresse à la poupée – pas à la vilaine poupée en caoutchouc, nue et sale, jetée dans la boue, mais à l'autre – la poupée cadeau – la jolie poupée aux cheveux blond pâle en robe de soirée de satin – que lui avait donnée l'«homme des bois» qui était son ami. Car il y avait un lien inexprimé entre eux. *C'est lui qui a tiré Mudgirl de la boue quand il a vu qu'elle n'était pas une poupée en caoutchouc ni un détritus jeté dans la boue – c'est lui qui aime Mudgirl.* Et pourtant, Jewell avait été trop timide pour lui dire qu'elle le reconnaissait, elle n'avait même pas réussi à bégayer *Merci pour ce cadeau*, encore moins *Merci de m'avoir sauvé la vie.*

La poupée! Jewell avait adoré son cadeau! Tout en sachant qu'aucun amour pour la poupée blonde ne pourrait empêcher qu'elle ne lui soit prise par l'une des grandes – Bobbie ou Ginny – ou peut-être par cette teigne de Lizbeth, jalouse que Mme Skedd soit aux petits soins pour Mudgirl alors qu'elle aurait mieux fait de l'être pour *elle.*

L'homme des bois à la barbe dépenaillée et aux beaux yeux humides, M.R. le voyait si nettement, à la table de la salle à manger de Charters House, qu'elle en défaillait de désir, de nostalgie – tout ce qu'elle avait perdu, tout ce qui lui avait été pris; la poupée blonde, par exemple, à qui elle n'avait pas osé donner de nom, sachant d'instinct que cela valait mieux, lui avait été volée dans la semaine même, et elle ne l'avait jamais revue; elle n'avait jamais su qui l'avait prise, si c'était l'une des filles ou l'un des garçons; un acte de pure méchanceté, sans doute, car elle n'avait jamais surpris personne en train de jouer avec. Son cœur d'enfant avait battu de chagrin et de colère parce que Mme Skedd n'avait pas paru accorder beaucoup d'importance au vol de la poupée; quand elle avait trouvé Jewell en pleurs, elle avait dit en haussant les épaules : *Que veux-tu, gamine... Vite venu, vite parti.*

C'était une remarque qu'aimaient bien les deux Skedd. Et leurs voisins de Carthage. En grandissant, M.R. l'avait entendue souvent. *Vite venu, vite parti.*

Ce qu'on obtient facilement, on le perd facilement.

Ce qu'on obtient facilement, on mérite de le perdre.

«Madame? Puis-je prendre votre assiette?»

On débarrassait la table. M.R. baissa les yeux vers son assiette – un bar chilien, presque intact – étonnée d'être *ici* et non *là-bas.*

«Madame...?»

La serveuse – une jeune Hispanique au joli visage dont M.R. ne se rappelait apparemment pas le nom – la regardait d'un air soucieux. (Commençait-on à murmurer, parmi le personnel de Charters House, que M.R. ne mangeait guère, ces derniers temps? Et qu'elle ne leur parlait plus guère, ces derniers temps? Elle qui s'était montrée si amicale lors de son installation à Charters House que tout le personnel l'avait adorée.)

«Oui. S'il vous plaît. Merci.»

Voilà où était l'ironie : tout ce que M.R. avait accompli, tout ce que les autres percevaient comme des succès, n'avait pas été accompli facilement. Elle avait travaillé, travaillé. Elle avait travaillé farouchement, opiniâtrement, avec un idéalisme né du désespoir. Et pourtant, cela pouvait lui être retiré si facilement – comme si elle n'avait pas travaillé, ni mérité son poste.

«Il y a aussi de la pauvreté en Amérique – et pas seulement économique. Une pauvreté d'esprit... »

Elle avait parlé si bas, dans le bourdonnement et le brouhaha des conversations, que peu l'entendirent.

L'une des fortes personnalités de la table était l'économiste/philosophe E* de Cambridge, professeur invité à l'Université, spécialiste (contesté) de l'«éthique» du meurtre; cet après-midi-là, M.R. avait déplacé plusieurs rendez-vous pour pouvoir assister à la table ronde qu'il présidait : «L'éthique du meurtre : combat militaire, euthanasie, avortement». Certaines des remarques faites alors par E* avaient offensé K*, la jeune cinéaste; et l'un et l'autre discutaient maintenant avec énergie de la différence entre «meurtre» et «avortement», considérable et essentielle selon la cinéaste, «pure affaire de vocabulaire» selon l'économiste/philosophe.

Autour de la table, les autres conversations se turent. Car E* était aussi obstiné que K*, et K* refusait de s'incliner devant E*. Il s'ensuivit une vigoureuse discussion générale sur le sens spécifique/juridique de *fœtus, nouveau-né, infanticide*. Cela serait le seul sujet sur lequel les congressistes, politiquement progressistes dans l'ensemble, ne sembleraient pas à peu près unanimes.

À quel moment un *fœtus* devient-il un *être humain*; un *fœtus* a-t-il une *personnalité juridique*?

Ces discussions farouches étaient devenues, dans l'Amérique contemporaine, l'équivalent des querelles thomistes du Moyen Âge sur le nombre d'anges pouvant danser sur une «tête d'épingle» – à ceci près qu'il y entrait plus d'émotion.

Comme le battement d'une artère dans son crâne M.R. entendait ce couplet railleur, scandé par une jeune voix insolente :

Prétendre choisir c'est mentir
Aucun bébé ne veut mourir
PRÉTENDRE CHOISIR C'EST MENTIR
AUCUN BÉBÉ NE VEUT MOURIR

Pas un des congressistes n'avait posé de question sur, parlé de ni même fait allusion à l'*affaire Stirk*, pour autant que M.R. le sût. Très vraisemblablement, dans leur univers hautement spécialisé, les nouvelles de cette sorte – frisant le sensationnel, bien que rapportées avec empressement par le *New York Times* – n'étaient pas jugées importantes. Ce dont M.R. se félicitait!

Bien entendu, M.R. avait hérité du président précédent plusieurs procès interminables contre l'Université – des différends contractuels qui ne préoccupaient pas particulièrement M.R. et ne la concernaient pas personnellement; à la différence de l'*affaire Stirk*, ils intéressaient peu les médias.

Certains des enseignants de l'Université avaient été interviewés sur le sujet – c'était inévitable. Des conservateurs en vue tels qu'Oliver Kroll et G. Leddy Heidemann, souvent invités sur les chaînes d'information câblées. M.R. avait été soulagée de lire dans le *New York Times* qu'Oliver Kroll jugeait la conduite de l'Université responsable, et même «admirable»; dans le même article, Heidemann déclarait, lui, qu'en raison de son «sectarisme progressiste» l'Université avait eu une conduite irresponsable, qui avait abouti à la tentative de suicide d'un jeune individu «perturbé».

Si seulement Heidemann avait pu quitter l'Université pour un établissement plus conservateur! Si seulement l'Université avait pu le renvoyer!

Qu'il était douloureux de penser à Alexander Stirk! – le sujet bouleversait profondément M.R. – car Stirk était dans un état dit «invariable», ni vivant ni mort, sous assistance respiratoire à Philadelphie.

La famille Stirk avait porté plainte. M. Stirk avait pris un avocat très en vue pour présenter son accusation de «négligence criminelle» contre l'Université et contre plusieurs administrateurs, dont la présidente Neukirchen. (Une chance, pensait

M.R., qu'Alexander Stirk ne l'eût pas désignée comme une ennemie particulière dans ses blogs incendiaires.) Des mois s'écouleraient avant que ces actions en justice ne fassent irruption dans le débat public et, dans l'intervalle, les avocats de l'Université avaient recommandé à M.R., non seulement de ne pas en parler, mais de ne même pas y penser – car il n'y avait quasiment rien qu'elle pût faire, de toute manière.

Mais, naturellement, dans ses moments de faiblesse, M.R. pensait à Stirk. Et même quand elle ne pensait pas consciemment au garçon dans le coma, il occupait néanmoins ses pensées.

Mais je ne suis pas coupable – de quoi suis-je coupable? Pourquoi suis-je coupable?

Stirk l'avait détestée. Stirk lui avait tiré la langue!

Pourtant : elle revoyait ses yeux. La souffrance dans ces yeux. La prière. De beaux yeux aux cils épais, brillants de douleur, de fureur. M.R. n'avait pas été à la hauteur. Elle n'avait pas réussi à le convaincre de lui faire confiance.

Pas réussi à le convaincre de l'aimer.

Suttis Coldham : voilà comment il s'appelait.

Il avait regardé Jewell avec… amour? Quelle tendresse chez cet homme des bois! Suttis Coldham qui l'aimerait sans retour, du plus pur et du plus ineffable des amours – et que M.R. avait rejeté.

Coldham la reconnaîtrait-il… aujourd'hui?

Quelque chose coulait sur le front de M.R. – liquide et frais, bien que ce fût du sang. Discrètement M.R. tira de sa manche un mouchoir plié, dont elle tamponna rapidement la coupure. Personne ne le remarqua… elle en était sûre.

Depuis le temps, son visage aurait dû être guéri. Il y avait au moins deux semaines qu'elle avait fait cette chute idiote dans l'escalier. (Et personne n'en avait rien su. C'était son unique consolation.) Pourtant, la vilaine poche de sang l'élançait encore si elle la touchait ; grâce au maquillage, elle était certaine d'avoir dissimulé cette meurtrissure ; grâce au maquillage, son visage avait repris un semblant de beauté conventionnelle.

Sans rouge à lèvres, la bouche de M.R. était pâle et terreuse. Ses sourcils étaient épais, ténébreux. Au cours de la soirée, elle avait remarqué (cru remarquer) des regards perplexes jetés dans sa direction. Son assistante Audrey et une autre jeune femme de l'équipe, nommée Felice. Et S*.

S'ils voyaient quelque chose de bizarre sur le visage de M.R., ils n'osaient pas en parler.

Car depuis quelques semaines on ne pouvait pas parler d'un ton léger à la présidente. Elle qui avait eu le rire facile, dans les interstices de son travail administratif intense et prolongé à Salvager Hall, se montrait maintenant distraite, sombre. Souvent impatiente.

Plus inquiétant encore, alors qu'elle avait stupéfait son équipe par son extraordinaire mémoire, elle se mettait à oublier ou à confondre les noms.

Même le truculent Evander, avec ses dreadlocks et son rire aigu, ne retenait plus invariablement l'attention de la présidente.

La tension était visible sur le visage de M.R. Et la maladresse – l'inexpérience – avec laquelle elle s'était maquillée – un peu comme l'aurait fait un enfant : des couches inégales de fond de teint beige, recouvertes de poudre.

Si je pouvais tenir jusqu'au bout de cette soirée. Juste ça.

Ris, ris ! Question visage, c'est du pareil au même.

«Qu'en pensez-vous, madame la présidente ? Quel est le consensus dans cette université ?»

La question lui était posée par un homme cordial de l'université de Toronto, que M.R. ne connaissait que par ses travaux

en théorie politique; ses pensées avaient dérivé si loin et exer-
çaient sur elle une fascination si morbide qu'elle n'avait aucune
idée du sujet dont il était question. Elle supposa néanmoins
qu'il n'était plus le même que quelques minutes auparavant.
Avec un sourire désarmant, sans laisser soupçonner le moins
du monde qu'elle pensait à tout autre chose à la table même
qu'elle présidait, M.R. dit : « Le "consensus"? Ici? Je n'aurais
pas la prétention de le dire. »

M.R. aurait dû être embarrassée de se rendre compte, un
instant plus tard, que le politologue canadien parlait de la
guerre d'Irak – et des « débats publics » que cela avait suscité
dans le milieu universitaire.

« Et votre action militaire en Afghanistan, curieusement
baptisée "Opération Liberté immuable". »

Ce sujet fut immédiatement saisi au bond, comme un ballon – tous s'élancèrent pour s'en saisir, impatients de parler.
Parmi les invités présents, un ou deux seulement approuvaient
peut-être ces guerres, ou certains de leurs aspects, mais ils
demeurèrent silencieux devant la véhémence des autres.

M.R. dit que oui, il y avait eu de nombreux débats publics
sur la question. Le plus important avait attiré tant de monde
que les gens avaient dû rester debout dans un amphithéâtre
comptant huit cents places assises.

À peine M.R. eut-elle prononcé ces mots – qui lui paraissaient parfaitement raisonnables, admirables – qu'elle les
entendit comme dans une chambre d'écho : vaniteux, inanes,
absurdes; et l'aparté railleur de Mme Skedd *C'est qu'on se la
raconte, hein! On ne se prend pas pour rien?*

La conversation passa ensuite au « bellicisme », à l'« irrationalité ». Car sans l'irrationnel, il ne peut y avoir le belliqueux; le bellicisme *est* irrationalité. M.R. fut amenée à citer
Nietzsche, comme elle l'avait probablement souvent fait ces

derniers temps, depuis le début de la guerre en Irak : «*La folie est rare chez les individus – mais c'est la règle parmi les nations.*»

L'un des invités objecta finement : «À ceci près que la folie individuelle n'est pas vraiment si rare. Et que les individus en masse sont des nations.

– Oui, mais il y a assurément une "mentalité de masse". Une "hystérie de masse". Une foule est quelque chose de plus et quelque chose de moins que la somme de ses individus.

– C'est la santé mentale qui est rare, chez les individus comme dans les nations.»

Tout le monde rit. C'était spirituel, et très probablement vrai. Qu'il est bon de pouvoir rire ensemble, avec la certitude qu'on est soi-même sain d'esprit, pensa M.R.

Pendant quelque temps, ensuite, on discuta des attentats-suicides : le 11-Septembre et après.

Puis vint le suicide lui-même : «L'acte pur, sans mélange, non politique».

Froidement, on débattit du statut éthique du «meurtre de soi» par rapport au «meurtre»; comment était-il possible qu'on confère à l'un et à l'autre des valeurs aussi radicalement différentes?

Ce sujet dérangeant semblait avoir surgi de nulle part. M.R. s'irrita un peu de le voir aussi froidement – aussi impersonnellement – débattu.

L'économiste/philosophe de Cambridge déclara que le suicide est volontaire, alors que le meurtre, pour la victime, ne l'est jamais : «Le terme "meurtre de soi" est mal choisi.

– Pas du tout. Se suicider, c'est se tuer soi-même.

– Mais qu'est-ce que le suicide? Il y a des degrés dans la volonté, et des degrés dans l'action. Le suicide n'est pas toujours le résultat d'un acte unique, mais parfois d'une série, d'une succession d'actes sur une période de temps…»

Une partie de volley-ball, cette discussion animée. Les participants s'exprimaient si bien, leurs arguments volaient avec tant de légèreté qu'on ne se serait pas douté de ce dont, effectivement, ils parlaient.

«On a souvent observé que très peu de gens se suicidaient dans les périodes de trouble social. La misère nous maintient en vie quand elle est collective. Nous sommes embarqués dans un drame, et nous voulons savoir comment il se terminera.

– Oui! Dans les camps de la mort, par exemple. Des gens suicidaires par ailleurs – Primo Levi, pour citer le plus célèbre – s'y montraient résolus à survivre. »

M.R. écoutait, avec une subtile répugnance. Cela ressemblait tant à un jeu – un ping-pong de mots. Ses invités se doutaient-ils de ce que leurs remarques avaient d'indécent à ce moment précis, dans cette université? Elle s'efforça de parler avec calme – il lui fallait être impartiale, bien sûr – alors même qu'elle enfonçait les dents de sa fourchette dans la nappe de lin, les yeux rivés sur la table.

«Le suicidaire pense être maître de lui-même, exercer sa "volonté". Mais dès qu'il agit, c'en est fini de sa "volonté". Il devient matière – il devient un corps. Et s'il ne réussit pas à mourir... »

M.R. sentait le regard de ses invités, leur étonnement devant son émotion soudaine.

Car dans son personnage public, il était rare que M.R. élève la voix.

Il était rare qu'elle révèle – trahisse – ses sentiments.

Elle n'emporta pas l'adhésion. Elle ne continuerait pas. Elle fut reconnaissante que d'autres reprennent le sujet.

Car rien ne lui semblait plus horrible que le sort d'Alexander Stirk. N'être ni mort ni vivant, mais seulement *exister*.

Dans les marais, *existant* seulement.

De la boue dans les yeux, dans le nez. De la boue dans la bouche étouffant toute parole.

Combien d'êtres souffrants dans le monde – jetés comme des ordures, des détritus vivants. Combien de femmes, pur *bétail.*

Le miracle de sa vie, dont elle n'osait parler à personne, était que l'ange du Seigneur était venu à son secours, en fin de compte.

Et, à l'hôpital, on ne l'avait pas laissée mourir. Elle s'était raccrochée désespérément à la première branche venue – *Si je suis Jewell, je serai plus grande. Je serai plus forte.* Car la petite Jedina était celle qui avait été jetée comme un détritus.

Ni l'une ni l'autre des petites Kraeck n'avaient d'acte de naissance. Comme si elles n'étaient jamais nées.

M.R. pensait *Nous devons nous donner naissance à nous-même! Je suis assez forte.*

C'était un fait, M.R. était assez forte. M.R. en éprouva un immense sentiment de fierté. Sur une impulsion, alors qu'on débarrassait les assiettes à dessert et que le sujet de l'oppression des femmes africaines revenait sur le tapis, elle dit qu'elle aimerait inviter la cinéaste K* et ses associés – et d'autres cinéastes – et écrivains – ayant étudié la question – à participer à un colloque sur ce thème, qui pourrait être programmé pour le printemps 2004.

«Reviendrez-vous? Mieux encore, présiderez-vous ce colloque?»

La cinéaste – une belle jeune femme au visage carré, le teint caramel et les cheveux très frisés, coupés presque à ras d'un crâne exquisément modelé – la dévisagea avec un sourire surpris – car cette invitation, faite si spontanément par la présidente d'une université prestigieuse, était assurément flatteuse, et inattendue. Avec un léger bégaiement, elle répondit : « Oui, bien sûr. Quelle merveilleuse idée ! »

Et M.R. dit : « L'Université est en mesure de financer un colloque ambitieux – de payer des indemnités généreuses. Nous ne vous demanderions pas d'intervenir bénévolement. En fait, vous pourriez envisager de venir ici en qualité de professeur invité en sciences humaines – ou peut-être en lettres… nous nous occuperons des détails. »

Avec quelle assurance parlait M.R. ! Comme si la jeune cinéaste K* et elle s'entretenaient seule à seule. Les autres invités les regardaient sans savoir que penser.

Volontairement, M.R. ne jeta pas un seul coup d'œil vers l'autre bout de la table, où S*, le doyen des enseignants, devait écouter cet échange avec étonnement et désapprobation. C'était si irrégulier ! Si embarrassant ! M.R. ne se conduisait pas en administratrice expérimentée, elle n'était pas habilitée à prendre une décision aussi impulsive et unilatérale, qui, si elle était mise à exécution, concernerait beaucoup d'autres personnes à l'Université. Avec un enthousiasme de petite fille, elle demanda à K* si elle avait une carte… « Sinon… laissez-moi votre nom et votre adresse électronique, nous nous écrirons.

– Oui. Bien sûr…

– Dans ce domaine – l'éthique, le "politique" – il me semble que des images fortes sont d'une grande efficacité. Les films documentaires. Pour changer les gens, il faut les émouvoir. Seul l'art a cette capacité… d'émouvoir. »

Tandis que la jeune femme sortait un calepin d'une de ses poches, M.R. ajouta, avec chaleur, voyant que ses invités la regardaient d'un air d'attente : « J'espère que vous reviendrez tous à ce colloque ! Cela pourrait être une sorte de continuation de notre réunion de cette année. Et s'il se trouvait que les fonds n'étaient pas suffisants – mais ils devraient certainement l'être

– je pourrais m'en occuper – fournir ces fonds, je veux dire –
sur mon salaire. Un salaire inutilement élevé pour une femme
seule, je n'en dépense qu'une infime partie… »

M.R. parlait vite, presque avec gaieté. Ses invités la contemplaient d'un air perplexe, et ses collègues de l'Université, qui la
connaissaient depuis des années, la dévisageaient ouvertement,
bouche bée.

Le dîner s'acheva… enfin !

Enfin, elle put quitter sa place en bout de table, devant
laquelle des serveurs avaient défilé à peu près continuellement
pendant ce long repas, tandis que, quelques mètres derrière
elle, la porte de l'office s'ouvrait et se fermait, se rouvrait et se
refermait, d'une façon qui lui faisait battre le cœur.

M.R. se leva. Elle avait vidé son verre de vin, l'estomac
presque vide, et l'alcool lui était monté à la tête, mais c'était
une sensation agréable, un soulagement après la tension de ces
dernières heures.

Discrètement, les invités commencèrent à se retirer. Certains
étaient manifestement impatients de partir – car la journée
avait commencé par un petit déjeuner au club des enseignants,
douze heures plus tôt ; d'autres, apparemment peu pressés, se
rassemblèrent dans le vestibule pour remercier M.R. de la soirée et lui serrer la main. L'invité cordial de Toronto déclara que
Charters House était une superbe demeure – « Mais on doit
avoir l'impression de vivre dans un musée… non ? »

Oui. Mais non. M.R. réfléchit à une réponse.

« Mais naturellement je ne *vis* pas… je veux dire que je ne
« vis » pas vraiment dans ces pièces publiques, mais au premier
étage. Des pièces y sont réservées à l'usage privé du président. »

Que c'était prétentieux de se qualifier soi-même de *président* ! Il semblait pourtant inexact de dire *réservé à mon usage*.

Le doyen du corps enseignant, qui connaissait bien l'histoire de Charters House, dit, comme à la défense de M.R., que les précédents présidents avaient souvent habité ailleurs, officieusement ; le prédécesseur de M.R. et son épouse passaient l'essentiel de leur temps dans leur maison personnelle, à deux kilomètres de là. « La femme de Leander ne s'est jamais installée ici, en fait. Mais elle le secondait dans toutes les solennités, bien entendu. Il n'y serait pas arrivé sans elle.

– Vraiment ! »

M.R. rit. Cela lui paraissait très drôle. Et s'être si bien acquittée de l'épreuve de cette soirée l'emplissait d'une euphorie malicieuse ; elle s'était livrée à cette imposture habile avec son aisance habituelle ; Mudgirl à l'étage sur l'horrible siège des toilettes, le visage défait et maculé de larmes, et M.R. Neukirchen au rez-de-chaussée, à la place qui était la sienne.

« Mes prédécesseurs – depuis la fondation de l'Université au XVIIIe siècle – avait un atout qui me fait malheureusement défaut.

– Lequel ? Leur sexe ?

– Non. Leur épouse. »

Des rires cordiaux éclatèrent. Les invités de M.R. partaient. Une gerbe finale d'adieux, et la porte se referma.

Brutalement, M.R. se sentit épuisée.

Brutalement, M.R. se sentit incapable de supporter cette tension, cette imposture, un instant de plus.

Elle dit, aux membres de son personnel qui se trouvaient à portée de voix :

« Merci ! Vous avez tous été très… merveilleux. Tout s'est passé très, très… – elle chercha un mot, comme on chercherait dans ses poches un pièce, une toute petite pièce de monnaie – … bien. »

Elle n'avait pas la force d'aller jusqu'à la cuisine remercier les autres. La cuisinière, les serveurs – elle les remercierait et les féliciterait, comme elle félicitait toujours ses employés – mais pas maintenant. Le lendemain matin, ce serait bien assez tôt.

Se détournant très vite, évitant les regards (soucieux? perplexes?) de ceux qui se trouvaient dans le vestibule, M.R. monta l'escalier. Elle était résolue à ne pas trébucher, à ne pas perdre l'équilibre – sa main ne lâchait pas la rampe. Dans la manche de sa veste, un peu trop ample, elle avait caché une poignée de mouchoirs que de temps à autre pendant le dîner elle avait pressés discrètement – du moins l'espérait-elle – sur ses yeux, trop souvent larmoyants, et sur sa lèvre supérieure, qui lui semblait irritée, craquelée, comme si la petite blessure, vieille de plusieurs jours, n'avait toujours pas cicatrisé et qu'elle suinte encore. Et cette fichue coupure sur le front, qui s'était avérée étonnamment profonde et longue à cicatriser…

Lors des vigoureuses poignées de mains échangées avec ses derniers invités, des mouchoirs piquetés de sang étaient tombés de sa manche sur le sol du vestibule.

Personne ne s'en aperçut. Personne ne parut s'en apercevoir. M.R. elle-même ne s'en rendit pas compte parce qu'elle avait déjà tourné les talons pour monter au premier étage. Les mouchoirs tachés de sang seraient ramassés par l'un des membres du personnel, jetés avec les déchets du dîner.

Se réveillant en sursaut.

Se réveillant au bout d'une heure de sommeil.

Après le dîner du congrès – cette excitation, cette tension nerveuse qui suit des conversations stimulantes avec autrui – réveillée par la pensée qu'elle avait égaré le bout de papier sur lequel la cinéaste K* avait écrit son nom et son adresse électronique.

Les promesses qu'elle avait faites à K*, et devant témoins!

Si peu professionnel de sa part, et cependant – si peu de regrets.

Éprouvant le besoin de chercher ce bout de papier, et brusquement angoissée à l'idée de l'avoir égaré par négligence – distraite par les salutations échangées à la porte – et donc, pieds nus et en robe de chambre M.R. descendit une nouvelle fois l'escalier – le large escalier courbe – alluma dans le couloir – aussitôt, les ombres reculèrent d'un bond dans les grandes salles de réception – le lustre du couloir était massif, une dizaine de lampes étincelantes imitant des bougies – M.R. regarda avec anxiété autour d'elle ne voyant que la surface polie des tables – avec quelle perfection Charters House était entretenue, et à quel coût pour l'Université! – car cette vieille demeure était un monument historique et une vitrine, bien entendu – ce n'était pas la maison de M.R. Neukirchen, excepté temporairement.

« Il me faut un chez-moi. Il est temps – il me faut un chez-moi. »

Cela, elle aurait pu l'expliquer à K*. À un inconnu compatissant, très vraisemblablement une femme.

À Andre qu'elle aimait, elle ne pouvait l'expliquer. Elle pouvait seulement espérer qu'il savait, sans que cela fût dit.

Dans le long couloir il n'y avait rien – aucun bout de papier nulle part. Dans la bibliothèque, au fond de la maison, où les invités s'étaient réunis avant le dîner mais où, se souvint M.R., ils n'étaient pas retournés ensuite, il y avait quelque chose par terre près de la cheminée – un pique-cocktail taché de sauce rouge – que M.R. ramassa pour le jeter.

« Je ne peux pas l'avoir perdu. J'ai dû le poser quelque part… »

Dans la bibliothèque au plafond à solives apparentes, des interrupteurs muraux commandaient quantité de lampes, que M.R. chercha à allumer sans véritable succès. Et puis, sur l'un des fauteuils en cuir qui ressemblaient à des pièces d'échecs, elle vit un morceau de papier, s'en empara, l'approcha d'une lampe et s'efforça de lire…

Que c'était donc frustrant et étrange! M.R. en aurait pleuré, elle était déterminée à tenir la promesse faite à la jeune cinéaste...

Dans la bibliothèque de Charters House après le dîner du congrès. Ce devait être un soir d'avril 2003. Dans la semaine précédant l'annonce de la fin officielle des combats en Irak par le président des États-Unis alors même que la rébellion irakienne ne cessait de prendre de l'ampleur et que les opérations militaires allaient céder la place au gouffre d'une guerre. Cette nuit-là, trop agitée pour retourner se coucher, M.R. découvrit la Collection Dikes de littérature enfantine dans une alcôve de la bibliothèque, derrière une vitrine — une dizaine d'étagères d'éditions rares de livres pour enfants, offertes à Charters House en 1959 par un riche ancien élève nommé Simon Dikes.

Les portes vitrées avaient des serrures, mais n'étaient pas fermées à clé.

Sur les étagères, des livres très anciens — des textes latins qui semblaient devoir se désintégrer si on les ouvrait — des éditions originales en français, allemand, anglais — les Fables *d'Ésope — les* Fables *de La Fontaine — La Barbe bleue — des contes français recueillis par Charles Perrault et des contes allemands recueillis par les frères Grimm — des récits de Christian Andersen — plusieurs éditions du* Der Struwwelpeter *de Heinrich Hoffmann,* Les contes de Shakespeare *de Charles et Mary Lamb,* Le livre de la jungle *de Kipling* – Une semaine de bonté *de Max Ernst* – Le jardin secret *de Frances Hodgson Burnett et* Alice au pays des merveilles *de Lewis Carroll et* À travers le miroir.

Et sur une étagère, parmi des classiques américains – Choix d'esquisses *de Washington Irving,* L'appel sauvage *de Jack London,* Les aventures de Huckleberry Finn, Les aventures de Tom Sawyer *et* Le voyage des innocents *de Mark Twain – un énorme livre illustré sans nom d'auteur, intitulé* Le Roi des corbeaux : contes.

M.R. prit ce livre sur l'étagère. Il était vieux et abîmé, comme si on l'avait oublié sous la pluie; les pages, cassantes, sentaient le moisi. Le texte grossièrement imprimé était illustré de dessins à la plume, assez grossiers eux aussi : un enfant fuyant dans une forêt obscure; des silhouettes menaçantes à l'arrière-plan; des animaux sauvages, des êtres humains difformes, des démons. L'enfant était une petite fille dont les longs cheveux pâles s'accrochaient aux épines et aux branches des arbres. Son visage était délicat, en forme de cœur – un visage où on ne lisait pas de terreur, mais seulement un peu d'étonnement et d'inquiétude. L'enfant roulait au bas d'une pente pierreuse, tombait dans un ravin boueux. Elle aurait disparu dans des sables mouvants si le Roi des corbeaux – un bel oiseau au plumage noir, aux yeux flamboyants et aux griffes déployées, grand comme un aigle – n'avait volé à son secours.

Pelotonnée sur un siège près de la fenêtre, un lampadaire réglé de façon qu'elle puisse lire les pages pâlies et moisies sans plisser les yeux, M.R. tourna avec fascination les pages du Roi des corbeaux *tout au long de cette nuit d'avril 2003.*

Mudgirl a un nouveau foyer.
Mudgirl a un nouveau nom.

Septembre 1965-septembre 1968

« Tu as une sacrée bon Dieu de chance, Jew-ell. J'espère bien que tu t'en rends compte ! »

Mme Skedd siffla ces mots du coin de la bouche pour que seule Jewell entende.

C'était une surprise pour Jewell – ces « nouveaux parents » – qui semblaient avoir surgi de nulle part : les *New-kitchen*.

Un nom profondément mystérieux, qui resterait imprononçable pour Jewell longtemps après être devenu un nom auquel elle était attachée.

Les *New-kitchen* avaient rendu visite à Jewell tout au long de l'été. Les marais, maman et l'hôpital semblaient bien loin, maintenant. Plus récemment, l'homme des bois qui l'avait regardée fixement, planté dans l'allée des Skedd, et qui lui avait apporté la belle poupée blonde, mais ce souvenir là aussi commençait à disparaître comme l'eau dans une bonde.

Même une bonde bouchée ne parvient pas à retenir l'eau.

C'est une consolation, Mudgirl le savait. Déjà, Mudgirl savait.

Bien que les *New-kitchen* viennent chez les Skedd, dans leur maison de Bear Moutain Road, depuis plusieurs mois, généralement le dimanche, et que Jewell le sache certainement, chaque fois que Mme Skedd appelait l'enfant pour qu'elle rejoigne le couple dans la salle de séjour, elle prenait la précaution de lui dire leur nom comme si c'était la première fois : *New-kitchen*.

Et leurs prénoms : *Ag-ath-a, Kon-rad.*

Souriant de façon qu'on voie la gentille petite fille qu'elle avait été, il n'y avait pas si longtemps, avant de devenir Mme Floyd Skedd et d'habiter cette vieille maison trapue de Mountain Bear Road où elle s'occupait d'une couvée de gamins gâtés dont plusieurs n'étaient même pas de sa fichue bon Dieu de famille, Mme Skedd disait, en poussant l'enfant du coude : «Tu te souviens, Jewell… oui ? M. et Mme… »

Timidement, Jewell faisait *oui* de la tête. Car *oui* était la réponse souhaitée.

Car *oui* était l'unique réponse.

Quel gentil couple souriant, ces *New-kitchen*. On avait l'impression de regarder le soleil. Bien qu'ils ne soient pas vieux, ils ne semblaient pas jeunes non plus – Mme *New-kitchen* portait une longue jupe ample qui lui arrivait aux chevilles, comme dans un vieux livre de contes, et M. *New-kitchen* portait une veste assortie à son pantalon et un gilet à boutons rebondi sur le ventre. Parce que les *New-kitchen* étaient si souriants et si gentils et parce qu'ils posaient à Jewell des questions auxquels ils répondaient eux-mêmes et parce qu'ils parlaient, parlaient, parlaient comme des gens à la télé – pas ceux qui crient et sont en colère, mais les autres, qui sont censés être convenables, gentils, souriants et bons, tellement que vos paupières deviennent lourdes en les écoutant, ou en ne les écoutant pas – et aussi parce que à ce moment-là il n'était pas possible à Jewell de regarder ces inconnus de trop près – jamais Jewell ne regarderait un adulte de trop près par peur de ce qu'elle risquait de voir – ne-pas-voir les *New-kitchen* et ne-pas-entendre les *New-kitchen* lui donnait envie de dormir et elle avait un mal fou à garder les yeux ouverts, à rester *réveillée,* sauf si Mme Skedd la pinçait et lui jetait un regard de côté comme un éclair de ciseaux. *Bon Dieu, Jew-elle, t'avise pas de faire rater ce coup-là.*

Mme New-kitchen était une femme rondelette qui avait la forme d'un melon, un visage rond comme un melon et l'odeur un peu sucrée d'un melon coupé et laissé hors du réfrigérateur. Mme *New-kitchen* avait souvent chaud, elle transpirait et haletait et ses yeux étaient un peu globuleux, directs et nus comme s'ils n'avaient pas de cils, si Jewell jetait un regard à ses yeux, elle était saisie d'une émotion qu'elle ne pouvait nommer et qui lui faisait peur.

M. *New-kitchen* n'était pas beaucoup plus grand que sa femme et il avait la forme d'une citrouille, robuste et la peau coriace, un grand visage plissé coloré comme quelque chose qu'on a laissé dehors sous la pluie et au soleil, et ses yeux aussi étaient un peu globuleux, directs et nus comme s'ils n'avaient pas de cils et ces yeux-là aussi étaient perturbants pour Jewell, regardés de trop près.

Je ne pouvais pas savoir que c'était de l'amour dans leurs yeux.

De l'amour pour la petite Mudgirl, brillant dans leurs yeux.

Je ne pouvais pas supporter cet amour! Comment Mudgirl aurait-elle pu supporter cet amour!

Ce qu'il y avait d'étrange aussi, c'était que les *New-kitchen* se ressemblaient tellement qu'on aurait cru qu'ils étaient frère et sœur et pas mari et femme comme les Skedd qui étaient si différents l'un de l'autre que personne n'aurait jamais pu les croire du *même sang.*

Ce n'était pas seulement la forme de leur corps ni leurs visages et leurs yeux ou leur manière de parler, la façon dont ils remuaient leur bouche, leurs mains ou leurs muscles faciaux – petits rires nerveux, murmures, respiration entrecoupée – mais en plus, ce que les Skedd trouvaient terriblement drôle, les *New-kitchen* avaient un chien nommé Pudding qui leur ressemblait, un bâtard de labrador qui avait le torse massif d'un cochon adulte, un comportement timide et hésitant et en même temps agressivement affectueux – tout ce que Pudding semblait demander pour être heureux c'était que vous le laissiez vous lécher les mains, les bras, les jambes de sa grosse langue molle et humide – et presque les mêmes yeux sans cils, ce regard plein d'attente, d'espoir et de résolution qui perturbait et désorientait Jewell parce que ce n'était pas un regard auquel elle était habituée.

Reconnaître cet amour c'était reconnaître que je ne l'avais jamais connu avant.

Comme d'être enfin nourrie. Après avoir été affamée si longtemps.

Étrange, ces gens invariablement « gentils » ! Plus mystérieux encore, la raison pour laquelle ils demandaient à voir *Jewell Kraeck.*

Parmi les enfants placés chez les Skedd – parmi les enfants « adoptables » – le choix d'un couple raisonnable ne semblait pas devoir se porter sur Mudgirl. Pourtant, quand les Services familiaux informèrent les Skedd que les Neukirchen désiraient adopter un enfant, ce fut uniquement la pauvre petite Kraeck qu'ils voulurent voir – « Celle que sa mère a abandonnée. »

(Comme si, dirait ensuite Mme Skedd, avec indignation, elle avait besoin qu'on lui dise qui était Jewell pour qu'elle sache de qui ils pouvaient bien parler !)

Ensuite pendant tout l'été le couple rendit visite à Jewell, toujours en la contemplant avec leurs étranges sourires – lui parlant avec douceur et souriant pour l'encourager ; pressant parfois sa petite main molle et lui posant leurs questions habituelles qui étaient comme des caresses – « Oh ! comment vas-tu, Jewell ? » – et auxquelles ils répondaient dans le même souffle – « Tu as bonne mine, Jewell ! Tu es toute mignonne, très... » Et leurs voix s'éteignaient dans un frisson d'émotion.

Mme Skedd était nerveuse et agitée parce qu'elle savait qu'Agatha Neukirchen était bibliothécaire dans l'annexe de Covent Street de la bibliothèque municipale de Carthage – (non que Livvie Skedd entre jamais dans une bibliothèque, mais cet emploi l'impressionnait) – et que Konrad Neukirchen travaillait au tribunal du comté de Beechum. (Tout ce qui avait trait au tribunal, ou au comté, qui supervisait les Services familiaux, éveillait la méfiance et l'appréhension des Skedd qui, comme toutes les familles d'accueil, redoutaient les visites surprises d'inspecteurs ou de responsables du comté.)

Tous les enfants placés enviaient Mudgirl, maintenant ! Car ils savaient que les Neukirchen étaient des gens particuliers, différents de ceux qu'on voyait dans le quartier ou presque partout à Carthage. Il suffisait de les entendre parler – même si on ne comprenait pas ce qu'ils disaient – pour avoir l'impression d'être à l'école – où on était censé prendre les choses au sérieux.

Un jour où les Neukirchen étaient venus rendre visite à Jewell et où Mme Skedd avait presque dû traîner la petite fille dans l'escalier et jusque dans la salle de séjour pour y saluer le couple souriant, Jewell garda les yeux fixés au sol comme si leur vue l'aveuglait, et Mme Skedd s'exclama : « Jew-ell est juste *timide*. L'esprit un peu... lent, peut-être. Pas ce qu'on appelle *retardée*, mais... »

Aussitôt, Mme Neukirchen dit : « Bien sûr que non ! » et M. Neukirchen protesta : « Il n'y a rien de mal à être *retardé*, madame. Juste pour votre information. »

Penaude, Mme Skedd dit : « Oh ! oui… je sais. Je sais, bien sûr. Dans notre famille, nous accueillons tout – toute sorte de… Les enfants que nous prenons sont tous – également – les bienvenus. » Ne sachant ce qu'elle disait, elle s'interrompit, se mordit la lèvre. « Et aimés. »

Mme Neukirchen dit, tamponnant ses grands yeux sans cils : « Nous avons eu – il y a longtemps, quand nous étions jeunes – une enfant, une petite fille à nous – elle était "prématurée" – elle ne s'est pas "développée" – ses poumons, son cœur… »

M. Neukirchen effleura le poignet de sa femme. Côte à côte sur un canapé, qui ployait sous leur poids, les Neukirchen semblaient partager une même pensée mélancolique qui, immédiatement, fut chassée par le sourire heureux du mari – « Nous sommes tous les enfants de Dieu, si l'on peut dire. Et donc – *retardé* – ou pas – ne fait pas de différence pour nous. »

Pendant cette conversation, Jewell écoutait avec intensité : mais pas ce que disaient les adultes.

Toute la matinée les corbeaux s'étaient agités dans le terrain marécageux de l'autre côté du ravin et maintenant leurs cris se faisaient plus sonores au bord de la propriété des Skedd mais sans qu'on puisse savoir si c'étaient des cris de jubilation ou de protestation ni distinguer le cri particulier du Roi des corbeaux.

Maman est-elle partie ? Maman est-elle morte ? – ce n'étaient pas des questions que Jewell pensait à poser.

Maman compte-t-elle me reprendre ? – c'était une question plus plausible, que Jewell ne posait pas non plus.

« Dieu t'accordera le bonheur, Jewell. À partir d'aujourd'hui. »

On ne disposait d'aucune date de naissance pour *Jewell Kraeck*, non plus que pour sa sœur cadette *Jedina Kraeck*, l'anniversaire de l'enfant serait donc fêté par ses parents adoptifs le jour où l'adoption fut prononcée par le tribunal du comté de Beechum : le 21 septembre.

Année de naissance présumée : 1961.

Jewell avait maintenant une *nouvelle mère* et un *nouveau père*. La procédure d'adoption se déroula sans anicroche une fois que les Neukirchen eurent pris leur décision, car tous ceux qui connaissaient l'histoire de l'enfant abandonnée la plaignaient beaucoup et étaient ravis que ce couple quaker très convenable souhaite l'adopter.

« Bon Dieu. Cette gosse a de la *chance*. Grâce à *nous* ! »

Ce dernier jour, M. et Mme Skedd, leurs enfants et les enfants placés sortirent tous sur la véranda pour dire au revoir à Jewell, que les Neukirchen emmenaient vivre à Carthage. Que ce ne fût qu'à quelques kilomètres importait peu, car ils ne se reverraient jamais. Sa main dans la main moite de Mme Neukirchen, Jewell les dévisagea comme si elle voulait les graver dans sa mémoire – ces étranges visages souriants qui sombreraient bientôt dans l'oubli pour lui revenir sous la forme d'images hypnagogiques fugitives à l'orée du sommeil, mais s'anéantir quasiment dans le même instant. Pourtant, ce jour-là, alors qu'elle leur était enlevée à jamais, avec quelle frénésie ils avaient agité la main ! – comme ils semblaient heureux pour elle ! – car n'importe quelle occasion de s'agiter, hurler, siffler – ce que Mme Skedd appelait *faire du chambard* – était bonne à prendre. Tous avaient un sourire fendu jusqu'aux oreilles, sauf Mme Skedd qui avait le visage rigide comme quelque chose sur le point de se briser, et les yeux brillants de larmes – « Oh, merde ! Je ne vais pas me mettre à brailler, c'est un trop *beau jour*. »

Il fallut que Mme Skedd coure après Jewell dans l'allée pour la serrer dans ses bras à lui faire mal. Mme Neukirchen avait beau étreindre la main de l'enfant, Mme Skedd la lui enleva, même si ce ne fut qu'un instant. Et M. Skedd les suivit lui aussi, disant avec un clin d'œil et un sourire narquois : « Si t'es pas sage, Jew-elle, ces gens gentils vont te ramener ici. Et ils te largueront dans l'allée. Vu ? »

Et à l'arrière de la voiture il y avait le gros chien des Neukirchen qui tremblait et geignait d'excitation. Des yeux humides pleins d'adoration et une langue humide chatouilleuse impatiente de lécher le visage, les mains, les bras et les jambes de Jewell qui, de surprise, poussa soudain un rire aigu.

« Pudding t'aime, lui aussi, Jewell ! Si tu le veux bien. »

« "Meredith Ruth Neukirchen". »

C'était son nouveau nom. *Jewell* n'était plus son nom.

Elle ne se rappelait que vaguement – *Jedina*.

(Et où était passée *Jedina,* elle ne se le rappelait pas. Il ne lui était pas possible de remonter si loin dans le temps étant donné que même au moment où c'était arrivé elle n'aurait pu dire clairement, absolument, si ce qui était arrivé lui était vraiment arrivé à elle ou à l'autre ; pas plus qu'elle n'aurait pu dire si *Jedina* avait été elle, ou l'autre.)

(Savoir que *Jedina* avait disparu était bien assez.)

« "Meredith Ruth" – "Merry" – car nous voulons que tu sois *merry – gaie.* »

Chez les Neukirchen il n'y avait pas de cascades de rire sauvage comme chez les Skedd, mais pas non plus de cris, de bousculades et de claquements de porte, de cavalcades dans l'escalier.

Ni non plus les lits étroits des filles, les mains brutales des garçons.

Lorsqu'ils étaient venus la chercher, elle n'avait eu quasiment aucun bagage. Un fourre-tout effiloché dans lequel Mme Skedd avait mis quelques vêtements usés par les lavages. Un peigne en plastique rose, des barrettes en plastique. Des lacets dépareillés dont personne d'autre ne voulait.

Mme Neukirchen vida le sac sur un lit, le visage sombre.

« Nous t'achèterons de jolis vêtements neufs, chérie! Tu grandis. »

C'était une bonne chose de *grandir.*

Comprenant, même enfant, qu'il fallait *grandir* si on ne voulait pas *disparaître.*

Maman s'effaçait maintenant. La colère et la fureur de maman.

L'étreinte des doigts de maman – froids comme la glace.

Car maintenant elle était Meredith Ruth Neukirchen – « Merry » – et dans un endroit nouveau et lointain où maman ne pourrait pas la suivre. Elle ne passerait plus toutes ses nuits les yeux ouverts à attendre sans dormir que maman apparaisse au pied du lit.

Et dans ce nouvel endroit il y avait moins de corbeaux à l'aube. Parfois il n'y avait aucun cri de corbeau que Jewell – ou plutôt « Merry » – puisse entendre.

Car les Neukirchen n'habitaient pas à la campagne mais à Carthage, dans un *quartier.* Ils n'habitaient pas sur une route mais dans une rue, et étrangement près des maisons de leurs voisins – (des maisons de brique rouge sombre, orange foncé, beige, avec un toit de bardeaux pentu et une étroite allée pavée conduisant à un garage d'une place) – qui ressemblaient tellement à celle des Neukirchen qu'il aurait été impossible de les distinguer sans le jardin de Mme Neukirchen – un fouillis de fleurs éclatantes et de buissons fleuris dont certains étaient « vrais » mais d'autres « achetés – artificiels ». (Mme Neukirchen

plantait quelquefois de vrais géraniums au milieu des artificiels, dont les fleurs rouge vif ne brunissaient ni ne tombaient
jamais.) Dans Mount Laurel Street il y avait de grands arbres
ombreux et les propriétés étaient beaucoup plus petites que le
jardin à l'abandon des Skedd et il n'y avait pas de ravin derrière.

«C'est ta maison maintenant, chère enfant. "18, Mount
Laurel Street, Carthage, État de New York" – tu ne sera jamais
obligée d'en partir.»

M. Neukirchen fit cette déclaration de sa voix sonore et
bienveillante qui ressemblait à une voix de radio, très légèrement affectée, cérémonieuse.

«Oh, Konrad! Qu'est-ce que tu dis là! Bien sûr que notre
fille partira – un jour – pas avant de nombreuses années, j'espère, mais – un jour – et si nous avons beaucoup de chance,
"Merry" reviendra vivre à Carthage parce qu'elle y aura été très
heureuse.»

Mme Neukirchen avait une voix entrecoupée, exclama-
tive. Malgré ses mouvements dignes et étudiés, on avait souvent l'impression qu'elle venait de grimper un escalier quatre
à quatre.

«S'il te plaît, chère enfant… veux-tu bien retenir ta nouvelle
adresse? Pour le cas où tu te perdrais.

– Oh, Konrad! Qu'est-ce que tu dis là! Comme si notre fille
risquait de se *perdre* – si rapidement…

– Je ne veux pas dire *rapidement*, Agatha. Je veux dire – eh
bien, quoi, en fait? – *au cours du temps*.»

Le *temps* était un sujet qui intéressait extraordinairement
M. Neukirchen, au point qu'il mesurait le *temps* qu'il mettait
pour aller et revenir de son travail chaque matin de la semaine
– très précisément vingt-six minutes de «marche rapide». (Sauf
que le pas de M. Neukirchen était tout sauf «rapide».)

Le *temps* était le sujet de bon nombre des livres de poche
– des romans de «science fiction» – que M. Neukirchen lisait
dans son fauteuil à côté de la cheminée de la salle de séjour.
Voyages dans le temps. Paradoxes temporels.
«Mettons que tu voyages dans le temps jusqu'à une époque
précédant ta naissance, Meredith, tu découvrirais alors un
monde dans lequel *tu n'existais pas*; en revanche, en remontant le temps jusqu'à un moment postérieur à ta naissance, tu
découvrirais un monde où existerait un double plus jeune de
toi-même! Tu te rends compte?»
Si par hasard Mme Neukirchen entendait, il y avait de
grandes chances qu'elle s'écrie : «Oh, Konrad! N'embrouille
pas notre petite fille avec tes "paradoxes" absurdes! Ne l'écoute
surtout pas, Meredith – "Merry". Ce n'est qu'un de ses
triture-méninges.
– Si Pudding revenait au Pudding de… la semaine dernière,
mettons, imagine un peu comme il reniflerait et japperait! Les
chiens sont beaucoup plus sensés que les êtres humains dans ce
domaine.»
Dans la cuisine, Mme Neukirchen riait aux éclats.
«Le sens olfactif des chiens est bien plus développé que le
nôtre.» M. Neukirchen parlait gravement à sa fille, un doigt
posé contre son nez, un gros nez bosselé dont les larges narines
noires étaient hérissées de poils, comme l'étaient ses oreilles.
«Sais-tu ce qu'est le "sens olfactif", Meredith?»
L'enfant ne savait pas. Mais l'enfant devina : *sentir.*
«Oui! Parfaitement exact!» M. Neukirchen se tourna vers
la cuisine : «Notre petite fille est *très intelligente,* Agatha.»
La voix voilée de petite fille de Mme Neukirchen répondit :
«Bien entendu, Konrad. Et très mignonne, aussi.»
Dans le couloir, un son argentin retentit soudain – une hor-
loge? – l'horloge de parquet que M. Neukirchen avait hérité

de ses parents. Chaque fois qu'il entendait ce carillon – délicat et singulièrement distinct – M. Neukirchen s'immobilisait, caressait son menton barbu. À sa petite fille, il disait avec gravité : « Tu sais, Meredith : "Le temps guérit tout". » Puis après une pause, le visage sombre : « Rectification : "Le temps ne guérit pas tout – mais atténue considérablement *certaines* blessures." Cela, ma chère enfant, c'est un fait. »

L'enfant trouva étrange – au début – que les Neukirchen se parlent dans leur langue spéciale qui était à la fois légère/taquine et sérieuse/pressante. Une grande partie de ce que disait M. Neukirchen semblait avoir pour but de faire rire Mme Neukirchen – tant le rire de Mme Neukirchen éclatait vite, chaleureux et agréable à entendre. Leur petite fille adoptée apprendrait bientôt à imiter le rire de petite fille, haletant et mélodieux, de Mme Neukirchen.

Quelle différence avec les Skedd qui échangeaient des paroles comme on brandit le poing, et dont le rire blessait les oreilles. Jamais les Neukirchen n'élevaient la voix – ils étaient toujours d'une politesse qui aurait fait hurler de rire les Skedd. Car quand M. Neukirchen demandait un service, il disait : « Excuse-moi de te déranger » et quand vous lui aviez apporté ce qu'il avait demandé, il disait aimablement : « Mille mercis. » Mme Neukirchen se conduisait comme sa jumelle en miroir, à ceci près qu'elle ajoutait aussi souvent un baiser sur la joue. « Mon cher mari » – « Ma chère femme » – « Ma chère petite fille » : c'était dit pour vous faire sourire mais ce n'étaient pas des plaisanteries.

Alors que chez les Skedd tout ou presque était des blagues qui n'avaient rien de drôle, chez les Neukirchen beaucoup de choses étaient drôles sans être des blagues.

Chaque matin de la semaine, de son pas roulant, lent mais régulier, M. Neukirchen se rendait au tribunal du comté de

Beechum où, «depuis deux cents ans bien tassés», il dirigeait les «Services mythiques» – ce que Mme Neukirchen devait traduire pour ses interlocuteurs interdits : «Les Services *publics*. Un poste à grande responsabilité!»

– En effet : sans moi, toutes les lumières du comté de Beechum s'éteindraient, et l'eau cesserait de couler – égouts exceptés. Mais mon travail comporte bien moins de responsabilités que le tien, chère Agatha. Tu officies dans le royaume des plus grandes merveilles : les *livres*.»

Chez les Neukirchen on avait un grand respect pour les livres. Selon les estimations de M. Neukirchen (à moins qu'il ne plaisante?) il y avait onze mille six cent soixante-dix-sept livres et demi, éparpillés entre les deux étages de la maison, le grenier et le sous-sol. Les livres étaient entassés sur des étagères montant jusqu'au plafond, certains à plat, et d'autres les uns derrière les autres, sur deux rangées, si bien qu'on ne voyait pas leurs titres. À côté de volumes reliés en cuir – *L'Iliade* et *L'Odyssée*, les œuvres complètes de Shakespeare, romans de Walter Scott, Charles Dickens, Wilkie Collins, George Eliot et Thomas Hardy –, il y avait des livres de poche – des étagères de romans policiers, et romans de science-fiction tels que *La guerre des mondes, Les robots, Chroniques martiennes* et *La faune de l'espace*. Il y avait des ouvrages de référence en tous genres – *Book of the Year* des années 1952, 1955, 1959, 1964, *Encyclopédie britannique* et exemplaires disparates des Time-Life Books ; un mur entier consacré à des ouvrages de philosophie, d'Abélard à Zoroastre – livres de Platon, Swedenborg, John Stuart Mill, Kant, Hegel, Descartes, saint Augustin, Thomas d'Aquin, Jean-Jacques Rousseau. Il y avait une étagère réservée à de très vieux livres qui semblaient ne pas avoir été ouverts depuis des années – *Journal, Letters and Sermons* de George Fox – au milieu des livres plus récents, intitulés *A History of the Society of Friends,*

The Quaker Heritage, «*Speaking Truth to Power*». À côté du fauteuil de M. Neukirchen, qui avait pris la forme de son corps imposant, d'autres piles de livres attendaient d'être lus, principalement des ouvrages de philosophie, d'histoire ou d'*édification morale,* comme disait M. Neukirchen, et par-ci, par-là quelques livres plus légers – *Library of Humour* de Mark Twain, *Damn : A Book of Calumny* de H. L. Mencken – et des romans à énigmes d'Ellery Queen, Agatha Chistie, Cornell Woolrich. À côté du fauteuil jumeau de Mme Neukirchen, de l'autre côté de la cheminée, des biographies et des romans d'auteurs surtout féminins – Pearl Buck, Edna Ferber, Taylor Caldwell – des livres de jardinage, de couture et de cuisine ; et naturellement des livres pour enfants, neufs, d'occasion ou empruntés à la bibliothèque où travaillait Agatha Neukirchen.

« Merry ! Regarde ce que je nous ai choisi – Mme Neukirchen agitait avec enthousiasme un livre à la couverture illustrée – *Le vent dans les saules, Pierre Lapin, Les contes de ma mère l'oie, Heidi* – pour notre petite lecture du soir. »

Souvent, l'enfant voyait ses « parents » s'embrasser – pas fort ni n'importe comment sur la bouche, mais légèrement, en souriant, sur la joue ; et s'ils la voyaient, ils l'appelaient, les bras grands ouverts – « Merry ! Viens te faire *embrasser* ! »

Elle n'irait pas : elle ne voulait pas être embrassée.

Elle se cacherait le visage. S'enfuirait et se cacherait. Reculerait, muette et écœurée – ces inconnus qui se conduisaient si bêtement et qui faisaient si grand cas de leur personne.

Je ne suis pas... Merry. Je suis Jewell.

« Viens, Merry ! Vite ! »

– Tu ferais bien de te presser, Merry – les bisous s'en vont vite ! »

Et donc – on ne sait comment – à l'aveuglette, avec un petit rire haletant, elle s'avançait.

Courait vers les Neukirchen, qui se penchaient pour l'envelopper de tous leurs bras.

C'était la façon de faire : s'avancer à l'aveuglette et *être embrassée.*

« Tu seras toujours en sécurité, Meredith – si tu regardes en toi. Car la "lumière du Seigneur demeure en nous". »

Les Neukirchen disaient être des « Amis » – de la « Société des Amis » – mais il n'y avait pas de maison de réunion des Amis à Carthage. La plus proche se trouvait à plus de cent dix kilomètres, dans la ville de Watertown.

Trop loin ! Les Neukirchen n'aimaient pas faire d'aussi longs trajets en voiture.

Agatha, surtout, n'aimait pas conduire. Passer son permis – à vingt-neuf ans, après que Konrad lui eut donné des cours – lui avait été si terriblement difficile qu'elle n'avait aucune confiance dans ses capacités de conductrice ; elle roulait trop lentement, ce qui lui valait les coups de klaxon des autres automobilistes ; rester trop longtemps au volant lui déclenchait des douleurs arthritiques dans le dos, le cou et les bras.

Agatha n'aimait pas non plus accompagner Konrad, qui était, lui, plutôt trop bon conducteur – « Il est si agressif ! C'est effrayant la façon dont un volant transforme un homme. »

Quoi qu'il en soit, les Neukirchen n'allaient pas aux réunions des Amis. Faire un tel trajet simplement pour rester immobiles – et ne pas parler (Konrad adorait parler), l'épreuve n'en valait pas la peine. Ils avaient été mariés par un pasteur quaker dans la vallée de Keene, dans les Adirondacks, mais les circonstances étaient uniques.

« Le pasteur n'a dit que quelques mots – le service des Amis n'est pas bien long. Mais il a tout de même demandé si "quelqu'un s'opposait à ce mariage" et presque aussitôt il y a eu un terrible tapage – des oies du Canada qui se posaient sur un lac tout proche en battant des ailes et en cacardant comme des folles. Tout le monde a ri, mais avec un peu de gêne. Et moi – je ne sais pourquoi – j'étais terriblement *embarrassée*.

– Eh bien, moi, pas du tout, fit Konrad en riant. Si Dieu avait voulu nous faire savoir qu'Il n'approuvait pas notre union, tu peux être sûre qu'Il s'y serait pris de façon moins comique.»

C'était Konrad qui était quaker, au départ, et Agatha s'était «convertie». Ils adhéraient surtout aux *idéaux* et à l'*éthique* des quakers ; Konrad ne croyait pas particulièrement au «Christ Jésus» – tel que l'avait prêché le fondateur du quakerisme, George Fox, et Agatha était «indécise» concernant ses propres croyances.

Tous les deux convenaient que la Société des Amis était la seule religion à laquelle ils pouvaient adhérer parce que c'était un religion qui n'exigeait pas l'adhésion et dans laquelle le «péché originel» – n'importe quelle forme de «péché» – et l'enfer ne tenaient pas une grande place. Le pacifisme – que Konrad considérait comme un instinct plus humain que l'agression – relevait pour eux de la simple «logique» – tout comme de refuser de servir dans l'armée et de prêter serment. Konrad admirait George Fox pour le courage avec lequel il avait «dit la vérité au pouvoir» dans des circonstances dange-reuses, et accepté de nombreux emprisonnements pendant sa longue campagne de prêche, souvent au risque de sa vie – mais Konrad n'était pas tenté par de telles démonstrations de cou-rage et n'avait pas le goût du martyre. Il croyait sincèrement que Dieu était un vaisseau d'«infini bon sens», qu'on ne trou-vait pas dans l'obéissance servile à l'État et encore moins dans les églises, les rituels ni les lieux sacrés : «Dieu viendra à *toi* quand tu auras besoin de Lui. Inutile de faire un seul kilomètre pour trouver *Dieu*.»

« Il est déjà en toi, Meredith ! ajoutait-il. Dieu est cette "Merry" en toi – cette petite étincelle d'être. Pense à Dieu de cette façon, et Il sera ton ami toute ta vie. »

Toutes les religions étant des chemins dans la quête de Dieu, toutes étaient respectables.

Cela dit – ajoutait Konrad – certaines l'étaient plus que d'autres.

« Toutes les espèces de chien sont de l'espèce *Canis familiaris*, par exemple, mais tous les chiens ne sont pas égaux. Tu comprends ? »

Konrad faisait un clin d'œil à la petite fille qui le regardait avec un sourire perplexe. S'il remarquait qu'elle serrait – crispait – ses mains sur ses genoux, il feignait de ne rien voir ; car Konrad n'était pas le genre de père souhaitant montrer à son enfant qu'il connaît son être le plus intime. Quand elle l'entendait, Agatha disait d'un ton grondeur : « Voyons, Konrad ! Tu embrouilles cette enfant avec tes paradoxes idiots.

– Vraiment ?

– Bien sûr ! Notre petite fille est très jeune, tu sais.

– On est jeune comment quand on est *très jeune* ? »

Meredith riait de son rire haletant, se demandant si elle était censée répondre à une question pareille.

Elle n'avait aucune idée de l'âge qu'elle avait, en réalité. On pensait qu'elle avait six ans parce que *Jewell Kraeck* aurait eu six ans. Mais même ce fait supposé n'était pas une certitude.

« Eh bien… si nous ne pouvons déterminer ce qu'est *très jeune*, pouvons-nous prétendre savoir ce qu'est un *paradoxe* ? »

L'enfant souriait toujours, les yeux écarquillés, regardant tantôt son nouveau père, tantôt sa nouvelle mère. Elle savait que si elle ne répondait pas, les deux Neukirchen répondraient à leur question à sa place ; ils ne poursuivaient jamais une conversation qui la déroutait trop visiblement, ne continuaient jamais à la dévisager quand il devenait évident que leur attention la mettait mal à l'aise.

«Un "paradoxe", c'est... quoi? Un "parc à phoques"?

– Ne dis pas de bêtises, Konrad!

– Un "paradoxe" est une sorte d'énigme – et l'erreur consiste à croire qu'il faut résoudre une énigme, alors que son essence même est *de ne pouvoir être résolue.*

– Eh bien, oui! Peut-être.

– *Oui*, Agatha. C'est ainsi. Il n'est pas nécessaire de résoudre le paradoxe ni même de comprendre ce qu'il cherche à te dire – il suffit de vivre avec lui. Tu *vis.*»

Chez les Neukirchen, il était possible de vivre avec des *paradoxes.*

Chez les Neukirchen, il n'était possible de vivre *qu'avec* des paradoxes.

Parce qu'elle ne les aimait pas! Parce qu'elle se sentait seule dans la maison de brique sombre de Mount Laurel Street, en dépit des efforts d'Agatha, et de Konrad, et de Pudding – en dépit des étagères de livres qui l'appelaient comme de petites âmes enfermées, comme dans une sorte de mausolée, lui disant *Ouvre-moi! Regarde ce que je suis!*

Parce que – peut-être – la femme qui avait été maman – la femme qui était *toujours maman* – s'était incrustée dans son cœur comme un vilain petit ver qu'il n'était pas facile d'extirper. Quand elle croyait maman effacée et oubliée, elle faisait la nuit même un rêve qui la laissait tremblante et couverte de sueur car il était clair pour elle – il lui était indiqué clairement – que sa *nouvelle mère* et son *nouveau père* n'étaient pas des chrétiens mais des émissaires de Satan comme tous les gens des villes et les gens des tribunaux qui avaient volé ses enfants à Marit Kraeck, la forçant à prendre des mesures drastiques pour protéger leur âme. Tellement différente des Neukirchen qui n'avaient aucune idée de ce qu'*est* la vie.

Et Mme Skedd aurait ricané – les Neukirchen étaient gras, vilains – idiots ! Ils devaient habiter une maison prétentieuse (Mme Skedd n'avait jamais vu la maison des Neukirchen) devaient avoir des emplois prétentieux (Mme Skedd ne pouvait comparer les emplois des autres qu'au sien – mère d'accueil d'une bande de moutards, ratés, tarés, mis au rancart.) Et tout ce tralala sentimental, ces baisers, cette fichue politesse – comme dans une série télévisée idiote. M. Skedd n'était pas dupe non plus, ces cucuteries ne le bluffaient pas.

Des foutaises !

Mais en même temps, elle les aimait. Bien sûr qu'elle les aimait.

Qu'Agatha et Konrad soient idiots, sentimentaux, toujours en train de s'embrasser, et de l'embrasser, *elle* – elle les aimait pour ça. Ou aurait terriblement voulu pouvoir les aimer.

Ils étaient bons, drôles et intelligents ; on ne voyait pas tout de suite à quel point ils étaient intelligents, quand on les regardait ; et jamais ils ne criaient, ne vous bousculaient, jamais ils ne pinçaient, ne ricanaient.

Même quand ils grondaient Pudding qui, avec ses mauvaises manières de chien, ramenait de la boue dans la maison, ou pire – jamais ils ne criaient, bousculaient, pinçaient.

« S'il te plaît ! Essaie de nous appeler "maman", "papa" – si tu peux. Peut-être pas tout de suite mais... avec le temps.

– Oui ! Chaque chose en son *temps*. »

Et donc elle essaierait. Bientôt.

Car elle devait savoir qu'elle n'était pas vraiment *Jewell* – elle était *Meredith Ruth*. Elle n'était pas *Kraeck* mais Neukirchen. Bientôt, elle irait à l'école : le CP à l'école de Convent Street.

Si excitant, l'idée d'aller à l'école ! L'autre *Jewell* n'y était jamais allée parce que maman ne faisait confiance à aucune école, comme elle ne faisait confiance à personne du « gouvernement ».

Mais elle n'habitait plus avec sa mère dans la baraque en ruine derrière la station Gulf de Star Lake, ni dans la maison à bardeaux de bitume des Skedd dans Bear Mountain Road : elle habitait maintenant Mount Laurel Street, à Carthage. Elle ne partageait plus sa chambre avec personne, pas même avec une autre fille – elle ne partageait pas son lit. Elle avait sa chambre à elle, où des lapins blancs gambadaient sur un papier vert pâle, et son petit lit à elle, qui avait un dosseret blanc, et un couvre-lit de la couleur gaie du soleil que Mme Neukirchen avait fait elle-même au crochet. Elle avait des livres que M. ou Mme Neukirchen lui lisait le soir, et qu'elle apprenait à lire toute seule – des livres d'images, des livres où des animaux parlaient, les plus magiques des livres ! Elle avait plusieurs poupées dont aucune n'était aussi spéciale que la poupée blonde en robe de satin, mais elle avait aussi des peluches et sa propre petite commode en érable, et dans les tiroirs, ses vêtements, achetés pour elle, et dans une armoire, d'autres vêtements sur des cintres – des robes, des jupes. Elle avait sa chemise de nuit à elle, décorée de chatons, qui ne serait jamais mélangée avec d'autres et portée par une autre fille. Elle avait un bureau d'enfant, et une chaise d'enfant. En tant que *Meredith Ruth* elle semblait savoir qu'il y avait eu un jour, dans cette pièce, peut-être même dans ce lit, une autre *Meredith Ruth* qui avait disparu de la mai son des Neukirchen mais dont l'esprit demeurait.

Et avec cet esprit – cette autre enfant perdue et rejetée – elle pouvait vivre, aussi facilement qu'elle vivait avec elle-même. Elle le ferait.

« Prends ma main, Merry ! Surtout pour traverser la rue. »

Elle aurait bientôt six ans : c'est ce que l'on pensait. Moins développée en apparence que les autres enfants de six ans, mais elle savait déjà lire, ou à peu près ; déjà, avec M. Neukirchen, elle avait appris à « faire » du calcul.

Et donc, avec les documents des Services familiaux du comté de Beechum et un acte de naissance « supplétif » du Service des affaires administratives de ce même comté, à l'automne 1968, Meredith entra à l'école primaire de Convent Street, qui n'était qu'à quatre rues du 18, Mount Laurel Street.

Très commodément Agatha pouvait donc l'accompagner en se rendant à la bibliothèque, une rue plus loin. Ce n'était pas dans cette petite annexe, mais à la bibliothèque centrale de Carthage qu'Agatha avait commencé sa carrière de bibliothécaire en 1955. Elle était alors âgée de vingt-deux ans.

Avec quel plaisir Agatha racontait à Meredith comment M. Neukirchen et elle s'étaient rencontrés ! Avec quelle fréquence, comme qui ne se lasse pas de raconter le bonheur !

Huit mois après qu'Agatha eut commencé à travailler dans ce beau « temple de calcaire » qu'était la bibliothèque centrale, au service des livres de référence, le jeune et bouillant Konrad Neukirchen était venu demander à voir tout ce que la bibliothèque avait dans ses fonds spécialisés sur l'histoire de la vallée de la Black Snake entre les années 1600 et 1900 – « Ton père avait vraiment *fière allure*. Et il était – comme aujourd'hui – *autoritaire et tyrannique.*

À leur premier rendez-vous, quelque chose semblait avoir jailli entre eux – « Comme des étincelles. Mais naturellement, j'étais timide… Je n'étais encore quasiment jamais sortie avec un garçon ou un homme. »

Trois mois, deux semaines et un jour plus tard, Agatha et Konrad Neukirchen se mariaient, à la stupéfaction et à la désapprobation (relative) de tous ceux qui les connaissaient.

Agatha avait vingt-trois ans à l'époque! Et si peu l'expérience des hommes qu'elle s'était mis en tête qu'elle devait rire – un rire haletant, nerveux – à presque toutes les remarques de ce jeune homme loquace, qu'elles soient drôles ou non. Et Konrad avait si peu l'expérience des femmes, sous ses airs mondains, qu'il s'était mis en tête qu'il ne devait pas frôler Agatha de sa main, si innocemment ou accidentellement que ce fût, de crainte de l'offenser. Et il n'aurait évidemment jamais tenté de l'embrasser sans lui en demander la permission.

«Comment nous avons réussi à nous débarrasser de toutes ces bêtises, je n'en sais rien. Un jour nous nous sommes réveillés – chacun chez nous, cela va de soi – et je me suis dit : "Je l'aime" – et Konrad s'est dit : "Je l'aime". C'était aussi simple que ça.»

Sauf qu'il y avait chez Konrad Neukirchen certaines choses qui intriguaient Agatha.

Sa façon de se décrire comme un «ami» – par quoi il entendait «Ami» – c'est-à-dire quaker.

Et la façon dont il lui dit, mystérieusement, en posant le doigt contre son nez comme s'il imitait un aîné, que les Neukirchen avaient une «faiblesse secrète» – tous autant qu'ils étaient.

«Quelle sorte de "faiblesse secrète"? ai-je demandé, et il a dit : "Quelle sorte de secret serait-ce, chère Agatha, si je le révélais?"»

Parfois, quand elle était seule avec Meredith, ces matins où elle l'accompagnait à l'école, Agatha baissait la voix pour parler avec tendresse et mélancolie de la petite fille qui avait été *prématurée* – et qui ne *s'était pas développée*.

«Mais l'âme de Merry demeure dans la lumière – quelque part. Nous ne pouvons connaître les détails bien sûr, mais nous savons au moins cela.»

La mère de Meredith serrait très fort les petits doigts de sa fille. Un souffle humide s'échappait de ses lèvres entrouvertes. Meredith ne regardait pas la femme ronde à côté d'elle par crainte de ce qu'elle risquait de lire sur son visage.

Meredith voyait une lumière, des lumières brouillées, et des ombres dans ses lumières – comme des lapins blancs gambadant dans un champ d'herbe vert pâle. L'une de ces ombres était *Merry* mais on ne pouvait pas savoir laquelle.

Même pour un jeune enfant il était exaspérant de marcher au pas lent d'Agatha. Comme une vilaine petite fille Meredith aurait aimé retirer sa main de celle de cette femme essoufflée et courir – courir, courir – s'engouffrer dans l'une des allées pavées séparant les maisons de brique identiques, traverser les jardins de derrière et s'élancer – où cela? – n'importe où, ailleurs. Elle avait le pied trop agile pour tomber dans un ravin et se casser la cheville ou se rompre le cou (cela, c'était Mme Skedd qui le disait) et si les corbeaux lui criaient après, cela ne lui ferait pas peur. Mais naturellement jamais Meredith ne ferait quelque chose d'aussi fou et mal élevé, comme les enfants qu'elle avait connus chez les Skedd.

Avec les nouveaux habits que Mme Neukirchen lui avait achetés ou cousus, avec ses petites socquettes blanches et ses chaussures en vernis noir, Meredith Ruth Neukirchen n'était pas une enfant mal élevée, jamais. Meredith Ruth était une enfant vive, intelligente et très douce, quoique encore un peu trop silencieuse, encline à se mâchonner les lèvres.

Rien à voir avec les enfants qu'elle avait connus à Star Lake. Rien à voir avec aucun des enfants du foyer d'accueil, qui se ruaient parfois hors de la maison – couraient dans le jardin et le long du ravin – n'importe lequel d'entre eux – les enfants placés, ou ceux des Skedd, qui étaient tapageurs, grossiers et aussi remuants que des petits animaux en cage.

Ils lâchent la pression comme ça, pour rien. Ils en peuvent plus!

Ils grattaient des allumettes au bord du ravin. Les grands commençaient et les plus jeunes les imitaient mais jamais Jewell bien sûr. Ils volaient la boîte d'allumettes de Mme Skedd derrière la cuisinière et lâchaient une allumette enflammée dans le ravin profond de six mètres.

Si les flammes prenaient, Jewell s'enfuyait, affolée. Les autres, qui escaladaient le ravin et jetaient des pierres au fond, s'en apercevaient à peine; elle ne disait rien à Mme Skedd, qui regardait ses émissions de télé, vautrée sur le canapé du séjour, une canette de bière à la main.

Qui c'est? Jew-elle? Viens là, mon chou, viens que je te fasse un câlin.

Meredith ne se rappelait plus jamais ce temps-là, à présent. Elle ne voulait pas se rappeler. Sauf qu'elle avait souhaité que Mme Skedd soit aussi gentille avec Lisbeth qu'avec Jewell, à qui elle disait *Sacrément dommage que tu ne sois pas la chair de ma chair sauf qu'à tous les coups, si tu l'étais, tu serais aussi sale gosse que Lisbeth.*

Meredith ne tenait pas en place quand elle marchait avec Agatha, mais elle était aussi inquiète. Car elle savait – elle l'avait entendu – que Konrad se faisait du souci pour sa chère femme qui avait du mal à marcher bien qu'elle n'ait que trente ans – obligée parfois de se servir d'une canne tellement son arthrite des hanches la faisait souffrir.

Meredith avait vu : les grosses veines saillantes sur les jambes d'Agatha. Des jambes serrées dans des bas opaques pareils à des bandages, et des petits pieds chaussés de chaussures lacées à semelles de crêpe.

Même si Agatha grimaçait et se plaignait de son *ar-thri-te*, elle le faisait d'un ton enjoué, comme on se plaindrait du temps. Agatha était presque toujours d'humeur gaie. C'était sa « nature » – comme Pudding avait une nature de chien gai – (bien que ses pattes aussi perdent de leur force – Pudding n'était pas jeune, il marchait en titubant et laissait des poils de chien partout où il passait). Agatha adorait son travail à la bibliothèque de Convent Street. Quoique assez mal payée – selon Konrad –, elle aimait le calme de ce vieux bâtiment de pierre. Elle aimait prêter les mêmes livres année après année et les ranger sur les étagères et elle aimait les autres bibliothécaires qui étaient des femmes ayant au moins son âge et sa corpulence et un caractère semblable au sien et elle aimait bavarder avec ses clients qui étaient presque exclusivement des femmes, exception faite d'un petit contingent d'hommes à la retraite, tous gentlemen, qui adoraient Agatha Neukirchen.

Quelquefois, quand la journée était calme, Agatha tricotait, faisait du crochet ou essayait même de coudre. Elle était d'une rapidité éblouissante à l'aiguille. Elle aimait coudre elle-même ses vêtements, de longues jupes volumineuses à la taille large, car elle se sentait mal à l'aise dans les boutiques féminines. (« Plus le magasin est chic, plus on s'arrange pour que tu t'y sentes mal ! ») En public, Agatha portait des jupes lui tombant aux chevilles, qui lui donnaient une allure digne et assurée : *majestueuse,* disait Konrad. Elle portait des chemisiers à ruchés et dentelle, égayés de vieilles broches et de colliers amusants, cadeaux surprises de Konrad. Elle avait de beaux cheveux châtains, brillants comme ceux d'une jeune fille, qu'elle maintenait derrière ses oreilles par des peignes d'écaille en dégageant son beau front lisse. Dans la chambre de sa fille, elle s'asseyait au bord du lit, qui craquait sous son poids, et lui brossait longuement les cheveux, qui étaient moins brillants que les siens, des cheveux rétifs, prompts à friser et à s'emmêler.

« Oh ! pardon de t'avoir tiré les cheveux, Merry ! Cela n'arrivera plus, promis. »

Après quoi, elle lui faisait la lecture. Elle avait une réserve inépuisable de livres pour enfants, souvent merveilleux, achetés pour Merry ou empruntés à la bibliothèque – les préférés de l'enfant étaient ceux où il y avait des animaux parlants ou des petites filles comme l'Alice du *Pays des merveilles* dont les cheveux embroussaillés ressemblaient aux siens.

Agatha ne lisait pas les passages effrayants du livre d'Alice. Agatha ne lisait les passages effrayants d'aucun livre, qu'il soit pour enfants ou pour adultes.

« Quand tu lis, tu es *à l'intérieur du livre* – et là, tu es en sécurité. »

Agatha lisait à voix haute, en suivant de l'index les gros caractères d'imprimerie juste assez lentement pour que, sans vraiment s'en rendre compte, sa fille se mette à lire avec elle, reconnaissant les mots familiers parce que Agatha les avait déjà lus ou se les rappelant.

C'est si facile de lire quand on n'essaie pas ! Quand on laisse juste les mots entrer dans sa tête.

Le soir, la lecture devait prendre fin à une certaine heure. La première année où elle habita chez les Neukirchen, à 8 heures et demie.

Au rez-de-chaussée, au-dessous de la chambre de l'enfant avec son papier peint orné de lapins et son lit au dosseret blanc, il y avait la belle horloge que M. Neukirchen appelait une *horloge Stickley*.

Quand elle n'arrivait pas à dormir, Meredith écoutait le tic-tac paisible de l'horloge et ses sonneries qui étaient douces, claires et réconfortantes – l'horloge ne sonnait pas seulement l'heure, mais aussi les quarts d'heure (un seul coup) ce qui était beau à entendre mais effrayant aussi – quelquefois – parce que les sonneries arrivaient souvent et qu'on ne pouvait pas les arrêter.

Voici quel était le test : vous entendiez l'horloge commencer à sonner et comptiez en même temps – *un, deux, trois, quatre* – en essayant de deviner quand cela s'arrêterait – et souvent les sonneries continuaient – *cinq, six – sept, huit* – comme une réprimande.

Meredith examinait l'horloge avec fascination : le long pendule de cuivre se balançait lentement, languissamment et, de temps à autre, ralentissait et s'arrêtait de lui-même. M. Neukirchen savait réparer l'horloge, Mme Neukirchen prétendait ne rien y connaître et n'y touchait jamais.

Chez les Skedd, une belle horloge comme celle-là aurait été cassée en l'espace de quelques jours. Le mécanisme était si visible, si tentant que vous étiez naturellement tenté d'y fourrer les doigts. Vous étiez naturellement tenté d'arrêter ce bon Dieu de tic-tac, ces satanées sonneries.

Mais les Neukirchen aimaient leur vieille horloge – « Elle est le cœur tictaquant de cette maison », dit Agatha, et Konrad dit, avec un clin d'œil à Meredith : « Cette horloge est une véritable antiquité. Un héritage de famille. Et elle me rappelle – même si je préférerais l'oublier – que nous, les Neukirchen, avons une faiblesse secrète, à laquelle aucun d'entre nous n'a échappé. »

Meredith sourit, mal à l'aise. Meredith crispa ses mains en cachette de son père et sourit, mais elle ne demanda pas quel était cette *faiblesse secrète ;* ce qui sembla étonner Konrad, car il dit, avec un léger froncement de sourcils : « Hmmm ? Tu ne demandes pas à ton papa quelle est la "faiblesse secrète" des Neukirchen ? »

Meredith secoua la tête : *non.*

Meredith rit devant la mine que faisait Konrad.

« Vraiment ? Tu ne vas pas me le demander ? »

De nouveau Meredith secoua la tête.

« Ma chère fille est la seule personne à qui j'ai mentionné ce secret et qui ne m'a pas posé de question ! Stupéfiant. »

Konrad n'en resta pas là, il revint à la charge peu après : « Mais pourquoi ne me le demandes-tu pas, Meredith ? Tu n'es pas curieuse de connaître la faiblesse secrète des Neukirchen ? »

Meredith secoua la tête : *non*.

« Mais – Konrad tira sur sa barbe, feignant l'exaspération – pourquoi n'es-tu pas curieuse ?

– Parce que… ce ne serait pas un secret, si tu me le disais. »

Konrad dévisagea l'enfant et resta un instant sans voix.

« Ma foi, dans ce cas – ma chère fille – tu as raison, bien sûr. »

Jamais plus Konrad n'aborda ce sujet avec Meredith.

Ce fut le lendemain matin d'une de ces nuits – Meredith était en CE2 et avait huit ans (si on la supposait née le 21 septembre 1961) – passées à écouter l'horloge dans le vestibule en se demandant si sa mère était en vie et si oui où elle était et si sa mère réussirait à la trouver dans cette nouvelle maison – que fut révélée la terrible nouvelle, dont on ne parlerait jamais à Meredith.

Il y a deux sortes de nouvelles dans la vie d'un enfant : celles qui sont dites, et celles qui ne le sont pas.

On ne sait comment, pourtant, Meredith saurait.

C'était la semaine du concours d'orthographe de l'école primaire de Convent Street, en juin 1969. Bien qu'elle eût trois ans de moins que bon nombre des « concurrents vedettes », Meredith Ruth Neukirchen devint la championne d'orthographe de l'école en écrivant correctement *licorne*. Au cours de cette même semaine, les journaux et la télévision annoncèrent une *découverte macabre* : le cadavre ratatiné et momifié d'un petit enfant, une toute petite fille, découvert dans un réfrigérateur jeté au bord d'une décharge, dix-sept kilomètres à l'est de Star Lake.

Cette sinistre nouvelle fut diffusée sur la chaîne de télévision locale. Rapportée dans le journal de Carthage.

Naturellement, les Neukirchen cachèrent cette sinistre histoire à leur fille.

On ne sait comment, pourtant, Meredith sut.

… des restes momifiés qui seraient ceux de la petite Jedina Kraeck, trois ans, disparue en avril 1965 de la maison de Stark Lake où elle habitait avec sa mère Marit Kraeck et sa sœur aînée Jewell.

Des mandats d'arrêt avaient été lancés contre Marit Kraeck en avril 1965 pour abandon moral, maltraitance d'enfant et tentative d'homicide, mais sans résultat.

Un habitant de Stark Lake et son fils, qui pêchaient dans la Black Snake, ont découvert les «restes momifiés» dans le réfrigérateur et signalé leur découverte au bureau du shérif du comté de Beechum.

Selon les déclarations du bureau du shérif, l'enquête sur la disparition de Marit Kraeck «suit son cours».

Une autre fois, beaucoup plus tard.

L'année où Meredith Ruth Neukirchen fut nommée «élève d'exception» des classes de cinquième du collège de Carthage.

Car souvent pendant ces années-là Meredith fit la fierté de ses parents adoptifs et les rendit heureux de ses succès.

Non qu'il fût difficile de rendre les Neukirchen heureux.

Jamais ils ne poussèrent leur fille à étudier – jamais ils ne l'obligèrent à se conduire autrement qu'elle ne souhaitait se conduire. Ils trouvaient cela merveilleux et néanmoins assez peu surprenant car le profond miracle de leur vie était que « Merry » leur eût été rendue – à côté de ce miracle-là, les excellentes notes et le caractère doux de l'enfant étaient secondaires.

Très intelligente et très douce ! De Konrad, elle semblait avoir pris l'esprit inquisiteur, sinon la tendance à la loquacité ; d'Agatha, une légère tendance à la maladresse. Tout le monde s'accordait à dire qu'elle était réservée – plutôt « repliée sur elle-même », « mûre » pour son âge.

Comme elle ne voulait pas blesser ni offenser ses parents qui l'adoraient, elle ne fermait jamais la porte de sa chambre entièrement – mais presque – travaillant seule à son bureau d'enfant qui devint vite trop petit pour elle, de même que le lit d'enfant au dosseret blanc et les vêtements cousus par Agatha au rythme des saisons. Apparurent chez elle à des moments imprévisibles des périodes d'absence et de transe où elle devenait, pour ses parents adoptifs, un être mystérieux, comme un elfe ou une luminescence pourrait apparaître dans le cadre le plus ordinaire en vous invitant à le toucher – à le traverser de la main. « Elle est le don que Dieu nous a fait et que nous ne méritons pas », disait Agatha, avec un frisson ; à quoi Konrad répondait, d'un ton réprobateur : « Si Dieu nous l'a donnée, tu peux être sûre que nous la méritons. Dieu n'a encore jamais fait d'erreur – comme a dit Einstein : "Dieu ne joue pas aux dés avec l'univers". »

Ce qui fascinait le plus Meredith était les livres : pages imprimées, mots. Il ne s'agissait pas seulement de textes scolaires ou de passe-temps, mais de portes ouvrant sur des régions inconnues. De même qu'elle avait appris à lire jeune et sans grand effort, elle semblait retenir sans effort : des pages entières, de longs passages demeuraient dans son esprit, vivants et électrisants.

Elle était également une bonne sportive – le plus souvent ; une fois qu'elle avait appris à imiter les autres. Elle n'avait pas le don d'improvisation des sportifs nés, ni leur goût de la compétition, de la *victoire* ; mais elle était une bonne coéquipière, fiable, têtue et endurante. Bien qu'elle fût vive et attentive en classe, il arrivait qu'elle paraisse légèrement déconnectée, comme captivée par ses propres pensées au point d'oublier le monde extérieur ; les conversations légères ne la marquaient guère, ni les noms et les visages de certaines personnes qu'elle rencontrait souvent – la troupe d'amies d'Agatha et les moins intéressantes de ses camarades d'école. « Notre fille supporte mal les imbéciles, disait Konrad, et si je ne peux pas m'en attribuer le mérite génétique, j'espère pouvoir revendiquer celui de l'*influence*.

– Oh, mais Merry ne souhaite pas *insulter* les gens – n'est-ce pas ? En ne se rappelant pas leur visage ou leur nom…

– L'"insulte" est une question de point de vue. Notre fille est d'une trempe supérieure. »

L'important était le savoir séculaire, croyaient les Neukirchen, et ce savoir était conservé dans les livres. Lorsque vous lisez, le livre pénètre votre âme, et vous êtes à l'intérieur du livre ; le livre à l'intérieur de l'âme est un aspect de la lumière intérieure, qui est Dieu.

Le reste, le vaste monde chaotique et cacophonique, se déroberait à leur fille, pensaient-ils. Meredith deviendrait probablement professeur – et si elle enseignait au lycée, il serait merveilleux qu'elle revienne enseigner à Carthage !

« Elle pourrait aussi devenir bibliothécaire, tu sais. Elle adore les livres.

– Oui. Mais non. Notre Meredith adore les livres, mais elle aime encore plus réfléchir sur eux. Les bibliothécaires, bénis soient-il, sont le sel de la terre, mais ils ne *réfléchissent* pas – pas dans le sens où je l'entends. »

Et donc, quel plaisir pour les Neukirchen quand Meredith fut nommée « élève d'exception » des classes de cinquième ! À l'occasion de la réunion de printemps du collège de Carthage où, au ravissement de ses parents, *Meredith Ruth Neukirchen* fut appelée à monter sur scène pour recevoir un certificat encadré et une édition illustrée des *Quatre filles du docteur March* ; et sa photo parut avec celles d'autres élèves primés dans le journal de Carthage du lendemain matin.

Sous la photo, en page 6, ce titre : LE COLLÈGE DE CARTHAGE HONORE SES ÉLÈVES D'EXCEPTION. Et sur la page d'en face, un autre titre : L'ENQUÊTE SUR L'INCENDIE CRIMINEL DE BEAR MOUNT ROAD SE POURSUIT.

Cette nouvelle-là n'était pas nouvelle. Elle datait de la semaine précédente.

Meredith n'avait pas vu le premier article. On le lui avait très probablement caché.

Elle ne lirait pas non plus cet article-là en entier, apparemment.

Un simple coup d'œil à la colonne imprimée, un regard rapide comme un battement d'ailes.

> … maison d'Olivia et Floyd Skedd dans Bear Mountain Road, réduite en cendres en pleine nuit par un violent incendie qui a coûté la vie à huit de ses occupants. On soupçonne un acte criminel. M. et Mme Skedd, quarante et un et trente-neuf ans respectivement, étaient des parents d'accueil « tenus en grande estime » par les Services familiaux du comté de Beechum. Parmi les huit victimes, quatre étaient des enfants placés, âgés de trois à treize ans. Deux autres étaient les enfants des Skedd, âgés de onze et quatorze

ans. Des traces d'essence à briquet ont été trouvées dans les ruines fumantes du rez-de-chaussée. La seule survivante de cet incendie qui a mobilisé les pompiers de trois districts du comté de Beechum est la fille de seize ans des Skedd, Lizbeth, retenue en garde à vue dans le centre pour mineurs du comté à l'heure où nous écrivons.

Bien que Meredith eût à peine eu le temps de parcourir ce paragraphe – avant qu'Agatha ne lui retire le journal des mains avec un petit rire nerveux pour montrer à Konrad la merveilleuse photo en page 6 – Meredith en garda un souvenir parfait. Elle n'aurait aucun besoin de relire l'article.

Ce soir-là, les Neukirchen fêtèrent le prix de leur fille par un dîner de gala : le pâté de viande d'Agatha, arrosé de Ketchup épicé et doré au four, un gratin de pommes de terre et la tarte au potiron d'Agatha, accompagnée de crème fouettée. Ils ne parlèrent pas de l'article sur l'incendie criminel – les Neukirchen ne parlaient jamais de sujets aussi attristants, de toute manière. Leur Dieu était un Dieu de lumière et non un Dieu de ténèbres et, sur les ténèbres, qu'y a-t-il à dire ?

Lorsqu'on l'avait appelée sur la scène cet après-midi-là, Meredith avait été intimidée, mais cela lui avait fait plaisir ; elle avait été heureuse de recevoir ce prix, et encore plus que ses parents soient là pour l'applaudir avec les autres. Mais ce prix semblait l'embarrasser et elle ne souhaita plus en parler ensuite ; elle cacha le certificat encadré quelque part dans sa chambre. *Les quatre filles du docteur March* étaient un roman qu'elle avait déjà lu, bien entendu – en classe de cinquième.

Pendant ce dîner de fête, les Neukirchen bavardèrent gaiement alors que, silencieuse, Meredith enfonçait légèrement sa fourchette dans la nappe éclaboussée de tournesols. Il n'y avait personne à qui elle aurait pu dire ce qu'elle aurait peut-être eu à dire, s'il y avait eu quelqu'un à qui elle avait pu parler.

Sa jeune vie commençait, avait déjà commencé. Elle s'envolerait loin de Carthage, et même de cette maison où, comme dans le plus étonnant des contes de fée, elle était aimée – qui qu'elle fût dans cette maison, elle était aimée. Meredith Ruth – « Merry » – ne manquerait jamais d'amour.

Tu as beaucoup de chance, Jew-ell. J'espère que tu le sais!

Oui. Elle le savait.

Le Roi des corbeaux avait disparu de sa vie, elle s'en rendit compte.

Il lui manquait beaucoup. Le matin, quand elle se réveillait de bonne heure, ce n'étaient pas les cris ardents et sauvages des corbeaux quelque part au-delà des murs et du toit d'une maison qu'elle entendait, mais le tic-tac méthodique de l'horloge de M. Neukirchen, le son froid et argentin de ses sonneries.

Mudgirl accouplée.

Préparée elle doit être préparée.
Ce matin où ils vinrent la chercher sans avertissement sinon
ceux que même dans son aveuglement elle aurait dû reconnaître
inévitablement.

Elle avait dû s'endormir, le gros livre lui échappa des mains
et la réveilla en sursaut.

Elle se leva aussitôt : quelle heure était-il ? Où était-elle ?

… dans la bibliothèque de Charters House. Dans la demeure
du président, grelottant pieds nus et en robe de chambre dans
l'une des pièces du rez-de-chaussée et sur les fenêtres à petits
carreaux toutes proches sa silhouette fantomatique vacillait,
aussi dépourvue de visage et d'identité qu'un mannequin de
couturière.

Sans un regard à la couverture de ce livre au format malcommode, elle le rangea hâtivement sur une étagère. Une
vieille édition rare d'un livre pour enfants du XIXe, peut-être,
prise dans la vitrine – la Collection Dikes.

Il y avait tant de livres dans la maison du président, et si rarement ouverts !

C'était vraiment un musée/mausolée. Au lieu de morts momifiés et calcifiés, de vieux os cassants superposés, comme dans des catacombes, des centaines de livres, tous portant fièrement un titre, le nom d'un auteur plein de fierté.

Que faisait M.R. dans cette pièce à une heure pareille ! À peine vêtue, pieds nus !

Parquet luisant, lustres de cristal, tapis de Chine fané.

Depuis longtemps elle avait une peur irrationnelle – une peur maîtrisable – une peur ridicule – dont (bien entendu) elle se moquait : elle redoutait que des rôdeurs nocturnes ne viennent regarder par les fenêtres du rez-de-chaussée de l'élégante demeure, construite au sommet d'une colline abrupte dans un coin écarté du campus universitaire.

Jusqu'en 1919, le président de l'Université avait habité une maison de style colonial à côté de la chapelle, au centre du campus. Des étudiants en goguette s'introduisaient alors souvent dans le parc privé du président, regardant par les fenêtres et effrayant les occupants si bien que, finalement, après un incident scandaleux, la résidence présidentielle avait été déplacée quatre cents mètres plus loin, dans Charters House.

Protégée par une clôture en fer forgé de trois mètres cinquante et (en théorie du moins, car elle n'était jamais fermée) par une grille d'entrée, Charters House était beaucoup moins accessible que la demeure précédente.

Naturellement M.R. était parfaitement en sécurité. Aucun étudiant ne pouvait éprouver le moindre intérêt à s'introduire dans la propriété. Un bois touffu de conifères couvrait la colline. Bâtiment principal, remise et garage cinq places étaient surveillés par des caméras. Il y avait des détecteurs de mouvements dans le parc, surveillés par la sécurité du campus.

Malgré tout, déambuler au rez-de-chaussée en tenue légère la mettait mal à l'aise.

Elle ne se rappelait plus pourquoi elle était descendue là, une ou deux heures plus tôt.

L'insomnie est une désintégration du cerveau. Des flaques d'eau scintillant comme des éclats de verre dans un marais s'étendant à perte de vue.

«Là…»

Sur une étagère, à quelques dizaines de centimètres, quelque chose qui ressemblait à un billet plié. M.R. s'en saisit – mais ce n'était pas un billet, juste une serviette tachée de sauce cocktail que le personnel avait omis de ramasser.

Une horloge sonna dans le couloir obscur : 3 heures.

Au premier étage elle s'efforça de dormir jusqu'à ce que finalement, à 5 h 10, elle y renonce pour la nuit. Rejetant les couvertures, elle s'habilla à la hâte, redescendit et sortit dans l'air frais et humide, où l'odeur des pins et de la terre mouillée agit comme un baume sur un malaise obscur, une appréhension qu'elle n'aurait su nommer.

Plusieurs fois par semaine elle nageait dans la piscine de l'Université. Plus intensément et plus souvent dans les périodes de stress, et toujours de bon matin afin d'être seule.

Être reconnue, identifiée – comme cela lui était désagréable dans ces moments-là !

De si bonne heure, juste avant l'aube, le campus était désert. Quelques rares lumières brillaient, brouillées et fantomatiques, derrière des stores baissés. Le gymnase et la piscine, qui ouvraient à 5 heures du matin, étaient à un quart d'heure de marche, le temps qu'elle y arrive, il était 5 h 25.

Au début, elle était allée à la piscine à 7 heures. Elle nageait généralement quarante-cinq minutes. Mais de nombreux nageurs arrivaient alors à la piscine avant qu'elle n'eût quitté les lieux, la plupart susceptibles de reconnaître M.R. Neukirchen, quoique peu d'entre eux lui auraient adressé la parole si elle n'en avait d'abord pris l'initiative. À deux reprises Oliver Kroll était arrivé à la piscine au moment où elle partait et l'avait regardée avec une sorte d'étonnement muet. Elle avait donc fait en sorte d'arriver à la piscine une demi-heure plus tôt, et avait croisé Oliver Kroll une troisième fois. Elle avait donc fait en sorte d'arriver encore une demi-heure plus tôt, et depuis elle n'avait plus revu Kroll.

À 5 h 30 la piscine était vide. Un quart d'heure plus tard arriverait un jeune homme large d'épaules, un nageur solitaire aux cheveux noirs lustrés que M.R. voyait souvent à cette heure-là, mais qu'elle ne connaissait pas et qui ne semblait pas la reconnaître en maillot et bonnet de bain. Un peu avant 6 heures, un autre nageur arriverait, puis un autre, et après 6 heures une succession régulière de nageurs jusqu'à ce que la piscine ne soit plus fréquentable pour qui souhaitait être seul.

Mais pour l'instant il était encore tôt. Dans son maillot une-pièce sombre, coiffée de son bonnet blanc, M.R. se glissa dans l'eau et commença à faire des longueurs dans son couloir habituel à l'extrême gauche de la piscine, nageant sans hâte mais avec régularité, sentant céder peu à peu un nœud de tension entre ses épaules. Plus jeune, elle avait trouvé magique le support inattendu de l'eau, la facilité avec laquelle son corps, qui lui semblait si lourd et si disgracieux sur terre, fendait l'eau sous l'action de ses bras et ses jambes. Et dans l'eau aussi, elle s'était sentie enveloppée d'un manteau d'invisibilité.

Dans la salle haute de plafond, des échos assourdis qui semblaient ceux de voix lointaines. Au-dessus d'elle une mosaïque de nuages marins. Quand elle nageait, M.R. fermait à demi les yeux. Quel réconfort d'être ici, loin de Charters House et de ses nuits sans sommeil !

Elle pouvait presque se dire *Peut-être n'ai-je pas besoin de sommeil. À cause de cette chaleur blanche, de cette incandescence qu'il y a en moi.*

Elle nagerait quarante-cinq minutes, rentrerait se doucher et à 7 h 30 Evander arriverait pour l'emmener à Philadelphie où elle devait rencontrer de gros donateurs potentiels.

L'un des membres les plus anciens et les plus puissants du conseil d'administration avait arrangé ce rendez-vous. La présidente Neukirchen ne pouvait faire autrement, dans un premier temps, que de consentir à une rencontre, bien que ce qu'elle savait de l'entreprise donatrice – le troisième plus grand fournisseur de gaz naturel au monde – lui inspire consternation et répulsion.

L'argent provenant d'une source (peut-être) sale était-il de l'argent sale ?

Ceux qui recevaient de l'argent (peut-être) sale étaient-ils eux-mêmes salis ?

Le don potentiel pourrait atteindre les trente-cinq millions de dollars, lui avait dit en confidence l'administrateur.

Trente-cinq millions ! Même pour une université bénéficiant d'une dotation de dix-huit milliards de dollars, c'était considérable. À lui seul, ce don suffirait à payer les frais de scolarité de tous les étudiants admis à l'Université indépendamment des moyens financiers de leur famille.

Le scandale n'avait pas été mince lorsqu'il s'était révélé que l'Université avait investi dans des sociétés sud-africaines pendant la période de l'apartheid, bien que se flattant de son ultra-progressisme en matière raciale, et de son rôle précurseur en matière de « discrimination positive » dans les années 1960 ; le scandale avait été encore plus grand quand un jeune historien du corps enseignant avait découvert que l'Université, qui se flattait d'avoir fait partie du Chemin de fer clandestin dans les années 1850 et 1860, avait bénéficié, à la fin des années 1700, de la traite des esclaves d'Afrique de l'Ouest.

Ces scandales mineurs, débattus avec feu à l'Université, s'étaient répandus dans les médias, et notamment dans les pages du *New York Times*.

Il s'agissait de questions éthiques légitimes, selon M.R. Même si, en sa qualité d'administratrice de l'Université, elle était également obligée d'envisager l'aspect économique des choses.

Quelques mois plus tôt, la perspective de ce rendez-vous à Philadelphie l'aurait angoissée : à présent, très bizarrement, elle éprouvait un pincement d'attente, d'excitation – celui qu'on éprouverait à jeter une allumette enflammée dans un ravin, par exemple.

Pour voir ce qui prend feu. À titre d'expérience.

Nager la réveillait, toujours plus pleinement !

Le rendez-vous de 7 h 30 n'était pas inhabituel. M.R. avait souvent des petits déjeuners de travail, comme elle avait des déjeuners et des dîners de travail. Très souvent, la semaine de la présidente était remplie de rendez-vous d'un bout à l'autre de la journée, à quoi s'ajoutaient des soirées qui, souvent, étaient également des rendez-vous de travail, une sorte de diplomatie par d'autres moyens. Le week-end, il lui arrivait aussi d'assister à des congrès ou de voyager. Si M.R. restait chez elle, elle avait invariablement des dîners sur son agenda.

Une journée au programme serré était une journée qui avait sa justification. Lorsqu'il y avait des trous, tels des pans de ciel vide, M.R. en était arrivée à se sentir inutile, désorientée et perdue.

Autrefois, nouvelle venue dans l'administration, elle avait rêvé d'avoir plus de temps libre – pour penser, pour réfléchir sur des questions philosophiques, pour composer ces essais méticuleusement organisés, soigneusement argumentés qui lui avaient valu les éloges de ses collègues (essentiellement masculins), généralement assez avares d'éloges. À présent, la perspective de jouir de *temps libre* n'était plus aussi engageante.

Agatha non plus n'avait pas aimé le *temps libre*. Même quand elle lisait ou regardait la télévision, ses mains dodues s'activaient avec une célérité étonnante : tricot, crochet, couture.

Konrad était très différent. *Je paresse et invite mon âme* – il avait si souvent prononcé cette phrase que Meredith avait été étonnée de découvrir, au lycée, qu'elle n'était pas de lui mais de Walt Whitman.

Ses merveilleux parents, si aimants ! Dans ses interviews, M.R. en faisait un éloge vibrant.

C'était un mystère pour elle : la raison pour laquelle, dès qu'elle avait quitté Carthage (d'abord pour Cornell, puis pour un troisième cycle à Harvard) elle semblait avoir oublié les Neukirchen. Elle se proposait sans cesse de leur téléphoner ou de leur écrire ; en ces années pré-électroniques où écrire des lettres pouvait être une tâche agréable. On eût dit qu'une brume s'amassait au fond de son cerveau, froide et insidieuse.

Et avant ces *merveilleux parents quakers* dont elle parlait dans les interviews, recouvrant les années qui avaient précédé la maison de brique sombre de Mount Laurel Street où elle avait été si heureuse, et si aimée, la brume était encore plus insidieuse, plus implacable. Ce qui y était enveloppé, ce qui était perdu à son souvenir, M.R. n'en avait aucune idée.

De ces années-là, M.R. ne parlait jamais dans les interviews.

L'oubli ! Un phénomène dont M.R. pensait qu'il touchait plutôt le présent, la course vertigineuse du présent. À la façon dont, braquant une torche dans l'obscurité, on suit des yeux la trajectoire de la lumière sans voir la pénombre environnante.

Ce qui était essentiel à son corps, la nage par exemple – elle ne risquait pas de l'oublier.

Elle s'apercevait souvent, quand elle fouillait dans ses papiers – notes, esquisses et brouillons d'essais – qu'elle ne se rappelait plus sur quoi elle avait travaillé, ni pourquoi cela lui avait paru si important à un moment donné.

Même son écriture semblait changer, car elle n'écrivait plus que rarement à la main.

Dans notre famille il y a une faiblesse secrète. Pas un seul d'entre nous n'a été épargné.

Elle n'avait jamais su quel était le secret de famille de Konrad. Même si, maintenant qu'elle était adulte, elle pouvait le deviner.

Oh! une simple devinette…! Un des triture-méninges de ton père, tu le connais.

Agatha riait de son petit rire haletant. Une lueur de peur dans ses grands yeux limpides, aussitôt évanouie.

« M'dame ? »

Quelqu'un qu'elle ne connaissait pas : le jeune homme aux cheveux noirs lustrés, les épaules larges, des tortillons de poils sombres sur le torse, les épaules, les bras et les jambes, grossièrement accroupi au bord de la piscine au moment où M.R. se hissait hors de l'eau. Son regard la suivit quand elle prit pied sur le carrelage mouillé, l'eau qui ruisselait le long de ses jambes lui donnant soudain un sentiment intense de sa féminité, en même temps que de gêne.

Le nageur solitaire qu'elle avait souvent vu dans la piscine – était-ce bien lui ? Il n'avait pas l'air d'un étudiant, en fin de compte.

Ni de qui que ce fût d'autre dans l'Université.

« Oui ? C'est à moi que vous parlez ?

– Oui, m'dame. À vous. »

Il s'était relevé, dominant M.R. de plusieurs centimètres. Lui aussi venait de sortir de l'eau – des gouttelettes scintillaient sur son corps aux muscles compacts. Il était plus âgé que M.R. ne l'avait cru, vingt-cinq ou trente ans, le visage carré et épais, une tête évoquant celle d'une phoque, des yeux noirs brillants d'animal ; son sourire railleur, qui découvrait un peu ses dents, rappela à M.R. une photo ou un dessin – une tête de chien grondant dans *L'expression des émotions chez l'homme et les animaux* de Charles Darwin.

M.R. fut prise au dépourvu. Un inconnu – un intrus – lui adressant la parole dans ce cadre universitaire !

Et quelle insulte que cet inconnu n'ait aucune idée de son identité.

M.R. s'apprêtait à se détourner, contrariée, quand le jeune homme la saisit par le coude. « Par ici, m'dame. »

Elle était trop stupéfaite pour résister. Il l'avait empoignée si soudainement, dans cet endroit quasi public, dans ce cadre universitaire où elle se sentait chez elle que, incapable de résister, elle trébucha gauchement à côté de son ravisseur qui, brutalement et sans cérémonie, l'entraînait vers la sortie ; il lui marmonnait à voix basse des mots à la fois apaisants et autoritaires, comme on parlerait à un animal captif, conduit par la bride – quelle docilité chez l'animal hypnotisé, sous l'emprise de la terreur ! M.R. prit son inspiration pour protester, pour crier – ne put émettre un son – alors que dans la grande piscine, sous le plafond de superbes mosaïques bleues où voguaient des nuages marins les autres nageurs continuaient de nager dans leurs couloirs respectifs comme des automates, aussi indifférents au rapt de M.R. qu'ils l'avaient été à sa présence à côté d'eux dans le bassin.

Préparée vous devez être préparée. M'dame.

Derrière le gymnase il y avait un parking pavé et plus loin une colline abrupte et encore plus loin – curieusement – inexplicablement – un autre espace pavé ressemblant à un quai de chargement où l'air sentait la créosote et l'eau huileuse comme au bord d'une rivière polluée et avec un étonnement terrifié elle découvrait maintenant d'autres gens – des femmes – contraintes elles aussi par leurs ravisseurs masculins de marcher le long de la rivière, poussées, bousculées et invectivées comme des réfugiées et avançant pourtant avec effarement trébuchantes redoutant de tomber car tomber en ce lieu signifierait périr – pas de place ici pour la faiblesse, la vulnérabilité, la « sensibilité » féminine.

M.R. remarqua que le jeune homme à tête de phoque était accompagné d'un autre jeune homme ressemblant à Evander (mais qui n'était pas Evander) et d'un autre homme, plus âgé, ressemblant à Carlos (mais qui n'était sûrement pas Carlos) et ils la soupesaient crûment du regard, presque avec mépris, car elle n'était plus jeune.

Poussée avec les autres comme du bétail M.R. dut dépasser des brasiers de flammes démentes, suivre un chemin creux et traverser un pont rongé de rouille d'où montait une rumeur d'eau noire évoquant les cris des damnés. Aucune des autres femmes ne lui était connue ni ne la connaissait, et aucune ne souhaitait lui parler, la réconforter – de même que dans l'immensité de sa terreur M.R. n'avait aucun réconfort à offrir. Il lui semblait connaître cet endroit – le pont – la rivière – mais elle ne se rappelait pas leur nom car les noms des lieux avaient disparu de sa mémoire et elle se rendit bientôt compte qu'elle avait aussi perdu le nom et l'identité dont elle avait été si absurdement fière – *M.R. Neukirchen.* Rien de plus qu'un jeu imaginaire d'enfant solitaire, telle apparaissait sa vie maintenant que le bonnet de bain peu seyant avait été arraché, les bretelles de son maillot peu seyant abaissées et déchirées et ses seins en partie dénudés tandis que sous le pont l'eau tumultueuse raillait *Tu croyais pouvoir y échapper éternellement? Tu croyais pouvoir échapper à cela – éternellement?*

C'était de sa féminité qu'il était question.

Du fait qu'elle était une femme, dans le corps avec lequel elle était née.

Elle l'avait su... non? Elle ne l'avait pas su, elle avait rejeté cette connaissance, avec répulsion, incrédulité. Elle n'avait aimé aucun homme, en réalité – elle n'avait pas eu d'enfant, n'avait même jamais été fécondée, l'idée l'avait remplie d'anxiété, de mépris. Car ce n'était pas *elle*. Ce n'était pas *son désir*.

Ils étaient venus la chercher, elle et d'autres femmes qui avaient été trop ménagères de leur vie, qui avaient économisé leur corps comme elles avaient économisé leur âme. À présent il était temps, à présent tout était révélé, le confort et l'escroquerie de leur nom – leur «identité» – le pathétique de leur vie.

Car telle était la loi de la nature, les femmes étaient la propriété des hommes – pères, frères, maris. Il n'était pas dans la loi de la nature que les femmes possèdent leur moi, leur corps. Elle serait accouplée – elle serait fécondée – elle avait trop longtemps échappé à cette vie du corps (féminin) – la vie profonde et inévitable du corps (féminin) comme autrefois dans le foyer d'accueil les garçons avaient forcé des filles plus jeunes terrifiées à se tortiller et crier et lutter sous eux mais Mudgirl avait été épargnée, Mudgirl voulait croire qu'elle avait été épargnée, ces garçons aux coudes pointus, ces garçons au rire sonore, grossiers, cruels, le regard vide – menaçant ensuite d'étrangler les filles si elles «caftaient» – quoique c'eût peut-être été une plaisanterie et non une menace – tout

ce qui arrivait, une plaisanterie et non une menace – et pas
réel – comme une bonne partie de l'enfance était (peut-être)
une plaisanterie et pas réelle et de toute façon oubliée comme
ce jour où Mme Skedd avait demandé si ces petits salopards
l'avaient touchée – elle avait secoué la tête muette et évasive et
Mme Skedd avait choisi de la croire ou en tout cas d'en rester
là et quand elle s'était cachée – glissée dans ce coin sombre
puant sous l'escalier – quand l'homme aux cheveux hérissés
l'avait tirée par les pieds en riant – c'était par instinct comme
maintenant par instinct elle osa s'écarter des autres, tapie et
tremblante et à son grand soulagement se retrouva on ne sait
comment sous le pont, ou – c'était plus tard, plus loin – des
heures plus tard – recroquevillée sous une route dans un tuyau
de drainage, nue, grelottante, mais ivre de soulagement – voulant croire qu'elle s'était échappée et devait maintenant rentrer
chez elle – où que ce fût – en rusant comme un animal sauvage ;
de nuit pour que personne ne la voie ; recroquevillée un temps
infini dans ce tuyau répugnant jusqu'à ce que surviennent des
grattements, un éclair soudain de lumière, des clameurs et des
rires et sa cachette avait été découverte, sa cachette pathétique,
les hommes l'avaient retrouvée bien sûr, ils la tirèrent par les
chevilles, et sa peau fut éraflée, lacérée jusqu'au sang *Tu croyais
pouvoir échapper – à ça ?*

Le long de la rivière il y avait des entrepôts et dans l'un
d'eux elle fut enfermée dans une sorte de chambrée avec
d'autres femmes titubantes, hébétées, épuisées et terrifiées,
des femmes au regard vide, des femmes brisées, si éperdues de
honte qu'elles ne pouvaient supporter de se regarder, et elle
était l'une d'elles et indiscernable d'elles et dans un endroit
sentant la créosote et la boue elle fut jetée à terre et les restes
du ridicule maillot de bain lui furent arrachés et une figure
masculine – un inconnu – têtu, lourd – se coucha sur elle sans

un mot, grognant sous l'effort, la forçant à rester immobile et les jambes écartées – avec une force brutale elle fut pénétrée – sa tête cognée contre le sol – *han! han! han!* Essayant de crier mais aucun son ne sortit de sa gorge – essayant de se débattre, de lutter contre son agresseur, son violeur, pieds, jambes, ongles, jusqu'à ce qu'il s'agenouille au-dessus d'elle et la gifle, la frappe, les poings comme des pierres, les vieilles coupures rouvertes et à vif sur son visage, son visage lacéré et en sang et pourtant elle luttait, avec la frénésie de la terreur elle luttait, terrifiée pour sa vie elle luttait, et on ne sait comment – plus tard – quand il en eut fini avec elle, ou se fut écarté d'elle avec un grognement de dégoût – elle rampait dans un champ – elle s'était échappée, c'était cela? – ou bien ils en avaient fini avec elle et donc seule maintenant elle rampait comme un animal blessé le corps rompu de douleur et le visage en sang mais voilà que lui parvenaient les cris excités de corbeaux – un ébrouement d'ailes noires dans la jungle des arbres au bord du champ – et là, au-dessus d'elle, battant des ailes avec fureur, le Roi des corbeaux – venu la protéger, ou la punir, dégoûté d'elle comme les autres, elle ne savait.

Dépêche-toi! Ici! Par ici!

Courbée en deux comme une créature grotesque au dos brisé se coulant à travers les herbes jusqu'à un marécage où ses pieds s'enfoncèrent dans la boue, où des insectes se jetèrent sur son visage et sa peau nue et dans le ciel le Roi des corbeaux continuait à hurler *Dépêche-toi! Par ici! Par ici!* et elle arriva dans un espace dégagé près d'un ruisseau où d'innombrables traces d'oiseaux étaient imprimées dans la boue tels des langages assourdissants et déments s'affrontant les uns les autres et il lui appartenait d'y trouver un sens, telle était sa tâche bien que le cerveau humain ne puisse comprendre autant de langues, une telle immensité, et dans le ciel des oiseaux appelaient et raillaient et le Roi des corbeaux hurlait après elle mais elle était trop épuisée pour continuer et donc s'endormit couchée dans la boue les cheveux croûtés de boue, de la boue dans les narines et la bouche, pensant *Maintenant je vais rêver de Dieu. C'est un lieu que seul Dieu peut racheter.* À son réveil elle vit que le soleil semblait attardé dans le ciel comme si c'était un jour venu d'un temps passé maintenant perdu et dont le souvenir ne pouvait être recouvré qu'au prix d'un immense effort dont dans son état de faiblesse elle était incapable. Dans cet espace ouvert elle était nue, terriblement exposée, vulnérable et minuscule et ses seins étaient douloureux et sensibles, marqués de blessures, de morsures, là où son violeur avait enfoncé les dents – non ? – les pointes de ses seins déchirées comme sucées, mordues avec violence. Et là aussi il lui fut donné de savoir *Rien de ce qui t'est arrivé qui ne soit arrivé à d'autres avant toi.* Si bien que même sa douleur était un reproche à son adresse.

Pourtant même en ce lieu il y avait de la beauté, comme un reproche à son désespoir. À perte de vue les marais criblés de galaxies de flaques de lumière dansante – un immense miroir brisé reflétant un ciel brisé.

En ce jour légèrement couvert, le soleil était anormalement brûlant. Même derrière un voile de nuages pareil à des paupières mi-closes le soleil était anormalement brûlant.

Se réveillant avec l'odeur du marécage dans les narines, les cheveux et la bouche et le Roi des corbeaux au-dessus d'elle dans un grand conifère presque privé d'aiguilles et tordu comme une colonne vertébrale difforme et pourtant une étrange sorte de beauté là aussi de même que dans le plumage noir de jais et l'œil jaune furieux de l'oiseau et Mudgirl sut qu'elle était fécondée ; et quel fruit naîtrait de la semence du violeur engouffrée en elle, elle n'en avait aucune idée.

« Oh ! Mon Dieu. »

Elle avait dû s'endormir, le gros livre lui avait échappé des mains et l'avait réveillée en sursaut.

Elle se leva aussitôt : quelle heure était-il ? Ou était-elle ?

… dans la bibliothèque de Charters House. Pieds nus, à peine habillée et grelottant convulsivement comme une pensionnaire démente et terrifiée dans un recoin d'un asile d'aliénés d'autrefois au sortir d'un rêve si viscéral qu'il semblait n'avoir eu aucun contenu visuel, intellectuel ni même émotionnel mais lui laissait l'impression d'avoir été enfermée à l'intérieur d'une cloche résonnante ou traînée derrière un véhicule sur un chemin gravillonné et cependant elle ne succomberait pas, elle ne capitulerait pas devant quoi que ce fût, vision ou manque de vision, car elle était forte et déterminée et elle était M.R. Neukirchen – elle se rappela ce nom triomphalement – et c'était un bon nom, respecté – c'était *son nom* – elle irait jusqu'au bout de cette journée ainsi que des journées suivantes aussi longtemps qu'elle en serait capable et donc elle retournerait au premier étage de Charters House et essaierait de dormir jusqu'à ce qu'il fût temps de quitter son lit au premier pépiement des oiseaux et de se rendre seule au gymnase de l'Université et dans sa piscine caverneuse qui ouvrait à 5 heures du matin pour les nageurs solitaires comme elle et si cette journée ressemblait aux autres journées de M.R., elle y arriverait au plus tard à 5 h 30.

C'est ma vie maintenant. Je la vivrai !

Mudgirl, chérie.

Sur le pont de Convent Street elles marchaient de compagnie. Bien qu'elle ne fût plus vraiment une petite fille Mme Neukirchen la tenait néanmoins fermement et gentiment par la main et Mme Neukirchen lui racontait une histoire comme elle le faisait souvent lorsqu'elles étaient seules ensemble de cette voix douce et haletante de petite fille qui donnait à Meredith l'impression que l'histoire était *vraiment arrivée,* alors que celle-ci était en fait un conte de fées – un conte qui finissait bien et convenait donc à un enfant – *La Belle au bois dormant.*

Quel bonheur! Mme Neukirchen et sa petite fille marchant tout près l'une de l'autre sur l'étroite passerelle piétonne du pont de Convent Street.

Mais Mme Neukirchen devait marcher lentement à cause de ses jambes et de ses chevilles enflées. Et Meredith devait marcher lentement pour rester à sa hauteur, alors que Mudgirl aurait aimé se libérer et courir – courir sur le pont de Convent

Street comme un petit chien bâtard qui n'a qu'une envie :
échapper à sa maîtresse et s'enfuir.

S'enfuir où cela ?

Tu es déjà passée par là. Et il n'y a nulle part.

La Belle au bois dormant était – presque – une histoire
effrayante parce que la petite princesse était victime d'un sort
jeté par une cruelle sorcière et dormait longtemps, longtemps,
jusqu'à ce qu'un fils de roi la réveille et Mme Neukirchen ne
semblait pas se rendre compte que l'histoire était effrayante
parce qu'elle se terminait par ces mots *Enfin les noces du prince
avec la Belle au bois dormant purent être données avec faste et ils
vécurent heureux jusqu'à leurs derniers jours.*

Si vous n'entendiez pas la fin de l'histoire, c'était une histoire effrayante. Mais la fin était censée la changer, comme si
on pouvait changer une histoire à partir de la fin.

Et racontée par Mme Neukirchen de sa voix de conteuse et
dans une transe de concentration, Meredith regardait entre les
balustres du pont l'eau qui filait au-dessous en murmurant et
riant tout bas et, parcourue d'un frisson, elle s'entendit demander comme si c'était la rivière qui parlait par sa voix : « Est-ce
que vous m'avez trouvée quelque part et ramenée à la maison
– maman ? »

Il avait été difficile d'apprendre à dire *maman.* On l'avait
entraînée à dire *maman, papa,* comme on apprend à un enfant
sourd-muet à articuler des mots qu'il ne peut entendre. Et maintenant elle avait dit ce qu'il ne fallait pas. Mudgirl aurait dû le
savoir. Et Mudgirl le sut, dans le silence stupéfait et consterné
qui suivit sa question qui ressemblait tant à une question de
conte de fées naïvement posée à une belle-mère de conte de
fées.

Mme Neukirchen la dévisagea avec une expression horri-fiée. Son joli visage rond fripé-empâté s'empourpra, et ses yeux étaient humides de douleur et de reproche.

« "Trouvée"! "Ramenée à la maison"! Qu'est-ce que tu racontes, Merry! Tu as toujours été nôtre – Dieu t'a envoyée à nous. Parmi tous les êtres de cette terre – tu es notre fille. »

Sa voix tremblait de douleur et d'indignation. Car qui dit belle-mère blessée, dit aussi indignation.

Mme Neukirchen ne lâcha pas les doigts de Meredith, mais les serra plus fort. Des véhicules passaient sur le pont de Convent Street, faisant frémir et vibrer les poutrelles de fer forgé, trépider les planches, et sous le pont à l'endroit où regardait Meredith l'eau courait avec un air résolu. Mme Neukirchen continua à parler, mais Meredith n'entendit que ces mots désespérés, sou-vent répétés : « Tu le sais, Merry, n'est-ce pas? Parmi tous les êtres de cette terre, Dieu t'a conduite à M. Neukirchen et moi – tu le sais? »

En était-il ainsi? Mudgirl ne se rappelait pas.

Mêlé au murmure rieur de la rivière, un souvenir… celui d'une maison qui n'était pas celle des Neukirchen, mais une maison plus petite – une voix aiguë et nasale criant *Jew-ell!*

Mais en réalité ce souvenir était perdu. Brouillé et effacé comme un panneau d'affichage exposé à la pluie et au vent. Comme ce pauvre Pudding poussif, qui avait remué son moi-gnon de queue avec tant d'enthousiasme jusque dans ses tout derniers mois, commençait à s'effacer – ils avaient beaucoup aimé Pudding, et Pudding les avait beaucoup aimés, mais un jour Pudding était parti et ce n'était pas bien – pas « sain » – de remâcher son chagrin.

Les larmes aux yeux, Mme Neukirchen se pencha pour étreindre la petite fille. Plus question de s'échapper maintenant,

Mudgirl dut rester immobile et docile dans les bras anxieux de sa mère.

Et Mudgirl était une bonne fille, au fond. Mudgirl avait appris à être une bonne fille bégayant avec un sourire terrifié *Ou-oui. Ou-oui m-maman ne pleure pas.*

Il vient un jour, une heure. Où vous comprenez que la rivière ne court que dans une direction et que rien ne peut inverser son cours.

« Est-ce que vous m'avez trouvée quelque part et ramenée à la maison, papa ? »

Comme des petits crapauds venimeux de conte de fées, ces mots s'échappèrent de la bouche de l'enfant.

M. Neukirchen traversait – lentement, prudemment – le pont de Convent Street. Car c'était un vieux pont étroit et bringuebalant et papa faisait toujours attention quand il traversait un pont avec un passager à bord surtout s'il s'agissait de sa chère fille. Et il était tellement plus agréable de traverser ce pont en voiture plutôt qu'à pied parce que à l'intérieur de la voiture on pouvait fermer les yeux et ne pas voir l'eau gris ardoise qui filait au-dessous ni la balustrade métallique toute proche de la voiture. Et quand ils étaient de l'autre côté du pont, Meredith ouvrait les yeux et il n'y avait plus d'eau tumultueuse – plus de danger.

Ce jour-là – un samedi matin de juin – se situait quelques semaines après cette promenade sur le pont où Meredith avait posé l'étrange question qui avait tant bouleversé sa mère et dans l'intervalle toutes les deux avaient oublié leur conversation comme si elle n'avait jamais été et ce fut donc une surprise pour Meredith que ces mêmes mots choquants lui reviennent en compagnie de M. Neukirchen – *Est-ce que vous m'avez trouvée quelque part ? Et ramenée à la maison ?*

Car véritablement elle ne se rappelait pas. Seuls les noms *Jew-ell, Jedina* tintaient faiblement dans sa mémoire telles des cloches lointaines.

Mais papa ne fut pas bouleversé comme maman par la question de sa fille. Car papa était rarement bouleversé comme maman – cela tenait à son « âme flegmatique », disait-il. Il resta un moment silencieux, se suçant la lèvre avec une expression de concentration comique, puis il rit et dit, d'un ton uni, comme si la question de l'enfant était la plus naturelle qui fût : « Bien sûr, Meredith ! Oui ! Nous t'avons trouvée ! Mais pas "quelque part"… dans un endroit très spécial. Tu ne peux pas t'en souvenir, tu étais trop *petite* – nous t'avons trouvée sous un tabouret de crapaud, dans notre jardin, près de la grille – pas un de ces petits tabourets de rien du tout qui poussent partout, hein, un gros tabouret, gros comme… – papa lança ses pensées tel un grand filet pour voir quelle gentille bêtise s'y prendrait – une poule rouge de Rhode Island, voilà comment il était gros. »

Meredith pouffa, papa était si drôle. Un tabouret de crapaud ! Une poule rouge ! Même quand on n'avait aucune idée de ce que papa racontait, il était vraiment drôle.

Mais papa fronça le nez. « Quoi ? Qu'est-ce qui te fait rire ? C'est la vérité vraie – ta mère et moi t'avons découverte, *pas plus grosse qu'un petit poussin,* sous un tabouret de crapaud près de la grille du jardin. Tu ne peux pas t'en souvenir, tu comprends – et maintenant le tabouret a disparu. »

Meredith savait ce qu'était un *tabouret de crapaud* – papa le lui avait expliqué. Elle n'avait jamais vu de vrai crapaud assis sur un tabouret de crapaud mais c'était la destination de ces étranges champignons gris qui festonnaient le jardin au petit matin et qui explosaient dans un nuage de poudre si on ne les touchait pas très délicatement.

Mais c'était idiot – non ? – de croire que ses parents l'avaient trouvée sous un tabouret de crapaud. Même gros.

Papa insistait : «Oh oui! C'est bien là que nous t'avons trouvée, c'est exactement là que tu étais la première fois que nous t'avons vue. »

Meredith dit en pouffant que *non*.

Papa soutint que *si*, parfaitement.

«Nous t'avions commandée, bien sûr. Comme on commande des pizzas chez Luigi – par téléphone. Au lieu d'une pizza au fromage, tomates et poivrons, nous avons commandé *un joli bébé fille de la taille d'un petit poussin* – cheveux bruns bouclés, yeux bruns, longs pieds fins – *Meredith Ruth* – *"Merry"*. »

Meredith pouffait si fort qu'elle faillit mouiller sa culotte. Il était rare qu'elle rie sauf quand papa la taquinait drôlement et continuait, continuait… lâchant le volant pour faire de grands gestes et ébouriffer sa barbe; il était impossible d'arrêter papa ou même de lui poser une question car dans ces moments-là papa était un tourbillon qui aspirait tout le reste de plus en plus vite si bien que la question de départ était oubliée y compris par Meredith qui se tordait et s'étouffait et n'en pouvait plus de rire et papa aussi riait et puis brusquement – parce que c'était l'habitude de papa d'être brusque dans ces cas-là comme on éteint une télé – papa pressait son index contre son nez pour signaler que c'était *un secret*, que maman n'avait pas besoin de connaître.

Et donc là aussi cela finit bien. Jamais jamais *jamais* Meredith ne reposerait sa question idiote.

Mudwoman, dépossédée.

Avril 2003

Pourrais-tu m'appeler s'il te plaît. J'ai besoin de...
Il voyageait dans des nébuleuses lointaines. Dans des constellations dont les noms ne signifiaient rien pour elle – Centaure, Hydre. Des années-lumière qu'il était loin d'elle et pourtant elle l'appela ou essaya – les numéros connus par cœur de Cambridge et de l'observatoire national de Kitt Peak dans l'Arizona – laissant de courts messages énigmatiques pour le cas où sa femme soupçonneuse les écouterait.

Andre pourrais-tu m'appeler s'il te plaît. J'ai besoin de... vérifier... quelque chose.

Sa voix prenait l'intonation enjouée habituelle à M.R. car elle ne pouvait s'en empêcher, M.R. devait toujours assurer à son interlocuteur que sous la supplication sans fard il y avait bien-être spirituel et solide bon sens. Absolument rien d'*hystérique*.

Au-delà de la Terre, il n'y a pas de jour, et il n'y pas de nuit. Tout est éclairé par la «lumière stellaire» – la plus belle des lumières. Et tout est silence – la plus belle des musiques.

Nager dans la piscine de l'Université l'avait étrangement épuisée, bien qu'elle n'eût fait aucun effort inhabituel. Une demi-heure de nage vigoureuse, mais très vite ses bras avaient faibli, son souffle était devenu haletant et saccadé, son cœur avait battu trop vite, et quand elle était sortie de l'eau en titubant, elle s'était retrouvée en train de contempler la constellation de bulles minuscules que laissait dans son sillage le nageur aux cheveux noirs lustrés et aux épaules carrées.

Mais cette bulle de temps! Cette bulle de temps menacée de disparition dans laquelle nous existons ensemble...

C'était terrifiant. Se rendre compte que sa vie filait, et que le temps où elle aurait pu aimer et être aimée, partager la vie et l'intimité d'un autre, filait encore plus vite.

Le garçon aux épaules carrées qui n'avait pas semblé la reconnaître – ou qui était trop timide, ou trop distant, pour la saluer. C'était une université où les étudiants assumaient le rôle d'adulte avec un zèle et une facilité précoces et serraient sans hésitation la main de leurs aînés, et pourtant il y avait ce garçon, très vraisemblablement membre de l'équipe de natation universitaire, champion de son district scolaire – où cela? – dans le Midwest peut-être – et ce n'était pas l'heure de son entraînement mais quelque chose qu'il faisait en plus, pour lui seul; l'aisance serpentine de son corps, ses épaules sculptées, hanches étroites, renflement du bas-ventre, ruissellement de l'eau sur les jambes musclées et elle éprouva de nouveau ce frisson de terreur, de perte – de perte sexuelle – tandis que les bulles émergeaient des remous pour s'évanouir aussitôt. *Suis-je en train de tout perdre...?* pensa-t-elle. *Comment est-ce arrivé?*

Mudgirl, désirée.

Ces années où Mudgirl se mouvait parmi les autres comme si elle était des leurs.

Meredith Ruth Neukirchen : un nom terne et sérieux qui lui convenait.

Elle était sportive – sans être une sportive exceptionnelle. Dans l'équipe féminine de basket, l'arrière grande et dégingandée qui fait la passe à ses coéquipières plus rapides et plus agressives pour qu'elles marquent – *un magnifique esprit d'équipe*.

Elle était intelligente, bien sûr. Quoique timide et parlant peu en classe, elle excellait dans les interrogations et les devoirs écrits, si « douée » – du moins à l'échelle des établissements publics de Carthage – que ses professeurs les plus responsables veillaient à mesurer leurs éloges devant ses camarades, ou même devant ses parents qu'ils devinaient surprotecteurs et *trop attachés à* leur unique enfant. Les plus fins d'entre eux allaient jusqu'à mesurer leurs compliments à Meredith elle-même, percevant chez elle un zèle excessif et légèrement frénétique qui risquait de consumer son existence. En terminale, Meredith avait déjà derrière elle quantité de prix et de distinctions, et elle était considérée par ses camarades avec la fierté condescendante qu'on pourrait éprouver pour les exploits d'une grande sœur boiteuse, affligée d'un bras atrophié ou d'un palais fendu.

Il était essentiel pour Mudgirl de ne pas être *détestée*. De ne pas susciter *l'envie, la jalousie*. Pour que, dans l'univers étroit du lycée de Carthage, *Meredith Ruth Neukirchen* ait une place à elle, qui lui permette de survivre, et même de s'épanouir.

Son A+ de moyenne lui valut d'être nommée major de sa promotion. Mais bien qu'elle fût coprésidente du comité du bal de fin d'année des terminales et eût travaillé des heures à décorer le gymnase de serpentins de papier crépon et de lampions, à installer tables et chaises, à commander amuse-gueules et boissons rafraîchissantes, personne ne pensa à inciter un garçon à la choisir pour «cavalière» – si bien que, ce week-end-là, Meredith resta chez elle avec ses parents, comme souvent dans ce genre de circonstances. Si elle fut déçue, blessée, embarrassée ou humiliée – elle était de trop bonne composition – ou trop entraînée au stoïcisme – pour le montrer. M. Neukirchen proposa en plaisantant de l'emmener lui-même au bal – «Si on y accepte les pères qui ne dansent que le fox-trot et qui ont une jambe de bois» – mais Mme Neukirchen déclara que c'était une idée parfaitement ridicule – «Merry n'a pas davantage besoin de leur "bal" idiot qu'elle n'a besoin d'*eux*. Elle nous a, *nous*.»

Pas à la fin du printemps de son année de terminale, mais à l'automne précédent, voici ce qui arriva.

Meredith ne devait jamais en parler à personne. Et certainement pas aux Neukirchen!

M. Schneider était son professeur de maths, et de loin le moins aimé des professeurs du lycée de Carthage, en raison de la difficulté de la matière, de ses interrogations «éclairs», de ses notes sévères et du mépris à peine dissimulé qu'il semblait avoir pour ses élèves, ses collègues et la ville de Carthage en général. Sombre et maussade, d'un âge indéterminable – on lui donnait aussi bien trente-cinq ans que cinquante –, il avait le front barré de rides verticales, un nez crochu, une narine plus large que l'autre, béant comme une orbite vide. Hans Schneider était grand et maigre ; ses épaules tombaient comme des ailes brisées ; ses vêtements flottaient sur lui, toujours identiques – chemise de coton blanc à manches longues, cravate rayée, pantalon de gabardine lustré aux fesses. Il avait des lunettes à grosse monture de plastique noir, souvent de travers sur son nez. Il sentait la poussière de craie, le lait ou le beurre un peu rance – ou l'ail ; ses dents étaient irrégulières, grisâtres, et petites comme des dents d'enfant. Il avait souvent des rhumes, ou pire – se détournait en plein cours pour éternuer, tousser, renifler, se moucher dans une succession de mouchoirs répugnants qui s'accumulaient sur son bureau ; parfois, à l'embarras et au malaise de ses élèves, il devait se servir d'une sorte d'inhalateur en plastique qu'il rangeait dans un tiroir de bureau.

On le qualifiait de « monstre », de « pédé », de « nazi », mais, pendant ses cours, personne n'osait manquer de respect à Hans Schneider. Il était tenu pour très intelligent – le plus intelligent des professeurs du lycée de Carthage, et de très loin. Il ne plaisantait pas en tout cas sur la discipline. Lorsqu'il allait au tableau, le dos voûté, pour y tracer rapidement à la craie des figures géométriques, des équations et des chiffres qui restaient obscurs pour une bonne partie de la classe, Meredith remarquait qu'il semblait ménager une jambe douloureuse ou légèrement plus courte que l'autre ; son attitude évasive, ses sarcasmes étaient un genre de camouflage, semblable au sien.

Elle s'était mise à lire les « classiques » de la bibliothèque de son père – dont l'énorme volume des *Dialogues* de Platon – et là, parmi quantité de choses qui n'avaient guère de sens pour elle, mais dont elle retenait les certitudes dogmatiques et les paradoxes, elle était tombée sur la phrase : *La beauté est symétrie et précision.* Elle comprit donc que M. Schneider manquait d'*équilibre.*

Comme moi, pensa-t-elle.

Car souvent, dans les glaces, Meredith constatait avec consternation qu'elle avait un œil plus grand que l'autre ou placé à un angle différent ; ses sourcils épais se seraient rejoints sur l'arête de son nez, si, secrètement, en cachette de sa mère, elle ne les avait épilés avec une pince empruntée dans le vanity-case de Mme Neukirchen. Et pendant ses cours de gym, Meredith avait parfois l'impression de courir *de travers* – même si personne ne le remarquait.

Mudgirl avait beau se mouvoir parmi les autres comme si elle était des leurs – elle avait beau avoir appris, croyait-elle, à imiter habilement leur langage, leurs gestes, leurs attitudes, la hauteur de leur rire, leurs changements d'humeur aussi rapides et apparemment inexplicables qu'un envol soudain d'oiseaux – il était évidemment facile à un observateur aussi pénétrant que Hans Schneider de déceler son imposture, indépendamment même de sa grande intelligence et de son comportement en classe.

Il l'avait vue, Meredith le savait. *Vue* comme même les Neukirchen en étaient incapables.

Et il la dévisageait souvent, sans raison évidente, pendant les cours de maths, avec plus d'intensité qu'aucun de ses autres professeurs.

«Eh bien, Meredith ! On dirait que vous avez trouvé quelques bonnes réponses, hein ?»

Lorsque M. Schneider rendait à Meredith ses devoirs, ses interrogations soigneusement exécutées, il venait jusqu'à son pupitre et se penchait vers elle, assez près pour qu'elle sente son odeur, et son haleine, *parfumée à l'ail* disaient les autres filles, quand elles ne la qualifiaient pas plus cruellement d'*haleine de momie*. Alors qu'il ignorait souvent ses élèves comme si leur existence même le contrariait, voici qu'il se penchait vers Meredith Neukirchen, assise au premier rang – plissant les yeux derrière ses lunettes comme s'il contemplait un spécimen rare.

« À moins que vous n'ayez un père qui vous aide, c'est du très bon travail. » Il prenait un ton gauchement jovial – une imitation grossière de la façon dont il supposait que les autres professeurs parlaient pour faire rire leurs élèves. « Et si vous avez une mère qui vous aide, elle est très forte – pour une mère au foyer de Carthage, État de New York. »

Meredith rit avec gêne. Était-ce censé être drôle ? Meredith n'osa pas vraiment affirmer qu'elle avait fait son devoir toute seule – elle faisait tous ses devoirs seule, naturellement – de peur de sembler défier son professeur.

Il s'était radouci, finalement. Devant l'expression alarmée et le visage en feu de Meredith, et la façon dont les autres élèves le regardaient avec incrédulité, comme un zombie qui aurait soudain repris vie, stupéfaits non de ce qu'il imite de façon convaincante un être humain, mais par le simple fait qu'il ait pu reprendre la vie.

Un autre jour, M. Schneider retint Meredith à la fin d'un cours alors que le reste de la classe quittait la salle.

« Mere-dith ! Dites-moi… vous aimez la géométrie ? »

Oui. Meredith aimait la géométrie.

« Et pourquoi "aimez"-vous la géométrie, Meredith ? »

Parce que, en plus des chiffres, on traçait des figures – on voyait les problèmes au lieu de simplement les penser. Et parce que – trouvait-elle – c'était toujours la même chose.

«Mais comment savez-vous que c'est "toujours la même chose", Meredith? Connaissez-vous la géométrie chinoise? Indienne? Martienne?»

Meredith dut reconnaître que non.

«Alors comment pouvez-vous être aussi sûre que la géométrie est "toujours pareille"? Il y a des "lois" de la nature qui ne s'appliquent pas aux galaxies lointaines, vous savez. Des régions où le temps n'existe pas ou, s'il existe, nous désoriente en s'écoulant à rebours – de sorte qu'il n'est jamais l'heure de se coucher, si fatigué qu'on soit.»

Meredith eut un sourire hésitant. Elle ignorait quelle réponse faire. Elle essaya de penser à la façon dont Platon ou Socrate – ou Isaac Asimov – aurait répondu; mais elle avait le cerveau vide.

Elle ne dit pas à son professeur *Parce que la géométrie est un jeu et n'a rien de réel – voilà pourquoi elle me plaît. Parce qu'il y a des règles qu'on peut apprendre pour jouer à ce jeu.*

Bien que se rendant certainement compte que son élève était paralysée de timidité et de gêne, impatiente de s'esquiver, M. Schneider poursuivit son interrogatoire: «Et – Mere-dith! – que faites-vous de l'année particulière 1111 après J.C.?»

1111 après J.C.? Était-ce un genre de plaisanterie, là encore?

Lorsque les autres professeurs de Meredith parlaient avec elle, ce qu'ils avaient à dire était immédiatement compréhensible, et ne nécessitait aucun effort de décodage – mais ce dont M. Schneider parlait n'avait guère de rapport avec les mots qu'il prononçait de son ton faussement jovial.

Meredith murmura qu'elle ne savait rien de l'année 1111.

«Et l'année 3011?»

Et rien non plus de l'année 3011.

«Dans ce cas, comment pouvez-vous être certaine que la géométrie sera "la même" que maintenant?» dit M. Schneider, avec un petit rire triomphant.

Meredith écoutait poliment et gravement, car c'était ainsi que Mudgirl se conciliait ses aînés.

Vous ne vouliez pas penser que vos aînés étaient dérangés, ignorants, stupides ou malveillants. Vous ne vouliez surtout pas que cette pensée vous traverse l'esprit, de peur que l'un d'eux ne voie plus loin que votre sourire sérieux et poli de bonne élève.

«Les mathématiques sont censées être pour toujours et à jamais – permanentes – car c'est ce qui fait leur beauté. Pourtant, comment peut-on savoir – non pas penser, mais *savoir* – qu'elles sont pour toujours et à jamais permanentes? Dans la physique quantique...»

Meredith comprenait que M. Schneider se moquait de son sérieux d'écolière, comme le faisait souvent son père. Mais avec M. Neukirchen on savait que c'était affectueux, tandis qu'on ne pouvait en être certain avec M. Schneider, chez qui on sentait un désir d'imposer son autorité. Mal à l'aise, Meredith se disait que si elle faisait mine de quitter la pièce, M. Schneider risquait de lui parler avec dureté, ou de la retenir par la force.

«... il devient nécessaire de croire à l'impossible. Parce que le simplement possible est insuffisant.»

Les élèves du cours suivant entraient bruyamment. Meredith ne se rua pas hors de la salle, mais s'en alla très vite.

«Mere-dith. Vous viendrez me voir à la fin des classes.»

De plus en plus souvent, au cours du mois d'octobre de cette année-là, Hans Schneider se mit à murmurer ces mots à Meredith, baissant la voix comme s'il ne souhaitait pas être entendu des autres élèves.

La différence était importante : son professeur de maths ne lui demandait pas de rester à la fin du cours, comme il le faisait souvent avec d'autres élèves. Mais à la fin des classes, à 15 h 15, heure à laquelle il était généralement seul dans sa salle de cours, et où Meredith serait la seule à aller le voir.

Il voulait établir une sorte de relation entre eux, Meredith le savait. Depuis le début de son année de terminale, elle le sentait – il y avait une différence si marquée entre l'intérêt que lui manifestait M. Schneider et celui des autres enseignants ; elle ne l'avait encore jamais eu pour professeur, et il la déroutait. Le fait qu'il lui mette invariablement des bonnes notes – des pattes de mouche à l'encre rouge – ne semblait pas la protéger de son attitude grossièrement joviale, autoritaire.

M. Schneider avait pour technique de demander à ses meilleurs élèves de venir au tableau résoudre devant le reste de la classe les problèmes donnés en devoir. Il y avait plusieurs élèves à qui il faisait appel, mais jamais aussi souvent qu'à «Meredith» – au début elle avait été paralysée de timidité et d'embarras, comme si elle s'était retrouvée nue devant ses camarades, mais peu à peu, au fil des semaines, elle s'était habituée à écrire au tableau en expliquant ce qu'elle faisait. Dans la salle de classe de Hans Schneider, Meredith apprit à «enseigner» – il était évident pour elle que M. Schneider connaissait parfaitement son sujet, mais était incapable de tout rapport avec les élèves ; il supposait que chacun d'eux savait plus ou moins ce que tous les autres savaient, et il ne s'occupait jamais de ceux qui étaient complètement perdus ; il ne lui venait pas à l'esprit que son attitude puisse provoquer la maussaderie et le ressentiment de certains élèves, et les attribuait uniquement à leurs insuffisances. Meredith se disait que ses sarcasmes étaient peut-être une forme de timidité, un masque derrière lequel se cacher.

Alors que M. Schneider marmonnait et mâchonnait ses mots, parfois en tournant le dos à la classe, indifférent à son auditoire, Meredith apprit à parler distinctement pour qu'on l'entende jusqu'au fond de la classe. Elle qui était incapable de parler avec aisance à ses camarades, dans la cafétéria par exemple, trouvait facile de leur parler de l'estrade, car leur attention, concentrée sur elle, l'y autorisait ; c'était même une sorte de supplication, car, en cours de mathématiques, Meredith était leur intermédiaire, leur seul espoir de comprendre. Enseigner à une classe n'était en fait qu'une façon de parler individuellement à chacun, pensait Meredith : vous fixiez votre regard sur eux, vous souriiez, vous parliez d'une voix neutre, et sans aucune forme d'humour ou d'ironie, qui n'aurait eu d'autre effet que les déconcerter ; si vous le pouviez, vous leur laissiez croire que ce qu'ils apprenaient relevait du simple bon sens, et qu'ils le savaient déjà. Transmettre des connaissances était un plaisir – M. Schneider, lui, semblait toujours rechigner à partager ses connaissances avec ses élèves, qui devaient les lui soutirer comme on tordrait un chiffon pour en extraire quelques gouttes.

Pendant que Meredith faisait sa démonstration, M. Schneider l'observait, debout à quelques pas d'elle, prêt à bondir si elle commettait une erreur ; mais Meredith n'en commettait pas. Si M. Schneider lui avait donné des problèmes autres que ceux de leurs devoirs, elle aurait très vraisemblablement été perdue ; mais M. Schneider ne le faisait jamais. Debout à côté d'elle, il se tamponnait le nez avec un mouchoir en boule ou triturait sa craie ; il marchait de long en large, voûté comme un corbeau bossu ; en fait, il avait quelque chose d'un corbeau, une mystérieuse vigilance jalouse, qui aurait pu réconforter Meredith si elle ne l'avait mise aussi mal à l'aise.

« Je suppose que vous savez, Mere-dith, que, parmi nos élèves de Carthage, vous êtes à part. »

Était-ce censé être une constatation ou une sorte de question ? La *taquinait*-il ?

Le visage de Meredith rougit. Une sensation à la fois agréable et dérangeante.

Une voix la mettait en garde *Mudgirl n'a rien de spécial ! Tu le sais.*

« Vous n'avez pas de "don" inné pour les maths, bien entendu – pas de don sérieux, j'entends. Vous avez un bon niveau scolaire en mathématiques – à l'université, vous vous rendriez rapidement compte de vos limites. D'après ce que je sais de vous, vous avez des "talents" dans d'autres domaines – l'écriture – mais les maths sont quelque chose de très particulier, et peu d'entre nous sont à la hauteur de ses exigences. » M. Schneider parlait d'un ton catégorique, comme si c'était une vérité qu'il fallait énoncer, si blessante qu'elle fût pour Meredith. « Néanmoins – chez vous – indépendamment des "maths" – il y a une sorte de – profondeur – Hans Schneider avait maintenant la voix entrecoupée, clignait des yeux derrière ses grosses lunettes, comme s'il ne savait pas trop ce qu'il voulait dire – dans votre âme, que n'a aucun de vos camarades de Carthage. Cette – profondeur – est bien plus précieuse que – qu'un don – pour… » Sa voix s'éteignit, comme la voix de quelqu'un qui tâtonne dans le noir.

Profondément embarrassée, Meredith fixait le sol à ses pieds. Elle serrait livres et cahiers contre sa poitrine. Qu'était en train de lui dire cet étrange homme-corbeau !

Profondeur ? Âme ? Elle était certaine que Mudgirl n'avait pas d'âme.

Était-ce lui qui l'avait sortie des marais quand elle était toute petite fille ? Elle revoyait presque son visage – le visage de celui

qui avait grimacé et grogné, attrapé son épaule, tiré. Presque –
cet homme, c'était Hans Schneider… ?

« Vous avez été adoptée, je crois. Vos parents naturels sont…
inconnus ? »

M. Schneider s'adressait à elle avec un flegme stupéfiant.
Meredith fut tellement prise au dépourvu qu'elle ne put
répondre.

« Je ne cherche pas à être indiscret. Je ne trahirais jamais vos
confidences. Vos antécédents – l'histoire de votre vie – n'ont
rien de secret, vous savez – tout cela est de "notoriété publique".
Malgré tout – si cela vous gêne d'en parler… »

Meredith secoua la tête. Non.

« Non… quoi ?

– Non. Ce n'est pas vrai.

– Ah… ? Vous n'avez pas été adoptée ?

– Je n'ai pas été… "adoptée".

– Je vois. »

M. Schneider fronça les sourcils. Cela ne ressemblait pas à
Meredith Neukirchen – ni à aucun des élèves de M. Schneider
– de le contredire aussi ouvertement. Mais elle n'en démor-
drait pas. Son cœur battait de colère comme celui d'un petit
animal enragé, et elle dit calmement : « Posez la question à mes
parents, monsieur. Ils vous le diront.

– Oui… je vois.

– Je crois que vous les avez rencontrés – ils vous ont rencontré – à la réunion avec les parents d'élèves. Vous pouvez leur
demander si j'ai été adoptée… »

Ce fut un moment embarrassant, mais M. Schneider ne voulait pas que Meredith parte, pas encore. Gauchement, il revint à
son sujet précédent – et à l'élève « excellente, quoique sans don
inné », qu'elle était en maths ; soudain en veine d'éloges, il lui
dit qu'à son avis elle devait absolument poursuivre ses études,

mais pas dans les *colleges* de l'État qui formaient à l'enseignement – « dans une grande université, Cornell par exemple. »

Les Neukirchen avaient fréquenté des établissements
publics : Agatha était diplômée de l'école des bibliothécaires
d'Albany, Konrad de l'université de Buffalo. Cornell était une
université privée, réputée très chère. Meredith n'espérait pas y
envoyer une demande d'inscription, car, outre que ses parents
n'avaient pas les moyens de payer les frais de scolarité, ils s'attendaient à ce qu'elle aille suivre une formation pédagogique
dans l'un des *colleges* de l'État et revienne enseigner à Carthage.

Naturellement… rien ne t'y oblige chère Merry !

*Tu mèneras ta vie à ta guise – tu as de très grands talents, nous
le savons !*

*Mais tu as un don inné pour l'enseignement – comme moi pour
la bibliothèque – et tu pourrais habiter dans notre rue –*

– habiter chez nous –

– là où tu vis aujourd'hui –

*– quand nous serons vieux et seuls et que nous aurons besoin de
notre petite fille. Pro-mis ?*

Le moment était venu pour Meredith de quitter la salle
de classe de M. Schneider, avec ses cinq rangées de pupitres,
son tableau embrumé de craie et ses odeurs rances. Il tournait
autour d'elle, hésitant ; entre ses doigts, des bouts de craie, qu'il
cassait nerveusement, sans paraître se rendre compte de ce qu'il
faisait.

« Je… j'ai entraînement de basket, monsieur. Il faut que je
parte.

– Une minute ! Votre ridicule "équipe sportive" peut sûrement attendre.

– L'entraînement commence à…

– Écoutez, Meredith : vous n'êtes pas comme les autres. Même les autres bons élèves – je jure que je vois au fond de leur âme. Mais vous… »

L'anxiété gagnait Meredith. Il était 15 h 49 à la pendule murale – l'entraînement avait commencé à 15 h 30. Dès avant ses seize ans, l'idée d'*être en retard* s'était mise à l'angoisser.

D'un ton pressant M. Schneider disait, comme s'il avait lu dans ses pensées : « Vous avez seize ans, Meredith… c'est cela ? Dans cinq ans, vous en aurez vingt et un. J'ai vingt-neuf ans, et dans cinq ans j'en aurai trente-quatre. La différence n'est pas si grande. Dans certaines cultures, elle est inexistante. »

Vingt-neuf ans ! Meredith lui aurait donné dix ans de plus.

Elle fixait le sol, un bourdonnement dans les oreilles. Elle ne pouvait être certaine d'avoir entendu ce qu'elle avait entendu.

« Vous n'êtes pas superficielle, Meredith. Vous n'êtes pas une jolie fille – vaniteuse, infantile. Vous n'avez pas vécu une vie d'enfant. À côté des autres, vous êtes *mûre*. Vous – comme moi… »

Hans Schneider avait l'expression de défi de qui a passé une vie entière à construire une structure compliquée dans une matière ayant la fragilité du papier et qui, dans un moment d'emportement, décide soudain de la détruire. Sa cravate terne à rayures flottait autour de son cou, comme s'il avait tiré dessus. Il avait les doigts poudrés de craie, des traînées de craie sur le visage. Il dit, la voix tremblante :

« Vous pourriez m'attendre. Il n'y aura pas d'autres hommes – d'autres garçons – pas beaucoup – pour vous courir après. La "vie physique" ne sera pas facile pour vous – vous pouvez en être sûre. Nous – vous et moi – pourrions passer un accord – une sorte de – contrat. »

Si les Neukirchen avaient vent de cette conversation ! Meredith devait les protéger.

« Il y a déjà une connivence entre nous, je pense ? Dès le premier jour où vous êtes entrée dans cette salle ? Et ensuite, quand je vous ai envoyée au tableau pour faire la démonstration des propriétés du triangle isocèle... »

Meredith se souvint : après avoir rencontré Hans Schneider à une réunion des parents d'élèves, M. Neukirchen avait été si intrigué par le professeur de maths de sa fille – « Une personnalité vraiment originale ! » – qu'il avait pris des renseignements sur ses antécédents et découvert que Hans Schneider avait fait ses études supérieures dans un endroit très inhabituel – en Écosse ! Il était diplômé de l'université de Saint Andrews. Si ses grands-parents habitaient à Watertown, à moins de trois cent cinquante kilomètres de Carthage, ses parents demeuraient à Boston, et il s'était inscrit à l'université de Boston pour y décrocher un master en mathématiques ; il avait complété ce cursus par une formation pédagogique à l'université d'Albany afin d'exercer dans le secondaire. Il était arrivé à Carthage en 1973 et, pendant sa première année, il avait donné des notes éliminatoires à de nombreux élèves, ce qui lui avait valu des plaintes de la part des élèves comme de leurs parents ; il avait animé le Club de maths, dont le nombre de membres, déjà faible, avait fini par fondre ; il avait eu des désaccords avec des collègues et avec le proviseur de l'établissement. Il était néanmoins resté, ayant appris à « adapter » ses critères aux normes de Carthage ; car il était rare qu'un professeur d'un lycée public de Carthage eût un master d'une université aussi éminente que celle de Boston, et le conseil scolaire n'avait pas voulu le perdre.

Hans Schneider vivait seul dans un appartement de location de Midland Street, et se rendait au lycée à pied ou à vélo. On le voyait dans le cinéma de la ville, toujours seul. Il prenait ses repas dans des restaurants bon marché, toujours seul. Il ne semblait pas avoir de vie familiale ni sociale, et quand Konrad

Neukirchen l'avait invité à dîner, un soir, il avait paru totalement « époustouflé » (selon M. Neukirchen) et avait refusé.

Il ne semblait y avoir aucun rapport entre l'invitation de
M. Neukirchen et l'intérêt du professeur de maths pour sa fille.
Bien que M. Schneider se fût peut-être mépris. Meredith se
rappelait la façon dont il l'avait appelée au tableau à l'un des
premiers cours – « *Mere-dith Neu-kirch-en, veuillez venir ici s'il
vous plaît* » –, l'air condescendant, claquant presque des doigts
comme on le ferait avec un chien. Il avait eu l'intention de faire
rire la classe – quelques élèves avaient ri avec hésitation – mais
la plaisanterie, si c'en était une, était tombée à plat. Pourtant,
les jours passant, une sorte de lien semblait bel et bien s'être
établi entre M. Schneider et Meredith Neukirchen, et on avait
peut-être remarqué qu'il la mettait à contribution plus souvent
que les autres élèves et que, à portée de voix des autres, il lui
demandait souvent de venir le voir à la fin de son cours et à la
fin des classes.

Elle pensa *Je peux m'enfuir. Il ne peut pas m'en empêcher !*

Elle pensa *Mais seul un enfant agirait ainsi. Je ne suis pas une
enfant.*

Elle n'avait pas seize ans, comme l'indiquait son dossier :
mais elle n'était assurément pas une enfant.

Sans paraître en avoir conscience, un bâton de craie entre
ses doigts nerveux, Hans Schneider s'était placé entre son élève
effrayée et la porte de la salle. Il tenait des propos décousus,
incohérents, mais d'un ton pressant ; son front, plissé de rides en
forme de flèches, luisait de sueur. Pendant ses cours, Meredith
se surprenait souvent à contempler les mains de M. Schneider
avec une sorte de fascination atterrée : il ne cessait de tripoter
des bâtons de craie ; il en choisissait toujours un entier en début
de cours, puis, très vite, le cassait en deux, jetait le plus petit
des deux bouts sur son bureau et continuait à triturer l'autre

jusqu'à le casser à son tour; et ainsi de suite, pendant les cinquante minutes que durait le cours. Il était difficile de calculer le nombre de bâtonnets qu'il cassait parce que chacun des morceaux brisés ne donnait pas toujours deux autres morceaux, si bien qu'une mise en équation était impossible, du moins avec les moyens mathématiques limités de Meredith; il lui semblait cependant que si M. Schneider avait pu continuer, si aucune sonnerie de fin de cours n'était venue l'interrompre, il aurait pu casser des craies à l'infini; mais si personne n'était là pour le voir casser des craies à l'infini, était-ce une description appropriée de ce qu'il aurait pu faire?

Meredith ne quittait pas des yeux ces doigts, couverts de craie, nerveux, longs au point de paraître griffus, et les ongles – décolorés, très courts, cernés de cuticules rougies, comme s'il les rongeait. M. Schneider lui expliquait – comme on le ferait à une très jeune enfant excitable – qu'il ne se «sentait pas seul» – mais que «oui, il était seul» – il «s'était accordé» six ans pour devenir «comme n'importe qui, extérieurement» – et après cela... Curieusement il parlait aussi de la rotation des étoiles et des planètes, prévisible comme un mouvement d'horloge jusqu'à ce que – un jour – l'incursion d'une unique comète la rende imprévisible. Des forces en équilibre – centripètes, centrifuges – et l'«humain» au centre qui était le véritable mystère.

Meredith entendait à peine sa voix, tant les oreilles lui tintaient. Elle pensait *Il ne me pardonnera jamais*.

«L'essence d'une vie est que – on peut vivre seul ou ne pas vivre seul. Si on choisit de vivre seul, il faut être beaucoup plus résistant que certains d'entre nous le supposent. Car être toujours seul, c'est penser sans interruption – le cerveau ne débranche jamais. Il n'est pas possible de vivre en pensant continuellement – cela, je m'en suis rendu compte dans cette terrible ville – "Carthage". Si bien nommée! Si vous êtes avec d'autres, leurs bavardages vous endorment – mais ce n'est pas une si mauvaise chose, au fond. Je pourrais vivre avec mes parents, bien sûr – mais non – ce serait pénible pour eux comme pour moi. Et je me refuse à *mendier*. »

Lentement, imperceptiblement, Meredith essayait de contourner M. Schneider pour gagner la porte. Mais comme un arrière de basket vigilant, grand et dégingandé, M. Schneider lui barrait le passage.

Elle avait été stupide, naïve – aveugle. Ne voulant pas penser que son professeur de maths la regardait, pensait à elle – de cette façon étrange, obsessionnelle. Car Meredith n'avait guère l'habitude de retenir l'attention des garçons, et encore moins des hommes. Personne n'avait jamais paru la « désirer » – personne n'avait jamais été mauvais avec elle. Personne ne griffonnait son nom ou ses initiales sur le pont de Convent Street, sur le château d'eau ou sur le mur de derrière du lycée, comme c'était le cas pour d'autres filles. Quand elle était seule et sûre de ne pas être observée, Meredith s'arrêtait pour examiner ces inscriptions grossières dans l'espoir anxieux d'y découvrir son nom parmi les autres ; car même être insultée serait la preuve que l'imposture de Mudgirl n'avait pas encore été découverte.

Elle éprouvait la même inquiétude, plus généralement, concernant sa *normalité*. Sa vie de femme – d'adolescente – était semée de petites gênes et d'anxiétés ; ce que Mme Neukirchen appelait évasivement *Ta période menstruelle* n'arrivait pas normalement – (tous les vingt-huit jours ?) – mais à des intervalles si irréguliers qu'aucune hypothèse fiable ne pouvait en être tirée. Et son corps n'avait pas l'air véritablement féminin. Pas comme l'était celui de ses camarades de classe.

Elle avait des seins petits, durs, fermes, bien différents des seins plus moelleux et plus pleins qu'elle entrapercevait dans le vestiaire des filles ; elle n'avait quasiment ni hanches ni fesses ;

en revanche, ses épaules étaient larges, ses jambes et ses bras, longs et musclés – un corps de garçon maigre. En pantalon et coupe-vent, elle passait souvent pour un garçon – son visage, qu'elle ne maquillait pas, était pâle et quelconque; elle n'avait pas encore à son vocabulaire ce mot mystérieux d'*androgyne*, qui aurait pu la réconforter ou accentuer son anxiété. En dépit du désir des Neukirchen de la protéger, et en dépit de la consolation spirituelle du quakerisme – cette lumière bienveillante et aveuglante qui noyait toutes les recoins obscurs où pouvaient prospérer *douleur, méchanceté, cruauté, chagrin et mal* –, Meredith comprenait que le monde était régi par des forces grossières – défense du territoire et instinct de reproduction.

C'était à la «biologie» que les pénis («bites») et les vagins («cons») approximativement dessinés des graffitis adolescents faisaient obsessivement référence. Et quelle naïveté de la part de Mudgirl d'imaginer y avoir sa place.

Elle ne voulait pas croire que c'était la «biologie» qui était à l'origine de l'attirance de son professeur de maths pour elle. Pour Mudgirl! Car c'était forcément une terrible erreur.

«Je... je dois partir, monsieur Schneider.

– Pourquoi? Pourquoi devez-vous partir?

– Parce que... c'est l'heure.

– "L'heure" de... quoi?

– Mon entraînement de b... basket.»

Elle bégayait comme un enfant coupable.

Dans les doigts griffus du professeur de maths, un petit bout de craie parvint à se briser. Une moitié tomba à terre sans qu'il le remarque. La respiration rauque comme si la violence de sa détresse lui obstruait les poumons, M. Schneider était à moins de cinquante centimètres de Meredith, et se penchait en avant; elle voyait des globules huileux sur son front, l'expression exaltée de son regard. «Vous savez parfaitement bien qu'il y a quelque chose entre nous, dit-il avec froideur. Vous le savez, et depuis le début, Meredith.

– Je… je ne pense pas, monsieur…

– Si. Bien sûr que vous saviez. Vous n'êtes *pas idiote*. »

Hardiment Meredith fit un pas en avant… impulsivement. Elle devait prendre ce risque, pour échapper à cet homme étrange.

Il dut se faire alors – très vite, dans la confusion – que M. Schneider saisit Meredith : son épaule droite, puis son bras droit. Quelle force dans ses doigts, et comme c'était inattendu ! Malgré tout, elle se dégagea aussitôt. Car l'instinct de Mudgirl la poussait à se sauver, à fuir son adversaire. Et qu'elle était rapide, forte, agile – son adversaire fut pris au dépourvu, il s'attendait à plus de docilité.

« Meredith ! Je ne vous ai pas autorisée à partir… revenez… »

Elle s'enfuit. Ouvrit la porte, se précipita dans le couloir. Et dans le couloir, entre les rangées de casiers, se mit à courir.

Elle n'en parla à personne. N'en parlerait jamais à personne. Son bras droit meurtri, elle le dissimula sous des manches longues jusqu'à ce que les marques s'effacent. À ses coéquipières de basket, cet après-midi-là, elle fit des excuses si bégayantes, le visage si empourpré qu'elles la contemplèrent avec stupéfaction (s'étaient-elles seulement aperçues de son absence ?) et aux Neukirchen, elle ne dit rien, car elle savait devoir les épargner à tout prix. Et le lendemain matin, au lycée, il fut annoncé que Hans Schneider avait eu un « accident » et ne viendrait pas ce jour-là ; une remplaçante assurerait ses cours.

Et le jour suivant, il fut annoncé que Hans Schneider serait absent jusqu'à la fin de la semaine. La même remplaçante – une femme entre deux âges au sourire nerveux – assurerait ses cours.

Et pour finir, la semaine suivante, il fut annoncé que Hans Schneider ne reviendrait pas enseigner au lycée de Carthage dans un avenir « prévisible ».

Meredith ne dit rien à ses parents de la conduite de son professeur – et certainement pas qu'il avait tenté de l'empêcher de quitter la salle – mais il était naturel qu'elle mentionne que son professeur de maths avait eu un genre d'accident et n'enseignait plus au lycée, et que celle qui le remplaçait était « sympathique, mais nettement moins intelligente » que M. Schneider.

Meredith entendit ensuite ses parents discuter de M. Schneider à voix basse, du ton confidentiel réservé aux propos qui n'étaient pas destinés aux oreilles de « Merry ».

Pauvre homme ! On parle de médicaments contre l'asthme… Et d'une sorte de drogue contre l'arthrite. Des sté-roïdes ? C'était une overdose.

Vingt-neuf ans seulement ! Il faisait beaucoup plus vieux…

Mais il est vivant, paraît-il. À l'hôpital.

L'hôpital de Watertown. Pas celui d'ici.

Je savais que quelque chose clochait chez cet homme, tu sais.

Ah bon ? Comment ça ?

Quand il a refusé de venir dîner, chérie. Quand je l'ai invité à déguster l'un des délicieux repas de ma chère femme et qu'il m'a regardé comme si je l'invitais à avaler un poison.

Mudwoman, contestée.

Préparée! Elle devait être préparée.

Cherchant désespérément à voir dans ce lieu obscur – à voir son visage dans une glace – car quelque chose n'allait pas dans son visage, qui l'avait trahie; quelque chose n'allait pas, qui devait être corrigé; quelque chose de défigurant, qui devait être dissimulé et préparé.

Car cet événement – ce « rendez-vous » – était capital pour elle. Elle n'avait aucune idée de l'identité de ces individus ni même de l'endroit où ils se trouvaient (dans un bâtiment éloigné? Étaient-ils sur le campus de l'Université?) mais elle savait qu'ils siégeaient pour la juger – et qu'ils l'attendaient – car elle était en retard, déjà en retard et – tenant désespérément à dissimuler la laideur singulière de son visage, où le sang de ses ecchymoses s'était répandu dans ses joues et dans les tissus mous autour de sa bouche tel un doigt divin accusateur si bien qu'elle semblait avoir dévoré une chair crue et sanglante – elle allait être encore plus en retard.

La fin, quand elle arriva, arriva vite.

M.R. n'aurait pas considéré que c'était la *fin*. M.R. aurait pensé tout au plus à une sorte d'*interruption,* de *contretemps mineur.*

Une contrariété, un malentendu. Peut-être même… une bévue. Mais pas… la fin.

Comme quelqu'un qui, au cours d'un après-midi chargé de rendez-vous, apprend de son médecin qu'elle est inopérable, incurable – en phase terminale, condamnée à mourir dans quelques semaines – et qui néanmoins ne semble pas entendre, reprend comme si de rien n'était la ronde de ces rendez-vous en se disant *Je suis si occupée! Je dois vraiment être quelqu'un d'important.*

En retard! En fait, oui, elle était en retard.

Le mot même résonnait à ses oreilles comme une pulsation démente.

Re-tard tu es en re-tard re-tard – re-tard.

Un principe du Temps : une fois que vous êtes en *retard,* vous ne pouvez plus ne pas l'être.

Une fois que vous êtes en *retard,* votre destin est *inéluctable.*

Inexplicablement, impardonnablement – dix-huit minutes de retard.

Dix-huit minutes! À la réunion du conseil d'administration de Charters Hall. À cette réunion cruciale du mois de mai en prévision de laquelle M.R. avait travaillé d'innombrables heures.

Des heures, des jours, des semaines. La présidente Neukirchen avait travaillé!

Budget de l'année à venir, question des admissions, proposition d'aides aux étudiants, «développement»… Et elle était en *retard,* haletante, les yeux fiévreux, les mains tremblantes – mais habilement, comme souvent les gens affligés de tremblements, elle savait immobiliser ses mains, serrer ou saisir quelque chose afin de dissimuler ce tremblement qui était tout récent, datait du matin – et il n'y avait rien qu'elle pût faire pour ne *pas être en retard.*

«Toutes mes excuses! Je suis navrée! Un... une urgence... un coup de téléphone...»

La croyaient-ils? Pourquoi ne l'auraient-ils pas crue?

(M.R. Neukirchen ne mentait pas : pourquoi ne l'auraient-ils pas crue?)

(Avait-elle déjà eu recours à cette explication? Ces mots – avait-elle déjà bégayé ces mots? Devant ce même groupe de personnes? Elle ne le pensait pas. Elle était certaine du contraire. Et pourtant... pourquoi la dévisageaient-ils de cet air sceptique? Et cette expression sur leur visage – inquiétude, étonnement, préoccupation? Qu'est-ce que cela signifiait? En quoi le fait qu'ils étaient des *trustees* signifiait-il que M.R. devait leur faire *confiance*[1]?)

Cette réunion de mai. Cette réunion cruciale du mois de mai. Une réunion annuelle, et une réunion cruciale, et ces gens-là étaient des *trustees*.

Les *trustees* de l'Université, qui avaient engagé M.R. Neukirchen. Ils étaient ses *employeurs*, en quelque sorte. Ils étaient ses *superviseurs*. Son salaire et son contrat étaient décidés par les *trustees*. Le président est à la solde des *trustees* et ne peut leur désobéir ni les offenser – il ne peut perdre leur *confiance*.

Et pourtant : dix-huit minutes de retard! Ce serait consigné, supposait M.R. Les séances du conseil d'administration étaient

---

1. En anglais, *to trust*, «faire confiance», a donné *trustee* : «personne qui est tenue d'exercer certains droits dans l'intérêt d'une autre ou pour l'accomplissement d'un objet donné» (ici, les membres du conseil d'administration).

scrupuleusement enregistrées pour des raisons juridiques aussi bien que pratiques.

Les réunions de l'éminent conseil d'administration de l'Université avaient lieu, traditionnellement, dans la chambre Octogonale de Salvager Hall, une belle pièce en rotonde, avec vitraux au plafond, meubles anciens en acajou sculpté, table octogonale, fauteuils rembourrés et, aux murs, les portraits des premiers présidents révérés de l'Université, dont le plus imposant était celui du révérend Ezechiel Charters, lequel avait eu sur le sexe féminin, les enfants, les «sauvages» indiens, les «Noirs» et toutes les sectes religieuses à l'exclusion de la sienne des opinions exactement opposées à celles de la présidente Neukirchen et, pour tout dire, répugnantes et obscènes à ses yeux. Le révérend Charters et elle étaient cependant de la même lignée – singulière et unique.

Souris, souris! Question visage, c'est du pareil au même.

«Madame la présidente? Quelque chose… ne va pas?»

Très vite elle répondit *Mais non.*

Bien sûr que… non!

Avec l'envie de dire qu'il était ironique – approprié? – qu'elle eût hérité de la présidence de l'Université, alors que son premier président, Ezechiel Charters, n'aurait eu que mépris pour la femme et, pis encore, pour la sauvage impie qu'elle était.

Non… bien sûr que… non.

La seule réponse possible à une question aussi insultante.

Ces gens – ces *trustees* – vingt-huit en tout, autour de la table octogonale. Un par un, elle les compta : elle ne pouvait empêcher son cerveau de compter.

Le gouverneur de l'État du New Jersey était membre de plein droit du conseil de l'Université, mais occupé à Trenton par ses propres barbotages politiciens, il n'assistait pas à la réunion.

Parmi les autres personnes assises à la table octogonale, il y avait les conseillers de M.R. : directeur de la Corporation universitaire, vice-présidents aux finances et au développement, principal de l'Université, président de la société d'investissement de l'Université – des noms qu'elle connaissait très bien – naturellement – aussi bien que leur visage – mais qu'elle avait temporairement oubliés.

« Je pense – si nous sommes tous là – ceux d'entre nous qui *sont là* – nous pouvons commencer. »

Le grand sourire de M.R. ! Avec dix-huit minutes de retard.

Mais maintenant cela avait commencé et continuerait jusqu'à la *fin*.

On ne peut jamais prévoir la *fin* à la lumière du *commencement*.

Car elle aurait cru – avait voulu, désespérément, croire – qu'elle en était encore au commencement, ou quasiment.

Sa première année de présidence. Elle était à peine au terme de sa première année.

Première femme, première année. Premier président femme de l'Université.

Quelle reconnaissance elle éprouvait ! Mais aussi quel ressentiment !

Première femme. Pourquoi était-ce aussi important. Pourquoi le sexe était-il aussi important !

C'était un paradoxe classique de la philosophie : où est le *moi* ?

Dans le corps ou dans... l'*âme* ?

Existe-t-il une *âme,* d'ailleurs ?

Existe-t-il un *moi* ?

Ou plutôt... des *moi* ?

Ou plutôt (l'horreur la plus probable, dans la lumière crue du jour au sortir d'une nuit d'insomnie) *pas de moi autre qu'une matière cérébrale perpétuellement menacée d'anéantissement.*

Elle était haletante, distraite et agitée comme si on l'avait brutalement tirée d'un rêve. Sa tenue… n'était pas vraiment débraillée, mais quelque chose laissait à désirer – et ses cheveux, eux, étaient ébouriffés comme si elle avait à peine eu le temps de se donner un coup de peigne et son visage – le pauvre visage ravagé de M.R.! – la trahirait en fin de compte car il était étrangement enflé autour de la bouche et maquillé en hâte, étrangement, avec une sorte de pâte qui, en séchant, avait foncé comme de la boue.

Finie la Walkyrie au visage rayonnant, son visage ressemblait maintenant à l'un de ces visages-masques primitifs des *Demoiselles d'Avignon* de Picasso.

La présidente Neukirchen parlait pourtant avec une clarté inhabituelle, comme on prononce des mots d'une langue étrangère dont le sens ne vous est pas parfaitement clair. Et la présidente Neukirchen accueillit courtoisement les *trustees* et les remercia d'être venus. Et pendant son discours de bienvenue surgit brusquement dans son champ de vision (gauche) comme un diable sortant de sa boîte un gentleman dont le visage lui était familier – un gentleman âgé aux cheveux argentés, portant un costume élégant, un nœud papillon – elle connaissait son nom : Lockhardt? – mais pas son prénom – et le rabroua gentiment pour dissimuler la contrariété qu'elle éprouvait à être interrompue avec cette indélicatesse : «Eh bien, Lockhardt! On arrive en catimini?»

Ce fut un moment étrangement tendu. Leonard Lockhardt la dévisagea, bouche bée; puis, murmurant une excuse, s'assit à la table octogonale.

M.R. n'avait pas le temps de se demander pourquoi son conseiller juridique principal était brusquement apparu dans la salle pour prendre place parmi les autres comme si cela n'avait rien d'inhabituel.

Elle supposa alors – cela lui vint à cet instant, telle une évidence – que son conseiller juridique avait déjà rencontré les *trustees* à son insu.

Il est mon ennemi. Mon ennemi ici à demeure.

Et son équipe aussi – certains d'entre eux – était probablement au courant de la conspiration.

Mais elle ne dirait rien, bien entendu. Elle tempérerait de ruse sa peine et son indignation.

M.R. parlait avec une clarté inhabituelle et comptait donc écouter avec la même clarté d'esprit les responsables de l'Université faire leur rapport et répondre aux questions posées par certains membres du conseil et elle fut étonnée que pas un mot – pas une question – ne concerne ce garçon qui avait tenté de se suicider à deux pas de Salvager Hall ; elle ne parvenait pas à se rappeler son nom, sinon qu'il commençait pas un S, mais avec quelle netteté elle le revoyait ! Le jeune visage tourmenté, la bouche, les yeux blessés !

Sa voix, chargée de défi et d'angoisse. Qui semblait l'accuser, *elle*.

Il était toujours en vie. Maintenu en vie par un respirateur artificiel en Floride. Son cerveau avait été plus ou moins anéanti. Le *moi* qui avait si injustement accusé la présidente Neukirchen avait été anéanti, mais son corps chétif d'adolescent existait toujours. C'était un sort cruel, terrible. C'était la *vie* qui l'attendait.

La plainte en justice n'avait pas encore été déposée par l'avocat des Stirk.

(« Stirk » : voilà comment il s'appelait.)

Très vraisemblablement, l'affaire Stirk préoccupait les membres du conseil d'administration, mais ils n'en parlaient pas, pas encore. La réunion venait de commencer, ils avaient le temps. Le conseiller juridique de l'Université leur dirait en confidence *Je l'avais prévenue. Je lui avais déconseillé de parler en privé à ce garçon. Cette idiote ne m'a pas écouté – bien entendu. Et maintenant...*

Qui avait-elle pour amis et qui, pour ennemis, parmi les *trustees*? se demandait M.R.

Au début, elle était persuadée qu'ils étaient tous des amis – des partisans – de M.R. Neukirchen. Qu'ils étaient tous des «admirateurs» enthousiastes.

Une supposition naïve à laquelle il lui avait fallu renoncer. Car maintenant ils étaient là pour la juger.

Indubitablement leurs salutations avaient été crispées. Tous ne lui avaient pas souri avec la chaleur qu'elle aurait souhaitée. Tous ne l'avaient pas appelée *Meredith!* de ce ton particulier qui indique *Je vous aime bien, je suis votre ami.*

Car – bien entendu – ils avaient lu les articles sur l'affaire Stirk, ils avaient vu les informations à la télévision – ils n'avaient plus une aussi haute opinion de la présidente Neukirchen.

Et quelle dureté dans le regard de l'un d'entre eux – un riche homme d'affaires du Midwest que, comme tant d'autres trustees, M.R. avait hérité de son prédécesseur. Elle ne parvenait pas à retrouver son nom – il commençait par *D* – et son prénom était trompeusement affable, banal : Bob, Rob, Rond. Diplômé de l'Université à l'époque lointaine où les femmes n'y étaient pas admises et où l'on ne voyait encore sur le campus qu'un nombre infime de non-Blancs – catégorie incluant les Juifs – lesquels ne devaient d'ailleurs leur présence qu'à l'institution des *quotas*.

Voilà un homme qui jaugeait les femmes vite, sans ménagements et sans sentiment, et qui avait accepté M.R. Neukirchen, non en sa qualité de femme, mais comme une sorte d'homme *honoris causa*, quoique d'une sous-espèce inférieure.

Mais peut-être D* n'était-il pas du Midwest, peut-être M.R. le confondait-elle avec quelqu'un d'autre. Cette poignée de main brusque et broyeuse qui est tout ensemble salut et menace. *Ne comptez pas me la faire. Je ne suis pas l'un de vos crétins de larbins progressistes.* Le cerveau de M.R. continuait à compter les personnes autour de la table : vingt-neuf, trente, trente et une, trente-deux… Une partie de son cerveau comptait tandis qu'une autre, tel un phare perçant les ténèbres, percevait la situation avec une lucidité sidérante.

Que *personne n'eût abordé le sujet de Stirk!* Voilà qui était significatif.

Qu'il eût été prévu que D* prenne la présidente au dépourvu en faisant une déclaration préparée à l'avance concernant Stirk (il était visible que D* avait quelque chose de désagréable à dire : ses mâchoires de bouledogue frémissaient) mais avec astuce la présidente Neukirchen orienta la réunion dans une autre direction, survola certains points de l'ordre du jour pour pouvoir présenter aux trustees son nouveau projet ambitieux, une réforme de l'aide aux étudiants : des bourses couvrant l'intégralité des frais de scolarité pour tous les étudiants qui étaient admis à l'Université indépendamment de la situation économique de leurs parents ; et notamment pour les enfants de familles aux revenus faibles et moyens, gravement négligés par la priorité donnée à la diversité raciale.

Car l'Université était très riche, comme le savait bien le conseil – en dépit du fléchissement de l'activité économique, l'Université avait la plus forte dotation par étudiant de tout le pays. Et, de toute façon, les frais de scolarité ne couvraient qu'une infime partie des coûts d'exploitation de l'Université.

Bien que passablement distraite, M.R. se rendait compte qu'elle ne suscitait pas, parmi les personnes assises à la table octogonale, les sourires, hochements de tête et murmures d'approbation dont elle avait pris l'habitude dans ce genre de réunion. Pour on ne sait quelle raison, ce courant d'*attention flatteuse* s'était tari.

Peu de trustees, en effet, paraissaient convaincus. M.R. avait préparé pour cette présentation des tableaux, des graphiques – des statistiques... Elle triompherait de leur opposition à l'usure, si aucune autre stratégie ne prévalait !

Cherchant toujours désespérément dans un coin de son cerveau à retrouver le nom de D*. Il serait terriblement embarrassant que cet homme à la mine belliqueuse, avec son crâne en boule de billard et ses mâchoires crispées, un milliardaire *Forbes* qui avait financé l'un des nouveaux bâtiments scientifiques de l'Université, se rende compte que M.R. avait oublié son nom.

C'est mon ennemi. L'un de mes ennemis.

Des questions furent posées à M.R. sur la faisabilité de sa proposition.

Car le nombre d'étudiants de premier cycle était contingenté – la « tradition » voulait que l'Université ne s'agrandisse pas – c'était une institution d'« élite » qui devait le rester et ne pas succomber aux pressions d'une « éducation socialisée ».

Et puis il fallait conserver des places pour les « legs », bien entendu.

Les enfants et petits-enfants des anciens élèves.

Des anciens élèves fortunés : les donateurs.

Des trustees.

(Car telle était la « tradition » tacite de l'Université, l'un des établissements les plus convoités de l'Ivy League : le service des admissions accordait un statut particulier aux dossiers de candidature des étudiants apparentés aux trustees. C'était ce qu'on appelait les *legs.)*

«Pardonnez-moi. Vous ne m'avez pas écoutée, je pense. Il n'est pas question d'"éducation socialisée" – mais d'un enseignement privé assumant ses responsabilités dans un secteur public. Un enseignement d'"élite" pour tous ceux qui le méritent – tous! Notre pays est une méritocratie, pas une aristocratie. *Noblesse oblige,* voyez-le sous cet angle – à vous d'assumer la *noblesse,* et nous, éducateurs, nous chargerons de l'*oblige.*»

Des crapauds venimeux! Ces paroles remarquables jaillirent de la bouche de la présidente Neukirchen exactement comme les petits crapauds venimeux d'antan.

Et une fois libérés, ces délicieux petits crapauds ne peuvent être rattrapés. Telle est la nature de l'espèce *Crapaud venimeux.*

Autour de la table octogonale, tous dévisageaient M.R. Neukirchen avec stupéfaction, et avec la fascination qui suit la stupéfaction.

Ses remarques étaient-elles spirituelles? Se voulaient-elles spirituelles? Quelques personnes ébauchèrent un sourire. Quelques autres clignèrent des yeux. Personne ne rit.

Vingt-huit, vingt-neuf, trente, trente et un…

Vivez seul, et vous penserez sans interruption. Votre cerveau ne débranchera jamais.

… trente-deux, trente-trois, trente…

Un calme inquiétant dans l'œil du cyclone! Malgré le tremblement de ses mains (qu'elle avait maîtrisé en serrant le bord de la table d'acajou, fort, de tous ses doigts) M.R. se sentait très bien; M.R. se sentait pleine d'assurance; M.R. se sentait confiante; M.R. se sentait en position d'autorité. Comme un professeur de sciences infiniment patient et bienveillant, très légèrement condescendant, elle entreprit de faire un cours à cette assemblée d'*élite* sur le phénomène de la succession végétale.

« Imaginez une corniche rocheuse où rien ne vit, mais où – soudain – la "vie" apparaît : des spores apportées par le vent s'y fixent et parviennent à survivre ; ce sont de simples lichens qui se reproduisent jusqu'à créer un "environnement favorable" pour un successeur, une espèce plus complexe – et finalement des herbes. Chaque espèce cultive les siens mais crée, ce faisant, un environnement favorable à un successeur plus complexe. Après les herbes viennent des plantes, des plantes toujours plus complexes, et finalement – au bout d'une centaine d'années ou davantage – des arbres ! Une espèce d'arbre poussera un jour sur cette corniche rocheuse nue qui se sera recouverte d'un "sol" – d'une profondeur et d'une texture capables de nourrir l'espèce "climacique". Et donc – vous me regardez d'un air si ébahi – M.R. rit, comme le faisait l'ancienne M.R. Neukirchen pour désarmer les critiques par son franc-parler, oubliant que, dans ce cadre, l'ancienne manière Neukirchen n'avait plus cours – parce que vous vous demandez *Où suis-je, où est mon espèce dans cette parabole ?* Le mystère de la "succession" tient à ce que, en examinant la paroi rocheuse originelle, vous n'auriez pu prédire tout ce qui suivrait, et notamment pas une belle forêt de pins. Le début d'une telle parabole ne peut indiquer sa fin, car sa fin est en totale contradiction avec son début. La succession des peuples – races, classes – doit être similaire et inévitable. Ce n'est pas une "tragédie" – ce n'est pas de l'"éducation socialisée" – car, dans la nature, chaque espèce naît aux dépens de ses prédécesseurs et est généralement détruite par ses successeurs. Mais la race humaine – à savoir le programme humain – la "civilisation" – n'est pas inévitablement déterminée par de tels principes. Un progressiste est un éducateur et doit souhaiter

le bien de tous, doit souhaiter créer l'environnement opti-
mal *pour tous*. Tel est le principe progressiste de notre grande
université... »

Des petits crapauds venimeux ! Sautillant sur la table d'acajou brillante comme des créatures échappées d'un livre de
contes pour enfants.

*Nous nous sommes accrochés à la roche nue. Notre race s'ac-
croche, avec la volonté désespérée de survivre. Voilà pourquoi nous
sommes aussi dangereux !*

En dépit du silence interloqué de son auditoire et de l'expression d'intense inquiétude peinte sur certains visages – celui
de Leonard Lockhardt, par exemple – M.R. parlait avec chaleur
et sans hésitation, tout à fait comme un éducateur ; en dépit
d'un tremblement intérieur, dû à ce que ses doigts, crispés sur
le bord de la table, étaient empêchés de trembler. Et il y avait
cette sensation de chaleur inquiétante autour de sa bouche qui
la perturbait, bien qu'elle pensât – souhaitât penser – s'être
maquillée de manière à *masquer* la défiguration.

Elle découvrirait ensuite avec horreur que l'épais maquillage de théâtre appliqué sur son visage (acheté en ville après un
examen assez poussé des étagères de cosmétiques) avait séché
irrégulièrement et pris une teinte beaucoup plus sombre qu'elle
ne l'avait prévu. Dans le miroir la contemplait *Mudwoman* !

Mais pour l'instant, s'efforçant de charmer, elle dit, comme
si elle venait d'y penser : « L'essence de la religion quaker, vous
le savez, veut qu'on ne prête aucun *serment*. Celui de porter
les armes pour son pays, par exemple. Nous n'assujettissons
notre intégrité morale à aucun État, aucune institution... »
Elle s'interrompit, car elle ne se rappelait plus pourquoi elle
avait abordé le sujet du quakerisme sinon parce que – ne
disait-on pas que le révérend Charters avait été en faveur de
la persécution des quakers ? À moins qu'elle cherchât à définir

369

M.R. Neukirchen, dont on attaquait la *position morale* d'éducateur progressiste?

Et en effet D* passa bel et bien à l'attaque.

Un homme au crâne en boule de billard et au visage de
bouledogue, les yeux flamboyants. On aurait cru que M.R.
Neukirchen avait personnellement apposé la mention REJETÉ
sur le dossier de candidature de son fils.

Mais la sortie de D* ne concernait pas les «legs». Elle
concernait quelque chose que M.R. avait entièrement oublié et
dont elle fut un instant incapable de se souvenir : l'offre d'une
contribution de trente-cinq millions de dollars faite par le fournisseur de gaz naturel dont M.R. avait refusé de rencontrer le
représentant à Philadelphie.

Les mâchoires de bouledogue se crispèrent, car D* avait été
terriblement insulté : non seulement la présidente Neukirchen
avait refusé ce don de trente-cinq millions de dollars, dont il
avait été la «cheville ouvrière», mais elle l'avait refusé «unilatéralement» – «apparemment sans consulter quiconque» – et,
pis encore, elle était allée jusqu'à refuser de rencontrer le responsable de cette société pour discuter de sa proposition.

Pis encore, elle avait refusé par courriel.

«… cherché à vous joindre, madame la présidente, plusieurs
fois, mais vous n'avez pas répondu à mes appels. J'espérais…
attendais… une réponse… une explication…»

D* parvenait à peine à parler, son antipathie pour M.R.,
son indignation d'avoir été traité avec aussi peu de respect semblaient lui fermer la bouche.

M.R. s'excusa aussitôt : elle avait eu toutes les intentions de
rappeler D*. Elle avait demandé à sa secrétaire de prévoir un
moment pour une conversation avec lui, mais… il y avait eu
un contretemps.

« C'est un don que nous ne pouvons nous permettre de "refuser" ! Si vous voulez augmenter les aides aux étudiants, madame la présidente, il vous faudra beaucoup plus d'argent – et de toute façon – Excellis a financé généreusement des établissements de recherche, sans qu'aucun d'entre eux ait jamais "refusé". Vous devez des explications à ce conseil sur cette décision extraordinaire, prise sans consulter vos conseillers – sans *nous* consulter. »

M.R. frissonna un peu : avec quelle voix vibrante d'ironie, d'hostilité, cet homme avait prononcé les mots *Madame la présidente*.

Madame la présidente ! Ne comptez pas me la faire.

C'était vrai : M.R. avait annulé son petit-déjeuner de travail à Philadelphie la semaine précédente, sur un coup de tête. Elle éprouvait une telle répugnance pour sa tâche – représenter l'Université, se prosterner devant le « troisième plus grand fournisseur mondial de gaz naturel » – comme si elle ne savait rien des catastrophes environnementales dont cette société au nom absurde était responsable, aux États-Unis et, plus encore, dans les pays du tiers-monde. La répugnance de M.R. avait été si forte qu'elle n'avait pu se résoudre à préparer les propos qu'elle aurait pu tenir en tête à tête au cadre d'Excellis chargé des « dons » ; elle n'avait pas davantage consulté les membres de son équipe, pas même son vice-président au développement ou le conseiller juridique de l'université. Au lieu de dicter une lettre d'excuse officielle exposant ses raisons en termes choisis et pleins de tact, elle avait envoyé un bref courriel à ce cadre, et effacé sa réponse sans la lire.

Était-ce si abominable ? Les courriels permettent à un administrateur efficace d'économiser son temps.

« ... l'Université vous est reconnaissante de votre offre de contribution, mais, à l'heure actuelle, il nous est impossible d'accepter. Nous vous remercions de l'intérêt que vous portez à notre établissement.» D'un ton chargé de fureur, D* lut le courriel même que M.R. avait envoyé au cadre d'Excellis, comme si c'était une preuve accablante. «On croirait que vous déclinez une invitation à une fête prénatale!»

Fête prénatale. Jamais ces mots innocents-inoffensifs n'avaient été prononcés avec autant de mépris!

«J'ai refusé parce que c'était la seule décision – éthique – possible: refuser un "don" d'une société qui a à son passif des atteintes inadmissibles à l'environnement. J'ai fait quelques recherches – elle consacre chaque année des millions de dollars à redorer son «image publique» – publicités dans des magazines de qualité, parrainage de chaînes de télévision et de stations de radio de service public – concours lycéen de projets scientifiques – c'est si *transparent!* J'avais tant d'obligations plus pressantes que même un début de conversation avec... Excellis, c'est bien ça?... m'a paru une perte de temps, et dégradant.

– Pardonnez-moi, madame la présidente, mais vous dépassez les bornes! Pas une université, pas un institut de recherche ne déclinerait un don de trente-cinq millions de dollars, de quelque société qu'il vienne – et d'Excellis encore moins. Mais le fond du problème est que vous n'étiez pas habilitée à décider unilatéralement, c'est un problème dont nous aurions dû prévoir de discuter aujourd'hui...»

Elle avait irrévocablement offensé ce gentleman trustee, elle s'en rendait compte. Car D* était manifestement en cheville avec cette société criminelle; sans doute en était-il un actionnaire important. Mais M.R. tint bon.

«Il n'y a pas de "problème". On ne "discute" pas de l'opportunité de salir ou non la réputation de l'université en l'embarquant dans une sorte de combine de blanchiment avec un pollueur notoire.

« "Blanchiment"! C'est une insulte.

– Je vous en prie! Je ne veux "insulter" personne – et certainement aucune des personnes ici présentes. » M.R. s'efforçait de parler avec calme, face à toutes ces paires d'yeux qui la dévisageaient avec étonnement, réprobation, hostilité; y compris les yeux des responsables de l'Université, qui semblaient l'avoir abandonnée. « Le terme de "blanchiment" était malheureux – peut-être voulais-je dire "pot-de-vin" – ces bons vieux "pots-de-vin" d'antan – une entreprise criminelle cherche à s'associer à un éminent établissement américain, connu pour ses idéaux, en lui versant de l'argent – un "pot-de-vin" – un "don" en l'occurrence – afin de redorer sa réputation ternie. L'Université nommera peut-être un jour le PDG d'Excellis docteur *honoris causa* – mais seulement quand je n'en serai plus la présidente. » M.R. marqua une pause, comme quelqu'un qui s'est hardiment avancé au bout d'un haut plongeoir et n'a pas encore regardé ce qui l'attend en bas.

Elle était agitée, à présent. Surexcitée et agitée, un flot d'adrénaline dans le sang parce qu'elle savait sa position moralement juste; elle se savait *triomphante.*

« Je vois que vous – la plupart d'entre vous – semblez préoccupés – contrariés – et je regrette sincèrement de ne pas avoir eu le temps de vous consulter, mais, de mon point de vue, cela semblait inutile. Après tout, vous m'avez choisie pour présidente. Vous m'avez choisie pour prendre des décisions comme celles-là, fondamentalement morales, et non purement financières. De même que l'Université s'est défaite de ses avoirs dans l'Afrique du Sud de l'apartheid, il y a quelques années, de même qu'elle a rompu tous liens avec la traite des esclaves au milieu du XIXe, elle doit conserver son indépendance vis-à-vis de sociétés qui polluent l'environnement. Nous devons avoir l'idéal de Kant pour impératif moral : "Agis toujours de telle sorte que la maxime de ton action puisse être érigée en loi universelle".»

Voilà qui était bien! Voilà qui était une façon de *conclure*.

«… ajourner notre réunion, pour le moment. Si vous n'y voyez pas d'inconvénient. Et nous pourrons nous retrouver…»

Elle ne leur avait pas laissé le temps de protester. Elle était une administratrice chevronnée et elle savait quand mettre fin à une réunion, comme elle savait comment juguler l'opposition d'un ennemi.

«D'ici là, au revoir!»

Mudgirl : trahison.

Tu ne vas pas nous quitter... n'est-ce pas ? Quand nous serons seuls – tous les deux – et que tu seras grande – j'ai peur...

Naturellement – il ne s'agit pas de faire pression sur toi, chère Merry ! Comprends-le bien.

Sauf que – si quelque chose devait arriver à Konrad – et que je sois seule dans cette maison...

Sauf que – nous t'aimons tant...

Enseigner dans un lycée te conviendrait parfaitement. Pas professeur de collège, ni bibliothécaire. Ce ne serait pas assez stimulant pour quelqu'un d'aussi intelligent et d'aussi indépendant que notre chère fille !

Un vrai livre de contes : on écrivait sa vie à sa place.

Elle n'avait pas à l'écrire, juste à la lire.

On tournait même les pages pour elle.

Dans cette histoire, Mudgirl avait à peu près disparu. Il n'y avait pas de Mudgirl dans la maison de brique remplie de livres du 18, Mount Laurel Street, Carthage, État de New York.

Seulement Meredith Ruth – «Merry».

Car, comme la géométrie, c'était un jeu dont on pouvait apprendre les règles et qui, joué avec adresse, vous apportait des récompenses. Par conséquent, le temps qu'elle arrive en terminale, Meredith n'avait quasiment plus à se réprimander :

Mudgirl doit faire ceci. Mudgirl méfie-toi!

Elle avait dix-sept ans, elle avait son permis de conduire. Au cours de conduite du lycée de Carthage, elle avait obtenu une très bonne note et les éloges de l'instructeur – *Voilà une fille qui conduit comme un homme. Bravo!*

Pour fêter le nouveau conducteur «étoile» de la famille, M. Neukirchen avait acheté une nouvelle voiture – d'occasion : une Oldsmobile 1974, couleur crème, dont les ailes n'étaient que très légèrement rouillées, et les sièges beige luxueux que très légèrement tachés. Le prix de reprise de la vieille Dodge cabossée n'avait été que de deux cent cinquante dollars.

À présent, Meredith pouvait conduire la voiture familiale si elle était accompagnée de l'un de ses parents. Que la fille conduise «infiniment mieux» que ses deux parents («Ce qui n'est pas un mince compliment», observait Konrad) était devenu une sorte de plaisanterie familiale, et cependant la pauvre Agatha ne pouvait apparemment pas s'empêcher de se recroqueviller sur le siège passager, de retenir bruyamment sa respiration et même d'écraser un frein fantôme de son pied droit quand Meredith était au volant – «Oh! Je suis vraiment désolée, chérie! disait-elle, le visage empourpré, avec un rire d'excuse. C'est plus fort que moi. Tu es une *enfant*.»

Une enfant! Avec son mètre soixante-dix-huit et ses soixante et un kilos, Meredith – «Merry» – n'avait rien d'une enfant.

Mais elle ralentissait toujours immédiatement, en freinant avec douceur. Elle comprenait : sa mère nerveuse devait être rassurée.

« C'est juste que... je ne voudrais pas qu'il nous arrive quelque chose, chérie. À toi, surtout. »

Agatha devenait de plus en plus tendue et irritable. Elle avait les chevilles enflées, la respiration courte. Ses jupes longues, ses robes et ses châles de paysanne, les piécettes de cuivre tintinnabulantes de ses bijoux ne suffisaient plus à dissimuler son corps grassouillet et flasque, qui, sans être encore vieux, n'était visiblement plus jeune ; même son visage rose et lisse de jeune fille commençait à montrer des signes de fatigue aux commissures des yeux. Elle ne travaillait plus à la bibliothèque que le mardi et le jeudi. Elle semblait toujours suivre un régime – mais perdait rarement plus de quelques livres, et au prix d'immenses efforts : Konrad ne pouvait s'empêcher d'en plaisanter, disant à tous ceux qui pouvaient entendre que sa chère femme avait perdu, au cours des ans, « aux alentours de deux cent quatre-vingt-huit kilos. » La pauvre Agatha prenait rendez-vous chez les médecins mais ne se décidait jamais tout à fait à aller les voir – à la dernière minute elle téléphonait pour annuler, à l'insu de Konrad.

« Et ne le lui dis surtout pas, Merry ! Pro-mis ?

– Mais je crois...

– Je prendrai un autre rendez-vous plus tard, *bien sûr*. Mais n'en parle pas à Konrad, tu veux ? Pro-mis ?

– Mais... »

Agatha l'enlaçait et lui posait un baiser brûlant sur la joue. Elle riait avec espièglerie – comme si elles étaient deux amies, deux sœurs peut-être. Et Meredith – « Merry » – était l'aînée, tout comme elle était la plus grande et la plus *responsable*.

« Cap sur le centre-ville, chérie ! J'ai des recherches à faire à la "grande" bibliothèque – dans les archives du comté de Beechum. »

Le samedi était jour de courses pour Konrad. Meredith lui servait de chauffeur avec le même plaisir qu'elle avait eu auparavant à l'accompagner – pourvu qu'Agatha reste à la maison. Plus bavard encore en qualité de passager qu'il ne l'avait été au volant, Konrad amusait sa fille de récits sur la vie privée d'« Américains illustres » – George Washington, Alexandre Hamilton, Benjamin Franklin, Andrew Jackson et Thomas « Stonewall » Jackson, Sojourner Truth ; l'homme qui le fascinait le plus était Abraham Lincoln dont l'âme, selon lui, était « aussi vaste et profonde » que le Grand Canyon et qui, pourtant, ne serait sans doute pas élu dans l'Amérique « télépolluée » d'aujourd'hui, faute d'« un naturel enjoué et superficiel » et de « traits photogéniques ».

En bonne élève, Meredith lui demanda s'il trouvait qu'Abraham Lincoln avait eu raison de déclarer la guerre au Sud pour empêcher une sécession – n'aurait-il pas mieux valu laisser partir les États du Sud ? En quoi la préservation de l'Union était-elle importante au point de justifier la mort de milliers de jeunes gens ?

Dans son cours d'histoire, quand Meredith avait essayé de poser cette question à son professeur, elle s'était attirée un regard plein de répugnance, comme si elle avait proféré une obscénité ou, pire encore, exprimé une opinion scandaleusement antiaméricaine.

Mais pourquoi ? Pourquoi la préservation de l'Union était-elle importante au point de justifier la mort d'un seul homme ?

« Quelle bonne question, Meredith ! Une question profonde, en fait. »

Konrad était toujours heureux quand sa fille intelligente posait des questions qu'il jugeait *profondes*, même s'il était souvent incapable d'y répondre avec une quelconque *profondeur*.

«Il y a la question fondamentale : un principe abstrait vaut-il le sacrifice d'une seule vie humaine, sans parler de milliers ; mais il faut aussi se demander s'il y a plus important dans la vie que l'"abstrait". En d'autres termes, les individus comptent-ils autant que les principes ? Souhaiterais-tu mourir pour "préserver l'Union" – consentirais-tu à ce que d'autres meurent ou soient blessés, mutilés ? »

Meredith avait les mains serrées sur le volant. En dépit de ses ailes rouillées et de ses sièges légèrement tachés, l'Oldsmobile crème était une voiture «classe», qui «en jetait», comme disait Konrad. Conduire lui donnait un sentiment d'euphorie, surtout quand elle franchissait l'un des nombreux ponts de Carthage. *Partir ! Partir d'ici ! Impossible d'arrêter Mudgirl une fois qu'elle est en route.*

«Je... je ne sais pas, papa. Je... je n'aimerais pas avoir à prendre une telle décision...

– Mais s'il le fallait, chérie. Si par exemple tu n'étais pas la vice-présidente de l'inestimable promotion 1979 du lycée de Carthage – (Meredith Neukirchen avait récemment été élue à cette fonction) – mais notre président Harry Truman, en 1945, donnant l'ordre de lâcher des bombes atomiques sur des villes japonaises en sachant que la plupart des victimes seraient des civils – des femmes et des enfants. Mais aussi que démoraliser l'ennemi accélérerait la fin de la guerre et sauverait la vie de soldats américains. Que déciderais-tu ?

– Je... j'aurais une équipe pour m'aider. J'aurais des conseillers...

– "*The buck stops here*", voilà ce qu'a dit Truman. "À moi de prendre mes responsabilités." Et cela vaut pour nous tous.

– Alors je – je crois que je ne pourrais pas – je ne pourrais pas prendre une décision qui nuirait à quelqu'un d'autre…

– Oui, mais en l'occurrence tu sauverais des vies – des vies américaines. »

Meredith rit avec nervosité. Cela ressemblait bien à son père cette façon de lui embrouiller les idées : lui qui n'avait de réponse claire à aucune question, en posait néanmoins beaucoup, paradoxales pour la plupart.

« Je crois que… je ne pourrais participer à aucune action liée à la *guerre*. Je me déclarerais *pacifiste* et me retirerais…

– … en laissant ta place à un autre, qui n'aurait peut-être pas ton niveau spirituel ? Ce n'est pas une réponse très réfléchie, dis-moi !

– Mais, papa… tu es pacifiste, non ? Ce n'est pas cela, être quaker ?

– Oui. Mais seulement en théorie.

– "Seulement en théorie"… ?

– Si Agatha ou toi étiez menacées, je ne resterais pas pacifiste longtemps, Meredith ! Je souhaiterais faire assez de mal à celui qui s'en prendrait à ma famille bien-aimée pour l'empêcher de nuire ; et j'agirais d'instinct, sans l'ombre d'un regret. »

Konrad parlait avec véhémence. Meredith fut amusée et touchée par ses paroles – car il ne semblait pas lui effleurer l'esprit que, dans une telle situation, on pourrait lui « faire du mal » à lui aussi.

Ils arrivaient à la bibliothèque centrale. Meredith garerait l'Oldsmobile derrière le vieux bâtiment digne aux allures de temple grec – l'insérant à une distance égale de deux autres véhicules avec autant de précision que si elle l'avait mesurée.

Mudgirl n'est pas une pacifiste. Mudgirl se battra pour vivre !

Ce fut un samedi matin de novembre que Meredith vit un homme ressemblant beaucoup à Konrad Neukirchen se glisser hors de la bibliothèque moins d'une demi-heure après leur arrivée.

Elle était dans la salle des ouvrages de référence – où elle travaillait à un devoir trimestriel pour son cours d'histoire américaine – quand, regardant par hasard par la fenêtre du premier, elle vit un homme – massif, large d'épaules, vêtu d'un manteau ressemblant à celui de M. Neukirchen et ayant les mêmes cheveux broussailleux brun grisonnant que M. Neukirchen – sortir par la porte de derrière et se diriger d'un pas rapide vers le parking.

Meredith fut stupéfaite. Où allait son père ? Et sans l'avoir avertie ? Ils avaient prévu de se retrouver dans le hall à 13 heures ; il était 11 h 25. Konrad était apparemment si franc avec sa fille – comme avec pratiquement tout le monde – que Meredith ne comprenait pas qu'il ne lui ait pas parlé de son intention de s'absenter, si peu de temps que ce fût ; et cette façon de marcher, ce pas décidé, ne lui ressemblait pas du tout.

Meredith enfila sa veste, dévala l'escalier et suivit M. Neukirchen.

C'était la première fois qu'elle suivait l'un de ses parents ! Cela ne lui serait pas davantage venu à l'idée que, par exemple, d'examiner l'un de ses vieux livres d'enfant – *Les contes de ma mère l'oie*, *Le vent dans les saules* – pour voir si par hasard elle n'avait pas sauté un passage, une illustration ou des pages entières.

Elle constata avec soulagement que Konrad ne retournait pas à la voiture. S'il l'avait prise si tôt après qu'elle eut mis tant de soin à la garer, la trahison lui aurait paru double.

Le temps était couvert, gris et froid, une couche de neige recouvrait le sol, granuleuse comme de la limaille de fer. La chaleur des vieux radiateurs cliquetants de la bibliothèque avait assoupi Meredith, et elle eut plaisir à se retrouver dehors aussi soudainement. Déjà presque hors de vue, M. Neukirchen se déplaçait avec une agilité étonnante pour quelqu'un d'aussi fort – Meredith dut courir pour le rattraper – puis le suivit à distance, veillant à laisser entre eux une voiture en stationnement, un mur ou un poteau, le coin d'un bâtiment. Cela lui rappelait ces étranges «jeux» brutaux auxquels jouaient les «grands» chez les Skedd – il fallait jouer sans connaître les règles ni ce qui pouvait vous arriver. On n'avait pas le *choix*.

De son pas rapide, M. Neukirchen suivit une ruelle étroite bordée de petits magasins, parallèle à la rue principale de Carthage. Il ne s'agissait sûrement pas d'une course ordinaire – ces courses-là, il les faisait avec Meredith – pressing, pharmacie, boucherie et volailles Mohawk, Army-Navy Store (où Konrad achetait sous-vêtements, chaussettes, pyjamas) – c'était forcément quelque chose de spécial, de secret. Son père devait maintenant avoir le souffle court, l'haleine fumante. Malgré ses vingt kilos de trop, Konrad affirmait avoir le «lard alerte» (en fait il n'était pas vraiment gras, mais pas vraiment alerte non plus). Le voir marcher aussi vite et d'un pas aussi résolu était une surprise pour Meredith, qui ne l'avait probablement jamais vu marcher à cette allure; une plaisanterie familiale, lancée par Konrad lui-même, voulait qu'il marche si lentement que, s'il avait été une bicyclette, il serait probablement tombé.

Il entra dans un magasin – une petite boutique de fleuriste – et en ressortit peu après avec une plante en pot enveloppée de papier et nouée d'un ruban rouge.

Meredith l'observait, dissimulée derrière une voiture en stationnement. Elle ne se préoccupait plus de ce qu'elle-même était observée par d'autres passants.

«Un cadeau! Papa apporte un cadeau à quelqu'un...»

Meredith avait eu du mal à prendre l'habitude – *papa*. Et l'habitude – *maman*. Il était bon pour elle de s'exercer – seule, en murmurant à haute voix.

Peut-être Konrad allait-il voir quelqu'un à l'hôpital ? Peut-être… avait-il souhaité épargner Meredith ?

Avec une appréhension croissante, elle suivit son père le long d'une autre rue – vers la rivière, semblait-il – et non vers l'hôpital de Carthage ; elle pensa à ces personnages de films ou de mélodrames télévisés, des hommes apparemment dévoués à leur famille, qui avaient des liaisons clandestines, parfois même une seconde famille, et dont on disait invariablement *Jamais il ne ferait une chose pareille ! Pas notre père.*

Curieusement, M. Neukirchen n'avait pas regardé une seule fois par-dessus son épaule. S'il l'avait fait, s'il avait aperçu Meredith, comme il aurait été choqué – fâché ! Elle tremblait à l'idée d'être vue. Entre elle et M. Neukirchen – entre elle et Mme Neukirchen – la confiance était absolue.

La plante volumineuse à l'emballage voyant bien calée au creux de ses bras, M. Neukirchen traversa le parking d'une école primaire catholique, puis celui d'une église voisine ; il entra dans le parc de l'Amitié, qui s'étendait sur plusieurs kilomètres le long de la Black River, un lieu de pique-niques et d'« excursions » où il avait fréquemment emmené sa petite famille à la belle saison ; il suffisait à Meredith de fermer un peu les yeux pour voir ce pauvre Pudding aller chercher en se dandinant le bâton que lui jetait son maître dans l'aire de pique-nique. Au bout de quelques minutes à peine, cependant, M. Neukirchen quitta le parc pour prendre le sentier de copeaux de bois qui menait au cimetière de l'Amitié, un cimetière municipal non confessionnel contigu au parc. Il marchait alors depuis plus d'un kilomètre et son pas ralentissait.

« Le cimetière ! Mais pourquoi… »

Konrad marchait maintenant la tête courbée. Son attitude joviale semblait s'être évaporée, comme s'il avait été un ballon à demi dégonflé.

Dans une section récente et relativement vide du cimetière, Konrad quitta l'allée de gravier pour s'approcher de l'une des tombes. De l'endroit où se trouvait Meredith, la tombe semblait petite – une simple dalle de pierre. Le visage sombre, il déballa la plante – un poinsettia? – artificiel? – des fleurs d'un rouge criard, entourées de leur ruban voyant – et la déposa près de la tombe comme une offrande.

« Quelqu'un est mort. Mais qui… »

Cachée derrière le tronc épais et noueux d'un vieux chêne, Meredith regarda. Par chance il n'y avait personne d'autre dans cette partie du cimetière, en ce jour mélancolique de novembre. La couche de neige granuleuse, métallique, baignait les choses d'une lumière neutre, froide et pure, sans ombre. Le genre de lumière qui perce le cœur tant elle est froide, pure, neutre, clinique – inhumaine.

Meredith se rappellerait ce moment. Se réveillant en pleine nuit vingt-cinq ans plus tard avec la conviction terrible d'avoir très vraisemblablement ruiné sa carrière de présidente d'université – comme un ivrogne titubant renverse et casse des objets sans avoir conscience de ce qu'il fait – elle se rappellerait ce moment dans le cimetière de l'Amitié de Carthage – le moment où elle avait compris que, en réalité, elle ne connaissait pas Konrad Neukirchen.

Ce sentiment de ruine irrémédiable – cette lumière neutre, froide et pure, sans ombre, sans âme.

« Oh! papa! Reviens s'il te plaît. »

Meredith était désemparée, effrayée. Ce n'était pas un jeu – si? Elle voyait qu'il y avait de nombreux objets autour de la petite tombe – des animaux et des oiseaux en céramique, des pots en terre, des bouquets desséchés, des fleurs en plastique. La plupart des tombes voisines étaient beaucoup moins ornées, et certaines ne l'étaient pas du tout.

Ce n'était pas la première fois que Meredith allait dans un cimetière. Mais jusqu'alors il n'y avait eu aucun lien entre le cimetière et elle, si indirect qu'il fût dans le cas présent.

Il ne lui était jamais venu à l'esprit avant cet instant que sa sœur devait être enterrée quelque part.

Jedina. Jewell?

Quelque part.

Avec soin Konrad posa le poinsettia au centre de la petite tombe – c'était le soin qu'il mettait à poser sur une table la lourde cocotte qu'il avait retirée du four pour Agatha ; le soin qu'il mettait à insérer et fixer le ruban de la machine à écrire, reçue en présent par Meredith pour l'un de ses derniers anniversaires.

Longtemps il resta devant la tombe, les yeux baissés. Ses larges épaules étaient voûtées et ses bras pendaient simiesquement, une position qui ne pouvait être qu'inconfortable. Il était si rare que Konrad Neukirchen ne fût pas d'une humeur exubérante que Meredith était incapable d'imaginer l'expression qu'il pouvait avoir.

Au bout d'une dizaine de minutes, peut-être (Meredith commençait à grelotter dans le vent qui soufflait de la rivière) son père alla s'asseoir sur un banc voisin. Il marchait lentement à présent, le pas traînant. Sa tête était courbée. Dans une contemplation absolue, immobile comme s'il s'était mué en pierre, il resta sur le banc tandis que des flocons de neige tournoyaient et tombaient sur ses épaules, ses mains, sa tête nue.

Derrière l'arbre noueux, Meredith regardait de tous ses yeux. Ils ressemblaient à des personnages de film, se disait-elle. L'un de ces films noirs des années 1940. Vous regardiez avec une appréhension croissante, sachant que quelque chose allait arriver à l'un des personnages ou aux deux... mais quoi?

Si Meredith avait appelé Konrad ou couru vers lui – il était à moins de dix mètres – comment aurait-il réagi? Son grand sourire habituel aurait-il plissé son visage, ou l'aurait-il dévisagée très différemment, sans sourire, comme s'il ne la reconnaissait pas?

Elle se rendit compte qu'elle avait peur, peur qu'il ne la voie. *Cela prendrait peut-être fin, alors. Cette mascarade.*

Elle battit en retraite, attendit que la veille de son père se termine, ce qui prit encore une vingtaine de minutes. Quand il partit enfin, elle s'approcha de la tombe, regarda la petite dalle de pierre :

MEREDITH RUTH NEUKIRCHEN
21 septembre 1957 – 3 février 1961
Notre fille bien-aimée
Chérie à tout jamais

Elle vit que le poinsettia était grand, opulent, magnifique – d'un rouge vif – mais pas artificiel : une plante vivante qui ne soutiendrait pas longtemps l'air glacé de novembre.

À 13 heures ils se retrouvèrent comme prévu dans le hall de la bibliothèque.

Meredith remarqua que le manteau de son père était encore légèrement humide, mais ses épais cheveux brun grisonnant semblaient avoir séché.

Konrad, qui examinait le tableau d'affichage, attira l'attention de Meredith sur une annonce proposant gratuitement des chiots «croisés doberman» – «Que dirait ta mère, à ton avis, si nous lui en ramenions un ou deux à la maison?»

Meredith rit. Il n'était pas sérieux, évidemment.

«Ma fille viendra avec nous. C'est elle qui conduira!»

Agatha était si adorablement, si naïvement fière de sa grande dinde dégingandée de fille qu'aucune de ses amies ne pouvait véritablement en prendre ombrage.

«Elle est bien plus qu'une conductrice "passable" – son professeur, M. Nash, a déclaré qu'elle était la seule élève fille qu'il ait jamais eue qui "conduise comme un *homme*".»

Et donc, en route pour les maisons abominablement tristes des vieillards, des reclus, des dérangés mentaux, en ces journées sombres précédant Thanksgiving 1978.

Car il était arrivé qu'une vieille femme qui vivait seule à Carthage était morte et que son corps n'avait été retrouvé qu'une semaine plus tard dans une maison sordide située à moins de deux kilomètres des maisons de brique convenables de Mount Laurel Street. Le journal de Carthage en avait abondamment parlé – en donnant dans le macabre, les récriminations et le pathos. Agatha pleura en voyant une photo de la défunte prise en 1934 alors qu'elle était encore relativement jeune, apparemment en bonne santé et heureuse; Konrad secoua la tête en marmonnant: «Tragique! Très, très triste»; Meredith regarda en silence, sentant quelque chose d'innommable dans sa bouche – un goût de boue grasse et froide.

C'est ainsi qu'Agatha convainquit quelques amies, dont une ou deux étaient quakers, d'aller rendre visite à des personnes connues pour être solitaires, recluses, mal portantes, âgées – «en danger» pour une raison ou une autre; et naturellement Meredith les accompagna car Meredith aussi avait été profondément émue par les articles du journal.

Au total, le groupe se rendrait dans cinq ou six maisons: façades squameuses, fenêtres fissurées et réparées au petit bonheur, vérandas cassées, toits cassés, marches cassées et même planchers cassés. Il y avait des chiens pelés aux aboiements hystériques; il y avait des chats qui crachaient et vous filaient entre les jambes; dans l'une des maisons, des cages immondes de crasse contenant des canaris au plumage coloré, trop abattus pour chanter. Dans chacune de ces maisons habitait une femme solitaire – la plus vieille, âgée de quatre-vingt-sept ans, la plus jeune de soixante-huit ans à peine, mais diminuée mentalement; c'était pur hasard – non? – que ces personnes solitaires fussent des femmes, atteintes à des degrés divers de distraction, de mélancolie et de démence. «Dieu ne veut pas que nous vivions seuls! disait Agatha, en frissonnant. C'est tellement *cruel,* ces pauvres femmes ont été *abandonnées…*»

Au milieu des autres visiteuses qui bavardaient avec nervosité, Meredith, grande, le dos droit, le sourire lumineux, était silencieuse, toujours courtoise et *forte* – on pouvait compter sur elle pour ouvrir les portes qui avaient pourri dans leur chambranle, pour ramasser les détritus et les ordures en putréfaction dans les cuisines, et traîner les poubelles sur le trottoir; sans frémir elle récurait au tampon métallique éviers, baignoires et même cabinets, portant des gants de caoutchouc qui avaient vite fait de se déchirer; il y avait des matelas si terriblement tachés qu'il était impossible de déterminer leur couleur originelle – et qu'il fallait soulever et retourner sur des ressorts fatigués afin d'exposer leur face «propre»; armée d'un râteau, Meredith ouvrait des passages dans des pièces envahies de détritus, suivie peureusement par Agatha et ses amies. Quand ces femmes restaient sans voix, après être entrées dans des taudis où régnait manifestement une folie qu'aucune charité chrétienne bien intentionnée ne pouvait exorciser, c'était Meredith qui parlait ou tentait de parler – «Bonjour! Nous sommes vos voisines et nous sommes venus vous saluer et voir si vous n'auriez pas besoin… d'un petit un coup de main.»

Il n'était pas tout à fait vrai que ce soient des *voisines*. Mais elles habitaient Carthage, État de New York.

Les femmes s'appelaient Carrie, Phyllis, Irene et Agatha. Les filles Meredith et Diane.

En réalité, Diane ne participa qu'à une seule de ces visites de «bon voisinage». Diane était la fille de douze ans d'Irene, «aussi forte qu'un petit bœuf», disait sa mère avec un entrain sombre – une fille trapue au front bas et aux sourcils renfrognés que Meredith tenta d'amadouer avec son sourire hésitant, mais qui la rembarra grossièrement, comme on écarterait quelqu'un d'un coup de coude rebelle.

Diane était maussade, grognon; elle montra peu d'enthousiasme pour l'"œuvre de charité" à laquelle sa mère la faisait participer, une visite chez une femme de soixante-huit ans, qui n'ouvrit la porte de sa bicoque qu'après plusieurs coups de sonnette courageux d'Agatha, et qui habitait – comme elles le découvrirent vite – un taudis empestant les ordures, les excréments de chat, et l'odeur de divers animaux morts et décomposés, enfouis sous une couche de détritus épaisse de plusieurs centimètres. «Seigneur! Je vais vomir!» gémit Diane, que sa mère réprimanda d'une voix sifflante.

La visite s'engagea mal dès le départ. La recluse – qui refusa de donner son nom – ne semblait pas avoir la moindre idée de ce que ses visiteuses lui voulaient, et était visiblement contrariée par leur présence. Elle avait le crâne couvert de fines mèches pâles évoquant une mousse racornie sur un rocher, et un visage tirebouchonné de lutin où guettaient de petits yeux soupçonneux. Elle était petite, comme ratatinée – une robe de chambre raide de crasse pendait sur son corps squelettique et elle avait aux pieds d'incroyables pantoufles ornées de perles scintillantes. «Qui? Quoi? Qu'est-ce que vous dites?» – Sa voix était basse et gutturale. Elle accepta de mauvaise grâce les sacs de provisions apportées par ses visiteuses, qu'elle posa sur un plan de travail crasseux – des boîtes de conserve surtout, mais aussi un choix de légumes frais – carottes aux feuilles vertes dentelées, pommes de terre rouges et lisses comme de pierres – et, Thanksgiving oblige, une poitrine de dinde sur-gelée, enveloppée de cellophane, accompagnée d'une boîte de farce. Quand Phyllis ouvrit le réfrigérateur dans l'intention d'y ranger les denrées périssables, elle le trouva si sale et si puant qu'elle referma aussitôt la porte.

« Oh! Oh! mon Dieu. Je crois que – peut-être – un peu de ménage serait – quelque chose que nous pourrions faire. Si…

– … une assistante sociale devrait s'occuper de cette pauvre femme! Quelqu'un du comté.

– … nous pourrions signaler son cas. Le comté ne doit pas connaître la gravité de la situation. »

Meredith était abasourdie par ce qu'elle voyait et sentait. Et il était évident que la petite femme rabougrie souhaitait voir partir ces visiteurs indésirables – bien que dérangée, elle n'était pas une victime passive; sa vie dans ces conditions sordides avait sa logique, si tordue et incompréhensible qu'elle fût pour un étranger. « Depuis quand vivez-vous ainsi? Depuis quand – vivez-vous seule? » – bravement Agatha tenta d'engager la conversation, mais la femme ne répondit que par des grogne-ments et des haussements d'épaule.

« Pour des raisons de santé, vous savez – des "questions d'hy-giène" – il vaudrait mieux que… que vous nous laissiez… »

Un peu partout sur le sol, des briques alimentaires et des boîtes de conserve, des sacs en plastique et des bouteilles. Des piles de vieux journaux, des revues. Des bouts de tapis pareils à des langues grignotées. Il était évident que quelque chose était mort – et s'était décomposé – dans la maison. Et sur les murs

– ce qu'on voyait des murs – des images religieuses – cruci-
fixion, Vierge Marie – et des croix en plastique, de travers.

À force de retenir sa respiration, Meredith avait la tête qui
tournait, mais elle était déterminée à apporter son «aide» – si
tant est que ce fût possible. «C'est pas vrai!» marmonna Diane.
Du bout de sa botte, dans un coin de la cuisine, elle poussa une
pile de détritus qui avait semblé frissonner, et un chat tigré en
jaillit en crachant, étique, affolé – les femmes hurlèrent, et le
chat s'enfuit au fond de la maison. «C'est une *porcherie*, cette
baraque», protesta Diane, immédiatement réprimandée avec
sévérité par sa mère : «*Chut.*»

«Les gens qui vivent comme des porcs meurent comme des
porcs. Et après!

– *Chut.* Elle peut t'entendre.

– Tu parles! Elle est *sourde et muette.*»

Diane était l'une de ces filles – comme il n'était pas rare
d'en voir dans les écoles publiques de Carthage – qui ressemblaient à des femmes miniatures : hanches et seins opulents,
traits «mûrs», jambes trop courtes et grands pieds. Ses cheveux
étaient décolorés maladroitement mais avec glamour – blonds,
méchés de rouge, d'orange pâle, de violet. Elle avait une bouche
charnue et boudeuse, et ses sourires étaient railleurs. Son assurance maussade stupéfiait Meredith, car elle devait être tout
au plus en classe de cinquième. Bien que beaucoup plus jeune
et beaucoup plus petite que la grande et droite Meredith, elle
semblait n'éprouver à son égard qu'indifférence et dédain.

«Elle ne va pas bien, Diane. Ces gens à qui nous rendons
visite – pour les aider – ils ont besoin de notre aide. Ils ne vont
pas – "bien" – comme nous.»

Meredith s'exprimait avec maladresse. Il ne lui avait
jamais été facile de s'adresser à des filles comme Diane, qui

lui rappelaient… les filles, orphelines comme elle, qu'elle avait connues chez les Skedd.

Des années plus tôt, chez les Skedd! Meredith n'avait pas envie de ces souvenirs-là.

Diane grogna, avec amusement : « "Comme *nous*"? C'est qui, *nous*? »

Meredith dévisagea cette gamine trapue de douze ans avec stupeur. Pourquoi sa mère l'avait-elle amenée, alors qu'elle n'avait manifestement aucune envie d'être là? Elle n'«aidait» qu'en traînant les pieds – bien que forte, aussi forte que Meredith, elle n'était absolument pas motivée; quand Meredith et elle furent chargées de sortir des poubelles sur le trottoir, Diane ne s'exécuta que mollement, sans se chercher d'excuses.

Dehors, dans l'air étonnamment frais, toutes deux s'immobilisèrent pour respirer à pleins poumons. De l'extérieur, la maison de la femme ratatinée ressemblait à une chaussure difforme, avec sa cheminée effondrée, ses gouttières affaissées et ses bardeaux pourris. « "Il était une vieille femme qui vivait dans une chaussure – elle avait tellement d'enfants qu'elle ne savait quoi faire", récita Meredith d'un ton espiègle, mais Diane l'entendit à peine. D'une voix blessée puérile, elle disait : « Ma mère est sans arrêt après moi – "Di, tiens ta langue", "Di, tu as la langue trop bien pendue" – que je sois ici aujourd'hui, c'est pour me "punir". "Di va apprendre la *charité chrétienne* pour une fois". » La jeune fille choqua Meredith en sortant un paquet de cigarettes de la poche de sa veste de satin violet.

« "Pour une fois"? Tu parles d'une fois! Deux, trois… autant de fichues fois que j'ai de doigts aux deux mains. »

Meredith ne savait pas très bien ce qu'elle voulait dire. Mais elle pensait comprendre. Elle fut choquée, et amusée, de voir cette gamine de douze ans allumer une cigarette et aspirer profondément la fumée, comme une adulte; Diane ne lui avait pas tendu son paquet, ce que les filles du lycée, elles, faisaient souvent, peut-être avec l'espoir sournois de pousser la sage Meredith à fumer, elle aussi.

Pourquoi est-ce que je veux gagner sa sympathie ? se demandait Meredith. *Qu'est-ce que Mudgirl en a à fiche ?*

C'était un mystère : ce dont Mudgirl avait quelque chose à fiche.

Du seuil de la maison, Irene les appela.

Diane hurla *Ouais ouais on arrive.*

À Meredith, elle dit, comme si elle lui confiait un secret : « Ma mère, c'est une allumée de la religion. Elle prend vraiment son pied avec ces conneries. Moi, être "bonne", ça me gonfle. Chacun a qu'à se démerder. »

Meredith rit, prise au dépourvu. C'était si grossièrement exprimé, si cruel – « Mais les faibles, ceux qui ont besoin de notre aide comme cette pauvre femme…

– Et alors ? "Avoir besoin", ce n'est pas "vouloir". T'as vu comment elle nous regardait ? Et ton idiote de mère qui essayait de "l'interviewer" – elle se prend pour qui, quelqu'un de la télé ? Les gens ont le droit de vivre comme ils veulent. Ils vivent dans les ordures et les trucs crevés, et alors ? C'est les États-Unis d'Amérique, ici.

– Mais… elle n'a pas toute sa tête. Elle est probablement malade…

– Et alors ? On s'en fout. »

Meredith eut un sourire hésitant. Elle voulait penser que Diane plaisantait – forcément. Mais, soufflant la fumée de sa cigarette par les narines, Diane dévisageait elle aussi Meredith, immense à côté d'elle, comme si elle ne savait qu'en penser.

« Ouais, ta mère est plutôt sympa. C'est quelqu'un de bien. » C'était dit avec mauvaise grâce : Meredith comprit que, de la part de Diane, c'était une grande manifestation d'amitié.

«La mienne, Seigneur Jésus! Elle est toujours sur mon dos. Ce que je fais, c'est jamais assez bien, alors elle peut aller se faire foutre!»

Se faire foutre! Meredith était choquée.

Se faire foutre! Meredith rit.

Chez les Skedd, c'était la façon raisonnable de parler. On ne se *donnait pas de grands airs*, on ne faisait pas semblant d'être *ce qu'on n'était pas*.

Et dans cette autre maison – était-ce à Star Lake? – où elle avait vécu avec la femme qui passait pour sa mère – dans la baraque derrière la station-service – (des croix sur les murs! Il y avait des années que Meredith n'avait pas pensé à ces croix) – des souvenirs comme un grondement de tonnerre à l'horizon, menaçant, pas encore tout à fait audible. *Mais je ne suis pas Mudgirl*, se dit-elle, *pas maintenant. La preuve.*

Car Mudgirl n'avait pas été une fille «sage» – Mudgirl aurait eu le même mépris que Diane pour *Il faut aider les autres. On ne trouve de bonheur qu'à aider les autres.*

Irene appelait du seuil, plus fort : «Les filles! Venez vite, nous avons besoin de vous.» Voyant que Diane fumait, elle s'écria : «Éteins ça! Cette cigarette – bon sang, éteins-la! Tout de suite!»

Ouais, ouais je t'emmerde marmonna Diane tout bas, en donnant un coup de coude complice à Meredith.

Meredith pensa *Mais je déteste ça moi aussi! Sauf que je n'ai pas le choix.*

Ce fut peu après, la veille de Thanksgiving, que Meredith surprit Agatha en train de tourner lentement les pages d'un album – un album de photos, apparemment, avec une couverture aux couleurs gaies de patchwork –, assise dans son fauteuil du salon. Depuis la visite à la petite femme ratatinée – qui avait été la moins gratifiante des visites de «bon voisinage», et qui serait en fait la dernière – Agatha était préoccupée, larmoyante. Elle s'était lancée dans les préparatifs de Thanksgiving, qu'elle voulait «festif» – en plus des Neukirchen, il y aurait neuf invités à la grande table de la salle à manger, la plupart célibataires, sans attache – ce que Konrad appelait des «hurluberlus». (Ce qu'il serait lui-même, ajoutait-il, s'il n'avait pas rencontré sa chère Agatha, et si leur chère petite Meredith n'était pas arrivée dans leur vie juste à temps – «l'hurluberlu par excellence».) Mais à la veille de ce jour festif, Agatha était assise dans son vieux fauteuil confortable, qui épousait ses formes comme un moule, et elle tournait les pages de l'album avec concentration, se mordant les lèvres comme si elle était au bord des larmes.

Meredith avait déjà vu sa mère feuilleter cet album, de temps à autre. Toujours avec une telle intensité que Meredith sentait qu'elle ne souhaitait pas être dérangée. Car quand Agatha voulait que Meredith regarde un livre, elle l'appelait avec excitation – «Merry! Merry! Viens voir… oh, c'est merveilleux.»

Ce soir-là, devinant la présence de Meredith, même à distance, Agatha ne leva pas les yeux, mais ferma l'album d'un air détaché et le glissa sous une pile de livres. Un peu plus tard, l'album avait disparu.

Bien que Meredith n'ait jamais été le genre d'enfant qui cesse de se conduire «sagement» quand il n'y a pas d'adulte pour l'observer, ce soir-là, quand les Neukirchen furent couchés et que la maison fut plongée dans l'obscurité, vers 23 heures, elle redescendit sans bruit au rez-de-chaussée et chercha l'album, qu'elle trouva dans le tiroir d'une commode, au fond de la salle de séjour. Le souffle court, elle le sortit et l'examina à la lumière d'une lampe.

*** MA VIE DE BÉBÉ ***
Merry Neukırchen

La première page était d'un rose nacré évoquant l'intérieur d'une tendre oreille d'enfant. Sous la photo d'un nouveau-né cramoisi aux cheveux noirs d'Esquimau et au visage aplati, la bouche distendue par un vagissement, ces majuscules amoureusement écrites au gros feutre noir :

MEREDITH RUTH NEUKIRCHEN

« MERRY »

TROIS KILOS SEPT

NÉE LE 21 SEPTEMBRE 1957

HÔPITAL GÉNÉRAL DE CARTHAGE

CARTHAGE, NEW YORK, USA

HEUREUX PARENTS

AGATHA RUTH HINDLE

KONRAD ERNEST NEUKIRCHEN

Abasourdie, Meredith tourna les pages rigides du gros album. Car il ne contenait pas seulement des dizaines – des centaines – de photos de la petite fille, mais aussi des photos d'une Agatha beaucoup plus jeune, les cheveux nattés et brillants, de grands yeux magnifiques, souriant d'un sourire adorablement timide; des photos aussi de Konrad, séduisant et sans barbe – Konrad, plus jeune qu'on ne pouvait imaginer qu'il l'eût jamais été! Tantôt c'était une Agatha radieuse qui tenait la petite Merry, tantôt un Konrad radieux, et tantôt les deux parents, enlacés et radieux. Mais la petite Merry était sur toutes les photos sans exception.

Et comme ses parents étaient heureux ! Meredith sentit un éclat de glace lui percer le cœur, comme dans le parc de l'Amitié. Ce sentiment de perte, d'isolement, de solitude. *Pas de photo de Mudgirl ! Pas une seule.*

Les photos de l'enfant étaient si nombreuses qu'il fallait supposer que les parents l'avaient photographiée jour après jour ; petit à petit, cependant, le nouveau-né cramoisi se métamorphosait en un bébé dodu, puis en un bambin dodu, puis en une jolie fillette de trois ou quatre ans – le visage aplati d'Esquimau disparaissait, remplacé par un visage rose au nez retroussé qui était la réplique de celui d'Agatha avec, dans le pli interrogateur des yeux et des sourcils, quelque chose qui rappelait Konrad ; les cheveux noirs disparaissaient, remplacés par des cheveux châtain clair, légèrement bouclés, qui ressemblaient beaucoup à ceux d'Agatha. Il y avait des fêtes d'anniversaire : *Premier Mois, Premiers Six Mois, Première Année, Deuxième Année, Troisième Année, Quatrième...* Des gâteaux d'anniversaire, des arbres de Noël, des cadeaux aux emballages gais – peluches, poupées, tricycle, chariot – chaussures en vernis noir, socquettes blanches – combinaisons de ski, mitaines, bonnets duveteux – pyjamas, pantoufles – cheveux châtain clair bouclés, nattés comme ceux de Mudgirl quand elle était arrivée chez les Neukirchen, et attachés avec le même ruban de velours rose. Et il y avait les livres pour enfants qu'Agatha, radieuse, lisait à la petite Merry captivée :

Le vent dans les saules, Pierre Lapin, Les contes de ma mère l'oie, Heidi...

Meredith referma l'album avec soin. Pas une photo n'en tomba.

Dans le tiroir de la commode elle replaça l'album à l'endroit exact où il avait été, afin que personne, jamais, ne sache que cet album et ses souvenirs précieux avaient été dérangés par une intruse.

Une grande université, Cornell par exemple.
Secrètement elle prépara sa fuite.

En préparant ses dossiers de candidature, Meredith ne consacrerait que peu de temps aux formulaires des universités d'État – Albany, Buffalo, Binghamton – qui formaient le genre de professeur que les Neukirchen pensaient voir leur fille devenir ; elle consacra l'essentiel son temps au dossier de Cornell, qui dans son imagination se profilait à l'horizon, telles les Alpes dans un livre pour enfants, plus merveilleuse encore que sur les photos de la brochure qu'elle avait examinée dans le bureau du conseiller d'orientation du lycée.

Pas les colleges de l'État. Pas vous. Une grande université...

Les Neukirchen avaient dit à Meredith – assez vaguement – que les frais de scolarité des universités privées étaient « trop élevés » – et à Cornell, ils étaient assurément bien supérieurs à ceux des établissements publics ; les Neukirchen avaient de la sorte découragé toute discussion sur le sujet : comment Meredith aurait-elle osé s'opposer à ses parents aimants ? Préparant maintenant en secret sa demande d'inscription à Cornell, Meredith s'exhortait à ne pas être déçue ni blessée, tout en s'encourageant à croire, à espérer – *Cela se fera peut-être ! Une bourse.*

Elle avait passé son examen final. Elle ne connaissait pas encore ses notes, qu'elle devait espérer suffisamment bonnes pour contrebalancer la piètre réputation du lycée de Carthage.

Même ses administrateurs et ses enseignants ne le jugeaient pas très bon. Le meilleur professeur de l'établissement, Hans Schneider, était parti soudainement et avait été remplacé par une femme affable entre deux âges, titulaire d'un diplôme d'« enseignement des mathématiques » obtenu à l'université d'État de Buffalo ; pendant ses cours, les élèves chahuteurs s'en donnaient souvent à cœur joie, tandis que les bons éléments, comme Meredith, se recroquevillaient de gêne et d'ennui en regardant leur professeur peiner sur les problèmes les plus difficiles, en faisant crisser sa craie sur le tableau.

Quand elle était aux abois, Meredith levait la main pour la tirer d'embarras – bien sûr. Mais elle n'allait jamais plus au tableau – le nouveau professeur n'avait pas pensé une seule fois à le lui demander.

En fait, même les élèves chahuteurs regrettaient M. Schneider. Même les mauvais élèves qui l'avaient détesté. Ou du moins ils le laissaient entendre à sa remplaçante, avec une cruauté adolescente.

Meredith pensait souvent à Hans Schneider, à présent. Pour autant qu'elle le sache, il avait disparu de Carthage – aucun des autres professeurs ne consentait à en parler si on leur posait la question. Peut-être d'ailleurs ne savaient-ils rien.

Konrad avait évoqué une hospitalisation à Watertown, elle s'en souvenait. Mais plus d'un an s'était écoulé depuis.

Meredith ne pouvait croire que Hans Schneider fût mort – c'était un des bruits qui couraient. Ni qu'il eût été envoyé dans un *asile d'aliénés*.

Il lui était encore plus difficile de croire qu'il ait « fui en Allemagne » – comme le voulait une autre rumeur absurde.

Dans ses moments secrets, seule dans sa chambre pendant que ses parents regardaient la télévision au rez-de-chaussée – elle trouvait réconfortant de les entendre rire, le rire robuste de Konrad surtout, mais ne se sentait plus l'envie de les rejoindre – Meredith revoyait avec vivacité le professeur de maths, son visage maigre d'oiseau, son sourire nerveux, son regard ardent, fixé sur *elle*. Car il était rare qu'un homme ou un garçon fixe son regard sur *elle*. Si elle restait parfaitement immobile, elle parvenait à réentendre sa voix – *Vous n'avez pas vécu une vie d'enfant. Vous pourriez m'attendre. Nous – vous et moi – pourrions passer un accord – une sorte de contrat.*

À l'époque elle avait été stupéfaite, effrayée. À présent, en entendant ces paroles, elle sentait ses os fondre, sa respiration s'accélérer. À présent, seule, elle faisait l'essai de ces mots : *Je vous aime monsieur Schneider.*

Comme une épice rare, qui lui brûlerait la bouche après coup, quand elle aurait avalé.

Je vous aime, moi aussi.

Secrètement elle avait économisé sur ce que lui rapportaient ses petits boulots et sur le maigre argent de poche que lui donnaient les Neukirchen afin de régler par mandat les vingt-cinq dollars de droits d'admission de Cornell. Cette somme n'était pas une bagatelle pour elle, elle misait sur un succès, avec témérité. Un coup de dés, téméraire! Elle se disait que les Neukirchen ne sauraient jamais qu'elle les trahissait – «Sauf si j'obtiens une bourse.»

Mudwoman in extremis.

Son nouveau sourire crispé aux lèvres, elle les accueillit dans Charters House. Elle savait – *Ils sont l'ennemi. Mais je peux les amadouer, peut-être les persuader.*

Elle se rendrait compte trop tard que lui – l'homme qui la méprisait, l'homme qui était son *ennemi* – avait dû organiser cette délégation de collègues universitaires pour se dissimuler parmi eux. Pour être invité – «chaleureusement» – à retrouver la présidente de l'Université à cette heure peu orthodoxe – afin de discuter de «questions pressantes» – de tenter de «fléchir, convaincre» M.R. Neukirchen qui – disait-on (car c'était pure rumeur) était allée jusqu'à refuser de discuter la possibilité d'accepter une contribution de *trente-cinq millions de dollars*! – d'un grand mécène industriel américain – pour des *raisons politiques*.

«Pas politiques. Morales.»

Elle parlait avec plus de véhémence qu'elle n'en avait eu l'intention. Et un sourire pincé plus acéré, qui devait plisser le bas de son visage (encore meurtri, enflé) de façon peu seyante.

Naturellement ils lui feraient remarquer que la morale est politique. Le politique, morale. Toutes les «grandes actions» de la présidence de M.R. avaient été «imprégnées» de son idéologie politique, qui était devenue «de plus en plus unilatérale, non négociable» – «dictatoriale».

Dictatoriale! M.R. rit d'étonnement, c'était forcément une plaisanterie.

Même de la part d'un ennemi conservateur – une telle accusation ne pouvait être qu'une plaisanterie.

La délégation de «collègues soucieux» – des visages connus de M.R., bien entendu – pour la plupart – car certains la surprenaient, des amis qu'elle n'avait pas vus d'aussi près depuis très longtemps – (depuis son entrée en fonctions, peut-être) – tenaient à ce qu'elle sache que leur intervention était «officieuse, improvisée» – ils insistaient beaucoup sur ce point – tout comme ils tenaient à ce qu'elle sache qu'ils «s'inquiétaient pour sa santé, son bien-être» – dans le milieu universitaire, le bruit se répandait que M.R. était «surmenée, épuisée», «soumise à un stress considérable» – qu'elle avait eu des «problèmes de santé» – ce qui fit rire M.R., car c'était un tel cliché, et si calomnieux! *Vous ne vous adresseriez pas ainsi à un homme dans ma position, n'est-ce pas? Seulement parce que je suis une femme – vous oseriez, mais pas avec un homme.*

Tandis qu'une partie de son esprit acéré éprouvait, encore, ce léger choc – le visage de personnes qu'elle avait crues ses amis, des amis du corps enseignant, des partisans de M.R. Neukirchen, leur présence parmi les autres la troublait, elle ne voulait pas y voir une *trahison*.

Et il y avait Kroll. Évidemment, Kroll.

(M.R. avait-elle perdu ses amis? L'un après l'autre, perdu ses amis? Comme un sac de poussière d'or, percé d'un petit trou, dont le contenu s'écoule lentement jusqu'à être, finalement et terriblement, *perdu*.)

M.R. était préoccupée : elle n'avait pas demandé à son conseiller juridique si elle devait voir ces gens. Et maintenant il était trop tard !

Lockhardt lui aurait sûrement déconseillé ce rendez-vous nocturne. Il aurait souligné que la plupart de ces « délégués » autoproclamés étaient des enseignants conservateurs de longue date et donc ses adversaires et non les *opposants loyaux* qu'ils avaient prétendu être – pour qu'elle se laisse persuader de les recevoir, de les écouter poliment, au lieu de leur répondre carrément – ce que M.R. Neukirchen n'aurait jamais fait, bien entendu – d'*aller se faire voir*.

Du moins aucun d'entre eux n'avait-il abordé le sujet d'Alexander Stirk. M.R. souhaitait penser que, dans le milieu universitaire, on reconnaissait peu à peu que sa conduite avait été responsable et que ce n'était pas sa faute si l'étudiant s'était révélé plus instable que quiconque ne l'avait soupçonné.

Mais Leonard Lockhardt n'était plus l'ami de M.R. Au sein du vaste réseau de *trustees, donateurs milliardaires, anciens étudiants prestigieux et influents* qui, contrairement à l'image qu'en avait le public, constituaient la véritable Université, Lockhardt complotait contre elle – elle le savait.

Il avait souhaité devenir lui-même président ! Évidemment.

Tout le monde avait dû le savoir. Sauf la naïve « M.R. ».

Quoi qu'ils lui demandent – quelle que soit la « requête » qu'ils lui adressent dans cette démonstration peu convaincante de collégialité – il était inutile que M.R. écoute, comme elle avait commis l'erreur d'écouter, par exemple, l'étudiant Stirk, venu dans son bureau de Salvager Hall avec un micro *espion*.

À l'instigation de Heidemann, très probablement. Et de son copain Kroll.

«Vous pouvez partir à présent, vous savez. Cette "confrontation" insultante est terminée.

De délicieux petits crapauds venimeux jaillissant de la bouche de M.R.! Mais elle ne les avait pas vraiment prononcés, elle avait la gorge trop sèche.

Ou, si elle l'avait fait, personne n'avait entendu. Personne n'en tenait compte.

«Eh bien… merci! Merci à vous tous! Il est tard, je dois me lever de bonne heure, vous avez exposé votre point de vue – vos points de vue – merci de vous "inquiéter" de mon "bien-être", mais…»

Ces paroles rauques, peut-être M.R. les prononçait-elle à voix haute. Et de façon assez raisonnable étant donné l'heure tardive : près de minuit.

Plusieurs de ses invités étaient des femmes, et ces femmes souriaient à M.R. – *Écoute s'il te plaît! Nous sommes tes amies, Meredith.*

Et Kroll était du nombre. Kroll qui suivait M.R. et la harcelait de courriels importuns *Tu commets des erreurs, Meredith! Écoute-moi s'il te plaît puis-je te voir s'il te plaît, je suis ton ami.*

Elle avait fait en sorte de bloquer ses courriels. Si le serveur de Kroll enregistrait ce genre de mesure, il le saurait.

Elle détestait ses opinions politiques. Elle éprouvait une répugnance morale pour ses opinions politiques.

La plupart de ces «délégués» avaient des convictions politiques qui la heurtaient – elle avait renoncé à discuter avec eux à mesure que les guerres d'Irak et d'Afghanistan prenaient de l'ampleur – ces défenseurs de la *guerre contre la terreur.*

Elle se demandait quels contes cruels Kroll avait racontés sur elle quand elle était vulnérable, stupidement attachée à lui, dans une autre vie semblait-il – dans sa jeunesse.

Kroll, et son collègue plus âgé, encore plus infâme : Heidemann.

Elle trouvait terrible, intolérable que G. Leddy Heidemann fût entré chez elle. À côté de lui, Oliver Kroll était un *centriste*.

Mais où – où était Heidemann ? M.R. le chercha du regard avec inquiétude.

Elle était certaine de l'avoir vu entrer dans Charters House avec les autres. Il devait être le plus âgé du groupe, de même qu'il en était le plus « célèbre ».

L'enseignant de droite le plus voyant de l'Université – l'« architecte », la « conscience morale » de ces guerres inconsidérées contre la « terreur » – conseiller du secrétaire à la Défense et, d'après la rumeur, ami intime du vice-président.

Un homme de plus d'un mètre quatre-vingts, bâti en armoire, qui maintenant, à près de soixante-dix ans commençait à se dégonfler comme un ballon qui fuit, mais vigoureux encore, infatigable ; avide de célébrité, comme on pourrait être avide de sang – un goût qui, une fois acquis, tourne à l'obsession.

Elle pensait *Heidemann va se servir de moi pour se catapulter encore plus haut. Il va me persécuter, faire un champ de ruines d'une grande université.*

Et cependant – Heidemann était-il là ? Avec les autres ? À moins qu'il ne fût assis quelque part où M.R. ne pouvait le voir – ce qui était peu probable, étant donné sa corpulence – il n'était apparemment pas dans la pièce.

Elle était pourtant certaine d'avoir serré sa grosse main, broyeuse, moqueuse – inévitablement.

« *"M.R."! Comme c'est aimable de nous avoir invités. Quel... libéralisme !* »

Le cerveau de M.R. étincelait comme une lame. Mais cet éclat était éblouissant, aveuglant. À l'instant même où elle se rappelait que Heidemann était venu avec les autres, mais qu'elle ne le voyait pas, elle oubliait que Heidemann était venu avec les autres, mais qu'elle ne le voyait pas.

«Je crois – vous avez tous été très aimables, attentionnés – mais vous n'êtes pas qualifiés pour commenter ces questions, étant donné qu'elles sont confidentielles – seul le conseil d'administration et quelques autres – dans l'administration – sont au courant de... ce que vous suggérez. Et donc – je pense – je pense que notre réunion est terminée – merci infiniment.»

Ces mots assurés et froids, M.R. les prononça à haute voix. Elle en était certaine!

Un lacis de démangeaisons brûlantes sur son ventre, dans son dos – entre ses omoplates – elle aurait tant voulu se gratter jusqu'au sang, mais elle ne le pouvait pas. Car l'*opposition loyale* ne la quittait pas des yeux, tel un auditoire pétrifié par les évolutions téméraires d'un funambule.

Les accompagnant – les poussant presque – vers le vestibule et la porte.

«Bonne nuit! Au revoir!»

Elle ne claqua pas la porte derrière eux. Avec calme et douceur elle referma la porte et mit le verrou.

Quel soulagement d'être enfin débarrassée de ces visiteurs importuns qui l'avaient dévisagée avec grossièreté et insultée de leurs remarques ignorantes!

Se rendant compte seulement alors que... elle était à demi vêtue, et *pieds nus*!

Quel silence dans la maison! Ce mausolée – ce *musée*.

C'est une erreur de vivre seul. Et de voyager seul à travers les nébuleuses.

Car le cœur durcit, comme une roche volcanique. Si dur, si cassant et si sec que le moindre souffle peut le réduire en poussière.

Elle respirait vite. Elle avait les cheveux dans la figure, les cils collés comme par de la glu. Et les démangeaisons, que ses ongles pouvaient maintenant gratter, gratter encore, et quel soulagement – de faire jaillir le sang.

Mais… était-elle seule? Elle avait la sensation désagréable de ne pas être seule dans Charters House.

L'instinct de survie est le plus fondamental des instincts et elle pensait donc *Je suis en danger – je crois. Il y a quelqu'un ici.*

Elle avait compté douze, treize personnes – au moins. Des invités indésirables, dont onze seulement étaient partis.

Heidemann était venu avec les autres! G. Leddy Heidemann, elle s'en souvenait à présent.

Il semblait évident qu'il avait manœuvré les autres pour qu'ils forment cette «délégation». Ils avaient souhaité parler à M.R. en secret, en confidence, par «souci de discrétion», et n'avaient donc pas pris rendez-vous pour la rencontrer dans son bureau de Salvager Hall.

Personne de plus haïssable que ce Heidemann! Dès le début il avait eu de l'antipathie pour M.R. Neukirchen, à qui il reprochait, apparemment, d'être une femme; une femme enseignant à l'Université, diplômée de Harvard; une femme dont les cours sur l'histoire de la philosophie avaient connu un succès inattendu et attiré des étudiants qui, sans cela (croyait Heidemann) se seraient inscrits à son cours (notoirement théâtral, «populaire») sur l'histoire de la philosophie politique. Lorsque Heidemann était arrivé à l'Université au début des années 1960, c'était un libéral – un partisan actif de la Grande Société – mais après le tumulte de 1968, il avait réagi contre la désobéissance civile, les troubles civils – le «Regain américain». Des générations d'étudiants étaient passées par ses cours tristement célèbres, où il exaltait les «trois Thomas» – Hobbes, Malthus, (saint) d'Aquin – ainsi que William Buckley et le défunt sénateur «martyr», Joseph McCarthy; pendant des années, il avait tenu un site appelé DÉMYTHIFICATEURS, INC., où des liens renvoyaient à des sites négationnistes. Comme une grosse araignée, il avait sucé l'âme de jeunes gens naïfs et était devenu, ce faisant, un «personnage» – paradoxalement admiré y compris des étudiants qui jugeaient ses opinions, fascistes, et son absolutisme moral, dépassé et désuet.

Depuis le début des années 1970 Heidemann s'était opposé à tous les efforts faits par l'Université pour engager des enseignants femmes, minoritaires et gays. Il s'était opposé à toute extension du «gouvernement universitaire» – soutien psychologique, aides et prêts aux étudiants, contrôle des naissances gratuit, programmes de stages d'été en entreprise. Il s'était opposé à l'interdiction de fumer dans les lieux publics du campus, aux marches de nuit (contre le viol), aux crèches, et même aux places réservées aux handicapés dans les parkings de l'Université, qu'exigeait la législation de l'État du New Jersey. Il refusait de se définir comme un conservateur, a fortiori comme un réactionnaire – il était *un garant des libertés civiles*.

La conduite de Heidemann en public était essentiellement théâtrale et exhibitionniste, selon M.R. – il était impossible qu'il croie aux idées extravagantes qu'il avançait. En cela, il ressemblait à son prétendu héros, Joseph McCarthy. Il avait une femme – que personne ne voyait jamais. Il avait eu des enfants – qui étaient partis vivre ailleurs et qui, disait-on, ne revenaient pas souvent. Il avait soixante-neuf ans et avait juré de ne jamais prendre sa retraite – car la législation fédérale n'imposait plus d'âge limite d'activité à l'Université. Dans l'atmosphère troublée et empoisonnée qui avait suivi le 11-Septembre, il était descendu dans l'arène, fort de sa réputation universitaire, publiant dans les tribunes libres du *New York Times* et dans des revues cotées des articles où il soutenait que la guerre contre l'«Islam terroriste» était plus indispensable que ne l'avait été la Seconde Guerre mondiale parce que, à la différence des musulmans, les nazis ne combattaient pas le christianisme. Sa vision d'une «nation chrétienne en croisade» avait immensément séduit les conservateurs du parti républicain. Il s'était rendu célèbre sur les chaînes câblées de droite en appliquant les termes les plus extrêmes de la Guerre froide à la période contemporaine : à l'instar de l'empire soviétique «diabolique», le monde musulman «diabolique» complotait la destruction du monde chrétien libre, et des États-Unis en particulier.

Les opinions de Heidemann sur l'avortement, le contrôle des naissances, la «promiscuité sexuelle» et les dangers du «progressisme séculier» avaient sûrement eu une influence nocive sur l'impressionnable Alexander Stirk.

M.R. se dit *Mais il ne faut pas que je pense à lui. Je ne dois pas me rendre malade.*

«Mais si. *Je le ferai.*»

Juste avant l'arrivée de ses visiteurs importuns, et par intermittence à Salvager Hall tout au long de cette journée très chargée, M.R. avait revu «Le rôle de l'université en des temps de "patriotisme"».

Ce discours passionné serait le *cri du cœur** de M.R. Personne ne l'empêcherait de le prononcer – elle ne se laisserait pas *censurer*.

Deux cents ans de tradition! C'est le président de l'Université qui prononce le discours d'envoi de la cérémonie de remise des diplômes, et non un orateur invité, encore moins une célébrité.

L'année universitaire était une route en lacet s'élevant jusqu'à sa conclusion officielle, cérémonielle : le week-end de remise des diplômes. Tel le *Cutty Stark* arrivant enfin au port après la traversée de mers houleuses – aperçu et fêté alors qu'il gagne le port toutes voiles dehors ! – l'Université se présentait, à la fin du semestre, comme une série d'événements publics, une fête théâtrale quasi religieuse où l'autopromotion se drapait des habits de la tradition.

Certaines traditions avaient une plus grande valeur marchande que d'autres, mais toutes étaient cruciales, et aucune davantage que le discours d'envoi du président, qui, dans les premiers temps de l'Université, avait été des sermons parfaitement assumés.

La neutralité politique de l'Université en tant qu'institution était de tradition plus récente. Le président n'était pas censé être « politisé » – pas ostensiblement.

Mais M.R. était certaine que, dans toutes les périodes de crise, avant le déclenchement de la guerre de Sécession par exemple, ses éminents prédécesseurs n'avaient pas évité les déclarations politiques.

« Toute morale est politique – toute politique est morale. »

Néanmoins tous ceux à qui M.R. avait montré le brouillon de son discours, au mois d'octobre précédent, y compris son principal et le conseiller juridique de l'Université, lui avaient déconseillé de le publier dans la revue officielle de l'Association américaine des sociétés savantes.

Ils l'avaient fait gentiment. Car ils n'avaient pas voulu mettre en doute son jugement.

Mais c'était précisément cette « causerie » que M.R. n'avait pu donner en octobre ! Son discours inaugural devant le congrès !

Son cœur battait vite, elle était presque euphorique, dangereusement surexcitée, comme avant un combat.

« Je n'accepterai pas d'être *censurée*! »

Il était vrai – dans une certaine mesure – que M.R. n'avait pas été au mieux de sa forme ces derniers temps – elle avait eu des épisodes amnésiques, n'était pas tout à fait *elle-même*.

Cette réunion avec le conseil d'administration, par exemple – dans un état d'excitation fiévreuse, M.R. avait cru qu'elle s'était bien déroulée, alors que les réactions de responsables universitaires tels que Leonard Lockhardt avaient paru indiquer le contraire. Et puis, M.R. regrettait d'avoir mis fin à la réunion aussi brutalement. Alors qu'elle pensait qu'elle reprendrait quelques heures plus tard, elle avait appris avec étonnement du président du conseil qu'elle était reportée au mois de juin – après la cérémonie de remise des diplômes.

Abasourdie, elle s'était dit *Se réunissent-ils sans moi? Vont-ils voter une motion de défiance à mon encontre?*

C'était impossible. Pas une fois en deux cents ans d'existence, à sa connaissance, un conseil d'administration n'avait voté la destitution d'un président.

Son principal, son doyen des études, son vice-président au développement – tous s'étaient mis à conseiller à M.R. de faire une pause, de prendre du repos – un congé; ou, au minimum, de faire un bilan de santé « complet » dans une clinique. Bien que froissée par cette suggestion, M.R. était parvenue à rire.

« Plus que trois semaines, et ce sera la fin du semestre! Peut-être alors pourrai-je me reposer – quelque temps. »

Cela avait semblé les apaiser. Cela avait semblé les encourager à poursuivre, avec plus d'audace.

Cela n'avait rien d'embarrassant ni de honteux, avaient-ils dit! Elle s'était surmenée pendant cette première année de présidence.

Embarras ? *Honte ?*

M.R. les avait quittés, alors. Elle était profondément blessée. Elle comptait néanmoins suivre leur conseil : voir un médecin. Car il n'y avait sûrement aucun mal à cela.

Elle avait donc demandé à sa secrétaire de lui prendre un rendez-vous, mais ensuite – au matin de ce rendez-vous – elle s'était rendu compte de la brèche que cela ouvrirait dans son planning de l'après-midi, un trou béant, simplement pour se dorloter, et elle avait donc annulé.

Elle avait pris ce rendez-vous avec un médecin, qui n'était pas l'interniste très estimée chez qui elle allait depuis son arrivée à l'Université, mais une nouvelle venue dans la région, une femme, là encore – car depuis quelque temps M.R. ne pouvait supporter d'être examinée par quelqu'un d'autre qu'une femme ; et puis, elle s'était soudain avisée qu'elle ne pouvait supporter d'être examinée par personne, homme ou femme, parce qu'elle ne pouvait supporter d'être touchée.

Ne pouvait supporter d'être *examinée, diagnostiquée.*

Des meurtrissures, des zébrures mystérieuses sur sa peau – réactions allergiques, éruptions – une sorte de psoriasis accompagné de démangeaisons violentes sur son ventre, entre ses épaules – des symptômes aisément dissimulables sous des vêtements (croyait-elle) car elle savait qu'il s'agissait de réactions névrotiques et non de « réels » problèmes de santé. Et il y avait le mauvais exemple d'Agatha – M.R. se rembrunissait à ce souvenir – qui avait allègrement annulé ses rendez-vous médicaux alors même que sa tension – et son taux de sucre – augmentait.

La plupart des médecins des environs sauraient qui était M.R. Neukirchen. Et aussi les thérapeutes, psychothérapeutes.

Si on lui prescrivait des somnifères, par exemple. Ou n'importe quel autre psychotrope.

Ces satanées éruptions s'étendaient et devenaient très douloureuses. Pendant que les « délégués » la dévisageaient avec solennité, les démangeaisons s'étaient intensifiées au point qu'elle avait cru devenir folle. Mais elle n'avait pas succombé.

Quoi qu'il en soit, aucune éruption n'est un symptôme sérieux, et M.R. se soignait elle-même avec une crème anodine à la cortisone, achetée en pharmacie.

Insomnie, perte d'appétit, « suées nocturnes » – ces symptômes caricaturaux de neurasthénie féminine, M.R. les chassait comme on chasserait des mouches.

Plus ridicules encore, ses ongles de pieds lui faisaient mal ! Les ongles de pieds de M.R. se retournant contre elle…

Ces dîners officiels où elle devait jouer son propre rôle pendant des heures – des heures ! – et n'osait se gratter de peur que les démangeaisons ne deviennent incontrôlables. Et à l'occasion de ces soirées, et des réceptions où elle devait rester debout, elle pouvait difficilement éviter de mettre des chaussures (coûteuses, étroites) si bien que peu à peu les ongles de ses deux gros orteils s'étaient bizarrement déformés, incarnés, jusqu'à devenir bordeaux foncé, comme si du sang s'était amassé et décomposé sous l'ongle.

Il était difficile de ne pas voir dans ces maux un signe de *faiblesse morale*.

Il était difficile de ne pas voir dans ces maux un signe de ce qu'un misogyne tel que G. Leddy Heidemann aurait qualifié de *faiblesse féminine*.

M.R. irait voir un podologue, et un interniste – bientôt. Quand elle se serait acquittée du tout dernier de ses devoirs présidentiels de l'année universitaire 2002-2003.

La fin. La fin alors qu'elle avait cru que c'était le commencement.

« "M.R." ! Sommes-nous seuls, enfin ? Vos aimables visiteurs vous ont-ils abandonnée ? »

La voix était railleuse, teintée d'un léger accent britannique – G. Leddy Heidemann était diplômé d'Oxford.

Car c'était bien lui, vautré dans l'un des fauteuils de cuir de la bibliothèque, attendant que M.R. vienne jeter un coup d'œil dans la pièce, éteindre les lumières.

Il était donc resté ! Bien que M.R. s'en doutât, son cœur battait aussi vite que si elle avait été prise par surprise.

« "M.R." ! Je me suis toujours demandé si ces initiales étaient censées évoquer – inconsciemment, bien sûr – "Mr" – "Mister". Une sorte de travestissement maladroit – assez peu convaincant, hein ? »

Il la provoquait. Il riait d'elle. Un tel mépris dans ce rire, un tel désir de faire mal que M.R. se sentit prise de vertige – quelle bévue elle avait faite !

Vautré dans l'un des vieux fauteuils en cuir de la bibliothèque où la lumière des lampes jouait sur les surfaces de cuivre, sur les vitrines guindées des bibliothèques, et sur les fenêtres à croisillons, rendues opaques par la nuit. Heidemann avait une carrure de bison, le torse massif et affaissé, une grosse tête brutale et des traits qui, dans la pénombre, évoquaient des fissures dans un roc. Mais aucun minerai rocheux n'était aussi *vivant*, aussi *menaçant*.

M.R. sentit une bouffée de honte – de honte pure ! – lui monter au visage. Car elle était pieds nus et en débraillé ; et sans doute avait-elle parlé ou murmuré tout bas, en se gourmandant, comme cela lui arrivait de plus en plus souvent quand elle était seule.

« Monsieur Heidemann – vous devriez partir. S'il vous plaît.

– "Monsieur" ! Mais c'est vous le "monsieur" – je pensais que nous avions réglé ce point. »

Devant le regard égaré de M.R., Heidemann rit, un bruit de feuille de tôle qu'on secoue, sans gaieté mais percutant.

« Nous n'avons jamais véritablement parlé, vous savez – "M.R.". Même lorsque vous avez invité certains de mes amis intimes à Charters House – Oliver Kroll, par exemple – vous avez ostensiblement oublié G. Leddy Heidemann.

– Je pense – s'il vous plaît – vous devriez partir. Il est tard… »

La voix de M.R. tremblait, un froissement de feuilles sur un arbre – des feuilles desséchées – un arbre de fin d'automne.

Lentement – belliqueusement – Heidemann se mit debout. Sa tenue aussi était débraillée, un pantalon fripé, une veste sport mal assortie. Sa respiration était bruyante, son haleine sentait le whisky. M.R. fut étonnée du reproche amer perceptible dans sa voix, et se demanda s'il était sincère.

« Je ne pourrais jamais – en conscience – inviter quelqu'un qui préconise des "frappes préventives" contre un pays non agressif du Proche-Orient. Quelqu'un qui soutient les "négationnistes" – par goût de la polémique, pour attirer l'attention. »

Heidemann la dévisagea, comme s'il ne s'était pas attendu à cette réaction.

Mais ce discours avait vidé M.R. de ses forces – comme un boxeur n'ayant à sa disposition qu'un seul coup puissant, et épuisé par l'effort mis à le porter.

Elle l'avait insulté, peut-être ? Car voici maintenant que Heidemann marchait sur elle, pour l'effrayer. D'instinct, M.R. recula. Un horrible souvenir lui donna la chair de poule – cette question moqueuse *Tu croyais pouvoir échapper à ça ?*

Cet homme allait lui faire du mal, elle le savait. Il l'humilierait physiquement. Assuré que M.R. ne le dénoncerait jamais – n'oserait jamais risquer une révélation, une publicité aussi scandaleuse pour l'Université.

« Non ! S'il vous plaît…

– "S'il vous plaît" – quoi? Que j'aie pitié de vous?»

Heidemann était profondément amusé, mais il était également furieux. Et il avait bu.

M.R. voulut fuir la bibliothèque, mais le gros homme était sur ses talons, ses bras se refermèrent sur elle – son ventre de bouddha se pressa contre son dos. Elle sentait le whisky dans son haleine, elle sentait l'odeur de son corps. Des mains brutales comme des gants de soudeur empoignèrent ses seins, les écrasèrent – «Quel piteux spécimen de femme, vous faites! Vous avez tout raté, même *ça*.»

M.R. grimaça de douleur. Elle ouvrit la bouche pour hurler, mais n'y parvint pas. Les doigts de l'homme resserraient leur étreinte, horriblement. On aurait dit qu'il voulait la détruire, l'anéantir; la blesser ou l'humilier ne suffisait pas. Elle serait tombée s'il ne l'avait maintenue debout. «Vous saviez que j'étais resté, dit-il d'un ton moqueur. Vous saviez parfaitement en m'invitant ici. Après ce que vous avez fait à ce pauvre garçon, Stirk – l'un de *mes étudiants* – vous qui n'avez pas d'enfant! Vous méritez d'être punie.»

Avec désespoir M.R. pensa *S'il me blesse, cela s'arrêtera peut-être. Il me libérera.* Elle aurait supplié si les mots n'étaient restés coincés dans sa gorge; au lieu de cela, malgré elle, instinctivement, elle lui résista, et ce fut sa virilité qu'elle outragea – mortellement.

En dépit de la force de son adversaire et de ses quarante kilos de plus, M.R. s'arracha à son étreinte et s'enfuit – pieds nus, affolée. Il avait écrasé – broyé – ses pieds nus, l'avait brutalisée, mais elle réussit à s'enfuir en boitant – derrière elle, l'homme la regardait, vacillant sur ses jambes; puis il se lança pesamment à sa poursuite en jurant. M.R. se retrouva au fond de la maison, dans la cuisine obscure – dans l'office – la porte entrebâillée de la cave était à peine visible – elle y courut et descendit les marches dans le noir. Se disant *Il ne me suivra pas. Je lui échapperai.*

Elle s'était cachée sous les marches d'une cave autrefois. Tapie et recroquevillée comme un petit ver écrasé au milieu des toiles d'araignée et des moutons de poussière.

Ils ne l'avaient pas trouvée, cette fois-là... si?

Mais cet homme – Heidemann – ne renonça pas. Enragé par le whisky, il plongea dans l'escalier obscur, un bruit de tonnerre sur les marches, cherchant à tâtons un interrupteur – qu'il trouva! – découvrant M.R. tapie au pied de l'escalier, terrifiée, haletante, le visage livide – on l'aurait presque crue nue tant elle paraissait vulnérable, les cheveux dans la figure.

Il jura, il rit, descendit vers elle. Mais gauchement, sur des jambes qui semblaient boursouflées, et son torse boursouflé bascula, si bien qu'il perdit l'équilibre dans l'escalier étroit et tomba – à l'instant où M.R. brandissait quelque chose, un objet qu'elle avait empoigné pour se défendre, une sorte de barre de fer, longue d'un mètre – l'abattant avec l'énergie du désespoir sur l'homme quand il s'élança en avant, et soit que la barre de fer lui eût porté un coup fatal en lui brisant le crâne, soit que, en tombant, sa tête eût heurté le bord tranchant d'une marche, il s'immobilisa dans un grand frisson, étendu à moitié sur les marches et à moitié sur le sol de la cave où un liquide sombre se mit à couler d'une blessure à la tête.

M.R. s'accroupit près de lui. Le corps massif trempé de sueur, la grosse tête aux cheveux clairsemés et au crâne dévasté, une respiration terriblement faible, les petits yeux mi-clos et aveugles. Elle implora – «Non! Levez-vous! Vous n'avez rien!» Elle savait que Heidemann était rusé et lui jouait peut-être un tour – elle n'aurait pas été étonnée qu'il fût venu à Charters House muni d'un *micro espion.*

«Non. Levez-vous. Réveillez-vous...»

M.R. osa toucher l'épaule de Heidemann. Secouer son épaule. Elle sentait l'homme décliner, s'en aller – elle se dit *Il dira que c'est ma faute. Il m'accusera.*

Désespérée, M.R. remonta l'escalier en trébuchant. Dans la cuisine mal éclairée elle chercha à tâtons le téléphone, qui était un téléphone mural – ses doigts affolés pressèrent les touches 911. Mais il n'y eut pas de sonnerie – il semblait ne pas y avoir de tonalité. M.R. raccrocha et recommença – toujours pas de sonnerie. Heidemann avait arraché la prise du téléphone au passage – c'était cela?

M.R. tendit l'oreille – avait-elle entendu un cri? Le cri d'un homme, dans la cave?

Hormis le battement du sang dans ses oreilles, rien. Elle se dit *Il n'y a personne en bas.*

Car il lui semblait totalement impossible que l'un de ses collègues l'eût poursuivie dans l'escalier de la cave, fût tombé et se fût blessé à la tête – cet horrible incident devait être un rêve, un autre de ses rêves, car de plus en plus souvent elle s'enlisait dans une boue de rêves d'une inexprimable laideur; sa vie la plus profonde, la plus intime était devenue un enchaînement de cauchemars humiliants dont elle sortait épuisée et brisée. Mais elle refusait de lâcher prise.

Presque avec empressement elle redescendit au sous-sol. Et là, à sa consternation, le corps massif de l'homme gisait sans mouvement au pied de l'escalier – et plus de respiration, maintenant – plus de frissons ni de soubresauts, mais une odeur putride, comme s'il avait déjà commencé à se décomposer, par raillerie, par malveillance.

«Réveillez-vous! Vous plaisantez, bien sûr! Ce n'est pas... drôle...»

La tête blessée était maintenant couverte de filets de sang pareils à des tentacules. Le visage s'était en partie affaissé, comme si un masque s'en était détaché.

La pesanteur plombait les lourdes bajoues, les lèvres épaisses et molles qui, même dans la mort, restaient railleuses, lascives.

« Je vous en prie ! Laissez-moi vous aider... à vous redresser. »

M.R. craignait de s'approcher de Heidemann, terrifiée à l'idée qu'il la saisisse – par le poignet, la cheville. Il lui semblait que ses paupières frémissaient – qu'il observait le moindre de ses mouvements. Ses seins palpitaient sous l'effet de la douleur, mais aussi de l'insulte – les doigts de l'homme serrant, pressant, toujours plus fort, comme s'il voulait lui faire rendre le souffle – extirper ce qu'il y avait de plus repoussant en elle, la femme. Elle ne supporterait pas qu'il l'agresse à nouveau, n'aurait pas la stupidité de s'approcher trop près de son ennemi.

Mais il avait cessé de respirer. Son pouls ne battait plus – du moins ne sentit-elle rien en le cherchant à tâtons.

À l'époque lointaine où elle était l'une des bonnes élèves du lycée de Carthage, Meredith – « Merry » – avait suivi un cours parascolaire de premiers secours et de « sauvetage » ; elle savait qu'elle aurait dû essayer de faire repartir la respiration de cet homme en posant sa bouche sur la sienne – en comprimant sa poitrine ; elle aurait dû essayer de faire repartir son cœur malfaisant, un muscle qui devait être jaune de graisse, gros comme un poing brutal ; ou, plus raisonnablement, elle aurait dû courir chercher de l'aide, si elle-même ne pouvait lui porter secours.

Mais elle était incapable de bouger, elle était paralysée de répugnance, paralysée par l'horreur ce qui était arrivé. *Il m'a détruite* pensait-elle. *C'était son intention.*

Comme si elle regardait défiler le film d'une catastrophe ancienne dont aucun participant ne survivait plus, M.R. vit en imagination l'effondrement non seulement de sa carrière, mais de sa vie – la vie minimale qu'elle s'était préservée – et de tout espoir d'une vie autre que cette vie minimale. Le plus douloureux était de savoir que ce n'était pas cet homme haïssable qui avait détruit M.R., mais elle-même.

Et puis, elle n'eut pas le choix. Ce fut la nécessité qui agit en elle comme les secousses d'un courant électrique.

Le corps sans vie lourd comme un sac de béton elle le traîna par les chevilles dans le sous-sol humide jusqu'à l'antique évier corrodé qui ne servait plus depuis des dizaines d'années. La lumière – des ampoules nues au plafond – était faible comme celle d'une galaxie lointaine. Elle ne voyait donc pas nettement la chair effondrée du visage mais elle devinait son expression railleuse et dans les yeux mi-clos un mépris d'autant plus terrible qu'il était intelligent et clairvoyant et non simple mépris brutal. Elle redoutait – elle attendait – le rire moqueur qui s'était transformé – elle le savait aussi sûrement que s'il s'en était vanté – en une odeur pestilentielle d'urine, d'excréments, de décomposition.

Elle n'était pas une faible femme mais oh! – impossible de réprimer la nausée, les vomissements. Secouée de spasmes comme si une créature enfermée en elle cherchait frénétiquement à s'échapper et pas d'autre issue que sa gorge, sa bouche hoquetante.

Puis les spasmes passèrent. Une puanteur dans sa bouche, des vomissures toxiques comme de l'acide qu'elle n'osa pas avaler de peur de se rendre plus malade, mais cracha, cracha, s'essuya la bouche et cracha encore.

Oh! – elle était si malade, si épouvantée et terrifiée. Mais elle savait ce qu'elle devait faire car elle n'avait pas le choix.

On la présentait toujours comme quelqu'un de fort et de capable! Vous n'êtes pas aimée parce que forte et capable quand vous êtes une femme mais si vous êtes une femme et si vous êtes forte et capable vous vous en sortirez sans amour. Malgré tout, elle avait perdu de ses forces ces derniers temps et ces dernières heures et ce fut donc le souvenir de ses forces qui lui permit de faire ce qu'elle n'avait d'autre solution que de faire parce que la survie demande des forces quand la faiblesse signifie la mort. Car qu'est-ce que le courage sinon du désespoir? Qu'est-ce qu'une volonté indomptable sinon du désespoir. Qu'est-ce que la réussite, le triomphe, sinon du désespoir? Et pourtant elle eut bien du mal à hisser dans l'évier le corps inerte et lourd comme un sac de béton – elle se démena frénétiquement de longues minutes tentant d'abord de soulever les jambes, puis les épaules et la tête; laissant tomber le torse puis repositionnant les jambes boursouflées qui battaient l'air avec une sorte de malice perverse; pour alléger le poids des jambes et faciliter sa tâche, elle pensa retirer les chaussures – délacer les chaussures d'un mort n'est pas facile! – déchausser n'importe qui n'est pas facile mais quand il s'agit d'un mort c'est pire encore – c'était là une réflexion que M.R. n'avait encore jamais eu l'occasion de se faire. Et elle pensa à son amant astronome qui lui avait demandé plusieurs fois de lui retirer ses chaussures – ou plutôt, ses brodequins – parce qu'il était trop paresseux pour le faire lui-même disait-il (en plaisantant) – (elle avait deviné qu'en fait Andre avait le dos douloureux et ne pouvait se baisser facilement mais ne voulait pas avouer cette faiblesse à la femme bien plus jeune et plus leste qui l'adorait) – l'intimité du geste avait eu quelque chose d'agréable; maintenant, en retirant les chaussures de son ennemi, elle n'éprouvait que dégoût, répulsion. Et horreur.

C'était néanmoins une bonne décision. Car il lui fut moins difficile de soulever les jambes boursouflées, les cuisses énormes comme des jambons; elle s'escrima ensuite sur la partie inférieure du tronc adipeux qu'elle mit en équilibre sur le bord de l'évier puis s'efforça de soulever le torse qui semblait à la fois boursouflé et affaissé, puis les bras qui battirent l'air comme dans un simulacre d'étreinte grotesque, et enfin la tête – la tête! – inclinée sur les épaules d'une façon languide, presque flirteuse.

Quelle intimité dans cette opération! On eût cru deux amants secrets, unis par un lien irrévocable.

Enfin, le corps fut dans l'évier. Bizarrement tassé sur lui-même, mais la lourde tête toujours levée – renversée sur les épaules – afin qu'il puisse l'observer à travers ses paupières presque closes, ne rien manquer de son supplice. Elle était comme nue devant lui, exposée à son jugement. Un frisson d'hilarité le parcourut. Un sourire grimaçant détendit ses lèvres.

Elle attendit, mais il ne parla pas. Elle était certaine qu'il l'observait, cependant.

C'était la première fois qu'elle voyait un cadavre. Exception faite de celui de Mudgirl, peut-être. Mais ce n'était qu'un petit cadavre brisé d'enfant de peu d'importance et non celui d'un adulte acclamé.

Traîner le corps et le hisser dans l'évier l'avait épuisée. Elle avait les bras, le cou et le dos douloureux. À l'idée de tout ce qui l'attendait encore, un frisson d'horreur pure la secoua.

Ses pieds nus et pâles étaient éclaboussés de sang. Le devant de ses vêtements était souillé. Sous ses ongles, elle savait qu'il devait y avoir du sang.

Il lui faudrait se nettoyer à fond, ensuite.

« Je le ferai. »

Elle remonta dans la cuisine où une unique lumière brillait au plafond. Hormis le téléphone qui pendait au bout de son fil et qu'elle raccrocha aussitôt, rien ne laissait imaginer la scène terrible qui s'était déroulée quelques minutes auparavant – tout était à sa place.

Elle retourna dans la bibliothèque où la lumière des lampes donnait un éclat romantique aux surfaces polies – acajou, verre. Elle vit que le fauteuil de cuir dans lequel l'homme s'était affalé avait été dérangé et elle le remit à sa place, puis jetant un regard circulaire et ne voyant rien d'autre qui puisse attirer l'attention de Mildred, elle éteignit et sortit.

Dans la salle de séjour aussi, des lumières brillaient – les fauteuils où s'étaient assis ses hôtes importuns avaient été déplacés pour former une sorte de demi-cercle informel. Elle les remit à leur place, aussi précisément que ses souvenirs le lui permettaient. Elle éteignit et sortit.

Le lendemain matin Mildred ne verrait rien d'anormal.

« Mais je n'ai pas beaucoup de temps. »

Sous l'évier de la cuisine plusieurs paires de gants en latex étaient rangées sur une étagère. Elle en prit une paire.

Une paire de ciseaux dans un tiroir ; plusieurs des grands couteaux de cuisine affûtés sur la barre aimantée. Tout cela, elle s'en munit comme si elle avait su d'avance ce qu'elle en ferait.

Un débarras adjacent à la cuisine contenait des produits ménagers – des sacs poubelles noirs dont elle prit une bonne dizaine.

Dans le garage contigu à la maison, une ancienne remise aménagée, elle trouva une scie égoïne dans le râtelier à outils bien fourni d'un établi.

Elle trouva d'autres sacs poubelles d'une plus grande capacité que ceux de la cuisine.

Il était 0 h 29. Elle allait devoir agir vite.

Elle retourna alors dans la buanderie du sous-sol où dans le vieil évier corrodé le corps reposait dans sa position malcommode. Elle n'était pas sûre qu'il n'eût pas bougé en son absence – elle ne pouvait être sûre que les yeux froids et pénétrants eussent cligné. Mais la même grimace railleuse détendait la bouche, et la tête demeurait renversée en arrière, comme si les vertèbres cervicales s'étaient brisées.

Avec les ciseaux elle découpa les vêtements. Le corps apparut, à demi vêtu, puis peu à peu entièrement nu – flasque, couvert de *poils rudes, de taches, marques et boutons, et nauséabond. La chair brûlante avait commencé à refroidir, une sueur huileuse luisait à la surface de la peau. L'horreur de la vie physique brute s'incarnait dans ce corps, elle ne pouvait juger avec dureté l'homme qui avait été contraint de l'habiter, même en pensant qu'il avait été jeune un jour – un enfant, un jour. Il avait été mortellement blessé par une déception profonde, une infection dont il ne s'était pas remis. Elle eut pitié de lui, en cet instant – une bile l'avait consumé de l'intérieur.*

Sa haine, fermentant en lui comme du pus. Ce n'était pas pour des raisons personnelles que cette haine s'était déversée sur elle.

Il n'y a rien de personnel dans la répugnance d'un homme pour une femme.

Ses parties génitales étaient enflées. Le pénis avait la forme et la taille d'une limace.

Quelle douleur dans ce corps! Elle avait presque du mal à le haïr.

Puis elle se rappela la guerre d'Irak et la croisade « préventive » contre des ennemis imaginaires, et les liens renvoyant à des sites négationnistes – le fait que G. Leddy Heidemann avait conspiré à la perpétration de crimes de guerre ou été complice de leur perpétration. Il avait prêté son nom à l'entreprise de guerre au Proche-Orient, au meurtre et aux mutilations de civils, et avait de ce fait souillé l'Université. Et il avait tenu des propos cruels et critiques sur Meredith Neukirchen dans les tout premiers mois de sa présidence, dont le journal du campus avait reproduit des passages... Cela, M.R. s'était juré de l'oublier, mais ne pouvait le pardonner.

« Désarticulation. »

Cela n'avait jamais été qu'un terme abstrait pour elle.

Elle enfila les gants de latex qui étaient déjà tachés. Comme un chirurgien – ou plutôt un médecin légiste – elle prit la scie égoïne, d'une main d'abord tremblante mais qui s'affermit peu à peu, sciant les chevilles, les poignets épais de l'homme. Quel choc, quand la scie butait sur l'os ! Elle devait trouver un passage entre les os, l'endroit où ils s'articulaient. Tel était le secret de la désarticulation. Après bien des efforts, elle parvint à détacher les deux mains et les deux pieds. Ensuite vinrent les articulations des coudes : les longs bras devaient être coupés en deux. La cave de Charters House était froide et humide comme le fond d'un puits, et cependant M.R. avait maintenant le visage couvert de sueur, des filets de sueur sur la poitrine et dans le dos.

Elle scia les articulations des genoux. Elle scia celles des hanches. Le sang du corps mutilé ruisselait dans le vieil évier. L'odeur fétide du sang l'enivrait, la droguait, mais elle cessa peu à peu de la sentir comme dans les marais elle avait cessé de sentir comme elle avait cessé de voir et d'entendre et de sentir.

Les parties génitales, elle n'y toucherait pas. Le torse boursouflé et affaissé, elle n'y toucherait pas. Elle ne supportait pas l'idée d'ouvrir la cage thoracique ou le ventre, ne supportait pas l'idée de retirer les organes, estomac, intestins et tout ce cloaque de viscères.

Elle se rappela les croyances de certaines religions orientales qui placent l'âme humaine dans les entrailles.

Pendant tout ce temps, la tête renversée lui était un spectacle hideux. Elle s'efforçait de ne pas regarder le visage. Les yeux accusateurs, stupéfaits. Le sourire grimaçant d'imbécillité sexuelle. Elle était très fatiguée, elle vacillait sur ses jambes et n'avait pas les idées claires car il ne lui apparut qu'alors – qu'elle devait détacher la tête du torse pour ne plus voir le visage.

Il ne fut pas facile de détacher la tête du corps. Elle se servit à la fois de la scie et de l'un des couteaux tranchants. Elle ferma les yeux car elle ne supportait pas de voir ceux de l'homme. Elle ferma les yeux, déroutée et atterrée, car il lui avait semblé – l'espace d'un instant, elle ne s'appesantit pas sur cette possibilité – que le visage n'était pas celui de son collègue G. Leddy Heidemann, mais celui d'un inconnu. Un visage ravagé, le visage d'un inconnu.

Voilà qui était une erreur de calcul : quand elle réussit à séparer la tête du corps, un sang noir en jaillit – elle avait coupé une artère de la grosseur d'un jeune serpent dont le sang gicla pendant quelques terribles secondes. Comme si le mort revenait soudain à la vie dans un dernier spasme de fureur.

Autre erreur de calcul : elle avait omis de s'assurer que la tête tomberait bien dans l'évier. Entraînée par son poids, elle bascula en arrière, par-dessus le bord de l'évier, et tomba sur le béton granuleux avec un son sourd d'étonnement.

« Oh, pardon ! »

Elle se força à ramasser la tête – il lui fallut se servir de ses deux mains. Elle ne la regarda toutefois pas vraiment. Sa vue était brouillée, son regard fuyant. Elle n'aurait pu se forcer à examiner de près le visage pour l'identifier. Elle se hâta de fourrer la tête dans l'un des sacs en plastique noir.

Quel soulagement ! À présent le torse était anonyme, simplement masculin.

Des heures durant, elle travailla. Elle avait cessé de penser, comme elle avait cessé de sentir l'odeur du cadavre. Né de l'effort même de ses bras, de ses épaules et de son dos, un rythme de travail presque agréable s'imposa à elle – né de ses gènes mêmes, de ses ancêtres paysans habitués à trimer dur, vainement et inévitablement, pour leur pitance. Elle n'était pas une faible femme, pas plus que sa mère n'avait été faible – au physique.

Scie, couteaux, ciseaux. Articulations des hanches, des épaules. Elle se demanda avec un sourire s'il y avait eu un boucher dans sa famille – et combien de générations auparavant. Une chair suiffeuse sanguinolente, des globules de graisse disparaissant dans la bonde – elle faisait des vœux pour que l'évier ne se bouche pas trop vite ! Quand la lame de la scie ou du couteau heurtait un os, *des vibrations remontaient jusqu'à ses coudes comme une décharge électrique.*

Dans une dizaine de sacs ou davantage, les différents morceaux du corps furent soigneusement déposés, les sacs fermés et noués. Bientôt ce serait fini – la «désarticulation».

Elle avait agi par instinct, et non par choix. Comme quelqu'un qui tête désespérément l'air n'a d'autre choix que de respirer.

Elle ne s'était pas tenu clairement ce raisonnement – se débarrasser d'un corps entier, particulier, serait difficile, mais des morceaux de corps, ne pesant pas plus de dix, douze kilos chacun ne poseraient pas de difficulté.

Elle ne s'était pas tenu ce raisonnement mais avait agi selon lui et chaque sac fermé et noué lui apportait un certain soulagement. Car l'homme ne la menaçait plus, à présent. Elle avait triomphé de lui!

Elle monta les sacs dans la cuisine, puis les porta jusqu'à sa voiture. Comme il serait étrange – se dit-elle – que ses visiteurs importuns soient encore dans la salle de séjour et attendent son retour! Et l'homme qui s'était esquivé pour se cacher et la tourmenter.

Mais alors tout ceci n'aurait pas pu arriver, pensa-t-elle. Or c'est arrivé.

Le temps terrestre est irréversible. Le temps terrestre ne s'écoule que dans une seule direction.

Arrivée à sa voiture, elle déposa les sacs sur l'allée asphaltée. Un unique projecteur brillait au coin du garage. Avec précaution, elle découpa plusieurs sacs poubelles qu'elle étala au fond de son coffre et sur lesquels elle posa les sacs. Aucun observateur n'aurait pu deviner le contenu de ces sacs en plastique soigneusement noués.

Pas une goutte de sang, pas un cheveu incriminant ne serait retrouvé dans le coffre de sa voiture.

Elle avait toujours été la bonne élève. Celle qui accomplissait ses tâches à la perfection, la fille sérieuse dont les autres ne se souciaient guère. Peu souvent mais quelquefois, ils s'étaient moqués d'elle, de son visage astiqué sans charme, de son âme astiquée sans charme.

Il était 3 h 53. Une lune pâle brillait haut dans le ciel. Bientôt, ce serait l'aube : elle devait agir vite, et elle ne devait pas commettre d'erreur.

Au volant de sa voiture elle quitta la ville universitaire. Quelle pauvreté d'imagination, pensa-t-elle – presque toutes les maisons étaient plongées dans l'obscurité et pourquoi ? – uniquement parce que c'était la nuit et que les êtres humains doivent dormir la nuit.

Il y a l'âme nocturne, qui s'éveille la nuit. Elle était de cette espèce !

Les sens en alerte comme si elle sortait d'un long sommeil réparateur, elle roula en direction du nord, dépassant une succession de devantures obscures, des petits magasins et des maisons, des champs et des forêts, puis elle prit l'autoroute, presque déserte, au-dessus de laquelle la lune voguait comme une lanterne vénitienne.

Dans les aires de repos éclairées par l'unique lumière d'un haut réverbère elle s'arrêtait et dans les bennes à ordures de ces aires elle jetait les sacs-poubelles un par un. Derrière un Shop-Rite de la Route 11 elle déposa un sac dans la benne et dans la benne d'un drugstore CVS sur cette même route elle déposa un autre sac. Et dans une benne derrière un Ramada Inn à la sortie numéro six de l'autoroute, elle déposa un autre sac. Et derrière un Taco Bell de Hamilton Boulevard, elle déposa un autre sac qui selon toute probabilité contenait la tête de l'homme – les yeux hagards, figés dans une expression de pure stupeur, de fureur. Car de même qu'elle ne pouvait tout à fait croire ce qu'elle avait fait – et serait incapable plus tard de se rappeler le moindre détail – l'homme ne pouvait croire ce qui lui avait été fait, contre toute attente.

« Ce n'était pas vraiment votre faute. Ce n'était pas la mienne. »

À chaque sac retiré du coffre, sa voiture devenait imperceptiblement plus légère. À chaque sac retiré du coffre, son âme devenait imperceptiblement plus légère. Elle décrivit un cercle onduleux d'une circonférence d'environ soixante-dix kilomètres. Elle ne dépassait pas la limite de vitesse. Elle ne quittait pas la voie de droite. Elle veillait à passer en code chaque fois qu'elle croisait un véhicule, même quand ces véhicules, et notamment les semi-remorques fonçant dans la nuit telles des locomotives, ne prenaient pas la peine de faire de même.

À présent ses pensées étaient plus claires. Elle commençait à percevoir la logique des heures écoulées. Les morceaux de corps, éparpillés, seraient ramassés par des camions-bennes de la région et emportés dans des décharges. Ils seraient compactés dans d'immenses dépôts d'ordures. Jamais le corps ne pourrait être ré-assemblé, comme dans les contes horrifiques des frères Grimm.

Jamais la femme ne serait accusée d'avoir perpétré cet acte.

À 5 h 18 elle s'engagea dans l'allée courbe de Charters House. Dans le bois de pins entourant la demeure, il faisait encore nuit. Mildred, l'intendante, n'arriverait pas avant 8 heures – M.R. l'avait souhaité ainsi pour préserver son intimité matinale. C'était un matin de mai tiède et couvert. La lune pâle avait disparu, un plafond de nuages grêlé et granuleux comme du polystyrène masquait le soleil. Elle était à la fois épuisée et euphorique. Elle avait presque terminé! En ouvrant la porte de derrière, celle de la cuisine, elle eut un coup au cœur, car elle entendit – elle en était certaine – un brouhaha de voix; mais quand elle franchit le seuil, tout était silencieux.

Elle redescendit à la cave et avec des serviettes en papier et des éponges nettoya tout ce qu'elle put voir. Elle fut soulagée de découvrir que l'un des robinets dispensait de l'eau chaude.

Elle avait essentiellement travaillé dans l'évier. Elle avait fait attention. Le sol de la cave n'était donc pas très sale.

Elle ouvrit les fenêtres de la cave, elle aéra les pièces. C'étaient de misérables petites fenêtres, couvertes d'une crasse épaisse, qui ne s'ouvraient que de quelques centimètres, obliquement. Malgré tout, on sentait... quelque chose, une odeur. Un animal – opossum, raton laveur – avait dû s'introduire dans le sous-sol et, pris au piège, y mourir. Cela arrivait souvent à Charters House, d'après ce qu'on lui avait dit.

Elle ne nettoya pas l'évier trop à fond – elle ne le récura pas – car il avait été sale, et s'il était propre, l'un des membres du personnel risquait de le remarquer.

En remontant l'escalier, elle nettoya les marches avec des serviettes en papier mouillé. Au premier étage, dans son appartement privé, elle ôta enfin ses vêtements souillés qui lui faisaient horreur. Elle les mit à tremper dans de l'eau chaude et du Woolite.

De l'eau très chaude et beaucoup de Woolite! Elle était certaine que les taches s'effaceraient.

Puis sous une eau aussi chaude qu'elle pouvait la supporter, elle se doucha une longue demi-heure. Elle se frictionna énergiquement. Entre ses seins, meurtris et rougis, et entre ses jambes où des poils courts et rudes poussaient avec la vigueur de mauvaises herbes.

Elle lava ses cheveux, se nettoya les ongles avec une lime métallique.

Dans la bonde de la douche à ses pieds, un éventail de poils.

Elle oubliait quelque chose... non?

Déjà les événements de cette terrible nuit s'effaçaient. Tout comme la lune pâle et livide s'était évanouie avec le jour.

Ils viendraient la voir ce soir-là – les «délégués». Ils la prieraient de les recevoir et de les écouter ès qualités.

Si l'homme venait avec eux pour se glisser dans la bibliothèque et la tourmenter après le départ des autres, elle serait préparée – elle ne serait pas effrayée.

Mais que restait-il encore à faire? Y avait-il... des «preuves»?

Elle s'efforça de réfléchir. Elle en était incapable.

Un instinct la poussa cependant à retourner dans la cuisine et du sommet de l'escalier de la cave, elle scruta l'obscurité. Elle n'entendait rien en bas, l'homme avait cessé sa lutte, sa respiration rauque avait cessé. Elle se sentait pourtant mal à l'aise, il l'attendait quelque part. Peut-être s'était-il faufilé à l'intérieur de la maison et l'attendait-il au premier dans son appartement privé où les visiteurs étaient rares.

Elle se rappelait maintenant : c'était déjà arrivé.

Il l'avait attendue dans la bibliothèque. Dans le fauteuil de cuir brun qu'il s'était approprié.

Elle retourna dans la bibliothèque, alluma la lumière : le fauteuil de cuir était vide mais là sur le parquet il y avait des empreintes — des empreintes partielles de pieds, des empreintes sanglantes. Les siennes.

Elle rit avec un soulagement nerveux. Car il s'en était fallu d'un rien qu'elle ne les voie pas !

Rapidement avec des serviettes en papier mouillées elle nettoya aussi ces empreintes.

Et à présent il ne restait… « Rien ».

Dans l'aube froide, des grands arbres cernant la maison monta, glaçant l'âme, le cri du Roi des corbeaux.

Mudwoman ès qualités.

Le temps terrestre est irréversible. Le temps terrestre ne s'écoule que dans une seule direction.

Le temps terrestre est une façon d'empêcher que tout n'arrive en même temps.

« ... se passer quelque chose. Cela ne lui ressemble pas. »

À Salvager Hall le lendemain matin, on attendait la présidente de l'Université.

À 10 heures elle n'était toujours pas arrivée. Alors que d'ordinaire elle était dans son bureau avant tous les membres de son équipe (parfois dès 7 h 30, disait-on), ce matin-là on ne l'avait même pas aperçue aux abords de Salvager Hall et, en ce milieu de matinée, elle avait déjà manqué plusieurs de ses rendez-vous ainsi que quantité d'appels téléphoniques ; elle n'avait pas non plus répondu aux appels de plus en plus inquiets de son assistante sur son portable et sur la ligne de Charters House, non plus qu'aux courriels envoyés à son ordinateur de Charters House qui ne se trouvait qu'à cinq cents mètres de

432

là. Et sa première assistante parla à l'intendante qui déclara ne pas encore avoir vu Mme Neukirchen ce matin-là, elle non plus – elle avait supposé qu'elle était partie de bonne heure à son bureau.

« Pourriez-vous aller au premier ? Frapper à la porte ? Je vous en prie… pourriez-vous aller voir si elle est là ? »

L'intendante monta donc au premier et frappa à la porte de Mme Neukirchen et personne ne répondit.

Elle frappa de nouveau, avec hésitation – « Madame Neukirchen ? Vous êtes là ? » – et il n'y eut pas de réponse.

Elle en informa Audrey Myles qui lui demanda de bien vouloir regarder si la voiture de la présidente était dans le garage. Et, oui, la voiture de la présidente y était.

Pour autant qu'on le sache, la présidente n'avait aucun rendez-vous prévu hors du campus, ce matin-là. Aucun chauffeur ne l'avait emmenée où que ce fût et son emploi du temps du jour ne prévoyait aucun rendez-vous à l'extérieur de l'Université.

« S'il vous plaît – pourriez-vous frapper de nouveau à sa porte ? Et si elle ne répond pas – pourriez-vous entrer ? »

Mildred consentit à frapper de nouveau à la porte. Mais Mildred refusa d'entrer dans l'appartement de la présidente si elle n'y était pas invitée.

« Mais – elle est peut-être malade. Elle a peut-être un besoin urgent de soins. Je vous en prie… ouvrez au moins la porte et jetez un coup d'œil à l'intérieur depuis le couloir. »

Sèchement Mildred répondit que non ! c'était impossible.

Dix minutes plus tard, Audrey Myles arriva à Charters House, accompagnée de deux jeunes assistantes, dans un véhicule conduit par le responsable du service de sécurité.

Mildred les attendait à la porte et leur dit avec excitation qu'elle n'avait pas vu Mme Neukirchen depuis l'après-midi de la veille, mais que Mme Neukirchen lui avait « paru fatiguée »

– «comme d'habitude». Audrey Myles et les autres montèrent au premier, Audrey frappa fort à la porte et d'une voix aiguë, anxieuse, dit : «Bonjour ? M.R. ? C'est Audrey… »

N'obtenant pas de réponse, elle frappa de nouveau et, comme il n'y avait toujours pas de réponse, elle tourna la poignée et constata que la porte était fermée à clé.

«Elle est donc à l'intérieur. Quelque chose lui est arrivé. Il faut ouvrir cette porte. »

Le responsable de la sécurité passa un coup de téléphone. On voyait que l'Université était préparée à ces situations d'urgence : une personne qui ne répond pas, une porte fermée à clé.

Un quart d'heure plus tard, les charnières étaient dévissées, et la porte était retirée.

Ce ne fut pas Audrey Myles, mais le responsable de la sécurité qui entra le premier.

Car on voyait que l'Université était préparée au pire.

Ils la trouvèrent par terre dans la pièce du fond qui semblait être à la fois une chambre à coucher et un bureau.

Ils ne purent la réveiller, elle était dans un coma profond.

Elle était tombée les jambes tordues sous elle. Elle était tombée et semblait s'être cogné la tête contre le parquet. Son visage était livide, exception faite d'une meurtrissure autour de la bouche et de ses lèvres bleuies.

On l'appelait de très loin. Ce nom qui était elle.

De très loin à la surface de la terre ils regardaient au fond du puits de boue dans lequel elle était tombée.

Ils l'appelaient – ce nom qui était elle.

Elle savait qu'elle était censée remonter vers la lumière du jour. Sortir de cette boue répugnante. S'accrocher aux parois rocheuses du puits et se hisser à la force de ses ongles cassés et saignants.

Pour rejoindre les autres. Comme si elle n'avait pas le dos brisé.

Elle savait! Mais elle était si fatiguée qu'elle ne pouvait pas tenir le rôle qu'ils attendaient.

C'était honteux de sa part de trahir tant de gens!

Mais elle était si fatiguée. Ce qui avait pénétré dans son sang, ces vagues d'acide brûlant, elle n'avait pas la force d'y résister.

Mudwoman dans les nébuleuses.

Mai 2003

Emmène-moi avec toi suppliait-elle.

Cela ne lui ressemblait pas de supplier mais dans ce moment critique elle suppliait et aucune honte à supplier car elle adorait son amant astronome, elle avait renoncé à sa vie de femme pour cet homme et elle ne pouvait supporter qu'il ne fût pas digne de cette adoration et donc se laissant fléchir comme un dieu pourrait se laisser fléchir par l'angoisse peinte sur un visage humain il l'emmena avec elle dans sa traversée, c'était un marin en perpétuel mouvement de plus en plus fanatique et obsessionnel au fil des ans il voyageait continûment, sans trêve, en raison d'une inadaptation métaphysique fondamentale à la vie quotidienne et à la vie familiale/conjugale/paternelle particulière que le destin avait donné à Andre Litovik de vivre et par mépris pour l'humanité il voyageait dans les nébuleuses les plus lointaines et voyageait aussi dans le Temps – toujours plus en arrière dans le terrible abîme du Temps avant que la Terre n'existe et que le temps d'horloge ne commence. Et comme une enfant solitaire impatiente de parler le langage de ses aînés

imitant son amant elle murmurait ces mots mystérieux *redshift,*
quasar, années-lumière, Andromède, constante de Hubble, parsecs,
parallaxe trigonométrique, Hydre et Centaure. Variables céphéides,
Ursa major, Grand Attracteur, pulsars, corps noir, matière noire
froide. Et quand elle lui demandait le sens de ces mots mystérieux il n'avait pas la patience d'expliquer et disait *Cherche-les.*
Tu sais lire. Ou encore *Tu n'aurais pas le temps, chère Meredith.*
J'ai passé l'essentiel de ma vie à tenter d'apprendre leur sens et pour
l'essentiel j'ai échoué. Et cet effort a été ma vie.

Mudwoman précipitée sur Terre.

Mai-juin 2003

« Je veux mourir. »

Ou était-ce : « Je dois mourir. »

Quelle honte, de trahir tant de gens !

Trois mois d'absence. Trois mois d'exil.

Ce n'est pas une *maladie mentale,* lui assuraient-ils. C'est une *maladie physique.*

Rien de honteux dans une *maladie physique.*

Trois mois d'*arrêt de travail.* Dit plus carrément, de *congé maladie.*

Car elle était très fatiguée. Elle souffrait d'épuisement, de malnutrition, d'anémie. Ses ganglions lymphatiques étaient enflés et douloureux. Elle voyait flou. Son sang contenait un nombre anormal de leucocytes mononucléaires, des infections avaient pénétré son organisme. Sa peau brûlait de fièvre et néanmoins elle grelottait sans discontinuer.

Des efforts ! Tu dois faire des efforts ! Encore plus.

Elle avait cessé de faire des efforts. Elle détestait ceux qui les espéraient d'elle.

« … temps de mourir. »

C'était ridicule ! Le genre d'apitoiement pleurnichard sur soi-même que M.R. méprisait par-dessus tout.

Konrad aurait été écœuré s'il l'avait entendue.

Pauvre Agatha ! Agatha au moins n'aurait pas à l'entendre.

« Je n'ai absolument pas *envie de mourir.* »

Trois mois pour se reposer, pour se remettre. Pour redevenir *elle-même.*

Trois mois où elle serait exilée de Charters House, de Salvager Hall.

Ces lieux qu'elle en était venue à redouter. Les hautes parois du puits, elle devait se hisser vers la lumière.

Ces lieux qu'elle en était venue à haïr.

« Non ! J'ai été très heureuse… Je veux reprendre mon travail. »

Une infection du canal de l'oreille gauche et de l'oreille « interne » – des élancements si violents qu'elle avait cru à une infection du cerveau. La *fièvre cérébrale* des romans russes du XIXe.

Des infections tout aussi virulentes dans la gorge, les poumons.

Des antibiotiques dans ses veines pour mener la guerre contre l'ennemi.

Et à l'hôpital, une autre infection pénétrerait son système sanguin.

Maladie et convalescence. Mais d'abord, il fallait vaincre la maladie.

Elle avait perdu près de dix kilos. Comment était-ce arrivé ? Elle ne le savait apparemment pas. Elle n'avait rien remarqué.

L'état de son moi physique, de son *être au monde ontologique* – elle ne l'avait apparemment pas remarqué.

Ou alors, elle l'avait remarqué mais n'avait pas souhaité voir.

C'était un temps de honte. Une saison de honte. Comme ces saisons de chenilles burcicoles à Carthage et dans la campagne environnante – d'horribles choses grouillant sur les arbres dans des cocons duveteux couleur perle.

Vous auriez presque pu vous dire *Que c'est beau! Ces grosses fleurs blanches dans les arbres.*

Ces petites hontes montaient à sa conscience, telles des bactéries en furie.

Cette dernière réunion avec le conseil d'administration, par exemple! Elle ne se la rappelait que par fragments, étincelant comme des éclats de miroir. Elle se rappelait un visage d'homme déformé par le dégoût, par la répugnance qu'elle lui inspirait. La stupeur, l'embarras, l'inquiétude des autres. Et son numéro de donneuse de leçons, la façon dont elle avait osé citer Kant à son auditoire – Kant, le raciste allemand.

Ce gaillard était tout noir des pieds à la tête, preuve évidente que ce qu'il disait était stupide.

Autant pour le transcendantalisme moral de Kant!

Une honte, les rêves de Mudwoman. Dont elle ne se rappelait que des bribes.

Plus honteux encore, elle allait manquer la cérémonie de remise des diplômes.

Le pinacle de l'année pour le président de l'Université – et M.R. Neukirchen n'y serait pas.

Si honteux pour M.R. qu'elle ne pouvait en parler à personne. Que jamais elle n'en parlerait à personne.

Le luxueux programme avait déjà été imprimé – avant l'effondrement de la présidente. Le matin du premier juin chaque programme contiendrait donc un encart annonçant que le discours qui devait être prononcé par la présidente Neukirchen le serait par l'ancien président de l'Université, Leander Huddle.

L'homme même à qui elle s'était imaginée supérieure. *Bien meilleure que ce vieillard cynique et sans vergogne!*

M.R. ne serait pas dans l'assistance. Cette humiliation lui serait épargnée.

Trois mois – juin, juillet, août – l'Université prendrait en charge la convalescence de la présidente, et le principal assurerait l'intérim.

Le grand clipper, le *Cutty Stark* des universités, se ressentirait à peine de l'absence de M.R.

Trois mois! Un terrible vide dans lequel elle risquait de se noyer.

Trois mois! Le restant de ses jours.

Il fut indigné : de la voir dans ce lit d'hôpital, et de l'étonnement qu'elle manifesta à sa vue.

«Bien sûr que je suis là! Où diable voudrais-tu que je sois?»

Oui, il avait appris son effondrement, car les mauvaises nouvelles voyagent vite.

«La loi de la *Schadenfreude* – meilleur est l'homme, plus mauvaise la nouvelle, plus rapidement elle voyage.»

Elle avait essayé de rire. Ce n'était pas la première fois qu'Andre faisait cette plaisanterie, mais elle était si vraie qu'elle la faisait toujours rire.

La distance séparant l'Université, dans un New Jersey quasi rural, et l'université de Harvard à Cambridge, dans le Massachusetts, n'était que d'une nanoseconde. Andre avait appris ce qui lui était arrivé au bout de quelques heures – les rudiments, du moins – et il s'était aussitôt mis en route (quelle excuse avait-il donnée à son épouse soupçonneuse, M.R. ne le saurait jamais); il avait pris un vol pour Newark, loué une voiture à l'aéroport et parcouru les cent kilomètres le séparant de l'hôpital, où il l'avait découverte dans le service de télémétrie.

Il n'avait pas pu lui téléphoner pour la prévenir. Elle n'avait pas essayé de le joindre parce qu'elle était trop malade.

« Pourquoi es-tu aussi étonnée ? Évidemment que je suis là, je t'aime. »

Je t'aime n'était pas une phrase qu'Andre Litovik prononçait facilement. On voyait les muscles de ses mâchoires se contracter pour ne pas tempérer ce *Je t'aime* d'une plaisanterie.

On voyait ses yeux – ourlés de cils fins, grands, inquiets, et toujours légèrement injectés de sang – se remplir de larmes, qu'il essuyait d'un revers de main.

Difficile pour M.R. de garder ouverts ses yeux à elle. Elle était si fatiguée.

Mieux valait ne pas voir l'air consterné de son amant devant le spectacle qu'elle présentait.

Il va cesser de m'aimer maintenant. Quel que soit l'amour qu'il ait imaginé.

Il resta assis près de son lit, mais pas silencieux. Il était impossible à Andre Litovik de rester tranquillement assis plus de quelques minutes. Quand des infirmières entraient dans la chambre de M.R., il les interrogeait. Quels médicaments, quelles doses. Il était brusque, impérieux, comique. Au poste des infirmières, il apprit le nom des différents médecins de M.R., qu'il chercha ensuite à joindre parce qu'il avait des questions à leur poser et beaucoup à leur dire. Et à M.R., qu'il gourmandait comme si elle était une enfant capricieuse et têtue, et non une adulte de quarante et un ans : « Ce travail absurde ! Je t'avais dit de ne pas l'accepter ! L'Université va te broyer comme un hachoir à viande, t'avaler et t'expulser, et si tu es aussi passive en tant que patiente que tu l'as été en tant que "PDG", et que tu ne préviens personne afin qu'il intercède pour toi, tu mourras. Ces établissements grouillent d'infections et le personnel – les médecins, en particulier – sont trop paresseux pour se laver les mains. »

Elle tâchait de ne pas rire, tant le moindre mouvement lui était douloureux.

Elle tâchait de garder les yeux ouverts. De ne pas sombrer dans le sommeil qui clapotait au-dessous de la surface du lit comme une boue noire.

Elle tâchait de lui parler, de remuer ses lèvres desséchées, gercées – *Merci d'être venu, Andre. Ne me quitte pas. J'ai si peur, Andre, je suis si... fatiguée. Je t'aime.*

Souvent quand elle parlait ainsi, Andre ne paraissait pas l'entendre.

Cette fois, il répondit en lui serrant la main.

Il lui dit que celui qui avait signé son admission à l'hôpital avait interdit toute visite excepté celles des membres de sa famille, et qu'il s'était donc présenté comme « Litovik, un cousin âgé. *Docteur* Litovik, de Harvard ».

Cette fois elle rit, et grimaça de douleur.

« Veux-tu que je prévienne tes parents ? Il faudrait peut-être qu'ils sachent. »

M.R. secoua faiblement la tête : *Non !*

« Ce sont des scientistes, non ? Ils pourraient prier pour toi. Vu ta forme, n'importe quelle aide serait la bienvenue. »

M.R. essaya d'expliquer : pas scientistes, quakers.

« Bref, des chrétiens. Qui croient que le Messie est venu et reparti. »

Il plaisantait, mais elle comprenait qu'il était inquiet à la façon dont il la regardait. Ils se connaissaient depuis près de vingt ans, et jamais encore il ne l'avait regardée tout à fait de cette manière.

Et il n'était pas non plus dans ses habitudes de regarder quelqu'un aussi attentivement, de près. Une répugnance chronique pour son espèce – une timidité paradoxale, une inadaptation sociale – l'avait exilé très jeune, avait-il dit, aux confins de l'Univers.

Andre avait voyagé si longtemps et si loin, des voyages obsessionnels et solitaires dans le ciel nocturne, que sa présence en un lieu singulier, son *être physique*, avait quelque chose d'étonnant. Aucun astronome – cosmologiste – astrophysicien – ne peut prendre le monde immédiat au sérieux, avait-il dit à M.R., alors même qu'il la tenait dans ses bras, frottait son visage râpeux contre le sien : tout semble si *éphémère*.

Comme si toutes les choses visibles et tangibles n'étaient que des écrans ou des images sur un écran – tentez de vous en saisir, et votre main passera au travers.

Tentez de vous en saisir, votre main se résoudra en os, chair dissoute et sang vaporisé.

La peau d'Andre était rugueuse, rougeaude comme une brique rabotée, comme s'il avait effectivement été un marin au long cours. Ses dents, si souvent découvertes par un sourire grimaçant, irrégulières, avaient la couleur de touches de piano jaunies. Son large front aux sourcils épais (un lien génétique évident avec ses ancêtres de Cro-Magnon, disait-il) était curieusement plissé et bosselé, et ses cheveux raides et rudes évoquaient les piquants d'une créature sauvage. Ses yeux gris-vert pouvaient avoir la froideur du givre ou déborder soudain de chaleur, de passion – toujours de façon imprévisible. Lors de leur première rencontre, Andre avait pris la précaution de lui dire, comme pour délimiter d'emblée le périmètre de leur relation, qu'il était marié et père d'un enfant « difficile » – cela parce qu'il avait commis l'erreur profonde et irréversible de croire pouvoir planifier sa vie comme il avait entrepris de faire le plan de l'Univers ; il lui avait aussi dit qu'il était incapable de relations humaines raisonnablement normales à cause du froid paralysant – «une sorte d'éther» – qui coulait dans ses veines.

Il n'était pas là en permanence, cet «éther». Mais une bonne partie du temps.

Naïvement elle avait pensé *Mais je vais changer cela!*

Et souvent par la suite elle avait pensé, avec tristesse et avec défi *Je peux aimer assez pour nous deux. Plus qu'assez.*

Dix-neuf ans. Et il était resté marié, et père – et marin dans les nébuleuses lointaines.

Des régions où M.R. ne pouvait le suivre. Des régions dont il lui revenait parfois, suivant la logique indéchiffrable de ses propres besoins.

«Où diable voudrais-tu que je sois? J'ai appris ce qui arrivait à ma chère "M.R.", et me voici!»

Il resta près d'elle jusqu'à la fin des visites, à 23 heures. Il passa la nuit dans un motel voisin et revint le lendemain matin à 9 heures, muni du *New York Times,* dont il lui lut des passages, avec abondance de commentaires.

Elle était si heureuse qu'Andre Litovik soit venu!

Bien que toujours très fatiguée et facilement désorientée. Car il lui avait semblé – de temps à autre pendant cette visite – que son amant astronome n'était qu'un voile, quasi transparent, en dépit de son animation et de la chaleur de sa peau, de la broussaille couleur d'acier de ses cheveux, de son large front ridé, de ses larges narines, sombres comme des orbites, et de la façon dont, à son chevet, il absorbait une grande partie de l'oxygène de la pièce.

À plusieurs reprises elle ouvrit les yeux – il était toujours *là.*

À plusieurs reprises il lui assura – qu'il resterait jusqu'à ce qu'elle soit *sortie du bois.*

Ils marchaient ensemble dans une forêt – ou plutôt, si on regardait bien, ils marchaient dans l'idée ou le concept d'une forêt : car les arbres étaient rares et leur feuillage maigre comme dans une forêt dessinée par un enfant. Atteint de myopie pour tout ce qui était immédiat et tangible – la malédiction du théoricien par opposition à l'empiriste/pragmatiste, aimait-il dire – Andre tendit la main pour toucher l'écorce de l'un des arbres et ne parut pas remarquer qu'elle passait au travers.

Elle se moqua de lui, tant elle le trouvait charmant et déroutant.

Il lui racontait quelque chose de très compliqué, comme souvent. Quand elle l'interrogeait sur son travail, il haussait généralement les épaules en disant que c'était trop abscons pour elle, trop abscons pour *lui*, et que, de toute façon, cela n'avançait pas bien ; que, même si cela avançait bien, il se fourvoyait probablement – qu'il finirait comme l'un de ses grands mentors, qui avait glissé si progressivement dans une schizophrénie paranoïde sénile que les gens avaient mis « très longtemps » à s'en apercevoir.

Drôle ! M.R. rit et grimaça.

Elle ouvrit les yeux. C'était une infirmière qui l'avait réveillée – « Cela va peut-être pincer un peu, c'est une toute petite veine » – et s'il y avait eu quelqu'un sur la chaise à côté d'elle, il avait disparu.

Des pages de journaux éparpillées sur le sol. Et la chaise avancée près du lit.

Elle se sentait mieux tout à coup ! Elle rit, car la *vie* était si simple – il suffisait qu'elle *cesse de penser* et le flot de la vie l'emporterait de nouveau, la soutiendrait jusqu'à ce qu'elle soit en sécurité sur le rivage.

« L'homme qui était ici – y avait-il un homme ici ? Où… »

Ses lèvres desséchées formèrent à grand-peine ces mots maladroits. Au moment où l'infirmière souriante lui demandait de bien vouloir répéter sa question, Andre entra – cou de taureau, épaules de taureau, le regard rivé sur elle.

« Hé! Tu es réveillée. Pas trop tôt. »

Elle se sentait décidément mieux. Sa fièvre était tombée, les décharges de douleur dans son oreille et cette sensation d'avoir la gorge éraflée/égratignée s'étaient atténuées; elle parvint à manger un peu d'un repas si peu appétissant pour Andre qu'il n'y goûta même pas – ce qu'il faisait d'ordinaire quand ils mangeaient ensemble; piquant parfois dans l'assiette de M.R. au point qu'il ne lui restait quasiment plus rien.

Oh, pardon! J'ai vraiment mangé tout ça?

Et M.R. riait, car cela lui était égal. Vraiment égal!

Il l'avait harponnée, aimait-il dire. Il avait vu la solide Amazone à la queue-de-cheval dans le dos passer à vélo dans Garden Street et il s'était dit *C'est elle.*

Sauf qu'il n'était pas jeune. Pas comme l'Amazone l'était. Et il n'était pas libre. Comme il aurait voulu l'être.

Une histoire si souvent racontée entre eux que les mots mêmes en étaient usés et lisses comme des pierres. Dix-neuf ans!

En temps terrestre, un espace considérable quand il s'agit de le vivre.

En temps galactique, trop infime pour être mesuré.

Et quand elle ouvrit les yeux une nouvelle fois: l'homme n'était *pas là.*

Mais les feuilles éparses d'un journal, un sac en papier froissé d'un traiteur chez qui Andre avait acheté des sandwiches, et la chaise de biais à côté du lit; et la télé en hauteur sur le mur, le son coupé parce qu'il avait regardé les informations sous-titrées de la BBC. Et donc elle pensa *Il vient de quitter la pièce. Il va revenir.*

Dans l'intervalle : des cartes, des fleurs.

Un flot continu de *souhaits de prompts rétablissements.* Elle était effrayée que tant de gens sachent.

Effrayée et contrariée et honteuse que tant de gens sachent.

Mais pas de visites, car M.R. redoutait les visites. Pas même sa famille – si elle avait de la famille.

Ses yeux plissés regardaient les cartes, dont beaucoup accompagnaient des plantes en pot gaiement emballées, des fleurs rouges en grappes – Agatha aurait su le nom de ces fleurs. *Tu nous as brisé le cœur, je ne suis même pas sûre que tu sois notre fille. Mais malgré tout nous t'aimerons toujours. C'est le souhait de Dieu et c'est notre serment.*

Il avait reçu un coup de téléphone, elle savait.

Ou il avait passé un coup de téléphone. Elle savait.

(Ce n'était pas la première fois. Dix-neuf ans !)

Dès le début il le lui avait dit – il le lui avait confié – comme à quelqu'un dont on ne croit pas – vraiment – qu'il comptera dans sa vie. *Je ne suis pas mariée à une femme mais à une situation familiale. Je suis marié à l'enfant et donc à la mère de cet enfant.*

Et, plaintivement, ou sur la défensive : *On ne peut pas divorcer d'un enfant. Moi, en tout cas, je ne peux pas.*

Dix-neuf ans plus tard, l'enfant n'était plus un enfant mais en fait un adulte de trente ans mais en fait toujours un enfant – « difficile », « brillant », « jamais convenablement diagnostiqué ».

Et il y avait l'épouse – « difficile » et « brillante », elle aussi, d'origine russe, traductrice de Gorky, Babel, Pasternak, Mandelstam – souffrant de maux mystérieux sur lesquels étaient posés des diagnostics hésitants : fatigue chronique, anorexie/boulimie, désordre bipolaire, rage intermittente et dépression permanente, envie et jalousie à l'égard de la réussite (professionnelle, sexuelle) de son mari.

Parce que ce mari n'est pas fidèle? – M.R. n'avait jamais pu se résoudre à poser la question.

Parce que le mari est prisonnier de sa fidélité! Un foutu bon Dieu de martyr – affirmait Andre.

Et voici maintenant qu'il disait – était-ce ce qu'il disait? – (la femme assise dans le lit d'hôpital devait tendre l'oreille, le sang lui bourdonnait soudain aux oreilles) qu'il ne savait pas vraiment combien de temps il allait pouvoir rester près d'elle maintenant.

Maintenant.

Cette fois-ci.

Mais peut-être – une autre fois…

Il avait espéré – et peut-être pourrait-il encore le faire ou, du moins, faciliter les opérations – l'aider à déménager de sa résidence sur le campus et l'accompagner – là où elle comptait s'installer… Car il avait, dans sa vie – des obligations, des engagements… Pas seulement sa *situation familiale* – dont par habitude il parlait rarement – (et sur laquelle par habitude M.R. avait appris à ne pas poser de questions) – mais il avait réservé un temps d'observation au télescope de Kitt Peak début juin, il était prévu qu'il emmène avec lui deux de ses post-docs dans l'Arizona pendant trois semaines, c'était un projet dont il avait souvent parlé à M.R., il en était sûr – mesurer grâce au décalage spectral les distances de vingt mille galaxies brillantes… Le temps d'observatoire était très limité, et c'était pour les post-docs une occasion en or…

À sa façon de parler, le débit précipité et légèrement bégayant, les épaules voûtées comme sous l'assaut d'un vent violent, le front sillonné de rides et le regard chargé d'une sincérité douloureuse, M.R. comprit que oui, il avait certainement reçu un coup de téléphone ; ou alors, rongé de culpabilité, il avait téléphoné chez lui ; et l'épouse « difficile » ou le fils « difficile » exigeait son retour.

M.R. dit aussitôt – comme elle le faisait invariablement dans ces cas-là – (car on pouvait compter sur M.R. pour être affable, même déprimée, même affligée d'éruptions et d'idées suicidaires, la femme « compréhensive » de la vie compliquée d'Andre qui recevrait un jour sa digne récompense) – qu'il devait partir bien sûr. Dès qu'il le jugerait nécessaire.

Elle n'était pas déçue ! Elle n'était même pas surprise.

Et elle était effectivement « sortie du bois » – on l'avait transférée le matin même – en fauteuil roulant – alors qu'elle aurait sûrement pu marcher – du service de télémétrie à un autre étage de l'hôpital général.

Libéré du serment qu'il avait fait de rester près d'elle, Andre Litovik était à la fois soulagé et nerveux, mal à l'aise. On voyait (M.R. voyait) qu'il avait encore aux oreilles les accusations stridentes de l'épouse – alors même qu'il lui prenait la main et la frottait entre les deux siennes dans un geste qui se voulait espiègle.

Son haleine sentait quelque chose de cru – l'ail ? – et les yeux de givre, filetés de minuscules capillaires éclatés – étaient vifs, taquins.

« Je ne veux pas renoncer à toi, Meredith. Mais tu peux – tu devrais – renoncer à moi.

– Oh ! mais pourquoi... pourquoi ferais-je une chose pareille ? »

Elle avait eu l'intention de prendre un ton léger, amusé – mais les mots étaient sortis de travers.

Si souvent, les mots sortaient de travers.

« Ce ne sera pas éternel, je crois. Il n'y en a peut-être plus pour très longtemps.

– Quoi ? Que veux-tu dire ? »

M.R. était presque effrayée. Car souhaitait-elle – vraiment – vivre avec Andre Litovik ?

L'intimité était le grand danger. Pas la passion, le désir, la jalousie ni même le chagrin – mais l'intimité avec un autre. Andre avait vécu intimement sinon heureusement avec sa femme mystérieuse et son fils mystérieux et il n'avait jamais vécu ainsi avec M.R.

Et M.R. n'avait pas vécu intimement avec qui que ce soit depuis… trop longtemps pour qu'elle s'en souvienne.

« Andre ? Que veux-tu dire… "ce ne sera pas éternel" ?

– Lequel de ces mots as-tu du mal à comprendre, ma chérie ? *Ce – ne – sera – pas* ou *éternel* ? »

Le regard noir, feignant une indignation qui, M.R. le savait bien, masquait un brusque sentiment de gêne, Andre prit son *New York Times* bien-aimé, froissa les pages et se concentra sur les colonnes imprimées. La vie terrestre était si profondément idiote, vaine, absurde et néanmoins absorbante – qu'aucun voyageur des nébuleuses lointaines ne pouvait résister.

Il feignait de lire – en fait, il lisait – et M.R. se recoucha avec précaution dans son lit, les yeux fixés sur la perfusion qui coulait goutte à goutte dans son bras meurtri, se disant *Ceci aussi est une sorte de mariage. Ce n'est pas négligeable.*

En dépit de son immense fatigue, elle éprouva un brusque sentiment d'euphorie.

Il était venu à elle à l'heure où elle avait besoin de lui. C'était cela l'important, *il était venu.*

Naturellement, il allait repartir. Mais il ne resterait pas longtemps dans la maison de Tremont Street. Andre restait rarement longtemps où que ce fût. L'épouse pouvait le réclamer, et son fils problématique, mais eux non plus ne pouvaient le retenir totalement.

Car ne lui avait-il pas dit que, depuis l'âge de seize ans, dresser la carte de l'Univers était son obsession. Ne lui avait-il pas dit que pour les victimes de cette malédiction rien n'était aussi réel que les voyages dans l'Univers – enregistrer, calculer, cartographier, prédire.

L'un de ses essais les moins techniques s'intitulait *L'univers en évolution : origine, âge et destin.*

Elle avait essayé de le lire. Elle n'y avait quasiment rien compris.

Elle ouvrit les yeux, il était *parti.*

Oh oui – franchement, c'était un soulagement!

Toujours un soulagement quand l'amant astronome s'en allait. Car maintenant la femme pouvait être *elle-même* – si peu qu'il restât d'elle-même.

Car maintenant, au moins, la femme aurait assez d'oxygène pour respirer.

Elle avait oublié de le remercier, dans la surprise où l'avait plongée sa venue : il avait apporté des fleurs, très vraisemblablement achetées à la boutique de l'hôpital.

Un hortensia dont les fleurs bleu vif paraissaient teintes – presque identique à celui qu'Oliver Kroll lui avait apporté naguère, et qui avait perdu ses feuilles et dépéri.

Mais si M.R. avait su le planter et le cultiver correctement, comme aurait pu le faire Agatha, la plante serait peut-être toujours en vie et fleurie.

Sa chambre se remplissait de fleurs. De cartes de *prompt rétablissement.* Trop nombreuses pour être comptées. L'une des plantes en pot – qui n'était pas un hortensia – venait d'Oliver Kroll : *Je pense à toi et tâcherai de te voir bientôt. Oliver K.*

Une autre plante en pot, que M.R. découvrit tardivement, la veille de sa sortie de l'hôpital, avait été envoyée par son collègue G. Leddy Heidemann – des lys calla dont le parfum était aussi écœurant que leur beauté était exquise.

Désolé d'apprendre votre maladie, je penserai à vous dans mes prières et vous souhaite un prompt rétablissement.

Gordon H.

Gordon H.! M.R. n'aurait pas su de qui il s'agissait si, sous le prénom, il n'y avait eu son nom plus officiel ainsi que son titre universitaire (titulaire de chaire).

Cette carte était-elle moqueuse? Les lys calla avaient-ils été choisis pour leur parfum écœurant?

Qui pouvait le savoir?

Mudwoman mariée.

Parce que je suis amoureuse. L'amour est une lente hémorragie.

Mudwoman se mariait enfin.

Tant d'années passées à attendre ! Tant d'années à languir.

Et maintenant qu'il était presque trop tard, voilà que Mudwoman avait été choisie.

Le marié était l'un des patients en long séjour de l'hôpital des anciens combattants de Herkimer. Caporal dans l'armée américaine pendant la guerre du Golfe de la décennie précédente, il avait été horriblement brûlé et défiguré en servant son pays, et ses yeux (si vous supportiez de regarder de près ce qu'il en restait, vous voyiez que c'étaient de beaux yeux noisette) s'étaient fondus à son visage difforme.

C'était au cours de sa deuxième année de mission qu'il avait été mutilé de la sorte. Peau greffée, fiches de métal, fils de titane très fins, aluminium et plastique constituaient quatre-vingt-dix pour cent du caporal Coldham. Son bras droit, sectionné au coude, se terminait par un crochet en forme de faucille. Ses deux jambes étaient sectionnées à la hauteur des genoux et équipées de prothèses. Dans son fauteuil roulant mécanique, il avait fière allure dans son uniforme de cérémonie de caporal et il ne faisait que la moitié de la taille de son épousée mais ses épaules étaient larges comme celle d'un bouvillon.

Il avait eu les cheveux brûlés et son crâne était encore rose comme une viande imparfaitement cuite. Il était vibrant d'espoir. C'était un amant hésitant et tendre. Les doigts de son unique main couraient légers et fluides comme un banc de minuscules poissons d'argent et du bout de ces doigts le marié «lisait» le visage de la mariée.

Tu es belle pour moi

Le marié ne prononçait pas vraiment des mots mais des cascades de sons argentins. La bouche du marié était une cicatrice rigide qui se mouvait comme une colle calcifiée.

La mariée attendait impatiemment ses noces. La mariée n'était plus une jeune fille.

Elle frissonnait quand le marié effleurait son visage de ses doigts. Il lui fallait se courber sur son fauteuil pour qu'il puisse effleurer son visage de ses doigts.

Je t'aime

Ses oreilles avaient fondu elles aussi et à leur place il avait sur les côtés de la tête des volutes de chair contournées. Des trous pareils à des narines, apparemment sans protection.

Mudwoman était timide. Pour parler dans des trous d'oreille comme ceux-là, il faut choisir ses mots avec soin.

Mudwoman était une grande sauterelle de fille. Une mariée d'un mètre quatre-vingts qui vacillait sur ses chaussures à talons, bien que ce soient des talons démodés et épais – des chaussures à bouts ronds. Et ses jambes étaient nues – ses mollets musclés, couverts d'un chaume de poils sombres.

Quel embarras pour Mudwoman, se marier sans porter de bas !

Elle espérait que personne ne le remarquerait.

Au lycée ils l'avaient remarqué. *Poils aux pattes ! Poils aux pattes !* scandaient-ils en hurlant de rire.

Rien de personnel, car d'autres filles étaient pareillement affligées.

Poils aux pattes !

On serrait la mariée dans un vêtement rigide comme une armure – un corset ? – lacé dans le dos. Comprimant ses hanches étroites, aplatissant ses seins – au point qu'elle pouvait à peine respirer.

La robe de mariée glissée par-dessus sa tête – avec précaution ! – était faite d'un tissu translucide, pareil à du papier, qui devait facilement se déchirer, ou s'enflammer. Un empilement incommode de longues jupes évasées, chargées de dentelle, et une traîne de dentelle d'un mètre cinquante.

La mariée était habillée par des inconnus aux mains habiles qui se conduisaient comme s'ils n'étaient pas des inconnus et avaient le droit de la tripoter. Ils l'appelaient *M** mais ce n'était pas un nom qu'elle connaissait.

Des rires étouffés, des grivoiseries. Les femmes étaient heureuses que l'une des leurs se marie, mais leur rire était un peu acide parce que c'était Mudwoman qu'on mariait.

Elle se disait qu'elle était censée avoir connu ces femmes dans leur jeunesse, mais leurs visages avaient fondu eux aussi et leurs noms s'étaient depuis longtemps évanouis.

Elles se moquaient d'elle parce qu'elle était amoureuse – c'était cela ?

Cette blessure qui ne cessait de saigner.

Au temps de sa disgrâce elle avait été bénévole à l'hôpital des anciens combattants de Herkimer. C'était sans doute ainsi que le caporal et elle s'étaient rencontrés.

Elle était allée à l'hôpital avec son père Konrad qui y travaillait comme bénévole ainsi qu'à la Coopérative des vétérans de Carthage. Jeune homme, Konrad avait été objecteur de conscience en temps de guerre parce qu'il était quaker et pacifiste, mais plus tard il avait éprouvé un sentiment de culpabilité à l'idée que d'autres s'étaient engagés à sa place par ignorance et par innocence afin que lui-même puisse être épargné. Konrad, qui était à la retraite, consacrait donc une partie de son temps et de son énergie aux anciens combattants survivants mais mutilés de l'hôpital, ainsi qu'à la Coopérative de Carthage, située dans une ruelle pavée, non loin du tribunal du comté de Beechum.

Que son père pacifiste eût pris une telle décision n'étonnait pas Mudwoman que rien n'étonnait plus.

Tous les samedis elle conduisait Konrad à l'hôpital de Herkimer.

Certains samedis à l'établissement psychiatrique du comté de Herkimer, cinq kilomètres plus loin.

C'était une bonne vie. Une vie de service.

C'était la vie qui était arrivée.

C'était la vie qui arrive à certains d'entre nous, pour qui une vie plus riche n'a pas été possible.

C'était une vie où l'on pouvait dormir dix, douze, quatorze heures par nuit.

Parce que je suis amoureuse voulait plaider Mudwoman. *L'amour est une lente hémorragie.*

Comment il était arrivé au juste que Mudwoman épouse le caporal Suttis Coldham, elle l'ignorait, mais c'était arrivé. Et maintenant Mudwoman était enfin absoute de son amour désespéré pour l'autre – l'autre homme dont elle ne pouvait se rappeler le nom.

L'amant astronome, qui avait quitté l'orbite de Mudwoman pour les régions éloignées de l'Univers et s'ils devaient jamais se revoir un jour, des années-lumière se seraient écoulées.

Une femme apprend *Je peux aimer l'un d'eux. Si l'un d'eux veut m'aimer.*

Le marié entendait, dans une certaine mesure. Mais la mariée ne savait que lui dire qui ne risque pas d'être mal compris.

Avec ses lèvres encollées le caporal parla.

L'hélicoptère a été abattu dans le ciel. Je me suis réveillé à l'hôpital – je crois. Je ne suis pas vraiment réveillé.

C'est un rêve, je pense.

Le caporal Coldham était bien plus gentil que l'autre. Ses paroles n'étaient pas fanfaronnes, humoristiques ni menaçantes comme celles de l'autre. Cet homme à l'âme intense et incandescente avait été une épreuve que Mudwoman avait subie trop longtemps et c'était un soulagement pour elle que le caporal fût un aveugle en fauteuil roulant qui avait un visage fondu et pas de cou et ne la jugerait pas.

C'est mon rêve disait le caporal. *Je regrette les saletés que j'ai faites, les nombreuses vies que j'ai prises et qui m'ont m'attiré cette punition.*

Mudwoman protestait que non, elle était sûre que c'était elle, la responsable, et non lui. Les citoyens qui restent chez eux, pacifistes ou non, alors que d'autres, appelés «soldats», vont à la guerre à leur place… Tous sont responsables.

Mais le caporal se mit à trembler et à bégayer.

Non. Les êtres que j'ai tués, dans mes pièges et avec mes fusils. Les créatures éventrées par mon couteau. C'est ma punition.

Arriva alors un lit à roulettes bringuebalant, qui devait servir d'autel portable. Très gauchement le marié en fauteuil roulant et la mariée titubant sur ses hauts talons s'avancèrent vers l'autel.

Il y avait un groupe de gens, assis pour la plupart sur des chaises pliantes, quoique beaucoup fument et rient, debout dans les bas-côtés, comme s'ils étaient entrés là par hasard.

La mariée avait peur de trébucher et de déchirer sa robe de papier blanc. Elle parvenait à peine à respirer sous le corset qui la comprimait comme les anneaux d'un serpent python. Le marié se tenait aussi droit qu'il le pouvait dans son uniforme de cérémonie de caporal de l'armée américaine.

Ses yeux fondus sur les côtés de sa tête étaient déroutants comme les yeux d'un poisson capable de voir simultanément dans des directions opposées, alors que le caporal était en fait aveugle.

Mais doué de «vision aveugle», la mariée le savait. Car si elle passait une main devant son visage, sa réaction semblait indiquer que, oui, il voyait – quelque chose.

Timidement Mudwoman demanda au caporal *Tu m'aimes?*

Tendrement l'homme sans visage dit *Oui. Je suis celui qui t'aime.*

Il était gentil de sa part de ne pas avoir dit *Oui. Je suis le seul qui t'aime.*

Il était gentil de sa part de ne pas avoir dit *Oui. Je suis le seul à t'avoir arrachée à la boue qui aurait dû être ton destin.*

Il était temps que Mudwoman déclare son amour, elle aussi. Mais... les mots collaient à son gosier comme de la boue.

J'aime j'aime

Une vie de service, voilà dans quoi elle s'était engagée. Servir les autres ne demande pas d'amour mais seulement qu'il y ait provision d'autres à servir.

Comme une petite barque sans gouvernail ou sans rame. Où le courant vous emmène, vous allez.

Les bas n'étaient pas la seule chose qui manquait à la mariée, voilà maintenant que les chaussures démodées à bouts ronds avaient disparu, elles aussi.

Ses longs pieds étroits étaient exposés aux regards, nus et crottés. De la crasse sous ses ongles de pied. D'épais poils noirs avaient poussé sous ses bras.

Déjà la robe de papier commençait à se déchirer. Déjà la longue traîne était déchirée et souillée.

Dans une pièce voisine, un immense hall, une autre cérémonie se déroulait. Une femme chantait « God Bless America » d'une voix vigoureuse et chevrotante.

C'était évident, maintenant – il manquait quelqu'un.

Il n'y avait personne pour marier le couple.

L'homme – le père – arriva en toute hâte pour conduire la mariée à l'autel. Elle vit le bon visage ridé de Konrad, son sourire espiègle et ses yeux qui lui pardonnaient. Avec un petit sanglot de gratitude elle glissa son bras sous le sien.

Ce fut Konrad qui célébra la cérémonie du mariage. Konrad dans un vieux complet lustré, beaucoup trop grand pour lui. Sa barbe blanche argentée broussaillait sur ses joues avec dignité et fierté.

Voulez-vous prendre cet homme ?

Voulez-vous prendre cette femme ?

Riche ou pauvre, dans la maladie ou la santé jusqu'à ce que la vie vous sépare.

Dieu bénisse cette union.

Car même dans l'Hadès il y a de telles unions. Et bénies par Dieu.

Le marié cherchait la mariée à tâtons – son unique main était large comme un club, mais ses doigts étaient doux. Il attirerait vers lui une Mudwoman rougissante pour écraser sa bouche humide et avide contre la sienne.

C'est ce qui doit être fait pour se marier, s'accoupler. Pour prolonger l'espèce.

Le bonheur l'envahit comme une paralysie.

Mudwoman trouve un foyer.

une faiblesse secrète. Pas un seul d'entre nous n'a été épargné.

Souvent maintenant il lui parlait. Dans les lieux de solitude où elle se cachait, tel un animal blessé léchant les abcès empoisonnés qui ne l'ont pas – encore – tué.

Il clignait de l'œil, pressait un doigt contre son nez. Il plaisantait à voix basse pour qu'Agatha n'entende pas.

Sa voix – oh, elle aimait sa voix ! – ce mélange subtil d'ironie, de taquinerie, de sollicitude et de chaleur qui se fondaient ensemble comme les notes d'instruments à cordes – violons, violoncelles – réunies dans une unique mesure.

Petite, elle n'avait pas posé la question. Quelle *faiblesse secrète* ?

Elle n'avait pas voulu qu'il lui révèle la faiblesse secrète des Neukirchen parce que, bien sûr, Mudgirl avait toujours su.

« Papa ! Bonjour. »
Ou, plus vraisemblablement : « Konrad ? Bonjour… »

462

Sur le pont de Convent Street, elle se mit à trembler.

Elle remarqua qu'il avait été partiellement rénové : un nouveau caillebotis pour remplacer l'ancien, terriblement rouillé ; de nouveaux étais d'acier étincelants évoquant des nerfs dénudés ; une passerelle piétonne renforcée par une balustrade intérieure… elle était certaine que cette balustrade n'existait pas autrefois.

Quand vous traversiez à pied le pont de Convent Street, les véhicules filaient à quelques centimètres de vous.

Et la balustrade extérieure était branlante. Vous ne vous seriez pas risqué à vous y appuyer.

En contrebas, la rivière était aussi large que dans son souvenir, rapide, coulant en longs courants sinueux autour de rochers submergés, parcourue de petits spasmes d'écume. Sa source était un mystère pour M.R. – des centaines de petits affluents et de cours d'eau dévalant des Adirondacks pour se précipiter dans la Black Snake.

« Konrad ! Excuse-moi, j'avais l'intention de téléphoner… »

Elle avait les lèvres sèches, à peine si elle pouvait parler à voix haute. Et ses phrases restaient souvent en suspens, tant elle se défiait de la parole.

Depuis son effondrement, depuis ce jour où une aurore boréale avait explosé dans son cerveau pour s'éteindre quasiment dans le même instant, elle se défiait de ses paroles et de celles des autres.

Tout est si provisoire. Tout est si temporaire.

Une information difficile à partager avec les autres. D'autant qu'ils n'ont guère envie de l'entendre.

Nous sommes tous si provisoires… Temporaires.

Elle tenait fermement le volant. Elle viendrait à bout de ce tremblement, de ce malaise. M. Nash n'avait-il pas dit avec admiration que Meredith Neukirchen conduisait *aussi bien qu'un homme*.

Ces petits sujets de fierté, gardés en mémoire toute une vie tels les grains d'un rosaire.

Preuve qu'il y a *une vie* – unique, « historique ».

Andre lui avait dit un jour trouver profondément ennuyeux de n'être que dans *un seul lieu* et M.R. avait voulu lui répondre qu'il serait infiniment précieux de n'être que dans *un seul lieu*.

De n'être qu'*une seule personne*.

Elle ne lui avait pas parlé de sa vie, bien entendu. S'il avait posé des questions – et il ne l'avait guère fait – elle aurait répondu du même ton évasif et gai qu'elle avait appris à adopter avec les journalistes qui l'interviewaient.

Il croyait que ses parents étaient les Neukirchen de Carthage, État de New York – qu'il n'avait jamais vus : sa mère, bibliothécaire ; son père, fonctionnaire municipal (non élu).

Elle ne lui avait pas dit qu'elle avait été adoptée. Le mot *adopté* ne faisait pas partie du vocabulaire de M.R. Neukirchen.

Lentement elle roula dans Convent Street. Tout lui paraissait familier, et en même temps étrange, comme regardé par le mauvais bout d'un télescope ! Très peu de choses changeaient à Carthage, où l'économie « stagnait » depuis des décennies – conservant le passé dans une sorte de formol gazeux.

Là, la petite bibliothèque de pierre où Agatha avait travaillé – (quoique le terme de « travail » ne convînt pas : Agatha n'avait jamais employé ce mot) – comme bibliothécaire. Au bureau des retraits, Agatha Neukirchen, souriante et potelée, avec ses longues jupes volumineuses, ses gilets tricotés et ses chemisiers à ruchers, les manches tachées par le tampon encreur avec lequel elle timbrait la date d'échéance des prêts.

C'était le seul geste habile et exercé d'Agatha qui fût empreint d'une certaine autorité bienveillante : timbrer la date d'échéance sur la petite carte au dos des livres.

Oh – tout le monde connaît Agatha. Une femme si sympathique !
Comme c'est triste, pour Agatha… Si jeune.

M.R. ne put se résoudre à se garer et à aller faire un tour dans la bibliothèque.

Peut-être plus tard – s'il y avait un plus tard…

(Quelqu'un aurait-il reconnu – « Meredith » – « Merry » ? C'était une possibilité à laquelle elle ne voulait pas penser.)

(Agatha y avait si souvent emmené la petite Merry. Toutes les bibliothécaires la connaissaient – « Merry Neukirchen ».)

Et maintenant, Mount Laurel Street – où Konrad n'habitait plus, pour autant qu'elle le sache ; comme Convent Street, un quartier de petites maisons familiales, légèrement plus miteuses que dans son souvenir – des jardins très petits, des allées asphaltées étroites, collées aux maisons voisines et, sur le trottoir, les souches des ormes géants rasés pour cause de maladie quand Meredith était toute petite.

« Papa ! Je m'excuse de n'avoir pas pu – de n'avoir pas… »

Elle se disait qu'elle aurait pu aider Konrad à déménager quand il avait vendu la maison, l'année précédente. Mais le moment ne pouvait plus mal tomber, la semaine même de son entrée en fonctions comme présidente de l'Université… Et Konrad avait soutenu qu'il n'avait pas besoin d'elle, il savait combien elle était occupée et il aurait été désolé qu'elle vienne à Carthage pour de pareilles « broutilles ».

Elle les avait déçus, bien sûr. Même si officiellement ses parents étaient « fiers » de leur fille douée – comment raisonnablement auraient-ils pu ne pas l'être ? – elle savait qu'elle les avait blessés, Agatha surtout, non seulement en ne devenant pas la fille qu'Agatha avait voulu qu'elle fût, mais en ne reconnaissant pas sa trahison. Et elle n'avait guère fait d'efforts pour dissiper leur brouille.

Dans les interviews, elle s'exclamait avec chaleur *Des gens si merveilleux – si bons – des modèles d'équilibre, de bonté, de générosité, d'intelligence, d'amour… Mes parents sont quakers – mon père a été objecteur de conscience pendant la guerre de Corée – dans une région du New York où on a le culte de l'armée américaine – il m'a appris le courage, mais aussi la valeur de « l'immobilité » – « de la Lumière trouvé en soi »… Ma mère bibliothécaire m'a enseigné l'amour des livres… et mon père était un lecteur vorace… Il est toujours allé de soi que j'irais l'université à la différence de la plupart de mes camarades de classe de Carthage.*

En fait c'était l'université, son départ pour l'université et son non-retour ensuite, qui avaient blessé Agatha, hors de toute mesure, avait jugé M.R. à l'époque.

Konrad avait été plus compréhensif, quoique un peu critique lui aussi, indirectement comme à son habitude – *Notre cerveau de fille veut fréquenter d'autres « cerveaux », bien sûr – je n'ai pas remarqué de Harvard dans les Adirondacks, ces derniers temps.*

Là, l'ancienne maison : 18, Mount Laurel Street.

La maison de brique rouge foncé, dégradée par les intempéries, avait triste mine. Sa façade encrassée aurait eu besoin d'un décapage, et ses encadrements noirs, d'un coup de peinture ; côté rue, chaque volet avait son inclinaison propre. Derrière les fenêtres, des stores pendaient de guingois. Les nouveaux occupants, qui qu'ils soient, avaient gardé ce qui restait du jardin excentrique d'Agatha, qui distinguait le n° 18 de ses voisins plus conventionnels à la façon d'une robe de soirée de satin dans une assemblée en deuil : un désordre de plantes vivantes – marguerites à cœur noir, roses fripées – et des pots de chrysanthèmes et de géraniums artificiels.

Qui vivait dans cette maison, à présent ? Dans son ancienne chambre, donnant sur la rue ?

Naguère, une chambre de petite fille mièvre au papier sucre candi, au couvre-lit de chenille blanche. Une lampe en forme de petit agneau blanc. Une commode en érable et une bibliothèque pleine de livres pour enfants, cadeaux des parents aimants de Merry.

Lycéenne, elle avait changé la pièce – un peu. Elle avait remplacé les livres pour enfants par d'autres. Le lit était devenu trop petit pour elle, ses pieds dépassaient du matelas, mais elle s'était dit que ce n'était pas bien grave – elle partirait bientôt.

Elle n'avait pas été à la hauteur de leur amour. C'était aussi simple que ça.

À la différence des quartiers suburbains aisés des environs de l'Université, où l'on ne voyait jamais que des jardiniers professionnels et des livreurs, l'ancien quartier des Neukirchen était *habité*. Enfants à vélo, jeunes mères poussant des voitures d'enfants, un homme tondant sa pelouse – un homme en short kaki, coiffé d'une casquette de base-ball, qui marchait avec une canne et ressemblait à Konrad, mais qui était trop jeune pour être son père, âgé maintenant soixante-douze ans. D'ailleurs, Konrad n'habitait plus dans ce quartier.

M.R. observa cet homme, qu'il lui semblait décidément connaître. Mais il était plus mince que Konrad ne l'avait jamais été dans son souvenir ; et son pas, en dépit de la canne, était étonnamment alerte. Un chien trottait derrière lui, un bâtard de setter couleur feu à la queue longue et aux grosses pattes qui reniflait avec ardeur les entrées de maison, les buissons, les arbres, s'arrêtait pour lever la pâte et urinait – furtivement ; l'homme grondait manifestement le chien et, bien que continuant à renifler et à lever la patte, le chien écoutait avec attention.

«Salomon! Tu n'as pas honte! Reste au bord du trottoir.»

Quand l'homme au short kaki fût plus près, M.R. vit qu'il avait les joues couvertes d'une barbe blanche broussailleuse – c'était Konrad.

«Papa? Bonjour! C'est… toi?»

Le gentleman plissa les yeux derrière ses lunettes. Un grand sourire surpris adoucit son visage.

«Et si c'est "papa", alors *ipso facto,* c'est "Meredith"… non?»

En ce temps de disgrâce, elle avait souvent pensé à Konrad et à Agatha, à leur vie exemplaire qu'elle n'avait pas su imiter.

Elle comprenait, bien entendu : il ne s'agissait pas de *disgrâce*, mais seulement d'*ubris*, d'*erreur,* de *correction*.

Physiquement, elle avait été brisée, malade. Mais c'était son âme qui avait le plus souffert.

Et sa vanité – dont M.R. Neukirchen n'avait pas soupçonné être affligée à ce point.

Naturellement, Konrad était au courant de la «dépression» de M.R. et de son «congé maladie» – elle l'avait appelé pour éviter qu'il ne le fasse, et lui avait demandé de ne pas venir la voir.

«Pas tout de suite.»

Car M.R. n'était plus nulle part, à présent.

Le terme officiel était *en voyage*.

La description officielle était *en instance d'emménagement*.

Officieusement on disait *Pauvre femme! Elle est allée se cacher quelque part.*

Mais personne ne savait vraiment que M.R. était *sans foyer*.

Précipitamment après sa sortie de l'hôpital elle avait quitté Charters House. Elle habitait provisoirement un appartement prêté par un ami enseignant, près de son ancienne maison du lac Echo, que sous-louaient d'autres occupants et où elle avait laissé ses meubles, ainsi que la plupart de ses affaires, aux soins d'autrui. Car on supposait (ou on feignait de croire) que M.R. se réinstallerait dans la demeure présidentielle au mois de septembre, date à laquelle elle reprendrait ses fonctions.

Le conseil d'administration ne l'avait pas chassée de Charters House – évidemment. Mais M.R. avait tenu à en partir.

Il faut que je m'en aille. J'étouffe ici.

Dans une sorte de délire, elle avait pensé – presque pensé – que peut-être – à ce moment de sa vie – où elle allait (peut-être) quitter l'Université – ou (probablement, en tout cas) la présidence : *Andre tiendra à être près de moi. Andre prendra soin de moi.*

De Kitt Peak, il lui avait envoyé des photos – c'était son habitude quand il était en mission d'observation sur un télescope – car, pour dresser la carte de l'Univers, il était devenu un excellent photographe amateur. Presque quotidiennement, sans message, comme venue du néant, une photo mystérieuse d'une beauté stupéfiante arrivait sur l'ordinateur de M.R. : « Essaim de Perséides », « amas de Kappa Crucis », « nébuleuse de la Méduse », « nurserie stellaire dans la constellation du Centaure », « lunes derrière les anneaux de Saturne », « la surface orange en fusion de Vénus » (« reconstruction par ordinateur »), « nuages stellaires », « rayons crépusculaires », « ombres projetées par la Voie lactée ». Elle comprenait que son amant lui offrait ainsi son être essentiel, et que l'autre – l'homme de chair et d'os, dont elle pouvait embrasser la bouche, chercher l'étreinte, entendre le rire – était inessentiel.

Pourquoi la beauté de l'Univers ne te suffit-elle pas, chère Meredith ?

Elle suffit à beaucoup d'entre nous. À moi.

Même la philosophie ne lui était que de peu de consolation. Des mots!

Elle ne pouvait pas se concentrer, lire. Même lorsqu'elle relisait des ouvrages qu'elle avait aimés, elle ne pouvait se concentrer. Elle éprouvait cet avant-goût de panique qui lui était maintenant familier, une sorte de nausée, à l'idée de diriger un séminaire de troisième cycle à l'automne, comme elle en avait eu l'ambition.

Échec une fois, échec toujours. Quand on a l'échine rompue, on ne s'en relève pas.

Elle jeta quelques affaires à l'arrière de sa voiture. Elle ne laissa aucun message, aucune indication sur sa destination.

Sans foyer mais c'était agréable : de circonstance.

Le long de l'Hudson en direction du nord puis dans les Catskills, et le lendemain en milieu d'après-midi elle entrait dans le comté de Herkimer, puis dans le comté de Beechum, longeant la Black Snake en direction de l'ouest pour gagner Carthage – une petite ville proche de la rive orientale du lac Ontario, dont la population diminuait régulièrement depuis les années 1970.

Elle y était retournée deux ans auparavant pour l'enterrement d'Agatha. Elle y était retournée sept mois avant cela, lorsque Agatha avait eu sa première attaque.

Ni l'une ni l'autre de ces visites ne s'étaient bien passées. Ni l'une ni l'autre n'avaient donné à M.R. l'envie de revenir.

À l'enterrement, Konrad était hébété et – ce qui lui ressemblait si peu! – presque muet de chagrin, protégé férocement par un groupe d'amies d'Agatha qui avaient hérité d'elle une réprobation pour la «fille ingrate» impossible à combattre, quand bien même M.R. aurait eu la patience et le temps de s'y essayer. Et quand elle avait rendu visite à Agatha, après son attaque, M.R. avait été stupéfaite de trouver sa mère si profondément changée qu'il ne semblait plus guère y avoir entre elles que la bizarre rancœur enfantine d'Agatha envers l'ingratitude et l'« égoïsme » de M.R.

Agatha avait alors soixante-sept ans. Dans son cercle d'amis et de voisins, c'était être *encore très jeune.*

Elle souffrait d'hypertension depuis des années. Elle avait de nombreux kilos en trop. Pendant longtemps elle avait diverti ses amis du récit de ses nombreux régimes ratés – « pamplemousse », « eau », « Dr Atkins », « les Douze Étapes des Outremangeurs anonymes » – mais en réalité ce n'était pas drôle, M.R. le savait déjà à cette époque, et l'attaque d'Agatha n'aurait donc guère dû surprendre Konrad, qui semblait pourtant ne pas s'y être attendu.

« Mais comment pouvais-tu ne pas t'en douter, papa ?... elle prenait des rendez-vous chez les médecins, elle les annulait...

– Ne dis pas "elle" en parlant de ta mère, s'il te plaît... tu lui dois au moins ce respect-là. »

Cette remarque tranchante ressemblait si peu à Konrad que M.R. en resta muette.

Agatha avait perdu connaissance dans le jardin, au milieu d'une jungle de fleurs et de mauvaises herbes, et elle avait appelé Konrad à l'aide. Mais elle avait refusé de voir un médecin et, quelques jours plus tard, elle s'était de nouveau évanouie, tombant cette fois dans l'escalier de la maison. Elle était restée sans connaissance pendant douze heures. L'attaque avait été jugée « légère », mais Agatha avait perdu toute sensation dans la jambe droite, ne pouvait plus se déplacer qu'avec une canne, et avec difficulté. Elle s'était prise d'aversion pour la lecture – « ces vilaines lignes qui ressemblent à des pattes d'araignée » – et même pour la télévision – «des images plates et des gens qui se conduisent comme des imbéciles». Ses cheveux avaient blanchi par endroits, ce qui lui donnait un air brutal qui choqua M.R. quand elle la vit. L'Agatha enfantine et tendre, au rire délicieusement perlé, qu'elle avait connue était devenue une sorte de harpie dont le rire n'était plus que des grognements irascibles et railleurs.

Konrad confia à M.R. qu'il se reprochait de ne pas l'avoir obligée à maigrir et à se rendre chez le médecin. Il se sentait si terriblement coupable qu'il ne supportait pas d'y penser.

En son for intérieur M.R. avait pensé que, en effet, il était en partie fautif. Les Neukirchen s'étaient laissé porter au fil des ans et des décennies comme de jeunes mariés amoureux dans une petite embarcation sans rame ni gouvernail.

Elle avait dit : «Ce n'est pas ta faute, papa. Tu sais combien elle – Agatha – est têtue.»

Mais Konrad ne s'était pas radouci. Avec un petit reniflement moqueur, il avait dit : «Tu m'appelles… "papa"? Mais tu appelles ta mère "Agatha". Il y a quelque chose qui ne va pas.»

M.R. en resta sans voix. Son adorable quaker de père allait-il se retourner contre elle, lui aussi?

«Quelque chose qui ne va pas du tout, et ta mère l'a senti bien avant moi. Notre "Merry" n'était pas la fille que nous croyions qu'elle était.

– Mais… bien sûr que je ne suis pas "Merry". Je ne l'ai jamais été. Tu sais très bien que… que je ne suis pas votre fille biologique… Vous n'avez pas le droit d'attendre de moi que…»

Pleine d'éloquence devant de vastes auditoires, jamais à court de mots en public, M.R. se mit à bégayer devant son père.

Le pouvoir des parents de blesser, de tuer. Le pouvoir des parents est terrible.

Mais c'était Agatha la plus déraisonnable, bien sûr. Agatha, vautrée sur le divan de la salle de séjour, le visage marbré et maussade, les yeux noyés dans des plis de graisse. Sa bouche, qui avait toujours été molle et chaude, ressemblait maintenant à celle d'une carpe. Sa réprobation à l'égard de M.R. s'était muée en antipathie.

En sa présence M.R. éprouvait la peur d'une belle-fille dans un conte de fées devenu soudainement malveillant.

«Toi. Je s-s-sais pourquoi tu es venue... ce que tu attends. Comme ç-ç-ça tu auras ton père pour toi toute s-s-seule. »

M.R. protesta. C'était Agatha qu'elle était venue voir. Elle avait appris qu'elle n'était pas bien, et elle était venue aussitôt.

«Tu as s-s-su que j'avais eu une attaque. Comme ç-ç-ça tu auras ton père pour toi toute s-s-seule. »

Avant même qu'Agatha ait cette attaque, cependant, son ressentiment contre M.R. – qu'elle appelait, avec froideur, «Meredith» – n'avait cessé de croître. «Tu avais promis de revenir enseigner à Carthage après Cornell et... tu es allée à Harvard! Pourquoi les universités de l'État n'étaient-elles pas assez bien pour toi? Alors qu'elles ne coûtaient qu'une infime partie de ces frais de scolarité exorbitants! Des idées de grandeur, hein – un aveuglement... »

Idées était un terme quaker à peu près synonyme de *infondé, illogique, illusoire*.

«Et tu n'as jamais fait le moindre effort pour trouver un travail ici – je le sais, j'ai des amis au lycée. Et tu ne nous as jamais rien dit de tes projets – de ce que tu mijotais.

– Bien sûr que je vous l'ai dit. Quand j'ai obtenu une bourse pour Harvard...

– "Obtenu une bourse pour Harvard"... tu t'entends parler? C'est vaniteux... superficiel! Et parfaitement ridicule. »

M.R. faillit répliquer *Qu'est-ce que Harvard a de ridicule?*

M.R. tenta de souligner que, en dehors de l'université d'État de Plattsburgh et de celle St. Lawrence à Canton, il n'y avait aucun établissement supérieur raisonnablement proche de Carthage où elle se serait sentie «à son aise» – une façon maladroite de dire qu'aucun établissement de la région n'était assez bon pour son doctorat de Harvard ou pour elle.

Elle bredouilla et se tut. Peut-être en effet était-ce… *ridicule.*

La vanité de la vie intellectuelle, de la vie tout court – *ridicule.*

«Tu te dois d'abord aux parents qui t'ont mise au monde. Et qui t'ont conservée dans ce monde. Qui t'ont aimée et accordé une place dans leur cœur.»

Devoir! M.R. aurait voulu protester, dire qu'elle concevait sa vie comme une vie de devoir, en fait.

«Tu nous as brisé le cœur! Je ne suis même pas sûre que tu sois notre fille! Mais nous t'aimerons toujours. C'est le souhait de Dieu et c'est notre serment.»

Le regard que lui jeta Agatha était si méprisant que M.R. se détourna.

Elle voit au fond de mon cœur. Elle me connaît. Mudwoman!

«J'avais réellement l'intention de vendre cette maison, Meredith! J'ai signé le contrat avec l'agence immobilière McIntosh en pleine connaissance de cause, sachant que je serais passible d'une amende si je me rétractais. Et puis, au moment de la signature – je me suis rétracté.»

Konrad avait un ton incrédule, comme s'il n'en revenait toujours pas.

«Ce n'est pas dans mon caractère, tu le sais. De me "rétracter".»

Ils étaient dans le jardin à l'abandon d'Agatha, derrière la maison. Konrad était assis dans une chaise longue râpée, et

M.R., trop agitée pour tenir en place, émue d'être si près de son père, rôdait dans le jardin d'Agatha.

Pivoines rouges, phlox violets, églantiers roses et tournesols rachitiques, étouffés par une profusion de mauvaises herbes.

Au milieu des plantes, des statues en béton usées par les intempéries – cochon miniature, chouette, chat, biche, et une gargouille ricanante, aux mains pressées contre des oreilles pointues.

Qu'elle était étrange, cette gargouille! M.R. se souvenait des statues d'animaux – pensait-elle – mais pas de la gargouille, qui ne correspondait guère aux goûts d'Agatha.

«Ensuite, j'ai pensé louer la maison. Des voisins m'ont suggéré de n'en louer qu'une pièce ou deux, mais cela ne me dit rien – vivre avec des inconnus. Je ne voudrais pas leur infliger ma présence – tu sais que j'aime veiller tard et regarder la télévision, et maintenant que je n'ai plus l'ouïe très fine, je monte le son. Et mes habitudes alimentaires – depuis le départ d'Agatha – tiennent de l'*improvisation*.» Konrad s'interrompit, jeta un coup d'œil à M.R. «Tu devrais prendre les gants d'Agatha, Meredith, si tu comptes arracher ces plantes épineuses. Tu vas te blesser.»

M.R. alla chercher dans le garage les vieux gants sales d'Agatha.

Là, dans un coin, son vieux vélo – tout rouillé, les pneus à plat. Elle avait totalement oublié ce vélo – et se rappelait maintenant, dans une bouffée d'émotion, l'euphorie, le sentiment de libération, d'évasion qu'elle éprouvait en grimpant la colline de Convent Street, vers les abords de Carthage.

Reniflant d'un air soupçonneux, le chien de Konrad arriva en trottant. Konrad avait affirmé que Salomon était «un chien amical, quoique pas très bien élevé» – mais Salomon ne semblait pas très bien disposé envers cette grande jeune femme que son maître avait accueillie avec de mystérieuses effusions.

Lorsqu'elle revint dans le jardin, Salomon sur les talons, Konrad lança d'une voix forte : « Salomon ! N'embête pas cette chère Meredith, tu vas la faire fuir. Et elle vient à peine d'arriver. »

Le setter était un chien âgé, à la fourrure terne et rude, et aux yeux mélancoliques. C'était un chien « rescapé » – le service de protection des animaux du comté l'avait retiré à des maîtres qui le maltraitaient et, la veille de son exécution programmée, Konrad l'avait adopté.

« C'était juste après le départ d'Agatha. Un matin je me suis réveillé et j'ai entendu Agatha me dire : "Va au refuge de Platt Road, dépêche-toi, et ramène-le !" J'ai dit : "Ramener qui ça ?" et Agatha a répondu : "Tu le sauras quand tu le verras." Et, effectivement, j'ai vu Salomon… et j'ai su. »

M.R. rit. Konrad faisait de l'humour… non ?

Dans la chaise longue râpée, avec son grand short kaki qui dénudait ses jambes pâles étrangement glabres, Konrad se voulait résolument divertissant. Sa barbe argentée crépitait d'électricité statique. Ses yeux étaient pénétrants, intelligents et plissés aux commissures.

Cela avait toujours été sa manière, se rappelait M.R. Présenter les choses sous forme d'anecdotes navigables. Arrondir les angles trop vifs.

« J'avais donc la ferme intention de la louer – la maison entière, j'entends. Et je comptais trouver quelque chose de plus petit, un appartement en "copropriété" – peut-être au bord de la rivière – où habitent d'autres retraités. Je l'ai donc reproposée à l'agence McIntosh, car j'estimais que je leur devais bien ça – même si ce n'était qu'une location. Et un jeune couple très sympathique est venu visiter la maison, m'a posé des questions fort intelligentes, est reparti, a réfléchi, puis est revenu – ils étaient décidés à signer le contrat – et j'étais décidé à signer – dans le bureau de l'agence immobilière – c'était la semaine dernière – et de nouveau, au dernier moment, mon sang s'est glacé. Au sens propre du mot! Je leur ai dit, j'ai les pieds glacés, les doigts glacés, je suis glacé d'horreur à l'idée de quitter la maison où ma femme et moi – et notre petite fille – avons été si heureux. Pardonnez-moi, mais je ne peux pas.» Konrad se mit à rire. Des larmes coulèrent de ses yeux plissés et tombèrent dans sa barbe broussailleuse où elles étincelèrent comme des pierres précieuses. «Ils m'ont pris pour un fou furieux. Et je me disais : Tant mieux! Comme ça, je couperai peut-être à l'amende.»

M.R. riait. «Et tu y as coupé?

– Ma foi, non. Et maintenant, je suis sur la liste noire de toutes les agences immobilières de Carthage.»

À la fin de ce premier après-midi, M.R. avait arraché et rassemblé en tas des dizaines de plantes épineuses. Le soleil était brûlant et lui tapait sur la tête, Konrad alla lui chercher un chapeau de paille dans le garage; il n'eut pas besoin de lui dire qu'il avait appartenu à Agatha.

Puis-je rester avec toi s'il te plaît. Je suis si seule.
Si je pouvais dormir. Dormir!

Elle dormit dix heures d'une traite, d'un sommeil profond et sans rêve.

Dans la chambre qui avait été celle de son enfance, mais pas dans son lit d'enfant – car la pièce avait été transformée en chambre d'amis, le papier sucre candi remplacé par un papier vert pâle à motifs de fleurs, et le petit lit exigu par un lit à deux places – elle dormit dix heures et se réveilla à l'aube, désorientée, ne sachant où elle se trouvait, alla en titubant aux toilettes et se rendormit encore deux heures, souriant dans son sommeil, jusqu'à ce que le soleil lui chauffe le visage telle une flamme liquide et qu'une voix s'élève – gentiment taquine – « Meredith ? Tu comptes dormir toute la journée ? »

Et ce soir-là il lui fut impossible de garder les yeux ouverts après 10 h 40 – Konrad et elle regardaient un film des années 1940 sur une chaîne de films classiques – et elle dormit de nouveau d'une traite – dix heures, douze heures – comme retenue au fond de la mer, bercée doucement par le rythme des vagues.

Durant tout son séjour à Carthage, dans son ancienne chambre du 18, Mount Laurel Street, elle dormirait de la sorte, comme elle n'avait plus dormi depuis de longues années. *Peut-être était-ce tout ce dont j'avais besoin,* se disait-elle. *Et cela m'attendait ici sans que je le sache.*

« Depuis que Salomon est entré dans ma vie, je me demande… si un chien est un individu en soi, ou seulement relativement à son maître ? Quand je ne suis pas là, Salomon est-il un "chien" ou simplement une créature sauvage ? Il n'a pas de nom – même générique. Il *est*, tout simplement. Dès qu'il me voit – m'entend – me sent – il redevient "Salomon, le cher compagnon de Konrad". Ce qu'il serait dans une meute de chiens sauvages, je préfère ne pas l'imaginer. » Konrad rit, en frissonnant.

Ils se promenaient dans le parc de l'Amitié, sur un promontoire dominant la Black Snake. Le ciel était strié de nuages vaporeux. L'air était tiède et chargé du parfum des chèvrefeuilles. Une légère odeur d'azote montait toutefois de la rivière, ou d'un entrepôt voisin.

Le setter roux trottait innocemment près d'eux. M.R. avait l'impression qu'il écoutait avec attention leur conversation tout en vaquant à son train-train canin – renifler, lever la patte, bondir sur les sauterelles et se remettre allègrement à trotter.

Elle aurait pu dire *Ne sois pas naïf, papa ! Salomon obéit à son chef de meute. Chien ou homme.*

Elle aurait pu dire *Dans sa meute de chiens sauvages, il nous sauterait à la gorge. Il n'a rien d'un "Salomon" !*

Elle dit : « Salomon t'adore, papa. Tu es celui qui lui a sauvé la vie. Il donnerait sa vie pour toi. »

Konrad parut touché de cette remarque.

Et elle était vraie, en plus.

Deux fois par jour ils promenaient Salomon !

Trois fois par jour, quelquefois.

Car Salomon n'était pas un chien d'appartement, il était fait pour chasser – *Un bâtard de chasseur*, plaisantait Konrad.

Rien d'aussi confortable que le *train-train*.

Et on les voyait dans le quartier : Konrad Neukirchen et sa barbe blanche broussailleuse, avec son short froissé, son tee-shirt vert perroquet marqué CO-OP VETS CARTHAGE en lettres blanches et des sandales Birkenstock élimées, marchant avec une canne ; et à côté de lui, une femme plus jeune, très droite, portant un pantalon ample, une chemise ample et des sandales, les cheveux frisés et retenus par un foulard noué à la diable.

Très évidemment *La fille, entre deux âges, probablement célibataire. En visite chez son père.*

Était-ce – l'éminente fille de Konrad Neukirchen ? Celle dont on avait souvent vu la photo dans le journal de Carthage, en page intérieure ?

La fille qui avait quitté Carthage pour devenir professeur d'université ? Présidente d'université ? Qui avait brisé le cœur de la pauvre Agatha et n'était pas venue la voir une seule fois dans la dernière année de sa vie ?

Et le bâtard de setter qui trottait près d'eux – devant, derrière, à gauche, à droite – décrivant des huit invisibles et protecteurs autour du couple, qui, absorbé dans sa conversation animée, ne remarquait rien.

Sportive, elle s'était dit *Si tu dois te tenir sur tes deux jambes, autant que tu aies le dos droit.*

« Et puis, je me suis souvent demandé… un être humain est-il une sorte d'animal supérieur ou quelque chose de totalement différent ? Bien sûr – ajouta-t-il très vite pour s'assurer que Meredith comprenne la subtilité de son argument – je connais bien darwin. Toutes ces histoires d'"origine des espèces".

– Oui.

– "Oui" – quoi ?

– Je suis certaine que tu connais "toutes ces histoires". »

En fait, M.R. doutait que son père, en dépit de son intelligence et des nombreux livres hétéroclites qu'il avait lus au cours de sa vie, « connaisse bien » Darwin.

Dans la mesure où il restait encore imprégné des croyances de la Société des Amis – Konrad n'était très probablement pas un darwinien, même de façon rudimentaire.

Elle dit : « Darwin lui-même ne semblait pas penser que tous les animaux ne sont que… des "animaux". Il croyait peut-être que son propre chien possédait une sorte de fond moral. »

M.R. parlait avec lenteur, comme si elle tournait et retournait une lourde pierre entre ses mains – était-ce une simple pierre, ou un minéral contenant des veines de minerai précieux ? Elle trouvait étrange et merveilleux les liens d'amitié qu'elle était en train de nouer avec son père, qui était à la fois l'homme qu'elle croyait connaître et un inconnu fascinant.

«Mais... naturellement! Tous les maîtres ont un chien "moral" dans ses rapports avec son maître – comme une boussole qui n'a d'autre choix que d'indiquer le Nord.

– Certains de mes collègues – à l'Université – affirment qu'il n'y a pas de "noyau de la personnalité", que nous n'existons qu'en contexte.

– Mais ils ne le disent pas aussi brièvement, hein? Si ce sont tes collègues – des professeurs.

– C'est une théorie de l'esprit. L'une des théories de l'esprit.

– Et ils croient à leurs théories?

– Ma foi, je n'en sais rien. Très peu d'entre nous savons ce que nous "croyons" – notre cerveau ressemble aux profondeurs de la mer, il y flotte toutes sortes de choses – organiques, inorganiques – "réelles", "irréelles".»

Et c'était là l'échec de la philosophie, supposait M.R. Les mots étaient un filet aux mailles grossières à travers quoi tout – gens – événements – passait sans pouvoir être défini.

«Je sais que je suis toujours qui je suis – Konrad Neukirchen. Je n'ai jamais "pas été" Konrad Neukirchen. Et je crois être une vraie boussole de cohérence, de rationalité. Mais... les autres!» Konrad se caressa la barbe en riant. «Tout ce que je peux savoir d'eux avec certitude, c'est qu'ils ne sont pas moi.

– Ils ne sont pas toi – mais ils pourraient être identiques à toi, par certains côtés.

– Oh non, je n'y crois pas. L'humanité est merveilleusement inconstante, changeante – et pas moi.

– Cette inconstance nous a aidés à évoluer – à nous adapter. À survivre.

– Mais survivre à n'importe quel prix en vaut-il la peine?

– Il faut survivre pour poser une question pareille, papa! Le minimum de la vie est la vie elle-même. »

Elle pensait au garçon qui avait tenté de se pendre, ou imaginé se pendre et mourir : le verbe *mourir* n'avait pas eu de contexte pour lui, il l'avait mal compris.

Et maintenant il était vivant – son corps avait « survécu ».

Malade de culpabilité, elle ne supportait pas de penser à lui.

Pas plus qu'elle ne supportait de penser à sa sœur Jewell et à son horrible mort – enfermée dans un réfrigérateur par leur mère, s'asphyxiant peu à peu. Une mort qui n'avait été ni rapide ni miséricordieuse.

À cinq ans! Et l'autre sœur, Jedina, sa cadette de deux ans, jetée elle aussi comme un déchet, et cependant – par le plus pur des hasards, elle n'était pas morte.

Mais seulement parce qu'elle avait été secourue – « sauvée ».

« Le monde survit, disait Konrad, parce qu'il y a des "sauveurs". Nous ne pouvons nous sauver nous-mêmes, mais parfois… nous pouvons sauver les autres. »

M.R. frissonna. C'était troublant, on eût dit que son père (adoptif) lisait dans ses pensées.

En fait, plus vraisemblablement, ils connaissaient tous les deux très bien les pensées de l'autre. Comme ces nombreuses promenades dans Carthage – jusqu'au pont de Convent Street, et à la rivière ; jusqu'au parc de l'Amitié, et à la rivière ; jusqu'au centre de la ville, en passant par Spruce Street, et par la rivière ; ou en faisant un « détour » par Elm Ridge Avenue, et par la rivière.

Chaque promenade était différente et distincte dans l'esprit des promeneurs, et très probablement dans celui de Salomon, et pourtant toutes avaient la même destination : la rivière.

Car la Black Snake, qui traversait Carthage, était le cœur de la ville, son âme tumultueuse et bruyante.

Ce jour-là, ils étaient allés au pont de Convent Street. C'était la plus courte de leurs promenades. En compagnie de Konrad, M.R. n'éprouvait pas sa peur enfantine habituelle sur la passerelle piétonne – bien que Konrad fasse si peu attention aux camions qui passaient à quelques centimètres de son coude qu'il lui était difficile de se détendre.

Sur le pont, et sur la rive, des hommes pêchaient. Jetant dans le courant de longues, très longues lignes. La plupart étaient sombres de peau et âgés. Konrad semblait les connaître – *Bonjour Dewitt! Salut Byron!* – tout comme ils le connaissaient – *Bonjour monsieur Neu-kitchen!*

Avec courtoisie Konrad s'arrêta pour faire les présentations. Les uns et les autres marmonnèrent des salutations. Il se révéla – M.R. posa la question – que ces hommes pêchaient le black-bass, le poisson-chat et la carpe. Elle se demanda si c'étaient les mêmes pêcheurs que ceux qu'elle avait vus dans son enfance.

Dès qu'ils eurent dépassé le dernier d'entre eux, elle dit, comme on se jette dans le vide : «Tu as connu ma m… mère, papa? Tu sais quelque chose sur ma… mère?»

Konrad, qui caressait sa barbe, se figea. Ostensiblement, il regarda ailleurs.

«Ta mère! Que veux-tu dire, Meredith? C'est Agatha, ta mère.»

M.R. dit, d'un ton suppliant : «Non, papa. Pas ça. Dis-moi juste la vérité, j'en t'en prie… j'ai plus de quarante ans. Je ne suis plus un enfant qu'il faut protéger des faits de sa propre vie.»

Elle avait failli dire : *de sa vie ridicule.*

Konrad continua de marcher. Le sentier des pêcheurs s'effaçait. Ils étaient entrés dans un no man's land de hautes herbes griffues, de chardons en fleur, et de saules d'un bois si tendre que beaucoup de leurs branches s'étaient fendues. Fouettant l'air de sa canne, Konrad s'éloignait. Salomon lui-même devait trotter pour ne pas se laisser distancer.

M.R. vit avec consternation que son père avait le visage marbré par l'émotion. Il était renfrogné, sombre. Sa réaction lui parut injuste… si semblable à celle d'Agatha!

Pense-t-il qu'il lui faut se montrer aussi déraisonnable qu'elle, par fidélité à son souvenir? se demanda-t-elle.

Le plus large d'esprit, le plus intelligent et le plus *rationnel* des hommes réagissait avec animosité quand son autorité était mise en question.

Cela valait pour Andre, persuadé d'être parfaitement impartial, mais qui entrait en rage si on contrariait sa volonté.

Konrad siffla et appela : « Salomon! Dépêche-toi! Par ici. »

Pendant plusieurs minutes, ils marchèrent en silence, l'un derrière l'autre, sur l'étroit sentier. Konrad et son compagnon à quatre pattes devant, M.R. derrière.

Konrad n'allait-il rien dire de plus?

Konrad comptait-il la laisser dans cet état d'attente anxieuse?

Blessée, elle se dit *Je partirai ce soir. Qu'ils aillent au diable tous les deux!*

Elle se dit *Je n'ai jamais été leur fichue « Merry ». Qu'attendaient-ils de moi!*

Ils avaient eu l'intention de marcher jusqu'à une rue parallèle à Convent Street, puis de rentrer par le même chemin. Ils avaient eu l'intention de monter jusqu'à la rue pour faire un petit achat dans une quincaillerie – M.R. avait proposé de visser, plus fermement, des éléments de cuisine et de salle de bains qui avaient du jeu – mais Konrad ne semblait plus y penser.

Avec un brusque sourire factice, il se tourna vers elle :

« Ah, Meredith! Quelle charmante surprise que tu sois venue nous voir. *Me* voir, je veux dire. Tes visites sont rares et précieuses. Combien de temps comptes-tu rester? »

La désinvolture de la question abasourdit M.R. Konrad insinuait-il qu'il voulait la voir partir bientôt?

Avec hésitation, elle répondit : «Je... je ne sais pas trop. Je n'allais pas... très bien, ces derniers temps.» Sa voix s'éteignit. La fille droite comme un I, prise au dépourvu.

Konrad savait qu'elle n'allait pas «bien», naturellement. C'était une sorte de supplication que de le lui dire.

«Je pensais... ou plutôt je n'y ai pas vraiment pensé – mon avenir est incertain – et mon présent n'est pas – M.R. rit, quel bredouillis pitoyable de la part d'un docteur en philosophie de Harvard! – n'est pas un modèle de certitude, non plus. Et donc je me demandais... si je pouvais rester près de toi... quelque temps.

– Bien entendu. Tu n'as même pas à poser la question, Meredith.»

Konrad avait parlé vite, en baissant la voix. Comme si la prière de sa fille lui avait fait honte.

Elle dit, avec un geste des bras : «Je peux t'aider – payer ma part, je veux dire, ou... autre chose. Je peux t'aider financièrement, papa. Si tu en as besoin.»

L'avait-elle insulté? Konrad fixait un point juste derrière sa tête, les yeux papillotants.

C'était un sujet problématique : Konrad avait-il besoin d'argent? La maison de brique était loin d'être aussi miteuse que d'autres dans le voisinage, mais son toit de bardeaux avait besoin d'être réparé, de même que les marches de l'entrée et du jardin, et bien que Konrad prétende adorer passer l'aspirateur, la maison avait besoin d'être nettoyée à fond, lessivée, récurée; les rideaux d'organdi de la salle de séjour, cousus trente ans auparavant par Agatha, étaient toujours là, saturés de poussière, fanés, incolores. Mais, selon toute probabilité, cela tenait à l'indifférence de célibataire de Konrad plutôt qu'à sa situation financière.

Depuis son arrivée, quelques jours auparavant, M.R. avait acheté des provisions, des produits ménagers. Elle était allée faire des courses au nouveau centre commercial – très pratique, hébergeant un Shop-Rite et un Home Depot – pendant que Konrad était à la Coopérative des vétérans, dont il était apparemment le directeur «par défaut» – le directeur «qualifié», celui qui était parvenu à canaliser une partie des maigres fonds de la Coopérative vers son propre compte en banque, ayant dû démissionner précipitamment.

Konrad rit, retrouvant sa bonne humeur : «Oh! je suis très à l'aise, ma chérie. Je croyais que tu le savais. Notre municipalité de Carthage est si corrompue – c'est une tradition dans le comté de Beechum – que nos fonctionnaires municipaux ont une excellente retraite, meilleure même que celle des gardiens d'immeubles et des éboueurs. Et bien meilleure que celle des professeurs et administrateurs de l'enseignement public! Et j'ai la sécurité sociale, bien entendu. Agatha n'a jamais eu à se faire de souci concernant notre situation financière, et tu n'as pas à t'en faire non plus. Je suis un retraité fort prospère, ma chérie.»

M.R. savait que Konrad faisait des chèques au bénéfice de la Coopérative, du refuge pour animaux où il avait adopté Salomon, et d'une ou deux autres associations, dont une certaine «Rotunda» – elle avait vu le chèque sur un plan de travail de la cuisine avant qu'il ne le poste.

«Qu'est-ce que cette "Rotunda", papa? Simple curiosité.

– Rotunda! Tu le verras vendredi soir, si tu es encore là. Des concerts d'été dans le parc de l'Amitié, à la "rotonde". Je ne leur donne qu'une centaine de dollars par été, les concerts sont gratuits et parfois assez bons.»

Comme si un sentier dangereux avait été évité, ils rentrèrent par la rue parallèle – Hill Street – et par un autre pont, légèrement plus récent.

« "Je paresse et invite mon âme".
– C'est vrai ?
– C'est un vers d'un poème de Whitman, papa.
– Ah bon ?
– C'était l'une de tes citations favorites.
– Ah oui ? Eh bien, c'était intelligent de ma part. »

Elle faisait toujours des nuits complètes. Un sommeil pareil à un exquis manteau de neige – une neige poudreuse, duveteuse, une neige lactée comme une poussière d'étoiles. Un sommeil silencieux, sans mots. Un sommeil comme elle l'avait tant envié à son amant astronome, les rares fois où ils avaient passé toute une nuit ensemble.

Même agité et troublé par des rêves, Andre ne se réveillait jamais.

Et au matin, Andre ne se souvenait jamais.

Dix heures ou davantage, elle dormait. Surtout quand la pluie tambourinait contre le toit et les fenêtres – le plus divin des sommeils. Parfois, c'était le setter roux qui entrouvrait la porte, trottait jusqu'au lit où elle dormait de son sommeil de plomb, et lui effleurait le visage de sa truffe fraîche pour la réveiller, craignant que sans cela elle n'y parvienne pas.

« Je deviens si paresseuse ! Je ne me reconnais pas. »

Comme entraînée au fil de l'eau par un courant léger dans une barque sans rames ni gouvernail, M.R. était en effet entrée dans une nouvelle région de l'âme, presque sans lien avec son ancienne vie, où les battements de son cœur semblaient plus lents et plus mesurés ; où il lui arrivait, des minutes d'affilée,

de regarder dans le vide – à la différence de son amant astronome qui cherchait sans trêve quelque chose dans l'Univers,
M.R. n'avait aucun objet à scruter ; elle pouvait rester assise de
longues minutes sans rien faire, et sans même penser à grand-
chose d'autre qu'à des détails immédiats et pratiques : quels
légumes – aubergines, brocolis, courgettes – préparer pour le
dîner pendant que Konrad ferait griller des hamburgers sur
la terrasse de brique, derrière la maison ; porter la voiture de
Konrad au garage pour son contrôle technique dont la date
d'échéance approchait, ou supposer que Konrad finirait par
s'en occuper lui-même ; quel cadeau choisir – («Le vin est hors
de question, n'y pense même pas») lorsqu'elle se rendait avec
Konrad chez l'une de ses nombreuses amies veuves qui les avait
invités à dîner.

M.R. avait appris que son père célibataire était très populaire à Carthage. Au cours de ses années passées au tribunal
du comté, il s'était apparemment fait des centaines d'amis –
des voisins toujours prêts à l'inviter à des barbecues, un petit
groupe d'amies d'Agatha, toujours prêtes à le nourrir, faire
son ménage, l'enrôler comme cavalier – («Épouse-moi ! C'est
tout ce qu'elles désirent, les pauvres. Mais cela ferait tant souffrir Agatha»). Et il y avait la Coopérative des vétérans, où il
devenait rapidement indispensable, alors qu'il n'était jusque-là
qu'un bénévole occasionnel qui, une fois par semaine, faisait
en voiture la tournée des donateurs, ou triait et étiquetait, en
compagnie d'autres retraités dont la plupart étaient des veuves
de combattants du Vietnam, toutes sortes de vêtements, objets
domestiques et bric-à-brac sans valeur. Et il y avait – ce qui
étonna particulièrement M.R., car Konrad ne lui en avait
jamais parlé – ses visites à l'hôpital des anciens combattants de
Herkimer, où il était également bénévole.

Ces activités étaient récentes, supposait M.R. Elles devaient dater de la disparition d'Agatha.

« Tu as l'air perplexe, chère Meredith ! Mais c'est Agatha qui m'inspire tout cela, tu sais. Elle avait un cœur véritablement charitable – j'ai toujours été trop paresseux. Mais maintenant – je vis pour nous deux, j'imagine. »

Il sourit. « Tu pourrais m'accompagner, un jour. Cette femme très sympathique, quoique incurablement bavarde, qui s'occupe des bénévoles – la veuve d'un de mes camarades de classe, mort dans ce même hôpital il y a quelques années, un ancien de la guerre de Corée – est toujours à la recherche de "sang frais", comme elle dit. »

« J'ai un ami... »

M.R. commença d'un ton si léger qu'on aurait pu croire qu'elle s'apprêtait à raconter une anecdote drôle et distrayante.

« ... sa femme et lui ont un fils "handicapé mental". Leur vie tourne autour de ce fils, il les obsède. Naturellement, mon ami – il est astronome, un astronome assez éminent, à Harvard – n'emploie pas ce terme – il n'emploie pas le terme "handicapé mental". Je n'ai vu leur fils – Mikhal – qu'une seule fois, quand il avait onze ans – il ne m'a pas paru si bizarre que cela, à ce moment-là – juste distrait, rêveur... c'était il y a dix-neuf ans. Il a maintenant une trentaine d'années – "un Peter Pan maudit", dit son père – mon ami. Mikhal a de violents accès de colère, souffre de migraines. Mais il est très doué – c'est un musicien virtuose – pianiste, violoniste. Il ne sait pas lire la musique mais il joue à l'oreille. C'est également un remarquable compositeur. Sa musique est staccato, dissonante, mais acoustique – elle fait toujours référence à Bach, paraît-il. Mikhal n'a jamais été capable de travailler avec un professeur de musique, bien que mon ami et sa femme lui en aient cherché un pendant des années. Il peut seulement écouter des CD, obsessivement, des heures durant, et s'imprégner de la technique musicale des autres. La mère de Mikhal est une traductrice d'origine russe qui s'est consacrée à son fils – notamment en cherchant à lui trouver une place dans le milieu musical de Boston. Et mon ami astronome pense que c'est sans doute sans espoir, mais espère tout de même – ne peut pas ne pas espérer – que Mikhal ira mieux, que l'on découvrira des thérapies ou des médicaments nouveaux, et que ce beau garçon – ai-je dit qu'il était beau? – comme sa mère? – bien sûr.»

M.R. parlait avec lenteur, presque avec calme. De nouveau, elle semblait tourner et retourner un bloc minéral, chercher à discerner les veines précieuses, si elles existaient. Konrad, qui jetait un bâton à Salomon, se contentait de vagues murmures pour indiquer que oui, il écoutait.

«Quand Andre – c'est le nom de mon ami astronome : Andre – part en voyage, et il part souvent travailler dans des observatoires, il faut qu'il parle avec Mikhal tous les jours. S'il ne le fait pas, Mikhal devient très vite incontrôlable. Si Mikhal sent qu'Andre s'éloigne du cercle familial, il en résulte une crise – une rechute, une tentative de suicide, une admission aux urgences; ou alors, c'est l'épouse, qui semble très manipulatrice, quoique très légitimement "perturbée", qui s'effondre et se retrouve aux urgences, elle aussi. Lorsque Andre a reçu une récompense de la Société nationale des astronomes à Washington, sa femme – elle s'appelle Erika : je ne l'ai jamais vue – a dû être hospitalisée en raison d'une sorte de crise de tachycardie.»

Konrad écoutait sans mot dire en caressant sa barbe. Il ne regarda pas M.R. pendant qu'elle parlait de son ton calme et résolu, et il ne la regarda pas quand sa voix s'éteignit sur une note à la fois amusée et plaintive.

«Andre est un… homme qui sort de l'ordinaire. Il a des ennemis, je pense. Mais il a beaucoup d'amis. C'est le genre d'homme – tu lui ressembles un peu, papa – je n'y avais encore jamais pensé – tu ne te plains jamais vraiment, même quand tu te "plains" – tu plaisantes. Et tu es sensible à l'absurdité des choses, une sorte de don qui te fait voir des cubes où les autres ne voient que des carrés en deux dimensions. Il a – bon, ce n'est pas peut-être exactement ton cas, papa – quelque chose de princier. On imagine des pièces d'or se déversant de ses poches, sans qu'il le remarque. Il déborde d'énergie, on a toujours envie de lui plaire, ce qui fait de lui un genre de dictateur – un dictateur bienveillant, bien sûr.» Elle rit. Elle s'essuya les yeux. Elle parlait de plus en plus vite, comme un camion fou dévalant une pente raide; Konrad ne la regardait toujours pas, et continuait de lancer au setter un bâton de plus en plus rongé et gluant de salive.

Elle avait parlé beaucoup trop franchement. Elle regretta de ne pouvoir reprendre ses paroles irréfléchies.

Sans la regarder, mais avec un sourire douloureux, Konrad dit : «Ma foi! Ton ami astronome est quelqu'un d'exceptionnel, apparemment. Mais toi aussi, Meredith – ne l'oublie pas. Et n'oublie pas que l'avenir n'a pas à être une répétition du passé. Même dans le cosmos, rien n'est purement immuable ou prévisible. Une comète sort de son orbite, une météorite s'abat sur la Terre. Savoir ce qu'a été la vie de cet homme ne te permet pas de savoir ce qu'elle sera.» Très curieusement, comme M.R. s'en ferait la réflexion plus tard, il ajouta : «Quand un homme vieillit, sa santé n'est plus très prévisible, en fait. C'est alors que les épouses malheureuses se vengent. L'épouse "difficile" – mal aimée – cessera peut-être d'aimer ton ami astronome, à ce moment-là. Si, comme tu l'as dit, elle est plus jeune que lui…

491

– J'ai dit ça ?

– Je crois, oui. »

M.R. ne le pensait pas. Bien qu'Erika fût effectivement plus jeune qu'Andre, beaucoup moins toutefois que ne l'était M. R...

«... elle se lassera peut-être de lui. Elle se débarrassera peut-être de lui. Il pourrait alors brusquement se retrouver à la dérive dans le cosmos et avoir besoin d'un ami. Ces choses-là arrivent. »

M.R. était stupéfaite. Que disait, qu'insinuait son père ?

Et d'où lui venait ce savoir occulte de sage de conte de fées ?

« Ces intuitions ne sont pas les miennes, chérie – ce sont celles d'Agatha. Fondées sur son observation attentive de certains mariages, ici, à Carthage – le mari "volage", la femme "trahie" – la façon dont ces femmes se vengent quand elles le peuvent.

– Andre Litovik n'est pas malade. Pour autant que je sache, il... il n'est pas malade. »

Ce n'était pas vrai, naturellement. Andre avait de nombreux maux, davantage sans doute que M.R. ne le savait. De l'hypertension, contre laquelle il prenait des médicaments ; des douleurs lancinantes dans le dos et des crampes musculaires ; il était anormalement prédisposé aux infections respiratoires, s'était abîmé les deux genoux en faisant de l'alpinisme et aurait bientôt besoin de prothèses, une opération chirurgicale qui le terrifiait, mais dont il parlait avec dédain, en plaisantant.

M.R. se mordit la lèvre. Elle en avait déjà dit plus qu'elle ne souhaitait – elle n'avait pas eu l'intention de se livrer aussi inconsidérément.

« Tout ce que je veux dire, mon adorable fille chérie, reprit Konrad, c'est que les choses changent. Et que nous changeons avec elle. Et que quelquefois cela tourne au mieux, même si nous ne pouvons l'imaginer à l'avance. »

Plus tard M.R. s'aviserait que son père ne lui avait pas demandé quels étaient ses liens avec Andre Litovik pour qu'elle en sache autant sur lui et lui porte autant d'intérêt.

Je ne veux pas renoncer à toi, Meredith. Mais tu peux – tu devrais – renoncer à moi.

(Dans son lit d'hôpital, M.R. avait entendu ces mots, prononcés par Andre avec un sérieux inhabituel. Elle avait entendu, bien sûr. Et la sollicitude réelle sous les mots. Comme si même le mâle prédateur se sentait obligé de mettre la femme en garde, quelquefois. La femme souriante, insouciante. Qui, au sens le plus profond du terme, n'entendait pas.)

(Se rappelant ce matin, deux ans plus tôt, où le téléphone avait sonné dans sa maison du lac Echo. En milieu de matinée, alors qu'elle préparait une courte introduction à la visite d'un collègue philosophe qui devait prendre la parole à un colloque, l'après-midi même. Et de façon tout à fait inattendue, c'était Andre. Mais un Andre tendu, agité, comme il était rare qu'il le fût – « Allume ta télé, Meredith. Tout de suite ! » Et sans hésitation, son portable à l'oreille, M.R. était allée allumer la télé dans l'autre pièce, demandant d'un ton plaintif : « Mais quelle chaîne, Andre ? » et avec impatience, il avait répondu : « N'importe laquelle ! Vite ! » Les yeux fixés sur l'écran M.R. avait alors vu une sorte de reportage, de hauts bâtiments fumants, les tours jumelles du Trade World Center en flammes, choquée, désorientée, n'ayant aucune idée de ce qu'elle regardait et Andre n'avait pas eu le temps de la mettre au courant – « Il y a eu une attaque terroriste. Il va probablement y en avoir d'autres. Et avec une palanquée de foutus malchanceux je suis coincé à l'aéroport de Cleveland et n'ai aucune idée de quand nous aurons le feu vert pour rentrer à Logan. Salut !

– Andre, attends… »

Mais il avait raccroché.

Et donc, pendant les douze heures suivantes, seule dans la maison du lac Echo, rivée devant son poste, quittant à peine son siège, M.R. avait tâché de comprendre ce qu'elle voyait – son horreur, son ampleur et sa signification – les yeux pleins de larmes autant pour la souffrance indescriptible des autres qu'en raison de son propre chagrin et de son apitoiement sur elle-même.)

La spécialité de Konrad était le petit déjeuner : bouillie d'avoine avec sucre brun, raisins secs et lait écrémé – « Le repas le plus important de la journée. »

La spécialité de M.R. était le dîner : légumes divers à la vapeur, avec riz, pâtes ou couscous.

Le petit déjeuner excepté, c'était surtout elle qui cuisinait. Konrad se chargeait de la vaisselle.

Ils faisaient leurs courses au Shop-Rite. M.R. s'occupait des produits frais, Konrad de tout le reste. Invariablement, il arrivait le premier aux caisses et l'attendait en feuilletant *People*.

Le soir, ils lisaient et regardaient la télévision. Parfois ils lisaient en regardant la télévision – leur chaîne préférée était celle des classiques du cinéma sur laquelle ils regardaient Ingrid Bergman, Gregory Peck, Greer Garson, Robert Mitchum, Humphrey Bogart, Clark Gable, Ginger Rogers et Fred Astaire… « Agatha avait coutume de dire : "C'est rassurant de voir qu'ils sont toujours parmi nous" », disait Konrad.

D'un commun accord, semblait-il, ils ne regardaient pas les informations. Ils ne suivaient pas les nouvelles du carnage en

Irak et en Afghanistan. Ils n'étudiaient pas les «Visages de ceux qui sont tombés» publiés à intervalles réguliers par le *New York Times* – seize photos sur seize – une page entière consacrée aux morts américains, presque tous jeunes, terriblement jeunes, et quasiment tous de sexe masculin.

(Le *New York Times* était l'unique concession de M.R. à son ancienne vie du New Jersey : elle ne pouvait pas l'acheter à Carthage ni se le faire livrer chez son père, excepté par la poste américaine, avec plusieurs jours de délai. Elle le lisait quotidiennement, en ligne.)

Les premiers temps, les innombrables livres entassés sur les étagères des Neukirchen lui avaient inspiré un terrible malaise. Car elle sentait que son intérêt pour les livres – pour une vie fondée sur les *mots* – avait dû commencer là, dans cette maison où les livres étaient à la fois révérés et traités avec l'affection et la familiarité désinvolte qu'on a pour de vieux amis.

Sur les étagères, les mêmes livres dans le même ordre qu'autrefois. Rien n'avait été dérangé, et il semblait y avoir peu d'ajouts. Combien de livres Konrad s'était-il vanté d'avoir ? Onze mille six cent soixante-dix-sept et demi ! – il plaisantait, bien entendu. La petite Meredith n'avait aucune idée de ce qu'était une *plaisanterie*, à cette époque.

Là, les livres de son enfance, presque inchangés. On aurait dit la bibliothèque de Charters House – sauf que ces livres-ci n'étaient pas rares et qu'ils n'étaient généralement pas en très bon état. Et que de poches, cornés, jaunis ! Elle prit un volume et l'ouvrit :

Un après-midi d'automne ensoleillé, un enfant s'égara loin de sa fruste demeure par un petit champ et pénétra sans être vu dans une forêt. Il était heureux de ce sentiment nouveau de liberté...

C'était un récit d'Ambrose Bierce, que M.R. n'avait jamais lu : *Chickamauga*. Le titre, indiquait une note de bas de page, faisait référence à la bataille de Chickamauga Creek (Tennessee) en 1863 : trente-quatre mille victimes, l'une des batailles les plus sanglantes de la guerre de Sécession.

Elle éprouva le désir enfantin d'en savoir davantage – de lire l'histoire, le volume entier de Bierce. Mais elle remit le livre à sa place, pour le moment.

Près du fauteuil d'Agatha, une pile de livres, touchante à voir. Il y avait là les romans habituels d'Agatha, écrits par des auteurs féminins, des livres de jardinage et un mince volume de poèmes – *Ariel*, de Sylvia Plath.

M.R. comprenait que Konrad répugne à ranger ces livres.

Elle se demanda si le gros album de photos MA VIE DE BÉBÉ était toujours dans le tiroir de la commode. Mais elle ne chercha pas à le vérifier.

«Viens avec moi, chérie! Je vais voir Agatha.»

Elle l'accompagna. Elle savait que la tombe d'Agatha serait à côté de celle de leur enfant perdue, dans le cimetière de l'Amitié, elle était donc préparée.

M.R. devait se rappeler que la petite MEREDITH RUTH NEUKIRCHEN – «MERRY» – 21 SEPTEMBRE 1957-3 FÉVRIER 1961 n'avait pas été elle.

Elle pensa aux *paradoxes* de Konrad. À la façon dont il l'avait taquinée et désorientée avec ses spéculations sur le *voyage dans le temps* – comme si, enfant, elle avait pu savoir ce que signifiait *voyager dans le temps*. Il avait plaisanté sur un retour dans le temps qui la mettrait face à une jumelle plus jeune – comme ce serait étrange!

Elle se demandait si son père bien-aimé avait été à l'origine de sa fascination pour la philosophie – pour ses énigmes, sa prétention de sagesse et son espoir éternel.

Dans le cimetière de l'Amitié, Konrad fut inhabituellement silencieux. C'était un soulagement... non? Même Salomon, qui trottait et reniflait entre les rangées de tombes, levait la patte pour uriner, semblait moins exubérant, moins canin. Lorsque Konrad claqua des doigts, le setter se recroquevilla, tout penaud.

«En voilà de mauvaises manières, Salomon! On ne se conduit pas ainsi dans un *cimetière.*»

C'était une journée venteuse d'été. Des trouées éclatantes de soleil dans le ciel et, du côté du lac Ontario, à l'ouest, une flottille menaçante de nuages d'orage. M.R. contempla la petite dalle à côté de la grande – AGATHA RUTH NEUKIRCHEN 7 AVRIL 1934 - 9 NOVEMBRE 2001. ÉPOUSE ET MÈRE BIEN-AIMÉE. Les deux tombes étaient faites du même grès rose pâle.

Konrad s'affaira à les nettoyer. Il détournait le visage pour que M.R. ne voie pas ses larmes.

Elle l'aida à arracher les mauvaises herbes. Avec quelle vitesse poussent les mauvaises herbes, et comme elles sont facilement épineuses! Devant les deux tombes, des pots en terre contenant ou ayant contenu de vraies fleurs, et des pots en céramique contenant des fleurs artificielles. Konrad s'était arrêté chez le fleuriste pour en acheter d'autres – un pot de lys d'un jour d'un jaune vif – que M.R. et lui placèrent entre les deux tombes en le calant dans l'herbe. Chez le fleuriste, M.R. avait également acheté une curieuse vigne artificielle, ornée de grappes violettes, rouge foncé, veinées de vert – tout à fait le genre de plante qui aurait plu à Agatha –, qu'elle entortilla autour des deux tombes.

Konrad fut profondément ému. «C'est magnifique, Meredith!»

Et : «Tout à fait ce qui aurait plu à Agatha.»

Un long moment, ils restèrent assis, la main dans la main. Percevant la gravité de leur humeur, Salomon cessa de trotter et de renifler et, avec un grand soupir frémissant, s'allongea entre eux dans l'herbe et ferma les yeux. Très progressivement, sa longue queue cessa de battre l'air.

«Agatha t'aimait beaucoup, Meredith. Jusqu'à la fin, quand elle n'était plus Agatha.

– Je sais, papa. Je comprends.

– À la fin, la plupart d'entre nous ne sommes plus "nous-mêmes" – je suppose. Nous ne devrions pas être jugés sur nos dernières paroles. Tu devrais te rappeler de ce que nous avions de meilleur.

– C'est ce que je fais! Ce que je ferai.

– C'est Dieu en nous, ce que nous avons de meilleur. La lumière intérieure.»

Elle serra la main de Konrad dans les siennes. Une main large, aux doigts courts. Il avait maigri depuis la mort d'Agatha, les traits de son visage s'étaient affinés. Ses pommettes, longtemps dissimulées par une couche de graisse, étaient maintenant visibles. Ses cheveux grisonnants et rebelles avaient blanchi, ses sourcils bourrus et sa barbe broussailleuse avaient blanchi; à soixante-dix ans, il était devenu, comme par défaut, un homme saisissant.

Il ressemblait à un professeur. Un professeur *bâtard*.

«Papa! Je pourrais écrire à l'université St. Lawrence, ou alors... il y a un *college* catholique à Watertown, je crois. Et l'université d'État à Plattsburgh...

– Non.

– "Non"... quoi? Que veux-tu dire?

– Ne sois pas ridicule, Meredith. Tu ne vas pas rester ici.

– Non?

– Bien sûr que non. Pas à Carthage.»

Elle sentait tout de même un petit frémissement d'enthousiasme, d'espoir, à l'idée de réinventer sa vie dans cette partie du monde, si elle y trouvait une place – un poste. Si quelqu'un voulait d'elle, ici. Si… quelqu'un ayant ses références, sa formation, son expérience…

D'un ton catégorique Konrad répéta : « Pas à Carthage. »

Comme un oisillon qui s'est risqué trop vite, sans plumage, hors de son nid, son espoir s'écrasa au sol.

Konrad serra sa main. Pour la gourmander gentiment ou pour la rasséréner, M.R. l'ignorait. À moins que ce ne fût pour la préparer à ce qu'il dit ensuite.

« Ta mère, Meredith. Ta "mère naturelle", comme on dit…

– Oui ?

– D'après ce que je sais, elle est internée à l'hôpital psychiatrique du comté de Herkimer depuis le début des années 1970. Elle s'appelle "Marit Kraeck" et elle n'est pas très vieille – en tout cas de mon point de vue – je crois qu'elle est plus jeune que moi. Elle doit avoir dans les soixante-dix ans. Si elle est encore en vie. »

M.R. écoutait avec stupéfaction. Ces mots, enfin, prononcés avec désinvolture !

« Elle n'a jamais été condamnée pour ce qu'elle t'a fait – ce qu'elle a fait à ta petite sœur. Elle a été jugée "non coupable pour cause d'insanité" et envoyée dans cet hôpital de Herkimer, je n'en sais pas plus.

– Ma mère est… vivante.

– Ça, je ne sais pas. Je ne peux pas te le dire. Il y a des années que je n'ai pas eu de ses nouvelles.

– Mais – tu sais où elle se trouve, si elle vit encore.

– Agatha n'a jamais voulu savoir quoi que ce soit, et bien entendu je ne lui ai jamais rien dit. Mais quand nous t'avons adoptée, je tenais à connaître le sort de ta mère naturelle. Car c'était une âme troublée, une âme terriblement mutilée, et non le "monstre" décrit par les médias – voilà ce que je croyais. J'ai des relations parmi les avocats, les juges et les policiers de l'État et du comté – j'étais au courant des recherches menées pour la retrouver, et j'ai su que, finalement, on l'avait reconnue dans une femme sans domicile, malade mentale, hébergée dans un refuge de Port Oriskany – "Marit Kraeck". Quand on l'a appréhendée et ramenée dans le comté de Herkimer, je vous ai dissimulé les articles des journaux, à Agatha et à toi – tu étais encore très jeune à l'époque. Bref, il n'y a pas eu de procès, et on l'a internée à l'hôpital de Herkimer.

– Tu crois qu'elle y est toujours ? Que je pourrais la voir ?

– Eh bien, si elle s'est "rétablie", on l'a peut-être laissée partir – mais j'en doute. Étant donné ce qu'elle a fait, je ne crois pas qu'elle ait jamais pu se "rétablir", et encore moins être libérée. » Konrad s'interrompit, la respiration rauque. Il était manifeste que la conversation le bouleversait. « J'imagine que tu pourrais la voir – si tel est ton souhait. »

Si tel est ton souhait. On aurait dit un avertissement de conte de fées !

Et cependant, comme dans un conte de fées, tel est le souhait de l'enfant abandonné.

« Marit Kraeck. »

Le jeudi matin, Konrad travaillait à la Coopérative des vétérans et, sans lui en avoir parlé, M.R. se rendit à l'hôpital psychiatrique du comté de Herkimer, distant d'une centaine de kilomètres. Parmi les écoliers de Carthage, l'« asile Herkimer » était synonyme de folie, d'incarcération. Il faisait l'objet de nombreuses plaisanteries sinistres, que Meredith n'avait jamais trouvées drôles.

« "Marit Kraeck". Je suis venue la voir... »

Elle était très excitée. Elle n'aurait su dire si c'était de l'espoir ou de la peur – une sorte d'appréhension angoissée. Elle n'aurait su dire ce qu'elle espérait découvrir. Andre aurait été stupéfait, et horrifié. *Une mère folle et homicide! Pas étonnant que tu n'aies pas voulu d'enfant.*

L'établissement psychiatrique était une prison, semblait-il. Au nord de Herkimer Falls, dans un paysage de collines désolées, d'arbres abattus, de champs éventrés, de carrières abandonnées. Dans le lointain, les sommets brumeux des Adirondacks semblaient se fondre dans l'horizon. M.R. pensa avec un frisson de terreur qu'elle avait commis une erreur en venant là, une erreur de plus dans l'enchaînement de fautes, de bévues stupides qui avaient ruiné sa vie.

La prison – l'hôpital – était entourée d'une clôture, haute de trois mètres cinquante, couronnée de barbelés acérés. Il y avait une grille, que M.R. ne put franchir qu'après avoir montré ses papiers au surveillant, et expliqué la nature de sa visite.

« "Marit Kraeck". Je suis venue la voir, si c'est possible. »

Et à l'intérieur, à une femme renfrognée que l'on n'aurait pas vraiment qualifiée de « réceptionniste » – un mélange de surveillante de prison et d'infirmière – vêtue d'un uniforme douteux, les doigts courtauds, ornés de bagues bon marché : « "Marit Kraeck". Je suis venue la voir, si c'est possible.

– Et vous êtes… ?

– Sa fille. »

Tapant sur son ordinateur, la femme ralentit à peine l'allure. M.R. fut étonnée qu'elle ne la regarde pas avec stupéfaction : *Vous ? Sa fille ?*

Mais Marit Kraeck n'était qu'une patiente – qu'une détenue – de l'hôpital parmi des centaines d'autres. Et M.R., qui lui montrait ses papiers – permis de conduire, carte d'identité universitaire – d'une main tremblante, n'était que l'un des nombreux visiteurs.

Il y avait quelque chose de consolant, sûrement, à n'être qu'un individu parmi d'autres.

Elle et moi. Mère et fille. Mère malade incarcérée, fille adoptée et maintenant adulte. Venue la voir, si possible.

«Oui-i. "Marit Kraeck". Au troisième. Je vais vous faire accompagner. C'est un service fermé.

– Ah! Merci.

– Vous n'êtes jamais venue? C'est votre première visite?»

Cette fois, la femme lui jeta un regard sceptique. Car quelle sorte de fille passe trente ans sans rendre une seule visite à sa mère?

«Je... je suis sa fille adoptée. Je veux dire...» M.R. s'interrompit, confuse. La réceptionniste écouta patiemment ses bégaiements.

«Je suis sa fille, mais j'ai été adoptée. J'avais trois ans la dernière fois que je l'ai vue...»

Heureuse fille! Car, tout à fait par hasard, M.R. arrivait à l'heure des visites et, avec plusieurs autres visiteurs, toutes des femmes, elle fut dirigée vers un ascenseur. Au deuxième étage, presque toutes sortirent. Au troisième, seulement M.R. et l'aide-soignante qui l'accompagnait.

Petite, trapue, forte de poitrine, amicale et bavarde, celle-ci conduisit M.R. jusqu'à une porte de sécurité où elle tapa rapidement un code : un code assez simple puisque M.R. le lut et le retint facilement : 2003.

«C'est une unité fermée, vous comprenez. Mais ça veut pas dire que c'est dangereux ou quoi que ce soit, personne ici a fait de mal à personne depuis très longtemps. Les médecins arrivent à peu près à les "stabiliser" – à coups de médicaments. Je vais vous laisser dans le salon des visiteurs, et j'irai voir si

Mar-ritt veut bien vous voir. Personne ne vient jamais la voir, pas depuis que je suis ici. »

L'odeur ! Les odeurs…

M.R. se sentait mal. M.R. se serait volontiers agrippée au bras de l'aide-soignante.

« Madame ? Ça va ? »

Dans un geste qui toucha M.R. par son exquise délicatesse, sa sollicitude inattendue, la jeune femme la saisit par le coude pour la soutenir.

« Oui. Bien sûr. Ça va. Tout va bien. »

Hébétée, elle s'assit sur une chaise en vinyle. Elle avait les lèvres glacées, la langue glacée, engourdie. Un tintement dans les oreilles, son pouls s'était certainement emballé… *Oh ! Andre ! Si tu pouvais m'aider.*

Mais ce n'était guère raisonnable. Selon toute vraisemblance, ce serait Konrad qui l'aiderait.

Oh ! papa ! Tu avais raison. Ce n'est pas une bonne idée.

Elle attendit. Elle était seule dans le salon des visiteurs. Tout près, un bourdonnement de voix. Des voix animées, mécaniques – la télévision. Elle commençait à s'habituer aux odeurs. Elle était résolue à ne pas succomber à sa faiblesse, à son angoisse. Elle se força à se tenir droite sur sa chaise inconfortable – dos droit, tête droite. Face à un auditoire, ne pas – ne jamais – se toucher le visage ou les cheveux. Si l'anxiété devient trop forte, agripper le dessous du pupitre.

Ne jamais montrer sa peur. Ils vous dévoreraient.

« Hé ! On s'excuse, madame ! C'est qu'on ne marche pas bien vite, hein… »

La petite femme trapue guidait une femme plus âgée, pas trapue mais grosse, presque obèse, qui se déplaçait difficilement, centimètre par centimètre, appuyée sur un déambulateur. Elle portait un vêtement informe, couvert de taches, une sorte de robe d'intérieur à l'ourlet effiloché, qui ne dissimulait qu'en partie ses jambes enflées, boursouflées de varices.

« Dites bonjour à cette dame qui est venue vous voir, Marritt. Qui vous avez dit que vous étiez, madame ?

– Je… je… je suis… »

Manifestement percluse de douleurs, la vieille femme se laissa glisser sur un canapé, qui s'affaissa légèrement sous son poids. Elle avait le visage spongieux, la peau couleur de saindoux rance ; son regard était terne, si brumeux qu'on aurait pu croire ses yeux sans pupille, sans iris. Un demi-sourire niais errait sur ses lèvres vermiformes, caoutchouteuses.

« La fille de Mar-ritt ? C'est ça ?

– Oui.

– Hé, Mar-ritt – vous avez entendu ça ? Votre fille est venue vous voir – hein ? Allez, dites-lui bonjour. »

Le visage de la femme se contracta comme un poing serré. Les paupières battirent, mais à peine. Les lèvres vermiformes ne remuèrent pas.

Elle faisait bien plus de soixante-dix ans. Son visage était antique, une ruine, tout en rides et en plis. Son crâne presque chauve, couvert de fines mèches de cheveux gris, évoquait un caillou patiné par le temps. Elle exhalait une odeur de sueur séchée, d'urine, d'excréments.

« M… mère ? C'est… tu te souviens… – M.R. parlait avec timidité, les mains crispées sur les genoux – … Jedina. Ta fille. »

Mis à part la respiration pénible de la vieille femme, et le ronronnement des voix de télévision, le silence était total.

L'aide-soignante donna un petit coup de coude à Marit, un geste qui parut à M.R. familier, presque intime. « Hé, Marritt – tu entends ça ? "Jed-in-ya." Elle est venue te voir, tu sais ? Allez, essaie de dire bonjour. »

Mais Marit Kraeck ne semblait pas entendre. Elle était assise, les jambes écartées, révélant de façon embarrassante les plis gras de ses cuisses. M.R. avait presque envie de se voiler les yeux, telle une enfant de conte de fées devant un spectacle interdit.

« Mar-ritt n'est pas habituée à socialiser, dit l'aide-soignante, d'un ton d'excuse. On appelle ça comme ça – "socialiser". Je ne suis pas infirmière – je n'ai pas fait l'école d'infirmières – mais à force, je sais quelques trucs, et l'un de ces trucs, c'est que… le cerveau s'éteint plus ou moins quand on ne s'en sert pas, ou avec ces médicaments "psycho-tropes" qu'on leur donne, c'est comme un interrupteur, ou le contact d'une voiture qui n'a pas été utilisé depuis longtemps – quand on essaie de le faire redémarrer, rien ne se passe. Rien de rien. »

Cette tirade compatissante ne provoqua aucune réaction chez la patiente, excepté une vague crispation des lèvres. Les yeux étaient ternes comme si une lumière s'était éteinte derrière. Les cuisses grasses s'écartèrent encore davantage, tendant la robe sale sur les genoux. M.R. remarqua avec horreur que les chevilles étaient grotesquement enflées, plus encore que les jambes, et décolorées, comme tuméfiées.

« Bon… peut-être que je devrais vous laisser seules toutes les deux ? Quelquefois, c'est mieux.

– Non ! Ne partez pas, je vous en prie. »

M.R. avait un ton implorant. Marit Kraeck eut un petit frisson, son corps massif tremblota comme dans l'attente de… quelque chose.

« Je pense qu'il serait peut-être mieux – plus facile pour elle – pour nous – que vous restiez.

– D'accord, madame. Mais il faut que vous sachiez qu'ils sont comme ça. Presque tous. Ils ne sont pas dangereux – plus maintenant. Parce que, pour aboutir dans ce service, il faut que vous soyez un "danger pour vous-même ou pour les autres", ce qui a dû être le cas de Mar-ritt, un jour. Je vais vous dire franchement, je ne sais pas grand-chose sur elle. Il y a des tas de patients plus intéressants que Mar-ritt au troisième. Et plus dangereux aussi. Des hommes, surtout. Elle ne va pas bien, ça se voit – elle a beaucoup de tension, quelque chose au cœur, elle halète comme un chien dès qu'elle marche un peu. Dans le temps, quand vous étiez dangereux, ils vous opéraient le cerveau – ça, c'était longtemps avant que j'arrive ici, mais c'est des choses qu'on entend.» L'aide-soignante frissonna, mais en riant. «Maintenant, avec les médicaments, c'est beaucoup mieux. Ils prennent leurs cachets – ou on les pique – et ça facilite la vie de tout le monde.»

Comme excitée par le bavardage de la jeune femme, Marit Kraeck se mit à geindre. Elle regarda M.R. en écarquillant les yeux, comme si elle ne la voyait que maintenant. Ses geignements s'amplifièrent, implorants et teintés de rage.

«Oh, oh! La visite est terminée! Allez, Mar-ritt – on retourne dans sa chambre. C'est un peu rapide, je sais, ajouta-t-elle à l'intention de M.R. Je regrette. Comme je vous disais, ils sont pas habitués à "socialiser". L'idée de parler avec leur bouche comme si c'était quelque chose d'important, comme manger, par exemple, ça n'est pas évident pour eux. Et puis, ce n'est pas seulement que leur cerveau est éteint, il y en a aussi qui ont Alzheimer, vous comprenez. Ça ne se remarque pas tellement, ici – il y a pas beaucoup de différence entre Alzheimer et ce qu'ils sont de toute manière. Ils aiment bien leur télé – elle a probablement envie de regarder la télé. Elle a peut-être cru que vous étiez un genre de télé de luxe ici dans le salon des visiteurs.»

Gaiement, l'aide-soignante guida Marit Kraeck vers une autre porte à code. M.R. regarda avec horreur le dos large de sa mère – ses jambes et ses chevilles éléphantesques – ses épaules

voûtées. Très lentement, péniblement, le déambulateur en aluminium glissait sur le lino usé.

«Au revoir…»

Avec retard, M.R. salua Marit Kraeck, qui ne lui prêta pas
la moindre attention.

Cela s'était passé si vite!

Si vite, et maintenant c'était fini. Et rien ne s'était passé – ou
si?

M.R. voulut se lever, mais n'y parvint pas. Elle resta assise
sur la chaise en vinyle, assommée, ne sachant pas très bien ce
qu'elle avait vu, ce qui s'était exactement passé. Elle avait la
bouche desséchée, s'efforçait machinalement de déglutir, la
langue comme paralysée.

Elle se dit *J'ai eu une attaque. Un anévrisme. Oh! aidez-moi…*

Mais quand l'aide-soignante enjouée revint, M.R. réussit
à se lever normalement, ou à peu près. «Ça va? demanda la
femme, en la regardant avec attention. Ça doit faire un genre
de choc – voir cette vieille femme comme ça. Personne ne penserait jamais que c'est votre mère, si ça peut vous consoler.

– Je… je pourrais revenir un autre jour, peut-être.

– Bien sûr! C'est comme ça qu'il faut prendre les choses.

– Je ne suis pas certaine qu'elle ait compris qui j'étais… qui
je suis.

– Probable que non. Et probable que Mar-ritt n'entend pas
trop bien.

– J'avais espéré qu'elle se souviendrait de moi – un peu. Je
veux dire – je ne m'attendais pas à…

– Probable qu'elle ne se souvient pas de vous, madame. Elle
ne se rappellera pas vous avoir vue aujourd'hui, et elle ne se
souvient pas trop bien de moi, non plus. Les aides-soignants
du service, les infirmiers, les patients nous mélangent tous, plus

ou moins. Et quand j'étais nouvelle ici, moi aussi, il y avait des tas de patients que je confondais. »

M.R. se laissa conduire par le bras jusqu'à la porte de sécurité codée, puis le long du couloir, jusqu'à l'ascenseur.

« Je vais vous raccompagner au rez-de-chaussée, madame, vous êtes toute pâle. Ça vous a fait un choc, hein, comme je disais ? De voir votre mère comme ça ? »

M.R. acquiesça faiblement de la tête. Une pensée lui traversa l'esprit : *Ce n'était pas ma mère.*

« Il y a des gens qui se disent, quand ils viennent ici et qu'ils n'ont pas vu le patient depuis longtemps… vous savez ce qu'ils se disent ? – ils se disent *Ce n'est pas… ma mère, ou mon père… ou… autre chose.* »

M.R. rit. Elle, bien sûr, n'était pas idiote au point d'imaginer que cette vieille demeurée obèse n'était pas sa mère, Marit Kraeck. D'un ton presque implorant, elle dit :

« Je pensais – pouvoir – lui parler un peu. Je me disais que, si elle se souvenait de moi, je lui raconterais ma vie depuis – depuis le temps où elle me connaissait. Je pensais… » M.R. s'interrompit, en proie à un malaise étrange. *Je pensais que je lui pardonnerais. Voilà ce que je pensais.*

Elle rit de nouveau. Son visage était glacé et, dans sa bouche, sa langue lui faisait l'effet d'un corps étranger, menaçant de l'étouffer.

Dans l'ascenseur, un bruit de hoquets, de sanglots. Avec un désarroi d'enfant, elle enfouit son visage dans ses mains.

« Hé… ne vous frappez pas comme ça. Mar-ritt est bien, ici, elle est en sécurité. Dehors, elle serait déjà morte, c'est sûr. Leur vie n'est pas si moche que ça, ils regardent la télé et ils aiment manger. C'est plutôt dégueu ce qu'on leur sert, mais ça leur plaît. Vous savez… j'ai l'impression que je vous ai déjà vue quelque part. Vous ne me connaîtriez pas, moi ou quelqu'un de ma famille ? Di Plaksa. »

M.R. secoua la tête. Elle se sentait très faible et avait hâte de quitter cet endroit oppressant.

«"Diane Plaksa". J'ai fait mes études au lycée de Carthage, promotion 1984. J'ai vraiment l'impression que je vous connais. »

M.R. la dévisagea. Un mètre soixante, massive et musclée, des seins énormes, un visage de poupée Kewpie entre deux âges – était-ce Diane, la fille d'Irene ? La fille qui, avec Meredith, Agatha et les amies d'Agatha, avait rendu des visites de «bon voisinage» à des femmes âgées ?

«Diane ! Oui, je vous connais. Je suis Meredith Neukirchen – la fille d'Agatha.

– "Meredith Neukirchen". "La fille d'Agatha". » Di Plaksa tourna lentement ces mots dans sa bouche, comme des cailloux. Une pâle lueur de reconnaissance éclaira son regard. «Ahhh oui. Ou-i, je me souviens. Elles vous appelaient "Merry" – les amies de ma mère. Ma mère est Irene Plaksa.

– Oui. Je me souviens d'elle, et je me souviens de vous. »

Et pourtant, comme Di Plaksa avait changé ! N'était-ce pas elle qui s'était montrée si méprisante pour les «actes de bonté», l'«aide aux démunis» – si dure à l'âge de douze ans qu'elle avait estomaqué Meredith ? Et aujourd'hui, aide-soignante à hôpital psychiatrique de Herkimer.

Qui peut comprendre ? se dit M.R. Elle avait passé sa vie à cultiver son intellect, son esprit analytique… et elle était pourtant constamment prise au dépourvu.

«Eh bien… "Merry" ! Ou… vous avez dit "Mer-deth" ? Ça fait plaisir de vous revoir après tout ce temps. C'est bizarre le nombre de gens qui se rencontrent ici, ça arrive tout le temps. Vous avez bonne mine… je suppose que vous n'habitez plus

par ici, hein ? Vous êtes un genre de professeur, il paraît ? »
Di Plaksa la dévisageait, toujours très amicale, mais d'un air
maintenant admiratif. « J'ai quitté Carthage, moi aussi, j'habite
Herkimer Falls. Mais ce n'est pas bien loin. Nous, les Plaksa,
on ne va jamais très loin. »

Elle accompagna M.R. jusqu'à la porte d'entrée et, brusquement, la serra dans ses bras, comme si elles étaient de vieilles
amies, en fin de compte.

« Hé… contente de t'avoir vue, Mer'deth ! Reviens bientôt,
hein ? La visite se passera peut-être mieux. »

Comme montée sur des échasses, M.R. trébucha jusqu'à sa
voiture, rentra à Carthage où, épuisée, elle s'écroula sur son lit
et dormit jusque tard dans la soirée, neuf heures d'affilée, et
cette fois ni Konrad ni Salomon ne dérangèrent son sommeil,
comme s'ils savaient exactement où elle était allée.

Cette nuit-là un souvenir lui revint.

Alors qu'elle venait d'être investie dans ses fonctions de présidente, en juin 2002.

Alors qu'elle ne s'était pas encore installée à Charters House.

Bien qu'ayant déjà commencé à travailler dans le bureau
présidentiel de Salvager Hall, naturellement.

Alors qu'elle était presque insupportablement heureuse
– optimiste…

Et anxieuse. Et reconnaissante.

Et très, très occupée. Jamais elle n'avait été aussi occupée
de sa vie, à ceci près qu'elle avait une petite équipe d'assistants
et apprendrait – devrait apprendre (tels étaient les conseils de
Leander Huddle, elle apprendrait tôt ou tard, et le plus tôt
serait le mieux) à déléguer son autorité.

Sinon, prévenait Leander, elle se ferait dévorer vivante.

Invitée à une réunion d'*anciens élèves militants fortunés* (selon les termes de Leonard Lockhardt), qui avait lieu sur le yacht de quinze mètres du plus fortuné d'entre eux, une croisière au coucher du soleil au large de Montauk Point sur des eaux romantiquement moutonneuses. Et la souriante M.R. fut présentée à l'épouse du yachtman, une belle femme d'une soixantaine d'années, célèbre comme son époux pour sa philanthropie, qui, loin de la saluer avec la chaleur et l'admiration des autres, la dévisagea et dit, d'un ton soupçonneux : «Vous ? Qui êtes-vous ? Je veux voir le nouveau président de l'Université. »

Son regard était vague, vitreux. Un vide terrible dans ces yeux. Et la bouche rouge découvrant les dents dans une expression hostile et désorientée.

Fort heureusement, M.R. avait été prévenue – par Leonard Lockhardt, son cavalier de la soirée : on avait récemment diagnostiqué un début de maladie d'Alzheimer chez Mme Huston. Et c'était une tragédie, car Mme Huston était encore jeune et avait toujours été pleine de vivacité, chaleureuse, généreuse et charmante. M.R. ne fut donc pas entièrement prise au dépourvu, mais elle ne put s'empêcher de se sentir légèrement blessée.

Et d'autres écoutaient, et étaient gênés pour elle.

Elle se ressaisit donc et dit, aussi courtoisement qu'elle en était capable, bien que tremblant (en fait) intérieurement comme tout imposteur qui vient d'être publiquement démasqué : «Je suis vraiment navrée, madame ! Mais je suis la nouvelle présidente de l'Université, et je suis ravie d'être votre invitée sur ce superbe yacht. »

Le lendemain – de nouveau sans dire à Konrad où elle allait – M.R. se rendit sur la route de Bear Mountain, aux franges de la ville de Carthage. Elle constata alors avec étonnement qu'on y dominait la ville et la rivière serpentine – ce dont elle n'avait eu aucune idée quand elle y vivait.

Sa vision avait été si tronquée, à hauteur d'enfant, qu'elle n'avait pas su que les Skedd habitaient sur une colline !

Mais la maison des Skedd appartenait au passé. Après l'incendie, rien n'avait été reconstruit sur ce terrain semé de gravats. Il n'était plus à personne, apparemment, ou personne n'en voulait ; pour en être propriétaire, il fallait payer des taxes, et le problème venait peut-être de là.

À moins qu'on ne croie, à Carthage, parmi les gens qui avaient entendu parler du terrible incendie qui avait fait huit victimes, qu'une malédiction pesait sur les lieux.

Lizbeth avait avoué que c'était elle qui avait mis le feu à la maison. Elle les détestait tous, avait-elle dit.

Seize ans. Mais elle avait été jugée en qualité d'adulte. Envoyée en prison et pas une seule fois depuis ce temps M.R. n'avait pensé à elle, car il y a certaines choses auxquelles il est inutile de penser, comme il y a de terribles poisons auxquels il est inutile de goûter.

M.R. pressa les paumes de ses mains contre ses yeux, et contre son front. Pour se calmer. Pour apaiser le battement du sang dans son crâne.

Une époque lointaine. Et la douleur, le choc et la souffrance – lointains.

De la maison à bardeaux d'asphalte, qui lui avait paru autrefois si trapue et si massive, à l'image de Floyd Skedd, il ne restait qu'une ruine effondrée, à peine reconnaissable. Des planches et des bardeaux brûlés, pourris. Disparaissant déjà sous de hautes herbes, des buissons, des arbres. M.R. resta immobile dans les hautes herbes, chassant les insectes. Elle avait encore à l'esprit sa visite à Herkimer, elle entendait encore résonner la voix de sa mère, une voix qui n'était pas une voix humaine, mais un gémissement animal, vibrant d'inquiétude, de rage. Puis, fermant les yeux, elle revit Mme Skedd, hors d'elle, frappant l'un des grands de son poing fermé, hurlant *Salopard! Y a pas une personne dans son bon sens qui vous prendrait à part nous autres couillons, et maintenant regardez-moi ça! Ingrats.*

M.R. sourit. Elle entendait si nettement cette voix et ce terme désuet étonnant : *ingrats.*

Et les taquineries nasales de M. Skedd. M. Skedd leur donnait des surnoms à tous, mais Jewell n'avait jamais entendu le sien.

Mudgirl est vraiment triste. C'est elle là-bas.

Vous la voyez? Celle-là. Celle qui suce ses doigts.

Et les deux Skedd disaient *Ne laisse pas les salauds te faire tourner chèvre.* Chez les Skedd, c'était considéré comme un sentiment réjouissant.

Elle se rappelait la façon dont Mme Skedd avait couru, dans la cour, pour l'arracher à Agatha Neukirchen. Juste un moment, pour la serrer fort dans ses bras. *Oh, merde! Je ne vais pas me mettre à brailler, c'est un trop beau jour.*

Sous le soleil brûlant de juillet, M.R. chercha dans les ruines de la maison incendiée des preuves de ce qu'elle avait un jour habité là. De ce que l'enfant qui avait vécu là, l'enfant placée chez Floyd et Livvie Skedd, avait été elle. Parmi les planches brûlées et pourries, il y avait des blocs de ciment fragmenté, tranchants et dangereux si l'on trébuchait dessus.

Des éclats de verre, une table en Formica calcinée, des objets métalliques rouillés au point d'être méconnaissables – restes de lit, ressorts. Au bord du terrain jonché de déchets, un ravin et, au-delà du ravin, une zone marécageuse où des troncs d'arbres dénudés émergeaient de l'eau gluante, asphyxiée d'algues, semblables à des dessins d'enfant – droits, lisses, sans branches ni feuilles. Les pluies acides qui empoisonnaient les Adirondacks depuis des années avaient tué les arbres.

Dans les marécages, des cris isolés d'oiseaux, non identifiables. Le Roi des corbeaux avait habité là, un jour, mais plus aujourd'hui.

Elle était profondément émue. Mais elle n'en parlerait à personne.

Elle pensait *Et ici aussi Mudgirl était aimée.*

Mudwoman rencontre un amour perdu.

Août 2003

Dans le hall lugubre de l'hôpital des anciens combattants de Herkimer, elle le remarqua sans savoir qui il était. Sa chemise étonnamment blanche attira son regard, à la façon d'un battement d'ailes.

Une chemise d'un blanc virginal – le blanc en général – semblait déplacée en ce lieu. Les uniformes du personnel hospitalier étaient d'un blanc grisâtre, et l'air lui-même semblait teinté d'une grisaille mélancolique, tenace comme une mauvaise odeur.

L'homme à la chemise blanche – que M.R. n'avait jamais vu, elle en était sûre – était un visiteur, comme Konrad et elle-même, et se dirigeait avec lenteur vers les ascenseurs en compagnie d'une vieille femme irritable, pendue à son bras. Et ne portait-il pas une cravate avec cette chemise blanche habillée ? – si, en effet. Et un pantalon très convenable, au pli marqué. Et, comme Konrad, des sandales Birkenstock, mais avec des chaussettes noires. En ce jour humide et chaud de la fin août ! M.R. remarqua que l'homme à la chemise blanche marchait près de la femme âgée avec une curieuse délibération, comme pour contrebalancer un léger défaut de coordination ou une mauvaise vue ; il portait des lunettes à monture de plastique noire, trop grandes et trop visibles pour son visage étroit. Il était maigre, grand, avec des épaules tombantes ; on lui aurait donné n'importe quel âge entre quarante et soixante ans, des cheveux fins et duveteux comme des aigrettes de pissenlit, et une courtoisie méticuleuse sous laquelle on sentait cependant une impatience à peine contenue. *Un professeur*, se dit M.R. Habitué à l'autorité, si insignifiante et infime fût-elle.

M.R. hésita, ne souhaitant pas prendre l'ascenseur dans lequel entraient l'homme à la chemise blanche et la femme âgée. Elle espérait que Konrad n'avait pas remarqué les Birkenstock – cela aurait suffi pour qu'il engage l'une de ses conversations animée, qui, bien que chaleureuses, duraient parfois un tout petit peu trop longtemps et étaient un tout petit peu trop enjouées.

Mais Konrad resta en arrière, lui aussi. Car M.R. et lui portaient des cartons encombrants, contenant des « dons » destinés aux anciens combattants du quatrième étage, et l'ascenseur, qui sur les trois disponibles dans le hall était apparemment le seul à fonctionner, était comble.

Konrad était de bonne humeur ce matin-là, en dépit de l'atmosphère déprimante de l'hôpital, ou à cause d'elle – « Le défi, c'est de s'élever au-dessus des contingences, aimait-il dire. De résister aux circonstances. N'importe quel idiot peut être heureux dans un environnement heureux, mais il faut du courage moral pour l'être dans une basse fosse. »

Heureux ! M.R. devinait que son père exubérant devait exagérer.

Il avait prévenu M.R. avant leur première visite que l'hôpital de soins de longue durée pour anciens combattants, dans cette partie déshéritée des Adirondacks, était manifestement un dépotoir pour les mutilés à vie dont les familles ne voulaient ou ne pouvaient s'occuper, ou qui n'avaient personne. Il était délabré, son personnel était insuffisant et peu qualifié, et sa réputation dans la région aussi exécrable que celle de l'hôpital psychiatrique de Herkimer, tout proche ; les visites des bénévoles n'en étaient que plus nécessaires, ainsi que les dons de vêtements inutilisés, chaussures, produits de toilette, livres, CD, et matériel électronique en tout genre, de l'ordinateur encore utilisable quoique vieillot au téléphone portable, en passant par les baladeurs et les écouteurs. Une *interaction signifiante* avec les patients n'en était que plus nécessaire. « Je sais... il y a quelque chose de désagréable dans le "bénévolat". Tout acte charitable a un parfum d'autosatisfecit, voire de masochisme. Mais... Agatha aimerait que nous soyons ici. Je suis sûr que – si elle pouvait nous voir – Agatha serait très heureuse – je sens son esprit ici – avec nous, je veux dire. Dans la voiture quand nous venions ici – *"I look at life from both sides now"* – je ne connais pas le nom de la chanteuse – j'ai gardé les CD d'Agatha dans la voiture, tu t'en es sans doute aperçue. »

Ce genre de remarque touchait M.R., mais lui inspirait aussi un sentiment de malaise. Elle voulait croire que Konrad n'était pas vraiment sérieux, que c'était une façon de parler « poétique – à ne pas prendre au pied de la lettre », selon ses termes.

Quand Agatha était en vie, Konrad l'avait plaisantée sans merci sur ses goûts musicaux – « du *soft rock* ? Parce que c'est possible, ça, un *roc mou* ? » Les goûts musicaux de Konrad étaient, eux, héroïco-classiques : les symphonies ronflantes de Beethoven, Brahms, Mahler. Et Chostakovitch. Le son réglé si fort que l'air même vibrait de drame viril, de forfanterie. Konrad semblait véritablement croire qu'il n'y avait pas de façon discrète d'évoquer la « profondeur » de la vie.

«Malheureusement, la durée de vie du "bénévolat" est à peu près celle du fromage en faisselle – limitée. Je viens ici depuis presque deux ans – et j'espère le faire encore longtemps – mais dans ce court espace de temps j'ai vu les bénévoles les plus enthousiastes, hommes et femmes, apparaître et – brusquement, sans explication – disparaître. Servir peut être usant. "Les bonnes actions sont une épine dans le cœur".

– Qui a dit ça, papa ?

– Moi. »

M.R. rit. Ce fichu carton lui glissait des doigts, l'un de ses coins aigus lui entrait dans la chair, sous la taille.

Et elle avait des démangeaisons aux chevilles et aux pieds – des piqûres de puces. Dans le parc de l'Amitié, ce pauvre Salomon avait eu le malheur de rencontrer un husky, qui lui avait fait des avances pataudes, bien que tous deux fussent de sexe masculin, et massifs – il en était résulté une invasion de puces. Trop empressés à traiter Salomon avec une horrible poudre blanche, Konrad et M.R. avaient réussi à le débarrasser de ses puces qui, de sa fourrure, avaient sauté directement sur leurs jambes et leurs pieds nus. Quel festival de démangeaisons ! Ils s'étaient enduits à plusieurs reprises de crème apaisante, mais son efficacité, à l'image de la durée de vie des bénévoles, était très limitée.

M.R. serra plus fermement le carton dans ses bras. Des vêtements usagés, frais lavés et bien pliés – chemises de flanelle, pantalons en polyester, pulls effrangés, pyjamas gigantesques, sous-vêtements et chaussettes. Un ramassis de chaussettes désassorties. Et toujours au moins une paire de chaussures de soirée, inexplicablement neuves et vernies, comme si celui qui les avait achetées était tombé raide mort avant d'avoir l'occasion de les érafler.

Dans l'ascenseur confiné, ils montèrent au quatrième étage – Neurologie.

C'était le service qui, avec celui des brûlés, hébergeait les patients les plus détruits. Quand le cerveau est endommagé, déréglé, le corps manque de coordination comme une marionnette privée de fils.

Naturellement, il y a des fins heureuses – certaines opérations neurochirurgicales réussissent. Mais les patients opérés avec succès n'étaient pas hospitalisés, et certainement pas à l'hôpital de Herkimer, New York.

M.R. se prépara à voir – à revoir – la petite dizaine de vétérans capables de communiquer avec des visiteurs ou, au moins, de réagir à leur présence; ils avaient de vingt-cinq ans à plus de soixante-dix. La plupart étaient en fauteuil roulant, affligés d'invalidités permanentes – de «déficits» – visibles ou invisibles, et quelques-uns, victimes de violences indicibles, avaient des membres en moins ou étaient défigurés.

Certains étaient aveugles, sourds. D'autres étaient muets. D'autres, en partie paralysés. Tous avaient un teint cendreux sous l'éclairage impitoyable des néons, et tous faisaient plus vieux que leur âge.

M.R. devait prendre sur elle pour ne pas trahir son malaise, la honte et la culpabilité qui la tourmentaient, elle qui n'avait jamais fait la guerre.

Il lui semblait stupéfiant que des anciens soldats puissent pardonner à ceux à qui il avait été épargné de souffrir comme ils avaient souffert. Qu'ils puissent sourire à leurs visiteurs valides, avec leur visage sans cicatrice et leur dos intact.

Car tant d'entre eux avaient consumé leur jeunesse dans l'armée, sinon à la guerre. Gaspillé leur vie précieuse au service d'objectifs politiques obscurs, cyniques et transitoires qu'ils ne pouvaient saisir, ni souhaiter saisir dans l'état qui était le leur.

Konrad avait recommandé à M.R. de ne pas aborder le sujet de la politique – jamais.

De ne pas aborder le sujet des guerres en cours en Afghanistan et en Irak – jamais.

«Ils ont besoin de croire que leur vie en ruine a un sens. Nous sommes ici pour les servir, pas pour servir nos convictions politiques.»

Oui, murmura M.R. Oui, bien sûr.

Elle était accoutumée aux recommandations de son père qui glissaient sur sa peau sensible et irritée comme une eau tiède.

«Dans cet hôpital, la "politique" arrive trop tard.»

Konrad poursuivit, en baissant la voix : «Malheureusement, la majeure partie de ce que nous savons arrive trop tard. C'est Goethe qui a dit : "La chouette de Minerve ne prend son envol qu'à la tombée de la nuit".»

Hegel, en réalité, pensa M.R. Mais il ne lui serait jamais venu à l'idée de corriger son père.

C'était sa quatrième visite à l'hôpital. La première avait été pénible, épuisante – mais exaltante, dans une certaine mesure. La seconde avait été moins pénible et moins épuisante – mais moins exaltante aussi. La troisième lui avait donné un terrible mal de tête, ce martèlement presque insupportable du sang dans les oreilles.

Elle avait appréhendé cette visite-ci. Aucun appétit au petit déjeuner, ce matin-là, car elle respirait déjà l'odeur de l'hôpital, composée en partie de relents de cuisine, fermentés et faisandés.

Agatha serait si fière.

Agatha racontait souvent que tu leur avais servi de chauffeur, à elle et à ses amies, quand tu étais au lycée.

La lumière intérieure. Dieu dans notre cœur et notre cœur ne faisant qu'un avec Dieu.

À chacune de ses visites, M.R. craignait que ce ne soit la dernière et que Konrad ne soit déçu. (Qu'Agatha ne soit déçue !) Car M.R. quitterait Carthage et regagnerait l'Université à la fin du mois d'août – non ? – ou, nettement moins admirable, elle refuserait de retourner à l'hôpital par manque de détermination, de courage.

Par un accord tacite, M.R. conduisait à l'aller, et Konrad prenait le volant retour. Après une heure et demie passée dans le service de neurologie, M.R. était trop épuisée pour conduire et s'endormait généralement sur son siège, au son des CD de soft rock d'Agatha, passés et repassés en boucle.

Konrad devait être fatigué, lui aussi – il avait plus de soixante-dix ans. Mais Konrad était trop galant pour trahir une faiblesse quand elle risquait de retomber sur autrui.

Au début M.R. avait été ravie de l'accompagner, et ravie de travailler avec lui à la Coopérative des vétérans de Carthage. Comme qui a été privé de compagnie humaine, elle aurait accompagné son père quasiment n'importe où – elle avait découvert depuis son effondrement et son hospitalisation qu'elle redoutait d'être seule.

Un vrai quaker n'est jamais seul. Dieu demeure dans notre cœur.

Malgré tout, la maison de son père lui semblait presque insupportablement vide quand il n'y était pas.

Être toujours seul, c'est penser sans interruption – votre cerveau ne débranche jamais.

Il n'est pas possible de vivre en pensant continuellement.

Il l'avait mise en garde. Elle ne voyait pas son visage, mais entendait presque sa voix.

Un homme sans visage. Un homme d'autorité. Mais pas Konrad, ni – évidemment – son amant astronome, qui aspirait à la solitude et n'était pourtant que rarement seul.

(Mieux valait, en fin de compte, se disait-elle, qu'Andre et elle n'aient jamais vécu ensemble de façon quasi permanente – Andre ne lui aurait pas été fidèle, pas plus qu'il n'avait été fidèle à sa femme.)

Servir les autres vous évitait de ruminer sur vous-même. Telle était du moins la théorie.

Au moment où ils entraient dans le service de neurologie, M.R. se rappela – non seulement qu'elle était déjà venue plusieurs fois, mais qu'elle avait récemment fait un rêve très curieux et très intime qui s'y déroulait.

Dans ce rêve récent, M.R. se trouvait dans un cadre censé être celui de l'hôpital des anciens combattants du comté de Herkimer, mais qui n'y ressemblait en fait pas du tout – et elle était censée être – une mariée?

Vêtue d'une étrange robe de noce en papier. Chaussée de talons hauts, mais les jambes nues. Et – qui était le marié?

Elle était curieusement heureuse dans ce rêve. Ou plutôt, elle n'était pas malheureuse. Une sensation de chaleur irradiait dans sa poitrine, dans la région du cœur. *Mudwoman est aimée. Enfin.* C'était absurde, le rêve-accomplissement d'un désir à son plus pitoyable, une compensation manifeste pour les manques de sa vie de femme ; le genre de fantasme primaire qu'elle n'aurait jamais pu se résoudre à raconter à un thérapeute, si elle avait suivi une thérapie : sa fierté ne le lui aurait pas permis.

Et sa peur d'être démasquée. D'être moquée, prise en pitié.

«Bonjour, Konrad! Et vous êtes… Margaret?»

Avec un enjouement agressif, la responsable de l'étage (une femme entre deux âges) les salua. M.R. n'aurait pas pris la peine de la corriger, mais Konrad répondit d'un ton bref : «Meredith – ma fille s'appelle "Meredith Neukirchen".»

La responsable le regarda en plissant les yeux, comme si elle trouvait merveilleusement original que ce vigoureux vieillard à barbe blanche accorde tant d'importance au nom de sa fille adulte.

« Eh bien, bonjour et bienvenue ! – "Konrad" et "Mer'dith". Comme vous le voyez, il y a des visages connus aujourd'hui dans le salon – de vieux amis de Konrad – et deux nouveaux. Je sais, vous pourriez faire les présentations vous-mêmes, mais ce monsieur a un peu de mal à parler, il a un "électro-larynx" – voici le sergent Hercules Kropav de Castle Rock – un ancien du Vietnam – l'un de nos résidents de longue durée – et ce monsieur est le caporal Shawn Barnburger – pardon : "Barnbarger" – de Tupper Lake – vétéran de la guerre du Golfe – opération "Tempête du désert" – 1991 ? – 1993 ? (Maintenant, c'est un jeu vidéo, paraît-il – tous nos jeunes gens en sont fous, ici, à Herkimer.) Le caporal Shawn s'entraînait pour les Jeux olympiques spéciaux à son arrivée ici, il vous en parlera, j'en suis sûre... »

Suivit une séance de poignées de mains. Konrad était exubérant, manifestement à son aise. M.R. suivit son exemple, un peu moins énergiquement, mais sentant que sa qualité de femme lui donnait un avantage – dans cet environnement si *viril*, la nouveauté de la *féminité*.

Elle s'entendit parler. Elle s'entendit rire. Les hommes semblaient heureux de la voir, ceux qui étaient en mesure de voir. Et les autres... semblaient heureux aussi, intrigués et ragaillardis par cette présence féminine.

Bizarre, cependant, d'être sur ses deux jambes – et de dominer les patients en fauteuil roulant.

Une sensation de déjà-vu l'envahit comme une nausée.

Et des picotements sur la peau, en particulier autour des chevilles, elle devait faire un effort pour ne pas se gratter avec frénésie, jusqu'au sang.

« Excusez-moi, mais ne seriez-vous pas… Meredith ? »

Elle se retourna, et il était là – l'homme à la chemise blanche.

Elle l'avait oublié. Elle n'avait plus repensé à lui depuis que sa compagne âgée et lui étaient montés dans l'ascenseur, il y avait de cela une éternité, lui semblait-il.

Et voici qu'il venait vers elle, seul – la regardant d'un air interrogateur, insistant. La femme âgée avait disparu. Dans ce cadre sinistre, sa chemise blanche attirait l'œil comme une tache de peinture d'un blanc scintillant.

M.R. eut l'impression qu'il l'avait observée de l'autre bout du hall. Quand elle s'était précipitée dans les toilettes du rez-de-chaussée.

(Un accès de diarrhée, un remous nauséeux, et un mieux provisoire, pensait-elle. En faisant couler de l'eau tiède dans le lavabo taché et s'en aspergeant le visage – un visage empourpré, mais non dépourvu de charme, curieusement, – M.R. s'imaginait, comme d'habitude, que personne ne devinerait son malaise.)

« Vous vous souvenez de moi, j'espère ? Vous avez été l'une de mes brillantes élèves de maths au lycée de Carthage, vers la fin des années 1970. »

Hans Schneider ! M.R. ne l'avait pas vu, n'avait pour ainsi dire jamais pensé à lui depuis plus de vingt ans.

« Ah oui… bien sûr… "monsieur Schneider".

– Et vous êtes… "Meredith" ?

– Oui. Meredith Neukirchen.

– Je pensais vous avoir vue tout à l'heure dans le hall, Meredith – ou plutôt, je vous ai vue, mais je n'étais pas tout à fait certain que ce soit vous. Tant d'années ont passé… »

Gauchement, il tendit la main à M.R. – elle ne savait pas trop s'il avait l'intention d'étreindre la sienne ou de la serrer ; en fin de compte, il la saisit entre dans les deux siennes, déséquilibrant M.R. au point qu'elle faillit trébucher contre lui.

« Oh, pardon…

– C'est moi qui m'excuse… »

Ils se dévisageaient avec étonnement. M.R. ne pouvait croire qu'elle avait devant elle son ancien professeur de mathématiques, et si changé : à la cinquantaine, Hans Schneider faisait plus jeune que dans sa jeunesse. Son visage qu'elle se rappelait étroit et sans charme s'était arrondi – son front était moins sévèrement plissé – son nez moins proéminent – même si le regard qu'il fixait sur elle n'avait rien perdu de son intensité. Son attitude, si agressive autrefois, s'était adoucie. Son sourire railleur avait disparu. Pourquoi avait-elle jamais pensé qu'il ressemblait à un *corbeau* ?

Vu à travers le prisme moqueur de l'adolescence, il avait été jugé *bizarre, laid*. Une injustice à laquelle M.R. avait involontairement participé.

Il semblait cependant évident que son ancien professeur était peu habitué à de soudains rapports d'intimité. Peut-être à toute forme d'intimité.

« Vous n'êtes pas… mariée ? Ou… ? »

Avec quelle brusquerie, quelle gaucherie s'exprimait Hans Schneider. Son regard s'était porté sur la main gauche de M.R. – sur ses doigts sans alliance. Elle sentit l'absurdité de sa situation : elle était amoureuse d'un homme qui était presque entièrement absent de sa vie.

« Non. Je ne suis pas mariée.

– Et moi non plus… pas marié. Pas maintenant. »

M.R. comprit ce *maintenant*, ajouté dans un murmure.

M.R. comprenait le regard intense de son ancien professeur. Elle n'avait pas oublié la proposition bizarre qu'il lui avait faite alors qu'elle avait seize ans et qu'il était un adulte de vingt-neuf ans. *Contrat. Vous pourriez m'attendre. Connivence.*

Elle avait été terriblement choquée, à l'époque. Et cependant, au fond d'elle-même, profondément émue, flattée.

« Vous avez changé ma vie, monsieur Schneider. Vous avez rendu ma vie possible.

– Vraiment !

– Vous m'avez encouragée à chercher à entrer à Cornell, au lieu de me contenter d'un collège de l'État. "Une grande université", avez-vous dit. J'ai donc fait une demande d'admission, et Cornell m'a accordé une bourse... » M.R. entendait sa voix, plaintive et vantarde. Elle espérait que Hans Schneider ne lui demanderait pas ce qu'elle avait fait après Cornell, où sa carrière l'avait menée : car elle ne saurait comment répondre.

Il eut un sourire hésitant. Comme si lui aussi évaluait ce qu'il pouvait lui demander et ce qu'il ferait mieux de ne pas lui demander. Un instinct le poussa à faire marche arrière, à revenir au passé, au lycée de Carthage, qui était leur histoire commune.

« Il me semble me rappeler que vous étiez malade, Meredith ? Au printemps de votre année de terminale ? »

M.R. fut prise au dépourvu par la question, et par la tendresse non déguisée avec laquelle elle était formulée.

« Non. Certainement pas.

– Vous avez dû vous absenter plusieurs semaines... »

M.R. protesta, en riant : « Non, je vous assure ! Je n'ai pas été malade, et je ne me suis pas absentée. J'ai obtenu mon diplôme avec ma promotion, en 1979. En fait, j'ai été major de ma promotion. »

Ce ton vantard et plaintif, encore ! Les piqûres de puces autour de ses chevilles et de ses pieds la démangeaient furieusement.

Comme s'il cherchait à se rappeler cette information extraordinaire, Hans Schneider fronça les sourcils. Mais naturellement il ne pouvait se rappeler que Meredith Neukirchen avait été major puisque, au printemps 1979, il avait disparu de Carthage.

Au printemps 1979, on le supposait mort.

« Je dois confondre avec quelqu'un d'autre, alors... »

Schneider avait un ton d'excuse, mais un petit air têtu, comme s'il pensait que M.R. se trompait, mais renonçait à insister davantage.

M.R. se demanda s'il était possible que Hans Schneider ne se rappelle pas ce qui lui était arrivé à Carthage. Sa « dépression » – « son effondrement physique et moral » – si semblable à ce qu'elle venait de vivre.

« Quoi qu'il en soit, je me souviens que vous étiez excellente en maths, Meredith !

– En fait, vous m'avez dit que je n'étais qu'une "bonne" élève, monsieur, que je n'avais aucun "don naturel pour les mathématiques". »

Le sang monta aux joues de M.R., comme si elle avait de nouveau seize ans et que ce jugement l'atteigne.

Schneider protesta : « Sûrement pas ! Je suis sûr... de n'avoir rien dit de tel !

– Si, et vous aviez raison, bien sûr. J'étais capable de me débrouiller en maths et même en calcul élémentaire à un niveau scolaire, mais... je n'avais aucun "don naturel pour les mathématiques". »

La remarque de M.R. se voulait un reproche, mais il y avait entre eux une tension euphorique ; leur conversation était une sorte de badinage magique ; elle sentait son cœur battre d'une attente absurde, d'un émerveillement enfantin – *Est-ce possible ? Vingt ans plus tard... cela ?*

Schneider protesta : « Ne m'appelez pas "monsieur", je vous en prie, Meredith – mon nom est "Hans".

Hans ! M.R. pressa le dos de sa main contre sa bouche pour ne pas rire.

« Mais… qu'est-ce que cela a de drôle ?

– Je… je ne sais pas trop.

– C'est une sorte de… miracle – mais le mot est peut-être trop fort : une coïncidence ? Mais non, pas une coïncidence non plus. Que nous nous rencontrions ainsi, dans ce terrible endroit, je veux dire… J'ai pensé à vous de temps à autre, Meredith, après avoir quitté Carthage, mais… il ne me paraissait pas approprié de prendre contact avec vous. Et puis, le temps passant… j'imagine que je vous ai "oubliée"… une autre vie est intervenue. »

Vous êtes tombé amoureux. Avec quelqu'un de plus approprié. Bien sûr.

M.R. parlait avec plus de sérieux, maintenant. Elle devait résister à l'envie de toucher le poignet de Hans Schneider.

« Le souvenir que je garde de vos cours, c'est que vous m'avez appris à "enseigner"… Hans. Vous m'envoyiez résoudre les problèmes au tableau devant le reste de la classe. J'étais très intimidée, au début… je me sentais si gauche et si embarrassée ! Mais vous m'avez donné foi en moi-même. Vous m'avez forcée à voir que j'étais capable de faire quelque chose que je n'aurais jamais imaginé pouvoir faire, et que je pouvais y prendre plaisir.

– Ah bon…! Vraiment! J'imagine… j'avais espéré que cela pourrait avoir cet effet. Vous sembliez avoir besoin d'"affirmation" – d'une infusion de force. Êtes-vous devenue professeur ? Est-ce votre métier, aujourd'hui ? »

Schneider souriait comme s'il espérait ne pas poser une question indiscrète. Ne pas commettre de gaffe en la posant. M.R. murmura un *oui* qui décourageait d'autres questions.

Son doctorat en philosophie de Harvard n'était pas une information qu'elle souhaitait fournir à Hans Schneider. Sa carrière à l'Université, elle ne souhaitait pas en faire part à Schneider. Pour l'instant.

Bien que soulagée – en même temps qu'un peu blessée – que Schneider semble totalement ignorer la carrière publique de M.R. Neukirchen, ses petits triomphes et ses petits désastres.

Peut-être plus tard. Si je le revois. Inévitablement, alors.

«Où habitez-vous maintenant, Meredith?»

La question était posée d'un ton hésitant. Comme s'il sentait que quelque chose de fâcheux, de douloureux à révéler était arrivé à M.R.

«Maintenant? En ce moment – une bonne partie de l'été – j'ai habité à Carthage, avec mon père.

– Carthage! Je ne sais pourquoi, je n'aurais pas pensé…» Schneider marqua une pause, comme si cette possibilité, le son même du mot «Carthage», était incompréhensible. M.R. remarqua que sa chemise de coton blanc n'était plus immaculée, mais humide de transpiration sous les bras. L'odeur de son corps – angoisse mêlée d'espoir – mêlée à l'odeur de désinfectant légèrement urineuse de l'hôpital, qui était sans espoir. «Je… j'ai quitté Carthage – vous le savez peut-être – et n'y suis jamais revenu. J'ai rompu tout contact avec mes "collègues"… L'enseignement secondaire n'est pas fait pour les âmes sensibles! J'ai repris des études de troisième cycle à l'université de Boston et obtenu un doctorat en mathématiques – en développant mon mémoire de mastère – une année de post-doc à Penn – puis j'ai enseigné à l'université de SUNY à Potsdam, et enfin à l'université St. Lawrence de Canton, où je suis resté dix-sept ans – toujours en qualité de professeur associé et toujours en suant sur ma recherche "originelle", commencée au début des années 1970! (Une impasse, en fin de compte, j'en ai bien peur. Mais qui aurait pu le prédire quand j'ai commencé? Pas même mon directeur de thèse, admis à l'éméritat et décédé depuis longtemps.) J'ai parfois l'impression – surtout ici dans cet hôpital (où j'ai amené une voisine, une veuve, voir son fils, parce que la pauvre femme n'a personne d'autre pour la conduire à Herkimer) que ma vie n'a pas encore – pas vraiment – *commencé*. Comme si d'une certaine façon elle avait fait fausse route – pris un mauvais embranchement – un détour – et que maintenant, d'un jour à l'autre, si je suis attentif et vigilant, si je ne succombe pas au désespoir – elle redevienne ce qu'elle aurait pu être.» Schneider avait parlé très vite, d'une voix qui semblait ne pas avoir servi, de cette façon, depuis un certain temps; il s'interrompit pour passer un mouchoir sur son visage (M.R. nota : pas un mouchoir jetable, un mouchoir en coton.) (Oh, qu'est-ce que cela révélait sur Hans Schneider? Qu'il n'était pas insouciant et gaspilleur, mais avait le goût de la permanence? Ou qu'il était un célibataire maniaque, enfermé dans des habitudes insurmontables, aussi peu maniable qu'un véhicule perclus de rouille?) Il parlait maintenant avec sérieux, s'approchant si près de M.R. qu'elle recula d'instinct.

«Je me demande, Meredith… pourrais-je vous téléphoner? Peut-être pourrions-nous – si vous êtes à Carthage – nous voir un de ces jours? Je viendrais en voiture, bien sûr…

– Je pense… je ne pense pas…

– Nous avons tant de choses à nous dire! Après tant d'années, cela ne peut pas être une simple "coïncidence" – je parle de notre rencontre ici, aujourd'hui – même si c'est un lieu de douleur.

– Oui. Je veux dire, non.»

M.R. avait de terribles démangeaisons aux chevilles. Elle ne pouvait pourtant pas se baisser pour se gratter pendant le discours passionné de Hans Schneider. Et elle avait été distraite par l'apparition de Konrad, qui les observait de l'autre bout du hall. Son père était sorti des toilettes, mais s'était arrêté net en voyant sa fille en grande conversation avec un inconnu – ou peut-être pas un inconnu ; le malin Konrad, parfois si tapageur et si indiscret, et parfois si sensible aux courants souterrains entre les êtres.

« Je vais vous donner mon numéro, et vous m'appellerez si vous le souhaitez. Ce sera à vous de décider. »

Hans Schneider parlait d'un ton affable. Son sourire s'était crispé. La sueur qui luisait sur son visage faisait ressortir ces étranges sillons verticaux sur son front, ces ruisselets fantômes naissant à la racine des cheveux qui avaient paru s'être effacés, mais qui réapparaissaient maintenant. M.R. était profondément émue, des larmes lui piquaient les yeux. Elle avait envie de saisir la main de son ancien professeur, de la baiser avec reconnaissance.

« J'espère – j'espère vraiment – que nous nous reverrons ? Et dans moins de vingt ans ? Oui ? »

Il lui donna un petit bout de papier sur lequel il avait soigneusement écrit les informations cruciales. M.R. le plia et le mit aussitôt dans sa poche en espérant échapper à l'œil d'aigle de son père.

« Oui ! Merci. »

Rapidement elle se détourna. Elle redoutait que Schneider ne la serre gauchement dans ses bras – comment aurait-elle réagi s'il l'avait fait ?

Alors qu'ils traversaient le parking vibrant de chaleur en direction de leur voiture, Konrad remarqua : « Un soupirant en Birkenstock est le rêve de tout père pour sa fille. Même s'il porte des chaussettes en plein mois d'août. »

C'était l'humour bref de Konrad, fait pour vous prendre par surprise. Car la brièveté était bien la dernière chose que l'on attendait de Konrad.

M.R. rit. Un rire un peu fou. S'essuyant les yeux et n'osant regarder son père en face.

Ridicule ! Tu as déjà investi ta vie d'adulte dans un homme. Trop tard ! Trop tard ! Trop tard pour une autre folie.

Le lendemain matin M.R. téléphona au bureau du président de l'Université.

Le lendemain matin M.R. parla au président par intérim pendant près de quatre-vingt-dix minutes.

À la fin de cet entretien, à peine consciente de ce qu'elle faisait, M.R. avait si sauvagement gratté les piqûres de puces qui mouchetaient ses chevilles, ses pieds nus et ses jambes qu'elle saignait d'une dizaine de petites blessures.

Mudwoman : les lunes
au-delà des anneaux de Saturne.

Alors qu'elle ne s'y attendait pas, il appela.

Disant calmement, perplexe comme s'il signalait un fait dans un Univers de faits, un fait ni plus profond ni plus signifiant que l'infinité des autres *Elle m'a enfin mis à la porte. Elle m'a demandé de partir.*

Et il dit *Je suis malade, Meredith chérie. La machine est usée.*

Elle ne lui demanda pas ce qu'il voulait dire. Elle ne demanda pas si cette maladie serait fatale, ni à quelle échéance ; elle ne demanda pas s'il souffrait ni même s'il avait besoin d'elle ; sans hésitation elle dit *Je viens.*

Et il dit *Non, chérie. Il vaut mieux que ce soit moi qui vienne, en trouvant un arrangement raisonnable, dans un premier temps.*

Mudwoman épargnée par la foudre.
Mudwoman délivrée de ses cauchemars.

Août 2003

« Meredith ! Viens voir. »

Elle obéit à contrecœur. Elle avait toujours eu peur des orages – ou plutôt, elle s'en était toujours méfiée. Car quelle ironie ce serait d'être foudroyé à cause d'une simple curiosité, quelle mort absurde !

Quand on souhaite farouchement vivre, quelle ironie qu'une telle mort !

Elle se dirigea donc à contrecœur vers la véranda de derrière, où se tenait son père, à peine protégé de la pluie tiède qui fouettait le toit, les poteaux de la véranda, ce qu'on pouvait voir de la pelouse et du jardin enchevêtré d'Agatha. Avec une fascination d'enfant, Konrad s'avançait dangereusement pour regarder le ciel nocturne où, à des kilomètres de là, au-dessus des Adirondacks, des éclairs pareils à des nerfs sectionnés illuminaient des nuages d'orage.

Des rideaux de pluie, un vacarme de plaques de tôle qu'on agite, des coups de tonnerre qui faisaient grimacer M.R., puis le silence, brutal comme un arrêt du cœur.

Car certains des éclairs n'étaient pas si lointains, apparemment, il y en avait qui zébraient le ciel au-dessus de Carthage, au-dessus des collines dominant la Black Snake.

Nul besoin de voir la rivière qui coulait à moins de cinq cents mètres pour savoir que, après une journée de pluie, suivie de ces trombes d'eau, elle montait rapidement.

Une odeur de soufre dans l'air, comme si on frottait des allumettes ! Et une odeur d'automne qui lui faisait battre le cœur d'appréhension.

Elle n'avait pas parlé à Konrad de l'appel nocturne d'Andre, la veille.

Elle lui avait parlé – bien sûr – de la longue conversation qu'elle avait eue avec son principal – qui avait assuré l'intérim de la présidence tout l'été ; et de la conversation avec Leonard Lockhardt qui avait suivi.

« Nous sommes parfaitement en sécurité, Meredith ! L'orage est à des kilomètres d'ici – en gros. Et c'est tellement beau ! On dirait une aurore boréale… »

Beau ! Sans doute, se dit M.R., si on aimait ce genre de spectacle.

Des détonations maniaques dans le ciel, artères battantes, nerfs à nu, neurones – fermez les yeux et c'est un anévrisme cérébral, une telle explosion de lumière.

Beaucoup plus sensé, Salomon se terrait à l'intérieur de la maison. Probablement au sous-sol.

« Il ne me semble pas que tu avais peur des orages quand tu étais petite. Je n'en ai pas le souvenir. »

M.R. fit un effort de mémoire : elle n'en avait pas non plus le souvenir.

« En revanche, tu faisais des cauchemars, ça oui. »

Une fissure déchira le ciel juste au-dessus d'eux, à peine plus loin que la ligne des arbres au bout de leur terrain. M.R. poussa un petit cri et se rejeta à l'intérieur de la maison à l'instant même où le tonnerre roulait au-dessus de leurs têtes, assourdissant ; Konrad cligna des yeux, regarda et ne bougea pas.

Elle n'avait pas eu le temps de compter. À peine quelques fractions de seconde entre le jaillissement de l'éclair et ce vacarme fracassant.

Elle éprouvait la même détresse qu'Agatha – quand Konrad avait des comportements imprudents, risqués, dangereux – «autodestructeurs» et (une accusation qui revenait souvent) «immatures». Quelle aurait été la désapprobation d'Agatha si elle avait vu Konrad sur les marches de la véranda par un temps pareil ! Ses pieds nus, les jambes de son pantalon et le bas de son corps étaient couverts d'éclaboussures, qu'il ne semblait pas remarquer.

M.R. dit : «Papa, tu te rappelles Crystal, l'amie bibliothécaire d'Agatha ? Son mari – je crois que c'était son mari – regardait un orage sur la véranda, comme toi, et la foudre est tombée sur l'un des poteaux, à quelques centimètres de lui, des éclats de bois lui ont volé au visage...»

Absorbé par le spectacle des éclairs, illuminant des cumulus gigantesques aux allures de frégates, Konrad ne l'écoutait pas.

«Recule au moins jusqu'à la porte, papa ! Certains de ces éclairs sont à moins d'un kilomètre... le mari de Crystal a été gravement blessé, il aurait pu être tué...

– Oh, je suis sûr que ce n'est jamais arrivé.

– Qu'est-ce qui n'est pas arrivé ? Pourquoi dis-tu cela ?

– Les amies d'Agatha exagéraient toujours. Surtout ses amies bibliothécaires. Elles mènent une vie plus que calme – "refoulée" – et elles sont entourées de livres – d'"histoires" – elles finissent par inventer les leurs.»

Il était près de minuit. L'orage devint plus violent, plus bruyant. Des rafales de vent arrachaient les feuilles des arbres

– des vieux cèdres, des platanes, des bouleaux qui auraient eu besoin d'une taille, que M.R. avait eu l'intention de tailler. Une grosse branche s'abattit lourdement sur le toit, où la pluie ruisselait, débordant des gouttières engorgées de feuilles mortes. C'était vrai, la fureur de l'orage avait quelque chose de fascinant – on s'attendait presque que le chaos se déchaîne dans la sphère humaine. Fracassant le toit, la maison – l'habitation humaine et ses objets soigneusement nommés. Et bien entendu il y avait des dizaines de fuites à l'intérieur, au premier étage. Konrad et M.R. avaient déjà installé des seaux que les gouttes d'eau martelaient comme une pluie de cailloux.

Plus tôt dans la journée – au pique-nique caritatif de la Coopérative des vétérans, organisé par Konrad et M.R. dans le parc de l'Amitié – la température avait atteint les trente-cinq degrés ; depuis, elle avait chuté de quinze degrés.

En dépit des efforts des Neukirchen, père et fille – organiser la fête, faire participer épouses et veuves d'anciens combattants, familles et bénévoles – le genre de rôle d'«animation» dont M.R. s'acquittait si bien – la Coopérative avait recueilli moins de cinq cents dollars, ce qui n'était même pas la contribution versée par M.R. pour la préparation de l'événement.

Malgré tout, le pique-nique en avait valu la peine ! assurait Konrad, et M.R. souhaitait le croire.

La fin du mois d'août. La fin de l'été. Entre M.R. et son père, il était tacitement entendu qu'elle quitterait bientôt Carthage.

«Penses-y quand tu rentreras chez toi : tu as été placée en ce monde dans un but précis, et à l'Université, tu as trouvé ce but.»

M.R. eut un pâle sourire. M.R. ne contredirait pas son père bien-aimé.

«Et n'oublie pas : tu ne dois surmener ni ton corps ni ton âme. Tu ne dois pas te réduire en esclavage, pas davantage que tu ne le ferais de quelqu'un d'autre. Tu dois être le protecteur de toi-même.»

M.R. souriait toujours, sans rien dire. Elle pensait qu'elle ne supporterait pas de quitter Carthage, en fin de compte – elle ne pouvait quitter son père, en qui elle avait découvert un ami.

Et pourtant elle devait partir, bien entendu. Elle partirait.

Ne prends pas ce risque! Pas de nouveau.

La prochaine fois que tu t'écrouleras, tu ne t'en remettras pas.

Elle inviterait Konrad à venir la voir, à séjourner chez elle. Elle insisterait.

Il est plus facile pour vous deux de rester à Carthage. Tu es chez toi, ici, tu y es en sécurité.

À Carthage, elle avait retrouvé le sommeil. Elle avait retrouvé un peu de son âme en morceaux. Elle était franchement inquiète – elle était terrifiée – à l'idée que son retour à l'Université s'accompagne d'une rechute dans la folie à laquelle elle avait échappé de si peu.

Il est très difficile de triompher quand on n'est pas aimé, au sens le plus profond, le plus intime et le plus indulgent du mot. Il est très difficile de triompher de toute manière, mais, sans amour, c'est à peu près impossible.

Et pourtant – *Je le ferai! Il le faut.*

M.R. ne parlerait pas de ses doutes à son père. Elle ne lui parlerait pas du brusque changement survenu dans la vie d'Andre Litovik, qui laissait supposer que leurs vies seraient maintenant plus étroitement liées.

Stupéfiant que Konrad, se faisant l'écho d'une réflexion d'Agatha, eût semblé prévoir un tel changement...

Avec une curiosité exaspérante, il l'avait interrogée sur l'homme avec qui il l'avait vue parler avec «animation»,

«longuement», à l'hôpital de Herkimer – l'«homme mystérieux aux Birkenstock» – mais M.R. avait répondu évasivement, avec embarras : «Oh! papa! Ce n'était rien, vraiment.
Un ancien professeur du lycée qui croyait se rappeler de moi.

– Qui *croyait* se rappeler? Ou qui se *rappelait*?»

M.R. rit. Quoique les taquineries de Konrad soient parfois
aussi urticantes que des orties, ou des piqûres de puces.

«Est-ce que ce n'était pas ce professeur qui avait fait une
dépression nerveuse, ton professeur de maths? Qui passait
pour s'être suicidé, le pauvre bougre?

– Oh, papa! Non.

– Comment s'appelait-il, déjà…? "Steiner"? "Schneider"?»

Quelle mémoire! M.R. n'en revenait pas que son père se
rappelle le nom de Hans Schneider.

«Je… je ne sais pas trop. Je ne me rappelle pas.

– Tu ne te rappelles pas? Combien de professeurs de mathématiques ont-ils tenté de se suicider au lycée de Carthage?
C'était un drôle d'endroit, dis-moi? Un repère de décadents?»

M.R. rit, mais garda le silence. On ne gagnait jamais en
répondant aux taquineries de Konrad – cela revenait à peu près
à caresser un porc-épic agressif dans l'espoir de l'apaiser. Elle
se disait qu'il était inutile de lui en dire davantage : elle n'avait
aucune intention de téléphoner à Hans Schneider comme il le
lui avait demandé.

Elle n'était même pas certaine d'avoir encore son numéro
de téléphone. Peut-être dans une poche de son short, froissé
en boule.

Konrad revint au thème de la santé de Meredith. Sérieux
maintenant, le visage sombre. Nul besoin d'être quaker pour
savoir que «trouver la lumière en soi» était essentiel à la survie,
dit-il.

« Souviens-toi, Meredith : tu te surmenais déjà quand tu étais enfant. À l'école primaire ! Tu grinçais des dents dans ton sommeil – tu te donnais des cauchemars – être soumise à des "tests" t'angoissait. Tu avais peur de traverser les ponts, de te perdre, de manquer l'école, de ne pas "arriver à suivre"… Tu as fait des cauchemars pendant des années.

– Des cauchemars ? Je ne me souviens pas.

– Agatha, qui a le sommeil bien plus léger que moi, t'entendait pleurer dans ton sommeil, elle me réveillait et nous nous précipitions dans ta chambre pour te réveiller – parfois tu avais les yeux grands ouverts, mais tu semblais ne rien voir. Tu étais terrifiée, grelottante – incapable de parler. Mais nous te serrions dans nos bras, nous te racontions de petites histoires et nous te disions que nous t'aimions et que rien ne t'arriverait jamais parce que nous t'aimions, et tu finissais par te calmer et par te rendormir.

– Je ne me souviens pas…

– Cela vaut mieux comme ça, ma chérie ! C'est cela qu'on appelle grandir. »

Le lendemain matin, Konrad l'aida à charger ses affaires dans sa voiture avant son départ pour le New Jersey.

Mudwoman à Star Lake.
Mudwoman au Point-de-Vue.

En milieu de matinée elle était dans le comté de Herkimer sur la vieille route qui longeait la Black Snake en direction du sud-ouest. L'Interstate, qui suivait une trajectoire parallèle, plusieurs kilomètres au sud, drainait le gros de la circulation, et la Route 41 était à peu près déserte.

Après l'orage de la veille, l'air était éclatant. Le ciel d'un bleu cobalt violent qui blessait les yeux.

Et la rivière! Tumultueuse, débordant de son lit, un remous furieux d'écume blanche où des débris à demi submergés filaient comme des projectiles.

La lumière du soleil sur la rivière, pareille à des éclats de miroir brisé, au clignement d'une myriade d'yeux.

«Au revoir, chérie! Je t'aime. «

Et : «Sois prudente sur la route, promis? Téléphone-moi à ton arrivée.»

Ces mots, Konrad les avait prononcés d'un ton plein d'exubérance, sans que M.R. puisse savoir l'inquiétude, l'affection, la mélancolie, l'angoisse paternelle qu'il masquait.

Elle avait ri. Elle s'était tamponné les yeux.

« Bien sûr, papa. Moi aussi, je t'aime. »

Elle n'abandonnerait pas son père une nouvelle fois, elle se le jurait.

Car Konrad et Andre se plairaient beaucoup – elle en était certaine. *Quel type super* voilà ce qu'ils diraient l'un de l'autre. M.R. entendait presque l'intonation de leur voix.

Meredith ma chérie! Quel type super…

… un plaisir de l'avoir rencontré.

Il avait fallu moins de vingt minutes à M.R. et Konrad pour charger la voiture. Car elle n'avait apporté que très peu d'affaires et n'en avait guère accumulé pendant son séjour à Carthage.

Avec une tendresse méticuleuse, Konrad avait mis les vêtements de M.R. sur des cintres, qu'il avait suspendus aux petits crochets à l'arrière, alors que M.R. les aurait sans doute jetés en vrac sur le siège arrière. Il avait trouvé un sac en toile d'Agatha – FÊTEZ LA SEMAINE NATIONALE DES BIBLIOTHÈQUES – pour y mettre les livres que M.R. emportait, et qui venaient essentiellement des étagères d'Agatha.

Cela semblait une anomalie, un défaut de caractère, sinon un tragique pressentiment, qu'une femme de l'âge de M.R. eût accumulé si peu qui lui fût essentiel.

« Une vie assez petite pour tenir dans un dé à coudre! »

Elle avait parlé à voix haute. Elle eut un petit rire haletant, sa remarque lui semblait non seulement fine, mais spirituelle.

Dans son état d'appréhension surexcitée, M.R. veillait à ne pas dépasser la limitation de vitesse. Bien qu'il y ait peu de circulation sur la Route 41, des véhicules la doublaient parfois en trombe – camions, pick-ups, voitures de la région. Elle rejoindrait l'Interstate une quinzaine de kilomètres plus loin et ferait le gros du trajet sur l'I-81, environ sept heures de route en direction du sud, presque en ligne droite.

Le lendemain matin, sa nouvelle vie commencerait.

Sa nouvelle vie, qui serait une transformation de l'ancienne.

Car maintenant elle était plus forte. Maintenant elle était *préparée*.

Dans le lointain se dressaient des collines boisées abruptes. Les avant-monts des Adirondacks, s'étirant jusqu'à l'horizon. Jeune fille, M.R. avait senti les battements de son cœur s'accélérer à la vue de ces montagnes – des pentes couvertes de forêts épaisses, des pics voilés de brume ; la masse sombre des persistants, veinée prématurément de rouge éclatant, de rouge orangé, l'éclat mourant de feuilles décidues telles les étoiles rouges d'une constellation lointaine. Car l'été prenait fin brutalement dans cette région.

Sur l'une des vieilles cartes fatiguées de Konrad (qu'Agatha s'était vainement efforcée de replier) M.R. avait situé Canton, New York : constatant avec étonnement que c'était à peine une ville, presque un village, et dans l'arrière-pays, pas du tout au bord du lac Ontario ni du spectaculaire Saint-Laurent comme elle l'avait imaginé ; la ville la plus proche était Ogdensburg, de la taille de Carthage.

Le comté de St. Lawrence s'étendait jusqu'à la frontière canadienne. À cent cinquante kilomètres au nord de Carthage.

Dans le remue-ménage du départ, elle avait cherché le bout de papier portant le numéro de téléphone de Hans Schneider, mais ne l'avait pas trouvé.

Se disant *S'il veut appeler Neukirchen à Carthage, il le fera.*

Se disant *Cela ne dépend pas de moi. Ce n'est pas à moi de décider.*

Elle n'avait pas eu de nouvelles d'Andre Litovik depuis son surprenant appel. Elle se demandait s'il avait vraiment quitté la maison de Tremont Street où il avait habité si longtemps – il serait bien difficile à quelqu'un qui avait pour habitude de voyager dans l'espace extragalactique d'accomplir un déplacement aussi littéral, aussi *physique!* Les Litovik habitaient une vieille maison victorienne bleu lavande aux volets et aux encadrements lilas et, bien qu'elle eût besoin d'être réparée et repeinte, aux yeux éblouis de la jeune Meredith qui passait devant à bicyclette, au risque d'être vue par son amant (secret), elle offrait un spectacle fascinant, bouleversant. Car c'était une *maison familiale*, un *foyer* – avec baies vitrées, toit pentu, pignons ornés et véranda en partie dissimulée par une glycine. Meredith, qui avait loué un petit appartement à un prix qu'elle trouvait exorbitant, imaginait à peine ce que pouvait coûter une telle propriété dans l'élégante agglomération de Cambridge, à deux pas de l'université de Harvard. Andre osait pourtant parler de cette maison spectaculaire en termes si vagues et si négligents qu'on aurait presque pu croire qu'il n'avait pas d'habitation solide, ni même visible ; on aurait pu croire que la maison était le domaine exclusif de sa femme.

Le monde matériel ne me passionne pas. Désolé!

Le genre de remarque dédaigneuse que font les gens qui n'ont jamais à se soucier du *matériel*, se disait M.R.

Un instant, elle éprouva de la compassion pour la femme de cette maison. Mais un instant seulement.

Le jardin, dissimulé derrière un haut mur de pierres sèches, couvert d'un lierre dépenaillé, était plus attirant encore ; par une grille entrouverte, on pouvait jeter un œil à l'intérieur – Meredith avait vu un beau jardin automnal à l'abandon.

Elle n'était jamais entrée dans la maison de Tremont Street. Jamais entrée dans le jardin…

Elle pensait au jardin d'Agatha. À son émotion quand elle y avait fait un tour après l'orage de la veille – aplati, comme à coups de maillets et de pelles, et néanmoins toujours éclatant de fleurs, touffes de phlox rouges, marguerites à cœur noir et roses fripées. Et des tournesols aux tiges brisées, dont les grosses têtes affables pendaient de guingois. Plusieurs des vieux arbres avaient été malmenés, et leur bois à vif avait une blancheur de moelle, mais quand M.R. avait proposé à Konrad de rester un jour, un ou deux jours de plus pour l'aider à nettoyer les dégâts, il avait ri et répondu *Certainement pas!*

Il avait répondu *Il est temps que tu partes! Fais attention à toi! Je t'aime.*

Elle ne lui avait pas parlé du coup de téléphone d'Andre parce qu'elle ne voulait pas lui en dire davantage. Elle s'était déjà trop livrée, avait peiné son père en lui donnant un aperçu de la vulnérabilité sexuelle, de la naïveté de sa fille.

Cet amour qui lui était entré dans les veines comme une fièvre virulente. Contre lequel elle n'avait jamais développé d'anticorps.

Elle se demandait si la femme d'Andre lui avait réellement demandé de partir – si elle l'avait «mis à la porte». Elle se demandait comment l'un ou l'autre pourrait rompre une relation vieille de plusieurs dizaines d'années.

La femme, le fils. Le fils problématique.

C'était à sa famille qu'Andre était le plus profondément attaché, bien évidemment. Un attachement qui ne lui apportait sans doute plus de bonheur, mais dont les racines étaient profondes.

Ne lui avait-il pas dit un jour, dans l'un de ces curieux moments de rumination où son ironie s'accompagnait d'une sorte de sincérité brutale, que si l'amour peut «s'user» avec le temps, un long mariage ressemble à deux arbres aux racines emmêlées : les arbres peuvent paraître séparés et distincts en surface, ils sont entrelacés au-dessous. Il avait voulu dire – avait pensé M.R. – que sa relation avec elle était superficielle, comparée à celle qu'il avait avec sa femme.

Ils n'avaient quasiment aucune racine commune, pas de passé partagé.

Leurs passés ne se superposaient pas. M.R. savait en fait très peu de chose de la vie de son amant (secret), et il ne savait quasiment rien de la sienne.

Elle eut peur soudain : Andre ne serait jamais son mari. Quelle idée !

Elle eut peur soudain : la perspective de vivre avec Andre !

Leurs relations n'avaient jamais été mises sérieusement à l'épreuve. Car ils savaient que le temps qu'ils passaient ensemble était limité, une parenthèse dans leurs deux vies très différentes.

Ils savaient que leur vie à chacun était totalement fermée à l'autre – un refuge auquel il n'avait pas accès.

Andre aimait « Meredith » parce qu'elle était la jeune femme qui n'était pas son épouse ni la mère de son fils (problématique). Il l'aimait (M.R. souhaitait le reconnaître, de crainte que ce ne fût vrai) parce qu'elle le vengeait de l'autre femme.

Mais c'était trop grossier, trop réducteur. Andre était capable des émotions les plus extravagantes, M.R. ne pouvait le comprendre pleinement. Ne lui avait-il pas dit *Il vaut mieux que ce soit moi qui vienne, en trouvant un arrangement raisonnable, dans un premier temps.*

« Je le croirai. J'aurai confiance. »

À un carrefour, M.R. vit des panneaux criblés de petits plombs : ALEXANDRIA BAY, WATERTOWN, CASTORLAND.

Canton n'était pas très loin de Watertown. À l'ouest de Watertown s'étendait le lac Ontario, cette immense mer intérieure.

Et à côté, un panneau indiquant des agglomérations plus petites : HERKIMER JUNCTION, SLAB-TOWN, SPRAGG, STAR LAKE.

STAR LAKE 9 MILES.

Star Lake ! À quinze kilomètres à peine...

Peu à peu la Route 41 s'était éloignée de la Black Snake. Mais si M.R. prenait la direction de Star Lake, elle se retrouverait bientôt au bord de la rivière.

Se disant *Je trouverai un autre accès à l'autoroute, plus au sud.*

Se disant *Personne ne m'attend aujourd'hui. Ce soir.*

Le lendemain matin, dès 8 h 30, une série de rendez-vous attendait M.R. à Salvager Hall.

Le lendemain était le 1er septembre, le semestre universitaire débuterait treize jours plus tard.

Plus tard elle penserait *C'était une décision. Ce n'était pas une impulsion.*

Et elle s'engagea donc sur la route de Star Lake, une étroite route bitumée qui traversait une alternance de forêts épaisses et de terres cultivées, ou les restes de terres cultivées ; de longues ondulations de collines d'une beauté et d'une étrangeté incomparables alors qu'à cinq cents mètres devant elle, sur une colline, une aile d'ombre noire fondait sur elle tel un gigantesque corbeau – l'ombre d'un nuage.

M.R. rentra la tête dans les épaules quand l'ombre arriva sur elle.

Quinze kilomètres jusqu'à Star Lake. Mais la route était sinueuse, tortueuse. Dans les avant-monts des Adirondacks, il n'y a pas de ligne droite.

Au bord de la route, et souvent en travers de la chaussée, des branches d'arbres cassées par l'orage de la veille. Personne ne semblait être passé par là depuis. Un fossé rempli d'une eau boueuse avait débordé, et des flaques envahissaient la chaussée comme des lésions lépreuses.

M.R. dut descendre de sa voiture à plusieurs reprises pour traîner à l'écart des branches brisées. Elle eut bientôt les mains égratignées par les chardons, les épines. Sous le soleil éclatant, elle se sentait à la fois angoissée et euphorique, pleine de curiosité. Son détour par Star Lake avait un but, elle le savait : la maison revêtue de papier goudronné derrière la station Gulf, en bord de route. Des planches nues en partie recouvertes de «chutes» de lino, et une table de cuisine en Formica récupérée chez Goodwill, entourées de chaises dépareillées, que l'on pouvait faire glisser sur le sol s'il prenait l'envie à l'homme aux cheveux hérissés de balancer des coups de pied. Et la grande baignoire tachée dans la salle de bains minuscule. Et sur les murs de la petite maison, des «croix», des «crucifix», «Jésus notre Sauveur» – qu'enfant, elle avait vus sans *voir* – sur lesquels ses yeux glissaient sans *reconnaître, identifier* – «croix», «crucifix», «Jésus notre Sauveur» – des mots mystérieux qui voletaient dans son cerveau comme des papillons de nuit attirés par une lampe. Le fait est pourtant qu'à l'époque où elle était Jedina (si jeune! dépourvue de toute volonté) elle n'avait jamais dû entendre les mots *croix, crucifix* – elle en était sûre.

Si sa mère avait jamais identifié ces objets, elle les avait sans doute appelés des *signes spéciaux de Dieu.*

Paradoxe : Comment savons-nous ce que nous n'avons pas vu, faute de langage pour le nommer, et que nous ne pouvons donc pas savoir ne pas avoir vu.

C'était cela la condition humaine, peut-être? – l'effort de demeurer humain.

La route bitumée était si sinueuse, tournait si souvent sur elle-même pour s'adapter au paysage vallonné que M.R. perdit tout sens de la distance, sachant seulement qu'il lui était impossible, littéralement, de rebrousser chemin : la route était trop étroite, le fossé plein d'eau, trop proche de la route.

L'effort pour parvenir à la civilisation. Pour résister aux illusions. Alors que la boue sale sous le plancher de la civilisation est elle-même illusion.

M.R. eut un sourire nerveux. Il semblait que M.R. Neukirchen eût bâti une carrière (universitaire) sur de tels paradoxes.

Elle ne pouvait se perdre, bien sûr – pourvu qu'elle reste sur cette route mal entretenue.

Elle calcula qu'elle devait être à environ six kilomètres de Star Lake quand elle franchit un pont de planches – pas sur la Black Snake, qui s'était de nouveau éloignée de la route – mais sur un cours d'eau tumultueux et en crue. Elle vit alors dans son rétroviseur – elle le voyait depuis quelque temps sans en avoir tout à fait pris conscience – un véhicule qui se rapprochait.

Un pick-up couleur bleu roi. Équipé de roues énormes qui lui donnaient une hauteur intimidante.

M.R. ralentit et se rangea sur le côté droit autant qu'elle l'osait. Les herbes et les buissons du bas-côté raclèrent bruyamment les ailes et le dessous de caisse.

Un enfant n'aurait pas dessiné autrement un véhicule d'adulte, massif comme un tank, bleu vif, énorme et menaçant !

Le pick-up roulait plus vite que la voiture de M.R., cahotant et tanguant sur les nids-de-poule sans ralentir, écrasant les branches qui jonchaient la chaussée. M.R. éprouva un frisson de panique à l'idée que le véhicule bleu vif allait percuter sa voiture, l'aplatir et passer dessus comme un tank.

Elle roulait lentement pour lui permettre de la dépasser. Mais le véhicule bleu vif avait ralenti, lui aussi, et il resta derrière elle, si énorme dans son rétroviseur qu'elle n'en voyait qu'une partie, un pare-brise aveuglant de soleil qui dissimulait le conducteur.

Pourquoi ne me double-t-il pas! pensa-t-elle. *Que me veut-il?* L'avant du pick-up était à cinquante centimètres de son pare-chocs. Le chauffeur réglait délibérément sa vitesse sur celle de M.R. Était-ce du… harcèlement? Une sorte de jeu? Le conducteur la connaissait-il, croyait-il la connaître?

Le genre de plaisanterie brutale et dangereuse des hommes de la région.

À moins que ce fût une forme de galanterie? – il accompagnerait M.R., une femme solitaire, sur cette route mal entretenue jusqu'à ce qu'elle arrive à bon port.

M.R. souhaitait le croire. Bien qu'elle transpirât d'inquiétude, les yeux rivés sur le rétroviseur. Elle distinguait une vague silhouette derrière le pare-brise – un adulte apparemment, le visage flou, des cheveux noirs touffus.

Elle conduisit calmement. Elle n'accéléra pas, ne tenta pas de fuir.

Impossible de fuir! Il faut avoir confiance.

Des broussailles s'étaient enroulées autour de sa roue avant droite, immobilisant presque sa voiture. Il fallut qu'elle enfonce l'accélérateur – violemment – pour forcer la roue à tourner.

Sa voiture boitait! Mais derrière elle le conducteur ne manifesta aucun signe d'impatience ni de dérision. Au contraire, elle avait le sentiment – en regardant la brume bleu vif dans son rétroviseur – qu'elle était protégée.

Une erreur stupide d'avoir pris cette route. Le conducteur du pick-up veut s'assurer que rien n'arrive à ma voiture – à moi.

Quelqu'un qui me connaît? Me reconnaît?

Quelqu'un qui sait que je ne devrais pas être ici?

Elle sentit soudain une forte odeur d'aiguilles de pin, de feuilles humides pourrissantes et de terre mouillée. L'eau du fossé, répandue comme du pus sur la chaussée, fit patiner, déraper et glisser les roues de sa voiture.

Le pick-up ralentit, attendit qu'elle retrouve son équilibre.

M.R. aperçut le visage du conducteur derrière le pare-brise – puis les reflets aveuglants du soleil le lui masquèrent.

Le fiancé de Mudwoman! Il l'avait suivie jusqu'ici.

Lentement et en tandem les véhicules roulèrent sur l'étroite route bitumée qui avait entamé sa descente vers le lac. Avec soulagement M.R. vit des boîtes aux lettres sur les bas-côtés – des chemins étroits s'enfonçant dans les broussailles – et elle entraperçut des cabanes de rondins, des baraques recouvertes de papier goudronné, des caravanes corrodées, posées sur des blocs de ciment. Des panneaux gais, fixés aux arbres, indiquaient : HAPPY HUNTIN CAMP, « MY BLUE HEAVEN », DAISY & MAC, 7TH HEAVEN, KAMP KOMFORT.

Pas âme qui vive. Juste des voitures en stationnement. Si M.R. avait été en danger, elle n'aurait pu courir le risque d'abandonner sa voiture sur la route pour se précipiter dans l'un de ses chemins en appelant à l'aide.

Mais il ne me veut pas de mal, pensa-t-elle. *Ce n'est pas son intention.*

Si cela l'était, il sera déjà passé à l'action.

En pénétrant dans le village de Star Lake, M.R. jeta un regard dans son rétroviseur et constata avec étonnement que... le pick-up bleu vif avait disparu.

Le conducteur avait dû tourner dans une route transversale. Ou dans l'un des chemins.

Il devait habiter Star Lake, évidemment. Quelque part dans les bois. Il ne suivait pas M.R., il rentrait simplement chez lui.

M.R. se sentit à la fois soulagée et déçue. Son cœur s'était emballé à la perspective de... elle ne savait quoi.

STAR LAKE VILLAGE
POP. 475

La station Gulf avait disparu, remplacée par une agence de location U-Haul et, derrière, au bas d'une pente raide, dans un champ mal tondu, se dressait une petite cabane en faux cèdre qui semblait laquée, luisante comme de l'encaustique. Dans l'allée qui y menait, des jouets d'enfant éparpillés, un tricycle, un chariot. Devant la maison, un carré de plants de tomates trop lourds, malmenés par l'orage. M.R. se gara au bout de l'allée, ne sachant que faire, car cette maison n'était manifestement pas la petite baraque de papier goudronnée dans laquelle Marit Kraeck avait vécu au début des années 1960.

Et les *signes spéciaux de Dieu* avaient donc disparu.

Des bandes de polyuréthane sur les fenêtres mal jointes, claquant au vent comme des lambeaux de peau. De l'extérieur, la petite maison avait donné l'impression de perdre ses boyaux.

La grande baignoire tachée aux pieds griffus dans la salle de bains malodorante. Le jeu des chatouilles! M.R. n'en avait qu'un faible souvenir.

Elle sourit, désorientée. Une veine s'était mise à battre sur son front, une pulsation d'avertissement, comme dans l'escalier de Charters House où, bien que sachant parfaitement que c'était une erreur d'agir comme elle le faisait – elle l'avait tout de même fait, comme un rêveur prisonnier d'un scénario qui n'est pas de sa création.

L'homme aux cheveux hérissés qui avait joué avec Jewell, et avec Jedina, au *jeu des chatouilles*.

La tarte aux cerises, entourée de papier paraffiné. Une garniture sucrailleuse à la cerise, une pâte farineuse, et si délicieux que M.R. en avait l'eau qui lui montait la bouche. Elle s'était cachée sous les marches, dans une sorte de... placard? de débarras?... les genoux serrés contre la poitrine.

Enveloppée dans un genre de serviette, ou de drap...

Il l'avait baignée avec tant de douceur – cet homme aux cheveux hérissés. Mais ce n'était peut-être pas son père.

Étrange que M.R. ne pense jamais à son père – ne pense jamais au concept même de *père* – comme s'il s'agissait d'une galaxie lointaine dépassant ses capacités d'imagination et de compréhension.

« Il est peut-être encore en vie. Il habite peut-être ici. »

Elle était sortie de sa voiture et hésitait dans l'allée, ses clés de voiture à la main. Une silhouette se profila derrière la porte grillagée de la cabane en cèdre.

La voix était féminine, amicale mais circonspecte.

« Bonjour ? Vous cherchez quelqu'un ?

– Oui ! Merci. Je cherche… »

M.R. ne sut quel nom donner. Elle avait le visage désagréablement moite, le foulard dont elle avait noué ses cheveux, ce matin-là, s'était défait. (Car les cheveux élégamment coupés de M.R. avaient poussé à la diable pendant son séjour à Carthage, elle n'avait pas osé les couper elle-même aux ciseaux comme le faisait Konrad.) Pour ce long trajet en voiture, elle portait un short froissé, un tee-shirt vert perroquet de la Coopérative des vétérans qui n'était plus de la première fraîcheur. Elle se demanda si elle ressemblait à une folle, à une femme ivre, ou à une femme bouleversée, victime d'une agression.

Derrière la porte, la femme attendait une réponse. Une silhouette plus petite l'avait rejointe, un enfant.

Avec difficulté, comme si elle hissait un seau d'eau hors d'un puits profond, M.R. dit : « … une famille nommée "Kraeck".

– "Krae-tchek" ? Je ne connais personne qui ait ce nom-là.

– Je… je ne le prononce peut-être pas comme il faut. Il n'y a peut-être qu'une seule syllabe – "Kraeck". »

La femme interrogea quelqu'un à l'intérieur, qui brailla une réponse impossible à saisir.

«Vous devriez essayer en ville. Près du lac, il y a des tas de maisons plus anciennes – des gens qui habitent là toute l'année ou qui viennent depuis trente, quarante ans. Nous, on est là toute l'année, mais seulement depuis cinq ans. "Krae-tchek", "Krick", ça ne me dit rien.»

M.R. la remercia. La cabane en cèdre luisante, les jouets d'enfant dans l'allée, l'herbe mal tondue et l'allée pentue – seule l'allée rappelait quelque chose à M.R., mais sous la forme d'un simple chemin de terre, sans gravier.

Elle regagna sa voiture et traversa le village en direction du lac, passant devant des cabanes et des pavillons plus grands, puis l'Hôtel et Marina Star Lake. Sur le lac, un vacarme de hors-bord. Un bruit rageur de frelons furieux. Un choc pour elle, car ce beau lac aurait dû être *silencieux*.

Et un choc aussi de se rendre compte qu'elle ne reconnaissait rien. Très vraisemblablement, pourtant, ni Jewell ni Jedina n'avaient jamais vu le lac, étant donné qu'il était à près de deux kilomètres de la mauvaise bicoque où elles avaient habité.

Dans une station-service jouxtant une petite épicerie, M.R. s'arrêta pour faire le plein. Le pompiste était un robuste garçon d'environ dix-huit ans aux dents de lapin et aux paupières lourdes. Ses avant-bras bronzés étaient noirs de cambouis, il portait une casquette de mécanicien à l'envers. Percevant en M.R. une femme en proie à une détresse indéfinissable, assez vieille pour être sa mère sans toutefois qu'il en ait la charge, il l'écouta bégayer sa question avec un haussements d'épaules – «Peut-être bien qu'il y a des "Kray-tchek" quelque part, mais c'est pas des gens que je connais. Pas dans le coin.»

Dans l'épicerie, M.R. acheta une canette de soda tiède. Elle demanda à la jeune vendeuse si elle connaissait une famille – ou quelqu'un – nommé "Kraeck", et la jeune femme répondit, en fronçant les sourcils : «C'est qui ? Un homme ?

– Oui. Ça pourrait être un homme.

– De quel âge ?

– Dans les soixante-dix ans peut-être. »

Le regard de la jeune femme devint opaque : elle avait à peine trente ans.

« Je peux rien pour vous, madame. Vous devriez peut-être essayer… »

M.R. la remercia et sortit. La possibilité – la probabilité – que son père biologique fût encore en vie et habitât dans les environs l'obsédait. Si elle parvenait à trouver quelqu'un qui avait connu sa mère dans les années 1960… Mais c'était plus de quarante ans auparavant.

Star Lake, avec ses vingt-cinq kilomètres de circonférence, était l'un des lacs des Adirondacks les moins touristiques, beaucoup moins riche que Lake Placid, Tupper Lake, Saranac. Le village se trouvait à l'extrémité sud du lac qui, sur les cartes, avait moins la « forme d'une étoile » que celle d'une flamme verticale. Ses bords accidentés étaient couverts d'une végétation touffue, mais une sorte de route en faisait le tour et, avec un calme parfait, M.R. conçut l'idée folle de s'arrêter dans chaque cabane, chaque pavillon, chaque caravane pour s'enquérir de son père. (Mais… comment s'appelait-il ? Pas Kraeck.) Un léger vertige la prit. Elle pourrait tourner indéfiniment autour de Star Lake, dans le sud des Adirondacks, à la recherche de son père perdu, car la circonférence de n'importe quelle figure géométrique n'a pas de fin.

Elle se dit *Je suis en train de partir en morceaux. Il faut que je m'en sorte.*

« Fini. Ça suffit. J'ai un père. »

Elle jeta la canette tiède dans une poubelle. Elle retourna à sa voiture et retraversa Star Lake en direction de la Route 41, qui la conduirait sur l'I-81 en moins d'une demi-heure.

Se disant *Tu n'as pas à comprendre pourquoi ce qui t'est arrivé est arrivé, tu n'as même pas à comprendre ce qui est arrivé. Il suffit que tu vives avec ce qui reste.*

Sur l'I-81, elle s'arrêta à l'aire du Point-de-Vue pour aller aux toilettes.

Le Point-de-Vue était un promontoire rocheux dominant la vallée de la Black Snake à l'est de Sparta. En regardant vers le nord, M.R. reconnut le mont Marcy, le mont Moriah, la montagne de Thunder Bay – les pics des Adirondacks, noyés dans la brume. C'était un spectacle saisissant – si fascinant qu'on aurait voulu ne jamais en détourner le regard.

En contrebas, plus près de la route, il y avait une petite aire de pique-nique, des tables dégradées, des barbecues, des poubelles pleines à déborder et, sur le sentier menant au point de vue, accrochée aux buissons, une dentelle sale de déchets apportés par le vent.

Il était déjà tard – près de 15 heures. M.R. avait perdu un temps précieux à Star Lake. Un long moment, pourtant, elle resta appuyée à la rambarde du point de vue, grelottante, les cheveux fouettés par le vent froid humide. Le ciel était marbré, tacheté – des éclairs de soleil comme des allumettes enflammées, apparaissant et disparaissant, un flamboiement soudain de lumière qui s'éteignait aussitôt. Déjà, l'air était automnal, le soleil avait baissé dans le ciel.

Elle éprouvait un sentiment de mélancolie presque agréable, mêlé d'attente – elle avait bien fait de quitter Carthage. Elle faisait confiance à Andre Litovik qui viendrait la rejoindre comme il l'avait promis. Elle devait prendre la résolution de ne pas rester en retrait, d'être moins effacée face à la personnalité puissante de son amant. Elle devait lui dire franchement, carrément qu'*elle* le choisirait. Qu'il ne s'agissait pas seulement, comme cela l'avait été pendant tant d'années, de son choix à lui.

« M'ame ! Salut. »

La voix était basse, désagréablement proche, et familière.

M.R. se retourna, avec un sursaut. Elle s'était crue seule sur cette aire, exception faite d'une famille – un jeune couple, deux jeunes enfants – qui pique-niquait en contrebas. Elle était certaine de ne pas avoir vu d'autre véhicule. Pourtant sur le sentier, à moins de trois mètres derrière elle, se tenait un grand garçon maigre à la peau douteuse, à qui il était difficile de donner un âge – vingt-cinq ans ? – peut-être davantage. *M'ame ! Salut* avait été prononcé dans une sorte de murmure narquois, comme une caresse sur le dos et les épaules de la femme solitaire.

Il était arrivé si silencieusement derrière elle qu'il semblait avoir surgi du sentier rocailleux et abrupt.

Ses cheveux étaient raides de graisse et semblaient teints – une couleur caramel peu naturelle. Ses yeux injectés de sang brillaient d'une gaieté ironique. Il portait un tee-shirt noir fané aux manches coupées, orné d'un personnage de bande dessinée délavé – un « super-héros ». Son jean usé ressemblait aux jeans de marque prisés par les étudiants de l'Université, décoloré aux genoux, stratégiquement déchiré et rapiécé. Il avait aux pieds les restes loqueteux de ce qui avait dû être des joggeurs coûteux. Sur son poignet gauche, un aigle américain tatoué, dont l'encre semblait avoir bavé.

Un étudiant qui a décroché, pensa M.R. D'une autre époque.

Elle vit miroiter dans son regard une lueur de reconnaissance. Mais elle n'avait jamais vu ce garçon de sa vie, elle en était certaine.

« Salut, m'ame, ça va… »

Avec un air digne un peu distrait, M.R. s'efforça d'ignorer ce salut insolent. Elle savait qu'il valait mieux ne pas croiser le regard du garçon, de même qu'on vous apprend à ne pas regarder dans les yeux un animal sauvage menaçant.

«Pardon.»

M.R. fit mine de rebrousser chemin en direction de l'aire de pique-nique. Mais le garçon au teint sale ne s'écarta pas pour la laisser passer.

«M'ame? Vous m'avez pas entendu?»

Il était difficile de ne pas le regarder. M.R. tâcha néanmoins d'éviter ses yeux.

Elle se disait que la famille était en bas, à une table de pique-nique. Elle n'était pas seule sur ce sentier et ne courait pas de réel danger.

«Vous avez une voiture, m'ame? Vous pourriez peut-être m'emmener?

– Je ne pense pas…

– Où vous courez, pressée comme ça, m'ame?»

Il avait un visage à la fois jeune et vieux. Sa peau semblait moins sale que tachée, colorée. M.R. se demanda s'il était… maquillé? Ou s'il avait étalé une mince couche de boue sur son visage et ses bras pour se protéger des insectes? Elle se sentait hébétée, désorientée. Tout cela prenait une très mauvaise tournure, elle le savait.

Le sourire du garçon était faussement respectueux, sincère.

«Je sais conduire, m'ame. M'est avis que ça vous servirait d'avoir un genre de chauffeur. Mettons que vous ayez loin à aller, et toute seule, et que ça vous angoisse un peu d'être seule, je pourrai vous aider. Et c'est mon travail, les voitures, je m'y connais en moteur. L'intérieur des trucs, ça me connaît.»

Son sourire s'accentua, terriblement intime. Il avait de petites dents, gris jaunâtre, fines. Et ses yeux, si familiers. M.R.

n'avait pu s'empêcher de le regarder, finalement, sans savoir ce qu'elle faisait.

Il faisait plusieurs centimètres de plus qu'elle. Ses épaules étaient larges comme des ailes, mais il avait la poitrine creuse, la taille et les hanches étroites. On aurait pu croire, au premier regard, qu'il avait une jambe plus courte ou moins développée que l'autre, ce qui n'était apparemment pas le cas. On avait le sentiment d'une infirmité mystérieuse, que l'œil ne décelait pas.

« M'ame ? Vous êtes d'où ?

– Je… je m'en vais. Excusez-moi, s'il vous plaît…

– Moi, je suis de Massena. Vous savez où c'est ? »

Oui, M.R. savait où était Massena.

« Un putain de trou. Il faut y avoir été coincé pour savoir à quel point. »

M.R. tachait de déterminer si elle pouvait forcer le passage, au risque d'être touchée par le garçon ? Agrippée ?

Ou s'il valait mieux reculer, enjamber la rambarde et tenter de rejoindre l'aire de pique-nique en dévalant une pente abrupte et caillouteuse ? Un panneau avertissait DANGER NE PAS S'APPROCHER DU BORD DE LA FALAISE mais elle pouvait éviter l'à-pic en suivant, contre la paroi à gauche, une pente étroite qui descendait jusqu'au parking, environ quinze mètres plus bas.

Ce n'était pas une bonne idée d'être venue admirer la vue « spectaculaire », dans cet endroit isolé où un inconnu pouvait décider sur un coup de tête de vous précipiter dans le vide.

« Vous avez l'air d'une femme bien, gentille et généreuse, m'ame. Pas le genre de péteuse égoïste qui snoberait un stoppeur juste parce qu'il est pas du même *type ethnique.* »

Un auto-stoppeur ! Voilà pourquoi elle n'avait pas vu d'autre voiture en bas.

« Et ici aussi – ce putain de trou "spectaculaire". On se fout pas mal que vous creviez de faim. Vous pouvez pas vous rendre compte, m'ame, tant que vous avez pas été coincé ici... un sacré paquet de temps. »

Il toussa, une toux rauque mais théâtrale, comme pour ponctuer son discours extravagant.

M.R. sourit avec prudence. Il était dans sa nature de compatir – de ne pas ignorer la requête d'autrui, même quand le bon sens décrétait qu'elle était en danger.

« M'ame ? Vous souriez ? C'est pas que vous vous moquez de moi, des fois ? Ça serait pas gentil.

– Je... je ne me moque pas...

– Vous avez peut-être de la monnaie de trop ?

– Non. Je regrette.

– Vous regrettez de pas avoir de monnaie, ou vous allez pas me la donner ? Hé ? »

M.R. se dit *Mais tu peux lui donner quelque chose ! Quelques dollars.*

Mais non. Ce serait une erreur. Il acceptera ce que tu lui donnes et prendra le reste de force.

M.R. souriait toujours niaisement. Tâchant de déterminer si la jeune famille était encore là, au bas de la colline. S'il y avait une autre voiture, qu'elle n'avait pas remarquée, dans le parking de cendrée. Ou seulement la sienne.

Elle avait terriblement envie d'appeler son père. D'appeler Andre.

C'était une erreur d'être aussi souvent seule. Tellement plus facile d'être effacée de la surface de la terre, éliminée, quand on est seule.

Comme s'il lisait dans les pensées confuses de M.R., le garçon dit, avec une soudaine véhémence :

« Vous n'êtes pas en danger, m'ame ! Je vais venir avec vous et je serai votre ami. J'ai comme l'impression que vous êtes toute seule et sans mari, hein ? – ou alors il s'est tiré ou il est devenu vieux et il est mort. Ça arrive tout le temps, m'ame. » Il rit, comme s'il avait dit quelque chose d'amusant et d'osé.

Calme en apparence, M.R. examinait la rambarde, haute d'environ soixante-dix centimètres. Si elle parvenait à l'enjamber rapidement, avant que le garçon au teint sale ne l'empoigne, elle essaierait de s'enfuir ; elle ne savait pas bien à quel point la pente était abrupte, mais elle tenterait le coup ; lorsqu'elle habitait chez les Skedd, elle avait eu recours à ce genre de solution apparemment désespérée et ne s'était jamais fait mal, du moins pas gravement. Et si une autre voiture était arrivée sur le parking, ou si la jeune famille était encore là, quelqu'un l'entendrait appeler au secours, le garçon au teint sale n'oserait pas la poursuivre…

« Vous pourriez me donner quelques dollars, m'ame. C'est pas comme s'ils allaient vous manquer. En fait vous pourriez me donner tout l'argent que vous avez et les clés de votre voiture, m'ame. Tant pis si c'est qu'un tas de boue, on fait avec ce qu'on a. Vous pouvez me les donner, m'ame, ou je peux les prendre. »

Bien que M.R. se fût attendue qu'il se précipite sur elle, elle fut apparemment totalement prise au dépourvu quand il le fit. Elle hurla, lutta, plus furieuse qu'affolée ; chez les Skedd, elle avait appris à se défendre, si inefficacement que ce fût, car vous appreniez : capituler est une erreur, il ne faut jamais capituler. Elle sentit l'odeur fauve écœurante de son agresseur, une odeur animale, lorsqu'il la frappa, tenta de lui arracher son sac ; bien sûr, s'il ne voulait rien d'autre que son sac, elle aurait dû le lui abandonner, mais elle ne le fit pas ; elle ne le ferait pas ; elle lança des coups de pied à l'aveuglette quand il lui fit perdre l'équilibre, tira sur la bretelle de son sac. Quand elle fit volte-face pour s'enfuir, il l'agrippa… ses vêtements, son bras droit. *Cela va-t-il finir ici ? se dit M.R. Comme ça ?*

« *Sale conne ! Putain de vieille conne ! Pourquoi tu crois que tu devrais vivre, putain de garce, alors que nous on est morts ?* »

M.R. bascula par-dessus la rambarde. Tomba sur les genoux mais parvint à se redresser et, l'instant d'après, elle dévalait la colline, glissant, dérapant, manquant se tordre la cheville, si seulement elle avait eu de meilleures chaussures ! Ses genoux étaient écorchés, sa robe déchirée, mais elle ne sentait rien, pas même le sang humide qui coulait le long de sa jambe.

La pente était presque verticale. Seul un jeune enfant témé-raire aurait pu la dégringoler sans dommage. M.R. s'accrochait à des buissons et à de petits arbres pour éviter une chute tandis que, au-dessus d'elle, courbé sur la rambarde, le garçon lan-çait d'une voix railleuse : « C'est drôlement dangereux, m'ame ! Z'allez vous briser le cou, m'ame ! Vous éclater le crâne ! »

Une petite avalanche de cailloux et de boue séchée accom-pagnait M.R. dans sa dégringolade. Le garçon avait pris le che-min, qui était sinueux et plein de détours, car il n'osait pas la suivre ; elle se rendait compte qu'en dépit de ses fanfaronnades, il traînait la jambe, voûté, la tête rentrée dans les épaules. Dans un dernier sursaut d'énergie M.R. courut en boitant jusqu'à sa voiture qu'elle n'avait pas fermée à clé – une chance ! – Andre lui reprochait souvent de la laisser ouverte par négligence – mais cette fois, elle avait bien fait. M.R. se jeta dans la voiture – verrouilla les portières – enfonça la clé dans le démarreur à l'instant même où le garçon arrivait en claudiquant, hurlant et agitant les bras. M.R. constata qu'elle était seule sur le parking – la jeune famille était partie – désespérée, elle écrasa la pédale d'accélérateur. La voiture bondit en avant ; le garçon vociférait toujours des injures, debout jambes écartées en travers de sa route ; il avait sûrement le temps de s'écarter, mais il resta là, dans une attitude de défi, refusant de bouger, et l'aile avant gauche de la voiture le heurta – pas très fort, mais suffisamment pour le renverser ; son corps malingre fut soulevé et projeté de côté comme une poupée de chiffon et M.R. se dit *L'ai-je tué ? Qu'est-ce que j'ai fait ?* – mais déjà le garçon au teint sale se redressait en titubant, tentait de courir après la voiture sans cependant en avoir la force, le visage levé, un masque de sang sur son visage, qui devait avoir heurté le sol – une expression de stupéfaction et de fureur sur ce visage et M.R. agit d'instinct, sans une hésitation elle enclencha la marche arrière, recula pour faire un demi-tour, une série de manœuvres adroitement exécutées et la voiture sortit en trombe de l'aire de repos du Point-de-Vue ; quelques secondes plus tard elle était sur l'I-81, haletante, sanglotante, euphorique, se disant *Personne ne saura. Jamais, personne.*

À la tombée du jour, elle était arrivée à l'Université.

Table

Cet ouvrage a été achevé d'imprimer
en juin 2013 dans les ateliers de
Normandie Roto Impression s.a.s.
61250 Lonrai

N° d'imprimeur : 132341
Dépôt légal : octobre 2013
ISBN 978-2-84876-360-6
Imprimé en France